09 / 20

HELMOLD VON BOSAU · SLAWENCHRONIK

AUSGEWÄHLTE QUELLEN
ZUR DEUTSCHEN GESCHICHTE
DES MITTELALTERS

FREIHERR VOM STEIN-GEDÄCHTNISAUSGABE

Herausgegeben von Rudolf Buchner

Band XIX

HELMOLDI PRESBYTERI BOZOVIENSIS

CHRONICA SLAVORUM

Editionis quam paraverat

Bernhardus Schmeidler

textum denuo imprimendum curavit

Heinz Stoob

1973

WISSENSCHAFTLICHE BUCHGESELLSCHAFT

DARMSTADT

HELMOLD VON BOSAU

SLAWENCHRONIK

Neu übertragen und erläutert
von
Heinz Stoob

1973

WISSENSCHAFTLICHE BUCHGESELLSCHAFT
DARMSTADT

ⓦ Bestellnummer : 175

2., verbesserte Auflage

© 1963 by Wissenschaftliche Buchgesellschaft, Darmstadt

Druck und Einband: Wissenschaftliche Buchgesellschaft, Darmstadt

Printed in Germany

ISBN 3-534-00175-3

INHALTSVERZEICHNIS

DAS WICHTIGSTE SCHRIFTTUM

Vorbemerkung: Das ältere, von Schmeidler 1937 verzeichnete Schrifttum ist nur in Auswahl eingerückt, einige Lücken sind geschlossen. Von den nach 1937 erschienenen Arbeiten sind Miszellen und am Rande liegende Untersuchungen fortgelassen. Zu Helmold-Ausgaben und -Übersetzungen siehe die Einleitung.

Bork, Ruth, Die Billunger. Mit Beiträgen zur Geschichte des deutsch-wendischen Grenzraumes im 10. u. 11. Jh. Mschr. Diss., Greifswald 1951

Brackmann, Albert, Magdeburg als Hauptstadt des deutschen Ostens im frühen Mittelalter. Leipzig 1937

Breska, Hermann v., Untersuchungen über die Nachrichten Helmolds ... b. z. Aussterben des lüb. Fürstenhauses. Diss. Gött. 1880, vgl. ZlübG 4/1884 S. 1–67

Breska, Hermann v., Über die Zeit, in welcher Helmold die beiden Bücher seiner Chronik abfaßte. Fsch. z. dt. Gesch. 22/1882 S. 597–604

Bresslau, Harry, Zur Chronologie der ältesten Bischöfe von Aldenburg. FBrPrG 1/1888 S. 385–407

Bresslau, Harry, Bf. Marco. Ein Beitrag z. Helmoldkritik. Dt. Z. f. Gesch. wiss. 11/1894 S. 154–163

Brüske, Wolfgang, Untersuchungen z. Gesch. des Lutizenbundes. Dt-wendische Beziehungen d. 10.–12. Jh. Mitteldt. Forsch. Bd. 3, Münster-Köln 1955

Bünding, Margret, Das Imperium Christianum u. d. dt. Ostkriege vom 10. b. z. 12. Jh. Diss. Gießen, Berlin 1940

Curschmann, Fritz, Die Entstehung des Bistums Oldenburg. H VjSchr. 14/1911 S. 182–198

Dieck, Annemarie, Die Errichtung der Slawenbistümer unter Otto d. Gr., Mschr. Diss. Heidelberg 1944

Folkers, Johann U., Zur Frage nach Ausdehnung und Verbleib der slawischen Bevölkerung von Holstein und Lauenburg. ZSHG 58/1929 S. 339–448

Freytag, Hans-Joachim, Die Herrschaft der Billunger in Sachsen. Diss. Kiel, Göttingen 1951

Friederici, Adolf, Das Lübecker Domkapitel im Mittelalter 1160–1400... Mschr. Diss. Kiel 1957

Fritze, Wolfgang, Die Datierung d. Geographus Bavarus u. d. Stammesverfass. d. Abotriten. Z. f. slav. Phil. 21/1952 S. 326–42

Fritze, Wolfgang, Beobachtungen zu Entstehung und Wesen des Lutizenbundes. Jb. f. d. Gesch. Mittel- u. Ostdeutschlands VII/1958, S. 1–38

Fritze, Wolfgang, Probleme der abotrit. Stammesverfass. u. ihrer Entwicklung v. Stammesstaat z. Herrschaftsstaat. Habil.schr.; Siedl. u. Verf. d. Slawen zwischen Elbe, Saale und Oder, ed. H. Ludat, Gießen 1960, S. 141–219

Glaeske, Günter, Die Erzbischöfe von Hamburg-Bremen... QDGNds.60/1962

Hamann, Karl, Die Beziehungen Rügens zu Dänemark von 1168 bis ... 1325. Diss. Greifswald 1933

Hellmann, Manfred, Grundzüge der Verfassungsstruktur der Liutizen. in Siedl. u. Verfass. d. Slawen ... hgb. v. H. Ludat, 1960, S. 103–113

Hensel, Witold, Slowianszczyzna wczesnosredinowieczna ... (Das frühmittelalterliche Slawentum...), Warsz. 1956

Heydel, Johannes, Das Itinerar Heinrichs d. Löwen. Nds. Jb. 6/1929, S. 1–166

Hirsekorn, Carl, Die Slawenchronik des Presbyter Helmold. Diss., Halle 1874

Hofmeister, Adolf, Kaiser Lothar u. d. große Kolonisationsbewegung d. 12 Jhs. ZSHG 43/1913, S. 353–71

Hofmeister, Adolf, Der Kampf um die Ostsee, 3. Aufl., bes. von R. Schmidt, Lübeck/Hamburg 1960

Hrabowa, Libuse, K otázce vzniku a vývoje státu u Polabských Slovanu (Zur Frage des Entstehens und der Entwicklung des Staates bei den polabischen Slawen). Česk. čas. hist., Rocník III,4/1955, S. 642–668

Hucke, Karl, Tonware und Siedlung der Slawen in Wagrien, Neumünster 1938

Hucke, Richard, Die Grafen von Stade 900–1144... Diss. Kiel, Stade 1956

Jammer, Vera, Die Anfänge der Münzprägung im Herzogtum Sachsen. Numism. Studien 3/4, Hamburg 1952

Jankuhn, Herbert, Gesch. Schl.-Holst. III, 1, Die Frühgeschichte. Neumünster 1955–57

Jankuhn, Herbert, Die frühmittelalterlichen Seehandelsplätze im Nord- und Ostseeraum, in Vortr. u. Fsch.en IV/1958, S. 451–98

Jegorov, Dimitrij Nik., Die Kolonisation Mecklenburgs im 13. Jh., Bd. I–II. Übers. H. Cosack u. G. Ostrogorski (Bd. III die krit. Entgegn. v. H. Witte, 1932) Breslau 1930–32

Jentzsch, Ursula, Heinrich der Löwe im Urteil d. dt. Gesch.schreibung von s. Zeitgenossen b. z. Aufklärung. Diss. Jena 1939, 2. Aufl. 1942

Jordan, Karl, Die Bistumsgründungen Heinrichs des Löwen. Untersuchungen zur Geschichte d. ostdt. Kolonisation. Schr. d. R. inst. f. ält. dt. Gkd. 3/1939, Neudruck 1952

Jordan, Karl, Die Anfänge des Stiftes Segeberg. ZSHG 74–75/1951, S. 59–94

Jordan, Karl, Herzogtum u. Stamm in Sachsen während d. hohen Mittelalters. Nds. Jb. 30/1958, S. 1–27

Jordan, Karl, Nordelbingen und Lübeck in der Politik Heinrichs des Löwen. ZLübG. 39/1959, S. 29–48

Kahl, Hans-Dietrich, Zum Geist d. deutschen Slawenmission d. Hochmittelalters. ZOF 2/1953, S. 1–14

Kahl, Hans-Dietrich, Zum Ergebnis des Wendenkreuzugs von 1147. Wichmann-Jb. 11–12/1957–58, S. 99–120

Kahl, Hans-Dietrich, Heidnisches Wendentum und christliche Stammesfürsten. AfKulturgesch. 44/1962, S. 72–119

Kamphausen, Alfred, Die Baudenkmäler der deutschen Kolonisation in Ostholstein, Neumünster 1938

Kiersnowski, Ryszard, Legenda Winety. Studium historyczne. (Die Sage von Vineta) Bibl. Stud. Slow. Uniw. Jagiellonskiego Seria A Nr. 6, Kraków 1950

Kretschmann, Hilde, Die stammesmäßige Zusammensetzung d. deutschen Streitkräfte i. d. Kämpfen m. d. östl. Nachbarn unter den Karolingern, Ottonen u. Saliern. Diss., Königsberg, Berlin 1940

Kuck, Charlotte, Das Itinerar Lothars von Supplinburg. Mschr. Diss., Greifswald 1945

Kuhn, Walter, Flämische u. fränkische Hufe. Hbg. Mittel- u. ostdt. Fsch. II/1960, S. 146–192

Kunkel, Otto und Wilde, Karl A., Jumne, Vineta, Jomsburg, Julin, Wollin, Stettin 1941

Kuujo, Erkki O., Das Zehntwesen in der Erzdiözese Hamburg-Bremen … Ann. acad. scient. Fenn., Serie B 62,1 Helsinki 1949

Labuda, Gerard, Powstania Słowian połabskich u schytku X wieku (Die Aufstände der Elbslawen gegen Ende des 10. Jh.) in Slavia occ. 18/1947, S. 153 bis 200

Lammers, Walter, Germanen und Slawen in Nordalbingien. ZSHG 79/1955, S. 17–80

Lammers, Walter, Gesch. Schl.-Holst. IV, 1, Das Hochmittelalter … Neumünster 1961–64

Lammert, Friedrich, Die älteste Geschichte des Landes Lauenburg. Ratzeburg 1933

Lappenberg, Joh. Mart., Zur bevorstehenden Ausgabe des Helmold. Arch. d. G. f. ältere dt. Gesch. kde 6/1838 S. 553–566

Lappenberg, Joh. Mart., Über die Chonologie d. ält. Bischöfe d. Diözese d. Erzbistums Hamburg. A. Die Bischöfe von Aldenburg, Archiv… 9/1847, S. 384–410

Ludat, siehe Fritze (1960)

Lukas, Gerhard, Die dt. Politik gg. d. Elbslawen vom Jahre 982 b. z. Ende d. Polenkriege Heinr. II. Diss., Halle 1940

Ohnesorge, Wilhelm, Neue Helmoldstudien ZHambG 16/1912, S. 90–191.

Pellens, Ingrid, Die Slawenpolitik der Billunger im 10. und 11. Jh. Mschr. Diss. Kiel 1950

Pisani, O., Il paganesimo balto-slavo. Storia delle Religioni dir. da Padre Pietro Tacchi Venturi S. J. Torino 1949 II, S. 55–100

Prange, Wolfgang, Siedlungsgeschichte d. Landes Lauenburg im Mittelalter. Diss. Kiel 1958, QFSH 41/1960

Prehn, Heinz, Gesellschaft, Wirtschaft und Verfassung in Altholstein … Mschr. Diss. Hamburg 1958

Prien, Friedrich, Faldera oder Wippenthorp, das heutige Neumünster ...
    ZSHG 59/1930, S. 217–256
Regel, Paul, Helmold und seine Quellen. Diss. Jena 1893
Rörig, Fritz, Heinrich d. Löwe u. d. Gründung Lübecks. DA 1/1937, S. 408–456
Schambach, K., Heinrich der Löwe u. d. Stader Erbschaft.
    Nds. Jb. 17/1940, vgl. Nds. Jb. 19/1942, S. 295 ff.
Scheil, Ursula, Zur Genealogie d. einheimischen Fürsten v. Rügen (1164–1325).
    Diss. Greifsw. 1945/49, Köln 1962
Schindler, Reinhard, Ausgrabungen in Alt-Hamburg. Hamburg 1957
Schirren, Carl, Beiträge zur Kritik älterer holst. Geschichtsquellen. Leipzig 1876
Schirren, Carl, Kleine Nachträge zur Kritik ... ZSHG 7/1877, S. 281–88
Schirren, Carl, Über Vicelins Priesterweihe. Fsch. z. dt. Gesch. 17/1877, Seiten
    376–89.
Schirren, Carl, Alte und neue Quellen z. Gesch. Vicelins.
    ZSHG 8/1878, S. 297–328
Schlesinger, Walter, Mitteldeutsche Beiträge zur dt. Verfassungsgeschichte
    des Mittelalters. Göttingen 1961
Schmeidler, Bernhard, Helmold und seine Cronica Slavorum.
    ZLübG 14/1912, S. 183–235
Schmeidler, Bernhard, Zur Sprache Helmolds. NA 36/1911, S. 538–42
Schmeidler, Bernhard, Holsatica. NA 40/1916, S. 399–416
Schmeidler, Bernhard, Über die Glaubwürdigkeit Helmolds und die Interpre-
    tation und Benutzung mittelalterlicher Schriftsteller. NA 50/1933, S. 320–87
Schmeidler, Bernhard, Neumünster in Holstein, seine Urkunden und seine
    kirchliche Entwicklung im 12. Jh. ZSHG 68/1940, S. 78–179
Schmid, Heinrich F., Die Burgbezirksverfassung bei den slavischen Völkern.
    Jbb. f. Kult. u. Gesch. d. Slaven, NF 2/1926, S. 81 ff.
Schmid, Heinrich F., Die rechtlichen Grundlagen der Pfarrorg. auf westslavi-
    schem Boden und ihre Entwicklung während des Mittelalters. Weimar 1938
Schuldt, Ewald, Die slawische Keramik in Mecklenburg.
    Dt. Ak. d. W. Berlin, Schriften d. Sektion Vor- u. Frühgesch. 5/1956
Schultze, Johannes, Der Wendenkreuzzug 1147 und die Adelsherrschaften in
    Prignitz und Rheingebiet. Jb. f. d. G. Mittel- u. Ostdtlds. 2/1953, S. 95–124
Schwarz, Ernst, Probleme der Stammeskunde im deutsch-slawischen Berüh-
    rungsgebiet. Forschungsbericht... 1945–60 ZfO 11/1962, S. 90–123
Struve, Karl W., Die slawischen Burgen in Wagrien. Offa 17–18/1961, S. 57–108
Sułowski, Zygmunt, O synteze dziejów Wieletów-Luciców (Über eine Synthese
    der Geschichte der Wilzen-Lutizen). Roczniki Historyczne 24/1958, S. 113–143
Trautmann, Reinhold, Die Slavischen Völker und Sprachen. Göttingen 1945
Trautmann, R., Das Ostseeslavische Sprachgebiet und seine Ortsnamen,
    Z. f. slav. Phil. 19/1947, S. 265–303
Trautmann, R., Die elb- und ostseeslavischen Ortsnamen.
    Abh. d. dt. Ak. d. W. Berl., Ph-Hist. Kl., Jg. 1947 Nr. 4 und 7
    Berlin 1948/49

Trautmann, R., Die slavischen Ortsnamen Mecklenburgs und Holsteins.
Abh. d. sächs. Ak. d. W. Ph-H. Kl., Bd. 45, 3, 2. Aufl., Berlin 1950

Trautmann, R., Die wendischen Ortsnamen Ostholsteins, Lübecks, Lauenburgs
und Mecklenburgs. QFSH 21/1950 (1939)

Unbegaun, Boris-O., La Religion des anciens Slaves. Les Religions de l'ancien-
ne Europe, Bd. 3, S. 387–445, Paris 1948

Unger, Eckhardt, Rethra. Das Heiligtum der Wenden in Mecklenburg.
Offa 11/1952, S. 101–112.

Vogel, Werner, Der Verbleib der wendischen Bevölkerung in der Mark Brandenburg. Berlin 1960

Weimar, Wolfgang, Der Aufbau der Pfarrorgan. im Bistum Lübecks während
des Mittelalters. Diss. Kiel 1948, ZSHG 74–75/1951, S. 95–243

Widajewicz, Józef, Stowanie zachodni a Niemcy w wiekach średnich (Die
Westslawen und die Deutschen im Mittelalter). Kattowitz 1946

Wigger, Friedrich, Über die neueste Kritik des Helmold. Jb. f. Meckl. G. u. A.
42/1877, Anl. D, S. 21–63

Wilde, Karl A., Die Bedeutung der Grabung Wollin... Diss. Greifsw. 1939,
1. Beih. z. Atl. d. Urgesch., Hamburg 1953 (vgl. auch Kunkel!)

Witte, H.: vgl. Jegorov

ABKÜRZUNGSVERZEICHNIS

EINLEITUNG

Wenige Geschichtsschreiber des deutschen Hochmittelalters haben die neuere Forschung lebhafter und strittiger beschäftigt als der Prediger Helmold, Zeitgenosse Barbarossas und Heinrichs des Löwen, aus dem nordelbischen Pfarrdorf Bosau am Plöner See mit seiner „Chronica Slavorum"[1]. Nach Person und Lebenskreis weder dem großen oberdeutschen Chronisten der Zeit, dem Bischof Otto von Freising, noch auch seinen sächsischen Vorgängern Widukind, Thietmar oder Adam zu vergleichen, erweist er sich doch auf seine eigene, gestaltvoll schildernde Art als einer der Meister historischer Darstellung im hohen Mittelalter. Dem entspricht auch seine erstaunlich weitreichende Nachwirkung in der späteren Überlieferung des niederdeutschen Raumes.

Sein Lehrer und Freund, Bischof Gerold von Oldenburg-Lübeck, auf dessen Zuspruch hin er zur Feder gegriffen hat[2], hörte ihn gewiß oft genug predigen und seine Pfarrkinder unterweisen; was Helmold aufzeichnet, läßt Satz für Satz den klugen und begabten Kanzelredner spüren, der sicher zu gliedern, klar zu beschreiben und eindrücklich mitzureißen vermochte. Freimut und Urteilsfähigkeit, beachtliche Bildung und geistige Aufgeschlossenheit traten hinzu, eine anziehende Verfasserpersönlichkeit abzurunden, und die entschiedene Fürsprache zugunsten des jungen lübischen Bistums wie des alten sächsischen Stammes, deren roter Faden durch seine ganze Niederschrift läuft, spricht selbst dort noch mit Wärme zum Leser, wo sie über Gebühr der Tendenz nachgibt.

Heftige Kritiker haben ihn zu Unrecht einseitiger Verzerrung, ja bewußter Verfälschung der geschichtlichen Wahrheit geziehen; andererseits

---

[1] Der Titel stammt nicht von Helmold; er findet sich in Hs. 1: „Incipiunt cronica Slavorum edita a venerabili Helmoldo presbitero", sowie in Hs. 2 und 4: „Chronica Slavorum". Im Text heißt es z. B. zu Beginn des 1. Kap. „conscriptio", am Ende des 33. „hystoria Slavorum", am Ende des 41. „narracio". Die älteren Ausschreiber sprechen von „historia", die jüngeren meist von „cronica".

[2] Ende der Vorrede zum 1. Buch: „Nec ad hoc opus temeritas impulsat, sed preceptoris mei venerabilis Geroldi episcopi adduxit persuasio...".

sind manche Verteidiger, aus dem begründeten Streben nach seiner Rechtfertigung heraus, zu wenig auf die erkennbare Färbung des von Helmold gegebenen Berichts eingegangen. Im ganzen hat sein Werk das Für und Wider um so unangefochtener überdauert, als es mit vielen zentralen Kategorien des vergangenen Forschungsjahrhunderts nicht gemessen werden konnte, weil sie der Vorstellungswelt des Chronisten fremd gewesen sind.

So hat die ethnische Frage den Pfarrherrn Helmold weit weniger beschäftigt, bei aller Betonung seines Sachsentums, als die religiöse der großen Slawenmission, und wenn er „Helden" hatte, so waren es nicht so sehr Persönlichkeiten, etwa Heinrich der Löwe, Adolf von Schauenburg oder Bischof Vizelin, als vielmehr die von solchen Vorkämpfern vertretenen und getragenen Aufträge: die christliche Sendung der wagrisch-lübischen Kirche, die Friedewirkung durch den über Nordelbien gesetzten Grafen, das Werk des ottonischen Sachsentums im Reich wie unter den slawisch-nordischen Nachbarvölkern.

Seine Parteilichkeit, die noch Schmeidler zu gering in Ansatz gebracht hat, richtet sich dabei kaum gegen die zu bekehrenden Slawen, viel eher gegen die oft einseitig, ja geringschätzig beurteilten Dänen[3], gegen die störrischen Sachsengaue Nordelbiens[4], gegen den über seinen Bischof gesetzten Metropoliten von Hamburg-Bremen[5]. Was er über die Dänen sagt, steht vor dem Hintergrunde sicherer politischer Instinkte, fast als hätte er die von dort für das sächsische Nordelbien heraufziehende Gefahr geahnt, wie sie bald nach seinem Tode hereingebrochen ist. Wo er die Holsten tadelt, stehen ihm die andersartigen Verhältnisse kirchlicher und staatlicher Verfassung im südelbischen Raume vor Augen, denen gegenüber er die holsteinischen aus seinem innersächsischen Weltbilde heraus als unzulänglich empfindet. Greift er den Erzbischof an, so bewegt ihn die Beeinträchtigung der Slawenmission, seines zentralen Themas, durch die unglückliche Lage des wagrisch-lübischen Bistums inmitten der Gegnerschaft zwischen dem Herzoge und dem Kirchenfürsten.

Dieser einleitende Blick auf wesentliche Bedingtheiten der von Helmold vorgetragenen Anschauung führt notwendig zur Frage nach Herkunft und Lebensschicksal des Chronisten, weil aus beidem jener eben knapp umrissene Horizont seines Geschichtsdenkens erwachsen ist. Wer die Zusammenhänge in seiner Weise sieht, dessen Heimat möchten wir mit der jün-

---

[3] Vgl. bes. Kap. 65 und 109.
[4] Vgl. bes. Kap. 67.
[5] Vgl. bes. Kap. 69.

geren[6] und gegen die ältere[7] Forschung südlich der Elbe suchen. Dabei ist wahrscheinlich weniger an die Mittelweser als an die Harzvorlande zu denken; Hinweise auf die Bergstadt Goslar fallen im Texte auf[8], und wenn wir die unverkennbar enge Beziehung zum nordelbischen Segeberg damit zusammensehen, so könnte in Helmolds Vater einer jener Burgmannen oder auch für Brunnenbau sachkundigen ,,Montani'' des Rammelsberges vermutet werden, die Kaiser Lothar von seiner Machtbasis herbeigezogen haben dürfte, als er sich entschloß, nördlich der Elbe einen festen Stützpunkt zu schaffen. Bei Anlage der Kalkbergburg 1134 wird ihre Hilfe dem Herrscher ähnlich wertvoll gewesen sein wie später seinem Enkel Heinrich bei Eroberung der Dasenburg, die unser Chronist mit so auffälligen Einzelheiten schildert, obgleich er kaum daran teilgenommen haben kann[9]. Waren ihm darüber Nachrichten aus der Heimat zugekommen?

Im Umkreise von Goslar kennt Helmold auch Hildesheim und das ostwärts gelegene, kleine Heiningen, doch das hängt eher mit seiner Braunschweiger Schulzeit zusammen als mit Erinnerungen aus frühen Kindheitstagen; auch die bemerkenswert häufige und bevorzugte Erwähnung des Bardengaues und seines Vororts Bardowick ließe sich aus dem späteren Lebensgange hinlänglich begründen.

Kommen wir in der Herkunftsfrage nicht über Vermutungen hinaus, so dürfte doch der anschauliche Bericht unseres Chronisten zum Jahre 1134 wahrscheinlich machen, daß er damals den Kaiser und den Missionar persönlich auf dem Segeberger Kalkmassiv stehen sah[10]. Das erste urkundliche Zeugnis nennt ihn 1150 ,,Diakon''[11], woraus auf ein Alter von zu der Zeit mindestens 25 Jahren zu schließen ist. Andererseits lernte Helmold die Baureste zu Nezenna unweit Segeberg, von denen er bei Behandlung des Bischofs Wago spricht, noch als ,,adolescentulus'' kennen[12]. Danach darf man sein Geburtsjahr auch nicht zu lange vor 1120 ansetzen.

[6] So F. Bruns und nach ihm Schmeidler (Einl. 1937, S. VI); nicht zu überzeugen vermag der Versuch von Ohnesorge, Fuhlen an der Mittelweser als Heimatort nachzuweisen.   [7] So Hirsekorn und Lappenberg.

[8] Vgl. bes. Kap. 105: Goslars Beitritt zur Fürstenfronde gegen Heinrich den Löwen und die nachfolgende Hungersnot. Auch der Bericht (Kap. 26) über die um 1075 ins Harzgebiet umgesiedelten 600 Holstenfamilien bezeugt Helmolds Lokalkenntnis.

[9] Vgl. Kap. 107: den ,,viros industrios de Rammesberg'' gelingt es, eine Wasserlösung (Ableitungsstollen) zum Brunnensumpfe der Burg vorzutreiben.

[10] Vgl. Kap. 53, dazu die Bemerkungen von Jordan, Segeberg, S. 88 ff.

[11] SHRU I, 89 S. 45 zu 1150, Sept. 25: ,,Helmoldus diaconus'' (Helmodus ist Druckfehler!).   [12] Kap. 14; zu ,,adolescentia''

vgl. A. Hofmeister: Puer, Juvenis, Senex in Fschr. Kehr 1926, S. 287–316.

Am Fuße der Segeberger Burg hatte Vizelin unverzüglich mit dem Kirch- und Klosterbau begonnen; dort wird Helmold zwischen 1134 und 1138 in der Klosterschule seinen ersten Unterricht genossen haben. Als dann Pribislaw das welfisch-askanische Ringen um Sachsen nach Kaiser Lothars Tode zum günstigen Anlaß nahm, um Kloster und Burgflecken Segeberg zu zerstören, ist der Chronist 1138 mit den Mönchen nach Neumünster geflüchtet und hat von dort aus, wie der eingehende Bericht nahelegt[13], auch den siegreichen Winterfeldzug des nordelbischen Grafen der Askanier, Heinrich von Badwide, gegen die wagrischen Wenden noch mitverfolgt, bevor er – wohl zu Beginn des Frühjahrs 1139 – nach Braunschweig zu weiterer Ausbildung entsendet wurde. Er scheint dort vier Jahre verbracht zu haben; darauf deutet eine Lücke in seiner Chronik hin, die für den Zeitraum von 1139–1143 fast nichts über das Schicksal Nordelbiens zu berichten weiß, obgleich es sich um recht bewegte Jahre gehandelt haben muß.

Der etwa 20jährige Klosterschüler hat in den Braunschweiger Lehrjahren entscheidende Einflüsse empfangen durch seinen bedeutenden schwäbischen Lehrer Gerold, der zugleich als einer der welfischen Burgkapläne dem bis zu ihrem Tode 1141 von der Kaiserinwitwe Richenza gelenkten Herzogshause eng verbunden war. Von Braunschweig aus scheint Helmold Hildesheim besucht zu haben, vielleicht hat er damals auch die Mittelelbe einmal zu sehen bekommen. Sein Studium ging fleißig voran, konnte er doch später in Bosau noch manche Braunschweiger Lesefrüchte aus dem Gedächtnis für seine eigene Darstellung verwerten.

Mit den Ereignissen des Sommers 1143 setzt der Bericht über Nordelbiens Lage wieder ein[14]; damals wird Helmold vermutlich nach Neumünster zurückgekehrt sein. Von dort aus erlebte er die Neubegründung des Segeberger Klosters durch Vizelin mit, das jetzt jedoch auf das linke Traveufer, nach Högersdorf, zurückgezogen wurde mit Rücksicht auf besseren Schutz gegen slawische Überfälle. In die gleiche Zeit fiel auch der schauenburgische Versuch, auf dem Werder Bucu südlich von Alt-Lübeck eine neue Stadt anzulegen. So rücken Vizelin und Graf Adolf in den Mittelpunkt der Erzählung unseres Chronisten, der sich nunmehr für längere Zeit im Kloster Neumünster aufgehalten hat, also in eben dem Raume, der für die missionarische wie für die politische Erschließung Wagriens damals eine Schlüsselstellung gewinnen sollte. Dort befindet sich Helmold während der Hungersnot von 1147, ebenso bei Ausfertigung der schon erwähnten Vizelins-

---

[13] Kap. 55 f.

[14] Kap. 56 f.: Ausgleich zwischen Adolf v. Schauenburg und Heinrich v. Badwide; Adolfs Aufruf zum Siedelwerk.

urkunde von 1150 und auch zu Zeiten des Todes Thetmars von Högersdorf im Jahre 1152. Endlich hat er 1154 in Neumünster seinen verehrten Meister Vizelin selbst hinscheiden sehen[15].

Der Tod dieses ersten Bischofs für die 1149 wiedererrichtete Diözese Oldenburg/Wagrien schnitt ein zweites Mal tief in das Leben des nun wohl annähernd vierzigjährigen Chronisten ein: mit seinem Braunschweiger Lehrer Gerold übernahm die Nachfolge Vizelins, des am Gegensatz von Erzbischof und Herzog Gescheiterten, ein Mann Heinrichs des Löwen. Er brachte es aus anfänglicher Feindschaft heraus nach längeren Verhandlungen fertig, im Herbst 1155 auf einem Tage in Stade auch zu seinem Metropoliten in ein wenigstens leidliches Verhältnis zu kommen, begünstigt durch den von Kaiser und Herzog auf den Erzbischof Hartwig ausgeübten Druck. Das von Hartwig wiederhergestellte Bistum kam damit im Schatten des Herzogs endlich zu beschränkter Bewegungsfreiheit; der vom Löwen investierte Bischof konnte sich zum Aufbau der Missionsarbeit in seinen Sprengel begeben.

Die Vermutung liegt an sich nahe, daß Gerold seinen Schüler unverzüglich zur engeren bischöflichen Begleitung gezogen hat, doch bietet erst Helmolds Bericht über die Visitation in Wagrien zu Beginn des Jahres 1156 einen sicheren Nachweis dafür[16]. Bereits kurze Zeit darauf vertraute der neue Bischof ihm jedoch das wichtige Pfarramt zu Bosau an. Der besondere Wert dieser Position für Gerold erklärt sich daraus, daß er Vizelin zwar als Bischof von Wagrien, nicht aber als Abt von Neumünster nachgefolgt war. Hartwig hatte die bisherige Personalunion selbstverständlich fallen lassen, nachdem der neue Bischof nicht mehr sein, sondern seines welfischen Gegners Parteigänger war. Möglicherweise hat Gerold die Anerkennung dieser Ämtertrennung als Preis für den Ausgleich mit Hartwig bei den Stader Verhandlungen gezahlt. Dagegen spricht freilich, daß Helmold nichts darüber sagt, doch liegt in der nun immer klarer hervortretenden Wendung des Chronisten gegen sein Stammkloster Neumünster Aufschluß genug.

Für die neugewonnene Aktionsfreiheit hat Bischof Gerold also andererseits mit dem Verlust der bisherigen Missionsbasis empfindliche Einbuße erlitten; er muß sich zunächst in Bosau als der einzigen intakten Pfarre des wagrischen Sprengels eine neue Basis zu schaffen suchen. Noch im Jahre 1156 scheint er die Rückverlegung des Konvents von Högersdorf nach Segeberg durchgesetzt zu haben, ohne doch selbst dorthin zu über-

[15] Kap. 73; zur Chronologie des Bischofs Vizelin vgl. zuletzt Jordan, Segeberg, S. 76 ff.

[16] Kap. 83 f.; Helmold geht mit Beginn dieses Berichts zur Erzählung in erster Person über.

siedeln. Die alte Mutterkirche in Oldenburg als Bischofssitz wieder zu beziehen, verwarf Gerold spätestens nach der Visitation[17]. Dafür wird weniger belangvoll gewesen sein, daß Oldenburg mitten in dem noch rein slawisch besiedelten Teil Wagriens lag[18] und unter der Herrschaft von Nachkommen des Fürsten Kruto verblieb, als vielmehr der Wille des Herzogs,
dessen Pläne um die gleiche Zeit darauf abzielten, das aufstrebende Lübeck seinem schauenburgischen Gründer wegzunehmen und zum neuen
Zentrum welfischer Politik in Nordelbien zu machen. Man wird dabei jedoch der Bedeutung Gerolds kaum gerecht, wenn man ihn nur als Werk-
zeug des Löwen ansieht: daß Lübeck auch vom kirchlichen Interesse seines Bistums her der gegebene Bischofssitz sein werde, mag er durchaus erkannt haben.

So bezog er in Bosau eine Art Wartestellung und verfolgte von dort aus
zusammen mit Helmold das Ringen um Lübeck zwischen dem Grafen,
dem Herzog und den Bürgern. Es war erst 1159 entschieden, und das
Schicksal gestattete Gerold zwar noch, in zähen Verhandlungen auch bei
dem widerstrebenden Erzbischof die vom Herzog geforderte oder geför-
derte Verlegung des Bischofssitzes in die werdende Travemetropole durch-
zusetzen, verwehrte ihm persönlich aber die Früchte dieses Erfolges. Vom
Tode schon gezeichnet, erlebte Gerold noch die erste Weihe der zu Lübeck
heranwachsenden Domkirche, nicht ohne ein letztes Mal von Hartwig mit
der Bitte um Neumünster abgewiesen zu werden, dann verstarb er 1163
nach längerem Krankenlager zu Bosau. In diesen letzten Lebenswochen
wird er nüchtern genug empfunden haben, wie sehr sein Wirken durch die
miteinander ringenden Kräfte des Herzogs, des Erzbischofs und des Grafen behindert worden war. Lange Gespräche mit Helmold mögen den Auftrag an diesen ergeben haben, durch eine Denkschrift an das eben sich
konstituierende Lübecker Domkapitel festzuhalten, welche Schwierigkeiten dem wagrischen Missionswerk seit den Tagen des großen Otto bis zu
denen des welfischen Löwen immer wieder aus den politischen Spannun-
gen erwachsen waren. Die „patres Lubicensis ecclesiae" sollten so auf die
überkommene Tradition des wagrischen Missionsbistums verpflichtet und
an die Mühsal, die Enttäuschungen, aber auch an das Ausharren namentlich der beiden letzten Oberhirten Vizelin und Gerold gemahnt werden.

Zu diesen Überlegungen stimmen die im Text nachweisbaren Anhalts-
punkte über die Abfassungszeit des ersten Buches zwischen 1163 und 1168.
Einige Zeit nach Gerolds Tode wird noch mit der Materialsammlung hin-

---

[17] Vgl. Kap. 84 mit auffällig negativen Angaben Helmolds über die Lage in
Oldenburg.
[18] Vgl. Kap. 57: „Aldenburg ... dedit Slavis incolendas".

gegangen sein; sie dauerte wahrscheinlich noch über den Tod des Grafen Adolf II. am 6. Juli 1164 hinaus[19]. Der Text ist einheitlich konzipiert, wie noch näher begründet werden soll, und das spricht für einen zügigen Abschluß der Arbeit. Den letzten Anstoß zur Niederschrift haben vielleicht erst die Ereignisse des Sommers 1167 gegeben, vor allem der Parteiwechsel von Gerolds Bruder und Amtsnachfolger Konrad I. zu den Gegnern Heinrichs des Löwen. Es gibt zu denken, daß der Chronist Anrede und Widmung nicht an seinen Bischof, sondern an dessen Kapitel gerichtet hat![20] Beendet war sie jedenfalls vor der Unterwerfung von Rügen durch den dänischen König Waldemar I. im Spätsommer 1168[21]. Es entsprach ganz den oben erschlossenen Zusammenhängen der Entstehung, daß Helmold den Tod seines Lehrers und Bischofs als letztes Ereignis dargestellt hat[22].

Nach längerer Pause hat der Chronist dann abermals zur Feder gegriffen, um der Erzählung ein kürzeres zweites Buch anzufügen. Wiederum lassen sich die Gründe dafür nur andeutungsweise aus dem Text erschließen. Da im Kapitel 106 von der „unica filia" Heinrichs des Löwen gesprochen wird, muß es vor der Niederkunft von dessen zweiter Gattin gegen Ende 1172 geschrieben worden sein. Am 17. Juli des gleichen Jahres war aber Bischof Konrad verstorben. Helmolds Verhältnis zu ihm entwickelte sich ausgesprochen kritisch, sobald Konrad sich gegen den Herzog gestellt hatte. Überdies, wenn nicht deswegen, waren dem neuen Bischof Schwierigkeiten mit seinem Klerus erwachsen[23].

Erst ein Ausgleich, der nach Erzbischof Hartwigs Tode im Herbst 1168 herbeigeführt werden konnte, veranlaßte den Chronisten, in zurückhaltender Form nun auch einige anerkennende Worte über Konrad zu äußern[24]. 1170 tritt er sogar in einer von dessen Urkunden als Zeuge auf; damals muß also zwischen Gerolds Bruder und dem Bosauer Pfarrherren, der zum Sprecher des toten Bischofs geworden war, ein friedliches Verhältnis bestanden haben[25]. Der Urkundenzeuge Helmold wird „praepositus" ge-

---

[19] Vgl. Kap. 67, dessen letzte Absätze nach Adolfs Tode verfaßt scheinen.

[20] Freundlicher Hinweis von Karl Jordan, für dessen Rat ich zu danken habe; vgl. auch bereits Schmeidler, Einl. 1909, S. X (nach v. Breska).

[21] Das ergibt sich aus der Behandlung der Ranen in Kap. 6, 36 und 52.

[22] Schmeidler, Einl. 1937 S. IX, erklärt, Helmolds Werk sei „in keiner Weise nach den Regierungszeiten der Lübecker Bischöfe gegliedert"; für das 1. Buch muß man dagegen Bedenken anmelden.

[23] Vgl. Kap. 97.

[24] Vgl. Kap. 107.

[25] UBBtLüb. I, 9 S. 14 zu 1170, Nov. 21.

nannt, und wenn wir die oben skizzierte Bedeutung von Bosau zu Zeiten
Gerolds berücksichtigen, so läßt sich die Möglichkeit nicht von der Hand
weisen, daß dort zeitweilig ein Kanonikerstift unter dem Chronisten bestanden hat oder geplant war, das dann nach Gerolds Tode eingegangen
oder in die kräftig sich entfaltende Domstadt Lübeck gezogen worden
wäre. Dort aber fehlt ein solcher Konvent, wenn wir nicht mit seiner Um-
wandlung in ein Kloster rechnen und die 1177 begründete Benediktiner-
abtei St. Johannis als seine Erbin ansehen wollen.

Rechnen wir mit dieser Möglichkeit, so könnte sich daraus erklären, daß
der alte Helmold 1177 bei der Klostergründung noch einmal urkundlich
als „presbyter" genannt wird[26]. Er wäre dann lieber in seiner alten Pfarre
zurückgeblieben, als dem Konvent nach Lübeck zu folgen. Lehnen wir sie
ab, so müssen wir den 1170 bezeugten Titel als Geste des Bischofs Konrad
oder, weniger glaubhaft, als einfachen Irrtum des Urkundenschreibers
hinstellen[27].

In diese Erwägungen über Helmolds Verhältnis zu Bischof Konrad gehört endlich noch hinein, daß von dessen Tod im zweiten Buche keine Rede
ist. Da wir kaum annehmen können, der Chronist habe ihn übergangen,
obgleich er Konrads Amtszeit zum Gegenstande des 2. Buches machen
wollte, so scheidet diese im älteren Schrifttum mehrfach versuchte Erklärung für die Fortsetzung aus. Konrads Tod muß als „terminus ante quem"
für Helmolds 2. Buch angesehen werden, dessen Entstehung aus anderen,
nicht in der Amtszeit des Bischofs zu fassenden Zusammenhängen zu begründen ist.

Im ersten Buche hatte der Bosauer Pfarrherr die Stellung der Ranen
als der letzten und stärksten Bastion heidnischen Slawentums besonders
unterstrichen[28]. Nun war es dem dänischen König Waldemar 1168 gelungen, die Insel Rügen zu unterwerfen, das Heiligtum des Swantewit zu zerstören und den Fürsten wie das Volk der Ranen zur Annahme des Christentums zu zwingen. Auf Helmolds Freude über diesen entscheidenden Mis-
sionserfolg fiel freilich der Schatten, daß er dem dänischen König und nicht
dem sächsischen Herzog zu danken war. Mit sicherem Blick erkannte er,
wie sich die Fürstenfronde gegen Heinrich den Löwen 1166/67 und die Ereignisse im Slawenlande wechselseitig beeinflußten[29]; man muß das Geschick bewundern, mit dem er beides wahrheitsgetreu zu schildern weiß,

---

[26] SHRU I, 136 S. 70 f. zu 1177: Gründungsurk. d. Lübecker Johannisklosters.
[27] Vgl. dazu Schmeidler, Einl. 1937 S. VIII.
[28] So bes. Kap. 36: „Rani ... primatum preferentes in omni Slavorum nacione"; Kap. 52: „Inter ... Slavorum numina prepollet Zuantevith, deus terrae
Rugianorum ...".   [29] Vgl. den Anfang von Kap. 109.

ohne doch den Standpunkt seiner sächsischen Partei preiszugeben. Den unverkennbar eingetretenen Rückschlag in der Politik Heinrichs fingen dessen nachfolgende Maßnahmen gegen Waldemar auf, die im Ehevertrag von 1171 gipfelten. Nicht von ungefähr ist die Nachricht über diesen Vertrag das letzte von Helmold mitgeteilte Ereignis, dem nur noch ein das allgemeine Fazit der Slawenmission ziehender Schlußabschnitt folgt. Seine rhetorisch überhöhende Fassung zeigt, daß er bewußt an das Ende der Darstellung gesetzt worden ist[30].

Gehen wir davon aus, daß die Verhandlungen zwischen Heinrich und Waldemar an der Eider Ende Juni 1171 geführt worden sind[31], und daß bis zur Ausrichtung der Hochzeit zwischen dem dänischen Thronfolger Knut und Heinrichs damals noch einziger Tochter Gertrud einige weitere Monate verstrichen sein mögen, so dürfte Helmold sein zweites Buch demnach vom Ausgang des Jahres 1171 bis zum Sommer 1172 in einem Zuge niedergeschrieben haben. Sein anfänglicher Gegensatz zu Bischof Konrad behinderte ihn nicht mehr; immerhin hielt er es für ratsam, in der abermals an die Lübecker Domherren gerichteten Vorrede seine freimütige Wahrheitssuche näher zu begründen. Herzlich wird das Verhältnis zu Gerolds Bruder auch nach dem Ausgleich um 1170 kaum geworden sein.

Eine letzte Stütze für diesen Versuch, Zeit und Anlaß der Niederschriften Helmolds abzugrenzen, gewinnen wir aus der auffallenden Tatsache, daß der Chronist nur im Kapitel 92 einmal auf urkundliches Material zurückgegriffen hat, und zwar bezeichnenderweise, um ein offenes Schreiben Bischof Gerolds an die Holsten im Wortlaut wiederzugeben. Dieses Stück kann durchaus in Bosau selbst, als dem interimistischen Sitz Gerolds, entstanden sein, wenn es Helmold nicht in der Pfarre Bornhöved zur Verfügung stand. Sonst aber ist keiner von den Rechtstiteln der jungen lübischen Kirche herangezogen, obgleich der Chronist sie nachweislich kennt und sogar zum Beleg anführt[32]. Hat er ihnen wirklich kein „besonderes Interesse ... zugewendet?"[33] Näher scheint mir zu liegen, wenn man sein

[30] Das 2. Buch ist also keineswegs vor der Vollendung abgebrochen, wie es Arnold v. Lübeck in seiner Vorrede behauptet hat (MGSS 21, S. 115).

[31] Vgl. J. Heydel, Das Itinerar Heinr. d. Löwen, Nds. Jb. 6/1929 S. 1–166, hier S. 73.

[32] Vgl. Kap. 12, Ende: „De urbibus vero aut prediis aut curtium numero ... non est huius operis explanare ..."; Kap. 90, Ende: „... alia, quae privilegiis conscripta sunt et in Lubicensi continentur ecclesia." Zu Schmeidlers Hinweis, Einl. 1937, S. XIV, auf Berührungen zwischen Helmolds Text, Kap. 14 und der Lotharurkunde für Segeberg DL III, 114 vgl. Jordan, Segeberg, S. 65 ff.   [33] So vermutet Schmeidler, Einl. 1937 S. XIV.

Verhältnis zum Bischof Konrad in Rechnung stellt, daß er auf die am lübischen Bischofssitz verwahrte Überlieferung verzichten mußte, um Konrad nicht vorzeitig auf sein historiographisches Vorhaben aufmerksam zu machen. Sein Werk entstand in der Stille, und diese erklärt sich nicht nur aus der Abgeschiedenheit des Pfarrdorfes Bosau, sondern ebenso aus den kirchenpolitischen Zeitumständen. Zumindest während der Arbeit am 1. Buche stand Helmold zu seinem Bischof schlecht, und auch später kaum besser als leidlich. Das hat seine Arbeitsweise mit bestimmt, die ohnehin stärker zum didaktischen Predigtstil als zum antiquarischen Bericht hinneigte.

Hier liegen wichtige Gründe auch für die Technik seiner Quellenbenutzung: was ihm nicht in Bosau verfügbar war, hätte er sich wenigstens teilweise aus Braunschweig beschaffen können, wußte er doch aus seiner Schulzeit, daß es sich dort befand. Aber Konrad war Abt in Riddagshausen gewesen, von Quellenstudien des Bosauer Pfarrherren hätte er gewiß erfahren; auch mag Helmold den aus der Braunschweiger Überlieferung zu ziehenden Nutzen für sein Werk nicht so hoch veranschlagt haben, daß es sich seinetwegen gelohnt hätte, die unbehelligte Ruhe seines Sprengels preiszugeben, aus dem er sich ohnehin nur mit bischöflicher Erlaubnis entfernen durfte.

So gliederte sich die Arbeit des Chronisten quellenmäßig in drei Abschnitte: die ältere Zeit bis 1066, für die ihm als Hauptgrundlage Adam von Bremen zugänglich war, den schwierigen Zwischenteil 1066 – ca. 1115, der weithin aus mündlicher Überlieferung hergestellt werden mußte, und die Zeit seit der Schlacht am Welfesholz, deren Zeugen er noch selbst kannte, soweit er sie nicht ab 1134 selbst mitbeobachtend erlebt hatte. Daß diese Dreiteilung für die Quellen, nicht aber für die Darstellung gilt, müssen wir schon hier betonen, später noch näher belegen.

Adam von Bremen hat Helmold selbst als seinen Gewährsmann genannt[34]; er folgte ihm in der Darstellung der Ereignisse bis über den Tod Gottschalks 1066 hinaus oft wörtlich, oft sinngemäß, ohne daß sich die von ihm benutzte Handschrift näher bestimmen ließe[35]. Er hat seine Vorlage dennoch sehr selbständig herangezogen und sie verbessert oder ergänzt, wo dies aus seiner eigenen Kenntnis der westslawischen Geschichte erforderlich schien[36]. Er konnte das tun, weil ihm eine von Adam unab-

---

[34] Kap. 14, Ende: ,,Testis est magister Adam . . .".
[35] Dazu vgl. Schmeidler, Einl. 1937, S. XII.
[36] Vgl. die Arbeiten von Brüske, Fritze und Labuda sowie die im Sachkommentar angemerkten Einzelhinweise, für deren wesentliche Ergänzung ich Rudolf Buchner zu danken habe.

hängige, wahrscheinlich mündliche Überlieferung zugänglich war, die manche Zusammenhänge frühsalischer Zeit besser erkannt oder doch überliefert hatte als der zeitgenössische Bremer Domherr[37].

Auch die Viten von Willehad und Ansgar müssen dem Bosauer Pfarrherren bei der Niederschrift verfügbar gewesen sein[38]; dagegen hat er sich bei einigen Anlehnungen an Ekkehards Weltchronik, die Annalen vom Disibodenberg sowie andere sächsische Quellen seiner Zeit nur auf Braunschweiger Erinnerungen gestützt, die sein Gedächtnis gut bewahrt hatte[39]. Was er über die Schicksale Heinrichs IV. zusammenfabelt, ist ein untrüglicher Hinweis darauf, daß infolge der Sachsenkriege und des Investiturstreits bereits nach erstaunlich kurzer Zeit eine lebhafte Legendenbildung eingesetzt hatte; Helmolds Bericht scheint hier ganz dem heimatlichen Gesichtskreis des nördlichen Harzvorlandes verbunden.

Über die Herkunft der eingestreuten Verse läßt sich keine Klarheit schaffen; sie können ebensogut Helmolds eigener Feder entstammen als auch Lesefrüchte der Braunschweiger Schulzeit sein. Der Klosterschüler hatte unter Gerolds guter pädagogischer Führung etwas Tüchtiges gelernt, besaß die Fähigkeit, es festzuhalten, und ist auch bei der Verwendung von Prosazitaten durchaus dem schriftstellerischen Brauch seiner Zeit gefolgt. Eine große Zahl von Stilmustern ist ihm nachgewiesen worden; oft hat er sie Adam entnommen und dann frei weiterverwendet, aber daneben hat er namentlich die Vulgata ausgebeutet. Weitere Vorlagen stammen von klassischen Autoren wie Sallust, Plautus, Terenz sowie Horaz, Lucan, Vergil und Ovid. Aus der spätantiken Literatur müssen ihm Boethius und Sulpicius Severus vertraut gewesen sein; an Kirchenvätern begegnen wir Gregor dem Großen und Anastasius bibliothecarius[40].

Merkwürdig kontrastieren zu dieser beachtlichen Belesenheit eine Reihe von Unbeholfenheiten, Wiederholungen, zuweilen auch grammatischen Fehlern im Text. Manches davon könnte zwar auch dadurch begründet

[37] Dazu Schmeidler, NA 50/1935, S. 352 f.; Biereye in ZHambG 19/19 17, S. 40 ff. Vgl. auch unten.

[38] Vgl. Kap. 3, 5 und Schmeidler, Anhang 1937, S. 283.

[39] Vgl. die Hinweise im Sachkommentar, sowie Schmeidler, Einl. 1937, S. XIII.

[40] Zum Problem der Verse bei Helmold vgl. M. Manitius, Gesch. d. lat. Lit. des Mittelalters, 1911–31, III, 496 sowie Schmeidler, Einl. 1937, S. XIII f., der S. XV ff. und S. 282 auch über die klassischen und kirchlichen Autoren handelt, denen Helmold Stilmuster verdankt. Einzelnachweise im Sachkommentar. Zu den Aufstellungen von D. Jegorov, I, 89 ff. über die Verwendung der Vulgata vgl. Schmeidler 1932 und 1933.

sein, daß der erfahrene Prediger seinen Text so einfach und verständlich wie möglich halten wollte, doch es bleiben genug Unebenheiten, die den Kritikern Argumente boten, zahlreiche wertvolle Nachrichten Helmolds als inhaltslose Formeln, leere Wortspiele und Redensarten abzutun oder doch anzuzweifeln. Schmeidler hat mit treffenden Worten begründet, daß dahinter oft nur Übersetzungsschwierigkeiten zu suchen sind, mit denen der in seiner Volkssprache denkende und predigende Chronist bei der fremdsprachlichen Niederschrift zu kämpfen hatte[41]. Teilt Helmold solche Schwächen mit vielen mittelalterlichen Autoren, so hebt er sich von den meisten dadurch ab, daß er aus diesem auch ihm sichtlich unbequemen Rahmen hervorzutreten vermag: bei aller Entlehnung in Einzelheiten der Wortwahl, der Wendungen, des Satzbaus, bei mancher Steifheit oder Schiefe in Grammatik und Ausdruck gelingt es ihm doch, seinem Text die durchaus eigene, plastisch-lebendige Wärme zu geben, von der jeder aufmerksame Leser unversehens eingefangen und gefesselt wird. Selbst hölzerne Fassungen gewinnen hier und dort ein Daseinsrecht, weil sie den schlichten Gang der Erzählung unterstreichen können.

Schlichtheit ist jedoch bei Helmold keineswegs mit Einfalt gleichzusetzen: wir haben bereits angedeutet, daß in seinem Werk ein planvoller Gesamtaufbau kenntlich wird; bevor wir es näher belegen, wollen wir die Bauglieder noch etwas eingehender auf ihre Gestaltung ansehen. Der anziehenden Färbung im stilistischen Detail, wie sie auch von ungelenken Sätzen des Chronisten noch ausgeht, entspricht nämlich bei der szenischen Gliederung auffallendes darstellerisches Geschick. Wir suchen es an dem einen Beispiel der Kapitel 103–104 zu beschreiben, die sich mit dem großen Aufstande gegen Heinrich den Löwen im Jahre 1167 befassen. Der klare Aufbau prägt sich ein; seinen Gedankengang analysieren wir:

A Der mächtige Herzog, des Kaisers Freund
„Sed quia . . . in effectum"
B Die Verschwörung
1. Die Verschwörer in Sachsen
„Postquam . . . in Amerland"
2. Ihr Hintermann im Süden (außerhalb von Sachsen)
„Super hos . . . intentus"
3. Angriff der Verschwörer im Osten
„Tunc . . . multas"
4. Angriff der Verschwörer im Westen
„Porro . . . regione"

[41] Vgl. Schmeidler, Einl. 1937, S. XV.

C Niederwerfung der Verschwörer
   1. Defensive Vorbereitung in Sachsen
     „Videns igitur . . . oportunis"
   2. Defensive Absicherung im Norden (außerhalb Sachsens)
     „In tempore . . . omni offensione"
   3. Gegenstoß des Herzogs im Osten
     „Tunc congregavit . . . muros Magdeburg"
   4. Gegenstoß des Herzogs im Westen
     „Deinde convertit . . . suscepta"
D Der schwächlich schwankende Erzbischof Hartwig
   „Grassantibus igitur . . . in menses et annos".

Wir haben es mit einem rhetorischen Konzept nach alter Schule zu tun: zwischen die Antithese beider Eckglieder spannen sich zwei parallel aufgebaute Erzählungsbögen: die Verschwörung und ihre Bewältigung. Kurze Glieder im ersten malen den plötzlichen Ausbruch, lange im zweiten die mühsame Niederwerfung des Aufstandes. Taucht hinter den Fürsten des Kaisers Kanzler Rainald von Dassel als gefährlicher Hauptgegner des Welfen auf, so gipfelt dessen defensive Vorbereitung im Ausgleich mit dem ähnlich unberechenbaren Obotriten Pribislaw. Dieser Tiefpunkt, in dem ein zwar nicht verschwiegener, aber geschickt an den Erzählungsrand geschobener partieller Verzicht des Herzogs liegt, markiert zugleich als Wende die Kapitelzäsur. Gerafft und betont schreitet danach die Darstellung zum Höhepunkt, der Plünderung Bremens[42]. Der Chronist bezieht auch dabei offen Partei, ohne zu verzerren.

Im Ausmalen solcher szenischen Einzelglieder zeigt sich Helmolds Gabe, lehrhaft und einprägsam zu beschreiben; zuweilen übergreifen sie, wie bei unserem Beispiel, zwei oder mehr Kapitel, oft stimmen sie mit den Kapitelzäsuren überein, oft fügen sich auch mehrere Szenen zu einem Kapitel zusammen. Dabei bilden die nach erprobten Vorbildern eingeschobenen, stets klug und schlüssig aufgebauten direkten Reden der wichtigsten Handlungsträger ein besonders belebendes Moment; ihre frei erfundenen Texte wirken logisch, leuchten ein und unterstützen den Rhythmus der Erzählung. Nicht alles überzeugt an der szenischen Abfolge; manches Kurzkapitel namentlich der Zeit vor 1115 wirkt mager, weil Vorlage oder Überlieferung zu wenig Stoff geboten hatten, doch sind die

---

[42] „Et fugit Christianus . . . Et irrupit dux . . . Et transfugerunt cives . . . et posuit eos dux in proscriptionem . . . Christianus autem . . . mortuus est . . ." In diesem Falle scheint z. B. nicht Unbeholfenheit sondern Absicht erkennbar hinter der harten Folge kurzer Sätze, die iterativ eingeleitet werden.

meisten Kapitelschlüsse textlich so klar markiert, daß damit ihre Abteilung durch Helmold selbst eindeutig erwiesen ist[43].

Endlich läßt sich zeigen, daß die Einzelglieder zur Kette verknüpft sind: Gruppen von Kapiteln folgen einander im Wechsel von positiven und negativen Aspekten, um das Auf und Ab des Missionsvorhabens nachzuzeichnen. Gerade im ersten Hauptteil des ersten Buches, der bis zum Ende Gottschalks ja weithin auf Adam beruht, ist dieser Strukturgedanke gut zu verfolgen. Mit Rücksicht auf ihn scheint die Vorlage abgewandelt, verkürzt oder ergänzt. Dem dreimaligen Vorstoß folgt jedesmal der Rückschlag[44], am härtesten zuletzt mit dem ganz Nordelbien verheerenden Regiment Krutos, das sein Gegenstück in den legendär-verdunkelten Kapiteln 27–33 über den Ausgang der Salier erhält[45]. Unverkennbar ist diese Zeit slawisch-heidnischen Vordringens mit dem Verzicht der Salier auf die ottonische Politik an der Elbgrenze zusammengesehen. Helmold ist hier ganz der Vertreter sächsischer Reichsvorstellungen gegenüber dem neuen, vom Mittelrhein aus nach Südwesten und Süden blickenden Konzept des Königtums.

In scharfem Kontrast zu diesem düsteren Beschluß des ersten stehen die zügigen Anfangskapitel des zweiten Hauptteils über den christlichen Slawenfürsten Heinrich (34–38), den großen Sachsenherzog Lothar (39–41) und die frisch ansetzende nordelbische Mission unter Vizelin (42–47). Auf empfindliche Rückschläge unter den Erben Heinrichs (48–52) folgt dann wieder ein durch die Namen Segeberg und Lübeck umrissener Ausgriff, unterbrochen einzig durch die von Lothars Tod ausgelöste Krisis (53–58). Der Bericht über den unglücklichen Kreuzzug und seine nachteiligen Fol-

[43] Hierher gehört die richtige Beobachtung von Jegorov, I, 106, daß Helmold es liebte, Kapitel mit Bibelworten abzuschließen; vgl. dazu Schmeidler, Einl. 1937, S. XXV, Anm. 3.

[44] Nach den beiden orientierenden Eingangskapiteln wird knapp der Vorstoß unter Karl und Ansgar behandelt (Kap. 3–6), es folgen die Rückschläge im Zeichen normannischer und ungarischer Einfälle (7–8), abgelöst vom großen ottonischen Ausgriff (9–13); der Abfall von Dänen und Slawen macht ihn zunichte (14–16), ein neuer Ansatz zur Zeit von Unwan und Gottschalk (17–21) endet im Zusammenbruch und mit der Herrschaft des Wagrierfürsten Kruto (22–26).

[45] Diese Kapitel umschreiben eine Zeit tiefsten Niedergangs, nur unterbrochen vom kurzen Hinweis auf den ersten Kreuzzug. Daß der Chronist gerade hier bewußt den Tiefpunkt seines ganzen Werks ansetzt, zeigen die letzten Sätze von Kap. 33: „His igitur de perturbacionibus imperii et variis Saxonum bellis necessario prelibatis, eo quod Slavis causam defectionis vel maximam prebuerint, iam nunc redeundum est ad hystoriam Slavorum ...".

gen für Nordelbien, in sich ein weiteres, dreiteilig aufgebautes Beispiel kluger Erzählkunst, beschließt dann den zweiten Hauptteil mit ähnlich negativen, freimütig aber auch einseitig gegen die Fürsten gewendeten Akzenten, wie sie zuvor beim ersten gesetzt worden waren (59–68).

Im dritten und abschließenden Hauptteil des ersten Buches rücken die Träger der nordelbischen Mission endgültig in den Vordergrund: Vizelin, Thetmar und Gerold einerseits, die sächsischen Fürsten Heinrich und Adolf andererseits. Gegenübergestellt werden ihnen der Bremer Erzbischof Hartwig und der bemerkenswert objektiv gesehene Slawenfürst Niklot. Die Reichsgeschichte unter dem aufsteigenden Barbarossa ist geschickt eingeblendet[46]; mit dem Bericht über das alexandrinische Schisma leitet sie zum Abschluß über, der zwar auch jetzt überschattet ist – vom Zehntstreit, vom Aufstande der Niklotsöhne und zuletzt vom Tode Gerolds – aber doch gegenüber den beiden vorangegangenen Einschnitten im Bewußtsein des für die Mission Erreichten wesentlich hellere Farben erhalten konnte.

Das zweite Buch zeigt den Chronisten bei der Niederschrift weiter gereift: er schildert großzügiger und zugleich ausgeglichener, hält aber an seinen Kompositionsgedanken fest: auf die letzte große Krisis im Kampfe um das Obotritenland (96–99) folgt der entscheidende, bei Verchen freilich hoch bezahlte Vorstoß bis nach Pommern hinein (100–102); dann bringen der Fürstenaufstand den Herzog, die römische Pest den Kaiser teilweise um die Frucht ihrer Mühen (103–107), endlich aber kann mit der Bekehrung Rügens und der Befriedung Mecklenburgs ein ganz auf Zuversicht und Siegesfreude gerichteter Schlußstrich unter das Werk gesetzt werden.

Urteilen wir treffend, so läßt dieser Gesamtaufbau Helmolds didaktische und gestalterische Begabung voll erkennen, bietet aber zugleich den Ansatz zur nötigen Kritik: zwar weder verzerrend noch gar verfälschend, aber doch überall harmonisierend rückt der Chronist das Geschehen in sein Bild hinein. Er geht dabei zugunsten des Konzeptes mit der Chronologie erheblich freier um, als es z. B. noch Schmeidler angenommen hat. Manche aus der Erzählfolge geschlossenen Datierungen in dessen Ausgabe hat die neueste Forschung umstoßen müssen. Helmold ließ den Faden unbe-

---

[46] Schmeidler, 1912, S. 215 ff. hat bereits darauf hingewiesen, daß die Berichterstattung mit dem Kap. 84 ein „anerkennenswert hochstehendes" Niveau erreiche; den „umfassenderen Gesichtskreis" konnte Helmold um so leichter gewinnen, je mehr er sich dem Zeitgeschehen genähert hatte. Hier kam ihm seine Fähigkeit besonders zustatten, zu überschauen, zu radizieren und vereinfachend zu gestalten.

kümmert zeitlich hin und her springen, wenn das dem planmäßig komponierten Aufbau der Erzählung dienlich schien. Das gilt besonders für den zweiten Hauptteil des ersten Buches (Kap. 34–68), der allerdings nach der Quellenlage auch der am schwersten zu schreibende gewesen ist; es läßt sich aber nicht minder an der zielbewußten Art verfolgen, mit der bis zum Kapitel 24 die Vorlage Adam umgestellt oder zusammengestrichen ist, soweit es die eigenen Absichten Helmolds erforderten. Immerhin hat er sich Änderungen stets nur dort gestattet, wo er besser orientiert war oder zu sein glaubte, doch war er subjektiv genug, Bremens Ruhm einzuschränken, wo immer es vertretbar schien.

An dieser schwachen Stelle setzte denn auch der erste Angriff gegen den Chronisten an, gemäßigt noch geführt von Hirsekorn 1874, mit aller Schärfe wenig später von Schirren 1876[47]. Er gipfelte in dem Vorwurf, Helmold habe mit raffinierter Fälschung und Legendenbildung das materielle Interesse des oldenburgisch-lübischen Bistums vertreten. Wichtige, hier angegriffene Bestandteile der Helmold-Überlieferung, so vor allem die Nachrichten über die ersten Oldenburger Bischöfe ottonischer Zeit, über den Slawenfürsten Heinrich und über Vizelins Lebensschicksal, wurden jedoch von der sogleich zugunsten des Chronisten reagierenden Forschung als zuverlässig oder doch frei von Täuschungsabsichten erwiesen[48]. Es stellte sich heraus, daß Helmold seine Quellen, besonders Adam von Bremen, sorgfältig und gewissenhaft benutzt hatte[49], ja, daß er in wesentlichen Fragen der Slawengeschichte des 11. Jahrhunderts besser orientiert war als der Zeitgenosse Adam[50]. Für die unverkennbaren Differenzen zwischen Helmolds Darstellung und der urkundlichen Überlieferung in den nordelbischen Klöstern Neumünster und Segeberg hatte Schirren selbst mit dem Nachweis einer Gruppe von Urkundenfälschungen den Weg zur Erklärung beschritten; inzwischen konnten Schmeidler und Jordan abschließend zeigen, daß nicht in Bosau, sondern in den Klöstern das Bild der Überlieferung verzeichnet worden ist[51].

Die Kritiker waren bereits durchgehend widerlegt, als Jegorov ihre Argumente nochmals zusammenfassend aufgriff, sie in stilistischer Richtung nicht unwesentlich erweiterte und die Diskussion auf das ethnische Feld

---

[47] Vgl. Schr.verz.

[48] Vgl. die Arbeiten von Wigger (1877), v. Breska (1880 und 1882), Bresslau (1888 und 1894) und Curschmann (1911).

[49] Vgl. bes. die Diss. von Regel (1893).

[50] Vgl. die Arbeiten von Brüske (1955), Fritze (1958 und 1960), auch von Kahl (1957/62); Einzelnachweise im Sachkommentar.

[51] Vgl. Schmeidler (1940), Jordan (1951).

schob, wo sie nach Helmolds Weltbild nicht viel zu suchen hatte[52]. Abermals folgte der Gegenstoß unmittelbar und durchschlagend[53]. Die letzten Arbeiten zur ethnischen Frage konnten sich zunehmend aus einseitigen Betrachtungsweisen lösen und haben mit neuen, vornehmlich archaeologisch-landeskundlichen Methoden verfolgt, wie sich aus dem Nebeneinander zweier ethnischen Gruppen auf westslawischem Boden durch die deutsche Ostbewegung ein Miteinander-, schließlich Ineinandergehen entwickelte[54].

Niemand anders als Helmold hat die ersten Phasen dieses wichtigen Vorgangs wahrheitsgetreu und lebendig geschildert. Seine Überlieferung ist nach dem heutigen Stande der Forschung fester noch als zuvor in vollem Umfange gesichert; über ihr eigentliches Thema hinaus, die Christianisierung der nordelbisch-obotrischen Lande, bietet sie wertvolle Beiträge zur Reichsgeschichte[55], namentlich aber zur sächsisch-niederdeutschen, westslawischen und skandinavischen Geschichte; sie bleibt unsere einzige ausführlicher und dabei bemerkenswert objektiv berichtende Quelle über die Ostbewegung und die von ihr im westslawischen Raume angetroffenen kulturellen, wirtschaftlichen und politischen Verhältnisse[56]. Ihre besondere Einstellung auf Stadt und Bistum Lübeck macht sie darüber hinaus zu einer wertvollen Stütze frühhansischer Forschung.

Hier liegen auch die Gründe dafür, daß Helmolds Werk weit in das Spätmittelalter hinein fortgewirkt hat: schon ein Menschenalter später machte sich Arnold von Lübeck, erster Benediktinerabt des 1177 in der Travestadt gegründeten Johannisklosters, an die Fortsetzung des Bosauer Chronisten[57]. Im 13. Jahrhundert wurde er ferner den chronikalischen Arbeiten im Lüneburger Michaeliskloster zugrundegelegt[58]. Abt Albert

[52] Jegorov, 2 Bde., dt. Übs. 1930.

[53] Witte, als Bd. 3 d. Jegorov-Übersetzung, 1932; Schmeidler (1932 und 1933, sowie Einl. zu 1937).

[54] Vgl. bes. Jankuhn (1955/57), Prange (1960), Ludat (als Hgb., 1960), Lammers (1961/63).

[55] So etwa für den Merseburger Reichstag 1152, die Begegnung in St. Jean de Losne 1162, den Fürstenaufstand gegen Heinrich d. Löwen 1166/67.

[56] Vgl. das beigefügte Stemma obotritischer Fürsten; es beruht vornehmlich auf Schmeidler, 1918, S. 318 ff. und Fritze, 1960, S. 144 ff., 154 ff., dem hier für manchen wertvollen Rat gedankt sei. Die wichtigeren neuen Arbeiten über wirtschaftliche, soziale und kulturelle Zustände bei den Westslawen der Zeit Helmolds siehe im Schr.verz.

[57] Arnold v. Lübeck † 1212; seine „Chronica Slavorum" gab Lappenberg in MGSS 14/1868 heraus. Neudruck 1930, neue Ausgabe durch H. G. Freytag in den MGH und in dieser Reihe (Bd. 20) in Vorbereitung.

[58] MGSS 23/1874, S. 394–397.

vom Stader Marienkloster schrieb ihn für seine kompilatorische Weltchronik aus[59].

In späterer Hansezeit sind fast alle bedeutenderen niederdeutschen Geschichtsschreiber für die Anfänge ihrer Darstellung Helmold gefolgt; das
gilt für Heinrich von Herford[60] und Hermann von Lerbeke[61] an der mitt-
leren Weser, für den Mecklenburger Reimchronisten Ernst von Kirch-
berg[62], für die lübischen Ratsannalisten, vor allem Hermann Korner[63],
für den Sprecher der Oldenburger Grafen, Johann Schiphouwer[64], für das
wahrscheinlich im Raume von Itzehoe entstandene ,,Chronicon Holtza-
tiae‘‘[65], die Chronik der nordelbischen Sassen[66] und das Süseler ,,Chroni-
con Slavicum‘‘[67]. Endlich hat auch der an Weite des Horizontes alle diese
Vorgänger übertreffende Hamburger Domdekan Albert Krantz zu Beginn
des 16. Jahrhunderts für seine historischen Arbeiten auf Helmold zurückgegriffen[68].

So ist der Bosauer Pfarrherr bis in nachreformatorische Zeit die wich-
tigste Überlieferungsbasis im hansischen Raume für die Zeit vor 1170 geblieben; der erst 1548 posthum gedruckten ,,Metropolis‘‘ von Krantz folgt
zeitlich unmittelbar die Helmold-Edition Sigismund Schorckels, mit der

---

[59] MGSS 16/1859, S. 283–378.

[60] Dominikaner, † 1370 in Minden; seinen ,,Liber de rebus memorabilioribus
sive chronicon‘‘ gab heraus Potthast, Gött. 1859.

[61] Bei Minden; sein ,,Chronicon comitatus Schawenburgensis‘‘ ist gedruckt
bei Meibom, Scr.rer. Germ. I/1688, S. 497–521.

[62] Schrieb bis 1378; sein ,,Chronicon Mecklenburgicum‘‘ ist gedruckt bei
Westphalen, Monum. inedita, IV/1745, Sp. 593–840.

[63] Lübecker Dominikaner, † 1438; über ihn zuletzt F. Bruns in ZLübG 35/1955,
S. 87 ff. mit älterem Schrifttum; vgl. K. Koppmann, Ausg. in Die Chroniken
dt. Städte, Bd. 26/1899, S. 183 ff. und Bd. 28/1902, S. XI f.

[64] Widmete 1504 dem bedeutenden Grafen Johann V. sein ,,Chronicon Olden-
burgensium archicomitum‘‘, gedruckt bei Meibom, Scr.rer. Germ. II/1688,
S. 123–194.

[65] ,,Chron. Holtz. auctore presb. Brem.‘‘ (bis 1428 geführt), kennt weder
Arnold von Bremen noch Albert v. Stade; Druck von Lappenberg in MGSS
21/1869 S. 251–376 und QSSH I/1862.

[66] Um 1448 entstanden, bis 1483 fortgeführt; Ausgabe von Lappenberg,
QSSH 3/1865.

[67] Bis 1485 geführt; Ausgabe von E. Laspeyres, Lübeck 1865.

[68] Zuletzt über Albert Krantz († 1517): E. Waschinski in ZHambG 39/1940,
S. 139–178; Erstdrucke seiner historischen Werke: Wandalia 1519, Saxonia
1520, Suecia-Dania-Norvagia 1546, Metropolis 1548; ausführlichster Katalog
noch immer bei Schröder, Lexikon d. Hbg. Schriftsteller IV/1866, S. 180ff.

1556 das Bemühen wissenschaftlicher Quellenforschung um unseren Chronisten einsetzt.

Den Untersuchungen Schmeidlers über Handschriften und Drucke der „Chronica Slavorum" ist nichts Neues zuzufügen[69]. Für die Textgestaltung seiner beiden, auf Lappenbergs Arbeit aufbauenden Ausgaben von 1909 und 1937 standen ihm zur Verfügung:

Hs. 1 Univ. bibl. Kopenhagen, Add. Nr. 50, Perg. in Folio, enthaltend Helmold ohne Vorrede zu Buch 1 sowie den Anfang von Arnold v. Lübeck. In der 5. Lage fehlt Bl. 8, in der 6. Bl. 1–3 und 8–10. Nach 1472 wurden diese 6 Lagen mit einem zweiten Teil zusammengebunden, der den Rest von Arnold enthielt. Den Helmold enthaltenden ersten Teil datierte Lappenberg auf „vor 1297", Waitz (Archiv 7/1839, S. 615) auf 14. Jh., während Schmeidler unter Widerlegung der Gründe Lappenbergs eine Entstehung zwischen Ende des 13. und Anfang des 15. Jhs. für möglich, im Anfang des 14. Jhs. für wahrscheinlich erklärte. Vor 1472 hat ein Benutzer der Hs. neun auf Dithmarschen bezügliche und zwei aus Martin v. Troppau entnommene Randbemerkungen zugefügt, drei Textstellen korrigiert (eine falsch) und einen Schlußvermerk angebracht.

Hs.1a Univ. bibl. Kopenhagen, Arnamagnäische Slg. Nr. 30, Folio, ist 1472 aus Hs. 1 abgeschrieben; sie enthält den ursprünglichen Umfang von deren erstem Teil, also Helmold ohne Vorrede 1 und Arnold bis I, 9, dazu einige Nachträge. Vermutlich ist sie im Kloster Bordesholm entstanden[70].

Hs. 2 Stadtbibl. Lübeck, Papier in Quart, enthaltend gleichfalls Helmold ohne Vorrede 1 und Arnold bis I, 9. Die Hs. ist im 15. Jh. geschrieben, der viermal vorkommende Name „Salzwedel" wurde vergrößert und verziert, doch ist daraus kein sicherer Anhalt für Herkunft und Schreibort zu gewinnen. Den Editoren Reineccius und Bangert lag sie neben der Ausgabe Schorckels als Textquelle vor.

Hs.2* Wiener Neustadt, Neukloster Hs. XII D 21, Papier. Die um 1512 entstandene Hs. enthält Viten von Vizelin und Thetmar, die fast

---

[69] Vgl. Schmeidler, Einl. 1937, S. XVIII–XXIV; nach ihm das Folgende.

[70] Dazu vgl. N. Beeck, QSSH 4/1875, S. 188 ff.; M. Manitius, NA 32/1907, S. 705. Die Einwände von E. Steffenhagen, Die Klosterbibliothek zu Bordesholm ..., Kiel 1884, S. 5 weist Schmeidler zurück.

wörtlich aus Helmold entnommen sind, und zwar aus einer mit
Hs. 2 nahe verwandten Quelle, die manche Fehler von 2 nicht
hatte.

S   Editio princeps, besorgt von Sigismund Schorckel unter Widmung an den Herzog Johann Friedrich v. Stettin, gedruckt bei
Peter Brubach in Frankfurt/Main, Quart, 1556. Neu aufgelegt
1573. Die Ausgabe ist einer Hs. gleichwertig, doch fehlt auch ihr
die Vorrede 1. Gemessen an zeitgenössischen Anforderungen ist
sie relativ zuverlässig, wenn auch nicht frei von eigenmächtigen
Änderungen.

Hs. 3   Gymnasium Stettin, wohl beim Brande des Marienstifts 1677
verloren gegangen. Auch sie enthielt Helmold mit Arnold; ihr
Text stand dem von Hs. 2 sehr nahe. Der Helmoldeditor Bangert
hat sie 1659 mit herangezogen, die schwedische Königin Christine
ließ aus ihr eine ebenfalls verschollene Abschrift fertigen; 1674
wird Hs. 3 zuletzt erwähnt.

Hs. 4   war im Besitz des brandenburgischen Kanzlers Chr. Distelmeier
(1552–1612); Reineccius hat sie noch für seine Helmoldausgabe
von 1581 benutzen können, er verdankte ihr vor allem die nur hier
überlieferte Vorrede zum 1. Buch. Später ist die Hs. verschollen.
Spärliche Angaben über sie hat Schmeidler aus Reineccius entnommen; er schließt daraus sowie aus den von Reineccius mitge-
teilten Lesarten, daß Hs. 4 ein stark verkürzter Auszug des Helmoldtextes gewesen sei.

Hs. 5   Staatsbibl. Wien, im handschriftlichen Katalog, ohne Nr. Diese
Hs. ist nie aufgefunden worden und vermutlich identisch mit den
in Hs. 3381, Bl. 1 und 83 enthaltenen Helmoldauszügen vom Anfang des 16. Jh. Sie enthalten Teile der Kap. 1, 2, 9 und 12 und
werden von Schmeidler als „exc. Vindob." angeführt.

Hs. 6   Eine weitere verschollene Hs., von der wir nur durch einen Hinweis der Helmoldausgabe von Bangert, S. 48, wissen.

Die Ausgaben

S   Zur Erstausgabe von Schorckel siehe oben.

R   „Chronica Slavorum seu Annales Helmoldi … opera et studio
Reineri Reineccii", Frankfurt 1581. Reineccius baut auf dem
Text von S auf, verbessert von dessen Fehlern jedoch viele mit
Hilfe der Hss. 2 und 4, oder vermerkt wenigstens gute Les-
arten aus 2 am Rande; aus 4 druckt er erstmals die Vorrede zu
Buch 1.

B   Heinrich Bangert gibt 1659 in Lübeck bei Statius Wessel einen neuen Quartdruck des Helmoldtextes heraus, mit eingehendem Sachapparat auf der Basis der Hss. 1, 2, 3, S und R, jedoch ohne kritisch zu kollationieren und ohne die Fehler der älteren Ausgaben zu verbessern[71].

Die Erstausgabe der MGH im Bande Scriptores 21/1869, S. 1–99 war besorgt von Lappenberg und wurde nach dessen Tode (1865) von L. Weiland fertiggestellt. Von dieser vollwertigen kritischen Ausgabe brachte Pertz bereits 1868 in der Reihe „in usum scholarum" einen Abdruck mit verkürzter Vorrede und knapper gehaltenem Apparat.

Unter Auswertung der Vorarbeiten von Holder-Egger besorgte Schmeidler 1909 eine „editio secunda", 1937 eine „editio tertia" der Ausgabe „in usum scholarum".

Dieser Text Schmeidlers ist von uns ohne wesentliche Änderungen übernommen worden[72]; über seine Herstellung aufgrund des Verhältnisses von Handschriften und Ausgaben zueinander urteilt Schmeidler unter Berücksichtigung der Ergebnisse von Lappenberg so, daß 1 und 2 als beste Handschriften anzusehen seien. S stehe 1 nahe und gehe über ein verlorenes Zwischenglied (z) mit 1 auf die gleiche Vorlage (y) zurück. Da ferner 1, S und 2 gemeinsam die Vorrede zum 1. Buche fehle und in allen dreien die Texte von Helmold und Arnold verbunden gewesen seien, so stehe hinter dieser ganzen Gruppe ein Urexemplar (x): Helmold mit Arnold, das frühestens nach 1210 entstanden sein könne[73]. In dem Schreiber von (x), der vielleicht um 1225 Helmold mit Arnold vereinigt habe, sieht Schmeidler mit guten Gründen auch den Verfasser der Kapitelüberschriften[74].

Unabhängig von dieser Gruppe steht in der Überlieferung nur die Handschrift 4; sie hatte die Vorrede zum 1. Buch und teilte auch manche Fehler der (x)-Gruppe nicht, war aber lediglich ein stark bearbeiteter Kurzauszug des vollen Helmoldtextes. Schmeidler kommt damit zum nachfolgenden Stemma der Überlieferung:

[71] Über eine Lübecker Scheinauflage mit 100 Exemplaren von Bangert vgl. Schmeidler Einl. 1937, S. XXIV; Die Ausgabe von Leibniz in Scr. Brunsv. ill., Hann. II/1710, S. 537–629 ist ein Nachdruck von Bangert, zum Anhang vgl. Lappenberg, Archiv 6/1831, S. 596 ff.

[72] Abweichungen sind im Apparat angemerkt, soweit es sich nicht um Druckfehler in der Ausgabe von 1937 handelt.

[73] Arnold schrieb selbst bis 1210 und ist kurz darauf verstorben; vgl. Lappenberg in SS 21/ 1869, S. 102.

[74] Vgl. Schmeidler, Einl. 1937, S. XXVI.

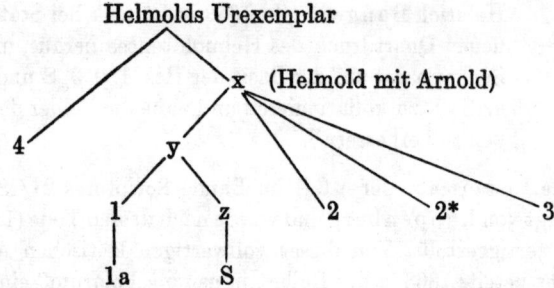

Alle erhaltenen Handschriften sind demnach von Helmolds originaler Fassung erheblich entfernt; bereits (x) wies zahlreiche Fehler und Abweichungen auf. Lappenberg und noch entschiedener Schmeidler gingen bei der Textherstellung von 1 aus. Wo S mit 1 nicht übereinstimmte, entschied die Lesart von 2; wo auch dieses abwich, mußte der Herausgeber den Text selbst aus dem sachlichen Zusammenhang wählen. Auch für die Orthographie ist 1 zugrunde gelegt. Was Lappenberg aus 4 in den Text genommen hatte, entfernte Schmeidler größtenteils wieder, ebenso ließ er die von den älteren Editoren[75] und Lappenberg vorgenommenen Verbesserungen grammatischer Fehler fallen, soweit Helmold selbst als ihr Urheber zu vermuten war.

Obgleich Schmeidler selbst inzwischen eingeräumt hat, daß 1 wohl nicht so beträchtlich älter sein dürfte als 2, wie es noch 1909 von ihm vermutet worden war, bestand nur in ganz vereinzelten Fällen Veranlassung zu Abstrichen von der Dominante 1 gegenüber 2. Abgesehen von diesen Ausnahmen blieben die Grundsätze der mustergültigen Textherstellung von Schmeidler erhalten; diese Ausgabe folgt ihnen unter Berücksichtigung der allgemeinen Richtlinien zur Gestaltung von Text und kritischem Apparat, die für die „Freiherr-vom-Stein-Gedächtnisausgabe" der Wiss. Buchgesellschaft gelten.

Den Sachkommentar seiner ersten Ausgabe empfand Schmeidler selbst 1937 als nicht mehr voll dem Stande der Forschung entsprechend, war aber aus zeitlichen Gründen außerstande, ihn neu durchzuarbeiten. Inzwischen liegen weitere wichtigen Forschungsergebnisse vor, die eine gänzliche Umgestaltung der sachlichen Anmerkungen notwendig machten; hoffentlich ist damit Schmeidlers Leistung ein schuldiger Dienst erstattet.

---

[75] Wo alle älteren Editoren (S, R, B) in wichtigeren Lesarten gesondert zusammengehen, verwendet der kritische Apparat, wie bei Schmeidler, das Sigel „edd".

Anders als beim Text war bei der Übersetzung nicht an eine auch nur teilweise Übernahme der zuerst 1852 von Laurent in den „Geschichtsschreibern der deutschen Vorzeit" vorgelegten Fassung zu denken. Anerkennenswert bleibt deren Zuverlässigkeit; Wattenbach und Schmeidler haben zwar in ihren 1888 bzw. 1910 besorgten Neuauflagen manches berichtigt, aber den Kern unverändert gelassen. Die Sprache Laurents ist jedoch nach nunmehr 11 Jahrzehnten so weit von unserer heutigen abgesetzt, daß zahlreiche Formulierungen stilistisch und oft auch sinngemäß nicht mehr als dem Helmoldtext adäquat zu empfinden sind. Entscheidend kommt hinzu, daß eine zweisprachige Ausgabe, wie sie hier erstmals vorgelegt wird, nach Bedingungen wie Möglichkeiten grundsätzlich neue Wege öffnet. Sie kann auf weite Strecken näher am Text bleiben, hat aber oft auch eine erwünschte größere Freiheit, weil stets die Kontrolle am Text zur Hand ist[76].

Jede Übersetzung bleibt in das Vorfeld des Urtextes verwiesen. Die Wortspiele und Klangfärbungen, Wendungen und Satzgefüge lassen sich nur selten ganz wiedergeben, zu schweigen von Ausdrücken, deren dem Verfasser vorschwebenden Sinn es erst zu erschließen gilt. War es schon für den Chronisten ein Problem, den treffenden fremdsprachlichen Terminus zu finden für das, was er meinte, zumal bei der bekannten Unschärfe hochmittelalterlicher Begriffe, so gilt das noch stärker für seine Übersetzer. Die zweisprachige Ausgabe kann und muß hier durch variierende Wiedergabe den Mut zur Interpretation aufbringen; als Beispiele seien zwei so komplexe Begriffe wie „civitas" und „virtus" angeführt[77]. Der Benutzer möge selbst prüfen und kritisch urteilen; wo solche Kritik wachgerufen wird, hat diese Ausgabe über die Benutzungserleichterung hinaus einen Beitrag zum Textverständnis geleistet.

[76] Zu den von Schmeidler, Einl. 1937, S. XXX aufgeführten älteren Übersetzungen ins Polnische (1862), Dänische (1880/81) und Englische (1935) ist inzwischen eine weitere ins Tschechische gekommen: P. Papáček, Vyhubení Slovani Pobaltských. Slovanská kronika . . . Helmolda, Prag 1925 (Teilübs.) und Karel Vrátný, Helmolda . . . Slovanská Kronika, Prag 1947. An einer Neuauflage der polnischen Übersetzung arbeitet Z. Sułowski in Posen.

[77] Vgl. zu „civitas" Kap. 69: „civitatem Dimin" = Hauptort, Burg; Kap. 12: „civitas sive provincia" = Burgbezirk; Kap. 47: „civitatem Milethorp" = Kirchspielshauptort (1127!); Kap. 85: „civitates Sleswich et Ripa" = Bischofssitz; Kap. 86: „Lubicensis civitas... civitatem novam... menia civitatis" = Stadt. Zu „virtus" Kap. 50: „virtus Teutonici militis" = Tapferkeit; Kap. 54: „virtute Lotharii caesaris" = Tugend, Verdienst; Kap. 59: „Francigenarum virtus" = Mannschaft, Ritterschaft; Kap. 92: „virtus Holzatorum" = Blüte, Kern, Führungskreis.

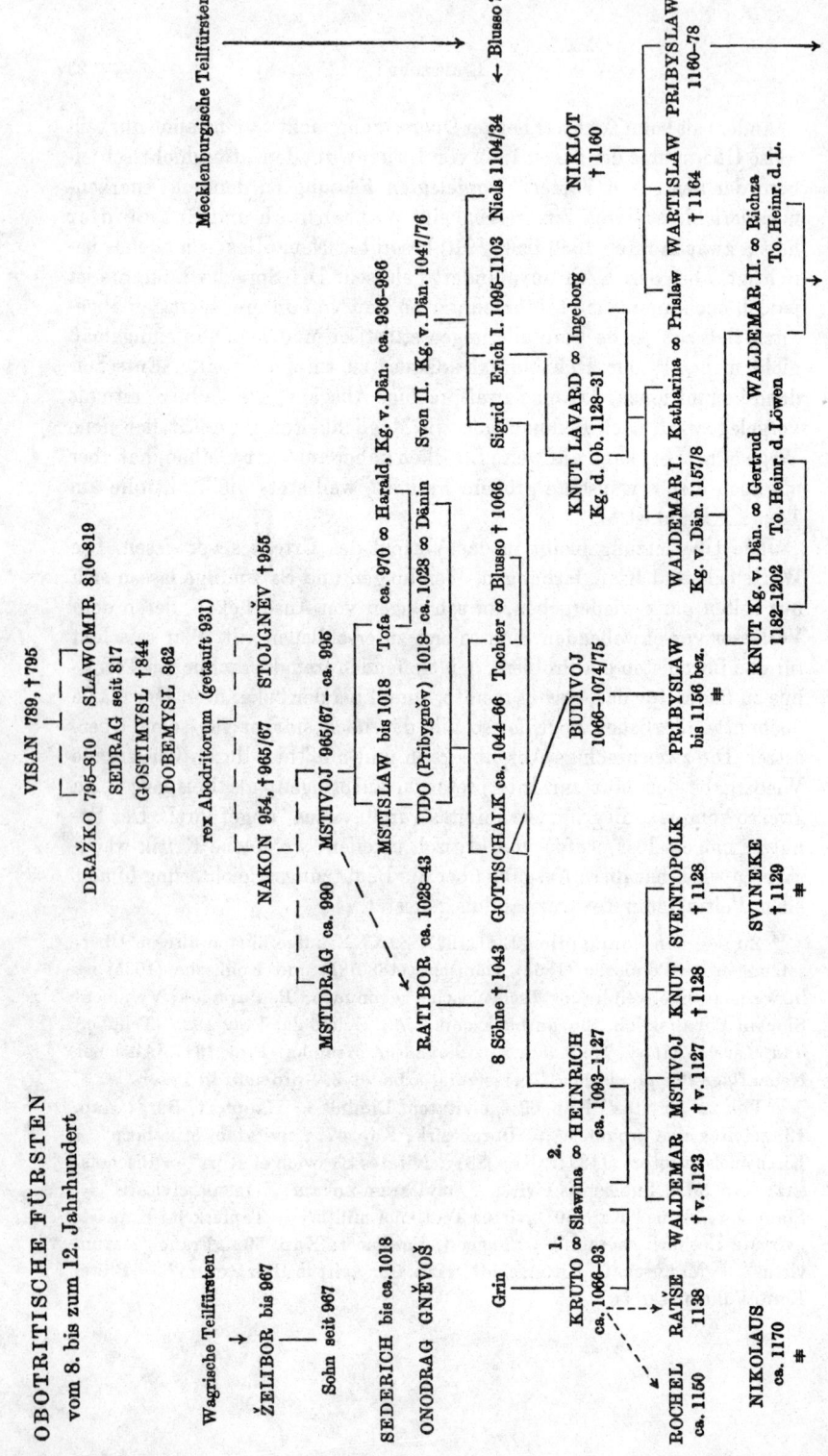

OBOTRITISCHE FÜRSTEN
vom 8. bis zum 12. Jahrhundert

HELMOLDI PRESBYTERI BOZOVIENSIS

CHRONICA SLAVORUM

HELMOLD VON BOSAU

SLAWENCHRONIK

PRAEFATIO

Reverendis[a] dominis ac patribus sanctae Lubecensis ecclesiae cano-
nicis Helmoldus, ecclesiae quae est in Buzu indignus servus, debitae
obedientiae voluntariam exhibitionem.

Retractavi in longa meditatione, quid operis acceptarem, quo matri　5
meae, sanctae Lubecensi ecclesiae, aliquem famulatus mei honorem
impenderem, sed nichil aptius occurrit animo, quam ut ad laudem ipsius scribam conversionem Slavicae gentis, quorum scilicet regum sive
predicatorum industria Christiana religio his in partibus primum plan-
tata et postmodo restaurata fuerit. Hortatur me ad id studium scrip-　10
torum, qui ante nos sunt, imitabilis devotio, quorum plerique propter
magnum scribendi studium omnibus negotiorum tumultibus renun-
tiarunt, ut in secreto contemplationis otio invenire possent [1]viam sa-
pientiae[1], preferentes eam auro obryzo et cunctis opibus preciosis; qui
etiam extendentes aciem ingenii ad invisibilia Dei et ipsis arcanis ap-　15
proximare cupientes plerumque supra vires laborare nisi sunt. Alii
autem, quorum conatus non fuit tanti, consistentes in suae dispositio-
nis meta, auxerunt et ipsi de simplicitate sua arcana scripturarum,
multaque ab ipsa constitutione mundi de regibus et prophetis et variis
bellorum eventibus commentantes, super[b] virtutibus laudem, vitiis　20
vero detestationem suis preconiis addiderunt. In huius enim seculi te-
nebrosa caligine, si desit lucerna scripturarum, ceca sunt omnia. Ar-
guenda igitur est modernorum insolentia, qui de [2]abysso iudiciorum
Dei[2] multa sicut olim ita et nunc emanare videntes obturaverunt / ve-
nas eloquentiae suae, aversi in lubricas huius vitae vanitates.　25

Ego autem in eorum laudem, qui Slavorum provinciam diversis etati-
bus manu, lingua, plerique etiam in sanguinis effusione illustrarunt, operis huius paginam dicandam arbitror, quorum gloria non erit obstruen-

[a]) *Vorrede von H. aus Hs. 4 gedruckt.*
[b]) semper *konj. LAPP.*

VORREDE

Den ehrwürdigen Herren und Vätern, Domherren der heiligen Kirche zu Lübeck, erweist Helmold, unwürdiger Diener der Kirche zu Bosau, willig den schuldigen Gehorsam.

5 Lange habe ich darüber nachgedacht, welches Werk ich unternehmen könnte, um meiner Mutter, der heiligen Lübischen Kirche, durch meinen Dienst Ehre zu erweisen; doch nichts Passenderes kommt mir in den Sinn, als zu ihrem Preise die Bekehrung des Slawenvolkes zu beschreiben: das heißt (zu schildern), durch welcher Könige und Prediger Eifer in diesen
10 Landen zuerst der christliche Glaube gepflanzt und späterhin neu belebt wurde. Mich ruft zu diesem Streben auf die nachahmenswerte Hingabe früherer Schriftsteller, die zumeist aus großer Liebe zum Schreiben allem Lärm der Geschäfte entsagten, um in einsamer Gedankenmuße [1]den Weg der Weisheit[1] finden zu können, die sie feinstem Golde und allen Kostbar-
15 keiten vorzogen. Indem sie die Schärfe ihres Geistes sogar auf Gottes Un-erforschlichkeiten richteten und den tiefsten Geheimnissen nahezukommen suchten, mühten sie sich oft über ihre Kräfte hinaus. Andere aber, deren Vorhaben nicht so weit ging und die sich innerhalb der Grenzen ihrer Be-fähigung hielten, erweiterten gerade aus ihrer Bescheidung heraus den
20 Wissensschatz der Schriften; sie erzählten vieles, von der Schöpfungs-geschichte angefangen, über Könige, Propheten und wechselnde Kriegs-läufte und mehrten durch ihre Werke das Lob der Tugenden wie die Ver-urteilung der Laster. Denn alles ist verhüllt in dieser Welt düsterer Fin-sternis, wenn das Licht der Schriften fehlt. So ist die Überheblichkeit der
25 jetzt Lebenden zu tadeln, die dem [2]Abgrunde der Gerichte Gottes[2] vieles wie einst so auch jetzt entsteigen sehen und doch den Strom ihrer Bered-samkeit verstopfen, den schlüpfrigen Vergänglichkeiten dieses Lebens zu-gewendet.

Ich aber glaube dem Lobe derer, die der Slawen Gebiet im Laufe der Zei-
30 ten mit Waffen, Worten und meistens sogar Vergießung ihres Blutes er-leuchtet haben, die Seiten dieses Werkes zueignen zu müssen. Ihr Ruhm darf nicht stillschweigend übergangen werden, denn sie haben nach dem

---

[1-1] Vgl. Daniel 10, 5.
[2-2] Vgl. Psalm 35, 7.

da silentio, quia post excidium Aldenburgensis ecclesiae Lubecensium inclitam civitatem Domino favente ad hunc decoris apicem provexerunt, ut inter omnes Slavorum opinatissimas^c civitates haec iam caput extulerit tam rerum opulentia quam religione divina. Porro aliis omissis quae nostra etate gesta sunt, quae aut longevis viris referentibus 5 percepi aut oculata^d cognitione didici, statui Domino propicio cum fide perscribere, tanto sane effusius, quanto uberius suppeditat scribenda gestarum nostro tempore rerum magnitudo. Nec ad hoc opus temeritas impulsat, sed preceptoris mei venerabilis Geroldi episcopi adduxit persuasio, qui primus Lubecensem ecclesiam fecit insignem 10 cathedra simul et clero.

INCIPIUNT^a CRONICA SLAVORUM
EDITA A VENERABILI HELMOLDO PRESBITERO
LIBER I.

^{c}) optimatissimas *R*.
^{d}) occulta *R*.

^{a}) *Liste der Kapiteltitel nur in 1 (Hand des 14. oder 15. Jh.) 1a und S.*

Untergange der Oldenburger Kirche mit Gottes Hilfe die berühmte Stadt Lübeck zu so hohem Glanze gebracht, daß sie an Reichtum wie an Glaubenstreue bereits über alle blühendsten Städte der Slawen hinausgewachsen ist. Ferner habe ich beschlossen, andere Ereignisse wegzulassen und mit
5 Gottes Hilfe die Taten unserer Zeit getreulich zu beschreiben, soweit ich sie aus Erzählungen hochbetagter Männer weiß oder aus eigenem Augenschein kenne; natürlich desto ausführlicher, je reichlicher die Größe der Geschehnisse unserer Tage Stoff zum Schreiben liefert. Doch treibt mich zu diesem Werke nicht Vermessenheit, sondern der Zuspruch meines Lehrers,
10 des ehrwürdigen Bischofs Gerold, der als erster die Lübische Kirche als Bischofssitz wie durch ihre Geistlichkeit zu Ansehen gebracht hat.

HIER BEGINNT DIE SLAWENCHRONIK
DES EHRWÜRDIGEN PRIESTERS HELMOLD

BUCH I

b) *Eingeklammerte Titel nur in S, nicht in 1, 1a.*

°) *Nicht in S; von LAPP. fortgelassen, daher die Kapitelzählung bei ihm ab
Kapitel 80 um eine Ziffer niedriger.*

INCIPIUNT CRONICA SLAVORUM   10
EDITA A VENERABILI HELMOLDO PRESBITERO

De distinctione Slavorum. Capitulum I.

Operae precium existimo in conscriptionis huius introitu aliqua de
[1]Slavorum provinciis, natura, moribus hystorico prelibare compendio[1], quantis scilicet ante conversionis gratiam errorum nexibus 15
impliciti fuerint, ut per quantitatem morbi facilius agnoscatur efficacia
divini remedii.

[2]Slavorum igitur populi multi[2] sunt habitantes in litore Balthici
maris. [3]Sinus huius maris ab occidentali occeano orientem versus
porrigitur. Appellatur ideo Balthicus, eo quod in modum balthei 20
longo tractu per Schiticas regiones tendatur usque in Greciam,
idemque mare barbarum seu pelagus Schiticum vocatur a gentibus,
quas alluit, barbaris[3]. [4]Hoc mare multae circumsedent naciones.
Dani siquidem ac Sueones, quos Northmannos vocamus, septen-
trionale litus et omnes in eo continent insulas. At litus australe Sla- 25
vorum incolunt nationes[4], [5]quorum ab oriente primi sunt Ruci, deinde
Poloni[a], habentes a septentrione Pruzos, ab austro Boemos et eos qui
dicuntur Marahi sive Karinthi atque Sorabi[5]. [6]Quod si adieceris Unga-
riam in partem Slavaniae, ut quidam volunt, quia nec habitu nec

---

[a]) *Andere Lesarten: hier* Polani *(so SCHM.), sonst auch Poleni.*

[1]-[1] Vgl. Adam II, 20.
[2]-[2] Fast wörtlich = Adam II, 21.

10 # HIER BEGINNT DIE SLAWENCHRONIK DES EHRWÜRDIGEN PRIESTERS HELMOLD

Kap. 1: Über die (ethnische) Gliederung der Slawen

Es ist, glaube ich, der Mühe wert, zu Beginn dieser Niederschrift einiges über [1]Lande, Wesen und Sitten der Slawen als geschichtlichen Abriß[1] vor-
15 auszuschicken; in wie tiefen Irrtümern sie befangen waren vor der Gnade ihrer Bekehrung, um durch die Größe des Leidens die Wirksamkeit des göttlichen Heilmittels besser kenntlich zu machen.

[2]Die Slawen also bestehen aus vielen Stämmen[2]; sie wohnen am Ufer der Ostsee. [3]Deren Bogen erstreckt sich vom westlichen Ozean nach Osten.
20 „Balthicus" wird sie deshalb genannt, weil sie in langem Zuge wie ein Gürtel durch die Gebiete der Scythen bis nach Griechenland reicht; nach den wilden Völkern, deren Gebiet sie umspült, heißt sie auch Barbarenmeer oder Scythensee[3]. [4]Dieses Meer umwohnen viele Völker; und zwar haben die Dänen und Schweden, welche wir Nordmannen nennen, den nördlichen
25 Strand und alle Inseln inne. Den südlichen dagegen bebauen die Völker der Slawen[4]; [5]das erste von Osten sind die Russen, es folgen die Polen, welche im Norden von den Preußen, im Süden von den Böhmen, den sogenannten Mährern oder Kärntnern und den Sorben umgeben sind[5]. [6]Fügt man noch Ungarn dem Slawenlande zu, wie manche wollen, weil es weder nach Sitte

[3-3] = Adam IV, 10.

[4-4] Fast wörtlich = Adam II, 19.

[5-5] Zusammengestückt aus Adam II, 19, Schol. 14. 17. 18; doch nennt Adam die Kärntner nirgends.

[6-6] *si Boemiam et eos, qui trans Oddaram sunt Polanos, quia nec habitu nec lingua discrepant, in partem adieceris Sclavaniae* Adam II 21.

lingua discrepat[6], eo usque latitudo Slavicae linguae succrescit, ut
pene careat estimatione.

Omnes hee naciones preter Pruzos [7]Christianitatis titulo decoran-
tur[7]. Diu enim est ex quo Rucia cre/didit. [8]Rucia autem vocatur a
Danis Ostrogard, eo quod in oriente positus omnibus abundet bonis.   5
Haec etiam Chunigard dicitur, eo quod ibi sedes Hunorum primo
fuerit. Huius metropolis civitas est Chue[8]. Quibus autem doctoribus
ad fidem venerint, minime compertum habeo, nisi quod in omnibus
observantiis suis Grecos magis quam Latinos imitari videntur. Nam
Rucenum mare brevi [spatio][b] in Greciam transmittit.   10

Pruci necdum lumen fidei cognoverunt, [tamen sunt][b] homines
multis naturalibus bonis prediti, [9]humanissimi erga necessitatem
pacientes, qui etiam obviam tendunt his qui in mari periclitantur vel
qui a piratis infestantur et subveniunt eis. Aurum et argentum pro minimo ducunt, pellibus habundant peregrinis, quarum odor letiferum   15
nostro orbi superbiae venenum propinavit; et illi quidem uti stercora
haec habent, ad nostram credo dampnationem, qui ad marturinam
vestem anhelamus quasi ad summam beatitudinem. Itaque pro
laneis indumentis, quos nos appellamus faldones, illi offerunt tam pre-
ciosos martures. Multa poterant dici de hoc populo laudabilia in mori- 20
bus, si haberent solam fidem Christi, cuius predicatores inmaniter
persecuntur. Apud illos martyrio coronatus est illustris Boemiae
episcopus Adelbertus. Usque hodie profecto inter illos, cum cetera
omnia communia sint cum nostris, solus prohibetur accessus lucorum
et fontium, quos autumant pollui Christianorum accessu. Carnes   25
iumentorum pro cibo sumunt, quorum lacte vel cruore utuntur in
potu, ita ut inebriari dicantur. Homines hii cerulei, facie rubea et
criniti. Preterea inaccessi paludibus, nullum inter se dominum pati
volunt.[9]

Ungarica gens validissima quondam et in armis strennua, ipsi etiam 30
Romano imperio formidolosa. Nam post Hunorum atque Danorum
strages tercia Ungarorum[10] desevit irruptio[10], omnia finitima regna
vastans atque collidens. Collecto enim inmenso exercitu bellica manu
omni Bawaria sive Suevia potiti sunt. Preterea loca Reno contigua
depopulati sunt; Saxoniam quoque usque ad occeanum Britannicum 35
igne atque cruore compleverunt. Quantis autem imperatorum labori-

b) Nur in 4.

noch Sprache abweicht[6], dann vergrößert sich die Ausbreitung der slawischen Sprache soweit, daß es fast unvorstellbar ist.

Außer den Preußen bezeichnet[7] man alle diese Nationen [7]ehrend als Christen[7]. Lange liegt die Zeit zurück, seit der etwa Rußland christlich ist. 5 [8]Die Dänen nennen es Ostrogard, weil es im Osten liegt und von allen Schätzen überfließt. Ferner wird es Chunigard geheißen, weil dort ursprünglich der Hunnen Wohnsitz gewesen sein soll. Seine Hauptstadt ist Kiew[8]. Von welchen Lehrern (die Russen) bekehrt wurden, ist mir gänzlich unbekannt; doch scheinen mehr die Griechen als die Lateiner in ihren Kult- 10 handlungen nachgeahmt zu werden, denn das russische Meer führt über geringe Entfernung nach Griechenland.

Die Preußen haben noch nicht des Glaubens Licht erblickt; es sind Leute von vielen natürlichen Gaben, [9]sehr menschenfreundlich gegen Notleidende. Schiffbrüchigen und von Seeräubern Bedrohten fahren sie sogar entgegen 15 und helfen ihnen. Gold und Silber gilt ihnen sehr gering, doch im Überfluß haben sie Felle, deren Duft in unsere Welt das tödliche Gift des Hochmuts gebracht hat. Jene freilich bewerten sie nicht höher als Mist (und sprechen so) – glaube ich – unser Urteil, die wir nach einem Marderwams lechzen wie nach der höchsten Glückseligkeit. Daher bieten sie für Wollkleider, welche 20 wir ,,faldones'' nennen, solche kostbaren Marderpelze an. Viel könnte man zum Lobe der Sitten dieses Volkes sagen, glaubten sie nur an Christus, dessen Prediger sie (aber) wild verfolgen. Der berühmte Bischof Adalbert von Böhmen wurde bei ihnen mit der Märtyrerkrone geschmückt. Wirklich ist bis heute bei ihnen, die doch sonst alles mit uns teilen, das Betreten der 25 Haine und Quellen verboten, denn diese würden nach ihrer Meinung durch den Besuch von Christen beschmutzt. Von dem Fleisch ihrer Zugtiere ernähren sie sich, deren Milch und Blut sie auch trinken, so daß sie (sogar) davon berauscht werden sollen. Sie sind blauäugig, rotgesichtig und langhaarig. Übrigens wollen sie, in (ihren) Sümpfen unangreifbar, keinen 30 Herren bei sich dulden.[9]

Das ungarische Volk war einst äußerst mächtig und waffengeübt, schreckenerregend selbst für das Römerreich. Nach Überwindung der Hunnen und Dänen brachen[10] als Dritte wütend die Ungarn[10] ein, alle Nachbarländer verheerend und zerstörend. Sie sammelten ein Riesenheer 35 und unterwarfen kriegerisch ganz Bayern und Schwaben, daneben wurden die Rheinlande entvölkert, und auch Sachsen erfüllten sie bis zur Nordsee mit Feuer und Blut. Viele wissen, wie mühevoll die Kaiser sie unter Ver-

---

[6] s. Anm. 6 S. 35.
[7-7] So Adam IV 16 mit Beziehung auf die dänischen Inseln.
[8-8] Fast wörtlich aus Adam, Schol. 120 und II, 22.
[9-9] Weithin wörtlich aus Adam IV, 18.
[10] = Adam I, 50.

bus et Christiani exercitus dispendio subnervati fuerint et divinis legibus subacti, multorum habet noticia et publicae locuntur hystoriae.

Charinthi confines sunt Bawaris, homines divino / cultui dediti, nec est ulla gens honestior et in cultu Dei et sacerdotum veneratione devocior. 5

Boemia habet regem et viros bellicosos, plena est ecclesiis et religione divina. In duos disterminatur episcopatus, Pragensem et Olomucensem.

Polonia magna Slavorum provincia, [11]cuius terminum in Ruciae regnum dicunt connecti[11], et dividitur in octo episcopatus; quondam 10 habuit regem, nunc autem ducibus gubernatur; servit et ipsa sicut Boemia sub tributo imperatoriae maiestati. Est autem Polonis atque Boemis eadem armorum facies et bellandi consuetudo. Quociens enim ad externa bella vocantur, fortes quidem sunt in congressu, sed in rapinis et mortibus crudelissimi; non monasteriis, non ecclesiis aut 15 cimiteriis parcunt. Sed nec alia ratione extraneis bellis implicantur, nisi condicionibus admissis, ut substantiae, quas sacrorum locorum tuicio vallaverit, direptionibus publicentur. Unde etiam contingit, ut propter aviditatem predarum amicissimis sepe abutantur ut hostibus, ob quod rarissime ad quaslibet bellorum necessitates asciscuntur. 20 Haec de Boemis atque Polonis et ceteris orientalibus Slavis dicta sufficiant.

De civitate Vinneta[a] II.

Ubi igitur Polonia finem facit, pervenitur [1]ad amplissimam Slavorum provinciam, eorum qui antiquitus Wandali, nunc autem Winithi[2] 25 sive[2] Winuli appellantur. Horum primi sunt Pomerani, quorum sedes portenduntur usque ad Odoram[1]. [3]Est autem Odora ditissimus amnis Slavicae regionis et oritur in profundissimo saltu Marahorum, [4]qui sunt ab oriente Boemiae[4], ubi et Albia sortitur principium. Nec longis ab invicem distant spaciis, sed diverso currunt meatu. Albia enim in 30 occasum ruens primo impetu Boemos alluit cum Sorabis, medio cursu Slavos dirimit a Saxonibus, novissimo Hammemburgensem parrochiam dividens a Bremensi victor occeanum ingreditur Britannicum. Alter fluvius, id est Odora, vergens in boream transit per medios Winulorum populos, dividens Pomeranos / a Wilzis[3]. [5]In cuius ostio, 35

[a]) *Weitere Lesarten:* Jum(ne)ta, Niniueta, Immuueta, Jumneca.

lusten des Christenheeres gezügelt und den göttlichen Gesetzen unterworfen haben und bekannte historische Darstellungen berichten (davon).

Die Kärntner grenzen an die Bayern. Sie sind dem Dienste Gottes ergeben, und kein Volk ist rechtschaffener, gottesfürchtiger oder eifriger in 5 der Verehrung seiner Priester.

Böhmen hat einen König und ein tapferes Heer; es ist voller Kirchen und von Gottesfurcht erfüllt und wird in die zwei Bistümer Prag und Olmütz eingeteilt.

[11]Das große Slawenland Polen soll an das russische Reich grenzen[11] und 10 ist in acht Bistümer unterteilt; einst besaß es einen König, wird nun aber von Herzögen regiert. Wie Böhmen leistet es Abgaben an die kaiserliche Majestät. Polen und Böhmen haben gleiche Waffen und Kriegsbräuche. So oft sie nämlich zu auswärtigen Kriegen aufgeboten werden, erweisen sie sich zwar als tapfer im Kampf, jedoch äußerst grausam bei Plünderungen 15 und Mordtaten; weder Klöster noch Kirchen noch Friedhöfe verschonen sie. Man kann sie in auswärtige Kriege nur verwickeln, wenn man die Bedingung zugesteht, daß Schätze, die sich im Schutz heiliger Stätten befinden, zu Plünderungen freigegeben werden sollen. So kommt es denn, daß sie aus Beutegier ihre besten Freunde oft wie Feinde mißhandeln, weshalb 20 sie sehr selten zu irgendwelchen Hilfsleistungen in Kriegen herangezogen werden. Das möge über Böhmen, Polen und andere Ostslawen genügen.

2. Über die Stadt Vineta

Wo nun Polen endet, gelangt man [1]zu den sehr ausgedehnten Landen der einst Wandalen, jetzt aber Wenden[2] oder[2] Winuler genannten Slawen. Als 25 erste kommen die Pommern, deren Gebiet sich bis zur Oder erstreckt[1]. [3]Dieser wasserreichste Strom des Slawenlandes entspringt im tiefsten Bergwalde der Mährer, [4]die östlich von Böhmen wohnen[4], wo auch die Elbe ihren Lauf beginnt. Anfangs fließen sie nicht weit voneinander entfernt, doch dann nehmen sie verschiedene Richtung. Die Elbe strömt nach Westen 30 und bespült mit dem Oberlauf (das Gebiet) der Böhmen und Sorben, trennt durch den Mittellauf die Slawen von den Sachsen und durch das Ende ihrer Bahn den Hamburger Kirchensprengel vom Bremer, bis sie ihr Ziel erreicht und in den britannischen Ozean mündet[1]. Der andere Fluß, die Oder, verläuft nordwärts mitten durch die Stämme der Wenden, indem er die Pom-35 mern von den Wilzen scheidet[3]. [5]An seiner Mündung in das Baltische Meer

[11-11] Aus Adam IV, 13 zusammengestückt.

[1-1] Zusammengestellt aus Adam II, 21 und Schol. 14.
[2] Diese Wörter selbständige Zusätze Helmolds.
[3-3] Zusammengezogen aus Adam II, 22 Anfang und Ende.
[4-4] Zusätze Helmolds.   [5-5] Fast wörtlich = Adam II, 22 Anfang
(der Bericht über Jumne dort im Praesens).

qua Balthicum alluit pelagus, quondam[2] fuit[2] nobilissima civitas
Iumneta[6], prestans celeberrimam stacionem barbaris et Grecis, qui
sunt in circuitu. De cuius preconio urbis, quia magna quaedam et vix
credibilia recitantur, libet aliqua commemorare digna relatu. Fuit sane
maxima omnium, quas Europa claudit, civitatum, quam incolunt 5
Slavi cum aliis gentibus permixtis[b], Grecis et barbaris. Nam et advenae
Saxones parem cohabitandi licentiam acceperunt, si tantum Christianitatis titulum ibi commorantes non publicassent. Omnes enim [4]usque
ad excidium eiusdem urbis[4] paganicis ritibus oberrarunt, ceterum
moribus et hospitalitate nulla gens honestior aut benignior potuit in- 10
veniri. Civitas illa mercibus omnium nacionum locuples nichil non
habuit iocundi aut rari[5]. [7]Hanc civitatem opulentissimam quidam
Danorum rex maxima classe stipatus funditus evertisse refertur.
Presto sunt adhuc antiquae illius civitatis monimenta[7]. [8]Ibi cernitur
Neptunus triplicis naturae: tribus enim fretis alluitur illa insula, 15
quorum aiunt unum esse viridissimae speciei, alterum subalbidae,
tercium motu furibundo perpetuis sevit tempestatibus[8].

[9]Sunt et alii Slavorum populi, qui inter Odoram et Albiam degunt
[4]longoque sinu ad austrum portenduntur[4], sicut Heruli vel Heveldi, qui
sunt iuxta Habolam fluvium et Doxam[c], Leubuzi et Wilini, Stoderani 20
cum multis aliis. [4]Post Odorae igitur lenem meatum et varios Pomeranorum populos ad occidentalem plagam occurrit Winulorum provincia,
eorum qui Tholenzi sive Redarii[10] dicuntur[4], civitas eorum vulga-
tissima Rethre sedes ydolatriae[11]. Templum ibi magnum constructum
demonibus, quorum princeps est Redegast. Simulachrum eius auro, 25
lectus eius ostro paratus. Civitas ipsa novem habet portas undique lacu
profundo inclusas, pons ligneus transitum prebet, per quem tantum
sacrificantibus aut responsa petentibus via conceditur[9]. [12]Deinde
venitur ad Cyrcipanos[d] et Kycinos[13] quos a Tholenzis et Rederis sepa-
rat flumen Panis[e] et civitas Dimine. Kycini et Circipani cis Panim, 30
Tholenzi et Redari trans Panim habitant. Hii quatuor populi a forti-

[b]) permixti konj. LAPP.
[c]) So Hss. und Hgbb.; mit Adam, cod. 4: Doxani konj. LAPP.
[d]) In 2 oft Curipani, sonst Circipani.
[e]) Oft auch Penis, Penus.

[2] s. Anm. 2 S. 39.
[4] s. Anm. 4 S. 39.

[2]lag einst[2] die sehr angesehene Stadt Vineta[6], welche den rings wohnenden Barbaren und Griechen einen weitberühmten Stützpunkt bot. Weil zum Preise dieser Stadt viele, oft kaum glaubliche Geschichten umgehen, sei es erlaubt, an einiges Erwähnenswerte zu erinnern. Unter allen Städten, die

5 Europa umfaßt, war sie gewiß die größte, von Slawen vermischt mit anderen Griechen- und Barbarenvölkern bewohnte. Ja, auch zureisende Sachsen erhielten die gleiche Erlaubnis zum Aufenthalt, wenn sie nur, solange sie blieben, nicht öffentlich als Christen auftraten. [4]Bis zum Untergange dieser Stadt[4] waren nämlich alle (Bewohner) von heidnischen Bräu-

10 chen irregeleitet, sonst aber konnte man an Sitten und Gastlichkeit keine anständigeren und mildherzigeren Leute finden. Reich an Waren aller Länder, besaß jene Stadt alle Annehmlichkeiten und Vorzüge[5]. [7]Ein König der Dänen soll diesen höchst wohlhabenden Platz mit einer sehr großen Flotte angegriffen und völlig zerstört haben. Die Überreste sind noch jetzt

15 vorhanden[7]. [8]Das Meer sieht man dort in dreifacher Gestalt: drei Sunde bespülen nämlich jene Insel, deren einer ganz grünes, der zweite weißliches Aussehen haben soll, während der dritte in fürchterlicher Bewegung durch dauernde Stürme wütet[8].

[9]Es wohnen auch noch andere Slawenstämme [4]in langem Bogen nach

20 Süden zu[4] zwischen Oder und Elbe, so die Heruler oder Heveller an der Havel und der Dosse, die Leubuser, die Wilinen und die Stoderanen nebst vielen anderen. [4]Hinter dem ruhigen Laufe der Oder tritt uns nach den verschiedenen Stämmen der Pommern vom Westufer an das Gebiet der Wenden entgegen, soweit sie Tollenser oder Redarier[10] genannt werden[4].

25 Ihre bekannteste Hauptburg ist Rethra, ein Sitz der Abgötterei[11]. Ein großes Heiligtum ist dort den Götzen errichtet, deren vornehmster Redegast heißt. Sein Bild ist von Gold, sein Lager von Purpur gefertigt. Die Hauptburg selbst hat neun Tore und wird rings von einem tiefen See umschlossen, über den eine Holzbrücke Zugang gewährt, der (jedoch) nur zur

30 Opferung oder Erbittung von Orakeln freigegeben wird[9]. [12]Von da kommt man zu den Zirzipanen und Kessinern[13], welche der Fluß Peene und die Burg Demmin von Tollensern und Redariern scheiden. Kessiner und Zirzipanen wohnen diesseits, Tollenser und Redarier jenseits der Peene.

---

[5] s. Anm. 5 S. 39.

[6] Jumne, slaw. Julin, am Wolliner Ufer der Dievenow.

[7-7] Zusatz Helmolds, doch vgl. Adam, Schol. 56.

[8-8] = Adam II, 22.

[9-9] = Adam II, 21.

[10] Kern des Lutizenbundes, vgl. den See Tollense.

[11] Zentraler Tempelbezirk der Lutizen, Ortslage bis heute umstritten, wahrscheinlich am Tollense-See. Der slaw. Name lautete richtig wohl Radogost.

[12-12] Zusammengestückt aus Adam II, 21 u. Schol. 16.

[13] Vgl. Ort und Landschaft Kessin bei Rostock.

tudine Wilzi sive Lutici appellantur. Ultra illos sunt Linguones et
Warnavi. Hos secuntur Obotriti, civitas eorum Mikilinburg[f]. Inde
versus nos Polabi, civitas / eorum Racisburg. [4]Inde transitur fluvius
Travena in nostram Wagirensem provinciam[4]. Civitas huius provinciae
[4]quondam fuit[4] Aldenburg maritima.[12]   5

[14]Sunt et insulae Balthici maris, quae incoluntur a Slavis, quarum
una Vemere[g] vocatur. Haec opposita est Wairis, ita ut videri possit
[ab] Aldenburg. Altera insula, [4]longe maior[4], est contra Wilzos posita, quam incolunt Rani, qui et Rugiani[h], gens fortissima Slavorum, qui soli habent regem, extra quorum sententiam nichil agi de   10
publicis rebus fas est, adeo metuuntur propter familiaritatem deorum vel pocius demonum, quos maiori pre ceteris cultura venerantur[14]. Hii igitur sunt Winulorum populi diffusi per regiones et provincias et insulas maris. Omne hoc hominum genus ydolatriae cultui
deditum, vagum semper et mobile, piraticas exercentes predas, ex una 15
parte Danis, ex altera Saxonibus infestum. Sepius igitur multisque
modis magnorum imperatorum atque sacerdotum sollertia tempta-
tum est, si gentes istae rebelles et incredulae possent aliquatenus ad
agnicionem divini nominis et credulitatis gratiam adduci.

Quomodo Karolus Saxones ad fidem convertit. III.   20

Inter omnes ergo strennuos Christianae fidei propagatores, qui pro
fidei suae merito laudabilem adepti sunt principatum, gloriosissimus
semper elucet Karolus, vir omnium scriptorum preconiis attollendus
et in fronte statuendus eorum, qui pro Deo in partibus aquilonis labo-
raverunt. Ipse enim Saxonum gentem ferocissimam atque rebellem   25
ferro perdomuit et Christianis legibus subegit. [1]Saxones autem vel
Thuringi itemque ceterae quae iuxta Renum sunt nationes ex antiquo
Francis tributariae leguntur. Quibus deinde a regno eorum deficientibus Pipinus, genitor Karoli, bellum intulit, quod tamen filius maiore
felicitate peregit.   30

Longo igitur tempore bellum adversus Saxones profligatum est,
quod magna utrimque animositate, tamen maiori Saxonum quam

---

[f]) *Andere Lesarten (weiter unten):* Michilinburg, Mikelenburg, Mekelenburg,
Mikilinborg, Mykilinburg.   [g]) Fembre *4*, Adam; Fimbre *exc. Vind.*
[h]) *Andere Lesarten hier und sonst:* Ruiani, Runi, Rani.

Diese vier Stämme werden wegen ihrer Tapferkeit Wilzen oder Lutizen genannt. Hinter ihnen wohnen die Linguonen und Warnaven, welchen die Obotriten folgen, deren Hauptort Mecklenburg heißt. Auf uns zu folgen die Polaben mit dem Hauptort Ratzeburg. [4]Von dort setzt man über den
5 Travefluß in unsere Landschaft Wagrien[4]. Deren Hauptort [4]war einst[4] das meernahe Oldenburg[12].

[14]Es gibt auch Inseln in der Ostsee, die von Slawen bewohnt werden; eine von ihnen heißt Fehmarn. Sie liegt den Wagriern gegenüber, so daß man sie von Oldenburg aus sehen kann. Die andere, weit größere Insel
10 gegenüber den Wilzen bewohnen die Ranen oder Rugianen, ein sehr tapferer Slawenstamm, der als einziger einen König hat. Ohne ihren Spruch darf in gemeinsamen Sachen (der Stämme) nicht gehandelt werden, so sehr fürchtet man sie wegen ihrer Vertrautheit mit den Göttern oder vielmehr Götzen, die sie pfleglicher verehren als die anderen[14]. Das also
15 sind die Völker der Wenden, verbreitet über Landschaften, Stammesgebiete und Meeresinseln. Dieses ganze Menschengeschlecht ist dem Götzendienste ergeben, immer unstet und schweifend, auf Seeraub ausgehend und einerseits den Dänen, andererseits den Sachsen feindselig. Daher haben große Kaiser und Priester öfters und vielfältig mit Weisheit
20 sich bemüht, jene aufsässigen und ungläubigen Stämme irgendwie zur Anerkennung des göttlichen Namens und zur Gnade des Glaubens zu führen.

3. Wie Karl die Sachsen bekehrt hat

Von allen tapferen Ausbreitern des Christentums, die zum Lohn für ihre
25 Glaubenstreue eine rühmliche Herrschaft aufgerichtet haben, erscheint als der ruhmreichste stets Karl, der von allen Geschichtsschreibern verherrlicht und an die Spitze derer gestellt werden muß, die für Gott im Norden gewirkt haben. War er es doch, der das so unbändige und widerspenstige Volk der Sachsen mit dem Schwerte gezähmt und den christ-
30 lichen Gesetzen unterworfen hat. [1]Sachsen wie Thüringer und ebenso die anderen, am Rheine wohnenden Stämme sollen von alters den Franken zinspflichtig gewesen sein. Als sie dann von deren Reich abfielen, begann Karls Vater Pippin Krieg gegen sie zu führen, den jedoch erst der Sohn mit größerem Glück zu Ende geführt hat.
35 Der Krieg gegen die Sachsen hat also lange Zeit gewährt; er wurde beiderseits mit großer Erbitterung, jedoch mit größerem Schaden für die

---

[4] s. Anm. 4 S. 39.
[12] s. Anm. 12 S. 41.
[14-14] Fast wörtlich aus Adam IV, 18 u. Schol. 121.

[1-1] Zusammengestückt aus Adam I, 8. 14. 11.

Francorum dampno per continuos triginta tres annos gerebatur.
Poterat / siquidem cicius finiri, si Saxonum hoc pertinacia pateretur, qui [2]libertatem armis tueri malentes[2] Francorum terminos usque
ad Renum vastabant. Nullis itaque fere annis a bello vacantibus, tandem Saxones ita profligati leguntur, ut ex hiis qui utrasque ripas 5
Albiae incolunt decem milia hominum cum mulieribus et parvulis in
Franciam translati sint. Et hic annus est diuturni Saxonum belli trice-
simus tercius, quem Francorum hystorici ponunt memorabilem, scilicet
Karoli imperatoris tricesimum septimum, quo Widekindus incentor
rebellionis, deposita tyrannide, imperio subiectus est baptizatusque 10
est ipse cum aliis Saxonum magnatibus[3]; et tunc demum Saxonia in provinciam redacta est[1]. [4]Hac itaque in bellis victoria potitus fortissimus
Karolus non in se, sed in domino Deo exercituum confisus est, fortia
gesta sua gratiae ipsius adiumentis attribuens. Qui etiam magna usus
industria Saxonum populos, licet male meritos, statuit supernae mer- 15
cedis intuitu omni debito censu absolvere atque pristinae libertati con-
donare, ne forte serviciis aut tributis pregravati ad rebellionis necessitatem et paganismi errores impellerentur[4]. [5]Porro ea condicio a rege
proposita et ab ipsis suscepta est, ut abiecto demonum cultu Christianae fidei sacramenta susciperent essentque tribuťarii et sublegales 20
domini Dei, omnium iumentorum suorum et fructuum culturae seu
nutriturae suae [decimas][a] sacerdotibus legaliter offerentes et Francis
adunati unus cum eis populus efficerentur. Divisa est igitur Saxonia in
octo episcopatus et dignissimis pastoribus[6] subiecta[5], [4]qui ad imbuendas
rudes in fide animas verbo et exemplo sufficerent. Quibus etiam huius 25
vitae stipendia memoratus cesar multo honore, plena denique munificentia providit. Perfectum est igitur in Saxonia novellae plantationis
opus et pleno vigore constabilitum. Sed et Fresonum agrestes ipso
tempore receperunt Christianae fidei gratiam. Ex / tunc igitur pre-
paratum est iter predicatoribus verbi Dei trans Albiam, ieruntque 30
[7]angeli veloces[7] annuntiare ewangelium pacis in universam latitudinem aquilonis[4].

[8]Quo tempore, cum Slavorum quoque gentes Francorum imperio subicerentur, fertur Karolus Hammemburg civitatem Nordal-

[a]) R., wohl aus 4.

[1] s. Anm. 1 S. 43.
[2-2] Zusatz Helmolds.

Sachsen als für die Franken, volle dreiunddreißig Jahre lang geführt. Gewiß hätte er eher beendet werden können, doch das ließ die Hartnäckigkeit der Sachsen nicht zu, [2]die ihre Freiheit lieber mit den Waffen schützen wollten[2] und die Lande der Franken bis zum Rheine verheerten.
5 Nachdem so fast kein Jahr vom Kriege frei geblieben war, sollen die Sachsen endlich derart niedergeworfen worden sein, daß von den an beiden Ufern der Elbe wohnenden zehntausend Männer mit Weib und Kind ins Frankenland überführt wurden. Und das war im dreiunddreißigsten Jahre des langwierigen Sachsenkrieges, welches die Geschichtsschreiber der
10 Franken denkwürdig nennen, im siebenunddreißigsten (Regierungsjahre) Kaiser Karls, als der Entfacher des Aufstandes, Widukind, seine Gewaltherrschaft niederlegte, dem Reiche unterworfen und zusammen mit anderen sächsischen Großen getauft wurde[3]: erst damals wurde Sachsen Reichsteil[1]. [4]So siegreich in Kriegen, vertraute der tapfere Karl (doch) nicht
15 auf sich, sondern den Herrn der Heerscharen, dessen gnädiger Hilfe er seine Heldentaten zuschrieb. Auch beschloß er nach reiflicher Überlegung, die Völkerschaften der Sachsen – obzwar unverdientermaßen – im Hinblick auf den himmlischen Lohn von allem schuldigen Zins freizusprechen und mit ihrer früheren Freiheit zu begaben, damit sie nicht etwa, durch
20 Dienste und Abgaben bedrückt, in Aufstand und Heidentum zurückgetrieben würden[4]. [5]Ferner wurde vom König die Bedingung gestellt und von ihnen eingegangen, daß sie nach Abschaffung des Götzendienstes die Sakramente des christlichen Glaubens annehmen und zinspflichtige Untertanen Gottes, des Herrn, sein, das heißt von allem Vieh ihrer Aufzucht
25 und allen Früchten ihres Anbaus den Priestern gesetzmäßig zehnten, sowie mit den Franken zu einem Volk verbunden werden sollten. Daher wurde Sachsen in acht Bistümer eingeteilt und würdigsten Seelenhirten[6] unterstellt[5], [4]damit sie imstande wären, mit Wort und Beispiel unerfahrene Herzen in den Glauben einzuführen. Auch für ihren Lebensunterhalt
30 sorgte der Kaiser ehrenvoll und freigebig. So wurde in Sachsen das Werk der neuen Pflanzung vollendet und kraftvoll befestigt, doch auch die noch Unbekehrten unter den Friesen empfingen in derselben Zeit die Gnade christlichen Glaubens. Seit damals ist also den Predigern des Gotteswortes der Weg über die Elbe bereitet, und [7]eilende Boten[7] zogen aus, die Frie-
35 densbotschaft in der ganzen Weite des Nordens zu verkünden[4].
[8]Zu jener Zeit, als auch slawische Stämme der fränkischen Herrschaft unterworfen wurden, soll Karl den Hauptort der Nordelbinger, Hamburg,

[3] Widukind unterwarf sich 785. Helmolds Irrtum beruht auf Benutzung der Vita Willehadi, c. 8.
[4-4] Erzählende Wiedergabe der gefälschten Urkunde Karls d. Gr. bei Adam I, 12, mit einigen wörtlichen Anklängen.
[5-5] Zusammengestückt aus Adam I, 9. 12. 9. 11.
[6] Den Erzbischöfen von Mainz und Köln.
[7] = Jes. 18, 2.   [8-8] Fast wörtlich aus Adam I, 14.

bingorum, constructa ibidem ecclesia[9], Heridago cuidam sancto viro,
quem loci episcopum designavit, regendam commisisse, proponens
eandem Hammemburgensem ecclesiam cunctis Slavorum Danorum-
que gentibus metropolim statuere. In qua re ad perfectum ducenda et
mors Heridagi presbiteri et occupacio bellorum Karolum imperatorem,   5
ne desiderata compleret, prepedivit. Idem enim victoriosissimus princeps, qui omnia regna Europae subegerat, novissimum cum Danis bellum suscepisse narratur. Nam Dani et ceteri qui trans Daniam sunt
populi ab hystoricis Francorum Northmanni vocantur. Quorum[b]
rex Godefridus, iam antea Fresis, itemque Nordalbingis, Obotritis et   10
aliis Slavorum populis tributo subactis, ipsi Karolo bellum minatus est.
Haec dissensio maxime voluntatem imperatoris de Hammemburg retardavit. Tandem extincto celitus Godefrido Hemming ei successit,
patruelis eius, qui mox pacem cum imperatore faciens Egdoram fluvium accepit regni terminum.   15

Nec multo post Karolus presenti vita decessit[8], vir tam in divinis
quam in humanis rebus probatissimus primusque, qui de Francorum
regno ad imperium meruit provehi. [10]Nam cesarea dignitas quae post
Constantinum in Grecia, urbe scilicet Constantinopoli, [11]multis etati-
bus laudabiliter[11] viguit, deficientibus inibi regalis prosapiae viris,   20
[11]adeo concidisse dinoscitur, ut res publica, cui in primitivo vigore in-
simul tres consules vel dictatores aut certe cesares vix sufficiebant[11],
muliebri tandem condicione gubernaretur. [11]Consurgentibus igitur undique adversus imperium rebellibus, cum omnia pene Europae regna
ab imperio defecissent, ipsa quoque mater orbis Roma finitimis bellis   25
attereretur, nec esset defensor, placuit apostolicae sedi[11] sollempe sanctorum adunari / concilium [11]et de generali necessitate commune par-
ticipare consilium[11]. Omnium ergo votis, omnium laudatione insignis
Francorum rex Karolus corona Romani imperii sublimatus est, eo
quod ipse fidei merito et potestatis gloria nec non etiam bellorum vic-   30
toriis neminem in orbe videretur habere consortem, atque in hunc
modum cesareum nomen de Grecia translatum est in Franciam[10].

b) *Fußnote in 1 (um 1470) mit Randnachtrag:* Hic primo ponitur error di-
cencium Thetmarcos a tempore Karuli Magni nullius dominio mansipatos. *Erster
Hinweis auf den Entstehungsgrund von Hs. 1a im Kloster Bordesholm im Zusammenhang mit Eroberungsplänen Christians I. von Dänemark-Holstein gegen Dithmarschen.*

nachdem er dort eine Kirche erbaut hatte[9], einem heiligen Manne (namens)
Heridag zur Lenkung anvertraut haben, den er zum Bischof des Ortes bestimmt hatte, mit der Absicht, diese Hamburgische Kirche zum Erz-
bischofssitz für alle Völker der Slawen und Dänen zu machen. Doch der
5 Tod des Presbyters Heridag wie die Abhaltung durch Kriege hinderten
Kaiser Karl daran, die Sache vollständig durchzuführen und seine Wünsche zu erfüllen. Dieser ruhmreichste Fürst, der alle Reiche Europas unterworfen hatte, soll nämlich zuletzt auch gegen die Dänen einen Krieg
unternommen haben. Von den Geschichtsschreibern der Franken werden
10 die Dänen und die übrigen Völker hinter Dänemark Normannen genannt.
Deren König Göttrik hatte bereits vorher Friesen, Nordelbinger, Obotriten und andere Stämme der Slawen tributpflichtig gemacht und drohte
(jetzt) Karl selbst mit Krieg. Dieser Zwist hemmte besonders des Kaisers
Hamburger Pläne. Als endlich Göttrik durch Fügung des Himmels umge-
15 kommen war, folgte ihm sein Vetter Hemming nach, der bald Frieden mit
dem Kaiser machte und den Eiderfluß als Grenze seiner Herrschaft an-
erkannte.

Nicht viel später verschied Karl aus dem irdischen Dasein[8], ein im
Geistlichen wie im Weltlichen auf das höchste bewährter Mann, der als er-
20 ster gewürdigt wurde, vom Frankenreich zum Kaisertum aufzusteigen.[10]Die
kaiserliche Würde nämlich, die nach Konstantin [11]lange Zeit ruhmreich[11]
in der Stadt Konstantinopel in Griechenland geblüht hatte, [11]war bekann-
termaßen[11], seit es dort an Männern königlichen Geschlechts mangelte, [11]so
sehr verfallen, daß das Reich, dem in seiner ursprünglichen Blüte drei
25 Konsuln, Diktatoren oder gar Kaiser zugleich kaum gewachsen waren[11],
schließlich von Weiberhand beherrscht wurde. [11]Als sich nun Empörer von
allen Seiten gegen das Reich erhoben, als fast alle Staaten Europas vom
Reiche abgefallen waren, als gar Rom selbst, die Mutter des Erdkreises
durch Kriege in nächster Nähe mitgenommen wurde, ohne daß ein Be-
30 schützer dagewesen wäre, fand es der apostolische Stuhl für gut[11], ein feier-
liches Konzil heiliger Männer zu versammeln [11]und wegen der allgemeinen
Not allseits Rat einzuholen[11]. Mit Zustimmung und Beifall aller wurde der
hochangesehene Frankenkönig Karl durch die Krone des Römischen Reiches erhöht, weil er an Glaubensverdienst, Machtglanz und auch Kriegs-
35 ruhm niemanden seinesgleichen in der Welt zu haben schien; und dieser-
art wurde der kaiserliche Name von Griechenland nach Franken übertragen[10].

[8] s. Anm. 8 S. 45.

[9] Ausgrabungen in Hamburg haben 1947–57 das karolingische Kastell mit
Resten einer Holzkirche freigelegt, deren Zeitstellung nicht völlig geklärt ist.

[10-10] Nach Vita Willehadi, c. 5, mit vielen eigenen Formulierungen Helmolds,
s. Anm. 11.

[11-11] Eigene Formulierungen und Zusätze Helmolds.

De divisione regni. IIII.

Postquam igitur Karolus Francorum rex et Romanorum imperator augustus cum magno bonorum fructu ad celos emigravit, Loduicus filius eius ei successit in regnum. Qui paternis per omnia votis concordans eadem liberalitate, qua pater eius, erga cultum domus Dei et 5 omnem clerum usus est, amplissimas regni divicias ad decorem et gloriam ecclesiae intorquens, in tantum ut episcopos, qui propter animarum regimen principes sunt celi, ipse eosdem nichilominus principes efficeret regni. Hic ubi super Hammemburg patris sui comperit votum, [1]communicato statim sapientum consilio sanctissimum virum 10 Anscarium, quem etiam aliquando ad Danos et Suedos predicatorem direxerat, Hammemburgensi ecclesiae ordinari fecit archiepiscopum, statuens eandem civitatem metropolim universis borealibus populis[1], ut legatio verbi Dei exinde uberius pullularet in omnes barbaras naciones. Quod et factum est. Nam Hammemburgensis ecclesiae pontificum 15 instantia [2]disseminatum est[2] verbum Dei in omnes Slavorum, Danorum sive Northmannorum populos, et dissolutum est gelidum illud frigus aquilonis a calore verbi Dei. Multis itaque diebus sive annis maximisque doctorum laboribus in gentibus his desudatum est; tanta enim fuit opacitas errorum et difficultas silvescentis ydolatriae, ut nec 20 subito nec facile potuisset evinci. Sed et bellorum variae tempestates / post obitum piissimi Loduici latius emergentes vocacionem gentium non modice retardaverunt. Illo siquidem ex hac luce subtracto orta sunt intestina bella, quatuor scilicet filiis eius propter principatum contendentibus. [3]Multa itaque inter fratres orta est discordia bellum- 25 que maximum, in quo, ut hystorici testantur, omnes Francorum gentes consumptae sunt. Tandem mediante papa Sergio discordia sedata est, regnumque divisum est in quatuor[4] partes, ita ut Lotharius maior natu cum Italia Romam, Lotharingiam cum Burgundia possideret, Loduicus Renum cum Germania, Karolus Galliam, Pipinus Aquitaniam[3]. 30

De profectione sancti Anscarii in Suecia. V. capitulum.

Ea igitur tempestate, qua germana discordia maximos bellorum motus et diminucionem scisso imperio parturivit, multos ad rebellionem oportunitas temporis adduxit. Inter quos primi vel precipui Da-

4. Von der Teilung des Reiches

Nachdem also Karl, König der Franken und Kaiser der Römer mit dem reichen Ertrage seiner guten Taten in den Himmel eingegangen war, folgte sein Sohn Ludwig ihm in der Herrschaft. Dieser übte, in allem mit den
5 väterlichen Ansichten übereinstimmend, die gleiche Freigebigkeit zum Wohle der Gotteshäuser und der ganzen Geistlichkeit, wie sein Vater, indem er die prächtigsten Schätze des Reiches dem Ruhmeskranze der Kirche so einflocht, daß er die Bischöfe, die wegen ihrer Herrschaft über die Seelen geistliche Fürsten sind, nichtsdestoweniger zu Reichsfürsten mach-
10 te. Sobald er seines Vaters Plan für Hamburg erfuhr, [1]ließ er nach Einholung des Rates weiser Männer den Ansgar, einen sehr frommen Mann, den er gelegentlich bereits zu Dänen und Schweden als Prediger entsendet hatte, zum Erzbischof der Hamburgischen Kirche einsetzen, womit er eben diese Stadt als Mutterkirche für alle nordischen Völker bestimmte[1],
15 auf daß die Botschaft des Gotteswortes von dort desto reichlicher an alle Barbarenvölker ausgehen sollte. Das geschah dann auch, denn durch den Eifer der Hamburgischen Kirchenfürsten wurde[2] Gottes Wort bei allen Völkern der Slawen und Dänen oder Normannen ausgesät[2] und jene starrende Kälte des Nordens schmolz vor seiner Glut. Unter großen Mühen
20 vergossen dabei gelehrte Männer viele Tage und Jahre lang ihren Schweiß bei diesen Stämmen, denn das Dunkel der Irrtümer und die Unzugänglichkeit des wuchernden Aberglaubens waren so groß, daß sie weder rasch noch leicht besiegt werden konnten. Doch auch manche Kriegsstürme, die nach Ludwigs des Frommen Tode sich weiterhin erhoben, verzögerten die
25 Bekehrung der Völkerschaften erheblich. Als jener nämlich aus dieser Welt entrückt war, entstanden Bürgerkriege, weil seine vier Söhne sich um die Herrschaft stritten. [3]So brach große Zwietracht unter den Brüdern aus und ein gewaltiger Krieg, in dem alle Stämme der Franken erschöpft wurden, wie die Geschichtsschreiber bezeugen. Papst Sergius ver-
30 mittelte endlich und schlichtete den Zwist; das Reich ward in vier[4] Teile geteilt, so daß der erstgeborene Lothar Rom mit Italien, Lothringen und Burgund, Ludwig den Rhein mit Deutschland, Karl Gallien und Pippin Aquitanien erhielt[3].

5. Von des hl. Ansgar Schwedenreise

35 Zu jener Zeit nun, als der Bruderzwist dem zerrissenen Reiche Beeinträchtigung und sehr heftige Kriegsunruhen bescherte, verleitete die günstige Gelegenheit viele zum Aufstande. Die ersten und angesehensten von

---

[1-1] Nach Adam I, 15–16, wobei „statim" irrig zugesetzt ist.
[2-2] = 1. Mose, 9, 19, vgl. 10, 18.
[3-3] Fast wörtlich aus Adam I, 22.   [4] Adam: tres.

norum populi, viribus et armis prepotentes, prius quidem Slavos,
itemque ¹Fresones tributis subiciunt, dehinc classe piratica per Renum subvecti Coloniam obsederunt, per Albiam Hammemburg funditus exciderunt. Inclita civitas et recens ecclesiae structura tota incendio disperiit¹, quin et Nordalbingorumª provincia et quicquid flu- 5
mini contiguum fuit barbarorum direptionibus cessit. Saxonia magno
terrore concussa est. Sanctus autem Anscarius Hammemburgensis
archiepiscopus et ceteri predicatores in Slaviam sive in Daniam destinati magno persecutionis fervore sedibus suis pulsi sunt et usquequaque dispersi². ³Loduicus igitur, ⁴cui Germaniam cessisse supra dictum 10
est⁴, glorioso genitori suo nomine et pietate per omnia similis, defectum Hammemburgensis ecclesiae taliter resarcire studuit, ut Bremensis sedes, quae tunc defuncto pastore vacabat, Ham/memburg-
gensi ecclesiae adiceretur, essentque de cetero non duae parrochiae,
sed una. Quia enim utraque civitas propter piratarum incursus plena 15
fuit periculis, utile fuit unam alterius ope levari atque foveri mutuo.
Accepto igitur super hac re apostolicae sedis mandato ad effectum
perducta sunt omnia, quae fuerant animo pii principis digesta. Unita-
que est ecclesia Bremensis Hammemburgensi, et recepit sanctus Anscarius utramque regendam, factumque est ⁵unum ovile et unus pastor⁵. 20

⁶Post non multum vero temporis, furore Danorum aliquantulum so-
pito, ceperunt reedificari diruta Hammemburgensis urbis, et Nordalbingorum populi ad proprias sedes reversi sunt⁶. Pontifex quoque
Anscarius cesaris legacione functus regem Danorum⁷ frequenter adiit,
ubi pro commodis utriusque regni et pacis stabilitate strennue agens 25
multam apud regem, licet gentilem, familiaritatis gratiam pro fidei
suae reverentia consecutus est³. ⁸Cui etiam [rex]ᵇ facultatem attribuit
ecclesiam statuendi in Sleswich et Ripe⁹, prebita prius licentia, ne quis
volentes baptizari et Christianis legibus uti prepediret. Nec mora, sacerdotes ad hec explenda directi sunt. ⁶Procedentibus itaque sensim di- 30
vinae gratiae incrementis in gente Danorum⁶ cepit memoratus ponti-

---

ª) *Randnachtrag in 1 (um 1470):* hic patet secundo suppressio Thetmarcorum.
Vgl. S. 46 Anm. b)!   ᵇ) rex *fehlt 1, 1a, 2, S.*

¹⁻¹ Mit einigen Abweichungen aus Adam I, 21.
² 845.
³⁻³ Frei nach Vita Ansk. 16 f., 23 f. Die Bulle Nikolaus I. von 864, Mai, 31
kannte Helmold nur aus Rimbert.

ihnen waren die an Kräften und Waffen übermächtigen Dänenvölker; zunächst unterwarfen sie Slawen und [1]Friesen Abgaben, hierauf fuhren sie mit einer Raubflotte den Rhein hinauf, Köln zu belagern, und die Elbe, Hamburg völlig zu zerstören. Der berühmte Ort und der neue Kirchbau
5 gingen ganz in Flammen auf[1], ja selbst das Land der Nordelbinger und alles, was dem Strome benachbart lag, fiel Plünderungen der Barbaren anheim. Sachsen wurde von großem Schrecken erschüttert; der heilige Ansgar aber, Erzbischof von Hamburg, und die übrigen nach dem Slawenlande oder Dänemark entsendeten Prediger wurden durch die fanatische
10 Leidenschaft der Verfolgungswelle aus ihren Sitzen vertrieben und überallhin verstreut[2]. [3]Ludwig, [4]dem wie oben erwähnt, Deutschland zugefallen war[4], suchte daher, seinem ruhmreichen Vater nach Namen und Frömmigkeit durchaus gleich, den Verlust der hamburgischen Kirche zu ersetzen. Er fügte den Bremer Stuhl, der damals nach dem Tode seines Hirten leer-
15 stand, zur hamburgischen Kirche hinzu; sie sollten nicht mehr zwei sondern ein Sprengel sein. Weil nämlich beide Bischofssitze wegen der Seeräubereinfälle sehr gefährdet waren, erschien es zweckmäßig, daß die Hilfe des einen den anderen aufrichtete und sie sich gegenseitig unterstützten. Als in der Sache Anweisung vom apostolischen Stuhle empfan-
20 gen war, wurde alles durchgeführt, was der fromme Fürst im Geiste entworfen hatte: die bremische Kirche wurde mit der hamburgischen vereinigt und der heilige Ansgar bekam beide zu leiten; sie wurden [5]eine Herde unter einem Hirten[5]. [6]Einige Zeit danach aber, als sich die Wut der Dänen etwas gelegt
25 hatte, begann man die Trümmer Hamburgs wieder aufzubauen, und die Stämme der Nordelbinger kehrten in ihre Heimat zurück[6]. Erzbischof Ansgar suchte als Gesandter des Kaisers auch häufig den König der Dänen[7] auf, wobei er eifrig zum Segen beider Reiche und zur Festigung des Friedens wirkte. Er gelangte zu großer, freundschaftlicher
30 Gunst beim König, der zwar Heide war aber seine Glaubenstreue achtete[3]. [8]Der König gab ihm auch die Erlaubnis, in Schleswig und Ripen[9] eine Kirche zu begründen, nachdem er zuvor verfügt hatte, niemand solle Taufwillige, die nach Christenregeln leben wollten, behindern. Zur Durchführung wurden unverzüglich Priester abgefertigt. [6]Während so der Sa-
35 men göttlicher Gnade im Volke der Dänen allmählich keimte[6], begann der

---

[4-4] Zusatz Helmolds; vgl. oben und Kap. 4 Ende.

[5-5] Ev. Joh. 10, 16.

[6-6] Selbständiger Text Helmolds.

[7] Horich I. (827–54), ein Sohn Göttriks.

[8-8] Das Folgende bis *sedem* ziemlich frei nach Adam I, 25 f., 39 und Vita Ansk. 24. 25.

[9] *et Ripe* Helmold irrig aus Adam I, 29: erst Horich II. (854–vor 873) erlaubte den Kirchbau.

fex magno desiderio assurgere ad Sueonum conversionem. Hoc iter
arduum per se ipsum aggressus petiit litteras et nuntium regis Danorum, profectusque [6]cum multis[6] navali itinere pervenit ad Byrcam
[6]principalem Suediae civitatem[10]. Ubi multo favore et leticia exceptus
est fidelium, quos ipse quondam ante pontificatus honorem illo pre- 5
dicator directus Christo / acquisierat[6], obtinuitque apud regem, ut
volentibus Christianitatis assumere titulum libera pateret facultas.
Dato ergo in Suedia episcopo[11] et sacerdotibus, qui vice sua divinas
res et populi salutem curarent, et singulos ad fidei perseverantiam
adortatus, reversus est ad propriam sedem[8]. Ab eo igitur tempore 10
iactum semen verbi Dei in populis Danorum atque Sueonum uberius
fructificare cepit. Quamvis enim in eisdem gentibus multi postmodum
tiranni surrexerint, qui crudelitatem suam non solum in Christicolas
suae gentis, sed etiam in exteras naciones extenderint, datur tamen
intelligi Christianitatis titulum post primum fundacionis suae tempus 15
in Dania sive Suedia eo usque convaluisse, ut, et si persecucionum
procellis impellentibus aliquando titubaverit, numquam tamen penitus exciderit[12].

De conversione Ruianorum. VI.

Inter omnes autem borealium nacionum populos sola Slavorum 20
provincia remansit ceteris durior atque ad credendum tardior. [1]Sunt
autem multi, ut supra dictum est, Slavorum populi[1], quorum hii qui
dicuntur Winuli sive Winithi magna ex parte respiciunt Hammemburgensem parrochiam. [2]Nam preter honorem metropolitanae sedis,
qua omnes naciones sive regna complectitur aquilonis[2], [3]habet utique 25
Hammemburgensis ecclesia prescriptos terminos suae parrochiae,
ultimam scilicet partem Saxoniae, quae est trans Albiam [4]et dicitur
Nordalbingia[4], continens tres populos, Thethmarcos[b], Holsatos[c],
Sturmarios[d3]. Inde extenduntur termini ad Winithos, eos scilicet [5]qui

---

[a]) *Randnachtrag in 1 (um 1470):* hic habes intellectum. *Vgl. S. 46 Anm. b)!*

[b]) *Weitere Lesarten hier und sonst:* Thetmarsi, Thetmarchi, Thethmarchi,
Thetmarki, Thetmarsienses.

[c]) *Weitere Lesarten (unten):* Holzati, Holtzati, Holzacii, Holzatenses.

[d]) *Weitere Lesarten hier und sonst:* Stormarii, Sturmari.

[6] s. Anm. 6 S. 51.   [8] s. Anm. 8 S. 51.

erwähnte Kirchenfürst mit großem Verlangen zur Bekehrung der Schweden aufzubrechen. Als er in eigener Person diese schwere Reise antrat, erbat er vom Dänenkönig Brief und Boten, zog dann [6]mit vielen (Begleitern)[6] davon und erreichte auf dem Seewege Birka, [6]den Hauptort Schwedens[10].
5 Dort wurde er mit großer Herzlichkeit und Freude empfangen von den Getreuen, die er selbst einst Christus gewonnen hatte, als er vor Erhebung zum Erzbischof dorthin als Prediger geschickt worden war[6]. Beim König erlangte er, daß allen der Weg freigegeben wurde, die willens waren, das Christentum anzunehmen. Als nun in Schweden ein Bischof[11] und Priester
10 eingesetzt waren, die an seiner statt für den Gottesdienst und das Heil des Volkes sorgen sollten, und er sie einzeln zur Beharrlichkeit im Glauben ermahnt hatte, kehrte er zum eigenen Sitz zurück[8]. So begann von der Zeit an der bei den Dänen und Schweden ausgestreute Same des Gotteswortes reichlicher Frucht zu tragen; denn obgleich bei diesen Völkern später
15 (noch) viele Gewaltherrscher aufstanden, die ihre Grausamkeit nicht nur gegen die Christen ihres eigenen Volkes, sondern auch gegen fremde Nationen richteten, so erfährt man doch, daß nach der ersten Zeit seiner Begründung das Christentum in Dänemark und Schweden so kräftig wurde, daß es trotz zeitweiliger Erschütterung durch andrängende Verfolgungs-
20 stürme nie mehr ganz zugrunde ging.

6. Von der Bekehrung der Rügener

Von allen Völkern des Nordens verharrte allein das Slawenland zäher und länger in der Abwehr des christlichen Glaubens als die anderen. [1]Wie oben erwähnt, gibt es aber viele Slawenvölker[1], von denen die sogenannten
25 Winuler oder Wenden größtenteils zum Hamburger Pfarrsprengel gehören. [2]Außer der Würde eines Erzbischofsitzes, mit der sie alle Völker und Herrschaften des Nordens umfaßt[2], [3]hat die hamburgische Kirche besonders festgelegte Grenzen ihres Sprengels, nämlich den äußersten Teil Sachsens, der jenseits der Elbe liegt, [4]Nordelbingen heißt[4] und drei Stäm-
30 me umschließt: Dithmarscher, Holsten und Stormarn[3]; von dort dehnt sich ihr Gebiet zu den Wenden aus, [5]welche Wagrier, Obotriten, Kessiner

[10] Handelsplatz am Mälarsee, Vorläufer von Sigtuna – Stockholm.
[11] Erimbert, vgl. Vita Ansk. 25.
[12] Helmold stützt sich auf Rimbert; Adam bezeugt I, 61, daß in Schweden zeitweilig das Christentum wieder verschwand, sagt aber I, 52, daß es in Dänemark nicht wieder ganz unterging.

[1-1] Vgl. oben Kap. 1 Anm. 2.
[2-2] Vgl. Adam I, 16.
[3-3] Teils wörtlich nach Adam II, 17.
[4-4] Zusatz Helmolds.
[5-5] Stark gekürzt nach Adam II, 21.

dicuntur Wagiri, Obotriti, Kycini, Circipani, et usque ad flumen Panim et urbem Dimin[5]. [6]Ibi est limes Hammemburgensis parrochiae[6].
Non caret igitur admiracione, quod dignissimi / presules et ewangelici predicatores, Anscarius, Reimbertus et sextus[7] in ordine Unni, quorum in conversione gentium ingens claruit studium, Slavorum curam   5
tantopere dissimulaverint, ut nec per se nec per ministros aliquem in eis fructum fecisse legantur. Effecit hoc, ut estimo, populi huius invincibilis duricia, non autem predicatorum torpor, quibus animus circa vocationem gentium adeo fuit affectus, ut nec opibus nec vitae pepercerint. Tradit enim veterum antiqua relacio, quod temporibus Loduici   10
secundi egressi fuerint de Corbeia monachi sanctitate insignes, qui Slavorum salutem sitientes impenderunt se ipsos ad subeunda pericula et mortes pro legacione verbi Dei. Peragratisque multis Slavorum provinciis pervenerunt ad eos qui dicuntur Rani sive Rugiani et habitant in corde maris.   15

Ibi fomes est errorum et sedes ydolatriae. Predicantes itaque verbum Dei cum omni fiducia omnem illam insulam lucrati sunt, ubi etiam oratorium fundaverunt in honorem domini ac salvatoris nostri Iesu Christi et in commemoracionem sancti Viti, qui est patronus Corbeiae. Postquam autem, permittente Deo mutatis rebus,   20
Rani a fide defecerunt, statim pulsis sacerdotibus atque Christicolis religionem verterunt in supersticionem. Nam sanctum Vitum, quem nos martirem ac servum Christi confitemur, ipsi pro Deo venerantur, creaturam anteponentes creatori. Nec est ali/qua barbaries sub celo, quae Christicolas ac sacerdotes magis exorreat; solo nomine   25
sancti Viti gloriantur, cui etiam templum et simulachrum amplissimo cultu dedicaverunt, illi primatum deitatis specialiter attribuentes[8]. De omnibus quoque provinciis Slavorum illic responsa petuntur et sacrificiorum exhibentur annuae soluciones. Sed nec mercatoribus, qui forte ad illas sedes appulerint, patet ulla facultas vendendi vel   30
emendi, nisi prius de mercibus suis deo ipsorum preciosa quaeque libaverint, et tunc demum mercimonia foro publicantur. Flaminem suum non minus quam regem venerantur. Ab eo igitur tempore, quo primo fidei renuntiaverunt, haec supersticio apud Ranos perseverat usque in hodiernum diem[9].   35

---

[5] s. Anm. 5 S. 53

und Zirzipanen genannt werden, bis zum Flusse Peene und der Burg Dem-min[5]. [6]Dort ist die Grenze des Hamburger Sprengels[6]. Man muß sich wun-dern, daß die hochwürdigen Bischöfe und Prediger des Evangeliums, Anskar, Rimbert und der sechste[7] in der Reihe, Unni, deren Eifer bei der
5 Bekehrung der Völker ganz besonders groß war, ihr Bemühen um die Slawen so sehr verheimlicht haben; man liest, daß weder sie noch ihre Gehilfen bei ihnen irgendeinen Erfolg erzielt hätten. Bewirkt wurde das, wie ich glaube, durch die unüberwindliche Gefühllosigkeit dieses Volkes, und nicht durch Unvermögen der Prediger, deren Sinn so sehr auf die Be-
10 kehrung der Völker gerichtet war, daß sie weder ihre Kräfte noch ihr Le-ben schonten. Eine alte Überlieferung berichtet nämlich, daß zu Zeiten Ludwigs II. Mönche von besonderer Frömmigkeit aus Corvey aufgebro-chen seien, die im Drange nach Rettung der Slawen sich darboten, um Ge-fahr und Tod für die Botschaft des Gotteswortes zu bestehen. Sie durch-
15 wanderten viele Slawenländer und gelangten zu den sogenannten Ranen oder Rügenern mitten im Meere.

Dort befindet sich der Herd aller Irrtümer und der Hauptsitz des Götzendienstes. Mit aller Treue das Gotteswort verbreitend, gewannen sie so jene Insel, auf der sie auch ein Bethaus gründeten zur Ehre Gottes,
20 unseres Heilands Jesu Christi und zur Erinnerung an den heiligen Veit, den Schutzherrn von Corvey. Als Gott aber zuließ, daß die Verhältnisse sich änderten, fielen die Ranen vom Glauben ab, vertrieben Priester und Christen und verkehrten Religion in Aberglauben; sie verehren nämlich den heiligen Veit, den wir als Blutzeugen und Knecht Christi ansehen,
25 selbst als Gott, indem sie das Geschöpf über den Schöpfer stellen. Es gibt keine Roheit unter dem Himmel, die Gläubige und Priester mehr abstoßen würde. Sie rühmen nur den Namen des heiligen Veit, dem sie auch einen Tem-pel und ein Standbild mit größtem Gepränge geweiht haben; ihm schrei-ben sie insbesondere die göttliche Oberherrschaft zu[8]. Aus allen Slawen-
30 ländern werden dort auch Orakel eingeholt und jährliche Opfergaben dar-gebracht. Doch auch Kaufleuten, die etwa an jenen Gestaden landen, steht Verkauf oder Kauf erst offen, wenn sie von ihren Waren dem Stammesgott jeweils die kostbarsten geopfert haben; dann endlich wird das Handelsgut für den Markt freigegeben. Ihren Priester ehren sie nicht geringer als den
35 König. Seit der Zeit, da sie dem Glauben absagten, hat dieser Aberglaube bei den Ranen bis zum heutigen Tage fortgedauert[9].

[6-6] Fast wörtlich aus Adam Schol. 70.

[7] 918–36; Helmold zählt Ansgars 3 Vorgänger auf dem Bremer Stuhl nicht mit.

[8] Vitus ist irrig mit dem slaw. Gott Swantewit identifiziert.

[9] Muß vor 1168 (Eroberung von Arkona durch Waldemar I. v. Dänemark) ge-schrieben sein.

Persecucio Northmannorum. VII.

Sane populis Slavorum et ceteris gentibus fide imbuendis grave ab inicio prebuit irritamentum ea bellorum tempestas, quae Northmannis tumultuantibus in toto pene desevit orbe[1]. Porro Northmannorum exercitus collectivus fuit de fortissimis Danorum, Sueonum, Norveo- 5 rum, qui tunc forte sub uno principatu constituti primo omnium Slavos, qui pre manibus erant, miserunt sub tributum, deinde cetera finitima regna terra marique vexabant. Quibus profecto non parum addiderat virium ea Romani imperii diminutio, qua, ut supra dictum est, post tempora senioris Loduici prius quidem intestinis est bellis 10 exhaustum, postea / in quatuor divisum[a] portiones totidem gubernabatur regulis. [2]Constat igitur ipso tempore Northmannos per Ligerim Thuronis succendisse, per Sequanam Parisios obsedisse, Karolum regem timore compulsum terram eis dedisse ad habitandum[2], quae a Northmannis possessa Northmandiae nomen accepit. [3]Deinde Lotha- 15 ringia vastata et subacta est Fresia. Noster autem Loduicus, rex scilicet Germaniae, Northmannos federibus sive preliis hoc modo retinuit, ut, cum Franciam totam vastaverint, regnum eius vel minime nocuerint. Post cuius mortem

effera barbaries laxis regnabat habenis. 20

Nam Boemi, Surabi, Susi[4] et ceteri Slavi, quos ipse tributis subiecerat, [5]tunc servitutis iugum excusserunt[5]. Tunc etiam Saxonia vastata est a Northmannis sive Danis, Bruno dux occisus cum duodecim comitibus, Theodericus et Marquardus episcopi obtruncati. Tunc Fresia depopulata, Traiectum civitas excisa. Tunc piratae Coloniam et Treveros 25 incenderunt, Aquisgrani palacium stabulum equis suis fecerunt. Mogontia propter metum barbarorum instaurari cepit[3]. Karolus adolescens, filius Loduici ipso tempore Roma rediens cum grandi exercitu Northmannos iuxta Mosam fluvium apprehendit[6]. Quos obsidione coartans quintodecimo tandem die ad deditionem compulit. Captos 30 igitur tyrannos Danorum non ea qua decuit hostes Dei severitate ultus est, sed ad diutinam deiectionem et gravem ecclesiae ruinam parcens impiis, accepto ab eis iureiurando et federis condicione, amplissime

---

[a]) *Konjektur von S, wohl richtig;* diuisi *1,* diuisa *1a, 2, 3.*

[1] Helmolds Quellen zu diesem Abschnitt behandelt W. VOGEL, Die Normannen u. d. fränk. Reich..., 1906, S. 280 ff.

7. Die Normannennot

Die Bekehrung von Slawenvölkern und übrigen Heiden behinderte freilich von Anfang an ernstlich jener Kriegssturm, der seit dem kriegerischen Aufbruch der Normannen fast die ganze Welt verwüstete[1]. Das
5 Normannenheer war aus den Tapfersten der Dänen, Schweden und Norweger gesammelt, die, damals gerade unter einer Herrschaft vereinigt, als erste von allen die ihrem Zugriff nächsten Slawen zinspflichtig machten und dann die übrigen benachbarten Reiche zu Lande und zur See heimsuchten. Ihre Kräfte hatte natürlich der Niedergang des Römischen Reiches noch
10 erheblich vermehrt, infolgedessen es, wie oben erwähnt, nach den Zeiten des älteren Ludwig bereits erschöpft durch die Bürgerkriege, in vier Teile zerfallen war und von ebensoviel Kleinkönigen beherrscht wurde. [2]Bekanntlich steckten die Normannen zu eben dieser Zeit loireaufwärts Tours in Brand und belagerten seineaufwärts Paris, so daß König Karl, von Furcht
15 getrieben, ihnen Land zur Ansiedlung gab[2], welches nach der Besitzergreifung durch die Normannen den Namen Normandie erhielt. [3]Darauf wurde Lothringen verwüstet und Friesland unterworfen. Unser Ludwig aber, König von Ostfranken, hielt sie durch Verträge und Schlachten soweit zurück, daß sie sein Reich überhaupt nicht schädigten, während sie doch
20 ganz Westfranken verheerten. Nach seinem Tode
Herrschte die wilde Horde mit losgebundenen Zügeln.
Damals schüttelten die Böhmen, Sorben, Susen[4] und übrigen Slawen, die er tributpflichtig unterworfen hatte, [5]das Joch der Knechtschaft ab[5]. Damals wurde auch Sachsen von den Normannen oder Dä-
25 nen verwüstet, Herzog Bruno mit zwölf Grafen erschlagen und die Bischöfe Dietrich und Marquard umgebracht. Damals wurde Friesland entvölkert und der Bischofssitz Utrecht zerstört. Damals steckten die Seeräuber Köln und Trier in Brand und benutzten die Aachener Pfalz als Pferdestall. (Selbst) Mainz begann man in der Angst vor den Barbaren zu
30 befestigen[3]. Der Jüngling Karl, Ludwigs Sohn, kam zur gleichen Zeit von Rom zurück und griff mit starkem Heere die Normannen nahe der Maas an[6]. Er trieb sie durch Einschließung in die Enge und zwang sie endlich am fünfzehnten Tage zur Übergabe. Die gefangenen Anführer der Dänen strafte er jedoch nicht mit der Feinden Gottes gebührenden Strenge, son-
35 dern schonte sie zum langdauernden Schaden und schweren Verfall der Kirche und erlaubte ihnen, nachdem er eine eidliche und vertragliche Bindung erlangt hatte, auf das reichste beschenkt abzuziehen.

[2-2] Fast wörtlich aus Adam I, 28.
[3-3] Großenteils wörtlich nach Adam I, 38, doch gekürzt und mit starken Umstellungen.
[4] Teilstamm der Sorben.
[5-5] Zusatz Helmolds, der den Sinn umkehrt.
[6] 882.

donatos a se abire permisit. At illi regis adolescentis inertiam irridentes, ubi noxia libertate potiti sunt, rursum in unum conglobati tantas
strages dederunt, ut crudelitas modum excesserit. [7]Quid multa?
Urbes cum civibus, episcopi cum toto grege simul obruti sunt, ecclesiae illustres cum fidelium caterva simul incensae sunt[7]. Quam ob rem   5
Karolus accusatus in curia et ob stulticiam [8]regno depositus Arnulfum
germani sui filium accepit successorem[8].

Qui congregato exercitu fines adiit [9]Danorum eosque multis gravibusque preliis ad internicionem usque delevit. Bellum celitus administratum est, siquidem centum milibus paganorum prostratis in bello   10
vix unus de Christianis cecidisse repertus est. Et / ita extincta est persecucio Northmannorum, Domino vindicante sanguinem servorum
suorum, qui iam per annos septuaginta effusus est[9]. Haec[b] autem acta
sunt tempore Adelgarii archiepiscopi[10], qui fuit successor beati Reimberti et tercius a beato Anscario. [11]Defuncto Adelgario successit ei   15
Hogerus in cathedram, post hunc Reinwardus. In regum quoque
successione post Arnulfum regnavit Loduicus puer. In isto Loduico
Magni Karoli finitur prosapia. Hic postmodum regno depositus Conradum Francorum ducem habuit successorem[11].

Irruptio Ungarorum. Capitulum octavum.   20

Itaque regnante Conrado orta est Ungarorum gravis irruptio,
qui [1]non solum nostram Saxoniam aliasque cis Renum provincias,
verum etiam trans Renum Lotharingiam et Franciam demoliti sunt[1].
[2]Tunc incensis ecclesiis cruces a barbaris truncatae et ludibrio habitae,
sacerdotes ante altaria trucidati, clerus vulgo mixtus aut interfectus   25
aut in captivitatem ductus. Cuius signa furoris ad nostram duraverunt etatem. Dani quoque Slavos auxilio habentes, primo Nordalbingos[a], deinde Transalbianos[3] Saxones vastantes, magno Saxoniam
terrore quassabant. Apud Danos eo tempore Worm[4] regnavit, crude-

[b]) *Nachtrag in 1 (15. Jh.):* Arnulfus imperator longa infirmitate tabefactus
nulla medicine [*ergänze:* arte] potuit iuvari, quoniam [*lies:* quin] a pediculis
consumeretur.

[a]) *Randnachtrag des 15. Jahrhunderts in 1:* Hic patet tercio idem. *Vgl. S. 46,
Anm. b)!*

[7-7] Fast wörtlich aus Adam I, 40.

Sie aber verlachten des jugendlichen Königs Schlaffheit; sobald sie ihre unheilvolle Freiheit erlangt hatten, richteten sie, wieder vereinigt, so große Verheerungen an, daß die Grausamkeit (jedes) Maß überschritt. [7]Was weiter? Städte mit ihren Bürgern, Bischöfe mit ihrer ganzen Herde
5 wurden ausgerottet, herrliche Kirchen gingen zusammen mit ihrer Gläubigenschar in Flammen auf[7]. Karl, deswegen vor dem Reichstage angeklagt, wurde wegen seiner Torheit [8]der Herrschaft entsetzt und erhielt zum Nachfolger Arnulf, den Sohn seines Bruders[8].

Dieser sammelte ein Heer, griff das Gebiet [9]der Dänen an und schlug
10 sie in vielen, schweren Kämpfen fast bis zur Vernichtung. Der Krieg ward vom Himmel gelenkt, denn bei 100000 im Kampfe erschlagenen Heiden fand sich kaum ein Gefallener unter den Christen. So nahm denn die Normannennot ein Ende, indem der Herr das siebzig Jahre hindurch vergossene Blut seiner Diener rächte[9]. Das geschah aber zur Zeit des Erzbischofs
15 Adalgar[10], der Nachfolger des seligen Rimbert war und dritter (im Amt) vom seligen Ansgar an. [11]Nach Adalgars Tode folgte ihm Hoger auf dem Stuhle, nach diesem Reinward. In der Königsfolge regierte nach Arnulf Ludwig das Kind. Mit diesem Ludwig endete des großen Karl Geschlecht; er wurde später abgesetzt und erhielt den Frankenherzog Konrad zum
20 Nachfolger[11].

8. Der Ungarneinfall

Als nun Konrad herrschte, ereignete sich ein schwerer Einfall der Ungarn, welche [1]nicht nur unser Sachsen und die anderen Länder diesseits des Rheines verheerten, sondern auch jenseits Lothringen und Fran-
25 ken[1]. [2]Kirchen wurden damals angezündet, Kreuze von den Barbaren abgehauen und zum Spott gemacht, Priester vor den Altären niedergemetzelt, Geistlichkeit und Volk unterschiedslos umgebracht oder in Gefangenschaft geführt. Spuren dieses Wütens haben sich bis in unsere Zeit erhalten.

Auch die Dänen plünderten, im Bunde mit den Slawen, zuerst die nord-
30 elbischen, dann die südelbischen[3] Sachsen aus und erschütterten das Land mit großer Gewalttat. Bei den Dänen herrschte zu dieser Zeit Gorm[4], in

[8-8] Wörtlich = Adam II, 40 (Die Absetzung Karls III. 887).
[9-9] Fast wörtlich aus Adam II, 47: Arnulfs Sieg über die Normannen bei Löwen an der Dyle 891.   [10] 888–909.
[11-11] Stark gekürzt aus Adam I, 50 Ende – 53 Anfang. Hoger 909–916, Reinward 917 ?–918.

[1-1] Wörtlich = Adam I, 55.   [2-2] Der Rest des Kap. 8 fast wörtlich aus Adam I, 53. 55–62. II, 1 zusammengestellt.
[3] Anders als Adam bezieht Helmold Transalbiani auf die Sachsen südlich der Elbe, da er selbst nördlich von ihr schreibt.
[4] Gorm d. Alte († gegen 945), einigte Dänemark und stiftete dessen ältere Königslinie.

lissimus, inquam, vermis et Christianis non mediocriter infestus. Ille Christianitatem quae in Dania fuit prorsus demolire molitus sacerdotes a finibus suis depulit, plurimos etiam per tormenta necavit.

At vero Heinricus rex, [5]filius Conradi[5], iam tunc a puero timens Deum et in eius misericordia omnem ponens fiduciam, Ungaros quidem maxi- 5 mis preliis triumphavit, Boemos et Surabos ab aliis regibus edomitos et ceteros Slavorum populos uno grandi prelio ita percussit, ut ceteri, qui perpauci remanserant, et regi tributum et Deo Christianitatem ultro promitterent. Deinde cum exercitu Daniam ingressus Worm regem primo impetu adeo perterruit, ut imperata se facere mandaret 10 et pacem supplex / deposceret. Sic Heinricus rex victor apud Sleswich, quae nunc Heidebo[b] dicitur, regni terminos ponens, ibi et marchionem statuit et Saxonum coloniam habitare precepit.

Videns igitur sanctissimus archiepiscopus Unni, qui Reinwardo successit in cathedram, misericordia Dei nostri et virtute regis Heinrici 15 Danorum Slavorumque pertinaciam esse edomitam ostiumque fidei in gentibus apertum esse[6], omnem suae diocesis latitudinem elegit per se ipsum circuire. Multis igitur religiosis comitatus pervenit ad Danos, ubi tunc crudelissimus Worm regnavit; et illum quidem pro ingenita flectere nequivit sevicia, filium autem Haroldum[7] convertit et fidelem 20 Christo perfecit, ita ut Christianitatem, quam pater eius semper odio habuit, ipse servari publice permiserit, quamvis ipsemet baptismi sacramentum nondum perceperit. Ordinatis itaque in regno Danorum per singulas ecclesias sacerdotibus sanctus Dei multitudinem credentium commendasse fertur Haroldo. Cuius etiam fultus adiutorio et legato om- 25 nes insulas Danorum penetravit, ewangelizans verbum Dei et fideles, quos invenit illic captivos, in Christo confortans. Deinde vestigia secutus magni predicatoris Anscarii, remigans mare Balthicum, non sine labore pervenit ad Byrcam [8]principalem Suediae civitatem[8], quo iam post obitum sancti Anscarii nemo doctorum annis septuaginta venire 30 ausus est preter solum, ut legimus, Reimbertum.

Est autem Byrca opidum Gothorum celeberrimum, in medio Suediae positum, quod tractus quidam Balthici maris alluit, reddens portum optabilem, quo omnes Danorum, Norveorum itemque Slavo-

---

[b]) *Weitere Lesarten hier und sonst:* Heydebo, Heidibo, Hadibo.

[5-5] Zusatz (und Irrtum!) Helmolds. Konrad I. 911–918, Heinrich I. 919–936.

der Tat ein äußerst grausamer und den Christen höchst feindseliger (Lind)-
wurm. Er betrieb die völlige Vernichtung des Christentums in Dänemark,
verjagte die Priester aus seinen Landen und brachte viele sogar unter
Martern um.

5 König Heinrich nun aber, [5]der Sohn Konrads[5], der schon damals von
Kindesbeinen an Gott fürchtete und alles Vertrauen in dessen Barmherzigkeit setzte, triumphierte zunächst über die Ungarn in gewaltigen
Schlachten und erschütterte die schon von anderen Königen gebändigten
Böhmen und Sorben, sowie andere Slawenvölker durch einen großen Sieg
10 so sehr, daß die wenigen Überlebenden aus freien Stücken dem König
Tributzahlung und Gott (Annahme des) Christentums gelobten. Sodann
fiel er mit seinem Heere in Dänemark ein und versetzte König Gorm im
ersten Ansturme derart in Schrecken, daß er Gehorsam zu leisten versprach und demütig Frieden erbat. So (blieb) König Heinrich Sieger, setz-
15 te bei Schleswig, das jetzt Haithabu heißt, die Reichsgrenzen fest, bestellte
dort auch einen Markgrafen und befahl die Ansiedlung einer Sachsen-
kolonie.

Als nun der heilige Erzbischof Unni, welcher Reinward im Amte gefolgt
war, sah, daß durch Gottes Barmherzigkeit und König Heinrichs Tapfer-
20 keit die hartnäckigen Dänen und Slawen völlig gebändigt und das Tor
zum Glauben bei (diesen) Völkern geöffnet war[6], beschloß er, die ganze
Weite seines Sprengels persönlich zu bereisen. Er gelangte also, von vielen
Frommen begleitet, zu den Dänen, wo damals der höchst grausame Gorm
regierte; ihn konnte er freilich bei seiner angeborenen Wildheit nicht beu-
25 gen, doch seinen Sohn Harald[7] bekehrte er und machte ihn zum Getreuen
Christi, so daß er das Christentum, welches sein Vater stets gehaßt hatte,
seinerseits öffentlich auszuüben erlaubte, wenn er auch selbst noch nicht
das Sakrament der Taufe empfing. Als auf diese Weise im Dänenreiche
Priester an den einzelnen Kirchen bestellt waren, soll der gottselige Mann
30 die Menge der Gläubigen Harald anvertraut haben, um auf dessen Hilfe
und Botschaft gestützt alle Inseln der Dänen zu durchdringen, das Wort
Gottes zu verkünden und Getreue, die er dort als Gefangene vorfand,
durch Christus zu stärken. Darauf ruderte er, den Spuren des großen Pre-
digers Ansgar folgend, über das Baltische Meer und gelangte nicht ohne
35 Mühe nach Birka, [8]dem Hauptort Schwedens[8], wohin siebzig Jahre lang
nach des heiligen Ansgar Tode außer dem einen Rimbert, wie wir lesen,
kein geistlicher Lehrer zu kommen gewagt hatte.

Es ist aber Birka der berühmteste, inmitten Schwedens gelegene Hauptort der Goten; bespült von einem Ostseearm bietet er einen günstigen
40 Hafen, in dem alle Schiffe der Dänen, Norweger, wie der Slawen, Sem-

---

[6] Vgl. Ap.gesch. 14, 27.

[7] Harald Blauzahn, um 945–986.

[8-8] Zusatz Helmolds.

rum ac Semborum[9] naves aliique Scithiae populi pro diversis commerciorum neccessitatibus sollempniter convenire solent. In eo igitur portu confessor Domini egressus insolita populos appellare cepit legacione. Quippe Sueones et Gothi propter varia temporum pericula et regum cruentam feritatem Christianae religionis penitus obliti fuerunt, sed 5
favente gratia Dei a sancto patre Unni denuo ad fidem revocati sunt. Perfecto igitur legacionis suae ministerio, cum iam redire disponeret ewangelista Dei, egritudine correptus apud Byrcam fessi corporis sarcinam deposuit. Obiit autem peracto boni certaminis cursu anno dominicae incarnacionis nongentesimo XXX° sexto. Cui successit in cathedra venerabilis Adheldagus[2]. / 10

Conversio Haroldi. Capitulum nonum.

Eodem quoque anno[1] contigit gloriosum imperatorem[2] Heinricum[a] migrare de hac vita, et constitutus est in regnum filius eius Otto, cognomento Magnus. Qui cum regnare cepisset, [3]multas perpessus est 15
iniurias a fratribus suis. Rex quoque Danorum, qui patri eius [4]fuit tributarius[4], reiecto servitutis iugo [4]arma corripuit pro libertate[4]. Et primo omnium marchionem, qui erat apud Sleswich, quae alio nomine Heidebo dicitur, cum legatis regis Ottonis obtruncavit, omnem Saxonum coloniam, quae ibidem erat, funditus extinguens[3]. Slavi etiam 20
novas res affectantes nichilominus rebellare moliti sunt, multis terroribus Saxonum confinia pulsantes.

[5]Rex igitur Otto divino fultus auxilio, ubi primum de insidiis fratrum suorum liberatus est, fecit [6]iudicium et iusticiam populo suo[6]. Deinde postquam omnia pene regna, quae post mortem Karoli defecerant, suo 25
subiugavit imperio, in Danos arma corripuit. Transgressus igitur cum exercitu fines Danorum, qui olim fuerant apud Sleswich, ferro et igne vastavit omnem regionem usque ad mare novissimum, quod Northmannos dirimit a Danis, et usque in presentem diem a victoria regis Ottensund dicitur. Cui regredienti Haroldus rex apud Sleswich bellum 30
intulit. In quo utrisque viriliter concertantibus Saxones victoria potiti sunt, et Dani terga vertentes ad naves cesserunt. Tandem condicioni-

---

[a]) *Von anderer, alter Hand übergeschr.: regem 2.*

[2] s. Anm. 2 S. 59.

[9] Prussische Bewohner des Samlands; vgl. Adam IV, 18: *Sembi vel Pruzzi.*

ben[9] und anderer skythischer Völker wegen der verschiedenen Handelsbe-
dürfnisse gewöhnlich zusammenzukommen pflegen. In diesem Hafen nun
landete der Bekenner des Herrn und begann die Völker mit ungewohnter
Botschaft anzurufen. Schweden und Goten hatten nämlich bei wechseln-
5 den Fährnissen der Zeiten und roher Wildheit ihrer Könige die christliche
Religion ganz vergessen; mit Gottes gnädiger Hilfe wurden sie aber vom
heiligen Vater Unni wieder zum Glauben zurückgerufen. Nachdem so der
Auftrag seiner Sendung erfüllt war und der Bote des Herrn schon zur
Rückkehr rüstete, wurde er von einer Krankheit hingerafft und legte zu
10 Birka die Last seines müden Körpers ab. Er starb nach gutem, kampf-
erfülltem Lebenslaufe im Jahre 936 der Fleischwerdung des Herrn. Auf
dem Stuhle folgte ihm der ehrwürdige Adaldag[2].

9. Haralds Bekehrung

Im gleichen Jahre[1] schied auch der ruhmreiche Kaiser[2] Heinrich aus
15 diesem Leben und sein Sohn Otto, mit dem Beinamen „der Große", wurde
in die Herrschaft eingesetzt. Als er (eben) zu regieren begonnen hatte,
[3]erlitt er viele Kränkungen durch seine Brüder. Auch der Dänenkönig, der
seinem Vater [4]zinspflichtig war[4], warf das Joch der Knechtschaft ab und
[4]ergriff die Waffen für die Freiheit[4]. Als erstes von allem brachte er den
20 Markgrafen zu Schleswig um, das mit anderem Namen Haithabu heißt,
samt den Beauftragten des Königs Otto, und löschte die ganze Sachsen-
siedlung, welche dort war, völlig aus[3]. Auch die Slawen wurden unruhig,
begannen sich gleichfalls zu empören und brachen unter vielen Gräueln
ins Grenzgebiet der Sachsen ein.
25 [5]Von Gottes Hilfe getragen, sorgte König Otto, sobald er der Nachstellungen seiner Brüder ledig war, für [6]Recht und Gerechtigkeit in seinem
eigenen Volk[6]. Dann (erst), als er fast alle Lande, die nach Karls Tode abgefallen waren, seiner Herrschaft (wieder) unterworfen hatte, ergriff er die
Waffen gegen die Dänen. Mit einem Heere überschritt er nun die Dänen-
30 grenze, welche einst bei Schleswig verlief, und verwüstete mit Feuer und
Schwert das ganze Gebiet bis zu dem weit entfernten Meere, das Normannen und Dänen scheidet und bis zum heutigen Tage nach dem Siege
des Königs Ottensund heißt. Den Zurückkehrenden griff König Harald bei
Schleswig an. Nach beiderseits mannhaftem Kampfe erstritten die Sach-
35 sen den Sieg, während die Dänen sich zur Flucht wandten und zu den
Schiffen wichen. Endlich neigten die Dinge sich zum Frieden, Harald

---

[1] 936.   [2] Helmold scheidet unscharf zwischen Kaiser und König.
[3-3] Ziemlich frei nach Adam II, 3.
[4-4] Zusätze Helmolds: von Tributpflicht steht bei Adam nichts.
[5-5] Gekürzt, aber ziemlich wörtlich nach Adam II, 3–5.
[6-6] Vgl. 2. Sam. 8, 15.

bus ad pacem inclinatis Haroldus Ottoni subicitur et ab eo regnum suscipiens Christianitatem in Dania recipere spopondit. Nec mora, baptizatus est ipse Haroldus cum uxore sua Gunnild et filio parvulo, quem rex noster a sacro fonte susceptum Sueinotto appellavit. Eo tempore Dania plenarie recepit fidem et divisa in tres episcopatus Hammemburgensi metropoli subiecta est. Igitur beatissimus Adheldagus primus ordinavit episcopos in Daniam, et ex eo tempore Hammemburgensis ecclesia cepit habere suffraganeos[7]. Et haec quidem inicia celestis misericordiae secutum est tale incrementum, ut ab illo tempore usque in hodiernum diem ecclesiae Danorum multiplici borealium gentium fructu redundare videantur.

His rite peractis in Dania fortissimus Otto rex convertit exercitum ad subiugandos Slavorum rebelles. Quos pater eius uno grandi bello domuerat, ipse tanta deinceps virtute constrinxit, ut tributum et Christianitatem pro vita simul et patria libenter offerrent victori, baptizatusque est totus / gentilium populus, ecclesiae in Slavania tunc primum constructae. De quibus rebus suo loco[8], ut gesta sunt, oportunius aliqua scribenda sunt[5].

De duce Hermanno. Capitulum X[m].

Post[1] haec autem, cum rex victoriosissimus Otto ad liberandam sedem apostolicam vocaretur in Italiam, consilium fertur habuisse, quem post se vicarium potestatis relinqueret ad faciendam iusticiam in his partibus, quae barbaris confines sunt terminis. Nondum enim post tempora Karoli propter veteres illius gentis sediciones Saxonia ducem accepit nisi cesarem. [2]Ne igitur in regis absentia Dani sive Slavi novi aliquid molirentur[2], rex necessitate persuasus Heremanno primum tutelae vicem in Saxonia commisit[3]. De quo viro et progenie viri, quoniam [4]nostris temporibus multum invaluerunt[4], aliqua commemorare necessarium duxi. Vir iste pauperibus ortus natalibus primo, ut aiunt, septem mansis totidemque manentibus ex hereditate patrum fuit contentus. Deinde, quod erat acris ingenii decorisque formae, cum pro merito fidei et humilitatis, quam dominis et paribus exhibuit, facile notus in palacio, ad familiaritatem ipsius regis [pervenit[a]]. Qui

---

a) fehlt 1, 2; vgl. aber Adam.

[5] s. Anm. 5 S. 63.   [7] 948.

unterwarf sich Otto, nahm von ihm sein Reich zu Lehen und gelobte das
Christentum in Dänemark einzulassen. Unverzüglich wurde Harald selbst
mit seiner Gattin Gunhild und einem kleinen Sohne getauft, den unser
König aus dem geweihten Quell hob und Sven Otto nannte. Zu jener Zeit
5 nahm ganz Dänemark den Glauben an und wurde, in drei Bistümer geteilt, der Hamburger Mutterkirche unterstellt. Der hochselige Adaldag
setzte als erster Bischöfe in Dänemark ein und von da an hatte die hamburgische Kirche abhängige Bistümer[7]. Diesem Anfange himmlischen Erbarmens folgte ein solches Wachstum, daß die Kirchen der Dänen von
10 jener Zeit bis zum heutigen Tage unter den nordischen Völkern besonders
fruchtbar gewirkt haben.

Nach diesen Taten in Dänemark wendete der tapfere König Otto sein
Heer, um die aufständischen Slawen zu unterwerfen. Sein Vater hatte sie
in einem glänzenden Feldzuge bezwungen, er selbst bändigte sie abermals
15 mit solcher Tapferkeit, daß sie für Land und Leben dem Sieger willig
Zinsleistung und (Annahme des) Christentums anboten; das ganze Heidenvolk wurde getauft und erstmals wurden im Slawenlande Kirchen errichtet. Wie das geschah, soll an geeigneterer Stelle[8] näher geschildert werden[5].

20 ## 10. Von Herzog Hermann

Als[1] danach der siegreiche König Otto zur Befreiung des apostolischen
Stuhles nach Italien gerufen wurde, soll er einen Kronrat darüber gehalten
haben, wen er als Statthalter seiner Macht zurücklassen sollte, um in jenen
Landen Recht zu sprechen, die den Barbarengrenzen benachbart liegen.
25 Denn nach den Zeiten Karls hatte Sachsen wegen der alten Aufsässigkeit
seiner Bevölkerung noch keinen Herzog als den Kaiser selbst erhalten.
[2]Damit nun in des Königs Abwesenheit nicht Dänen oder Slawen etwas
Neues anstellen konnten[2], betraute er notgedrungen den Hermann als
ersten Vertreter seiner Schutzherrschaft über Sachsen[3]. Von diesem Man-
30 ne und seinem Geschlechte halte ich für nötig, einiges zu berichten, [4]da
sie in unseren Zeiten sehr mächtig geworden sind[4]. Von armen Eltern
abstammend, soll er zuerst mit sieben Hufen und ebensovielen Hintersassen aus dem Erbe seiner Väter zufrieden gewesen sein. Weil er scharfen
Verstandes sowie ansehnlicher Gestalt war, und zum Lohne für Treue und
35 Bescheidenheit, die er gegen seine Herren wie seinesgleichen übte, wurde
er dann leicht bei Hofe bekannt und erlangte das besondere Vertrauen des

---

[8] Vgl. Kap. 12 und 14.

[1-1] Kap. 10 fast wörtlich Adam II, 8–11; der letzte halbe Satz aus II, 2 Ende.

[2-2] Zusätze Helmolds.

[3] Hermann Billung, Markgraf 953, Herzog 961, † 973.

[4-4] Zusatz Helmolds, der auf Heinrich den Löwen und Albrecht den Bären an-
spielt; Adam begründet ganz anders.

comperta iuvenis industria suscepit eum in numero ministrorum, deinde nutricium precepit esse filiorum, mox etiam succedentibus prosperis commisit ei vices prefectorum. In quibus officiis strennue administratis dicitur manentes suos pro furto in iudicio delatos data sententia simul omnes dampnasse ad mortem. Cuius novitate facinoris 5 et tunc carus in populo et clarissimus deinceps factus est in palacio. Postquam vero ducatum Saxoniae meruit, iudicio et iusticia gubernavit provinciam et in defensionem ecclesiarum sanctarum studiosus permansit usque in finem.

Igitur tali viro piissimus rex vicem suam in hac regione commendans 10 in Italiam discessit. Ubi rex habito concilio episcoporum Iohannem papam, cui Octavianus cognomentum erat, multis accusatum criminibus deponi fecit, quamvis absentem – nam fuga iudicium subter- / fugerat –, et in locum eius protum Leonem ordinari fecit. A quo ipse mox coronatus imperator et augustus a populo Romano consalutatus est 15 anno regni eius XX°VIII°; post coronatum Romae Karolum centum quinquaginta tres anni fluxerunt. Eo tempore imperator cum filio quinquennium in Italia commoratus filios Beringarii debellavit Romamque pristinae reddidit libertati. [2]Reversus ergo in patriam omne studium intorsit ad gentium vocacionem, precipue vero Slavo- 20 rum[2], quod etiam pro sententia eius ita evenit, Deo cooperante et piissimi regis dexteram in omnibus corroborante[1].

De Alberto archiepiscopo. Capitulum XI[m].

[5]Subactis autem Christianaeque fidei copulatis Slavorum gentibus Magnus Otto inclitam urbem Magdeburg super ripas Albiae fluminis 25 condidit, quam Slavis metropolim statuens Adhelbertum summae sanctitatis virum ibidem consecrari fecit archiepiscopum.[6] Is primus in Magdeburg ordinatus duodecim annis strennue pontificatum administravit multosque Slavorum populos illic predicando convertit. Cuius ordinatio facta est anno imperatoris XXX°V°, et sunt anni post ordi- 30 nacionem sancti Anscarii CXXX septem. Magdeburgensi autem archiepiscopatui subiecta est tota Slavania usque ad Penem fluvium; episcopatus suffraganei quinque, quorum Merseburg et Cicen super Salam fluvium conditae, Misna vero super Albiam, Brandenburg et Havelberg interius vadunt. Sextus episcopatus Slavaniae est Aldenburg[5]. Hunc 35

Königs. Dieser erkannte die Strebsamkeit des jungen Mannes und nahm ihn in die Schar seiner Diener auf, bestellte ihn sodann zum Erzieher seiner Söhne und übertrug dem vom Glück begünstigten bald auch Grafenämter. Diesen Pflichten gewissenhaft nachkommend, soll er (einmal) seine
5 eigenen Hintersassen, als sie wegen Diebstahl vor Gericht gebracht wurden, gemäß dem gefällten Urteil allesamt zum Tode verdammt haben. Durch solch ungewöhnliches Verhalten gewann er bei diesem Anlaß Beliebtheit im Volke wie daraufhin hohes Ansehen bei Hofe. Als er nun das Herzogtum Sachsen erdient hatte, regierte er das Land nach Recht und
10 Gerechtigkeit und blieb bis zum Ende eifrig um den Schutz der heiligen Kirchen bemüht.

Einem solchen Manne also vertraute der allerfrömmste König seine Vertretung in diesem Gebiet an und zog (dann) nach Italien. Dort ließ er nach einem Konzil der Bischöfe den vieler Verbrechen beschuldigten Papst Jo-
15 hann, mit dem Beinamen Octavian, in Abwesenheit absetzen – er hatte sich durch die Flucht dem Gericht entzogen – und an seiner Stelle den Protoscriniar Leo ins Amt führen. Dieser krönte ihn selbst bald darauf zum Kaiser und das Volk von Rom begrüßte ihn als Augustus im 28. Jahre seiner Herrschaft; seit Karls Krönung zu Rom waren 153 Jahre verflossen.
20 Der Kaiser weilte zu der Zeit fünf Jahre mit seinem Sohne in Italien, warf die Söhne Berengars völlig nieder und gab Rom die alte Freiheit wieder. [2]Zurückgekehrt ins Vaterland, verwandte er allen Eifer auf die Bekehrung der Heiden, vornehmlich aber der Slawen[2], was ihm auch nach Wunsch gelang, weil Gott mitwirkte und den Arm des frommen Königs bei allen Taten stark
25 machte[1].

11. Von Erzbischof Adalbert

[5]Nachdem aber die Slawenvölker unterworfen und dem christlichen Glauben zugeführt waren, begründete Otto der Große über den Ufern der Elbe die berühmte Stadt Magdeburg, bestimmte sie zur Mutterkirche für
30 die Slawen und ließ den Adalbert, einen Mann von größter Heiligkeit, dort zum Erzbischof weihen[6]. Dieser erste in Magdeburg eingesetzte (Erzbischof) versah zwölf Jahre lang tüchtig sein Amt und bekehrte durch seine Predigt dort viel Slawenvolk. Seine Einsetzung geschah im 35. Jahre des Kaisers und 137 Jahre nach der Berufung des heiligen Ansgar. Dem
35 Magdeburger Erzbistum ist nun das ganze Slawenland bis zum Peenefluß unterstellt; Suffragan-Bistümer hat es fünf, von denen Merseburg und Zeitz an der Saale begründet wurden, Meißen hingegen an der Elbe, Brandenburg und Havelberg gehen mehr ins Innere. Das sechste Slawenbistum ist Oldenburg[5]. Kaiser Otto hatte zuerst beschlossen, dieses Bistum, wie

---

[1] s. Anm. 1 S. 65.   [2] s. Anm. 2 S. 65.

[5-5] Fast wörtlich aus Adam II, 16 f.

[6] Wohl nach dem Slawenzug Hermanns, also 968, gestiftet.

episcopatum sicut et ceteros imperator Otto Magdeburgensi[b] primum
subicere decreverat, quem tamen postmodum Adheldagus Hammemburgensis episcopus requisivit, eo quod terminis suae ecclesiae antiquis
imperatorum privilegiis esset circumscriptus.

De Marcone episcopo. Capitulum XII[m].   5

Est[1] autem Aldenburg, ea quae Slavica lingua Starigard, hoc est
antiqua civitas, dicitur, sita in terra Wagirorum, in occiduis partibus
Balthici maris, et est terminus Slaviae[2]. Haec autem civitas sive provincia / fortissimis quondam incolebatur viris, eo quod in fronte tocius
Slaviae posita contiguos haberet Danorum sive Saxonum populos et 10
omnes bellorum motus ipsi aut primi inferrent aut aliis inferentibus
exciperent. Tales autem in eis quandoque reguli fuisse probantur, qui
omni Obotritorum sive Kycinorum et eorum qui longe remotiores sunt
dominio fuerint potiti. Conclusa igitur atque subnervata, ut supra
dictum est, omni Slavorum provincia, urbs nichilominus Aldenburg ad 15
fidem conversa est et facta est numero fidelium copiosissima. Huic urbi
precellentissimus cesar[3] pontificem dederat venerabilem virum Marconem[4], subdens ei omnem Obotritorum provinciam usque ad Penem
fluvium et urbem Dimine[5]. Preterea[a] civitatem opinatissimam Sleswich, quae alio nomine Heidibo dicitur, eiusdem curae[b] delegavit.[6] 20
Eo enim tempore Sleswich cum provincia adiacente, quae scilicet a
lacu Slya ad Egdoram fluvium portenditur, Romano imperio sub-
iacebat, habens terram spaciosam et frugibus fertilem, sed maxime
desertam, eo quod inter occeanum et Balthicum mare sita crebris
insidiarum iacturis attereretur. Postquam autem misericordia Dei et 25
virtute Magni Ottonis matura pax omnia possedit, ceperunt habitari
deserta Wagricae et Sleswicensis provinciae, nec ullus iam angulus
relictus fuerat, qui non esset conspicuus urbibus et vicis, plerisque
etiam monasteriis. Adhuc restant antiquae illius habitacionis pleraque
indicia, precipue in silva, quae ab urbe Lutilinburg[c] per longissimos 30

b) *So 2, LAPP.;* Magdenburgensi *1, SCHM.*

a) *Preterea fehlt 1, 1a.*
b) *iure 1, 1a;* iuri *S.*
c) *Weitere Lesarten hier und sonst:* Lucilinburg, Lutelenburg, Lutilenburg.

1 *Zum Kapitelanfang vgl. Adam, Schol. 15 und 29.*

die übrigen auch, dem Magdeburger zu unterstellen, jedoch später forderte es der Hamburger Bischof Adaldag zurück, weil es nach alten Freibriefen der Kaiser dem Bereich seines Sprengels mit zugeschrieben wäre.

12. Von Bischof Marko

5   Jenes[1] Oldenburg nun, das in slawischer Sprache Starigard heißt, nämlich: die alte Burg, liegt im Wagrierlande am Westteil des Baltischen Meeres und ist der äußerste Punkt Slawiens[2]. Diese Burg und Landschaft aber ward einst von sehr tapferen Männern bewohnt, weil sie an der Spitze des ganzen Slawenlandes den Völkern der Dänen und Sachsen benachbart 10 lag und (die Bewohner) selbst alle Kriegszüge zuerst entweder begannen oder von anderen Angreifern erlitten. Mitunter sollen aber bei ihnen so mächtige Könige geherrscht haben, daß sie sich des ganzen Gebietes der Obotriten oder Kessiner und (selbst) derer, die noch weiter entfernt waren, bemächtigten. Als nun, wie oben erwähnt, das ganze Slawenland besiegt 15 und überwältigt war, wurde auch die Feste Oldenburg zum Glauben bekehrt und die Schar der Gläubigen (dort) sehr groß gemacht. Der treffliche Kaiser[3] hatte dieser Burg als Bischof den ehrwürdigen Marko gegeben[4] und ihm das ganze Obotritenland bis zur Peene und zur Burg Demmin unterstellt[5]. Ferner wies er die hochberühmte Stadt Schleswig, mit anderem 20 Namen Haithabu genannt, seiner Seelsorge zu[6].

Zu jener Zeit war nämlich Schleswig mit der angrenzenden Landschaft, die vom Schleise bis zum Eiderfluß reicht, dem römischen Reiche unterworfen, ein geräumiges und fruchtbares Land, das aber größtenteils unbewohnt war, weil es, zwischen Ozean und Baltischem Meere gelegen, durch häufige, 25 verheerende Einfälle mitgenommen wurde. Nachdem aber durch Gottes Barmherzigkeit und die Tapferkeit des großen Otto überall voller Frieden eingezogen war, begannen sich die Einöden der Landschaften Wagrien und Schleswig zu bevölkern, und bald war kein Winkel mehr übrig geblieben, der nicht durch Burgen, Dörfer und meistens auch Klöster ansehnlich geworden 30 wäre. Noch gibt es zahlreiche Spuren jener alten Bevölkerung, besonders in dem Walde, der sich von der Burg Lütjenburg über weite Strecken bis nach

---

[2] Für die Kap. 12–14 und 18 hat Helmold eigene Quellen, wahrscheinlich aus mündlicher Überlieferung, heranziehen können.

[3] Otto der Große.

[4] Marko amtiert in Schleswig vielleicht bereits ab 948, nach anderen Ansätzen ab 952 oder 960.

[5] Helmold dreht den Sachverhalt um: Marko war vermutlich der zweite Bischof von Schleswig (bis 968 ?), dem Oldenburg mit unterstand.

[6] Der Handelsplatz Haithabu steht von ca. 934–983 unter deutscher Oberhoheit und erlebt in dieser Zeit seine größte Blüte und Ausdehnung; Ortsherren sind schwedische Wikingerfürsten, die zwischen ca. 945 und 973 auch zum dänischen König in ein Abhängigkeits- oder Tributärverhältnis treten.

tractus Sleswich usque protrahitur, cuius vasta solitudo et vix pene-
trabilis inter maxima silvarum robora sulcos pretendit, quibus iugera
quondam fuerant dispertita. Urbium quoque seu civitatum formam
structura vallorum pretendit. In plerisque etiam rivis qui propter
molendina stipandis aquis aggeres congesti sunt ostendunt omnem 5
illum saltum a / Saxonibus quondam inhabitatum. Primus igitur,
ut dixi, huic novellae plantacioni episcopus Marco prefuit, qui populos
Wagirorum sive Obotritorum sacro baptismatis fonte lavit. Quo defuncto, Sleswich singulari pontifice honorata est.[7]

[8]Aldenburgensem sedem suscepit regendam venerabilis vir Ecwar- 10
dus[d.8], qui multos Slavorum convertit ad Dominum. Ordinatus est a
sancto Adeldago Hammemburgensi archiepiscopo. Crevit autem populus fidelium, nec fuit aliquid, quod novellae ecclesiae adversaretur
omni tempore Ottonum. Horum tres fuisse comperi omnes pari devocione erga Slavorum vocacionem[e] affectos. Et repleta est omnis 15
Wagirorum, Obotritorum sive Kycinorum provincia ecclesiis et sacerdotibus, monachis et Deo dicatis virginibus. Porro Aldenburgensis
ecclesia dedicata fuit in commemoracione sancti Iohannis baptistae[9],
existens honore matricis ecclesiae insignis. Michilinburgensis vero
ecclesia fuit constructa in honore principis apostolorum Petri, con- 20
tinens monasterium virginum. Fuerunt preterea Aldenburgenses
pontifices admodum honorabiles erga regulos Slavorum, eo quod
munificentia magni principis Ottonis cumulati essent temporalium
rerum affluentia, unde possent copiose largiri et favorem sibi populi
consciscere. Dabatur autem pontifici annuum de omni Wagirorum sive 25
Obotritorum terra tributum[10], quod scilicet pro decima imputabatur,
de quolibet aratro mensura grani et XL resticuli lini et XII nummi
puri argenti. Ad hoc unus nummus, precium colligentis. Slavicum vero
aratrum par boum aut unus conficit equus[11]. De urbibus vero aut
prediis aut curtium numero, quae ad possessionem pontificis pertine- 30
bant, non est huius operis explanare, eo quod vetera in oblivionem
venerint, et [12]ecce nova sunt omnia[12]. /

<hr/>

d) *So LAPP., SCHM.;* eowardus *1, 1a, 2, S;* Eckuuardus *4;* Edwardus *R, B;*
vgl. unten Kap. 14, 69.

e) Slavorum populos et vocationem eorum *3.*

Schleswig hinzieht. In seiner unermeßlichen und fast undurchdringlichen
Einsamkeit finden sich zwischen riesigen Urwaldstämmen (noch) Gräben,
von denen einst die Äcker aufgeteilt wurden. Auch die Gestalt der Burgen
oder Städte gibt der Aufbau ihrer Wälle an. Ebenso zeigen die an den mei-
5 sten Bächen wegen der Mühlen aufgeführten Wasserstaudämme, daß jener
ganze Wald einst von Sachsen bewohnt war. Zuerst stand also, wie gesagt,
Bischof Marko dieser neuen Pflanzung vor, die Völker der Wagrier und
Obotriten im heiligen Quell der Taufe zu baden. Als er starb, wurde
Schleswig eines besonderen Bischofs gewürdigt[7].
10 [8]Den Oldenburger Stuhl übernahm der ehrwürdige Ekward[8], welcher
viele der Slawen zum Herrn bekehrte. Eingesetzt wurde er vom heiligen
Adaldag, dem Erzbischof von Hamburg. Es wuchs aber die Gemeinde der
Gläubigen und nichts trat in der ganzen Ottonenzeit der neuen Kirchen-
(gründung) entgegen. Wie ich erfahre, gab es drei (Kaiser dieses Namens),
15 alle von gleicher Hingabe an die Bekehrung der Slawen beseelt. Und so
war das ganze Land der Wagrier, Obotriten und Kessiner mit Kirchen und
Priestern, Mönchen und gottgeweihten Jungfrauen erfüllt. Die Oldenburger
Kirche wurde beim Jahresfeste des heiligen Johannes des Täufers[9] geweiht
und stand im besonderen Ansehen einer Mutterkirche; die Mecklenburger
20 Kirche aber wurde zu Ehren des Apostelfürsten Petrus errichtet und um-
schloß (auch) ein Nonnenkloster. Übrigens waren die Oldenburger Bischöfe
äußerst freigiebig gegen die Slawenfürsten, denn durch die Mildtätigkeit des
großen Kaisers Otto waren sie überhäuft worden mit einer Fülle zeitlicher
Güter, und so konnten sie reiche Gaben austeilen und sich die Gunst des
25 Volkes erwerben. Dem Bischof wurde vom ganzen Gebiete der Wagrier und
Obotriten eine jährliche Abgabe entrichtet[10], welche die Stelle eines Zehnten einnahm, (und zwar) ein Maß Korn für jeden Pflug (Landes), 40 Bündel
Flachs und 12 Pfennig reines Silber; dazu ein Pfennig Lohn für den Ein-
sammler. Ein slawischer Pflug (Landes ist das, was) ein Paar Ochsen oder
30 ein Pferd an einem Tage bearbeitet[11]. Über die Zahl der Burgen, Güter und
Gehöfte aber, welche zum Besitz des Bischofs gehörten, ist hier nichts zu
erörtern, weil das Alte in Vergessenheit geraten ist, und [12]siehe, alles ist
neu geworden[12].

[7] Richtiger: wurde Oldenburg selbständig. Ekward scheint etwa 968–73
amtiert zu haben.
[8-8] Vgl. Adam II, 16 und 26 Ende.
[9] Juni, 24.
[10] Zu diesem Bischofszins ottonischer Zeit, der vermutlich noch im 10. Jh. ganz
oder teilweise durch Landausstattung abgelöst worden ist, vgl. unten, Kap. 14
und 18. Helmold unterscheidet ihn vom Zinsbefehl Heinrichs d. Löwen (Kap. 88).
[11] Über das Feldmaß vgl. unten Kap. 88.
[12-12] Vgl. 2. Kor. 5, 17.

De Wagone episcopo. Capitulum XIII[m].

[1]Anno igitur [2]regni sui XXX°VIII°, imperii XI° [2], magnus princeps
Otto, domitor omnium septentrionis nacionum, feliciter migravit ad
Dominum et sepultus est in civitate sua Magdeburg[3]. Cui filius Otto
medianus succedens per X annos strennue gubernavit imperium. Is 5
statim Lothario et Karolo Francorum regibus subactis, cum in
Calabriam bellum transferret, a Sarracenis et Grecis victor et victus
apud Romam discessit. Illi tercius Otto, cum adhuc esset puer, in
regnum substitutus annos X et VIII° forti et iusto sceptrum[a] ornavit
imperio.   10

Eodem tempore[b] Hermannus dux Saxonum obiens heredem suscepit
filium Bennonem[4], qui etiam vir bonus et fortis memoratur, excepto
quod degenerans a patre populum rapina gravavit[1]. Apud Aldenburg
defuncto Ecwardo successit Wago[5]. Hic in summa prosperitate inter
Slavos degens sororem fertur habuisse speciosam, quam appetiit 15
regulus Obotritorum nomine Billug.[6] Cumque allegacionibus crebris
pontificem super hoc negocio convenisset, quidam familiarum episcopi
petitionem incauta verborum iniuria repulerunt, dicentes iniustum
esse pulcherrimam virginem agresti et inculto viro copulare. Quam ille
contumeliam dissimulacione repressit et amoris stimulo concitatus 20
preces iterare non destitit. Timens autem episcopus, ne eccleciae novellae gravius aliquid exinde emergeret, postulacioni eius favore con-
currit, data ei sorore sua in coniugio. Procreavit autem ex ea filiam
nomine Hodicam, quam pontifex, avunculus eius, monasterio virginum contraditam et sacris litteris edoctam abbatissam prefecit 25
virginibus, quae degebant Mikilinburg, cum tamen necdum pervenisset
ad annos. Quod utique frater eius Missizla egre tulit, odio, licet occulto,
concitatus Christianae religionis, timens etiam, ne hoc exemplo / peregrinus mos illis in partibus inolesceret. Patrem autem frequenter coarguit, quasi qui mente alienatus supervacuas diligeret adinventiones nec 30
timeret patriis derogare legibus, prius quidem ducens uxorem Teuto-

[a]) regnum 3.
[b]) anno 2, B.

[1-1] Fast wörtlich aus Adam II, 24.
[2-2] Adam nennt hier die Jahre Adaldags; Helmold errechnet die Jahre Ottos
aus Adam I, 64 sowie II, 2 und 9.
[3] 973.   [4] Bernhard I. (973–1011).

13. Von Bischof Wago

[1]Im [2]38. Jahre seiner königlichen und 11. seiner kaiserlichen Regierung[2] ging nun der große Fürst Otto, Bezwinger aller Völker des Nordens, zum Herrn ein und wurde in seiner Stadt Magdeburg begraben[3]. Ihm folgte
5 sein Sohn, der mittlere Otto, der tatkräftig zehn Jahre lang das Reich lenkte. Nachdem er sofort die (West)frankenkönige Lothar und Karl unterworfen hatte, trug er den Krieg nach Kalabrien hinüber und starb als Besieger und Besiegter der Sarazenen und Griechen zu Rom. Der dritte Otto, noch ein Knabe, wurde nach ihm zur Herrschaft erhoben und zierte 18
10 Jahre lang das Zepter durch kraftvolle und gerechte Regierung.

Zur gleichen Zeit starb der Sachsenherzog Hermann beerbt von seinem Sohn Benno[4], dessen gleichfalls als guten und tapferen Mannes gedacht wird, ausgenommen daß er, aus der Art des Vaters schlagend, den Stamm mit Gewalttat bedrückte[1]. Zu Oldenburg folgte nach Ekwards Tode Wago[5], der
15 sehr erfolgreich unter den Slawen wirkte. Er soll eine schöne Schwester gehabt haben, die ein Obotritenfürst namens Billung begehrte[6]. Als er nun mit häufigen Anträgen den Bischof in dieser Sache aufsuchte, wiesen einige Vertraute des Bischofs seine Bewerbung unter unvorsichtigen Schmähreden zurück; sie sagten, es sei unbillig, eine so schöne Jungfrau dem rohen und un-
20 gebildeten Manne zu verbinden. Jener gab sich den Anschein, als verwinde er solche Schmach, und ließ, von der Liebe getrieben, nicht ab, seine Bitten zu wiederholen. Der Bischof aber fürchtete, der jungen Kirche könnte daraus ernster Schaden erwachsen, kam seinem Verlangen wohlwollend entgegen und gab ihm seine Schwester zur Gemahlin. Sie gebar aber eine
25 Tochter namens Hodica, welche der bischöfliche Oheim einem Nonnenkloster übergab, an den heiligen Schriften ausbilden ließ und als Äbtissin über die zu Mecklenburg lebenden Jungfrauen setzte, obgleich sie noch nicht zu Jahren gekommen war. Ihrem Bruder Mstislaw war das durchaus zuwider, da er von – freilich verheimlichtem – Haß gegen die christliche
30 Religion getrieben wurde und überdies fürchtete, daß durch dieses Beispiel fremde Sitte in jenen Landen einreißen werde. Seinen Vater tadelte er häufig, daß er wie ein Verblendeter unnütze Neuerungen liebe und sich nicht scheue, den Gesetzen der Väter untreu zu werden, indem er nämlich zuerst eine Deutsche als Gattin heimgeführt und dann seine Tochter klö-

---

[5] Ekwards Todestag war der 13. Febr.; Bf. Wago etwa 973–985.

[6] Billung ist sagenhaft; Adams z. T. falsche Angaben sind von Helmold mit eigenen, mündlich überlieferten Quellen vermischt. Die richtige Genealogie der christlichen Obotritenfürsten nach Thietmar: Nakon (v. 955–um 966) – (Sohn?) Mstivoj (967–um 995) – Sohn Mstislaw (995–1018). Helmold hat Mstivoj und Mstislaw verschmolzen. Sollte Mstivoj nach der Taufe (beim Slawenzug Hermann Billungs 967?) den Beinamen „Billung" angenommen haben? Vgl. ähnliche Doppelnamen: „Sveinotto", „Udo-Pribygnev". Stemma der Obotritenfürsten: Einl. S. 24.

nicam, deinde filiam suam monasticae clausurae contradens. Cumque
his verbis patrem sepius exacueret, ille cepit sensim flecti animo
iamque cogitare de acceptae coniugis repudio et de mutacione rerum.
Sed conatus eius timor repressit, eo quod gravium causarum introitus[7]
semper sint difficiles[7], virtus quoque Saxonum admodum esset formi- 5
dabilis. Necesse enim fuit repudiata sorore pontificis et divinis rebus
pessundatis statim ad bella veniri.

De dolo Billug. Capitulum XIIII[m].

Quadam igitur die contigit pontificem venire in civitatem Obotritorum Mikilinburg visitacionis gratia, quo etiam Billug cum primoribus 10
occurrerat, excepturus eum simulata devocione. Episcopum itaque
publicis causis intentum sepedictus Obotritorum regulus palam alloquitur: ,Magnas pietati tuae, pater venerabilis, debeo gratulaciones,
licet me ad has exsolvendas nequaquam sufficere ipse recognoscam.
Privata enim beneficia, quae michi inpendisti, quia multiplicia sunt et 15
prolixo sermone egent, ad presens differo, generale tocius provinciae
bonum commemorare compellor. Sollicitudo enim tua super ecclesiarum instauracione et animarum salute omnibus manifesta est; sed nec
latet, quantas principum offensas tua providentia fregisti, ut cum pace
et tranquillitate in gratia principum consistere possimus. Honori igitur 20
tuo, si expostulati fuerimus, et nos et nostra incunctanter impendemus.
Peti/cionem autem parvulam apud te deponere non dubito: [1]ne con-
fundas faciem meam.[1] Est apud Obotritos pontificale tributum, quod
pro decima imputatur, de quolibet scilicet aratro, quod duobus bobus
aut uno constat equo[2], mensura grani et XL restes lini et XII nummi 25
probatae monetae; preterea unus nummus, qui debetur colligenti. Hoc
me rogo permittas colligere deputandum stipendiis neptis tuae, filiae
scilicet meae. Quod ne forte ad tui iniuriam et annonae tuae diminucionem rogare videar, adicio possessioni tuae in singulis urbibus,
quae sunt in terra Obotritorum, villas, quas ipse elegeris, exceptis 30
his, quae ad ius pontificale imperatoria iam dudum concessione pervenerunt'.

Pontifex igitur non advertens callidissimi hominis dolum verborum
coloribus adumbratum, reputans etiam nichil sibi officere concambium,
sine mora peticioni eius annuit. Ipse quidem villas amplissimae posses- 35

sterlicher Abgeschlossenheit überantwortet habe. Als er mehrfach mit solchen Worten den Vater aufstachelte, begann dieser allmählich seinen Sinn zu wandeln und bereits an Verstoßung seiner geliebten Frau und Veränderung der Verhältnisse zu denken. Doch Furcht hielt sein Beginnen
5 zurück, weil die Einleitung schwerwiegender Unternehmungen [7]stets schwer fällt[7]; zudem wirkte die Tapferkeit der Sachsen äußerst abschreckend. Denn es mußte nach Verstoßung der Schwester des Bischofs und Zerstörung der kirchlichen Einrichtungen notwendig sogleich zum Kriege kommen.

10 ## 14. Von Billungs Hinterlist

Eines Tages geschah es nun, daß der Bischof zur Visitation in den Obotritenvorort Mecklenburg kam, wohin auch Billung mit seinen Großen geeilt war, um ihn mit heuchlerischer Ehrerbietung zu empfangen. Den so in Amtsgeschäften tätigen Bischof spricht der Obotritenfürst vor allem Volke
15 an: ,,Ehrwürdiger Vater, ich schulde Deiner Frömmigkeit großen Dank, weiß aber, daß ich selbst ihn keineswegs hinreichend zu entrichten vermag; denn lasse ich hier auch die Wohltaten beiseite, die Du mir persönlich erwiesen hast, weil ihre Mannigfaltigkeit ausführlicher Schilderung bedürfte, so treibt es mich doch, des Segens für die ganze Landschaft im
20 allgemeinen zu gedenken. Deine Sorge für die Errichtung von Kirchen und das Seelenheil ist ja allen offenkundig, doch ebenso bekannt ist, wieviele Anschläge der Fürsten Deine Klugheit gemeistert hat, so daß wir in Frieden, Ruhe und fürstlicher Gnade leben können. Wären wir dazu aufgefordert, so würden wir deshalb für Deine Ehre uns selbst wie unseren Be-
25 sitz ohne Zögern opfern. Eine kleine Bitte aber wage ich Dir (dennoch) vorzulegen, [1]beschäme nicht mein Angesicht[1]. Bei den Obotriten gilt der Bischofszins, den man als Zehnten rechnet, und zwar von jedem Pflug-(gespann), das aus zwei Ochsen oder einem Pferde[2] besteht, ein Maß Korn, 40 Bündel Flachs und 12 Pfennig guten Geldes, ferner 1 Pfennig, der dem
30 Sammler gebührt. Diesen einzusammeln, erlaube mir bitte, um ihn zum Unterhalt für Deine Nichte, meine Tochter, zu bestimmen. Damit ich aber nicht etwa so angesehen werde, als bäte ich zu Deinem Schaden oder zur Verminderung Deiner Einkünfte, füge ich zu Deinem Besitz in den einzelnen Burg(bezirken), die es im Obotritenlande gibt, Dörfer hinzu, die Du
35 selbst auswählen kannst, außer denen, welche bereits zuvor durch kaiserliche Verleihung bischöfliches Eigentum geworden sind.''
Der Bischof nun bemerkte die hinter glänzenden Worten verborgene Tücke des äußerst verschlagenen Mannes nicht, glaubte auch, der Tausch könne ihm nicht schaden, und stimmte dessen Antrag ohne Zögern zu. Er

---

[7] Diese Wörter könnten, wie SCHM. zweifelnd bemerkt, auf eine Erinnerung an Ovid, De remediis amoris v. 120 zurückgehen:

Difficiles aditus impetus omnis habet.

[1-1] = 1. Kön. 2, 16.   [2] Vgl. oben Kap. 12, und unten Kap. 88.

sionis accepit, tributum vero, quod supra memoravi, genero suo ad
manus filiae ipsius colligendum resignavit; aliquandiu etiam apud
Obotritos commoratus predia colonis exercenda distribuit ordinatisque omnibus in terram Wagirorum reversus est. Ibi enim statio
oportunior fuit et extra pericula posita, eo quod Slavorum animi 5
naturaliter sint infidi et ad malum proni ideoque cavendi. Habuitque
preter alias curtes duas nobiles, apud quas sepius pontifex deversatus[a]
est, unam in villa publica quae dicitur Buzu, alteram super fluvium
Trabenam in loco qui dicitur Nezenna[b], ubi etiam fuit oratorium et
caminata murato opere facta,[3] cuius fundamenta ego adolescentulus 10
vidi, eo quod non fuerint longe a radice montis, quem antiqui Eilberch[c],
moderni propter castellum impositum Sigeberch[d] appellant.[4]

Post multos igitur dies, cum pontifex Wago alias occupatus terram
Obotritorum rarius inviseret, supradictus Billug una cum filio suo Missizla oportunitatem nactus dolum, quem erga dominum et pastorem 15
suum conceperat, paulatim detexit, cepitque possessiones episcopales,
quas sibi ut fideli et affini suo / tuendas episcopus commendaverat,
occultis vastare latrociniis et subintromittere servos suos, qui colonis
equos et ceteras substantias furtim auferrent. Conatus enim illius ad id
usque processit, ut episcopum sicut decimarum iure sic possessionibus 20
eximeret, perturbatoque capite cultus Dei facilius pateret exterminio.
Tandem igitur pontifex veniens in provinciam Obotritorum ibique
habita cum colonis inquisicione deprehendit ad liquidum, quorum
machinamentis tanta possessioni suae inmitterentur latrocinia. Permotus itaque, quod non mirum, stupore simul et timore, eo quod 25
atrocissimos insidiatores invenisset eos, quos putabat amicissimos,
iamque presentiens[e] novellae plantacionis defectionem, multum cepit
[5]fluctuare animo[5]. Recurrens autem ad id, quod pro tempore tutius
videbatur consilium, temptare cepit, si forte verbis suasibilibus mederi
posset morbo paulatim subrepenti, multisque generum blandiciis 30

a) *So 1, 1a. LAPP.; diversatus 2, edd., SCHM.*

b) *Andere Lesarten hier und Kap. 18:* nezetina, nececma, nececina.

c) *So 2, 3, SCHM.;* Eilburg *4;* Oilberch *1, 1a, LAPP.;* Edberg *edd. Nach
Adam, Schol. 12 zu II, 18 und MGDD L III, 114 (verunechteter Teil der narratio)
ist wohl „Alberch" als Sprechform der Zeit anzunehmen.*

d) *Weitere Lesarten hier und sonst:* Sigeberh, Sigeberg, Sigheberghe, Seghe-
berghe, Segeberch.

e) *So konj. SCHM. unter Hinweis auf Kap. 107;* presentis *codd. et edd.*

selbst erhielt Dörfer mit sehr ausgedehntem Landbesitz, den oben erwähnten Zins aber überließ er seinem Schwager, der ihn für seine Tochter erheben sollte; nachdem er noch einige Zeit bei den Obotriten geblieben war,
um seine Güter zur Bestellung unter Siedler zu verteilen, kehrte er, als
5 alles geordnet war, ins Wagrierland zurück. Der Aufenthalt dort war nämlich vorteilhafter und gefahrlos, weil die Slawen von Natur aus treulos und
bösartig sind; man muß sich deshalb vor ihnen in Acht nehmen. Der Bischof besaß unter anderen zwei Edelhöfe, auf denen er öfters weilte: einer
lag in einem Dorfe namens Bosau, der andere an der Trave in dem Warder
10 genannten Orte. Dort stand auch ein Bethaus und ein in Mauerwerk er-
rıchteter Wohnbau[3], dessen Grundmauern ich selbst als Jüngling gesehen
habe, weil sie nicht weit vom Fuße des Berges lagen, den die Alten Alberg,
die Neueren wegen der daraufliegenden Burg Segeberg nennen[4].

Geraume Zeit später nun, als Bischof Wago, anderweit beschäftigt, das
15 Obotritenland seltener besuchte, ergriff der obengenannte Billung zusammen mit seinem Sohne Mstislaw die Gelegenheit, den gegen seinen Herrn
und Hirten gefaßten tückischen Plan allmählich zu entschleiern: er begann die bischöflichen Güter, welche der Bischof ihm als seinem Getreuen
und Verwandten zum Schutz anvertraut hatte, durch heimliche Raubzüge
20 zu verwüsten und seine Leibeigenen hineinzuschmuggeln, damit sie den
Siedlern Pferde und andere Habe stahlen. Seine Absicht ging nämlich
soweit, daß er den Bischof wie seines Zehntrechts so seiner Besitzungen
berauben wollte, damit nach völliger Entrechtung seines Hauptes der
Gottesdienst desto leichter dem Untergang preisgegeben sei. Als nun end-
25 lich der Bischof ins Obotritenland kam und dort mit den Siedlern eine
Untersuchung durchführte, erkannte er mit Gewißheit, durch wessen
Machenschaften solche Raubzüge gegen sein Eigentum vorgeschickt würden. Darüber, wie nicht verwunderlich, von Staunen und Furcht zugleich
bewegt, weil er (gerade) die als schärfste Widersacher gefunden hatte, die
30 er für seine treuesten Freunde hielt, ahnte er bereits den Verfall der neuen
Pflanzung voraus und drohte [5]den Mut zu verlieren[5]. Er suchte aber seine
Zuflucht bei dem Mittel, das nach den Zeitumständen am sichersten erschien, begann zu prüfen, ob nicht etwa das mählich heranschleichende
Übel durch milde Worte geheilt werden könnte, und unternahm es, seinen
35 Schwager durch freundliches Zureden zu besänftigen: er möge von seinen

---

[3] Wohl nicht auf Gnissau (wie noch bei SCHM.), sondern doch auf Warder,
nö. Segeberg, zu beziehen. Ob ein ähnliches Bethaus ottonischer Zeit vielleicht
auch in Bornhöved bestanden hat, ist umstritten.

[4] Helmold unterscheidet den Namen des Berges von dem der Burg, die 1134
Kaiser Lothar III. darauf errichten ließ (vgl. unten, Kap. 53).

[5-5] = Vergil, Aeneis X, 680.

mulcere cepit, ut a ceptis desisteret, neve possessiones ecclesiasticas
predonibus depascendas exponeret; proventuram sibi, si non resi-
puerit, non solum offensam divinitatis, sed et maiestatis imperatoriae.
Ille obiectionibus dolos prestruens respondet nunquam se erga dominum et patrem suum tantam admisisse inposturam, circa quem　5
animum habuerit optime semper affectum; si quid autem forefactum
fuisset, latronum hoc insidiis contigisse, qui de Ranis sive Wilzis
commeantes forte nec suis parcerent; se quidem ad hos cohibendos
consilio et auxilio libenter affuturum. Facile igitur persuasum est
simplici viro concepta opinione desistere. Postquam autem accepta　10
satisfactione pontifex abcessit, illi statim rupta pollicitacione ad cepta
devoluti sunt flagicia furtisque villarum incendia copulaverunt, preterea colonis omnibus, qui ad ius episcopi pertinebant, nisi quantocius
predia desere/rent, mortem interminati sunt. Sicque possessiones illas
desolacio in brevi consecuta est.　15

Accessit his malis, quod idem Billug matrimonii sui iura corrupit,
repudiata scilicet sorore pontificis. Fuit haec causa inimiciciarum pre-
cipua occasio, ceperuntque res ecclesiasticae paulatim titubare. Nec
fuit, unde status novellae ecclesiae ad plenum posset convalescere,
eo quod Magnus Otto iam pridem vita presenti decessisset, medius　20
quoque necnon et tercius Otto bellis Italicis essent occupati, et ob hanc
causam Slavi temporis oportunitate freti non solum divinis legibus,
sed et imperatoriis iussis cepissent paulatim obniti. Solus Saxoniae
dux Benno aliquam dominationis umbram, licet tenuem, pretendere
videbatur, cuius respectu Slavorum impetus retardati sunt, ne aut　25
fidei Christianae renuntiarent aut arma corriperent.

Wagone igitur facto de medio Ezico successit in cathedram[6]. Iste
suscepit ordinem a sanctissimo Adeldago Hammemburgensi archiepiscopo[7]. Quatuor ergo pontifices ante excidium Aldenburgensis ecclesiae
extitisse comperimus, videlicet Marconem, [8]Ecwardum, Wagonem,　30
Eziconem, quorum tempore Slavi in fide perstiterunt. Ecclesiae in
Slavania ubique erectae sunt, monasteria virorum ac mulierum Deo
servientium constructa sunt plurima. Testis est [9]magister Adam, qui
gesta Hammemburgensis ecclesiae pontificum disertissimo sermone
conscripsit[9], qui cum commemoret Slavaniam in duo de XX[f] pagos　35
dispertitam, affirmat absque tres omnes ad Christi fidem conversos[8].

f) duodecim 3.

Absichten lassen und die kirchlichen Besitzungen nicht Räubern zur Plünderung preisgeben; wenn er nicht Vernunft annehme, werde ihm daraus nicht nur Gottes Zorn erwachsen, sondern auch der der kaiserlichen Majestät. Jener begegnete den Vorwürfen mit Ausflüchten und antwortete, er
5 habe niemals derartigen Betrug gegen seinen Herrn und Vater zugelassen, um den er stets mit herzlichster Zuneigung bemüht gewesen sei; sollte aber irgendeine Missetat geschehen sein, so durch Überfälle von Straßenräubern, die von Ranen und Wilzen ausgingen und wohl auch die Seinigen nicht verschonten. Er jedenfalls werde gerne mit Rat und Tat helfen, diese
10 fernzuhalten. So beredete er leicht den schlichten Mann, von der gefaßten Meinung abzugehen. Nachdem der Bischof aber zufriedengestellt abgereist war, fielen jene unter Bruch des Versprechens sofort in die begonnenen Schandtaten zurück und fügten zu den Räubereien noch Brandschatzungen der Dörfer; überdies drohten sie allen Siedlern, die zum Bischofsgut
15 gehörten, mit dem Tode, wenn sie nicht so schnell wie möglich die Höfe verließen, und so verödeten jene Besitzungen binnen kurzer Zeit.

Zu allem Unglück löste Billung auch noch das Band seiner Ehe, verstieß also die Schwester des Bischofs. Diese Rechtssache wurde ein besonderer Anlaß zu Feindseligkeiten und die Kirche geriet allmählich in gefährliche
20 Lage. Auch gab es nichts, wodurch die junge Kirche zu voller Stärke hätte heranwachsen können, weil Otto der Große schon lange aus diesem Leben geschieden, der zweite und dritte Otto aber mit italienischen Kriegen beschäftigt waren, und deshalb die Slawen im Vertrauen auf die günstige Lage nicht nur den göttlichen Gesetzen, sondern auch den kaiserlichen
25 Befehlen allmählich zu widerstreben begannen. Einzig der Sachsenherzog Bernhard schien (noch) einen gewissen, wenn auch schwachen Schatten seiner Macht zu behaupten; mit Rücksicht auf ihn zügelten die Slawen ihren Ungestüm soweit, daß sie (noch) nicht den christlichen Glauben ablegten oder die Waffen ergriffen.
30 Als nun Wago gestorben war, folgte auf (seinem) Stuhle Eziko[6]. Dieser empfing die Weihe vom heiligen Adaldag, Erzbischof von Hamburg[7]. Wir kennen also vier amtierende Bischöfe vor Zerstörung der Oldenburger Kirche, nämlich Marko, [8]Ekward, Wago und Eziko, zu deren Zeit die Slawen am (christlichen) Glauben festhielten. Überall im Slawenlande
35 wurden Kirchen errichtet und zahlreiche Klöster für Männer und Frauen im Dienste Gottes gebaut. Das bezeugt [9]Meister Adam, der die Taten der Erzbischöfe von Hamburg in beredtester Schilderung niedergeschrieben hat[9], wenn er erwähnt, das Slawenland sei in 18 Gaue geteilt, und versichert, bis auf drei seien alle zum Glauben an Christus bekehrt[8].

[6] Um 985?

[7] Also vor 988, Apr. 29.

[8-8] Fast wörtlich aus Adam II, 26 Ende.

[9-9] Zusatz Helmolds, der Adam anstelle des von Adam genannten Dänenkönigs Sven als Zeugen einführt.

De Suein rege Danorum. Capitulum XV.

Eodem quoque tempore [1]Bolizlaus Polenorum christianissimus rex confederatus cum Ottone tercio omnem Slaviam, quae est ultra Odoram, tributis subiecit, sed et Ruciam et Pruzos, / a quibus passus est Adelbertus episcopus. Cuius reliquias tunc Bolizlaus transtulit in 5 Poloniam[1]. Principes Slavorum, qui Winuli sive Winithi dicuntur, [2]fuerunt eo tempore Missizla, Naccon et Sederich, sub quibus pax continua fuit, et Slavi sub tributo servierunt[2]. Nec pretereundum videtur, quod idem Missizlaus Obotritorum princeps Christum palam confitens, sed clam persequens, sororem suam, Deo dicatam virginem Hodicam, 10 monasterio virginum quod erat Mikilinburg subtraxit eamque cuidam Bolizlao incestissimo sociavit coniugio; ceteras virgines, quae ibidem repertae sunt, aut militibus suis nuptum tradidit aut in terram Wilzorum sive Ranorum transmisit, sicque monasterium illud desolacio consecuta est.   15

[3]Siquidem in diebus illis [4]permittente Deo propter peccata hominum[4] perturbata est apud Danos [4]et Slavos[4] tranquillitas, et pulchris divinae religionis incrementis [5]inimicus homo superseminare zizania[5] conatus est. Apud Danos enim Sueinotto[6] filius christianissimi regis Haroldi, dyabolico spiritu inflammatus, multas adversus patrem 20 molitus est insidias, cupiens eum quasi longevum et minus validum regno privare [4]et opus divinae plantacionis de finibus Danorum penitus exterminare. Haroldus autem, ut supradictum est[7], primum quidem gentilis, deinde magni patris Unni doctrina ad fidem Christi conversus, tanta se erga Dominum devocione exercuit, ut non surrexerit 25 similis ei inter omnes reges Danorum[4], qui tantam aquilonis latitudinem ad fidem divinae cognicionis traxerit et omnem terram ecclesiis et sacerdotibus fecerit esse insignem. [4]Huius viri industria in divinis quidem rebus fuit eximia, tamen etiam in mundana sapientia. In his videlicet, quae ad regni gubernacionem pertinere videntur, adeo 30 claruit[4], ut leges et iura statuerit, quae pro auctoritate viri non solum Dani, sed et Saxones adhuc hodie servare contendunt.

[1-1] Nach Adam, Schol. 24. Boleslaw I. Chrobry (992–1025) führte das Reich Gnesen auf den Höhepunkt piastischer Macht, griff in die russischen Thronwirren ein und besetzte 1018 zeitweilig Kiew.

[2-2] Aus Adam II, 26 Ende. Nakon war nicht Zeitgenosse von Mstislaw (vermut-

15. Vom Dänenkönig Sven

Zu eben dieser Zeit unterwarf [1]Boleslaw, der fromme König der Polen, im Bunde mit Otto III. ganz Slawien jenseits der Oder der Tributpflicht, und ebenso Rotrußland und die Preußen, bei denen Bischof Adalbert den
5 Märtyrertod erlitt. Seine Gebeine überführte damals Boleslaw nach Polen[1]. Fürsten der Slawen, die man Winuler oder Wenden nennt, [2]waren damals Mstislaw, Nakon und Sederich; unter ihnen herrschte beständiger Friede und die Slawen leisteten Abgaben und Dienste[2]. Doch darf nicht übergangen werden, daß eben dieser Obotritenfürst Mstislaw Christus
10 öffentlich bekannte, heimlich aber verfolgte und seine Schwester, die Gott geweihte Jungfrau Hodica, aus dem Nonnenkloster zu Mecklenburg entfernte, um sie einem gewissen Boleslaw zu schändlichster Ehe zu verbinden. Die anderen Jungfrauen, die sich dort fanden, gab er entweder seinen Kriegern zur Heirat oder schickte sie hinüber ins Wilzen- oder Ranenland;
15 und so verödete jenes Kloster. [3]In jenen Tagen also wurde, [4]da Gott es wegen der Sünden der Menschen zuließ[4], bei Dänen [4]und Slawen[4] die Ruhe gestört und [5]ein feindseliger Mensch[5] suchte über die schönen Keime göttlicher Lehre [5]Unkraut zu säen[5]. Bei den Dänen betrieb nämlich Sven-Otto[6], der Sohn des sehr christ-
20 lichen Königs Harald, vom teuflischen Geiste entflammt, gegen den Vater mancherlei Nachstellungen im Bestreben, ihn als überaltert und untüchtig der Herrschaft zu berauben [4]und das Werk der Gottessaat ganz aus dem Gebiet der Dänen zu vertreiben. Harald aber, wie oben erwähnt[7] zwar zuerst Heide, dann jedoch nach Unterweisung durch den großen Vater Unni
25 zum Glauben an Christus bekehrt, übte eine so große Hingabe an den Herrn, daß seinesgleichen unter allen Königen der Dänen nicht erstanden ist[4]; er hat den Norden weit und breit zum Glauben an die göttliche Erkenntnis gebracht und das ganze Land mit Kirchen und Priestern glänzend ausgestattet. [4]War dieses Mannes Tatkraft schon in kirchlichen An-
30 gelegenheiten außerordentlich, so aber auch seine weltliche Weisheit. In dem, was man als zur Lenkung eines Reiches gehörig ansieht, war er jedenfalls so berühmt[4], daß bis heute nicht nur die Dänen, sondern auch die Sachsen auf das Ansehen dieses Mannes hin Gesetz und Recht, wie er es festsetzte, zu bewahren bestrebt sind.

lich seinem Enkel, vgl. Kap. 13) und Sederich, einem wagrischen Stammesfürsten. Zu 1018 hören wir von Mstislaw und Sederich zuletzt (Kap. 16, Anm. 17).
[3-3] Teils wörtlich, teils frei nach Adam II, 27–29. 31. 32.
[4-4] Zusätze Helmolds.
[5-5] Vgl. Ev. Matth. 13, 25.
[6] Sven Gabelbart (986–1014) brach mit der vorsichtigen Politik des Vaters gegen die Ottonen. Seinen zweiten Namen, nach dem Taufpaten Otto d. Großen, hat er selbst nie geführt.
[7] Oben Kap. 9.

[4]Concitantibus igitur his qui Deo servire et pace regi[a] detrectabant[4], Dani unanimi conspiratione Christianitatem abdicarunt et statuentes impium Suein in regnum patri eius Haroldo bellum indicunt. Qui licet ab inicio regni sui semper spem suam in Deo posuerit, vel tunc / maxime Domino commendavit eventum rei, non tam dolens sua pericula quam 5 filii delictum [4]et ecclesiae angustias. Cernens enim tumultum non posse sedari sine prelio arma sumpsit invitus, adhortantibus his qui Domino ac regi suo fidem inviolatam exhibere nitebantur[4]. Ventum est igitur ad bellum. In quo conflictu victa est pars Haroldi, cecideruntque vulnerati multi. Ipse vero Haroldus graviter sauciatus fugit ex acie ascensaque 10 navi elapsus est ad civitatem opinatissimam Slavorum nomine Iumne-tam. Ubi preter spem, quia barbari erant, humane receptus, post aliquot dies ex eodem vulnere deficiens[8], in Christi confessione migravit, [4]asscri-bendus non solum inter Deo dignos reges, sed etiam inter gloriosos martyres[4]. Regnavit autem annis L. 15

Quo defuncto Suein regno potitus in sua crudelitate sevire cepit, gravissimam in Christianos persecucionem exercens. [4]Consurrexerunt-que omnes [9]iniqui in finibus[9] aquilonis gaudentes vel tunc patere locum maliciae suae, bellis scilicet et perturbationibus, ceperuntque finitima regna vexare terra marique. Primum ergo conflato navali exercitu, 20 remigantes mare Britannicum brevi compendio, appulerunt litoribus Albiae fluminis, ubi improvisi irruentes super quietos et impavidos[4] vastaverunt omnia maritima Hathelen omnemque terram Saxonum, quae erat super ripas fluminis, quousque pervenirent Stadium, quod est oportuna stacio navium per Albiam descententium. Quo tristi 25 rumore velociter comperto comites Sigafridus et Thidericus ceterique nobiles, ad quos provinciae tutela pertinebat, ruerunt obviam barba-ris, cum tamen essent perpauci, constricti temporis articulo[10], exce-peruntque hostes in memorato portu Stadii. Facta est igitur pugna vehementissima, in qua superantibus Danis virtus Saxonum penitus est 30 attrita[11]. Comites ambo ceterique nobiles et militares viri, qui interfec-tioni superfuerant, vincti et cathenati ad naves perducti sunt. Comes Sigafridus auxilio cuiusdam piscatoris noctu profugit et evasit cap-tionem. Quam ob rem barbari furore correpti omnes quos habebant in vinculis nobiliores truncaverunt manibus et pedibus et nare precisa 35

---

a) paci regis *1, 1a, S*.

[4] s. Anm. 4 S. 81.

[4]Aufgestachelt indes von denen, die es ablehnten, Gott zu dienen und sich friedlich lenken zu lassen[4], sagten die Dänen in einhelliger Verschwörung dem Christentume ab, erhoben den gottlosen Sven auf des Vaters Thron und erklärten Harald den Krieg. Wie dieser schon von Anfang seiner Regierung an stets seine Hoffnung auf Gott gesetzt hatte, so befahl er damals ganz besonders dem Herrn den Ausgang der Sache, bekümmert weniger um seiner eigenen Gefährdung, als um des Vergehens seines Sohnes [4]und der Bedrängnisse der Kirche willen. Da er nun erkannte, daß ohne Kampf der Aufruhr nicht gedämpft werden konnte, griff er gegen seinen Willen zu den Waffen auf den Zuspruch derer hin, die dem Herrn und ihrem König die Treue unverletzt bewahren wollten[4]. So kam es zum Kriege; in der Schlacht wurde Haralds Partei besiegt, viele kamen um oder wurden verwundet. Harald selbst aber floh schwer verletzt aus dem Gefecht, bestieg ein Schiff und entkam nach der weltberühmten Slawenstadt namens Vineta. Dort wider Erwarten – es waren ja Barbaren – menschenfreundlich aufgenommen, erlag er eben dieser Wunde nach einigen Tagen[8] und ging im Bekenntnis zu Christus hinüber [4]als ein Mann, der nicht nur den von Gott für würdig befundenen Königen, sondern auch den glorreichen Märtyrern zuzurechnen ist[4]. Er regierte fünfzig Jahre lang.

Als sich nach seinem Tode Sven der Herrschaft bemächtigte, begann er in seiner Grausamkeit zu wüten und übte die härteste Verfolgung gegen die Christen. [4]Alle [9]Gottlosen im Umkreise[9] des Nordens erhoben sich frohlockend, daß nunmehr ihrer Bosheit Tür und Tor zu Kriegen und Stürmen offenstehe, und begannen die Nachbarstaaten zu Wasser und zu Lande heimzusuchen. Und zwar sammelten sie zunächst eine Flotte, fuhren auf kürzestem Wege über die Nordsee und landeten an den Ufern der Elbe, wo sie unvorhergesehen über die friedlichen, nichtsahnenden (Bewohner) hereinbrachen[4], die ganze Seeküste Hadelns verheerten sowie das ganze Sachsenland, das am Stromufer lag, bis sie nach Stade gelangten, das ein günstiger Hafen für elbabwärts gehende Schiffe ist. Rasch erfuhren diese traurige Kunde die Grafen Siegfried und Dietrich, sowie die anderen Edlen, denen der Schutz des Landes oblag; von der Not des Augenblicks bedrängt[10], warfen sie sich den Barbaren entgegen, obgleich ihrer nur sehr wenige waren, und fingen die Feinde im Hafen von Stade ab. Nun entbrannte ein äußerst heftiger Kampf, bei dem die Dänen obsiegten und die Blüte der Sachsen völlig aufgerieben wurde[11]. Beide Grafen und die anderen edlen und ritterlichen Mannen, die das Blutbad überlebt hatten, wurden in Ketten und Banden auf die Schiffe geschleppt. Graf Siegfried floh nächtlich mit Hilfe eines Fischers davon und entkam der Gefangenschaft. Darüber von Wut erfaßt, verstümmelten die Barbaren alle in ihrer Gewalt befindlichen Angeseheneren an Händen und Füßen und warfen sie mit

[8] 986 ?   [9-9] Vgl. 1. Makk. 9, 23.
[10] Davon steht bei Adam nichts.   [11] 994.

ad terram semianimes proiecerunt. Deinde quod residuum fuit provinciae illius impune predati sunt.

Altera pars pira/tarum, quae per Wirraham subvecta omnem illius fluminis ripam usque Lestmonam vastaverat, cum maxima captivorum multitudine pervenerunt ad paludem Glindesmor. Ubi cum quendam ⁵ Saxonem militem captivum facerent ducem itineris, ille perduxit eos ad difficiliora loca paludis. In qua illi fatigati facile a Saxonibus, qui insecuti sunt, disiecti sunt, et perierunt ex eis XX milia. Nomen militis, qui deduxit eos ad invium, fuit Heriwardus, perhenni Saxonum laude celebratur³.   ¹⁰

Quomodo Slavi fidem reliquerint. Capitulum XVI.

Circa idem tempus ¹impletus est annus incarnacionis verbi millesimus primus, in quo fortissimus imperator tercius Otto, cum iam tercio victor Romam intrasset, inmatura morte preventus occubuit¹. Cui successit in regnum pius Heinricus, iusticia et sanctitate insignis, ille, ¹⁵ inquam, qui Bavenbergensem fundavit episcopatum et erga cultum ecclesiarum amplissimae fuit munificentiae. At vero anno regni eius X° mortuus est dux Saxoniae Benno², vir omni probitate conspicuus et strennuus ecclesiarum defensator. Cuius principatus heres factus est Bernardus filius eius,³ licet a paterna felicitate diverterit. ⁴Ex illo enim ²⁰ tempore, quo dux constitutus est, in hac regione nunquam cessavit discordia et perturbacio, quoniam dux Heinrico imperatori rebellare ausus totam secum ad rebellandum cesari movit Saxoniam. Deinde surgens in Christum omnes ecclesias Saxoniae terruit atque turbavit, illas precipue, quae ⁵in memorata rebellione ipsius maliciae noluerunt ²⁵ applicari⁵. Accessit his malis quod idem dux, tam paternae quam avitae devocionis, quam erga Slavos habebant, penitus inmemor, gentem Winu/lorum per avariciam crudeliter opprimens ad necessitatem paganismi coegit. Sane eo tempore Slavorum dominio potiti sunt Theodericus marchio et dux Bernardus, ⁵illo quidem orientalem, isto occiden- ³⁰ talem possidente provinciam⁵, quorum ignavia coegit Slavos fieri desertores⁴. Rudes enim adhuc in fide gentilium populos, quos optimi quon-

---

³ s. Anm. 3 S. 81.

¹⁻¹ Fast wörtlich aus Adam II, 42. Otto III. starb 1002, Jan. 24, ohne bereits das aufständische Rom bezwungen zu haben.

abgeschnittenen Nasen halbentseelt an Land. Darauf plünderten sie ungestraft das restliche Gebiet jener Landschaft.

Eine andere Abteilung der Seeräuber war die Weser hinaufgefahren und hatte das ganze Ufer dieses Stromes bis nach Lesum verheert. Mit einer
5 sehr großen Gefangenenschar gelangten sie an das Sumpfgebiet Glindesmoor. Als sie dort einen gefangenen Sachsenritter zum Wegweiser machten, führte der sie in die ungangbarste Gegend des Moors. Hier wurden sie, allmählich ermattet, von den sie einholenden Sachsen mühelos auseinander getrieben, und 20000 von ihnen kamen um. Der Name des Ritters,
10 der sie in die Irre führte, war Heriward; er wird von den Sachsen mit unvergänglichem Ruhme gefeiert[3].

16. Wie die Slawen den Glauben aufgaben

Etwa zur gleichen Zeit [1]erfüllte sich das tausend und erste Jahr der Fleischwerdung des Wortes, in dem der trefflichste Kaiser Otto III. starb, von
15 einem vorzeitigen Tode überrascht, als er eben zum dritten Male siegreich in Rom eingezogen war[1]. Ihm folgte in der Regierung der fromme Heinrich, ausgezeichnet an Gerechtigkeit und Heiligkeit, ebender, welcher das Bistum Bamberg gegründet und für den Dienst in den Kirchen mit großzügigster Freigebigkeit gesorgt hat. Doch in seinem zehnten Regierungsjahre starb
20 der Herzog von Sachsen, Bernhard[2], ein hervorragender Mann von ganzer Rechtschaffenheit und ein tüchtiger Beschützer der Kirchen. Erbe seines Fürstenamtes wurde sein Sohn Bernhard[3], freilich ohne das väterliche Glück zu besitzen. [4]Denn seit der Zeit seiner Einsetzung zum Herzoge hörten Zwietracht und Verwirrung in diesem Lande nie auf, weil der Her
25 zog es wagte, sich gegen Kaiser Heinrich zu empören, und ganz Sachsen zum Aufstand gegen den Kaiser mit sich riß. Darauf erhob er sich (sogar) gegen Christus und setzte alle Kirchen Sachsens in schrecklichste Verwirrung, besonders jene, die [5]sich bei dem erwähnten Aufstande seiner Nichtswürdigkeit nicht anschließen wollten[5]. Zu allem Übel vergaß derselbe Her
30 zog völlig seines Vaters wie Großvaters Zuneigung zu den Slawen; durch seine Habsucht zwang er das grausam bedrückte Volk der Wenden in die Not des Heidentums (zurück). Damals lag nämlich die Herrschaft über die Slawen bei Markgraf Dietrich und Herzog Bernhard, [5]und zwar besaß jener den östlichen, dieser den westlichen Landesteil[5]. Deren Erbärmlich
35 keit zwang die Slawen, Abtrünnige zu werden[4]. Denn sie haben die des Glaubens noch unkundigen Heidenvölker, welche einst die besten Fürsten

---

[2] Bernhard I. verstarb 1011, Febr. 9; Helmolds Berechnung liegt Adam II, 42 und 46 zugrunde.

[3] Bernhard II. (1011–1059).

[4-4] Weitgehend nach Adam II, 48; vgl. II, 45 und Schol. 28.

[5-5] Zusätze Helmolds.

dam principes cum magna lenitate foverant, temperantes rigorem his, quorum propensius insistebant saluti, isti tanta crudelitate insectati sunt, ut [6]excusso tandem servitutis iugo libertatem suam armis defendere cogerentur.

Principes Winulorum erant Mistiwoi et Mizzidrag, quorum ductu [5] sedicio inflammata est. Sermo igitur est[6] et veterum narracione vulgatum, quod idem Mistiwoi [7]petiit sibi neptem ducis Bernardi [dari in uxorem][a], illeque promisit. Tunc idem princeps Winulorum volens sponsione dignus fieri perrexit cum duce in Italiam cum equitibus mille, qui omnes fere ibidem sunt interfecti. Cumque rediens de [10] expeditione pollicitam sibi mulierem expeteret, Theodericus marchio intercepit consilium, consanguineam ducis proclamans non dandam cani[7]. Quo[8] ille audito cum magna indignacione recessit. Cum igitur dux mutato consilio nuntios post eum direxisset, ut concupitis potiretur nuptiis, ille refertur tale dedisse responsum: ,Oportet quidem [15] generosam magni principis neptem prestantissimo viro copulari, non vero cani dari. Magna gratia nobis pro servicio refertur, ut iam canes, non homines iudicemur. Si igitur canis valens fuerit, magnos morsus dabit'. Et hoc dicens reversus est in Slaviam, et primo omnium transivit in civitatem Rethre, quae est in terra Luticiorum, convocatisque [20] omnibus Slavis, qui ad orientem habitant, intimavit eis illatam sibi contumeliam, et quia Saxonum voce Slavi canes vocentur. At illi: ,Merito haec', inquiunt, ,pateris, qui spernens contribules tuos excoluisti Saxones, gentem perfidam et avaram. Iura igitur nobis, quod deseras eos, et stabimus tecum. Iuravitque eis. / [25]

Postquam autem dux Bernardus emergentibus causis arma adversus cesarem corripuit, Slavi, oportunitate accepta, congregato exercitu [9]totam primo Nordalbingiam ferro et igne depopulati sunt. Deinde reliquam peragrantes Slavaniam omnes ecclesias incenderunt et ad solum usque diruerunt. Sacerdotes autem et reliquos ecclesiarum mi- [30]

---

[a]) *nur in 4; vgl. Adam, cod. 4.*

[6-6] Fast wörtlich aus Adam II, 42. Diese Kämpfe gehören in Wirklichkeit den Jahren 983–95 an.

[7-7] Fast wörtlich aus Adam Schol. 27. Der obotritische Zuzug, vermutlich von dem jungen Mstislaw geführt, brach mit Hz. Bernhard I. 983 nach Italien auf; Bernhards Aufgebot kehrte aber spätestens nach dem Reichstage von Verona um, weil die Dänen in die Mark Schleswig eingefallen waren. Schon bei Adam

mit großer Milde behandelten – ihre Strenge denen gegenüber mäßigend deren Seelenheil sie voll Eifer im Auge hatten – mit so großer Grausamkeit verfolgt, daß [6]sie endlich gezwungen wurden, das Joch der Sklaverei abzuschütteln und ihre Freiheit mit den Waffen zu verteidigen.

5   Die Fürsten der Wenden, unter deren Führung der Aufstand entbrannte, waren Mstiwoj und Mstidrag. Nun geht[6] die durch Erzählung der Alten verbreitete Rede, daß derselbe Mstiwoj [7]um eine Nichte Herzog Bernhards geworben und dieser versprochen habe, sie ihm zur Frau zu geben. Daraufhin zog der Wendenfürst, um des Verlöbnisses (auch) würdig erachtet zu 10 werden, mit dem Herzog nach Italien in Begleitung von tausend Reitern, welche dort fast alle erschlagen wurden. Als er nun, vom Feldzug zurückgekehrt, die ihm versprochene Frau begehrte, vereitelte Markgraf Dietrich den Plan durch den Ausruf, die Blutsverwandte eines Herzogs dürfe nicht einem Hunde gegeben werden[7]. Das[8] hörte er und ging in tiefer Entrüstung 15 fort. Als der Herzog dann seinen Beschluß änderte und ihm Boten nachsandte, er möge (doch) die gewünschte Hochzeit halten, soll er folgende Antwort gegeben haben: „Die hochgeborene Nichte eines großen Fürsten muß einem hochangesehenen Mann vermählt, nicht aber einem Hunde gegeben werden! Großer Dank widerfährt uns für unsere Dienstleistung, daß 20 wir eben wie Hunde, nicht wie Menschen beurteilt werden! Wenn der Hund nun stark sein sollte, wird er kräftig beißen!" Mit diesen Worten kehrte er ins Slawenland zurück und begab sich zuerst von allem in die Burg Rethra, die im Lande der Lutizen liegt, um nach Versammlung aller gen Osten wohnenden Slawen diesen die ihm zugefügte Beschimpfung mit-25 zuteilen, sowie daß die Slawen im Munde der Sachsen Hunde genannt würden. Jene aber sagten: „Recht geschieht dir das, der du, deine Stammesbrüder mißachtend, die Sachsen verehrt hast, das treulose und habgierige Volk. Schwöre uns darum, daß du von ihnen lassen willst, und wir werden zu dir stehen!" Und er schwor es ihnen.

30   Als nun Herzog Bernhard Ursache hatte, die Waffen gegen den Kaiser zu ergreifen, nahmen die Slawen die Gelegenheit wahr, sammelten ein Heer [9]und verwüsteten zunächst ganz Nordelbien mit Feuer und Schwert. Dann zogen sie durch das übrige Slawenland, steckten alle Kirchen in Brand und zerstörten sie bis auf den Grund. Die Priester aber und die

ist die Chronologie durch Vermischung der Slawenkämpfe von 983–995 und von 1118–21 verwirrt.

[8] Das Folgende nicht bei Adam; Helmold hat es aus mündlicher Überlieferung. Es erinnert an Fredegar, Chron. IV 68, ed. Krusch S. 154 f.

[9-9] Von hier bis Kapitelschluß weitgehend nach Adam II, 42–45 und Schol. 31. 30; der Angriff Mstiwojs auf Hamburg und Nordelbien dürfte nach dem Tode von Kaiserin Theophanu (991) und vor dem Obotritenzuge Ottos III. 995 anzusetzen sein. Helmold hat also seinen ergänzenden Zusatz über den Aufstand Bernhards II. falsch eingefügt, denn dieser fand erst 1020 statt. Aus diesen Umständen erklärt sich der Einschub unten Anm. 18.

nistros variis suppliciis enecantes nullum Christianitatis vestigium
trans Albiam reliquerunt. Apud Hammemburg eo tempore ac deinceps multi ex clero et civibus in captivitatem abducti sunt, plures
etiam interfecti propter odium Christianitatis. Narrant [10]seniores
Slavorum[10], qui omnes barbarorum gestas res in memoria tenent, Al-   5
denburg civitatem populatissimam de Christianis inventam fuisse.
Sexaginta igitur presbiteri, ceteris more pecudum obtruncatis, ibi ad
ludibrium servati sunt. Quorum maior loci prepositus Oddar nomen
habuit. Ille igitur cum ceteris tali martirio consummatus est, ut, cute
capitis in modum crucis incisa, ferro cerebrum singulis aperiretur.   10
Deinde ligatis post terga manibus confessores Dei per singulas civitates Slavorum tracti sunt, usque dum deficerent. Taliter illi [11]specta-
culum facti et angelis et hominibus[11] in stadio medii cursus exhalarunt
victorem spiritum. Multa in hunc modum per diversas Slavorum aut
Nordalbingorum provincias tunc facta memorantur, quae scriptorum   15
penuria nunc habentur pro fabulis. Tanti denique in Slavia habentur
martyres, ut vix possent libro comprehendi.

Omnes igitur Slavi, qui inter Albiam et Odoram habitant, per annos
LXX et amplius Christianitatem coluerunt, omni scilicet tempore
Ottonum, talique modo absciderunt a corpore Christi et ecclesiae,   20
cui ante coniuncti fuerant. O vere occulta super homines Dei iudicia,
qui [12]miseretur cui vult et quem vult indurat[12]! Cuius omnipotentiam
mirantes videmus eos ad paganismum relapsos esse, qui primi credi-
derunt, illos autem conversos ad Christum, qui videbantur novissimi.
Ille igitur [13]iudex iustus, fortis et paciens[13], qui olim deletis coram   25
Israel [14]VII gentibus Canaan[14] solos reservavit allophilos, in quibus
experiretur Israel, ille, inquam, modicam gentilium portionem nunc[b]
indurare voluit, per quos nostra confunderetur perfidia.

Haec facta sunt ultimo tempore senioris Libentii archiepiscopi sub
duce Bernardo, filio Bennonis[15], qui populum Slavorum graviter afflixit.   30
Theodericus marchio Slavorum[16], [5]cui cum commemorato eadem fuit
avaritia, similis crudelitas[5], depulsus ab honore et ab omni hereditate

[b] n̄ (non) 1, 1a.

[5] s. Anm. 5 S. 85.
[10-10] So Helmold; Adam sagt, der Dänenkönig Sven Estridsen, der den Propst
Oddar als seinen Verwandten bezeichnet, habe es ihm erzählt.
[11-11] Vgl. 1. Kor. 4, 9.   [12-12] Vgl. Römer 9, 18.

übrigen Kirchendiener brachten sie unter mancherlei Martern um und ließen keine Spur des Christentums jenseits der Elbe bestehen. Aus (der Gegend von) Hamburg wurden damals und später viele Geistliche und Bürger gefangen fortgeführt, noch mehr sogar getötet aus Haß gegen das
5 Christentum. Ältere Slawen[10], die alle Ereignisse bei den Barbaren im Gedächtnis haben, erzählen, man habe den Bischofssitz Oldenburg dicht mit Christen bevölkert gefunden. Sechzig Priester wurden dort, nachdem man die übrigen wie Vieh abgeschlachtet hatte, zu blutiger Kurzweil aufgespart. Ihr Ältester, der Propst des Ortes, trug den Namen Oddar. Er
10 endete mit den übrigen durch folgenden Martertod: man zerschnitt ihnen mit dem Schwerte einzeln die Kopfhaut in Kreuzform und legte das Gehirn frei. Mit auf den Rücken gebundenen Händen wurden die Bekenner des Herrn dann durch die einzelnen Burgbezirke der Slawen geschleppt, bis sie starben. So sind jene [11]ein Schauspiel geworden Engeln und Men-
15 schen[11] und hauchten mitten auf diesem Wege ihren unbezwungenen Geist aus. Man erinnert sich an vieles dieser Art, das damals in den verschiedenen Landen der Slawen und Nordelbinger geschah, heute (aber) aus Mangel an Zeugnissen als Fabel angesehen wird. Kurz, im Slawenlande gibt es so viele Märtyrer, daß ein Buch sie kaum fassen könnte.
20 Alle Slawen also, die zwischen Elbe und Oder wohnen, übten 70 Jahre und darüber das Christentum, nämlich während der ganzen Ottonenzeit, und trennten sich dann auf diese Weise vom Körper Christi und der Kirche los, dem sie vorher verbunden gewesen waren. Oh, wahrlich, verborgen sind Gottes Ratschlüsse über die Menschen, der [12](da) sich erbarmt, wes-
25 sen er will, und verstockt, wen er will[12]! Seine Allgewalt bewundernd sehen wir die zum Heidentume zurückgefallen, die zuerst (an ihn) geglaubt haben, jene aber zu Christus bekehrt, welche man für die letzten hielt. Er, [13]der gerechte, starke und langmütige Richter[13], der einst vor Israels Augen [14]die sieben Stämme Kanaans[14] vertilgte und nur die Fremden be-
30 wahrte, an ihnen Israel zu versuchen, er, sage ich, wollte (auch) jetzt einen begrenzten Teil der Heiden verhärten, daß durch sie unser Unglaube gezüchtigt würde.

Das geschah zur letzten Zeit des Erzbischofs Libentius des Älteren unter Herzog Bernhard, dem Sohne Bennos[15], der das Volk der Slawen schwer
35 bedrückte. Der Markgraf der Slawen Dietrich[16], [5]dem Ebenerwähnten gleich an Habsucht und Grausamkeit[5], beschloß sein Leben, aus seinem Amte und allem Erbe ausgestoßen, als Inhaber einer Stiftspfründe zu

[13-13] = Psalm 7, 12.

[14] Vgl. Ap.gesch. 13, 19.

[15] So nach Adam, cod. 1; Adam cod. 2–4 lesen „*filio Hermanni*"! Libentius I. amtierte 988–1013. Der hier von Adam bezeugte Aufstand könnte zwar durch den Tod Hz. Bernhards I. 1011 ausgelöst sein, ist aber sonst nicht belegt und nach der Gesamtlage unwahrscheinlich.

[16] Dietrich II. v. Wettin (1009–34), Markgraf seit 1032.

prebendarius apud Magdeburg mala morte, ut dignus fuit, vitam fini-
vit. Mistiwoi[17] princeps Slavorum, [18]circa ultima tempora penitentia
ductus et ad Deum reversus[18], cum / nollet Christianitatem deserere,
depulsus est a patria fugiensque ad Bardos ibidem consenuit fidelis[9].

De Unwano episcopo. Capitulum XVII[m].　　　　　5

Defuncto igitur Ezicone in Aldenburg [1]successit Volcwardus, post
quem Reginbertus[2], quorum prior Volcwardus persecucionis tempore
Slavia pulsus abiit in Norwegiam, ibique multos Domino lucratus cum
gaudio rediit Bremam[1]. [3]In Hammemburgensi quoque metropoli
Adaldago, qui primus in Aldenburg ordinavit episcopos, successit　10
Libentius, vir sanctitate insignis. Huius temporis Slavi defecerunt a
fide[3]. [4]Post hunc fuit Unwanus clarissimo genere oriundus, preterea
dives et largus, omnibus hominibus acceptus, clero autem adprime
benivolus[4].

[5]Eo igitur tempore, quo dux Bernardus suique complices cesari　15
Heinrico rebellavit omnibusque Saxoniae ecclesiis esset gravis et infestus[5], [6]illis maxime, qui erga maiestatem imperatoriam fidelitatis
suae iura temerare noluissent[6], [7]eius impetum viri dicitur archiepiscopus Unwanus sua magnanimitate refregisse, ut propter sapienti-
am et liberalitatem episcopi cogeretur ipse dux ecclesiae, cui antea　20
adversatus est, deinceps benignus esse in omnibus. Igitur habito pontificis consilio rebellis princeps tandem flexus apud Scalchisburg[a] cesari Heinrico supplex dedit manus. Mox quoque favente Unwano Slavos tributo subiciens pacem reddidit Nordalbingis et matri Hammemburg. Ad cuius restauracionem venerabilis metropolitanus asseritur　25
post cladem Slavanicam civitatem et ecclesiam fecisse novam, simul
ex singulis congregacionibus suis, quae virorum essent, tres eligens fratres, ita ut XII fierent, qui in Hammemburg canonica degerent con-
versatione vel qui populum converterent ab errore ydolatriae. Ordi-
navitque in Slavaniam mortuo Reginberto Bennonem, virum pruden-　30
tem, qui de fratribus Hammemburgensis ecclesiae electus in populo
Slavorum multum predicando fructum attulit[7].

[a]) Schalckesburg 4.

[9] s. Anm. 9 S. 87.　　　　　　　　[17] Vielmehr Mstislaw; er wurde 1018 gestürzt.
[18-18] Zusatz Helmolds (vgl. Anm. 9).

Magdeburg durch einen schlimmen Tod, wie er es verdiente. Der Slawenfürst Mstiwoi[17] [18]wurde gegen sein Lebensende von Reue bewegt und
wandte sich Gott wieder zu[18]; aus dem Vaterlande vertrieben, weil er das
Christentum nicht lassen wollte, flüchtete er zu den Barden und gelangte
5 dort glaubenstreu zu hohem Alter.

17. Von Bischof Unwan

Als Eziko gestorben war, [1]folgte ihm in Oldenburg Volkward, nach diesem Reginbert[2]. Ersterer ging, in der Verfolgungszeit aus dem Slawenlande vertrieben, nach Norwegen, gewann dort viele für den Herrn und
10 kehrte voll Freude nach Bremen zurück[1]. [3]In der Hamburger Mutterkirche
aber folgte dem Adaldag, der zuerst in Oldenburg Bischöfe eingesetzt
hatte, Libentius, ein durch Heiligkeit ausgezeichneter Mann. Zu seiner
Zeit fielen die Slawen vom Glauben ab[3]. [4]Nach ihm wirkte Unwan; von
sehr vornehmer Herkunft, außerdem reich und freigebig, sah ihn jeder-
15 mann gerne, besonders wohlwollend war er jedoch gegen die Geistlichkeit[4].
[5]Zu der Zeit nun, als Herzog Bernhard mit seinen Genossen gegen
Kaiser Heinrich aufstand und alle Kirchen Sachsens hart und feindselig
bedrängte[5], [6]besonders aber jene, die den Treueid gegen die kaiserliche
Majestät nicht brechen wollten[6], [7]soll Erzbischof Unwan dieses Mannes
20 Ungestüm durch seine Überlegenheit so gezügelt haben, daß derselbe Herzog durch die Weisheit und Güte des Bischofs veranlaßt wurde, der Kirche,
die er zuvor bekämpft hatte, fortan in allem wohlgeneigt zu sein. So beugte
der aufständische Fürst, nachdem er des Bischofs Ratschlag vernommen,
endlich seinen Sinn und unterwarf sich Gnade flehend Kaiser Heinrich zu
25 Hausberge (an der Weser). Bald darauf gab er auch, von Unwan begünstigt, durch zinspflichtige Unterwerfung der Slawen Nordelbien und (dessen) Mutterkirche Hamburg den Frieden zurück. Um dieses wieder herzustellen, soll der ehrwürdige Erzbischof Stadt und Kirche nach der Zerstörung durch die Slawen neu erbaut haben, indem er zugleich aus jedem
30 seiner Klosterkonvente, soweit sie aus Männern bestanden, drei Brüder
wählte, so daß es zwölf wurden, die in Hamburg nach kanonischer Regel
leben und das Volk vom Götzenwahn abbringen sollten. Für das Slawenland setzte er, da Reginbert gestorben war, den Benno ein, einen verstän-
digen Mann, der aus den Brüdern der hamburgischen Kirche gewählt war
35 und durch seine Predigt im Volke der Slawen viel Segen stiftete[7].

[1-1] Ziemlich wörtlich aus Adam II, 46.
[2] Volkward 988–990 ?; Reginbert seit etwa 992–1013/14.
[3-3] Ganz frei nach Adam II, 16. 26 Ende. 45.
[4-4] Fast wörtlich aus Adam II, 47.   [5-5] Ziemlich frei nach Adam II, 48.
Bernhard II. empörte sich 1020 erfolglos gegen Kaiser Heinrich II.
[6-6] Zusatz Helmolds.   [7-7] Fast wörtlich aus Adam II, 48. 49.

De Bennone episcopo. Capitulum XVIII.

Benno[1], magnae devotionis vir, cupiens diruta Aldenburgensis sedis reedificare, perquirere cepit de / possessionibus et reditibus, quos ad ius episcopale Magni Ottonis deputaverat institucio. Sed[2] quia post excidium Aldenburgensis ecclesiae primitiva instituta et magnorum 5 principum donationes venerant in abolicionem et Slavorum possessioni cesserant, memoratus pontifex in presentia ducis Bernardi questus est, quia Wagiri et Obotriti ceterique Slavorum populi debita sibi negarent stipendia. Unde principes Winulorum ad colloquium evocati sunt et interrogacione habita, quare pontifici legitimam subtraherent an- 10 nonam, illi pretendere ceperunt varias exactionum gravedines; expedire sibi egredi terram quam implicari maioribus[a] vectigalium pensionibus. Considerans igitur dux non posse instaurari ecclesiastica iura secundum eam formam, qua fuerant tempore Magni Ottonis, peticione adhibita vix obtinuit, ut de qualibet domo, paupere vel di- 15 vite, per omnem Obotritorum terram duo nummi pontificalibus solverentur inpensis. Preterea curtes illae notissimae Buzu et Nezenna et ceterae possessiones in terra Wagirorum episcopo restitutae sunt rursus incolendae. Illa vero predia, quae fuerunt in remotiori Slavia, quae olim ad Aldenburgense episcopium pertinuisse antiquitas com- 20 memorat, ut est Derithsewe[3], Morize[4], Cuzin[5] cum attinentiis suis episcopus Benno nullatenus per ducem obtinere potuit, licet ad haec requirenda sepius enisus fuerit.

Postquam autem placuit piissimo cesari Heinrico curiam celebrare in / castro Werbene, quod est iuxta Albiam, ad experiendos 25 animos Slavorum, venerunt omnes principes Winulorum in presentiam cesaris seque imperio ad bonum pacis et subiectionis obtemperaturos protestati sunt[6]. Ibi igitur cum Aldenburgensis pontifex in facie cesaris veterem pro ecclesiae suae bonis innovaret querimoniam, interrogati principes Slavorum de possessionibus ad ius 30 episcopi pertinentibus recognoverunt memoratas urbes cum subur-

a) maioribus *fehlt 2.*

[1] Bernhard (Benno), 1014–23; wie sein Vorgänger Reginbert scheint er zumindest zeitweilig bei Mstislaw residiert zu haben, da beide in den Quellen mehrfach als Bischöfe von Mecklenburg erwähnt sind.

[2] Der folgende Bericht über die Neuregelung des Bischofszinses durch Hz. Bernhard II. beruht auf selbständiger Kenntnis Helmolds und ist gegen ältere Kritik

18. Von Bischof Benno

Mit großer Hingabe suchte Benno[1] den zerstörten Stuhl von Oldenburg wiederzuerrichten und begann Besitzungen und Einkünfte genau zu erforschen, welche Otto der Große bei Errichtung dem Bistume zugewiesen
5 hatte. Weil[2] aber nach Vernichtung der Oldenburger Kirche die ursprünglichen Stiftungen und die Schenkungen der großen Fürsten in Vergessenheit geraten und in Besitz von Slawen übergegangen waren, beklagte sich der erwähnte Bischof in Anwesenheit Herzog Bernhards darüber, daß die Wagrier, die Obotriten und die übrigen Slawenvölker ihm die schuldigen
10 Abgaben verweigerten. Daraufhin wurden die Wendenfürsten zur Unterredung geladen. Auf die Frage, weshalb sie dem Bischof den gesetzlichen Getreidezehnten entzögen, begannen sie die vielfältigen Steuerlasten vorzuschützen; für sie sei es besser, außer Landes zu gehen, als in noch größere Abgabezahlungen verwickelt zu werden. Der Herzog bedachte nun
15 wohl, daß die Rechte der Kirche nicht in der Form wiederhergestellt werden konnten, die sie zu Ottos d. Gr. Zeit gehabt hatten, verlegte sich aufs Bitten und erreichte mit Mühe, daß von jedem Hause, ob arm oder reich, durch das ganze Land der Obotriten hin zwei Pfennige zu den bischöflichen Aufwendungen beigesteuert werden sollten. Ferner wurden jene
20 wohlbekannten Höfe Bosau und Warder sowie die anderen Besitzungen im Lande der Wagrier dem Bischof zurückerstattet zur Wiederbesiedlung. Jene Güter aber, die im entfernteren Slawenlande lagen und nach alter Überlieferung einst zum Oldenburger Bistum gehört hatten, wie Dassow[3], Müritz[4] und Quetzin[5] samt Zubehör, konnte Bischof Benno (auch) durch
25 den Herzog auf gar keine Weise (wieder) erlangen, obgleich er öfters darauf bedacht war, sie zu fordern.

Aber als der fromme Kaiser Heinrich für gut fand, in der Burg Werben, die an der Elbe liegt, einen Hoftag abzuhalten, um die Gesinnung der Slawen zu erkunden, erschienen alle Wendenfürsten vor dem Kaiser und
30 erklärten feierlich, sie würden dem Reiche in Frieden und Unterordnung gehorsam sein[6]. Wie nun hier der Oldenburger Bischof im Angesicht des Kaisers die alte Klage um die Güter seiner Kirche erneuerte, anerkannten die Slawenfürsten, wegen der zu den bischöflichen Gerechtsamen gehörenden Besitzungen befragt, daß die genannten Burgen samt ihren Be-

als glaubwürdig anzusehen.

[3] Am gleichnamigen See in Mecklenburg, 20 km ostwärts Lübeck.

[4] Am gleichnamigen See in Südost-Mecklenburg; Mittelpunkt wendischer ‚terra‘ des Kleinstammes Morizani.

[5] Zwischen Parchim und Plau in Südmecklenburg; Mittelpunkt wendischer ‚terra‘.

[6] Unter dem Druck wachsender polnischer Macht rücken die Lutizen seit 997 an das Reich heran; 1003 schließt Heinrich II. mit ihnen das erste Bündnis zu Quedlinburg. Der Tag zu Werben gehört in das Jahr 1005.

biis eorum ecclesiae et pontifici debere pertinere. Preterea omnes
Obotriti, Kicini, Polabi[b], Wagiri et ceteri Slavorum populi, qui terminis Aldenburgensis ecclesiae concludebantur, polliciti sunt dare
omnem censum, quem pro decima Magnus Otto eccclesiasticis stipendiis deputaverat. Quorum tamen pollicitatio plena simulacione et   5
fallacia fuit. Statim enim, ut cesar soluta curia ad alia se convertit,
nichil de promissis curaverunt. Dux quoque Saxonum Bernardus, in
armis quidem strennuus, sed totus avaricia infectus[7], Slavos, quos e
vicino positos bellis sive pactionibus subegerat, tantis vectigalium
pensionibus aggravavit[c], [d]ut nec memores Dei nec sacerdotibus ad   10
quicquam essent benivoli[d]. Quam ob rem Christi confessor Benno,
videns legacionis suae ministerium a principibus seculi non solum non
adiuvari, immo funditus prepediri, casso labore fatigatus, [8]cum non
inveniret, ubi requiesceret pes eius[8], pervenit ad sanctissimum virum
Berenwardum, Hildensemensem presulem, ostendens ei angustias suas   15
et querens in tribulacione consolacionem. Ille, ut erat vir mitissimus,
collegit hospitem, prebuit lasso humanitatis officia et de facultatibus
ecclesiae suae supputavit ei vitae stipendia, quatinus ad legacionis
suae / opus exiens atque revertens inveniret stacionem tutam, in qua
pausare posset. Eo tempore memoratus pontifex Berenwardus in   20
possessione, quae sibi hereditario iure provenerat, magnam fundavit
ecclesiam amplissimis, ut videri potest, impensis, in honore scilicet
sancti Michaelis archangeli, quo etiam copiosam monachorum tur-
mam ad serviendum Deo aggregavit. Consummata igitur ad votum
basilica, ad denuntiatum dedicacioni festum convenit inmensa multi-   25
tudo, ubi cum sinistrum ecclesiae latus noster episcopus Benno dedi-
caret, a populo compressus et attritus post paucos dies morbo ingravescente vita defunctus est[9]; in aquilonali absida eiusdem ecclesiae
honestam obtinuit sepulturam. Huic successit Meinherus[e], suscepit
benedictionem a Libentio secundo[10]. Post hunc fuit Abelinus, ordina-   30
tus ab Alebrando archiepiscopo[11].

---

   [b]) polani 2.   [c]) So SCHM., aggregavit *oder ähnlich die Hss.*
   [d-d]) ut Dei et legis eius immemores etiam sacerdotibus essent infesti *4*.
   [e]) Reynherus *2*.
   [7] Die schwachen Billunger des 11. Jh. suchen die Slawentribute als eine ihrer wenigen Hilfsquellen im Ringen mit den Hamburg-Bremer Erzbischöfen nach Kräften auszubeuten; das untergräbt zugleich die Stellung der mit ihnen zusammen-
spielenden christlichen Nakoniden im Obotritenlande sowie des Bischofs Benno.

zirken der Kirche und dem Bischof zuständen. Außerdem versprachen die
Obotriten, Kessiner, Polaben, Wagrier und alle übrigen Slawenstämme,
welche im Bereich der Oldenburger Kirche wohnten, den ganzen Zins zu
erlegen, den der große Otto statt des Zehnten zur Einnahme für die Kir-
5 chen bestimmt hatte. Doch ihr Versprechen war voller Heuchelei und
Falschheit. Sowie nämlich der Kaiser sich nach Auflösung des Hoftages
anderen Dingen zuwandte, kümmerten sie sich gar nicht mehr um die Zusagen. Auch bedrückte der Sachsenherzog Bernhard, tapfer zwar im Kriege, aber durch Habsucht ganz verdorben[7], die in seiner Nachbarschaft
10 sitzenden Slawen, welche er durch Kriege oder Verträge unterworfen hatte, mit derartigen Steuerlasten, daß sie weder gottesfürchtig noch den
Priestern irgendwie zugetan blieben. Benno, der Bekenner Christi, begab
sich deshalb in der Erkenntnis, daß er in der Ausübung seines Sendamtes
von den weltlichen Fürsten nicht nur nicht unterstützt, sondern vielmehr
15 durchaus gehindert werde, der vergeblichen Anstrengung müde, zu dem
heiligen Bischof Bernward von Hildesheim, [8]weil er nicht fand, wo sein
Fuß ruhen konnte[8], schilderte ihm seine Bedrängnis und suchte in der
Trübsal bei ihm Trost. Als ein höchst mildherziger Mann nahm der ihn
gastlich auf, tat an dem Ermatteten Dienste der Menschlichkeit und ge-
20 währte ihm aus Mitteln seiner Kirche den Lebensunterhalt, damit er beim
Aufbruch zu seinem Sendamte und nach der Heimkehr einen sicheren
Standort fände, an dem er ausruhen könnte. Zu der Zeit stiftete der ge-
nannte Bischof Bernward auf dem Besitztume, das ihm erblich zugefallen
war, mit sehr großzügigen Aufwendungen, wie ersichtlich, eine große
25 Kirche zu Ehren des heiligen Erzengels Michael und versammelte dort
auch eine zahlreiche Schar von Mönchen zum Dienste Gottes. Als die Kirche nun nach Wunsch vollendet war, kam zur angezeigten Einweihungs-
feier eine unermeßliche Menge zusammen. Dabei wurde unser Bischof
Benno, als er die linke Kirchenseite weihte, vom Volke förmlich erdrückt
30 und schied, da die Krankheit ernster wurde, wenige Tage später aus dem
Leben[9]; in der nördlichen Apsis eben dieser Kirche erhielt er ein würdiges
Grabmal. Ihm folgte Meinher, der von Libentius II. die Weihe empfing[10],
und diesem Abelin, den Erzbischof Alebrand einsetzte[11].

[8-8] Vgl. 1. Mose 8, 9.

[9] Die Kirchweih: 1022, Sept. 29; Bf. Bennos Tod erst 1023, Aug. 13. Abgesehen von diesem Irrtum ist Helmolds Bericht über Bennos Ende zuverlässig; er
dürfte die Michaelskirche zu Hildesheim mit Bennos Grabmal selbst gesehen haben.

[10] Nach 1029, Jan. 27 (Tod Unwans). Libentius II.: 1029–1032, Aug. 24. Ann.
Hild. zu 1023 und andere Quellen nennen einen Reinhold als Bennos Nachfolger;
zwei Personen ?, dann wäre Reinhold (bei MAY: Reinhard) etwa zwischen 1023 und
1030 anzusetzen. Sonst in dieser Zeit eine Vakanz. Helmold fußt auf Adam II, 64.

[11] Bezelin Alebrand: 1035, Dez. 21–1043, Apr. 15. Abelin dürfte, wie seine Vorgänger seit 1018, die wagrisch-obotritische Diözese bis zu seinem Tode Mitte des
Jh. nicht betreten haben (vgl. unten, Kap. 22).

De persecucione Godescalci.[a] Capitulum XIX.

[1]In diebus illis pax firma fuit in Slavia, eo quod Conradus, [2]qui pio Heinrico successit in imperium[2], Winithos frequentibus bellis attriverit. Verumptamen Christiana religio et [3]cultus domus[3] Dei parvum recepit incrementum prepediente avaricia ducis et Saxonum qui omnia corro- 5 dentes nec ecclesiis nec sacerdotibus quicquam passi sunt esse residui[1]. [4]Principes Slavorum Anadrag et Gneus, tercius Udo, male Christianus. Unde etiam propter crudelitatem / suam a quodam Saxonum transfuga improvise confossus est. Filius eius Godescalcus nomine apud Lunenburg scolaribus erudiebatur disciplinis. Qui morte patris comperta 10 fidem reiecit cum litteris amneque transmisso pervenit ad gentem Winithorum[5]. Congregataque multitudine latronum percussit in ultionem patris[4] omnem terram Nordalbingorum[b], tantas strages fecit Christianae plebis, ut crudelitas omnem modum excesserit. Nichilque remansit in Holzatorum et Sturmariorum provincia sive eorum qui Thetmarsi 15 dicuntur, quod manus eius effugerit, preter notissima illa presidia Echeho[c] et Bokeldeburg[6]. Illo se quidam armati contulerunt cum mulieribus et parvulis et substantiis, quae direptioni superfuerant.

Quadam igitur die, cum memoratus princeps latrocinali more per campos et miricas ferretur, videns regionem viris et ecclesiis quandoque 20 refertam vastae solitudini subiacere, exhorruit propriae crudelitatis opus [7]et tactus dolore cordis intrinsecus[7] deliberavit a nefariis ceptis cohibere tandem manus. Avulsus[8] ergo parumper a sociis et quasi ad insidias exiens inopinate offendit quendam Saxonem Christianum. Qui cum armatum eminus venientem fugeret, ille clamore sublato horta- 25 tur, ut subsistat, iurat etiam se nichil ei nociturum. Cumque vir timidus recepta fiducia substitisset, cepit [per]cunctari[d] ab eo, quis esset, aut

[a]) *Andere Lesarten (weiter unten):* Goscalcus, Gadescalcus, Godeschalcus. *Sein wendischer Name ist unbekannt.*

[b]) *Randnachtrag (um 1470):* Ecce iam quarto patet *1. (vgl. oben Kap. 3,* Anm. b). ___

[c]) Ezeho *3, 4, B;* Etheho *S, R.*

[d]) cunctari *1, 1a, 2.*

[1-1] Ziemlich frei nach Adam II, 66, Schol. 46 und II, 71; zur *avaricia Saxonum* vgl. auch Adam III, 23.

[2-2] Zusatz Helmolds. – Konrad II. 1024–1039.

[3-3] Vgl. 2. Chron. 29, 35 – 1. Chron. 23, 28.

19. Von Gottschalks (Christen)verfolgung

[1]In jenen Tagen herrschte im Slawenlande gesicherter Frieden, weil Konrad, [2]der dem frommen Heinrich in der Regierung nachfolgte[2], die Wenden durch zahlreiche Kriege geschwächt hatte. Dennoch aber nahm
5 das Christentum und [3]der Dienst am Hause[3] Gottes wenig zu, weil die Habgier des Herzogs und der Sachsen es verhinderte, die alles verpraßten und weder Kirchen noch Priestern etwas übrig lassen wollten[1]. [4]Fürsten der Slawen waren (damals) Anadrag und Gneus, als dritter Udo, ein schlechter Christ. Der ward denn auch wegen seiner Grausamkeit von
10 einem gewissen sächsischen Überläufer unversehens erstochen. Sein Sohn namens Gottschalk wurde zu Lüneburg auf der Schule in den Wissenschaften unterrichtet. Als dieser vom Tode seines Vaters erfuhr, verwarf er Glauben und Wissenschaften, überquerte den Strom und gelangte zum Volke der Wenden[5]. Nach Versammlung eines Räuberhaufens durchraste
15 er als Rächer des Vaters[4] das ganze Land der Nordelbier (und) richtete ein solches Blutbad unter dem Christenvolk an, daß seine Grausamkeit alles Maß überstieg. Und nichts blieb im Lande der Holsten und Stormarn oder derer, welche Dithmarscher genannt werden, das seinen Händen entgangen wäre, außer jenen wohlbekannten Verschanzungen Itzehoe und Bökeln-
20 burg[6]. Dorthin hatten sich einige Bewaffnete geworfen mit Frauen, Kindern und der Habe, die aus der Plünderung übrig geblieben war.

Eines Tages nun, als der erwähnte Fürst nach Räubersitte über Felder und Heiden streifte, sah er die einst an Menschen und Kirchen reiche Landschaft in wüster Einöde daliegen, schauderte vor dem Werk seiner eigenen
25 Grausamkeit und sann, [7]im Innersten seines Herzens von Schmerz bewegt[7] darüber nach, sich endlich von seinen schändlichen Taten zurückzuhalten. Er entfernte sich[8] also etwas von seinen Genossen, als gehe er auf Überfälle aus, und stieß unversehens auf einen christlichen Sachsen. Als dieser vor dem von Ferne herankommenden Bewaffneten floh, forderte er ihn mit
30 erhobener Stimme auf, stehen zu bleiben, schwor ihm auch, er werde ihm nichts zuleide tun. Wie nun der furchtsame Mann Zutrauen faßte und stillstand, begann er ihn zu fragen, wer er sei und was er Neues wisse?

[4-4] Teils wörtlich, teils frei nach Adam II, 66. – Anadrag und Gneus (Gnĕvos) wohl heidnische Teilfürsten in Wagrien; Udo, bei Saxo Gramm. (SS XXIX, 65) Pribignev, Nakonide, wohl der 1018 bereits verheiratete Sohn des Mstislaw, den Heinrich II. (1021?) in das Obotritenland zurückgeführt haben muß. Um 1028 wurde Udo-Pribignev, dessen christlicher Name auf den 994 (vgl. Kap. 15, Anm. 9) gefallenen Stader Grafen Luder-Udo I. als Taufpaten hinweisen könnte, ermordet.

[5] 1029–32.

[6] Sächsische Fluchtburg in Süderdithmarschen.

[7-7] = 1. Mose 6, 6.

[8] Vgl. unten Kap. 32. 36, ferner Ev. Luk. 22, 41.

quid nosset rumoris. At ille: ‚Ego‘, inquit, ‚sum homo pauper, Holsa-
tia genitus; sinistros autem rumores cotidie experimur, quia princeps
iste Slavorum Godescalcus multa mala infert populo et terrae nostrae
sitimque crudelitatis suae saturare cupit sanguine nostro. Tempus
enim esset, ut vindex Deus ulcisceretur iniurias nostras‘. Cui Gode- 5
scalcus: ‚Multum‘, inquit, ‚coarguis virum illum, principem Slavorum.
Revera enim multas ille pressuras suscitavit populo et terrae vestrae,
ultor paternae cedis existens magnificus. Ego autem sum vir iste, de
quo nunc sermo est, et veni, / ut loquar tecum. Doleo enim me tantum
nefas commisisse adversus Deum et Christicolas et vehementer cupio 10
redire in gratiam eorum, quibus me tanta iniuste intulisse recognosco.
Accipe igitur verba mea et revertens ad populum tuum annuntia eis,
ut ad locum destinatum transmittant viros fideles, qui mecum clam
agant de federe et pacis conventione. Quo facto omnem hanc turbam
latronum, cum quibus magis necessitate quam voluntate detineor, 15
tradam in manus eorum‘. Et haec dicens designavit ei locum et tempus. Qui cum venisset ad presidium, in quo Saxonum superstites in
magno timore consistebant, nuntiavit senioribus verbum istud absconditum, suggerens omnimodis, ut transmitterent viros ad prefixum
colloquii locum. At illi non intenderunt, reputantes dolum insidiis 20
oportunum.

  Post aliquot itaque dies[9]idem princeps a duce captus et quasi princeps
latronum in vinculis coniectus est. Reputans autem dux virum fortem
et ad arma strennuum utilem sibi fore iniit cum eo fedus et honorifice
donatum abire permisit. At ille dimissus abiit ad regem Danorum Ka- 25
nutum et mansit apud illum multis diebus sive annis[9], variis bellorum
exercitiis in Normannia sive Anglia virtutis sibi gloriam consciscens.
Unde etiam filia regis honoratus est[10].

De fide Godescalci. Capitulum XX.

  [1]Post mortem igitur Kanuti regis[2] reversus est Godescalcus[1] in ter- 30
ram patrum suorum et inveniens hereditatem suam a quibusdam
tyrannis invasam [3]dimicare statuit et comitante victoria possessiones

---

[9-9] Ziemlich frei nach Adam II, 66 Ende.
[10] Sigrid, Tochter Sven Estridsens.

Jener sprach: „Ich bin ein armer, aus Holstein gebürtiger Mensch; wir erfahren täglich schlimme Kunde, denn dieser Slawenfürst Gottschalk fügt unserem Volk und Land viel Böses zu und sucht seinen Durst nach Grausamkeit in unserem Blute zu stillen. Es wäre wahrhaft Zeit, daß
5 Gottes strafende Hand unsere Unbill rächte!" Ihm erwiderte Gottschalk: „Hart beschuldigst du jenen Mann, den Fürsten der Slawen! Er hat ja auch wahrlich viele Bedrängnisse über euer Volk und Land gebracht, ein gewaltiger Rächer des Mordes an seinem Vater. Nun bin ich aber selbst dieser Mann, von dem hier die Rede ist, und bin gekommen, mit dir zu
10 reden. Es schmerzt mich nämlich, daß ich soviel Unrecht gegen Gott und die Verehrer Christi verübt habe, und ich wünsche inständig, mich mit denen wieder auszusöhnen, denen ich unrechtmäßig, das bekenne ich, so große Not zugefügt habe. Merke dir deshalb meine Worte, kehre zu deinen Landsleuten zurück und zeige ihnen an, sie möchten zuverlässige Männer
15 an einen bestimmten Ort entsenden, die mit mir insgeheim über Bündnis und friedliche Übereinkunft verhandeln. Ist das geschehen, so werde ich diesen ganzen Räuberhaufen, an den ich mehr gezwungen als freiwillig gebunden bin, ihnen in die Hände liefern." Mit diesen Worten gab er ihm (zugleich) Ort und Zeit an. Als der nun zur Burg gelangte, in welcher die
20 überlebenden Sachsen sich in großer Furcht aufhielten, hinterbrachte er den Ältesten jene heimliche Botschaft, mit allen Mitteln darauf dringend, daß sie Männer an den für die Unterredung vorgesehenen Ort entsenden sollten. Jene gingen aber nicht darauf ein, da sie (das Angebot) als eine geschickte Falle zum Hinterhalt ansahen.
25　　Einige Tage darauf wurde nun [9]derselbe Fürst vom Herzog gefangen genommen und wie ein Räuberhauptmann in Fesseln gelegt. Aber der Herzog bedachte, daß der tapfere und waffentüchtige Mann ihm nützlich werden könne, ging mit ihm ein Bündnis ein und entließ ihn ehrenvoll beschenkt. Freigelassen, begab sich jener zu Knut, dem König der Dänen,
30 und blieb bei ihm viele Tage und Jahre[9], indem er sich durch mancherlei Kriegstaten in der Normandie und in England den Ruhm der Tapferkeit erwarb. Deshalb wurde er auch mit (der Hand) der Tochter eines Königs beehrt[10].

20. Von Gottschalks Glaubenseifer

35　　[1]Nach dem Tode König Knuts[2] kehrte Gottschalk nun[1] in das Land seiner Väter zurück, und da er sein Erbe von einigen Gewaltherrschern besetzt fand, [3]beschloß er darum zu kämpfen und gewann, vom Siege geleitet,

---

[1-1] Fast wörtlich aus Adam II, 79 Ende; zum Nachfolgenden vgl. Adam III, 19–21. Die Glaubwürdigkeit des Kap. ist zu Unrecht bezweifelt worden.
[2] Knut II. verstarb 1042, Juni 8.
[3-3] Frei nach Adam III, 19.

cum principatu ex integro recepit[4]. Statimque ad conquirendum sibi apud Deum gloriam et honorem animum intendens Slavorum populos, quos Christia/nitatis olim susceptae oblivio iam tenebat, ad recipiendam credulitatis gratiam et ad gerendum ecclesiae curam suscitare studuit[3]. [5]Et prosperatum est opus Dei in manibus[5] eius, [6]adeo ut in- 5 finita gentilium multitudo conflueret ad baptismi gratiam. Et reedificatae sunt per universam Wagirorum provinciam necnon et Polabingorum [et] Obotritorum ecclesiae quondam dirutae, iamque missum est in omnes provincias pro sacerdotibus ac ministris verbi, qui rudes gentilium mentes doctrina fidei inbuerent. Gratulabantur itaque fide- 10 les[7] de novellae plantacionis incremento, factumque est, ut provinciae plenae essent ecclesiis, ecclesiae vero sacerdotibus.

Sed et Kycinii et Cyrcipani et quaecumque gentes circa Penim habitant receperunt gratiam fidei[6]. [8]Est autem Penis fluvius, in cuius ostio sita est civitas Dimine. Illuc quondam portendebatur limes Aldenbur- 15 gensis[9] parrochiae[8]. [10]Igitur omnes Slavorum populi, qui ad Aldenburgensem[9] pertinebant curam, toto tempore, quo Godescalcus supervixit, Christianam fidem devote tenuerunt. Sane magnae devocionis vir dicitur tanto religionis divinae exarsisse studio, ut sermonem exhortationis ad populum frequenter in ecclesia ipse fecerit, ea scilicet quae ab epi- 20 scopis vel presbiteris mistice dicebantur cupiens Slavicis verbis reddere planiora[10]. [11]Procul dubio in omni Slavia nemo umquam surrexit potentior et tam fervidus Christianae religionis. Etenim, si vita ei longior concederetur, omnes paganos ad Christianitatem cogere disposuit, cum fere terciam partem eorum converterit, qui prius sub avo eius Mistiwoi 25 relapsi sunt ad paganismum[11]. [10]Tunc etiam per singulas urbes cenobia fiebant sanctorum virorum canonice viventium, item monachorum atque sanctimonialium, sicut testantur hii qui in Lubeke, Aldenburg, Racesburg, Leontio[a] et in aliis civitatibus singulas viderunt. In Magnopoli vero, quae est inclita Obotritorum civitas, tres fuisse congrega- 30 ciones Deo servientium referuntur[10]. /

[a]) Lenstein 4.

[3] s. Anm. 3 S. 99.
[4] Wahrscheinlich 1044. Helmold übergeht hier den von Adam bezeugten Ratibor, einen wagrischen oder polabischen Fürsten (Begründer von Ratzeburg?), der das Erbe der Nakoniden 1028–43 innehatte; die „tyranni" sind unter ihm hochgekommene obotritische Teilfürsten.

Eigentum und Herrschaft uneingeschränkt wieder[4]. Sogleich aber richtete er sein Herz darauf, sich vor Gott Ruhm und Ehre zu erwerben und bemühte sich, die Slawenvölker, denen das einst angenommene Christentum schon in Vergessenheit geraten war, anzuhalten zur Annahme des Glaubens und zur Fürsorge für die Kirche[3]. [5]Und das Werk Gottes gedieh in seinen Händen[5] [6]so sehr, daß eine endlose Menge von Heiden zur Gnade der Taufe zusammenströmte. Auch die einst zerstörten Kirchen wurden überall im Lande der Wagrier, Polaben und Obotriten wieder aufgebaut und schon erging der Ruf in alle Lande nach Priestern und Dienern des Wortes, welche die unwissenden Gemüter der Heiden mit den Glaubenslehren erfüllen sollten. Da frohlockten die Gläubigen [7] über das Gedeihen der jungen Pflanzung, und es kam dahin, daß die Landesteile voller Kirchen, die Kirchen aber voller Priester waren.

Doch auch die Kessiner und Zirzipanen und alle Völker um die Peene herum nahmen den Glauben an[6]. – [8]Die Peene ist aber der Fluß, an dessen Mündung die Burg Demmin liegt. Bis dorthin erstreckte sich einst die Grenze des Oldenburger[9] Sprengels[8]. [10]Alle Völker der Slawen, die zum Oldenburger[9]Bezirk gehörten, hielten also fromm am christlichen Glauben fest, während der ganzen Zeit, solange Gottschalk lebte. Wahrhaftig soll dieser hingebungsvolle Mann in solchem Eifer für die göttliche Religion entbrannt sein, daß er häufig selbst in der Kirche Worte der Ermahnung an das Volk richtete, in dem Wunsche nämlich, in slawischer Sprache deutlicher auszudrücken, was von den Bischöfen und Priestern dunkel und geheimnisvoll geredet wurde[10]. [11]Ohne Zweifel hat sich im ganzen Slawenlande niemals jemand so machtvoll und so entflammt von christlichem Glauben erhoben. Denn er hatte beschlossen, wenn ihm ein längeres Leben beschieden sein würde, alle Heiden zum Christentum zu zwingen, wie er (denn auch) etwa den dritten Teil derer bekehrte, die zuvor unter seinem Großvater Mstiwoj ins Heidentum zurückgefallen waren[11]. [10]Damals entstanden in den einzelnen Städten auch Konvente von frommen, nach kanonischer Regel lebenden Männern, ebenso von Mönchen und von Nonnen, wie diejenigen bezeugen, welche sie in (Alt-)Lübeck, Oldenburg, Ratzeburg, Lenzen und in anderen Hauptorten einzeln gesehen haben. In Mecklenburg aber, dem bekannten Hauptort der Obotriten, sollen drei Vereinigungen der Gott dienenden (Menschen) bestanden haben[10].

[5-5] Vgl. 1. Makk. 2, 47. [6-6] Ziemlich frei nach Adam III, 20 f.

[7] Bei Adam III, 21 beglückwünscht sich der Erzbischof; Helmold berichtigt seine Vorlage, um ihre Tendenz auszumerzen.

[8-8] Teils wörtlich aus Adam Schol. 70.

[9] Adam hat beide Male (Schol. 70, IV, 13) „Hammaburgensis"; Helmolds Änderung entspricht seiner eigenen Tendenz, ist aber nicht als Verfälschung zu tadeln, wie von mehreren Kritikern geschehen.

[10-10] Großenteils wörtlich aus Adam III, 20.

[11-11] Fast wörtlich aus Adam III, 19.

Pugna Tolenzorum. Capitulum XXI.

In diebus illis[1] factus est motus magnus in orientali provincia Slavorum civili inter se bello dimicantium. [2]Quatuor autem sunt populi eorum, qui Luticii sive Wilzi dicuntur, quorum Kycinos atque Circipanos citra[a] Panim, Riaduros sive Tholenzos cis Panim habitare 5 constat. Inter hos de fortitudine et potentia valida orta est contentio. [3]Siquidem Riaduri sive Tholenzi propter antiquissimam urbem et celeberrimum illud fanum, in quo simulachrum Radigast ostenditur, regnare volebant, asscribentes sibi singularem nobilitatis honorem, eo quod ab omnibus populis Slavorum frequentarentur propter responsa 10 et annuas sacrificiorum impensiones. Porro Circipani atque Kycini servire detrectabant, immo libertatem suam armis defendere statuerunt[3]. [4]Crescente igitur paulatim sedicione tandem pervenitur ad prelium, ubi inter validissimas pugnas Riaduri atque Tholenzi fusi sunt; igitur secundo et tercio restauratum est prelium, item idem ab eisdem 15 contriti sunt[4]. [3]Multa milia hominum hinc et inde prostrata[3], Cyrcipani [3]et Kycini, quibus bellum necessitas indixerat[3], victores. Riaduri atque Tholenzi, [3]qui pro gloria certabant, deiectionis suae pudore vehementer afflicti[3] accersierunt in auxilium fortissimum regem Danorum[5] et ducem Saxonum Bernardum necnon et Godescalcum princi- 20 pem [3]Obotritorum[3], singulos cum exercitibus suis, alueruntque tantam multitudinem de propriis stipendiis sex[6] ebdomadibus. Invaluitque prelium adversus Circipanos [3]atque Kycinos, nec habuerunt vires resistendi obsessi tanta multitudine[3], cesaque est ex eis maxima multitudo, quam plurimi in captivitatem ducti. Ad / ultimum XV[cim] milibus 25 marcarum pacem mercati sunt. [3]Principes pecuniam inter se partiti sunt[3]. De Christianitate nulla fuit mentio[2], nec [7]honorem dederunt Deo[7], qui contulit eis in bello victoriam. Unde cognosci potest [8]Saxonum insaciabilis avaritia, qui, [3]cum inter gentes ceteras barbaris contiguas prepolleant armis et usu militiae[3], semper proniores sunt tribu- 30 tis augmentandis quam animabus Domino conquirendis. Decor enim Christianitatis sacerdotum instantia iam dudum in Slavia convaluisset,

---

[a]) circa 2, B. Bei Adam ist citra = cis, bei Helmold fehlerhaft = ultra.

[1] 1056/57 ? Den Tollenserkrieg beschreibt Helmold zuverlässiger als Adam; zur Stammesgliederung vgl. oben Kap. 2; zur Grenzlage: es ist die Ostpeene zwischen Demmin und Anklam gemeint.

21. Der Tollenserkrieg

In jenen Tagen[1] erhob sich große Bewegung im östlichen Landesteile der Slawen, die miteinander im Bürgerkrieg standen. [2]Es gibt nämlich vier Stämme der sogenannten Lutizen oder Wilzen von denen bekanntlich
5 die Kessiner und Zirzipanen dicht hinter, die Redarier und Tollenser diesseits der Peene wohnen. Zwischen diesen brach ein gewaltiger Streit um Herrschaftsgewalt und Macht aus. [3]Denn die Redarier und Tollenser beanspruchten die Führung wegen ihrer uralten Burg und jenes hochberühmten Heiligtums, in dem das Bild des Radegast gezeigt wird; sie schrie-
10 ben sich in besonderem Maße Ansehen und Ehre zu, weil sie von allen Slawenvölkern wegen der (Orakel)antworten und alljährlichen Opfergaben häufig besucht würden. Zirzipanen und Kessiner wollten nicht untertan sein, sondern beschlossen, ihre Freiheit mit den Waffen zu verteidigen[3]. [4]So wuchs der Aufruhr allmählich und endlich kam es zum Kriege, wobei in
15 heftigsten Kämpfen Redarier und Tollenser geschlagen wurden; der Streit wurde deshalb ein zweites und drittes Mal erneuert, doch wieder erlitten dieselben von jenen eine völlige Niederlage[4]. [3]Hüben und drüben waren viele Tausende erschlagen[3], die Zirzipanen [3]und Kessiner (aber), welche die Not zum Kriege gedrängt hatte[3], blieben Sieger. Die Redarier und Tol-
20 lenser, [3]welche für ihren Ruhm stritten, riefen, von Scham über ihre Niederlage zutiefst ergriffen[3], den großmächtigen Dänenkönig[5], den Herzog der Sachsen, Bernhard, und den Fürsten der [3]Obotriten[3], Gottschalk, einzeln mit ihren Heeren zu Hilfe und versorgten diese Riesenmenge aus eigenen Mitteln sechs[6] Wochen lang. Da nahm der Krieg gegen Zirzipanen
25 [3]und Kessiner an Härte (noch) zu; von solcher Übermacht bedrängt, fehlten ihnen die Kräfte zu (weiterem) Widerstande[3], und eine sehr große Zahl von ihnen wurde erschlagen, sehr viele in Gefangenschaft geführt. Zuletzt handelten sie den Frieden für 15000 Mark ein. [3]Die Fürsten teilten das Geld unter sich[3]. Vom Christentum war keine Rede[2], sie dachten nicht
30 daran, [7]Gott zu ehren[7], der ihnen im Kriege den Sieg verliehen hatte. Daran ist die unersättliche [8]Habsucht der Sachsen zu erkennen; [3]obwohl sie sich vor anderen, den Barbaren benachbarten Völkern an Waffenkunst und Kriegserfahrung auszeichnen[3], sind sie doch stets geneigter, Zinslasten zu steigern als dem Herrn Seelen zu gewinnen. Denn das Ansehen
35 des Christentums wäre durch die Beharrlichkeit der Priester schon längst mächtiger geworden im Slawenlande, wenn die Habsucht der Sachsen das

[2-2] Teils frei, teils wörtlich nach Adam III, 22.

[3-3] Selbständige Zusätze Helmolds.

[4-4] Von Helmold unter Berichtigung frei nacherzählt.

[5] Sven Estridsen (1047–76), Schwestersohn Knuts d. Gr.

[6] Adam: sieben.

[7-7] Vgl. Ap.gesch. 12, 23.

[8-8] Je ein Satz ziemlich frei nach Adam III, 23. II, 71 Ende.

si Saxonum avaricia non prepedisset[8]. Predicetur igitur et omni laude
excolatur[b] dignissimus ille Godescalcus[9], qui barbaris gentibus editus
munus fidei, credulitatis gratiam suae genti cum pleno dilectionis fervore reparavit. Arguantur Saxonum proceres, qui Christianis proavis
geniti et gremio sanctae matris ecclesiae foti steriles semper et inanes   5
in opere Dei sunt inventi.

De rebellione Slavorum. Capitulum XXII.

Ea igitur temporum serie, qua misericordia Dei et virtute religiosis-
simi viri Godescalci status ecclesiae et sacerdocii cultus in Slavia decenter viguit, [1]defuncto Abelino[1] pontifice Aldenburgensis ecclesia in   10
tres divisa est episcopatus. Quod quidem imperiali minime factum est
institucione, sed magni Adelberti Hammemburgensis archiepiscopi
adinventione ita ordinatum fuisse constat. Ille enim vir magnificus et
prepotens in regno, cum fortissimum Heinricum cesarem, videlicet
Conradi filium, necnon et papam Leonem haberet propitios atque   15
voluntati suae per omnia consentaneos, in omnibus borealibus regnis,
Daciae scilicet, Suediae, Norwegiae, functus est auctoritate archiepis-
copali et legacionis apostolicae ministerio. Nec his contentus [2]patri-
archatus honorem assequi voluit, eo scilicet ordine, ut infra terminos
suae parrochiae XII statueret episcopatus[2], de quibus narrare super-   20
vacuum est, eo quod sapientibus ineptiae / quaedam et deliramenta
visa fuerint. Confluebant igitur in curiam eius multi sacerdotes et religiosi, plerique etiam episcopi, qui sedibus suis exturbati mensae eius
erant participes. Quorum sarcina ipse alleviari cupiens transmisit eos
in latitudinem gentium, quosdam locans certis sedibus, quosdam in-   25
certis. [3]E quibus Ezonem[4] subrogavit Abelino in Aldenburg, Aristonem
quendam ab Ierosolimis venientem in Racesburg esse constituit, Iohannem in Mikilinburg destinavit[5]. Iste Iohannes peregrinacionis amore
Scotiam egressus venit in Saxoniam et clementer ut omnes susceptus
ab archiepiscopo non multo post in Slaviam missus est ad Godescalcum.   30
Apud quem commoratus illis diebus multa milia paganorum baptizasse
describitur[3].

b) So codd. u. SCHM. mit Hinweis auf Kap. 74: si virum... excolueritis; ex-
tollatur edd. und LAPP.

[8] s. Anm. 8 S. 103.   [9] Vgl. Adam III, 19.

nicht verhindert hätte[8]. Gepriesen sei daher und mit jeglichem Lobe erhoben jener hochwürdige Gottschalk[9], der, aus Barbarenvolk entsprossen, das Geschenk des Christentums, die Gnade des Glaubens, seinem Volke
mit dem ganzen Eifer seiner Hingabe wieder verschaffte. Getadelt (aber)
5 seien die Vornehmen der Sachsen, die, von christlichen Ahnen gezeugt und
im Schoße der heiligen Mutter Kirche gehegt, am Werke des Herrn stets
unfruchtbar und unnütz befunden worden sind.

22. Vom Slawenaufstande

Während jenes Zeitabschnitts nun, da durch Gottes Barmherzigkeit
10 und des frommen Helden Gottschalk Tüchtigkeit im Slawenlande die Lage
der Kirche und die Pflege des Gottesdienstes würdig gedieh, ward [1]nach
Bischof Abelins Tode[1] der Oldenburger Sprengel in drei Bistümer geteilt.
Freilich geschah dies keineswegs auf kaiserliche Anweisung, fest steht vielmehr, daß es allein nach der Planung des großen Adalbert, Erzbischofs
15 von Hamburg, so angeordnet wurde. Dieser hochfahrende und im Reiche
übermächtige Mann übte nämlich, da ihm der tapfere Kaiser Heinrich,
Konrads Sohn, und der Papst Leo geneigt waren und in allem mit seinem
Willen übereinstimmten, in sämtlichen nordischen Reichen, also in Dänemark, Schweden und Norwegen, erzbischöfliche Gewalt und das Amt eines
20 päpstlichen Legaten aus. Damit nicht zufrieden, [2]wollte er die Patriar-
chenwürde erlangen, und zwar auf die Weise, daß er im Raume seines
Sprengels 12 Bistümer zu errichten suchte[2]; von ihnen (weiter) zu reden,
ist überflüssig, weil (der Plan) vernünftigen (Leuten) als eine Art von unsin-
nigem Hirngespinst erschienen ist. An seinem Hofe strömten deshalb viele
25 Priester und Geistliche zusammen, besonders auch Bischöfe, die aus ihren
Sitzen vertrieben, Gäste seiner Tafel waren. Da er selbst wünschte, sich
dieser Bürde zu entledigen, schickte er sie hinüber in die heidnische Weite,
wobei er einigen feste, anderen (ganz) vage Sitze gab. [3]Von diesen ließ er
Ezzo[4] nach Abelin in Oldenburg wählen, einen gewissen Aristo, der aus
30 Jerusalem kam, setzte er in Ratzeburg ein, den Johannes bestimmte er für
Mecklenburg[5]. Dieser Johannes hatte aus Pilgerlust Schottland verlassen,
war nach Sachsen gekommen und – wie alle – vom Erzbischof gütig aufgenommen worden; wenig später wurde er ins Slawenland zu Gottschalk
entsendet. Während seines Aufenthaltes bei diesem soll er damals viele
35 Tausend Heiden getauft haben[3].

[1-1] = Adam III, 21; er starb nach 1049, vielleicht um 1052.
[2-2] Nach Adam III, 33.
[3-3] Fast wörtlich = Adam III, 21 und Schol. 80.
[4] Lampert nennt Ezzo zu 1074, er hat also den Slawenaufstand gegen Gottschalk überlebt.
[5] Erzbf. Adalbert hat das Bistum Oldenburg wahrscheinlich um 1055–57 geteilt.

Pax firma fuit in omni regno, quia fortissimus cesar Heinricus Ungaros, Boemos, Slavos et omnia finitima regna potenti manu coercuerat[6]. Quo translato ad superos successit in sceptrum filius eius Heinricus, puer octo annorum[7]. [8]Statimque ebullierunt perturbaciones variae in regno, eo quod principes, qui contentiones affectabant, contempnerent infantiam regis[8]. Et surrexit [9]unusquisque adversus proximum suum[9] [10]et multiplicata sunt mala multa in terra[10], depredaciones, incendia et mortes hominum.

[11]Post non multum quoque temporis mortuus est Bernardus dux Saxonum, qui res Slavorum et Saxonum XL annis strennue administravit. Cuius hereditatem Ordulfus et Hermannus filii eius inter se partiti sunt[11]. Et quidem Ordulfus ducatum suscepit gubernandum, licet fortitudine et miliciae usu longe a felicitate paterna diverterit. Denique post mortem patris vix quinque[12] transierunt anni, statim Slavi rebellare parantes primo omnium Godescalcum interfecerunt. [13]Et quidem vir omni evo memorabilis [14]propter fidem Deo et principibus exhibitam[14] a barbaris occisus est, quos ipse nitebatur ad fidem convertere. [15]Necdum / enim completae sunt iniquitates Amorreorum[15], nec [16] venit tempus miserendi[16] eorum; ideo necesse fuit ut [17]venirent scandala[17], ut [18]probati fierent manifesti[18]. Passus est autem alter ille Machabeus in urbe Leontio, [14]quae alio nomine Lenzin dicitur[14], VII. Idus Iunii cum presbitero Eppone, qui super altare immolatus est, et aliis multis, tam laicis, quam clericis, qui diversa pro Christo pertulerunt supplicia. Ansuerus monachus et cum eo alii apud Racesburg lapidati sunt. Idus Iulii passio eorum occurrit[13]. [19]Fertur idem Ansuerus, cum ad passionem venisset, flagitasse paganos, ut prius socii, quos timebat deficere, lapidarentur. Quibus coronatis ipse gaudens cum Stephano genua posuit[19].

[6] Vgl. (stark abweichend) Adam III, 32.

[7] So auch Ann. S. Disib. zu 1106, die Helmold kannte, aber bei seiner Niederschrift nicht vorliegen hatte; richtig: ... von fast sechs Jahren.

[8-8] Frei nach Adam III, 34.

[9-9] Vgl. Jes. 3, 5; Zach. 8, 10.

[10-10] Vgl. 1. Makk. 1, 10; auch Annalista Saxo zu 1056.

[11-11] Nach Adam III, 43. Hz. Bernhard II. starb 1056.

Im ganzen Reiche herrschte gesicherter Frieden, weil der tapfere Kaiser Heinrich Ungarn, Böhmen, Slawen und alle Nachbarreiche mit mächtiger Hand bezwungen hatte[6]. Als er zu den Seligen einging, folgte ihm in der Regierung sein Sohn Heinrich, ein Knabe von acht Jahren[7]. [8]Sofort bra-
5 chen im Reiche mancherlei Unruhen aus, weil die Fürsten fehdelüstern den König bei seinem Kindesalter mißachteten[8]. [9]Ein jeder stand auf gegen seinen Nächsten[9] [10]und großer Jammer griff auf Erden um sich[10], Plünde-rung, Feuersbrunst und Totschlag.

[11]Wenige Zeit darauf starb auch Herzog Bernhard von Sachsen, der das
10 Geschick der Slawen und Sachsen 40 Jahre lang tatkräftig gelenkt hatte. Sein Erbe teilten seine Söhne Ordulf und Hermann untereinander[11]; und zwar übernahm Ordulf die Regierung des Herzogtums, obgleich er an Tapferkeit und Kriegserfahrung der väterlichen Begabung weit nach-stand. Nach dem Tode des Vaters waren denn auch kaum fünf[12] Jahre ver-
15 gangen, als die gleich auf Empörung sinnenden Slawen vor allem zunächst einmal Gottschalk erschlugen. [13]Und so wurde der für alle Zeit unvergeß-liche Mann [14]wegen seiner Gott und den Fürsten bewiesenen Treue[14] von den Barbaren umgebracht, die er selbst bemüht war, zum Glauben zu be-kehren. [15]Und wahrlich, noch ist kein Ende der Missetaten der Amoriter[15]
20 und [16]noch ist die Zeit nicht gekommen, sich ihrer zu erbarmen[16]. Deshalb mußte (noch) [17]Ärgernis entstehen[17], damit [18]die Rechtschaffenen offenbar würden[18]. So erlitt jener zweite Maccabäus den Martertod am 7. Juni in der Burg Leontium, [14]die mit anderem Namen Lenzen heißt[14], zusammen mit dem Priester Eppo, der auf dem Altar geopfert wurde, und vielen an-
25 deren, Laien wie Geistlichen, die für Christus verschiedene Todesqualen erduldeten. Der Mönch Ansver und andere mit ihm wurden zu Ratzeburg gesteinigt. Ihr Martertod ereignete sich am 15. Juli[13]. [19]Als er den Leidens-weg ging, soll derselbe Ansver die Heiden angefleht haben, seine Gefährten möchten vor ihm gesteinigt werden, weil er fürchtete, sie könnten (vom
30 Glauben) abfallen. Als sie die Märtyrerkrone erlangt hatten, beugte er selbst freudig das Knie wie (einst) Stephanus[19].

---

[12] Richtiger: sieben. Gottschalks Todestag war der 7. Juni 1066.

[13-13] Weitgehend wörtlich nach Adam III, 50.

[14-14] Selbständige Zusätze Helmolds.

[15-15] = 1. Mose 15, 16; Helmold verbessert den von Adam ungenau zitierten Bibeltext.

[16-16] Vgl. Psalm 101, 14.

[17-17] Nach Ev. Matt. 18, 7.

[18-18] Nach 1. Kor. 11, 19.

[19-19] = Adam Schol. 79.

Passio sancti Iohannis episcopi. Cap. XXIII.

[1]Iohannes episcopus senex cum ceteris Christianis in Magnopoli, id est Mikilenburg, captus servabatur ad triumphum. Ille igitur pro confessione Christi fustibus cesus, deinde per singulas civitates Slavorum ductus ad ludibrium, cum a Christi nomine flecti non posset, truncatis 5 manibus ac pedibus corpus eius in platea proiectum est. Caput vero desectum, quod barbari conto prefigentes in titulum victoriae Deo suo Radigasto inmolaverunt. Haec in metropoli Slavorum Rethre gesta sunt IIII. Idus Novembris.

Prima[a] defectio Slavorum a fide. Cap. XXIIII.   10

Filia regis Danorum apud Mikilinburg civitatem Obotritorum nuda dimissa est cum ceteris mulieribus. Hanc enim, ut supra diximus, Godescalcus princeps habuit uxorem; a qua et filium suscepit Heinricum. Ex alia vero Butue natus fuit, magno uterque Slavis excidio genitus.   15

Et Slavi quidem victoria potiti totam Hammemburgensem provinciam ferro et igne demoliti sunt, Sturmarii et Holzati fere omnes aut occisi aut in captivitatem ducti. Castrum Hammemburgense funditus excisum, et in derisionem salvatoris nostri etiam cruces a paganis truncatae sunt. Ipso eodemque tempore Sleswich, quae alio 20 nomine Heidibo dicitur, civitas Transalbianorum, quae sita est in confinio regni Danici, opulentissima atque populosissima, ex improviso barbarorum incursu funditus excisa est. Impleta est nobis prophetia, quae ait: [2]Deus, venerunt gentes in hereditatem tuam, polluerunt templum sanctum tuum[2] et reliqua, quae prophetice deplorantur in 25 Ierosolimitanae urbis excidio. Huius auctor cladis Blusso fuisse dicitur, qui sororem habuit Godescalci, domumque reversus et ipse obtruncatus est. Itaque omnes Slavi facta conspiracione generali ad paganismum denuo re/lapsi sunt, eis occisis, qui perstiterunt in fide. Dux Ordulfus in vanum sepe contra Slavos dimicans per XII annos, 30 quibus patri supervixit, nullam umquam poterat obtinere victoriam, tociensque victus a paganis, a suis etiam derisus est[1]. [3]Accidit autem

a) Tertia S; vgl. Adam Schol. 82.

23. Der Glaubenstod des heiligen Bischofs Johannes

[1]Der greise Bischof Johannes wurde mit den anderen Christen in Magnopolis, das ist Mecklenburg, gefangen für den Triumph aufbewahrt. Mit
Ruten gezüchtigt, weil er nämlich Christus bekannte, wurde er sodann
5 zum Spott durch die einzelnen Burgbezirke der Slawen geführt, und weil
er nicht von Christi Namen abgebracht werden konnte, hackte man ihm
Hände und Füße ab und warf seinen Körper auf die Straße hinaus. Sein
Haupt aber wurde abgetrennt, die Barbaren pflanzten es auf einen Spieß
und opferten es als Siegeszeichen ihrem Gott Radegast. Das geschah in
10 Rethra, dem religiösen Mittelpunkt der Slawen, am 10. November.

24. Der erste Abfall der Slawen vom Glauben

Die Tochter des Dänenkönigs ward nackt aus Mecklenburg, dem Hauptort der Obotriten, samt den übrigen Frauen fortgeschickt. Fürst Gottschalk hatte sie ja, wie wir oben erwähnten, zur Gattin gehabt und von ihr
15 auch einen Sohn Heinrich erhalten. Von einer anderen aber war (ihm der
Sohn) Budivoj geboren; beide sehr zum Verderben für die Slawen gezeugt.
Jedenfalls hatten die Slawen den Sieg erlangt und verheerten (nun) die
ganze Hamburger (Kirchen)provinz mit Feuer und Schwert. Fast alle
Stormarn und Holsten wurden erschlagen oder in Gefangenschaft geführt.
20 Die Hammaburg ward völlig zerstört und selbst die Kreuze wurden zur
Verhöhnung unseres Erlösers von den Heiden verstümmelt. Zu ebender
Zeit wurde Schleswig, mit anderem Namen Haithabu genannt, der sehr
wohlhabende und volkreiche Hauptort der Nordelbier, an der Grenze des
dänischen Reiches gelegen, durch überraschenden Angriff der Barbaren
25 gänzlich vernichtet. So wurde uns die Verheißung erfüllt, die (da) sagt:
[2]Herr, Heiden sind in dein Erbe gefallen, sie haben deinen heiligen Tempel
verunreinigt[2] (wie) auch das weitere, was weissagend über den Untergang der Stadt Jerusalem geklagt wird. Urheber dieser Zerstörung soll
Blusso gewesen sein, Schwestermann des Gottschalk, und nach seiner
30 Heimkehr wurde er selbst umgebracht. So also fielen alle Slawen auf
Grund einer umfassenden Verschwörung abermals ins Heidentum zurück
unter Beseitigung derer, die standhaft beim (christlichen) Glauben blieben. Zwölf Jahre hindurch, um die er seinen Vater überlebte, rang Herzog
Ordulf gegen die Slawen oftmals vergeblich um Entscheidung, kein ein-
35 ziges Mal konnte er den Sieg erlangen und wurde nach soviel Niederlagen
durch die Slawen (endlich) selbst von den Seinen verlacht[1]. [3]Diese Umwäl-

---

[1-1] Kap. 23–24 bis auf die zwei letzten Sätze fast wörtlich aus Adam III, 51
und Schol. 81.
[2] Psalm 78, 1.
[3-3] Schluß des Kap. von Helmold zugefügt.

perturbacio haec in Slavorum provincia anno post incarnacionem
Domini millesimo LX⁰VI⁰, anno regni Heinrici quarti VIII⁰. Et vacavit sedes Aldenburgensis annis octoginta IIII^or [3].

De Crutone. Cap. XXV.

Postquam[1] igitur mortuus est Godescalcus, vir bonus et cultor Dei, 5
ad filium eius Butue pervenit principatus eius hereditaria successio.
Timentes autem hii qui patrem eius interfecerant, ne forte filius ultor
paternae cedis fieret, concitaverunt tumultum in populo dicentes:
‚Non hic dominabitur nostri, sed Cruto^a filius Grini[2]. Quid enim prod-
erit nobis occiso Godescalco libertatem armis attemptasse, si iste 10
heres principatus extiterit ? Iam enim plus iste nos affliget quam pater
appositusque populo Saxonum novis provinciam involvet doloribus‘.
Statimque conspirata manu statuerunt Crutonem in principatum, ex-
clusis filiis Godescalci, quibus iure debebatur dominium. Quorum
iunior Heinricus nomine profugit ad Danos, eo quod regia Danorum 15
stirpe esset oriundus; at senior Butue declinavit ad Bardos, querens
auxilium a Saxonum principibus, quibus pater eius devotus semper et
fidelis extiterat. Qui etiam rependentes beneficiis gratiam susceperunt
pro eo prelium multoque expeditionum fatigio restituerunt eum in
locum suum[3]. At tamen status Buthue semper erat infirmus nec ad 20
plenum roborari potuit, eo quod Christiano parente natus et amicus
principum apud gentem suam ut proditor libertatis haberetur. Post
eam victoriam enim, qua primum Godescalco interfecto Nord/albingo-
rum provincia percussa est, Slavi servitutis iugum armata manu sub-
moverunt, tantaque animi obstinatia libertatem defendere nisi sunt, 25
ut prius maluerint mori quam Christianitatis titulum resumere aut
tributa solvere Saxonum principibus. Hanc sane contumeliam sibimet
parturivit infelix [4]Saxonum avaritia[4], qui, cum adhuc virium suarum
essent compotes et crebris attollerentur victoriis, non recognoverunt,

---

a) *Andere Lesarten hier und sonst:* Cruco, Critto, Cricto, Cricco.

[3] s. Anm. 3 S. 109.

[1] Über den Aufstand weiß Helmold mehr als Adam; er scheidet genauer die
drei Phasen: Blussos Erhebung, Budivojs kurze Herrschaft, Budivojs Vertreibung. Das lutizische Zentrum Rethra steuert den Kampf gegen die christlichen
Nakoniden.

zung im Slawenlande geschah aber im Jahre 1066 der Fleischwerdung des
Herrn, dem achten der Regierung Heinrichs IV. Und der Oldenburger Sitz
stand 84 Jahre lang leer[3].

25. Von Kruto

5   Nachdem[1] also Gottschalk, der brave Mann und Verehrer Gottes, gestorben war, gelangte die Erbfolge in dessen Fürstentum an seinen Sohn
Budivoj. Da jedoch die, welche dessen Vater ermordet hatten, befürchteten, der Sohn könne vielleicht zum Rächer der am Vater (verübten) Blut-
tat werden, erregten sie einen Aufruhr im Volk mit den Worten: „Nicht
10 dieser soll über uns herrschen, sondern Kruto, der Sohn Grins[2]. Denn was
würde es uns nützen, nach Erschlagung Gottschalks mit den Waffen die
Freiheit erstrebt zu haben, wenn sich dieser als Erbe der Fürstenwürde erhöbe? Der wird uns ja noch härter drücken, als der Vater, und im Bunde
mit dem Volke der Sachsen das Land in neues Unheil verwickeln!" So-
15 gleich verschworen sie sich und setzten den Kruto ins Fürstenamt ein
unter Ausschluß der Söhne Gottschalks, denen rechtens die Herrschaft
gebührte. Von diesen floh der jüngere, namens Heinrich, zu den Dänen,
weil er dem dänischen Königsgeschlechte entsprossen war; der ältere
Budivoj hingegen entwich zu den Barden, indem er bei den Fürsten der
20 Sachsen Hilfe nachsuchte, denen sein Vater immer ergeben und treu gewesen war. Die vergalten auch dankbar die (erwiesenen) Dienste, nahmen
für ihn den Kampf auf und setzten ihn nach vielen mühseligen Feldzügen
wieder in sein Amt ein[3]. Dennoch war Budivojs Macht stets gering und konnte nicht gänzlich gefestigt werden, weil er, gezeugt von einem christlichen
25 Vater und ein Freund der Fürsten, bei seinem Volke als Verräter (an) der
Freiheit angesehen wurde. Nach jenem Siege nämlich, durch den zuerst
nach Gottschalks Ermordung die Landschaft Nordalbingen erschüttert
wurde, schüttelten die Slawen mit bewaffneter Hand das Joch der Knechtschaft ab und strebten mit so großem Starrsinn danach, ihre Freiheit zu
30 verteidigen, daß sie lieber sterben als wieder den Christennamen annehmen
oder den Fürsten der Sachsen Zins leisten wollten. Aber diese Schmach
hat [4]der Sachsen unselige Habsucht[4] selbst hervorgebracht; sie erkannten
nicht, da sie noch im vollen Besitz ihrer Macht und ruhmbedeckt durch

[2] Der sonst ungenannte Vatersname läßt eher an die wagrischen Teilfürsten als
Vorfahren Krutos denken als an Ratibor, der überdies Christ war. Kruto herrscht
nach Blussos Tod und Budivojs Verjagung bis 1093 über den Gesamtstamm.

[3] 1068/69? Winterfeldzug Heinrichs IV., Rethra zerstört, später nicht mehr
genannt (Wiederaufbau bleibt aber möglich, vielleicht erst 1124/28 endgültige
Vernichtung durch Lothar III.).

[4-4] Vgl. Adam III, 23 sowie oben Kap. 21, Anm. 8.

quia [5]Domini est bellum[5] et ab ipso est victoria, quin potius [4]Slavorum gentes, quas bellis aut pactionibus subegerant, tantis vectigalium pensionibus gravaverunt ut divinis legibus et principum servituti refragari amara necessitate cogerentur[4]. Luit hanc noxam [6]Ordulfus Saxonum dux, qui[5] derelictus a Deo, [6]quamdiu patri supervixit, nullam contra Slavos victoriam consequi potuit[6]. Unde etiam contigit, ut filii Godescalci, qui spem suam in duce posuerant, [7]super baculum arundineum atque confractum innisi[7] sunt.

Defuncto Ordulfo[8] successit in principatum filius eius Magnus, natus de filia regis Danorum[9]. Statimque in ipso principatus sui exordio ad subnervandos Slavorum rebelles animum et vires intendit, exacuente eum ad id Buthue filio Godescalci. At illi unanimiter refragari ceperunt, secuti Crutonem filium Grini, [10]qui erat inimicicias exercens[10] adversus Christianum nomen et honorem principum. Et primo quidem Buthue provincia pepulerunt, diripientes presidia, in quibus confugium habebat. Videns autem se principatu extorrem confugit ad ducem Magnum, qui tunc forte Lunenburg degebat, et allocutus est eum: ,Novit excellentia tua, virorum maxime, qualiter pater meus Godescalcus procurationem Slavicae provinciae ad honorem Dei et progenitoris tui fideliter semper intorserit, nichil pretermittens eorum quae ad cultum Dei et fidem principum iure pertinuerint. Ego quoque paternam emulans modestiam omni fide et devocione mandatis principum ob-/ secundavi, infinitis me obiciens periculis, ut michi vel vacuum honoris nomen, vobis vero fructus permaneret. Qualis autem merces et me et patrem meum exceperit[11], neminem latet, cum illum quidem vita, me patria exemerint hostes nostri, hostes, inquam, non tantum nostri, sed etiam tui. Si igitur honorem tuum et salutem tuorum curare volueris, [12]viribus et armis utendum est[12]. Denique fortuna nostra in extremo sita est, et maturandum est, ne ultra progredientes inimici etiam Nordalbingorum provincia abutantur[b]. Hiis auditis dux respondit: ,Non possum hac vice ipse egredi, eo quod detinear magnis impedimentis, sed dabo tibi Bardos, Sturmarios, Holzatos atque Thethmarchios,

---

[b]) *Randnachtrag in 1 (um 1470):* Quinto (iam ?) hic ostenditur error omnium illorum qui dicunt Thetmarc(hi)os liberos fuisse a tempore Karuli magni. *(Vgl. Kap. 3, Anm. b).*

[4] s. Anm, 4 S. 111.
[5-5] Vgl. 1. Sam. 17, 47.

zahlreiche Siege waren, daß [5]der Streit des Herrn[5] und sein der Sieg ist,
beschwerten vielmehr [4]die Slawenvölker, welche sie durch Kriege oder
Verträge unterworfen hatten, mit so großen Steuerlasten, daß sie durch
die bittere Not gezwungen wurden, den göttlichen Gesetzen und dem
5 Joche der Fürsten zu widerstreben[4]. Diese Schuld büßte [6]Ordulf, der Herzog der Sachsen[6]; ganz von Gott verlassen, [6]konnte er keinen (einzigen)
Sieg gegen die Slawen erringen, solange er (auch) den Vater überlebte[6].
Daher kam es auch, daß Gottschalks Söhne, die ihre Hoffnung auf den
Herzog gesetzt hatten, [7]sich auf ein schwankendes und brüchiges Rohr
10 stützten[7].
    Nach Ordulfs Tode[8] folgte ihm sein Sohn Magnus in der Herrschaft,
geboren von einer Tochter des Dänenkönigs[9]. Gleich zu Beginn seiner Regierung richtete er Kraft und Sinn darauf, die slawischen Aufrührer zu
unterwerfen, wozu ihn Budivoj, der Sohn Gottschalks, anfeuerte. Jene aber
15 begannen sich einhellig zu Wehr zu setzen, Kruto, dem Sohne Grins, gehorsam, [10]der Feindseligkeiten gegen Christentum und Fürstenhoheit
übte[10]. Zuerst jagten sie jedenfalls den Budivoj aus dem Lande, wobei sie
die Burgen zerstörten, in denen er Zuflucht fand. Als er sich nun der Herrschaft beraubt sah, floh er zu Herzog Magnus, der damals gerade in Lüne-
20 burg weilte, und rief ihn an: „Größter aller Männer, deine Erhabenheit
weiß, wie mein Vater Gottschalk sich stets getreulich um die Verwaltung
des slawischen Landes zur Ehre Gottes und deines Vorfahren gemüht hat,
indem er nichts von dem außer Acht ließ, was rechtens zum Dienste an
Gott und zur Treue gegen die Fürsten gehörte. Auch ich habe, nacheifernd
25 der väterlichen Bescheidenheit, in ganzer Treue und Ergebenheit die Gebote der Fürsten befolgt und mich dauernden Gefahren ausgesetzt, um
mir einen fast leeren Titel, euch aber den Ertrag (daraus) zu bewahren.
Welcher Lohn aber mir wie meinem Vater geworden ist[11], weiß jeder,
haben unsere Feinde doch ihn des Lebens, mich des Vaterlandes beraubt;
30 Feinde, sage ich, die nicht nur unsere, sondern auch deine sind. Willst du
also für deine Würde und das Wohl der Deinen sorgen, so [12]mußt du Waffengewalt anwenden[12]. Denn wir sind jetzt bis zum Äußersten getrieben,
und Eile tut not, damit die Feinde nicht im weiteren Fortschreiten auch
das Gebiet der Nordelbinger verheeren.“ Als der Herzog das vernahm, ant-
35 wortete er: „Ich kann in diesem Augenblick nicht selbst ins Feld ziehen,
weil große Hindernisse mich zurückhalten, aber ich will dir die Barden,
Stormarn, Holsten und Dithmarschen geben, auf deren Hilfe gestützt du

---

[6-6] Letzte Entlehnung aus Adam, fast wörtlich aus III, 51.

[7-7] Vgl. Jes. 36, 6.

[8] 1072, März, 28.

[9] Wulfhild, Ordulfs erste Frau; sie verstarb vor 1070.

[10-10] = 1. Makk. 7, 26.

[11] *exceperit* = Boethius, De cons. philos. 1, 4; vgl. Kap. 29.

[12-12] Vgl. Lucanus, Phars. I, 348.

quorum auxilio fretus hostium impetus ad tempus excipere valeas. Ego quoque, si necesse fuerit, quantocius subsequar'. Porro dies nuptiarum[13] ad presens ducem vetabat.

Assumptis igitur Buthue fortissimis Bardorum transiit Albiam et precucurrit in terram Wagirorum[14]. Nuntii quoque ducis percurrentes 5 omnem Nordalbingorum provinciam [15]urgebant populum egredi[15] ad ferendum auxilium Buthue, qui expugnabatur ab hostibus. At ille preierat cum sexcentis et eo amplius viris armatorum, veniensque ad castrum Plunense urbem preter spem apertam et vacuam viris reperit. Quo cum intrasset, mulier Teutonica, quae inibi reperta fuit, locuta est 10 ad eum: ,Accipe quod repererit manus tua et [16]festina velociter egredi[16], quia per dolum actum est, ut urbs haec aperta et vacua custodibus dimitteretur. Audito enim / introitu tuo, crastino cum maximo exercitu Slavi redibunt et urbem hanc obsidione concludent'. Qui verba referentis dissimulans per noctem in eodem castro remansit. Est autem 15 urbs haec, ut hodie videri potest, lacu profundissimo undique inclusa, et commeantibus aditum pons longissimus continuat. Crastina igitur lucescente ecce Slavorum infinita agmina urbem, ut vespere predictum fuerat, obsidione vallaverunt. Provisum autem fuerat, ne navicula aliqua in omni insula illa inveniretur, per quam obsessis evadendi 20 locus pateret. Buthue igitur cum sociis obsidionem cum magna famis difficultate sustinuit.

Audito autem sinistro hoc nuntio Holzatorum, Sturmariorum necnon Thethmarchiae fortissimi acceleraverunt, ut urbem obsidione liberarent. Cumque pervenissent ad rivulum qui dicitur 25 Suale[17], quique disterminat Saxones a Slavis, premiserunt virum gnarum Slavicae linguae, qui exploraret, quid Slavi agerent aut qualiter expugnacioni urbis instarent. Missus itaque vir ille a sociis pervenit ad exercitum Slavorum, qui [18]cooperuerat faciem campi[18], preparans diversas machinas expugnacioni oportunas. Quos etiam his 30 verbis alloquitur: ,Quid facitis, o viri, oppugnantes urbem et viros amicos principum et Saxonum ? Non utique conatus iste cedet vobis in prosperum. Mandat autem vobis dux ceterique principum obsidione quantocius discedere. Quod si non feceritis, in brevi sentietis ultionem'.

---

[13] Vielmehr der Sachsenaufstand gegen Heinrich IV., denn Sophie, die Witwe Udalrichs v. Istrien, Tochter Kg. Belas von Ungarn, hatte er wahrscheinlich bereits 1071 geheiratet.

stark genug sein wirst, den Angriff der Feinde zeitweilig aufzufangen. Auch ich selbst werde, wenn es nötig ist, sobald als möglich nachfolgen." Zu der Zeit nämlich hielt der (bevorstehende) Tag seiner Hochzeit[13] den Herzog ab.

5   Budivoj nahm also die Tapfersten unter den Barden zu Hilfe, ging über die Elbe und eilte ins Land der Wagrier voraus[14]. Boten des Herzogs durchzogen ferner das ganze Gebiet der Nordelbier und [15]trieben das Volk an, auszuziehen[15] um Budivoj zu unterstützen, der von den Feinden bedrängt wurde. Jener aber war mit über 600 Mann Gewaffneten vorangezogen und

10 als er vor die Feste Plön gelangte, fand er wider Erwarten die Burg offen und ohne Verteidiger vor. Da er sie betrat, fand sich eine deutsche Frau darin, die zu ihm sagte: ,,Nimm, was deine Hand raffen kann, und [16]eile dich, schnell wieder hinauszukommen[16], denn es ist eine Falle, daß diese Burg offen und unbewacht gelassen wurde. Sobald nämlich die Slawen von

15 deinem Einzuge hören, werden sie morgen mit einem sehr großen Heere zurückkehren und die Burg zur Belagerung einschließen." (Doch) er blieb, die Worte der Warnerin mißachtend, über Nacht in der Feste. Diese Burg ist aber, wie man noch heute sehen kann, rings von einem sehr tiefen See umgeben, und (nur) eine lang(gestreckte) Brücke gewährt den Ankom-

20 menden Zutritt. Sowie nun der Morgen anbrach, siehe, da umzingelten unabsehbare Scharen der Slawen die Burg, wie es am Vorabend vorausgesagt worden war. Man hatte aber dafür gesorgt, daß kein (einziger) Nachen auf jener ganzen Insel zu finden war, mit dem die Belagerten hätten entkommen können. Budivoj (mußte) also mit seinen Gefährten bei großer Hun-

25 gersnot die Belagerung aushalten.

Auf diese traurige Kunde hin eilten die tapfersten Holsten, Stormarn und Dithmarschen herbei, um die Burg zu entsetzen. Als sie nun an den kleinen Fluß kamen, der Schwale genannt wird[17] und die Sachsen von den Slawen trennt, schickten sie einen der slawischen Sprache kundi-

30 gen Mann vorauf, der auskundschaften sollte, was die Slaven täten und wie sie die Eroberung der Burg betrieben. Mit diesem Auftrage seiner Gefährten gelangte jener Mann zum Heere der Slawen, [18]welches das ganze Feld (ringsum) bedeckte[18] und verschiedene Belagerungsmaschinen baute, und sprach sie mit diesen Worten an: ,,Was tut ihr,

35 Männer? Belagert eine Burg und Leute, die Freunde der Fürsten und der Sachsen sind? Das Vorhaben kann gewiß nicht günstig für euch ausgehen! Herzog und übrige Fürsten befehlen euch, sogleich von der Belagerung abzulassen. Tut ihr das nicht, so werdet ihr in kurzem die Rache

---

[14] Wohl 1075, jedenfalls nach 1074, Aug., da Adam vom Plöner Blutbad noch nichts weiß.   [15-15] Vgl. 2. Mose 12, 33.

[16-16] Vgl. 1. Sam. 20, 38 und 2. Sam. 15, 14.

[17] Der Schwale-Oberlauf ostwärts Neumünster deckt den wichtigen Grenzübergang nach Bornhöved.

[18-18] Vgl. Judith 2, 11.

Qui cum anxie inquirerent, ubinam esset dux, respondit eum in proximis adesse cum armatorum infinita multitudine. Princeps igitur Slavorum Cruto assumpto seorsum nuntio percunctatus est ab eo cercius rei veritatem. Ad quem ille: ‚Quid‘, inquit, ‚dabis michi precii, si prodidero tibi ea, quae tu queris, et fecero te compotem voluntatis 5 tuae super urbe / hac et his qui sunt in ea ?‘ At ille pactus est ei XX^ti marcas. Statim, ubi firmata sunt promissa, dixit traditor ille Crutoni et sociis eius: ‚Dux iste, quem tu formidas, necdum transivit ripas Albiae detentus gravibus impedimentis; soli Sturmarii, Holzacii et Thethmarchi egressi sunt cum brevi numero; hos ergo facile uno verbo 10 seducam et faciam redire ad loca sua‘. His dictis transiit pontem et locutus est ad Buthue et ad socios eius: ‚Consule saluti tuae et virorum qui tecum sunt, quia Saxones, in quibus tu habebas fiduciam, non venient hac vice succurrere tibi‘. Tunc ille consternatus animo respondit: ‚Heu me miserum, quare deseror ab amicis ? Siccine Saxones 15 optimi supplicem sui et auxilii indigum in tribulatione deserent ? Male delusus sum, qui Saxonibus bona semper fiducia innitens nunc in extrema necessitate pessundatus sum‘. Ad quem ille: ‚Venit‘, inquit, ‚dissensio in populum, et tumultuantes inter se ¹⁹reversi sunt unusquisque in domum suam¹⁹. Alio igitur consilio tibi utendum est‘. 20

Confusisque taliter rebus nuntius ille^c ad suos reversus est, sciscitantibusque Saxonum expeditis, quidnam causae esset, respondit dicens: ‚Veni ad castrum, ad quod misistis me, et nullum Dei gratia ibi periculum est nec ullus obsidionis timor. Quin pocius vidi Buthue et eos qui cum ipso sunt letos et nil habentes turbulentiae‘. Atque in hunc 25 modum retardavit exercitum, ne obsessis fierent presidio. Factus est vir ille Buthue et sociis illius materia perditionis.

Statim enim, ubi obsessi traditoris dolo decepti a spe evasionis deciderunt, ceperunt perquirere ab hostibus, si aliquid pro vitae remedio acceptare vellent. Quibus illi responderunt: ‚Nos aurum et argentum a 30 vobis non recipimus, vitam tantum et membrorum integritatem postulantibus prebebimus, si exeuntes ad nos arma dederitis‘. Hoc audito Buthue dixit ad socios: ‚Durus nobis, o viri, sermo proponitur, ut exeuntes arma resignemus. Scio quidem, quia deditionem fames perurget; sed, si proposita nobis condicione inermes exierimus, / nichilominus periculum 35

---

^c) *ille fehlt 1, 1a, edd.*

fühlen!" Als sie besorgt nachfragten, wo denn der Herzog sei, erwiderte
(der Kundschafter), er sei mit zahllosen Kriegern ganz nahe. Daraufhin
nahm der Slawenfürst Kruto den Boten beiseite und suchte von ihm den
genaueren Sachverhalt zu erforschen. Dem sagte jener: „Was gibst du mir
5 zum Lohne, wenn ich dir verrate, was du wissen willst, und diese Burg
samt denen, die drinnen sind, nach Wunsch in deine Gewalt bringe?"
(Kruto) einigte sich mit ihm auf 20 Mark. Sobald die Vereinbarungen bekräftigt waren, sagte jener Verräter zu Kruto und dessen Anhängern:
„Der Herzog, den du fürchtest, hat die Elbufer noch nicht überschritten,
10 weil ernste Hindernisse ihn zurückhalten; einzig die Stormarn, Holsten und
Dithmarschen sind mit schwachen Kräften ausgerückt, diese aber werde
ich leicht mit einem Worte abziehen und zur Heimkehr bewegen." Nach
diesen Worten ging er über die Brücke und sagte zu Budivoj und dessen
Gefährten: „Suche dich und die Männer bei dir zu retten, denn die Sach-
15 sen, auf die du rechnest, werden dir diesmal nicht zu Hilfe eilen!" da antwortete Budivoj tief erschrocken: „Ach, ich Elender, warum werde ich
von meinen Freunden verlassen? So geben die trefflichen Sachsen einen
bittflehenden Hilfsbedürftigen in der Not preis? Schlimm bin ich getäuscht, der ich stets mit festem Vertrauen auf die Sachsen baute und nun
20 in äußerster Bedrängnis im Stich gelassen werde!" Darauf meinte (der
Bote): „Zwietracht ist unter das Volk gekommen und im Streite miteinander [19]sind sie jeder für sich nach Hause zurückgekehrt[19]. Du mußt also
einen anderen Plan fassen!"
    Nachdem die Lage so durcheinander gebracht war, ging der Bote zu den
25 Seinigen zurück. Als nun die gefechtsbereiten Sachsen in ihn drangen, wie
denn die Sache stehe, antwortete er: „Ich bin nach der Burg hingekom-
men, wohin ihr mich geschickt habt, und Gott sei Dank gibt es dort keine
Gefahr und keine Angst vor einer Belagerung. Vielmehr habe ich Budivoj
und die Seinen wohlbehalten und gar nicht beunruhigt vorgefunden." Auf
30 solche Weise hielt er denn das Heer zurück, damit es den Belagerten keine
Hilfe brächte. Dieser Mensch wurde für Budivoj und seine Gefährten zum
Anlaß des Verderbens.
    Sobald die Eingeschlossenen nämlich, getäuscht durch die Hinterlist des
Verräters, die Hoffnung auf Entsatz fahren ließen, begannen sie bei den
35 Feinden vorzufühlen, ob sie Lösegeld für ihr Leben annehmen würden.
Jene erwiderten ihnen: „Wir nehmen von euch kein Gold und Silber an;
Leben und Gesundheit wollen wir euch auf eure Bitten nur gewähren,
wenn ihr herauskommt und uns die Waffen ausliefert." Als Budivoj das
hörte, sagte er zu den Gefährten: „Ein harter Vorschlag wird uns gemacht,
40 Männer; wir sollen hinausgehen und die Waffen niederlegen. Zwar weiß
ich, daß (uns der) Hunger sehr zur Übergabe drängt, doch sollten wir gemäß der uns gestellten Bedingung waffenlos aus (der Burg) ziehen, so werden wir uns nicht minder in Gefahr begeben. Habe ich doch öfters erfah-

[19]-[19] = Ev. Joh. 7, 53.

subeundum erit. Fides enim Slavorum quam sit mobilis, quam incerta, sepius compertum habeo. Videtur igitur michi omnium saluti cautius esse dilacione adhuc, licet difficili, vitam redimere et expectare, si forte Deus alicubi auxiliatores nobis admittat'. Quo contra socii renisi sunt dicentes: ,Condicionem quidem, quae nobis ab hostibus offertur, ambi-   5 guam plenamque formidinis esse fatemur. Nec tamen ea abutendum est, eo quod presens periculum evitandi alia via non sit. Quid enim dilacio iuvat, ubi nemo est, qui obsidionem solvat? Atrociorem autem mortem fames quam gladius affert, meliusque est compendio vitam finire quam diu torqueri'.   10

De morte Buthue. Capitulum XXVI.

Videns[a] igitur Buthue socios animis obfirmatos ad egrediendum iussit sibi [1]cultiora exhiberi vestimenta, quibus indutus[1] cum sociis egreditur. Transieruntque pontem bini et bini, dantes arma, atque in hunc modum perducti sunt in faciem Crutonis. Ubi igitur omnes pre-   15 sentati sunt, mulier quaedam prepotens de castro mandavit Crutoni ceterisque Slavis dicens: ,Perdite viros, qui se tradiderunt vobis, et nolite servare eos, quia intulerunt maximas violentias[b] uxoribus vestris, quae derelictae fuerant cum ipsis in urbe, et [2]auferte obprobrium vestrum'[2]. His auditis Cruto et socii eius statim insilierunt in eos om-   20 nemque multitudinem hanc [3]interfecerunt in ore gladii[3]. Et inter- fectus est Buthue et omne robur Bardorum coram castro Plune in die illa pariter[4]. Invaluitque Cruto, [5]et prosperatum est opus in manibus eius[5], obtinuitque dominium in universa terra Slavorum. Et attritae sunt vires Saxonum, et servierunt Crutoni [6]sub tributo[6], omnis terra   25 videlicet / Nordalbingorum, quae disterminatur in tres populos: Holza- tos, Sturmarios, Thethmarchos[c]. Omnes hii durissimum servitutis iugum portaverunt omni tempore Crutonis. Et [7]repleta est terra[7] latrunculis facientibus mortes et captiones in populo Dei. Et devora- verunt gentes Saxonum [8]toto[d] ore[8]. In diebus illis surrexerunt de populo   30

---

[a]) *Kein klarer Kapitelabstand in 2.*
[b]) molestias *2.*
[c]) *Randnachtrag in 1 (um 1470):* Ecce hic habes sexto idem *(vgl. Kap. 3, Anm. b).*
[d]) pleno *4.*

ren, wie wandelbar und unsicher es um die Zuverlässigkeit der Slawen
steht. So scheint es mir zu (unser) aller Heil vorsichtiger, das Leben weiterhin durch freilich mühevolles Ausharren zu wahren und zu warten, ob
Gott uns (nicht) vielleicht irgendwoher Helfer sendet." Dem aber wider-
5 setzten sich seine Gefährten und sagten: „Wir geben gewiß zu, daß die
Bedingung, welche uns von den Feinden gestellt wird, zweideutig und
Schrecken erregend ist; und dennoch darf sie nicht verworfen werden, weil
es keinen anderen Ausweg aus der gegenwärtigen Gefahr gibt. Was nützt
denn ein Aufschub, wo niemand da ist zum Entsatz? Der Hunger aber
10 bringt einen schlimmeren Tod als das Schwert, und besser ist es, rasch zu
sterben als sich lange zu quälen."

26. Vom Tode Budivojs

Als nun Budivoj seine Gefährten entschlossen sah abzuziehen, ließ er
sich [1]bessere Kleider bringen, in denen[1] er mit ihnen (die Burg) verließ.
15 Und (zwar) zogen sie zu zweien über die Brücke, übergaben ihre Waffen
und wurden so vor Kruto gebracht. Als sie nun alle vorgeführt waren,
hetzte eine sehr angesehene Frau aus der Burg Kruto und die übrigen
Slawen mit den Worten auf: „Bringt die Männer um, die sich euch ergeben
haben, und verschont sie nicht, denn sie haben euren Ehefrauen, die bei
20 ihnen in der Burg zurückgelassen waren, äußerste Gewalt angetan; [2]auf,
tilgt eure Schmach[2]!" Als das Kruto und seine Anhänger vernahmen,
sprangen sie sogleich auf sie los und erschlugen diese ganze Schar [3]mit der
Schärfe des Schwertes[3]. Sowohl Budivoj (selbst) wie auch der ganze Kern
des bardischen Aufgebots wurde an jenem Tage angesichts der Burg Plön
25 getötet[4]. Kruto aber ward mächtig, [5]und das Werk gedieh in seinen Händen[5], und er gewann die Herrschaft im ganzen Lande der Slawen. Die
Streitkräfte der Sachsen wurden aufgerieben, [6]zinspflichtig dienten sie[6]
Kruto, und zwar das ganze Land der Nordelbinger, das unter drei Stämme
geteilt ist: die Holsten, Stormarn und Dithmarschen. Sie alle trugen das
30 harte Joch der Knechtschaft, solange Kruto lebte. [7]Voll war das Land[7]
von Raubgesindel, das mit Mord und Verschleppung unter dem Volke Gottes hauste. Sie verschlangen die Sachsenstämme [8]mit gierigem Rachen[8].
In jenen Tagen brachen mehr als 600 Familien vom Volke der Holsten auf,

[1] Vgl. Ruth 3, 3.
[2-2] Vgl. Jes. 4, 1.
[3-3] Vgl. Sam. 15, 8.
[4] Am 8. Aug. 1075?
[5-5] Vgl. 1. Makk. 2, 47 (vgl. oben, Kap. 20, Anm. 5).
[6-6] Vgl. 5. Mose 20, 11 und 2. Sam. 8, 2. 6.
[7-7] = 1. Mose, 6, 11 und 13.
[8-8] = Jes. 9, 12.

Holzatorum amplius quam sexcentae familiae transmissoque amne
abierunt via longissima querentes sibi sedes oportunas, ubi fervorem
persecucionis declinarent. Veneruntque in montes Harticos et manserunt ibi ipsi et filii et nepotes eorum usque in hodiernum diem[9].

De constructione Hartesborch. XXVII.   5

Nil[1] autem mirum, si [2]in nacione prava atque perversa[2], [3]in terra
horroris et vastae solitudinis[3] sinistri casus emerserunt, siquidem per
omne regnum illis in diebus bellorum tempestates consurgebant. Regni
enim gubernacula, quae regis Heinrici puericia non modice dissoluta
fuerant, ipso adolente non minus invenere periculi. Statim enim, ut   10
factus est vir[4] et sublato pedagogo[5] suimet compos effectus est,
omnem gentem Saxonum atrociter persequi cepit. Denique Ottoni ducatum Bawariae[a] quia Saxo erat, abstulit et Welponi dedit[6]. Post haec
ad depressionem totius Saxoniae in Hartico clivo castrum firmissimum,
quod dicitur Hartesberg, collocavit[7]. Quam ob rem irati Saxonum   15
principes et in unum conglobati castrum, quod ipsis propter iugum
positum fuerat, ad solum diruerunt[8]. Et obfirmati sunt animi Saxonum adversus regem; fueruntque eis / principes Wicelo Magdeburgensis[9],
Bucca Halverstadensis[10], Otto dux, Magnus dux, Udo marchio[11] et
alii multi nobiles. Ad quorum audaciam obtundendam[b] rex celeriter   20
cum exercitu venit adiuncto sibi Suevorum duce Rodulfo multisque
regni principibus. Sed et Saxones nil morati viriliter occurrerunt in
prelium, conveneruntque exercitus iuxta flumen Unstroth[12]. Cumque
non longe abesset pugna, factum est ex consilio utriusque partis, ut
laudaretur pax usque post biduum, sperantes bellum pace sopiri.   25
Saxones igitur pace delectati statim exuerunt se armis et diffusi sunt
per latitudinem campi, figentes castra et curam corporis[c] exequentes.
Circa horam diei nonam videntes speculatores regis Saxones remissos

a) Bawariae *fehlt 2.*
b) reprimendam *4.*
c) *So Alb. Stad. und edd.;* corporis *fehlt 1, 1a, 2; vgl. aber Kap. 33.*

[9] Lapp. weist auf den Ortsnamen Elbingerode hin.

[1] Im Folgenden wiederholt Anklänge an die Ann. S. Disib., aber mit eigener,
oft unrichtiger Legendenbildung.
[2-2] Vgl. Phil. 2, 15.   [3-3] Vgl. 5. Mose 32, 10.

überquerten den Strom und suchten sich in sehr weiter Wanderung günstige Wohnsitze, wo sie der Verfolgungswut entrinnen möchten. Sie kamen in die Harzberge; dort blieben sie selbst, ihre Söhne und deren Nachkommen bis zum heutigen Tage[9].

5   27. Von der Erbauung der Harzburg

Nun[1] ist es kein Wunder, wenn [2]in einem argen und verkommenen Volk[2], [3]im Lande des Schreckens und der weiten Einöde[3], sich schlimme Unglücksfälle ereigneten, da doch damals über das ganze Reich hin Kriegsstürme ausbrachen. Die Regierung des Reiches, durch König Heinrichs
10 Knabenzeit erheblich geschwächt, sah sich nicht weniger gefährdet, da er herangewachsen war. Denn kaum war er [4]für mündig erklärt[4], dem Erzieher[5] entzogen und selbständig geworden, so begann er das ganze Volk der Sachsen hart zu verfolgen. Endlich nahm er dem Otto, weil er Sachse war, das Herzogtum Bayern ab und gab es dem Welfen[6]. Danach errich-
15 tete er zur Unterdrückung von ganz Sachsen am Harzhang eine sehr starke Festung namens Harzburg[7]. Darüber ergrimmt, scharten sich die sächsischen Fürsten zusammen und zerstörten die Burg bis auf den Grund, weil sie zu ihrer Unterjochung erbaut worden war[8]. Und die Herzen der Sachsen wurden verhärtet gegen den König, ihre Führer aber waren Wezel von
20 Magdeburg[9], Burchard von Halberstadt[10], Herzog Otto, Herzog Magnus, Markgraf Udo[11] und viele andere Edle. Ihre Kühnheit zu brechen, kam der König rasch mit einem Heere, begleitet von Herzog Rudolf von Schwaben und vielen Fürsten des Reiches. Doch auch die Sachsen säumten nicht, eilten mannhaft zum Kampfe herbei, und an der Unstrut trafen die Heere
25 aufeinander[12]. Schon stand die Schlacht nahe bevor, da wurde mit Zustimmung beider Parteien ein Stillstand auf zwei Tage geschlossen; man hoffte den Krieg friedlich beilegen zu können. Also freuten sich die Sachsen des Friedens, entledigten sich sogleich der Waffen, zerstreuten sich weithin über das Feld, schlugen ein Lager und sorgten für ihr leibliches
30 Wohl. Um die neunte Stunde des Tages meldeten die Späher des Königs,

---

[4-4] Vgl. 1. Kor. 13, 11.

[5] Gemeint ist Erzbf. Adalbert von Hamburg-Bremen (†1072).

[6] 1070; Otto von Northeim, seit 1061 Hz. v. Bayern, 1062 an der Entführung von Kaiserswerth beteiligt, †1083; Welf IV., Hz. von Bayern 1070–1101.

[7] Um 1065/66.

[8] 1073, Aug. Belagerung durch die sächsischen Fürsten, Flucht Heinrichs IV.; 1074, März/April Zerstörung durch umwohnende Sachsen.

[9] Erzbf. Wezel (Werner) (1063–78).   [10] Bf. Burchard II. (1059–88).

[11] Udo II. von Stade (1057–82). Die gleiche Liste geben Ann. S. Disib.

[12] 1075, Juni, 9 zwischen Homburg bei Langensalza und Nägelstädt; vgl. Ann. Palid. zu 1068.

et dispersos super faciem campi nichilque suspicantes mali, festinantes
renuntiaverunt regi, quia Saxones se prepararent ad prelium. Itaque
concitatus exercitus regis transmisso vado irruerunt super quietos
et inermes prostaveruntque multa milia Saxonum in die illa.

Cum igitur Saxones pro tuenda libertate bellum adhuc intentarent, 5
dux Suevorum, vir bonus et amator pacis, primum regio honori, deinde
Saxonum saluti consulens apud Saxones obtinuit, ut se in potestatem
regis contraderent principes eorum, Wicelo Magdeburgensis, Bucca
Halverstadensis, Otto dux, Magnus dux[d], Udo marchio, interpositis
scilicet conditionibus, ne aut captivitate gravarentur aut ullam susti- 10
nerent lesionis molestiam[13]. Statim igitur, ubi Saxones consiliis illecti
potestati regiae se tradiderunt, ille iussit eos artiori custodiae manci-
pari, non reveritus promissionum fidem. Et contristatus est Rodulfus
dux, eo quod promissa implere non potuisset. /

De publica penitentia Heinrici regis[a]. 15

Cap. XXVIII.

Post paucos autem dies principes Saxonum preter voluntatem regis
captivitate absoluti in propria reversi sunt[1] nec unquam decetero pro-
missionibus regis fidem prebuerunt. Missa igitur relacione Saxonum
principes ad apostolicam sedem conquesti sunt reverentissimo papae 20
Gregorio[2], qualiter rex divinae legis contemptor[b] ecclesiis Dei in sta-
tuendis episcopis omnem canonicae electionis libertatem adimeret,
ponens per violentiam episcopos quos voluisset, insuper quod more
Nicolaitarum[3] de uxore sua publicum fecisset prostibulum, subiciens
eam per vim aliorum libidini, aliaque perplurima, quae inconvenientia 25
visa sunt et auditu difficilia. Quam ob rem domnus apostolicus zelo
iusticiae permotus missis legatis vocavit regem ad apostolicae sedis
audientiam. Qui secundam et terciam vocacionem dissimulans, ad
ultimum familiarium consiliis astrictus timentium, ne regno iuste de-
poneretur, ivit Romam[4], ubi super his, unde iuste pulsabatur, sese 30

[d]) Magnus dux *fehlt 2.*

[a]) *Überschrift Randnachtrag in 1; kein Kapitelabstand in 2.*
[b]) temptator *2.*

[13] 1075, Okt. 25; Udo hatte vermittelt, er stellte nur seinen Sohn Heinrich für
kurze Zeit als Geisel.

obwohl sie sahen, daß die Sachsen völlig aufgelöst über die Fläche des Feldes zerstreut waren und nichts Böses ahnten, eilends ihrem Herrn, daß sich die Sachsen zum Kampf bereiteten. Daraufhin wurde das Heer des Königs zusammengerufen, setzte über den Fluß, fiel über die ruhig und
5 unbewaffnet daliegenden Sachsen her und streckte viele tausend an jenem Tage nieder.

Als nun die Sachsen zum Schutze ihrer Freiheit den Krieg doch noch fortsetzen wollten, erreichte der Schwabenherzog, ein rechtschaffener und friedliebender Mann, dem an der Ehre des Königs wie am Wohle der Sach
10 sen lag, bei ihnen, daß sich ihre Führer, (die Bischöfe) Wezel von Magdeburg und Burchard von Halberstadt, Herzog Otto, Herzog Magnus und Markgraf Udo unter der Bedingung in die Gewalt des Königs geben wollten, daß sie weder gefangen genommen würden noch irgend eine körperliche Verletzung zu erdulden hätten[13]. Sobald sich aber die Sachsen, von
15 den Ratschlägen verlockt, in die Gewalt des Königs gegeben hatten, ließ der sie in enge Haft legen; er scheute sich nicht, das gegebene Wort (zu brechen). Herzog Rudolf aber ward sehr betrübt, weil er sein Versprechen nicht halten konnte.

28. Von König Heinrichs öffentlicher Buße

20   Nach wenigen Tagen jedoch wurden die Fürsten der Sachsen gegen den Willen des Königs aus der Haft erlöst und kehrten nach Hause zurück[1]; aber nie wieder schenkten sie fortan den Versprechungen des Königs Vertrauen. Sie schickten einen Bericht zum apostolischen Stuhle und beschwerten sich beim hochwürdigen Papst Gregor[2] darüber, daß der König
25 als Verächter des göttlichen Gesetzes den Kirchen Gottes bei der Einsetzung von Bischöfen alle Freiheit kanonischer Wahl entziehe, indem er gewaltsam nach Belieben Bischöfe bestelle, daß er darüber hinaus nach Art der Nikolaiten[3] seine Ehefrau zur öffentlichen Dirne mache, indem er sie zwangsweise den Lüsten anderer preisgebe, und sehr vieles andere, was als
30 sittenlos empfunden und mit Widerwillen vernommen wurde. Deshalb sandte der apostolische Herr, getrieben vom Streben nach Gerechtigkeit, (seine) Legaten und berief den König zum Verhör vor den apostolischen (Richter)-stuhl. Dieser mißachtete (freilich selbst) die zweite und dritte Ladung, doch endlich ging er, da seine Vertrauten fürchteten, er könnte
35 rechtmäßig des Reiches entsetzt werden, auf deren Rat hin nach Rom[4],

[1] Bis hier folgt Helmold den Ann. S. Disib.; ab 1076 erzählt er Heinrichs IV. Schicksale nach mündlichen Legenden. Die sächsischen Fürsten blieben längere Zeit in Haft.   [2] Gregor VII. (1073–85).

[3] Vgl. Off. Joh. 2, 6 und 14 f. Die Nikolaiten waren eine der Unzucht geziehene frühchristliche Sekte.

[4] Vielmehr nach Canossa, 1077; die nachfolgenden Fabeln sind bezeichnend für die Legendenbildung des 12. Jhs. über den Investiturstreit.

pastoris permisit arbitrio. Accepit igitur in mandatis, ut anno integro Roma non discederet, equum non ascenderet, sed in veste humili circuiret limina ecclesiarum, orationibus et ieiuniis reddens [5]dignum penitentiae fructum[5]. Quod rex humiliter adimplere sategit.

Videntes igitur cardinales et hii qui de curia sunt, quia pre timore 5 sedis apostolicae contremiscunt potestates [6]et curvantur hii qui portant orbem[6], suggerunt apostolico, ut transferat regnum ad alium virum, dicentes indignum esse, ut talis regnet, qui de publicis convictus est facinoribus. Percunctanti igitur apostolico, quisnam in Alemannia dignus esset tanto culmine, designatus est dux Suevorum Rodulfus, 10 quod scilicet fuerit vir bonus, amator pacis et circa cultum sacerdotii et ecclesiarum / optime affectus. Cui domnus papa auream transmisit coronam [c]hoc versu intitulatam[7]:

Petra dedit Romam Petro, tibi papa coronam[c].

Precepitque Mogontino et Coloniensi[d] ceterisque episcopis et prin- 15 cipibus, ut adiuvarent partes Rodulfi et statuerent eum in regem[8]. Quotquot igitur receperunt verbum domni papae, elegerunt Rodulfum in regem, additique sunt parti eius Saxones et Suevi. Ceteri principum civitatesque quae sunt circa Renum non receperunt eum omnesque Francorum populi, eo quod iurassent Heinrico et iuramenta temerare 20 noluissent. Porro Heinricus consistebat apud Romam mandatis ob- secundans ignarusque malorum, quae adversus ipsum agebantur.

[XXVIIII][e]. Surrexit igitur quidam Straceburgensis episcopus[9], amicissimus regis Heinrici, et velociter vadens Romam diu quesitum regem invenit inter memorias martyrum deversantem. De cuius ad- 25 ventu rex letior effectus cepit percunctari de statu regni, aut si omnia in pace consisterent. Cui ille intimavit novum principem electum fac- tuque opus esse, ut quantocius Teutonicam terram reviseret ad con- fortandos amicorum animos et conatus hostium comprimendos. Cum- que rex pretenderet nequaquam sibi sine licentia sedis apostolicae 30

[c-c] *fehlt 2.*   [d]) Trevirensi *4.*
[e]) *Nur Initiale in 1, kein Kapitelabstand in 2; Überschrift ‚De miserabili interitu Rodulphi ducis Sueviae' in S.*

[5-5] Vgl. Ev. Matth. 3, 8; auch Ev. Luk. 3, 8.   [6-6] Vgl. Hiob 9, 13.
[7] Der Vers auch bei Sigebert und Otto v. Freising; vgl. Ev. Matth. 16, 18.
Kommentar: Jbb. H. IV., III, 630–38.

wo er sich der Entscheidung des (Ober)hirten unterwarf über das, wessen
man ihn zu Recht beschuldigte. Er wurde also angewiesen, sich ein volles
Jahr lang nicht aus Rom zu entfernen, kein Pferd zu besteigen, sondern
sich in niederer Kleidung an den Kirchentüren aufzuhalten und durch Ge-
5 bet und Fasten [5]rechtschaffene Früchte der Buße[5] zu bringen. Dies zu be-
folgen, war der König demütig bemüht.

Als die Kardinäle und Angehörigen der Kurie nun sehen, wie die weltlichen Mächte aus Furcht vor dem apostolischen Stuhle zittern und [6]die
Beherrscher des Erdkreises sich beugen[6], legen sie dem Papste nahe, das
10 Reich einem anderen Manne zu übertragen; sie bezeichnen es als unwürdig,
daß ein solcher regiere, der öffentlicher Schandtaten überführt sei. Der
Papst forschte nun nach, wer denn in Deutschland so hoher Stellung würdig sei; man wies ihn auf den Herzog Rudolf von Schwaben hin, weil er als
rechtschaffener, friedliebender Mann sich um die Pflege der Kirche und
15 ihrer Diener sehr bemühe. Diesem schickte der Papst eine goldene Krone
mit folgender Versinschrift[7]:

Christus gab Rom dem Petrus, und dir der Papst diese Krone.
Und er gab den Erzbischöfen von Mainz und Köln, den übrigen Bischöfen
und den Fürsten Weisung, Rudolfs Partei zu unterstützen und ihn als
20 König einzusetzen[8]. Alle nun, die auf das Wort des Papstes hörten, erwählten Rudolf zum König und für ihn erklärten sich die Sachsen und Schwaben. Die übrigen Fürsten aber und die Städte am Rhein sowie das ganze
Volk der Franken nahmen ihn nicht an, weil sie Heinrich geschworen hatten und den Eid nicht brechen wollten. Heinrich andererseits blieb in
25 Rom, befolgte die Anweisungen (des Papstes) und ahnte nichts von den
Ränken, die gegen ihn geübt wurden.

29. (Vom beklagenswerten Tode
Herzog Rudolfs von Schwaben)

Da machte sich ein Bischof von Straßburg[9] auf, der König Heinrich eng
30 befreundet war, eilte nach Rom und fand nach langem Suchen den König
an den Gräbern der Märtyrer. Hoch erfreut über seine Ankunft, begann
der König nach dem Zustande des Reiches zu forschen und ob alles friedlich sei. (Doch) jener entdeckte ihm, daß man einen neuen Herrscher gewählt habe; es sei dringend notwendig, daß er so bald wie möglich nach
35 Deutschland zurückkehre, um den Mut seiner Freunde zu stärken und die
Anschläge seiner Feinde zunichte zu machen. Und als der König äußerte,
er dürfe keinesfalls ohne päpstliche Erlaubnis abreisen, antwortete jener:

---

[8] Nicht der Papst, sondern Heinrichs Gegner unter den deutschen Fürsten haben die Wahl des Gegenkönigs am 13. März 1077 durchgesetzt.
[9] Werner II. (1065–77).

abeundum, ille respondit: ‚Noveris certe omne hoc conspirationis malum de fonte Romanae perfidiae manasse; immo si captionem evadere
voles, de Urbe tibi clanculo exeundum est'. Egressus igitur noctu rex
exiit Italiam[10] firmatisque pro tempore rebus in Longobardia venit in
Teutonicam terram. Letatique sunt de insperato adventu principis ⁵
omnes civitates Reni et universi qui favebant parti eius. Congregavit-
que exercitum grandem, ut expugnaret Rodulfum, fuitque cum eo
famosis/simus ille dux Godefridus[11], qui postea liberavit Ierusalem,
multique potentum. Saxonum vero atque Suevorum exercitus erant
cum Rodulfo. Pugnaverunt igitur reges mutuo[12], et victa est pars Ro- ¹⁰
dulfi, cecideruntque Saxones et Suevi. Porro Rodulfus vulneratus in
manu dextra fugit Marcipolim mortique iam proximus dixit ad fa-
miliares suos[13]: ‚Videtis manum dexteram meam de vulnere sauciam?
Hac ego iuravi domno Heinrico, ut non nocerem ei nec insidiarer glo-
riae eius. Sed iussio apostolica pontificumque peticio me ad id deduxit, ¹⁵
ut iuramenti transgressor honorem michi indebitum usurparem.
[14]Quis igitur finis nos exceperit, videtis[f 14] quia in manu, unde iuramenta violavi, mortale hoc vulnus accepi. Viderint ergo hii qui nos ad
hoc instigaverunt, qualiter nos duxerint, ne forte deducti simus in pre-
cipicium eternae dampnacionis'. Et haec dicens cum gravi molestia ²⁰
diem clausit extremum.

[XXX][a]. Tunc rex Heinricus prosperis elatus successibus grande
episcoporum collegit concilium[1] ibique Gregorium papam velut regni
traditorem et ecclesiasticae pacis perturbatorem dampnari fecit. Inde
grandi collecta expedicione transiit in Italiam[2], occupansque matrem ²⁵
imperii Romam multisque civium ibidem interfectis fugavit inde Gregorium, potitusque ad votum Urbe et senatu Wibertum Ravennae
sedis episcopum ordinari fecit in papam; a quo etiam benedictione percepta[3], a populo Romano salutatus est imperator et augustus. Fac-

---

f) vos videtis 2.

a) *Kein Kapitelabstand in 1 und 2; Überschrift* ‚Quomodo imperator Heinricus
papam Roma fugaverit' *in S.*

[10] Helmold unterscheidet stets Italien von der Lombardei (vgl. Kap. 80 und
bes. 82).

„Du mußt wissen, daß diese ganze unselige Verschwörung aus römischer Treulosigkeit entsprungen ist, ja, wenn du der Gefangenschaft entgehen willst, so mußt du heimlich die Stadt verlassen." So reiste der König bei Nacht ab, verließ Italien[10], und kam, nachdem er die Verhältnisse in der Lombardei für den Augenblick gefestigt hatte, nach Deutschland. Da freuten sich alle Rheinstädte und alle Anhänger seiner Partei über die unverhoffte Ankunft des Herrschers. Er sammelte ein großes Heer, um Rudolf aus dem Felde zu schlagen, und mit ihm zog(en) jener weitberühmte Herzog Gottfried[11], der später Jerusalem befreit hat, sowie viele Große. Die Heere der Sachsen und Schwaben aber standen bei Rudolf. So kämpften die Könige miteinander[12], doch wurde Rudolfs Partei besiegt und die Sachsen und Schwaben fielen. Rudolf selbst floh, an der rechten Hand verwundet, nach Merseburg und sprach, dem Tode schon nahe, zu seinen Freunden[13]: „Seht ihr meine rechte Hand verletzt und verstümmelt? Mit dieser habe ich Heinrich, meinem Herrn, geschworen, ihm nicht zu schaden noch seinem Ruhme nachzustellen! Doch des Papstes Befehl und der Bischöfe Bitte hat mich dazu verleitet, daß ich als Eidbrüchiger eine mir nicht zukommende Würde an mich brachte. [14]Welches Ende mich nun ereilt, seht ihr[14], denn (eben) an der Hand, mit der ich den Schwur gebrochen habe, empfing ich diese tödliche Wunde. So mögen denn die, welche mich dazu angestachelt haben, sehen, wohin sie mich gebracht haben, ob ich vielleicht gar von ihnen in den Abgrund ewigen Verderbens gestürzt bin." Mit diesen Worten verstarb er tief bekümmert.

30. (Wie Kaiser Heinrich den Papst aus Rom vertrieb)

König Heinrich berief nun, geschwellt von seinen glücklichen Erfolgen, ein großes Konzil der Bischöfe[1] und ließ dort den Papst Gregor als einen Reichsverräter und Störer des Kirchenfriedens verdammen. Von da ging er, sobald ein großer Heerbann gesammelt war, nach Italien hinüber[2], besetzte Rom, die Mutter des Reiches, wobei dort viele Bürger ums Leben kamen, vertrieb Gregor und ließ, nachdem er Stadt und Senat gefügig gemacht hatte, den Bischof Wibert von Ravenna zum Papste weihen. Dieser segnete ihn seinerseits ein[3], und das römische Volk begrüßte ihn als

[11] Helmold verwechselt Gottfried III. (†1076, Febr.) mit seinem Neffen Gottfried IV. (Hz. 1089, Kg. von Jerusalem 1099).

[12] 1080, Okt. 15, an der Elster.

[13] Vgl. Frutolf zu 1080 und Vita Heinr. IV., Kap. 4.

[14-14] Vgl. Boethius, De cons. philos. I, 4 – wie oben Kap. 25, Anm. 11).

[1] Nach Brixen; dort wurde Wibert von Ravenna zum Papst gewählt (1080, Juni, also vor dem Siege über Rudolf).

[2] Erst im Frühjahr 1081, mit sehr kleinem Aufgebot.

[3] Erst 1084, März, 31 (Ostern).

tumque est verbum hoc [4]in laqueum magnum in Israel[4], siquidem ex
illa die orta scismata in ecclesia Dei, qualia non fuerunt a diebus antiquis. Et hii quidem, qui videbantur perfectiores et [5]columpnae in /
domo Dei[5], adheserunt Gregorio, ceteri, quos aut timor aut favor cesa-
reus agebat, secuti sunt Wibertum, qui et Clemens; duravitque scisma   5
hoc XXV annis. Defuncto enim Gregorio successit Desiderius, post
quem Urbanus, deinde Paschalis[6], qui omnes imperatorem cum papa
suo excommunicacionis sententia dampnaverunt, continentes se apud
reges Franciae, Siciliae et Hispaniae, qui catholicam partem tueri videbantur.   10

Saxones quoque, postquam de cede vires recuperaverunt, statuerunt sibi regem Hermannum quendam cognomento Clufloch[7] et instau-
raverunt prelium adversus Heinricum cesarem. Cumque Saxonum
novus princeps secundo potitus victoria castrum quoddam victor in-
grederetur, contigit miro Dei iudicio, ut porta cardinibus avulsa re-   15
gem cum aliis quam pluribus attriverit[8], conatusque Saxonum etiam
tunc frustratus concidit; nec adiecerunt ultra novum creare regem nec
arma ferre adversus Heinricum cesarem, videntes ei regnum conser-
vari divina voluntate approbante sive permittente.

De epistola Petri monachi. Capitulum XXXI.   20

Res digna relatu posteritatisque memoria contigit in diebus Heinrici
senioris novissimis. Nam [9]Petrus quidam, genere Hispanus[10], professio-
ne monachus, ingressus fines Romani imperii vocem predicationis
emisit in universo regno[b], adhortans populos ire Iherosolimam pro /
liberacione civitatis sanctae, quae tenebatur a barbaris. Protulit au-   25
tem epistolam, quam de celo affirmavit allatam, in qua continebatur
scriptum, quia [11]impleta sunt tempora nacionum, et liberanda esset
civitas, quae calcabatur a gentibus[11]. Tunc igitur universarum regionum potestates, episcopi, duces, prefecti, militares viri necnon plebei,
abbates, monachi aggressi sunt iter illud Ierosolimitanum[9] sub duce   30
fortissimo Godefrido fretique divinae virtutis auxilio Niceam, Antio-

b) mundo 2.

[4-4] Vgl. 1. Makk. 1, 37 f., vgl. auch Jes. 8, 14.
[5-5] Vgl. Gal. 2, 9; Off. Joh. 3, 12.
[6] Viktor III. (Desiderius) 1086–87; Urban II. 1088–99; Paschalis II. 1099–1118.

Kaiser und Mehrer des Reiches. Doch dieses Wort wurde [4]zu einem großen
Fallstrick für die Christenheit[4], denn aus jenen Tagen erwuchsen Spal-
tungen in der Kirche Gottes, wie sie in vergangenen Tagen nicht bestanden
hatten. Und zwar hingen dem Gregor diejenigen an, welche als vollkom-
5 mener galten, [5]die Säulen im Hause des Herrn[5]; dem Wibert oder Clemens
folgten die übrigen, welche sich von der Angst vor dem Kaiser oder von
seiner Gunst leiten ließen. Diese Spaltung dauerte 25 Jahre, denn nach
Gregors Tode folgte Desiderius, auf den Urban, sodann Paschalis[6]; sie
alle taten den Kaiser und seinen Papst in den Bann und hielten sich bei
10 den Königen von Frankreich, Sizilien und Spanien auf, welche die recht-
gläubige Partei schützten.
Die Sachsen setzten sich gleichfalls, nachdem sie sich von der Niederlage
wieder erholt hatten, einen gewissen Hermann mit dem Beinamen Knob-
lauch[7] zum König und erneuerten den Kampf gegen Kaiser Heinrich.
15 Doch als der neue Sachsenherrscher nach zwei Siegen als Eroberer in eine
Burg einzog, geschah es durch ein merkwürdiges Gottesurteil, daß das aus
den Angeln gerissene Tor den König mit vielen anderen zerschmetterte[8];
so brach das Unternehmen der Sachsen auch diesmal erfolglos zusammen,
sie standen jetzt davon ab, einen neuen König zu wählen und gegen Kaiser
20 Heinrich die Waffen zu erheben, da sie sahen, wie Gottes Wille es guthieß
oder (doch) zuließ, daß ihm die Herrschaft erhalten blieb.

31. Vom Briefe des Mönches Peter

In den letzten Tagen Heinrichs des Älteren ereignete sich etwas, das
einen Bericht und das Gedenken der Nachwelt verdient. Ein gewisser
25 [9]Peter nämlich, spanischer Abkunft[10] und Mönch von Beruf, kam ins
Römische Reich und ließ seine Predigt im ganzen Lande hören: er rief die
Völker auf, nach Jerusalem zu ziehen, um die heilige Stadt aus den Händen der Heiden zu befreien. Er wies aber einen Brief vor, der nach seiner
Versicherung vom Himmel gekommen war und in dem geschrieben stand,
30 [11]die Zeit der Heiden sei erfüllt und die Stadt, welche von den Heiden zer-
treten werde[11], müsse befreit werden. Da machten sich die Mächtigen aus
allen Ländern, Bischöfe, Herzöge, Statthalter, Adel und Volk, Äbte und
Mönche auf nach Jerusalem[9], geführt von dem tapferen Gottfried und
vertrauend auf die Hilfe Gottes; sie eroberten Nicäa, Antiochia und viele

---

[7] Vgl. Ann. Palid. zu 1082; Graf Hermann v. Salm, Gegenkönig 1081–88.

[8] Ähnlich: Vita Heinr. IV., Kap. 4. Hermann fiel in einer Fehde an Lahn oder
Mosel.

[9-9] Fast wörtlich aus Ann. Rosenveld.; danach auch in Ann. S. Disib., Annal.
Saxo, Ann. Magd. (Ann. Palid.), Alb. Stad.

[10] Irrtum oder Korruptel bereits der Ann. Ros., Petrus kam aus Amiens.

[11-11] Vgl. Ev. Luk. 21, 24.

chiam multasque civitates a barbaris possessas receperunt. Inde progressi civitatem sanctam de manu barbarorum liberaverunt, et cepit deinceps pullulare in eodem loco incrementum divinae laudacionis, et adoratur[12] Deus a populis terrarum [12]in loco ubi steterunt pedes eius[12].

Deiectio Heinrici imperatoris. Capitulum XXXII.   5

Post tempora dierum illorum mortuus est Wibertus, qui et Clemens[1], et sopita sunt scismata, et rediit universa ecclesia ad Paschalem, et factum est [2]unum ovile et unus pastor[2]. Igitur ubi firmatus est Paschalis in sede, precepit excommunicari imperatorem ab universis episcopis et catholicae ecclesiae cultoribus[a], et eo usque haec sententia invaluit, 10 ut collecta generali curia principes Heinrico dyadema tollendum et ad filium eius equivocum transferendum decernerent. Erat autem idem iam dudum ex peticione patris designatus in principem.

Missi igitur a principibus venerunt ad regem[3], qui tunc forte consistebat in corte regia Hingelesheim[b], Mogontinus, Coloniensis, Wormaciensis et pertulerunt ad eum mandatum ex ore principum dicentes: 15 ,Fac nobis / reddi coronam, anulum et purpuram ceteraque ad investituram imperialem pertinentia, filio eius[c] deferenda'. Illo percunctante deiectionis suae culpam responderunt dicentes: ,Quid queris ea, quae optime nosti? Meministi, qualiter universa ecclesia tui causa maximo 20 scismatis errore multis iam annis laboraverit, qualiter episcopatus, abbatias, preterea omnia ecclesiae regimina fecisti venalia, nec fuit in constituendis episcopis ulla legitimae electionis facultas, sed sola pecuniae racio! Pro his et aliis causis sanxit auctoritas apostolica, favitque principum unanimitas te non solum regno, verum et ecclesiastica 25 communione privandum'.

Quo contra rex ait: ,Dicitis, quia spiritales dignitates precio vendiderimus. Vestra quidem potestas est tale nobis crimen inpingere. Dic igitur, o Mogontine, dic adiuratus per nomen eterni Dei, quid exegimus aut recepimus, quando te Maguntiae prefecimus? 30 Tu quoque, Coloniensis, per fidem te contestamur, quid nobis dedisti pro sede, cui nostra munificentia presides?' Illis fatentibus

---

[a]) custodibus 2.
[b]) hilgeleshem 1; Hilgellesheim S, R.
[c]) Über eius ist tuo übergeschr. in 2; danach B., LAPP.

andere von den Heiden in Besitz genommene Städte. Weiter vorrückend
befreiten sie die heilige Stadt aus der Hand der Barbaren und von da an
begann die Saat der Lobpreisung Gottes ebendort aufzukeimen; und der
Herr wird von den Völkern der Erde [12]verehrt an dem Orte, wo seine Füße
5 gestanden haben[12].

32. Kaiser Heinrichs Erniedrigung

Die Zeiten gingen hin, Wibert-Clemens starb[1], die Spaltung wurde beigelegt, die ganze Kirche kehrte zu Paschalis zurück und [2]es ward eine
Herde und ein Hirte[2]. Sobald nun Paschal fest auf dem päpstlichen Stuhle
10 saß, ließ er den Kaiser durch alle Bischöfe und Diener der katholischen
Kirche exkommunizieren, und dieser Spruch hatte solche Wirkung, daß
die Fürsten einen allgemeinen Hoftag hielten und beschlossen, Heinrich
sei der Stirnreif zu nehmen und an seinen gleichnamigen Sohn zu übertragen. Dieser war nämlich schon lange auf Anhalten seines Vaters zum
15 (künftigen) Herrscher erklärt worden.

So kamen der Mainzer und Kölner (Erzbischof) sowie der Wormser
(Bischof), abgesandt von den Fürsten, zum König[3], der sich gerade im
Königshof Ingelheim aufhielt, und überbrachten ihm namens der Fürsten
die Aufforderung: ,,Laß uns Krone, Ring und Purpur ausliefern und
20 was sonst zum Ornat des Kaisers gehört, das seinem Sohne auszuhän-
digen ist.'' Als Heinrich fragte, womit er seine Absetzung verschuldet habe, antworteten sie: ,,Was fragst Du nach dem, was Du genau
weißt? Du erinnerst Dich, wie die ganze Kirche seit vielen Jahren deinet-
wegen in schlimmsten Spaltungswirren liegt, wie Du Bistümer, Abteien,
25 ja alle Kirchenämter feilgeboten hast, wie es bei Einsetzung von Bischöfen
keinerlei gesetzmäßige Wahl gab, sondern nur die Rücksicht auf das Geld.
Aus diesen und anderen Gründen hat die apostolische Hoheit festgesetzt,
haben die Fürsten einmütig gebilligt, daß Du nicht nur von der Herrschaft,
sondern auch von der kirchlichen Gemeinschaft ausgeschlossen werden
30 mußt.'' Darauf erwiderte der König: ,,Ihr sagt, wir hätten geistliche Würden um Geld verkauft. Euch kommt es gewiß zu, uns solche Beschuldi-
gung anzuhängen. Sag' also, Erzbischof von Mainz, bezeuge beim Namen
des ewigen Gottes, was haben wir gefordert oder erhalten, als wir Dich
35 über Mainz gesetzt haben? Und auch du, Erzbischof von Köln, wir fragen
Dich auf Dein Gewissen, was hast Du uns gegeben für den Sitz, den Du
durch unsere Gnade einnimmst?'' Da jene bekannten, dafür sei weder

---

[12-12] Vgl. Psalm 131, 7.

[1] 1100, Sept. 8. Ihm folgten noch 3 Gegenpäpste; das Schisma endete erst 1111
mit dem Verzicht Silvesters IV.

[2-2] = Ev. Joh. 10, 16.   [3] 1105, Mitte Dez.

nil pecuniae huius rei gratia aut oblatum aut acceptum, rex ait: ‚Gloria Deo, quia vel in hac parte fideles inventi sumus. Certe dignitates hae duae prestantissimae sunt et magnum questum camerae nostrae referre poterant. Porro domnus Wormatiensis qualis a nobis susceptus, ad quid promotus, si pietate vel questu erga ipsum usi fueri- 5 mus, nec vos nec ipsum latet. Condignam igitur beneficiis nostris rependitis gratiam! Nolite, queso, effici participes^d eorum, qui levaverunt manus adversus dominum et regem suum et temeraverunt fidem et iuramentorum sacramenta. Ecce iam defecimus, parumque nobis ⁴viae restat⁴ senio et labore confectis; sustinete modicum et no- 10 lite gloriam nostram confusione terminare! Si autem nobis cedendum omnino esse dicitis, et manet fixa sententia, prefigantur induciae, statuatur dies placiti; si curia adiudicaverit, filio nostro coronam manibus propriis resignabimus. Generalem itaque curiae / audientiam expetimus‘.   15

Illis econtrario nitentibus et dicentibus se negocium, pro quo missi fuerant, fortiter expleturos, rex parumper avulsus ab eis fidelium suorum participavit consilio. Vidensque, quia legati venissent milicia stipati, et non esset locus resistendi, fecit sibi regiam exhiberi preparaturam, qua indutus et in sedem receptus legatos alloquitur 20 dicens: ‚Haec quidem imperialis honoris insignia michi prestitit eterni regis pietas et principum regni electio concors. ⁵Potens est autem Deus⁵, qui me ad hoc culmen sua dignatione^e provexit, michi conservare quod concessit manusque vestras a cepto opere cohibere. Divino enim presidio nos enixius inniti oportet, omni scilicet milicia et armis destitutos. 25 Hactenus quidem externis bellis impliciti semper in custodiae nostrae diligentia constitimus, omnes impugnacionum iacturas propicia divinitate partim consilio, partim virtute prelii evincentes. Hoc autem intestinum malum sicut nec suspectum habuimus, ita nec precavimus. Quis enim in orbe Christiano tantum nefas consurgere crederet, ut 30 iurata principi sacramenta fidelitatis irritentur, suscitetur filius adversus patrem, postremo nulla beneficiis gratia, honestati reverentia exhibeatur? Certe maiestas imperatoria eam etiam erga hostes honestatis disciplinam servare consuevit, ut proscribendis sive dampnandis vocacionum sive induciarum remedia non negaverit, ante pre- 35

d) principes 2.
e) dignitate 1, 1a.

Geld geboten noch angenommen, sprach der König: „Gelobt sei Gott, daß
wir wenigstens in diesem Stücke treu befunden sind. Diese beiden Würden
sind sicherlich die vornehmsten und hätten unserem Schatze großen Gewinn bringen können. Wie endlich der Wormser Herr von uns behandelt
5 und gefördert worden ist, ob wir Zuneigung oder Habsucht gegen ihn be-
wiesen haben, ist weder Euch noch ihm verborgen. Ihr stattet da für unsere Wohltaten einen feinen Dank ab! Laßt Euch doch nicht zu Mitschul-
digen derer machen, so bitte ich, die gegen ihren Herrn und König die
Hand erhoben und Treue und Eide gebrochen haben. Seht, wir sind schon
10 entkräftet und nur wenig ⁴bleibt uns noch vom Leben⁴, Alter und Mühsal
haben uns aufgerieben; wartet noch etwas und laßt unsern Ruhm nicht
in Schande enden! Wenn ihr aber erklärt, wir müßten durchaus weichen,
und auf dieser Meinung besteht, so möge eine Frist gesetzt und ein Ge-
richtstag anberaumt werden; hat das Hofgericht es für Recht erkannt, so
15 werden wir unserem Sohne mit eigenen Händen die Krone überlassen. Wir
verlangen also einen allgemeinen, öffentlichen Hoftag."

Als jene dagegen aufbegehrten und sagten, sie würden das Geschäft, zu
dem sie gesandt seien, pünktlich ausführen, beriet sich der König in einiger
Entfernung von ihnen mit seinen Getreuen. Da er nun sah, daß die Ge-
20 sandten mit bewaffnetem Gefolge gekommen waren und kein Widerstand
geleistet werden konnte, ließ er sich den königlichen Schmuck bringen,
legte ihn an, setzte sich auf den Thron und redete die Abgeordneten so an:
„Diese Zeichen der kaiserlichen Würde hat mir die Güte des ewigen Königs
und die einstimmige Wahl der Fürsten des Reiches verliehen. ⁵Gott aber
25 ist mächtig⁵, der mich durch seine Gnade zu solcher Höhe erhoben hat;
er kann mir wahren, was er gewährte, und euch von eurem Vorhaben abbringen. Auf Gottes Schutz müssen wir ja noch fester bauen, seit wir von
aller Kriegsmacht entblößt sind. Zwar haben wir uns bisher in den Verwicklungen auswärtiger Kriege stets sorgfältig zu schützen gewußt, indem
30 wir alle Stürme und Verluste dank Gottes Hilfe durch Klugheit oder
Tapferkeit im Kampfe überwanden. Dieses Unheil in den eigenen Reihen
aber haben wir weder geargwöhnt noch Vorsorge dafür getroffen. Wer
sollte denn glauben, daß sich in der christlichen Welt solche Verruchtheit
erhöbe, daß dem Herrscher geschworene Treueide gebrochen würden, daß
35 man den Sohn gegen den Vater hetzte, kurz, daß kein Dank für empfan-
gene Wohltaten, keine ehrfürchtige Scheu mehr gälte? Des Kaisers Majestät pflegt selbst gegen ihre Feinde soviel Zurückhaltung zu üben, daß sie
denen, die verbannt oder verurteilt werden müssen, Berufung oder Straf-
aufschub als Rechtsmittel zugesteht; sie verwarnt, ehe sie straft, sie for-

---

⁴⁻⁴ Vgl. 1. Kön. 19, 7.
⁵⁻⁵ = 2. Kor. 9, 8 und öfter in der Bibel.

muniens quam feriens, prius invitans ad gratiam quam dampnans per
sententiam. At nobis contra fas vocaciones et audientia negantur,
ideoque prefocamur, ne audiamur. Quis tantam mentis alienationem
a fidissimis amicis, maxime vero a pontificibus crederet? Dominum
igitur, factorem orbis, vobis proponimus, ut ipsius terror vos coherceat,   5
quos pietas non revocat. Quod si nec Deum nec honestatem vestram
reveremini, ecce presentes sumus, violentiam explodere non possumus,
necessarium est vim sustinere, cui refragari locus non est'.

Ceperunt igitur pontifices hesitare, quid agerent: magnarum enim rerum ingressus / semper difficiles sunt. Tandem Mogontinus allocutus   10
est socios dicens: ,Quousque trepidamus, o socii? Nonne officii nostri
est regem consecrare, consecratum investire? Quod igitur principium
decreto impendere licet, eorumdem auctoritate tollere non licet? Quem
meritum investivimus, inmeritum quare non divestiamus?' Statimque
accepto conamine regem aggressi sunt eique coronam de capite abrupe-   15
runt, deinde sublatum de sede purpura ceterisque quae ad sacram
vestituram pertinent funditus exuerunt. Tunc rex confusione circun-
datus ait ad eos: ⁶Videat Deus et iudicet⁶, quia ⁷inique agitis contra
me⁷. Ego quidem luo peccata adolescentiae meae, recipiens a Domino
stateram equi ponderis, ignominiam et confusionem, quantam nemo   20
regum, qui ante me fuerunt, sustinuisse dinoscitur. Non vos tamen ideo
inmunes a peccato, qui levastis manus adversus dominum vestrum et
prevaricati estis iusiurandum, quod iurastis. Videat Deus et ulciscia-
tur in vos, Deus⁸, inquam, ⁸ultionum dominus⁸. Non consurgatis neque crescatis, neque prosperetur honor vester, sitque portio vestra cum   25
eo qui tradidit Christum dominum'. At illi ⁹obturantes aures suas⁹
perrexerunt ad filium, deferentes ei imperialia firmantesque eum in
regnum.

[XXXIII]ᵃ. Surrexit igitur filius adversus patrem et expulit eum
a regno. Ille fugiens a facie filii sui pervenit ad ducatum qui dicitur   30
Linthburg, pergens et accelerans, ut evaderet ¹manus querentium
anımam¹ ipsius. Erat autem in regione illa princeps nobilis, quem

---

ᵃ) *Initiale in 1, kein Kapitelabstand in 2; Überschrift* ,Electio filii contra
patrem' *in S.*

dert zur Anrufung der Gnade auf, ehe sie durch Richterspruch verdammt. Uns aber werden widerrechtlich Frist und Verhör verweigert, wir werden ebendarum mundtot gemacht, damit man uns nicht hört. Wer hätte einen solchen Abfall seinen besten Freunden, noch dazu Bischöfen, zugetraut?
5 So halten wir euch denn den Herrn vor, den Schöpfer der Welt, daß die Furcht vor ihm euch bändige, da euch keine Ehrfurcht zurückhält. Und wenn ihr weder Gott noch eure eigne Schande scheut: hier sind wir, der Gewalt können wir nicht widerstehen; wir müssen sie erdulden, da es unmöglich ist, ihr zu wehren."
10 Da wurden die Bischöfe schwankend, was zu tun sei, denn großer Dinge Anfang ist immer schwer. Endlich sagte der Mainzer zu seinen Genossen: „Wie lange zaudern wir, Brüder? Ist es nicht unseres Amtes, den König zu weihen und den geweihten einzukleiden? Was aber nach dem Beschluß der Fürsten erteilt werden kann, sollte das nicht nach dem Willen der
15 gleichen (Männer) auch aufgehoben werden dürfen? Den wir als einen Würdigen eingekleidet haben, warum sollten wir ihn nicht als einen Unwürdigen entkleiden können?" Und alsbald faßten sie sich ein Herz, drangen auf den König ein und rissen ihm die Krone vom Haupte, dann zogen sie ihn vom Thron und beraubten ihn des Purpurs sowie aller zur heiligen
20 Gewandung gehörigen Gegenstände. Von der Beschimpfung überwältigt, rief der König ihnen zu: „[6]Das möge Gott sehen und strafen[6], denn [7]ihr tut unrecht an mir[7]! Zwar büße ich für meine Jugendsünden, indem mir vom Herrn mit gleichem Maße gemessen wird, mit Schmach und Schande, wie sie wahrlich so kein König vor mir hat erdulden müssen; doch ihr seid
25 gleichermaßen schuldbeladen, die ihr gegen euren Herrn die Hand erhoben und den geschworenen Eid verletzt habt! Gott möge es ansehen und euch strafen, Gott[8], sage ich, [8]des die Rache ist[8]! Ihr sollt weder Macht gewinnen noch Anhang, euer Wirken soll nicht gedeihen und euer Platz soll sein an der Seite dessen, der seinen Herrn Christus verriet!" Jene aber [9]ver-
30 schlossen ihr Ohr[9] und begaben sich zu seinem Sohne, ihm die kaiserlichen Abzeichen zu bringen und ihn auf den Thron zu setzen.

33. (Die Wahl des Sohnes gegen den Vater)

So erhob sich der Sohn gegen den Vater und verdrängte ihn aus der Regierung. Auf der Flucht vor seinem Sohne gelangte Heinrich in das Her-
35 zogtum Limburg; er eilte so rasch er konnte, um den Händen derer zu entkommen, [1]die nach seinem Leben trachteten[1]. Es war aber in jener Gegend

[6-6] Vgl. 1. Chron. 13, 17.
[7-7] Vgl. 1. Mose 16, 5.
[8-8] = Psalm 93, 1.
[9-9] Vgl. Psalm 57, 5.

[1-1] = Jerem. 34, 20 f.

cesar adhuc sui compos ducatu de Linthburg destituerat et alii dede-
rat². Accidit igitur, ut idem princeps forte venacioni deditus esset
prope viam, cum cesar / transiret comitatus viris novem, animadver-
titque, quia fugeret a facie filii sui. Iam enim aliquid auditum fuerat;
sedensque in equo assumptis militibus insecutus est regem³ velocius.　5
Quem videns cesar et reputans hostem cepit metuere de vita ⁴et exclamans voce magna⁴ cepit postulare veniam. At ille^b ‚Male‘, inquit,
‚domine, erga me veniam meruistis, qui supplicanti quondam omnem
negastis gratiam et abstulistis michi ducatum meum‘. ‚⁵Hoc est‘, ait
cesar, ‚quod nunc luo⁵, quia filius meus surrexit contra me, et depul-　10
sus sum ab omni honore meo‘.

Videns igitur princeps ille regem desolatum, miseracione commo-
tus, ait ad eum: ‚Licet quidem potestate vestra in me abusus fueri-
tis, Deus tamen novit, quia magna^c super vos penitudine movear.
Impietas enim maxima adversum vos commissa est, ab eis maxime,　15
apud quos pius et beneficus semper extitistis. Quid igitur vobis
videtur? Estne vobis inter principes aliquis [auxiliator]^d relictus?‘
Cumque cesar diceret se ignorare, eo quod necdum esset tempta-
tum, ille ait: ⁶Potens est Deus⁶ adhuc resarcire honorem vestrum,
eo quod inique actum sit adversum vos. Facite igitur quod sua-　20
deo, ascendite urbem hanc et habete ⁷corporis fessi curam⁷, mitta-
musque ad regiones et civitates temptare, si possimus alicubi invenire
auxilium. Forsitan enim non ex toto ⁸defecit iusticia a filiis hominum⁸.
Nec mora, misit circumquaque pro militibus collegitque quasi octin-
gentos loricatos, assumptumque cesarem perduxit in civitatem mag-　25
nam Coloniam. Colonienses vero receperunt eum. Quod cum audisset
filius, venit cum exercitu grandi et obsedit Coloniam. Cumque obsidio
vehementer incresceret, cesar timens civitati noctu elapsus fugit Leo-
dium⁹. Et convenerunt illic ad eum^e omnes viri constantes et ¹⁰quo-
rum corda miseratio tetigerat¹⁰. Perspectoque auxiliatorum / numero　30
dimicare statuit. Quem cum filius persequeretur in manu gravi, ille

---

^b) regem agnoscens *fügt 4 gegen den Sinn hinzu; bei SCHM. in Klammern zum
Text genommen.*　　　　　　　　　　^c) quia ex corde compatior 4.
^d) auxiliator *nur 4.*
^e) ad eum *fehlt 2.*

² Graf Heinrich von Limburg, 1101 Hz. von Niederlothringen, 1106 abgesetzt,
†1119.

ein angesehener Fürst, den der Kaiser zuzeiten seiner Macht des Herzogtums Limburg entsetzt hatte, um es einem anderen zu geben[2]. Nun traf es sich zufällig, daß eben dieser Fürst in der Nähe der Straße auf der Jagd war, als der Kaiser in Begleitung von neun Männern vorüberkam, und er
5 erkannte, daß (Heinrich) vor seinem Sohn flüchte; schon war nämlich etwas (davon) laut geworden. Gleich sprang er aufs Pferd, sammelte seine Ritter und setzte dem König[3] eilends nach. Als der Kaiser ihn sah, hielt er ihn für einen Feind, begann für sein Leben zu fürchten und bat [4]mit lauter Stimme[4] um Gnade. Doch jener sprach: ,,Herr, Ihr habt wenig Gnade an
10 mir verdient, da ihr einst dem Bittenden alle Verzeihung verweigert und ihm sein Herzogtum genommen habt!'' ,,[5]Das ist es, wofür ich jetzt büße[5]'', antwortete der Kaiser, ,,denn mein Sohn hat sich gegen mich erhoben und ich bin all meiner Würden beraubt.''

Als nun jener Fürst den König so (trostlos) sah, fühlte er Mitleid und
15 sagte zu ihm: ,,Ihr habt zwar Eure Macht gegen mich mißbraucht, doch Gott weiß, daß mich Euretwegen großer Schmerz bewegt. Äußerste Lieblosigkeit ist gegen Euch verübt, und zwar gerade von denen, die Ihr stets liebevoll und gütig behandelt habt. Doch was meint Ihr, ist Euch unter den Fürsten nicht noch ein Helfer geblieben?'' Da der Kaiser sagte, er
20 wisse es nicht, weil er noch nicht danach geforscht habe, antwortete jener: ,,[6]Gott vermag[6] Eure Ehre noch wiederherzustellen, denn es ist unrecht an Euch gehandelt worden. Tut darum, was ich vorschlage, steigt hinauf zu dieser Burg und [7]sorgt für Euren ermüdeten Körper[7]; wir aber wollen in Land und Stadt umherschicken und suchen, ob wir irgendwo Hilfe finden
25 können. Vielleicht ist dem Menschengeschlecht doch noch nicht ganz [8]der Sinn für das Recht entschwunden[8]''. Unverzüglich sandte er ringsum nach Rittern und brachte etwa 800 Geharnischte zusammen; dann geleitete er seinen kaiserlichen Gast nach der großen Stadt Köln. Die Kölner aber nahmen ihn auf. Als das sein Sohn erfuhr, kam er mit einem großen Heere
30 und belagerte Köln, und da die Einschließung sich heftig verschärfte, entwich der Kaiser aus Sorge um die Stadt bei Nacht und floh nach Lüttich[9]. Dorthin zogen ihm alle rechtschaffenen Männer zu, [10]deren Herzen das Mitgefühl gerührt hatte[10]. Er überschaute die Zahl seiner Anhänger und beschloß zu kämpfen. Als sein Sohn ihn mit großer Heeresmacht verfolgte,

---

[3] Vgl. Kap. 9, Anm. 2.
[4-4] = Ev. Mark. 1, 26; Ev. Luk. 8, 28.
[5-5] Zum Ausdruck vgl. Adam II, 28.
[6-6] = Ev. Luk. 3, 8.
[7-7] Vgl. Vergil, Aen. III, 511 und VIII, 607.
[8-8] Vgl. Jes. 51, 6 und Psalm 11, 2.
[9] Der Kaiser ging bereits im Febr. 1106 nach Lüttich, der König begann erst im Juli Köln zu belagern.
[10-10] Vgl. 1. Sam. 10, 26.

egressus est in occursum eius ad aquas Masanas[11]. Rogavitque principes et omne robur exercitus sui dicens: ‚Si fortissimus Deus nos hodie adiuverit in prelio, factique fuerimus in conflictu superiores, [12]servate michi[12] filium meum et nolite interficere eum'. Commissum est igitur prelium, et prevalens pater fugavit filium trans pontem, multique illic 5 occisi gladio, plures aquis prefocati sunt. Rursus instauratum est prelium, et cesar senior victus, [13]conclusus, comprehensus est[13].

Quantas autem contumelias, quanta obprobria vir iste magnificus in illis diebus pertulerit, sicut relatu difficile, ita auditu lamentabile est. Insultabant ei amici[f], illudebant ei nichilominus inimici. Denique, 10 ut aiunt, pauperculus quidam, sed litteratus, coram omnibus adorsus est eum dicens: [14]Inveterate dierum malorum, nunc venerunt peccata tua, quae prius operabaris, iudicans iudicia iniusta, obprimens iustum et dimittens noxium[14]. Cui cum astantes irascerentur, viri scilicet sensati, cesar compescuit eos dicens: ‚Nolite, queso, irasci in eum. 15 [15]Ecce filius meus, qui egressus de utero meo querit animam meam, quanto magis alienus? Sinite eum, ut maledicat[15], quia voluntas Dei est'. Erat autem illic episcopus Spirensis[16], cesari quondam dilectissimus; nam et templum ingens Dei genitrici apud Spiram construxerat, preterea civitatem et episcopium decenter promoverat. Dixit igitur 20 cesar ad amicum suum episcopum de Spira: ‚Ecce destitutus de regno decidi a spe, nichilque michi utilius est quam renuntiare miliciae. Da igitur michi prebendam apud Spiram, ut sim famulus / dominae meae Dei genitricis, cui devotus semper extiti. Novi enim litteras et possum adhuc subservire choro[17]. Ad quem ille: ‚Per matrem', inquit, ‚Domini, 25 non faciam tibi quod petis'. Tunc cesar suspirans et illacrimans ad circumstantes ait: [18]Miseremini mei, miseremini mei vos saltem, amici mei, quia manus Domini tetigit me[18].

Mortuus est autem cesar[19] eo tempore Leodii, stetitque corpus eius inhumatum in capella quadam deserta V annis. Tanta enim severitate 30 domnus papa et ceteri adversarii eius in ipsum ulti sunt, ut mortuum vel humari non sinerent. O magna Dei iudicia, quae completa sunt in

---

[f]) inimici 2.

[11] Bei Visé, 1106, März, 22. Der Kaiser wurde aber keineswegs gefangen genommen.
[12-12] = 2. Sam. 18, 5.
[13-13] Vgl. 2. Makk. 13, 21.

rückte er ihm entgegen bis zu den Wassern der Maas[11]. An seine Fürsten
aber und alle Mannen seines Heeres richtete er die Bitte: ,,Wenn der allmächtige Gott uns heute im Kampfe zur Seite steht und wir die Schlacht
gewinnen, [12]so schont mir[12] meinen Sohn und tötet ihn nicht!" So begann
5 das Ringen, der Vater kam in Vorteil und trieb den Sohn in die Flucht
über eine Brücke, an der viele durch das Schwert umkamen, noch mehr
im Flusse ertranken. Doch der Kampf erneuerte sich nochmals und der
alte Kaiser wurde besiegt, [13]umzingelt und gefangen genommen[13].

Wieviel Kränkungen und Beleidigungen aber dieser erhabene Held da-
10 mals erdulden mußte, das ist ebenso schwer zu erzählen wie schmerzlich zu
hören. Ihn schmähten seine Freunde, ihn verhöhnten nicht minder seine
Feinde. Zuletzt soll ihn ein armseliger, doch gelehrter Mann vor allem Volk
mit den Worten angegriffen haben: ,,[14]Du böser, alter Schalk, jetzt treffen
dich deine Sünden, die du früher begangen hast, da du ungerecht gerich-
15 tet, Unschuldige verdammt und Schuldige losgesprochen hast[14]." Als die
umstehenden, einsichtigen Männer gegen diesen in Zorn gerieten, be-
schwichtigte sie der Kaiser mit den Worten: ,,Zürnt ihm bitte nicht!
[15]Sehet, mein Sohn, der von meinem Leibe gekommen ist, steht mir nach
meinem Leben, wieviel mehr denn ein Fremder? Laßt ihn fluchen[15], denn
20 Gott will es so." Es war aber der Bischof von Speyer dabei, einst dem
Kaiser besonders lieb[16], denn dieser hatte der Gottesmutter zu Speyer eine
gewaltige Kirche erbaut und außerdem Stadt und Bistum würdig ausge-
schmückt und gefördert. Daher sagte der Kaiser zu diesem seinem Freunde: ,,Sieh, des Thrones entsetzt, bin ich aller Hoffnung bar und mir
25 frommt nichts, als dem ritterlichen Stande zu entsagen. Darum gib mir
zu Speyer eine Pfründe, daß ich ein Diener meiner Herrin, der Mutter
Gottes sei, der ich immer ergeben gewesen bin; denn in den Wissenschaften kenne ich mich aus und kann auch noch auf dem Chore dienen"[17]. Der
antwortete darauf: ,,Bei der Mutter Gottes, deinen Wunsch werde ich dir
30 nicht erfüllen!" Da rief der Kaiser seufzend und weinend die Umstehenden
an: ,,[18]Erbarmt euch mein; habt wenigstens ihr, meine Freunde, Erbarmen, denn die Hand Gottes hat mich gerührt[18]."

Zu der Zeit aber starb der Kaiser[19] in Lüttich und sein Leichnam stand
unbestattet fünf Jahre lang in irgendeiner einsamen Kapelle. Denn der
35 Papst und seine anderen Gegner rächten sich mit solcher Strenge an ihm,
daß sie nicht einmal erlaubten, den Toten zu begraben. Welch großes Ge-

---

[14-14] Daniel 13, 52 f.

[15-15] Vgl. 2. Sam. 16, 11.

[16] Der Freund des Kaisers, Bf. Johannes (1090–1104), war schon verstorben;
Weihn. 1105 hatte der König seinen Parteigänger Gebhard in Speyer eingesetzt
(entsagte 1107) und mit der Bewachung des gefangenen Vaters betraut.

[17] Seit Heinr. II. hat der König Domkanonikate in wachsender Zahl inne, so
auch in Speyer.   [18-18] Hiob 19, 21.

[19] 1106, Aug. 7; vgl. Ekkeh. und Ann. S. Disib. zu 1106.

tam prepotenti viro! Sperandum autem, quod caminus ille tribula-
cionis [20]decoxerit in eo scoriam[20], tulerit rubiginem; quociens enim in
presenti [21]iudicamur, a Domino corripimur, ut non cum hoc mundo
dampnemur[21].

Fuit autem ecclesiis admodum bonus, his videlicet, quas sibi 5
fideles persensit. Porro Romanum antistitem Gregorium et ceteros
insidiatores honoris sui sicut infestos habuit, ita etiam infestare studuit. Impulit eum ad hoc, ut multi dicunt, gravis necessitas. Quis
enim vel minimam honoris sui iacturam equanimiter ferat? Legimus
autem, quia multi peccaverunt, quibus tamen subventum est peniten- 10
tiae remedio. Certe David peccans et penitens rex et propheta permansit. Rex autem Heinricus ad vestigia apostolorum iacens, orans
et penitens, gratis pessundatus est nec invenit tempore gratiae, quod
ille obtinuit duro legis tempore. Sed disputaverint de his qui scierint
vel ausi fuerint. Unum hoc scire licet, quia Romana sedes adhuc hodie[22] 15
luit factum illud. A tempore enim illo quotquot regnant de stirpe illa
omnibus modis nituntur humiliare ecclesias, ne resumant vires con-
surgendi adversus reges nec inferre quae intulerunt patribus eorum.

Regnavit autem Heinricus iunior pro patre suo, fuitque concordia
inter regnum et sacerdocium, sed non multo tempore. Nam nec ipse 20
prosperatus est in omni / vita sua, irretitus similiter ut pater eius a
sede apostolica. De quibus suo loco dicendum est. His igitur de perturbacionibus imperii et variis Saxonum bellis necessario prelibatis,
eo quod Slavis causam defectionis vel maximam prebuerint, iam nunc
redeundum est ad hystoriam Slavorum, unde longius digressus sum. 25

De morte Crutonis. Capitulum XXXIIII.

Factum est autem, postquam Cruto Slavorum princeps et Christiani
nominis persecutor confectus est senio, Heinricus filius Godescalci[1]
egressus est Dacia et [2]reversus est in terram patrum suorum[2]. Cui
cum Cruto introitum precluderet omnem, ille collecto de Danis simul 30
atque Slavis navium numero percussit Aldenburg et omnem maritimam Slavorum provinciam duxitque de eis [3]infinitam predam[3]. Et

20-20 Vgl. Jes. 1, 25.
21-21 = 1. Kor. 11, 32.
22 Im alexandrinischen Schisma (1159–78) geschrieben.

richt Gottes hat sich an einem so mächtigen Helden vollzogen! Doch es ist
zu hoffen, daß diese Glut der Trübsal [20]ihn von Schlacken gereinigt[20] und
von Rost befreit hat; immer wenn wir hienieden [21]gerichtet werden, so
werden wir von dem Herrn gezüchtigt, auf daß wir nicht mit dieser Welt
5 verdammt werden[21].

(Heinrich) war gegen die Kirchen sehr gütig, soweit er sie als treu er-
fand. Den römischen Papst Gregor dagegen und die übrigen, die ihm nach
der Ehre trachteten, verfolgte er, wie sie ihn verfolgten. Viele sagen,
dringende Not habe ihn dazu getrieben. Wer ertrüge denn auch die gering-
10 ste Minderung seiner Ehre mit Gleichmut? Wir lesen aber, daß viele ge-
sündigt haben, denen doch durch das Mittel reuiger Buße geholfen wurde.
Wenigstens blieb David als ein bußfertiger Sünder König und Prophet.
König Heinrich aber, der betend und büßend zu Füßen der Apostel lag,
demütigte sich umsonst und fand im Zeitalter der Gnade (Gottes) nicht,
15 was jener (doch) im harten Zeitalter des Gesetzes erlangt hatte. Doch darüber mögen rechten, die es verstehen oder zu tun wagen. Das eine nur muß
man wissen, daß der römische Stuhl bis auf den heutigen Tag[22] für diese
Tat büßt; denn alle die seit jener Zeit aus diesem Geschlechte regieren,
suchen in jeder Weise die Kirchen herabzudrücken, damit sie nicht wieder
20 Kräfte gewinnen, sich gegen die Könige zu erheben und ihnen zuzufügen,
was sie ihren Vätern angetan haben.

Der jüngere Heinrich regierte nun statt seines Vaters, Eintracht
herrschte zwischen König und Papst, aber nur kurze Zeit, denn auch er
war sein ganzes Leben lang nicht glücklich, da er ähnlich wie sein Vater
25 vom päpstlichen Stuhle umstrickt war. Davon soll anderswo gesprochen
werden. Nachdem nun dies über die Wirren im Reiche und die verschiedenen Sachsenkriege notwendigerweise vorausgeschickt ist, weil es den Slawen zum Hauptanlaß für ihren Abfall diente, muß ich jetzt zur Geschichte
der Slawen zurückkehren, von der ich so weit abgeschweift bin.

30 ## 34. Vom Tode Krutos

Als Kruto, Fürst der Slawen und Verfolger der Christen, altersschwach
wurde, brach Gottschalks Sohn Heinrich[1] aus Dänemark auf und [2]kehrte
in das Land seiner Väter[2] zurück. Da Kruto ihm jeden Zugang versperrte,
sammelte er bei Dänen und Slawen eine Anzahl Schiffe, überfiel Oldenburg
35 und den ganzen slawischen Küstenstreifen und führte von dort eine [3]un-
ermeßliche Beute[3] weg. Und als er das zum zweiten und dritten Male tat,

---

[1] Helmolds Nachrichten über Heinrich von Lübeck sind gegen alle Angriffe als
zuverlässig erwiesen.

[2-2] Vgl. 1. Mose 31, 3.

[3-3] = 2. Chron. 28, 8.

cum hoc secundo et tercio fecisset, [4]factus est timor magnus[4] omnibus
Slavorum populis insulas et litus maris habitantibus, adeo ut ipse
Cruto preter spem Heinricum ad pacis condicionem admitteret et
concesso introitu villas ei oportunas ad habitandum concederet. Nec
tamen hoc egit sincera intentione. Virum enim iuvenem, fortem et   5
bellicosum, quem vi nequibat, fraude opprimere gestiebat. Unde etiam
per intersticia temporum [5]accuratis conviviis[5] animum eius explora-
bat, pertemptans oportunum insidiis locum. At [6]illi ad cavendum nec
consilium nec doli deerant[6]. Nam domna Slavina[7], uxor Crutonis, sepius illum premunivit denuntians insidias. Denique marito iam vetulo   10
invisa Heinrico, si possibile foret, nubere affectabat. Unde etiam
instinctu eiusdem feminae Heinricus invitavit Crutonem ad convivium, quem multa / pocione temulentum, cum estuarium, in quo bibe-
bant, incurvus exiret, Danus quidam de securi[a] percussit et uno ictu
caput amputavit. Et accepit Heinricus Slavinam in uxorem et obtinuit   15
principatum et terram. Occupavitque municiones, quas ante habuit
Cruto et [8]reddidit hostibus suis ultionem[8].

Accessit etiam ad ducem Magnum, eo quod cognatus eius esset[9], et
magnificatus est apud eum, fecitque ei iuramentum fidelitatis ac subiectionis. Sed et Nordalbingorum populos, quos Cruto vehementer   20
attriverat, iste convocavit in unum et iniit cum eis pactum firmissimum, nulla bellorum tempestate convellendum. Et letati sunt Holzatenses necnon Sturmarii ceterique Saxones Slavis contigui, eo quod
corruisset hostis eorum maximus, qui [10]tradidisset eos in mortem et
in captionem[10] et in exterminium, et [11]surrexisset pro eo princeps no-   25
vus[11], qui [12]diligeret salutem Israel[12]. Servieruntque ei ex animo, properantes cum eo ad varia bellorum pericula, [13]parati cum eo aut vivere
aut mori fortiter[13].

Audientes igitur universi Slavorum populi hii videlicet qui habitabant ad orientem et austrum[14], quod surrexisset inter eos prin-   30
ceps, qui dicat subiacendum Christianis legibus et tributa princi-

---

[a]) de seruis 2; de servis securi *edd.*; de *fehlt LAPP.*

[4-4] = Ap. gesch. 5, 5 und 11.
[5-5] Vgl. Plautus, Menaechmi I, 3, 25.
[6-6] Vgl. Sallust, Catilina 26, 2 (Adam III, 49).
[7] Tochter des pomoran. Fürsten Svantibor? Auf pomoran. Verwandtschaft
weist auch der Name von Heinrichs Sohn Sventipolk hin.

[4]verbreitete sich großer Schrecken[4] bei allen Völkern der Slawen, die auf
Inseln und am Meeresgestade wohnten, so daß selbst Kruto wider Erwarten in Friedensverhandlungen mit Heinrich einwilligte, ihm die Rückkehr
gestattete und ihm geeignete Ortschaften zum Wohnsitz einräumte. Doch
5 tat er das nicht mit aufrichtigem Herzen; vielmehr lauerte er nur darauf,
den jungen, tapferen und kriegskundigen Mann hinterlistig zu überwältigen, da er es gewaltsam nicht konnte. Daher erkundete er von Zeit zu
Zeit bei sorgfältig [5]berechneten Gelagen[5] seine Sinnesart, stets auf der
Suche nach günstiger Gelegenheit für einen Anschlag. Heinrich aber
10 [6]fehlte es weder an Klugheit noch an List, sich zu schützen[6]. Frau Slavina[7]
nämlich, die Gattin Krutos, warnte ihn öfters, indem sie ihm verriet, wie
man nach seinem Leben trachte. Da ihr der ziemlich alt gewordene Ge-
mahl zuwider war, faßte sie endlich den Plan, womöglich Heinrich zu hei-
raten. So lud Heinrich auf Anstiften dieser Frau den Kruto zu einem Gast-
15 mahl, und als dieser, berauscht vom vielen Trinken, taumelnd das Ge-
mach verließ, in dem sie gezecht hatten, streckte ihn ein Däne mit der
Streitaxt nieder und enthauptete ihn mit einem Streiche. Heinrich aber
heiratete Slavina und nahm Land und Herrschaft ein. Er besetzte die Burgen, welche zuvor Kruto innegehabt hatte, und [8]übte Rache an seinen
20 Feinden[8].
   Er fand sich auch bei Herzog Magnus ein, da er mit diesem verwandt
war[9], wurde bei ihm sehr ehrenvoll behandelt und leistete ihm einen Eid
der Treue und des Gehorsams. Doch auch die Völker der Nordelbinger rief
er zusammen, welche Kruto so heftig geplagt hatte, und ging mit ihnen
25 einen festen Bund ein, den kein Kriegssturm zerstören sollte. Da freuten
sich die Holsten, die Stormarn und die übrigen den Slawen benachbarten
Sachsen, weil ihr größter Feind gestürzt war, der sie [10]dem Tode, der Gefangenschaft und der Austreibung überliefert hatte[10], und weil [11]sich statt
seiner ein neuer Fürst erhoben hatte[11], [12]der Gottes Volk wohlgesonnen
30 war[12]. Ihm waren sie von Herzen zugetan, mit ihm stürzten sie sich in
mancherlei Kriegsgefahr, [13]bereit, tapfer mit ihm zu leben oder zu sterben[13].
   Als nun alle (obotritischen) Slawenstämme vernahmen, soweit sie nämlich im Osten oder Süden wohnten[14], daß unter ihnen ein Fürst aufgestan-
35 den war mit der Mahnung, man müsse sich den Gesetzen des Christentums

[8-8] Vgl. 5. Mose 31, 42.
[9] Magnus Enkel des norweg. Königs Olaf II., d. Hl.; Heinrich Enkel des dänischen Königs Sven Estridsen. Verwandtschaft möglich, aber nicht erwiesen.
[10-10] Vgl. Tobias 3, 4.
[11-11] Vgl. 2. Mose 1, 8.
[12-12] Vgl. 2. Esdras 2, 10 und Esther 13, 13.
[13-13] Vgl. 1. Makk. 4, 35.
[14] Gemeint sind die Polaben und Obotriten.

pibus solvenda, [15]vehementer indignati sunt[15], conveneruntque omnes [16]una voluntate et eadem sententia[16], ut pugnarent adversus Heinricum, et statuerunt in locum eius, qui erat Christicolis obpositus omni
tempore. Nuntiatumque est Heinrico, quia egressus est Slavorum
exercitus ad destruendum eum, et statim direxit nuntios ad accersien-   5
dum ducem Magnum et fortissimos Bardorum, Holzatorum, Sturmariorum atque / Thetmarcorum, qui omnes occurrerunt promto animo
et voluntario corde. Et progressi sunt in terram Polaborum in cam-
pum qui dicitur Zmilowe[b], ubi exercitus hostilis erat diffusus super
latitudinem terrae[17]. Videns igitur Magnus, quia exercitus Slavorum   10
grandis est et armis instructus, timuit congredi. Protractumque est
bellum [18]a mane usque ad vesperam[18], eo quod internuntii temptarent
pugnam condicionibus dirimere, dux quoque expectaret auxilium militum, quos superventuros sperabat. Factum est autem circa occasum
solis, et ecce speculator ducis nuntiat miliciam armis instructam emi-   15
nus accedentem. Quibus visis dux letatus est, Saxonibus [19]augescunt
animi[19] sublatoque clamore aggressi sunt prelium. Et prerupta est
acies Slavorum, disiectique per fugas occisi sunt in ore gladii. Et facta
est victoria illa Saxonum celebris et recordacione digna, eo quod affue-
rit Dominus credentibus in se et [20]concluserit multitudinem in manu   20
paucorum[20]. Referunt hii, quorum patres interfuerunt, quia solis
splendor iam occumbentis obiectos Slavorum oculos in congressu adeo
obtuderit, ut pre lumine nichil videre potuissent, fortissimo Deo hostibus suis in minimo maximum prebente offendiculum.

Servieruntque a die illa omnes illae orientalium Slavorum naciones   25
Heinrico sub tributo, factusque [est][c] apud Slavorum gentes notissimus,
in his quae ad honestatem et pacis bonum pertinent nobiliter clarens.
Precepitque Slavorum populo, ut coleret vir agrum suum et exerceret laborem utilem et commodum, exstirpavitque latrunculos et [21]viros desertores[21] de terra. Et exierunt Nordalbingorum populi de munitionibus,   30
in quibus conclusi tenebantur propter timores bellorum, / [22]et reversi
sunt unusquisque in villam et possessionem suam[22], et reedificatae
domus et ecclesiae bellorum tempestatibus dudum dirutae. Porro in

[b]) Smilowe 2, B; Zenilowe S, R.
[c]) est *fehlt 1, 2.*

[15] Daniel 14, 27.

unterwerfen und den Fürsten Zins zahlen, [15]verdroß es sie heftig[15]; sie
beschlossen [16]einhellig und einstimmig[16], gegen Heinrich zu kämpfen, und
setzten an seine Stelle einen, der stets den Christen feind gewesen war.
Heinrich ward gemeldet, daß das Heer der Slawen ausgerückt sei, ihn zu
5 vernichten; sogleich stellte er Boten ab, den Herzog Magnus und die
Tapfersten der Barden, Holsten, Stormarn und Dithmarschen zu Hilfe zu
rufen, und alle eilten sie rasch und bereitwillig herbei. Man rückte vor ins
Polabenland auf ein Feld namens Schmilau; dort hatte sich das feindliche
Heer weit über das Land ausgebreitet[17]. Als Magnus sah, daß das Heer der
10 Slawen groß und wohlbewaffnet war, scheute er den Kampf, und die
Schlacht wurde [18]vom Morgen auf den Abend[18] verschoben, weil Unterhändler den Streit durch Vergleich beizulegen suchen sollten, und auch
weil der Herzog Hilfstruppen abwarten wollte, auf deren Ankunft er hoffte. Tatsächlich meldet gegen Sonnenuntergang ein Späher des Herzogs,
15 daß in der Ferne ein bewaffneter Heerzug herannahe. Als der Herzog diesen sieht, freut er sich; den Sachsen [19]wächst der Mut[19], sie erheben den
Schlachtruf und beginnen den Kampf. Die Front der Slawen wurde durch-
brochen, fliehend auseinandergetrieben fielen sie durch die Schärfe des
Schwertes. Dieser Sieg der Sachsen ward hochgefeiert; er ist denkwürdig,
20 weil Gott mit denen war, die an ihn glaubten, und [20]den großen Haufen in
die Hand der Wenigen gab[20]". Leute, deren Väter dabei waren, erzählen,
der Glanz der bereits sinkenden Sonne habe die ihm ausgesetzten Augen
der Slawen so sehr geblendet, daß sie vor Licht nichts sehen konnten; so
hat der gewaltige Gott seinen Feinden im kleinsten das größte Hindernis
25 bereitet.
Von jenem Tage an leisteten alle Völker der östlichen Slawen Heinrich
Zins und er gewann großes Ansehen bei ihnen, da er sich rühmlich hervortat, was Ehrenhaftigkeit und Friedewirkung angeht. Er wies das Slawenvolk an, daß jeder Mann seinen Acker bebaute und nützliche, zweckmäßige
30 Arbeit tat; er rottete die Straßenräuber aus und trieb [21]das Gesindel[21] aus
dem Lande. Da verließen die Nordelbinger ihre Verschanzungen, innerhalb
derer sie sich aus Furcht vor Kriegsgefahr gehalten hatten, und [22]jeder
kehrte in sein Dorf oder auf sein Gut zurück[22]; Häuser und Kirchen aber,
die zuvor durch Kriegsstürme zerstört worden waren, wurden wieder-

---

[16-16] Vgl. Josua 9, 2.
[17] Schmilau bei Ratzeburg; vgl. Ann. Hild. zu 1093: Hz. Magnus soll bei dem
Feldzug 14 Slawenburgen eingenommen haben.
[18-18] = 1. Makk. 9, 13.
[19-19] = Sallust, Jugurtha 34, 2.
[20-20] Vgl. 1. Makk. 3, 18.
[21-21] Vgl. 1. Makk. 7, 24.
[22-22] Vgl. Richt. 2, 6; Ev. Joh. 7, 53.

universa Slavia necdum erat ecclesia vel sacerdos, nisi in urbe tantum quae nunc Vetus Lubika dicitur[23], eo quod Heinricus cum familia sua[d] sepius illic[d] moraretur.

De morte Godefridi comitis. Capitulum XXXV.

Mortuus est post haec dux Saxoniae Magnus[1], et dedit cesar duca- 5 tum Ludero comiti[a], eo quod Magnus non haberet filium, sed filias. Quarum una, Eilike nomine, nupsit Ottoni comiti[b] genuitque ei Adalbertum marchionem cognomento Ursum. Altera vero filiarum Vulfildis nomine data est duci Bawariae Catulo[2], quae peperit ei Heinricum Leonem[3]. Luderus autem obtinuit ducatum Saxoniae gubernavitque 10 cum modestia tam Slavos quam Saxones.

Accidit autem in diebus illis[4], ut latrunculi Slavorum venirent in Sturmariam et tollerent predam de iumentis et captiones hominum prope civitatem Hammemburg. Ad vocem autem clamoris[5] surrexit comes provinciae illius Godefridus[c] cum aliquantis civium de Ham- 15 memburg et persecutus est latrones. Sentiens autem, quia multi sunt, substitit aliquantisper, donec veniret ei maius auxilium. Preteriens igitur rusticus quidam, cuius uxor et filii captivi ducebantur, increpuit / comitem[d] dicens: ‚Quid trepidas, o virorum vilissime? Habes cor muliebre, non virile! Certe, si videres uxorem tuam et filios abduci 20 sicut meos, non subsisteres. Propera, festina, libera captivitatem, si de cetero in terra honorari volueris'! His verbis irritatus comes abiit velociter sequens hostes. At illi posuerant post se insidias, et cum preteriret comes cum paucis, surrexerunt insidiae de locis suis percusseruntque comitem[6] et cum eo viros quasi XX[ti] et abierunt via sua cum preda, 25 quam rapuerant. Provinciales autem pariter insequentes invenerunt

---

d) sua *und* illic *fehlen 2.*

a) comite desuper eo (eo *verb. zu* lite) *2; SCHM. hält das für Korruptel aus* ‚de Supplinge'.

b) comiti a ballenstede *2.*

c) Godefridus *fehlt 2.*

d) ducem *1, 1a.*

23 Alt-Lübeck an der Mündung der Schwartau in die Trave; Heinrich bezog also nicht wieder den alten nakonidischen Hauptsitz Mecklenburg, sondern die wohl von Gottschalk neu angelegte Burg an der Nahtstelle des obotritischen, po-

errichtet. Im ganzen Slawenlande freilich gab es bis dahin weder Kirche noch Priester, außer in der jetzt „Alt-Lübeck" genannten Burg[23], weil sich dort Heinrich mit seinem Hof öfter aufhielt.

35. Vom Tode des Grafen Gottfried

5   Danach starb Herzog Magnus von Sachsen[1] und der Kaiser gab das Herzogtum dem Grafen Lothar, weil Magnus keinen Sohn sondern (nur) Töchter hatte. Eine von ihnen, namens Eilika, heiratete den Grafen Otto (von Ballenstedt) und gebar ihm den Markgrafen Albrecht, zubenannt „der Bär". Wulfhild aber, die andere, wurde dem Herzog Welf von Bayern[2]
10 vermählt, dem sie Heinrich den Löwen gebar[3]. Das Herzogtum Sachsen erhielt jedoch Lothar und er regierte maßvoll über Slawen wie Sachsen.

  Damals geschah es aber[4], daß slawische Straßenräuber nach Stormarn kamen und aus dem Nachbargebiet der Stadt Hamburg Menschen und Vieh als Beute davonführten. Auf die Nachricht von diesem Kriegsge-
15 schrei[5] hin brach Gottfried, Graf jener Provinz, mit etlichen Hamburger Bürgern auf und setzte den Räubern nach. Als er aber merkte, daß ihrer viele waren, verhielt er eine Weile, bis Verstärkung einträfe. Da kam ein Bauer vorbei, dessen Frau und Kinder gefangen weggeführt waren, und schalt den Grafen mit den Worten: „Was zögerst du, feigster aller Män-
20 ner? Dein Herz ist nicht mannhaft sondern weibisch! Sähest du dein Weib und deine Kinder weggeschleppt wie die meinigen, so würdest du gewiß nicht anhalten. Laufe, eile, befreie die Gefangenen, wenn du noch weiterhin im Lande Achtung finden willst!" Aufgereizt durch diese Worte, zog der Graf weiter, die Feinde ungestüm zu verfolgen. Diese aber hatten
25 einen Hinterhalt zurückgelassen, und als der Graf mit seiner kleinen Schar vorübereilte, erhoben sich die Lauernden aus ihrem Versteck, streckten den Grafen mit etwa 20 Mann nieder[6] und zogen ihres Weges mit der Beute, die sie geraubt hatten. Die Landesbewohner aber, die auch nachkamen,

labischen und wagrischen Siedelraumes. Zu den Grabungen: Offa 12/1953 (Hübener), Germania 33/1955 (Neugebauer). ZLübG 36/1956 (Hatz) und 39/1959 (Neugebauer).

[1] 1106, Aug. 23.

[2] Vielmehr Welfs IV. Sohn Heinrich (dem Schwarzen, †1126), der seinem Bruder Welf V. 1120 als Herzog folgte.

[3] D. i. Heinrich d. Stolze (†1139), für den der Beiname ‚Leo' gleichfalls schon vorkommt. Der Stammbaum wie beim Annal. Saxo zu 1106.

[4] Vgl. Ann. Hild. und Annal. Saxo zu 1110.

[5] *Vox clamoris* Jerem. 8, 19 und öfter in der Bibel.

[6] 1110, Nov. 2. Gottfried, aus unbekannter Familie, dürfte billungischer Lehngraf gewesen sein.

comitem interfectum; caput vero eius non reppererunt, eo quod desectum Slavi illud secum duxissent. Quod postmodum multo precio redemptum in patriis reconditum est sepulcris.

De interfectione Rugianorum, Capitulum XXXVI[a].

Comiciam vacantem dedit Luderus dux nobili viro Adolfo de Sco 5
wenburg[1]. Fuitque pax inter Adolfum comitem et principem Slavorum Heinricum. Quodam igitur tempore, cum Heinricus resideret in urbe Lubeke, ecce improvisus supervenit exercitus Rugianorum sive Ranorum, subvectique per alveum Trabenae urbem navibus circumdederunt[2].

Sunt autem Rani, qui ab aliis[3] Runi appellantur, populi crudeles, 10
habitantes in corde maris, ydolatriae supra modum dediti, primatum preferentes in omni Slavorum nacione, habentes regem et fanum celeberrimum[4]. Unde etiam propter specialem fani illius cultum primum veneracionis locum optinent, et cum multis iugum imponant, ipsi nullius iugum paciuntur, eo quod inaccessibiles sint prop 15
ter difficultates locorum. Gentes, quas armis subegerint, fano / suo censuales faciunt; maior flaminis quam regis veneracio apud ipsos est. Qua sors ostenderit, exercitum dirigunt. Victores aurum et argentum in erarium Dei sui conferunt, cetera inter se partiuntur.

Hii ergo dominacionis libidine provocati venerunt Lubeke, veluti pos 20
sessuri omnem Wagirensium et Nordalbingorum provinciam. Videns autem Heinricus improvisum obsidionis malum dixit ad principem miliciae suae: ‚Consulendum est saluti nostrae et virorum, qui nobiscum sunt et necessarium michi videtur, ut exeam ad contrahenda auxilia, si forte possim urbem obsidione liberare. [5]Esto igitur vir fortis[5] et con 25
forta bellatores, qui in urbe hac sunt, et servate michi urbem usque in diem quartum. Tunc enim [6]vita comite[6] apparebo super montem illum‘. Et elapsus nocte cum duobus viris venit in terram Holzatorum, nuntians eis inminens periculum. At illi in unum conglobati occurrerunt cum eo ad prelium veneruntque prope municionem, quae expug 30
nabatur ab hostibus. Et collocavit Heinricus socios in latibulis precepitque eis in silentio esse, ne forte hostes audirent vocem multitudinis

---

[a]) *Kein Kapitelabstand 2.*

[1] Wahrscheinlich 1110/11 nach Hz. Lothars erstem Slawenzuge (Vergeltung für Gottfrieds Tod, Stützung Heinrichs v. Lübeck ?), vgl. Ann. Hild. zu 1110.

fanden den Grafen tot; doch seinen Kopf fanden sie nicht, weil die Slawen
ihn abgeschnitten und mitgenommen hatten. Später wurde er um einen
hohen Preis eingelöst und in der väterlichen Grablege bestattet.

36. Von der Niederlage der Ranen

5   Die erledigte Grafschaft verlieh Herzog Lothar an einen Mann aus ed-
lem Geschlechte, Adolf von Schauenburg[1]. Und es herrschte Friede zwischen dem Grafen Adolf und dem Slawenfürsten Heinrich. Eines Tages
nun, als Heinrich sich (gerade) in der Burg Lübeck aufhielt, erschien unversehens ein Heer der Rugianer oder Ranen. Sie fuhren die Trave hinauf
10   und umzingelten mit ihren Schiffen die Burg[2].

Nun sind die Ranen, von anderen[3] auch Runer genannt, ein grausames
Volk; sie wohnen inmitten des Meeres, sind unmäßig dem Aberglauben ergeben, nehmen unter allen Slawenvölkern den Vorrang in Anspruch, haben einen König und ein sehr berühmtes Heiligtum[4]. Wegen des besonde-
15   ren Dienstes an diesem Tempel behaupten sie nach dem Ansehen den
ersten Rang, und während sie selbst vielen das Joch auflegen, dulden sie
für sich keines, zumal sie bei der geschützten Lage ihrer Wohnsitze unangreifbar sind. Die Stämme, welche sie mit Waffengewalt unterworfen
haben, machen sie ihrem Heiligtum zinsbar; der Oberpriester genießt bei
20   ihnen größere Verehrung als der König. Wohin das Los weist, senden sie
ihr Heer. Siegen sie, so bringen sie Gold und Silber in den Schatz ihres
Gottes ein und teilen das übrige untereinander.

Diese (Ranen) kamen also, getrieben von Eroberungssucht, nach Lübeck,
als ständen sie im Begriff, das ganze Land der Wagrier und Nordelbinger
25   zu besetzen. Als nun Heinrich das Unheil einer Belagerung unversehens
hereinbrechen sah, sagte er zu dem Anführer seiner Truppen: ,,Wir müssen
dafür sorgen, uns und die Männer, die mit uns sind, zu retten; mir scheint
es notwendig, daß ich fortgehe und Hilfskräfte zusammenziehe, um womöglich die Burg zu entsetzen. [5]Sei also tapfer[5], bestärke die Kämpfer,
30   welche sich in dieser Burg befinden, und haltet sie mir bis zum vierten Tage!
[6]Bleibe ich am Leben[6], so werde ich dann auf jenem Berge erscheinen.''
Er entwich also bei Nacht mit zwei Mänern, gelangte in das Holstenland
und meldete dort die drohende Gefahr. Die Holsten sammelten ihre Macht,
eilten mit ihm zum Kampfe herbei und kamen vor die von den Feinden
35   belagerte Feste. Heinrich legte seine Verbündeten ins Versteck und wies
sie an, sich still zu verhalten, damit die Feinde nicht etwa Menschenstim-

[2] 1101 ?   [3] Z. B. von Adam (II, 22 u. ö.).
[4] Arkona auf Rügen (vgl. oben, Kap. 6), das nach dem Niedergang von Rethra
(vgl. Kap. 25, Anm. 3) um 1100 eine führende Rolle im heidnischen Wendentum
gewinnt. Die Ranenfürsten werden noch im 12. Jh. als Könige bezeichnet.
[5-5] Vgl. 1. Sam. 18, 17 – 2. Sam. 10, 12.
[6-6] = 1. Mose 18, 10 und 14, vgl. 2. Kön. 4, 16.

aut hynnitum equi. Avulsusque a sociis, [7]uno tantum contentus servo[7], venit ad locum, quem prefixerat, unde videri posset ab urbe. Cuius faciem prefectus urbis callide observans ostendit eum amicis, quorum animi consternati erant. Nam fama pertulerat ad eos, quod Heinricus nocte, qua egressus est, captus esset ab hostibus.   5

Contemplatus igitur Heinricus suorum periculum et obsidionis fervorem reversus est ad socios, dissimulatoque itinere circumduxit exercitum per viam maris usque ad ostium Travenae descenditque per viam, qua Slavorum equites descendere debebant. Ubi igitur Rani viderunt multitudinem per iter[b] maris descendentem, putabant, quia equites sui   10 sunt, exieruntque de navibus in occursum eis cum gaudio et plausu. At illi [8]sublato clamore in oratione / et ymnis[8] insiluerunt in hostes subito et perterritos inopinato casu ad naves usque propulerunt. [9]Et facta est ruina magna in[9] exercitu Ranorum in die illa, cecideruntque interfecti coram castro Lubeke, nec fuit minor numerus eorum qui aquis prefo-   15 cati sunt quam occisorum gladio. Feceruntque tumulum magnum, in quo proiecerunt corpora mortuorum, et [10]in monimentum victoriae vocatus est titulus ille Raniberg usque in hodiernum diem[10]. [11]Magnificatusque est dominus[11] Deus in manu Christianorum in die illa, statueruntque, ut dies Kalendarum Augusti celebretur omnibus annis   20 in signum et recordationem, quod percusserit Dominus Ranos in conspectu plebis suae[12]. Servieruntque Ranorum populi Heinrico sub tributo, quemadmodum Wagiri, Polabi, Obotriti, Kycini, Cyrcipani, Lutici, Pomerani et universae Slavorum naciones, quae sunt inter Albiam et mare Balthicum et longissimo tractu portenduntur usque   25 ad terram Polonorum. Super omnes hos imperavit Heinricus vocatusque est rex in omni Slavorum[c] et Nordalbingorum provincia.

De victoria Mistue. Capitulum XXXVII.

Cum igitur vice quadam[13] Brizanorum et Stoderanorum[d] populi, hii videlicet qui Havelberg et Brandenburg habitant, rebellare pararent,   30 visum fuit Heinrico armis adversus eos utendum, ne forte duarum

---

b) viam 2.   c) et *fehlt 1, 1a; vgl. SCHM., Nachtrag S. 281.*
d) stoberanorum *1, 1a.*

7-7 = Sulpicius Sev., Vita Martini, Kap. 2.
8-8 Vgl. 2. Makk. 12, 37.   9-9 = 1. Sam. 4, 17.

men oder Pferdewiehern hörten. Dann trennte er sich von ihnen und begab
sich, [7]von nur einem Diener begleitet[7], an die vorher verabredete Stelle, wo
er von der Burg aus zu sehen war. Der Burgkommandant spähte scharf
nach seinem Erscheinen und zeigte ihn sofort den Gefährten, die bereits
5 ganz niedergeschlagen waren. Das Gerücht hatte ihnen nämlich zugetragen,
daß Heinrich in der Nacht seines Ausbruchs von den Feinden gefangen
worden sei.

Heinrich beobachtete nun, wie gefährdet sein (Burgvolk) und wie heftig
die Belagerung war, kehrte zu den Gefährten zurück, führte das Heer auf
10 heimlichem Wege längs der Küste bis zur Travemündung und zog die
Straße herab, auf der die Reiterei der Slawen anrücken sollte. Sobald die
Ranen sahen, wie der Zug von See her gezogen kam, glaubten sie, es seien
ihre Reiter, verließen die Schiffe und eilten ihnen in freudigem Jubel entgegen. Doch jene erhoben[8] mit Gebet und Lobgesang das Schlachtgeschrei[8],
15 brachen plötzlich gegen die Feinde los und trieben die vom unerwarteten
Angriff Erschreckten bis zu den Schiffen zurück. So wurde an jenem Tage
dem Ranenheer [9]eine große Niederlage beigebracht[9], angesichts der Feste
Lübeck fielen die Erschlagenen und nicht geringer war die Zahl der vom
Wasser Ertränkten als die der vom Schwert Gefällten. Man errichtete
20 einen großen Grabhügel, in den man die Leichname der Gefallenen warf,
und [10] im Gedenken an den Sieg wurde er Rugenberg genannt bis auf den
heutigen Tag[10]. [11]Hoch gepriesen wurde Gott der Herr[11] an jenem Tage
durch die Schar der Christen, und sie beschlossen, den ersten August alljährlich zu feiern zum Zeichen und zur Erinnerung daran, daß der Herr
25 die Ranen vor den Augen seines Volkes getötet hatte[12]. Das Volk der
Ranen leistete Heinrich Tribut, wie auch die Wagrier, Polaben, Obotriten,
Kessiner, Zirzipanen, Lutizen, Pommern und alle Slawenvölker, die zwischen Elbe und Ostsee leben und sich weithin bis zum Polenlande aus-
dehnen. Über sie alle herrschte Heinrich und man nannte ihn König im
30 ganzen Lande der Slawen wie der Nordelbier.

37. Von Mstivojs Sieg

Als nun einmal[13] die Brizanen und Stoderanen, also die um Havelberg
und Brandenburg wohnenden Slawen, Aufruhr planten, schien es Heinrich
nötig, mit Waffengewalt gegen sie vorzugehen, damit nicht die Unbot-

10-10 Vgl. 1. Mose 35, 20. Meint Helmold den ‚Rugenberg' onö. von Alt-Lübeck,
möglicherweise den Hauptkampfplatz ?

11-11 = Jes. 33, 5; vgl. 2. Sam. 7, 22 – Psalm 103, 1.   [12] 1. Aug. des Jahres 1101 ?

[13] 1101 ? Der Angriff auf Havelberg hängt vielleicht mit dem erfolgreichen
Mkgr. Luder-Udos III. auf Brandenburg zusammen (vgl. Ann. Hild. zu 1100,
Annal. Saxo zu 1101). Die Linonen in der Westprignitz (um und nördl. Lenzen),
die Brizanen in der Ostprignitz (um Pritzwalk) zu suchen. Stoderanen = Heveller
(Havel/Rhin).

gentium insolentia toto^e orienti rebellionis materiam parturiret. /
Perrexit cum amicissimis suis Nordalbingorum armatis peragransque
Slavorum provinciam cum ingenti periculo venit Havelberg eamque
obsidione vallavit. Precepitque omni Obotritorum populo, ut descen-
derent ad expugnationem urbis, et crevit obsidio in dies et menses. In- 5
terea perlatum est ad Mistue filium Heinrici, quod gens quaedam foret
e vicino, fertilis omnibus bonis, habitatoresque eius quieti et nullius
turbulentiae suspecti. Porro Slavi illi dicti sunt Lini sive Linoges.
Assumpsitque secum ducentos Saxonum et trecentos Slavorum,
¹⁴omnes electos¹⁴, et abiit inconsulto patre iter bidui per angustias 10
nemorum et difficultates aquarum et paludis maximae, irruitque super
securos et impavidos et duxit ex eis infinitam predam et captivitatem
hominum, abieruntque onusti.

Cumque maturantes reditum difficiliora paludis transirent, ecce
circumiacentium locorum incolae pariter conglobati ad pugnam 15
proruunt, volentes captivitatem liberare. Videntes igitur hii qui
erant cum Mistue se inmensa multitudine hostium circumfusos
¹⁵viamque ferro aperiendam¹⁵ adhortati sunt se mutuo totisque
viribus enisi omnem obsistentium multitudinem peremerunt in ore
gladii. Preterea principem eorum captivum secum abduxerunt ve- 20
neruntque ad Heinricum et exercitum, qui erat in obsidione, cum salute victoriam et divitias maximas reportantes. Post paucos autem
dies Brizani ceterique rebelles pacem postulaverunt, datis obsidibus
quos Heinricus voluisset; atque in hunc modum sedatis rebellibus
Heinricus ad sua reversus est, Nordalbingorum quoque populi ad 25
sedes suas reversi sunt.

Expedicio Slavorum in terram Ruianorum.
Capitulum XXXVIII.

Accidit post haec[1], ut unus filius[a] Heinrici Woldemarus nomine
occideretur a Ranis. Quam ob rem / pater dolore pariter et ira per- 30
motus omnem animum intendit ad rependendam talionem. Misitque
nuntios in universas Slavorum provincias ad contrahenda auxilia;

---

e) *So codd. und SCHM.; toti* verbessert *LAPP.*

a) filiorum *4.*

mäßigkeit zweier Stämme dem ganzen Osten Anlaß zur Empörung gäbe. Er zog mit seinen gewaffneten nordalbingischen Freunden aus, durchquerte das Slawenland und gelangte unter außerordentlicher Gefahr nach Havelberg, das er zu belagern begann. Dann befahl er dem ganzen Volke
5 der Obotriten, zur Eroberung der Feste herbeizukommen, doch die Belagerung zog sich monatelang hin. Inzwischen wurde Mstivoj, dem Sohne Heinrichs, berichtet, daß in der Nachbarschaft ein Volk lebe, reich an allen Gütern, dessen Angehörige ruhig und durchaus friedlich seien. Diese Slawen hießen Liner oder Linoger. Da zog er 200 Sachsen und 300 Slawen an
10 sich, [14]lauter ausgesuchte Leute[14], und brach, ohne den Vater befragt zu haben, zu einem zweitägigen Marsch durch dichte Wälder, gefährliche Gewässer und einen riesigen Sumpf auf, überfiel die sorglosen und nichts befürchtenden Menschen und nahm ihnen unermeßliche Beute sowie eine Menge Gefangener ab. Schwerbeladen zog man davon.
15 Als man nun beim eiligen Rückzuge durch den unwegsameren Teil des Sumpfes kam, stürzten plötzlich die Bewohner der umliegenden Orte vereint zum Kampfe hervor, um die Gefangenen zu befreien. Da Mstivojs Gefährten sahen, daß sie von einer gewaltigen Feindesschar umzingelt waren und [15]mit dem Schwerte eine Straße bahnen mußten[15], feuerten sie
20 sich gegenseitig an, nahmen alle Kräfte zusammen und machten die ganze Masse ihrer Widersacher mit der Waffe nieder. Dazu nahmen sie noch deren Anführer gefangen mit und kamen zu Heinrich und dem Belagerungsheer nicht nur wohlbehalten sondern siegreich und mit großen Schätzen beladen zurück. Wenige Tage später baten die Brizanen und die übri-
25 gen Aufständischen um Frieden und stellten die von Heinrich geforderten Geiseln. Nachdem so die Empörer zur Ruhe gebracht waren, kehrte Heinrich heim in sein Land und auch die Nordalbinger begaben sich zu ihren Wohnsitzen zurück.

38. Der Feldzug der Slawen gegen Rügen

30 Danach geschah es[1], daß ein Sohn Heinrichs namens Woldemar von den Ranen erschlagen wurde. Von Schmerz und Zorn darüber gleichermaßen ergriffen, richtete der Vater alles Trachten darauf, Vergeltung zu üben. Er schickte Boten in alle Slawenlande, um Hilfstruppen zusammenzu-

---

[14-14] = 2. Sam. 6, 1.

[15-15] Vgl. Sallust, Catilina 58, 7.

[1] Nicht 1113/14 (so SCHM.), sondern sehr wahrscheinlich erst 1123/24, nachdem Hz. Lothar durch seine Siege über die Kessinerfürsten Dumar, 1114, und Sventipolk, 1121, den Boden dafür bereitet hatte. (Vgl. Annal. Saxo zu 1114, 1121).

conveneruntque omnes pari voluntate eademque sententia, ut parerent
iussionibus regis expugnarentque Ranos, et fuerunt [2]innumerabiles
quasi arena maris[2]. Nec his contentus misit ad accersiendos Saxones,
eos scilicet qui de Holzatia et Sturmaria sunt, commonens eos privatae
amiciciae, et secuti sunt eum [3]pleno corde[3] numero quasi mille sexcenti. 5
Transitoque flumine Trabena abierunt per longissimos fines Polaborum
et eorum qui dicuntur Obotriti quousque pervenirent ad Penem fluvium. Quo transmisso direxerunt iter ad urbem quae dicitur Woligost[b],
apud urbaniores vocatur Iulia Augusta[4] propter urbis conditorem
Iulium Cesarem. Illic invenerunt Heinricum expectantem eos. Et 10
pernoctaverunt figentes castra non longe a mari. Mane autem facto
convocans Heinricus populum in concionem allocutus est eos dicens:
,Magna vobis, o viri, debetur gratulacio, qui ad ostensionem beni-
volentiae vestrae et fidei invictae longius venistis, laturi nobis opem
contra hostes sevissimos. Sepius quidem [5]accepi gustum audaciae 15
vestrae[5] et fidelitatis experientiam, quae in diversis periculis michi
frequens lucrum, vobis gloriam parturisse dinoscitur. Sed nichil ita
elucet sicut huius devocionis exhibicio, semper memoriter retinenda,
semper omni studio promerenda. Notum igitur vobis cupio, quod Rani,
ad quos modo tendimus, directis ad me nocte nuntiis ducentis marcis 20
pacem obtinere querunt. / Super hac re nichil michi sine vestro consilio
definiendum est; si decreveretis acceptandum, acceptabo; si recusan-
dum, recusabo'.

Ad quod responderunt Saxones dicentes: ,Nos quidem, o princeps, licet numero pauci simus, honoris tamen atque virtutis cupidi 25
gloriam pro questu maximo duximus. Ranos igitur, qui filium tuum
occiderunt, pro ducentis marcis in gratiam recipiendos nostro consilio dicis? Revera nomini tuo magno condigna satisfactio! Absit a
nobis talis iniuria, ut unquam facto huic assentiamus; nec enim ideo
uxores, filios, denique patrias sedes reliquimus, ut hostibus cavillatio- 30
nem et filiis nostris [6]obprobrium sempiternum[6] hereditemus. Quin
potius perge ut cepisti, transi mare, utere ponte, quem stravit tibi
bonus artifex, admove inimicis tuis manus: videbis gloriosam mortem
nobis maximo esse lucro.'

His adhortationibus animatus princeps movit castra de loco illo 35
et perrexit ad mare. Tractus autem ille maris contractior et qui visu

b) Woligast 2.

ziehen, und sie kamen sämtlich einhellig und demütig zusammen, [2]unzähl-
bar, wie der Sand am Meere[2], den Befehlen des Königs zu gehorchen und
die Ranen zu überwinden. Damit nicht zufrieden, schickte er hin, die
Sachsen herbeizuholen, und zwar die in Holstein und Stormarn, indem er
5 sie an das persönliche Freundschaftsband erinnerte; [3]freudigen Herzens[3]
folgten ihm etwa 1600 Mann. Sie überschritten die Trave und zogen durch
das weite Gebiet der Polaben und derer, die Obotriten heißen, bis sie an
die Peene gelangten. Nachdem sie übergesetzt waren, richteten sie ihren
Marsch gegen die Burg, welche man Wolgast, bei den Gebildeteren aber
10 nach ihrem Begründer Julius Caesar Julia Augusta nennt[4]. Dort fanden
sie Heinrich, der sie erwartete, und übernachteten, indem sie ihr Lager
nicht weit vom Meere aufschlugen. Als der Morgen gekommen war, berief
Heinrich das Volk zur Versammlung und sprach es mit den Worten an:
,,Euch gebührt großer Dank, ihr Männer, die ihr, eure gute Gesinnung und
15 unverbrüchliche Treue zu zeigen, von weither gekommen seid, um uns
gegen die wildesten Feinde Hilfe zu leisten. Oft zwar [5]habe ich Beweise für
eure Kühnheit erhalten[5] und eure Treue erprobt, die in mancherlei Gefahren mir vielfach Gewinn, euch aber Ruhm gebracht hat, wie man weiß.
Doch nichts leuchtet so hell wie dieser Ergebenheitsbeweis; stets soll er in
20 Erinnerung bleiben, stets mit allem Eifer verdient werden. So wünsche ich
euch denn kund zu tun, daß die Ranen, gegen die wir jetzt ausziehen, in
der Nacht Unterhändler an mich geschickt haben und den Frieden für
200 Mark erkaufen möchten. Darüber kann ich ohne euren Rat nichts ab-
schließen: solltet ihr entscheiden, das sei anzunehmen, so werde ich es an-
25 nehmen, lehnt ihr ab, so werde ich es zurückweisen.''
      Die Sachsen antworteten darauf: ,,Fürst, wir sind zwar wenige an Zahl,
aber wir streben nach Ehre und Ansehen und haben Ruhm stets für den
größten Gewinn erachtet. Wenn wir es raten, meinst du also die Ranen,
welche deinen Sohn erschlagen haben, für 200 Mark zu Gnaden annehmen
30 zu sollen? Wahrhaftig, eine deines großen Namens würdige Genugtuung!
Fern sei von uns ein solches Unrecht, daß wir je zu so etwas beipflichten
sollten; wir haben doch nicht dazu Weib, Kind und Heimat verlassen, um
den Feinden einen Spott und unseren Söhnen [6]ewige Schande[6] zu ver-
machen! Fahre vielmehr fort, wie du angefangen hast, überschreite das
35 Meer, nütze die Brücke, die der gute Baumeister dir gebreitet hat, bringe
deine Streitmacht an den Feind: du wirst sehen, daß wir einen ruhmvollen
Tod für den größten Gewinn halten!''
      Durch diese Anfeuerung ermutigt, brach der Fürst von dort auf und
zog ans Meer. Der Meeresarm ist dort sehr schmal und mit den Augen

[2-2] = 2. Sam. 17, 11, vgl. 1. Kön. 4, 20.

[3-3] = 1. Makk. 8, 25.

[4] Nicht von ,Hologasta', sondern von Julin-Vineta behaupten die Biographen
Ottos v. Bamberg, es sei durch Julius Cäsar gegründet.

[5-5] Vgl. 2. Makk. 13, 18.   [6-6] = Psalm 77, 66.

traici potest eo tempore stratus erat glacie firmissima propter fervorem hiemis. Statimque, ubi transmissis silvis et arundinetis venerunt super mare, ecce illic agmina Slavorum de universis provinciis diffusa erant super faciem maris, distincta per vexilla et cuneos, expectantia iussionem regis. Eratque [7]exercitus ille grandis valde[7]. 5 Omnibus[c] igitur caute et ordinate per singulas acies consistentibus, soli duces egressi sunt ad salutandum regem et exercitum peregrinum et [8]pronis vultibus adoraverunt[8]. Quos resalutans Heinricus et adhortans cepit percunctari de itinere, et quinam in processu deberent esse primi. Singulis autem ducibus certatim se offerentibus respon- 10 derunt Saxones dicentes: ‚Nostri iuris esse dinoscitur, ut ad bella procedentium nos primi, redeuntium novissimi inveniamur. Legem igitur a patribus traditam et hactenus possessam hoc etiam loco minime negligendam arbitramur'. Et annuit eis rex. Licet enim Slavorum multus esset numerus, Heinricus tamen / [9]se non credebat eis, eo 15 quod ipse nosset omnes[9].

Levatis igitur signis Saxones preierunt in frontem, cetera Slavorum agmina suis ordinibus subsecuta sunt. Et tota die ambulantes in glacie et nive multa circa nonam tandem apparuerunt in terra Rugianorum. Statimque villae litori contiguae inflammatae sunt. 20 Dixit autem Heinricus ad socios: ‚Quis ibit ex nobis speculari, ubi sit exercitus Ranorum? Videtur enim michi, quasi videam eminus multitudinem appropinquantem nobis.' Missus igitur cum aliquantis Slavis Saxonum speculator in momento reversus est, nuntians hostes adesse. Dixitque[d] ad socios: ‚Mementote, o viri, unde 25 venistis et ubi consistitis. Ecce mensa posita est, ad quam equo animo nobis accedendum est, nec est locus subterfugii, quin oporteat nos participari deliciis eius. Ecce mari undique conclusi sumus, hostes ante nos, hostes post nos, periitque a nobis [10]fugae presidium[10]. Confortamini igitur in domino Deo excelso et estote viri bellatores, quia unum 30 e duobus restat aut vincere aut mori fortiter.'

Instruxit igitur Heinricus aciem, ipse constitutus in fronte cum robustissimis Saxonum. Videntes igitur Rugiani impetum [11]viri timuerunt timore magno[11] miseruntque flaminem suum, qui cum ipso de pace componeret. Primo igitur quadringentas, deinde octingentas mar- 35

---

[c]) *Farbige Initiale in 1.*
[d]) Henricus autem dixit *4.*

überschaubar; damals war er mit sehr festem Eis überdeckt, denn es fror
heftig. Sobald sie nun Wälder und Röhricht durchschritten hatten und auf
das Meer gelangten, da sah man die Slawenscharen aus allen Ländern ausgebreitet auf der Meeresfläche, geordnet nach Abteilungen und Heerhaufen
5 des königlichen Befehls gewärtig. Das war ein [7]großmächtiges Heer[7]! Wie
nun alle gesichert und geordnet in den verschiedenen Kampfgruppen
standen, traten die Führer allein vor, den König und die (ihnen) fremden
Heeresteile zu begrüßen und [8]neigten in Ehrfurcht das Antlitz[8]. Heinrich
gab ihnen den Gruß zurück, sprach sie an, begann nach dem Wege zu
10 forschen und fragte, welche beim Vormarsch die Ersten sein sollten. Da
sich nun die einzelnen Führer wetteifernd anboten, erklärten die Sachsen:
,,Jeder weiß, daß es uns zukommt, unter den zum Kampfe Ausrückenden
als Erste und unter den Heimkehrenden als Letzte angetroffen zu werden.
Dieses von den Vätern überkommene und bis jetzt behauptete Recht darf,
15 so glauben wir, auch hier um gar keinen Preis mißachtet werden." Und der
König stimmte ihnen zu, denn ob auch die Slawen sehr zahlreich waren,
so wollte sich Heinrich doch [9]nicht auf sie verlassen, weil er sie alle selbst
kannte[9].
   Die Sachsen zogen also, nachdem die Feldzeichen erhoben worden wa-
20 ren, an der Spitze voran und die übrigen Slawenscharen folgten nach ihrer
Ordnung. Einen ganzen Tag lang stapften sie durch Eis und tiefen Schnee,
bis sie endlich um die neunte Stunde Rügen erreichten. Sogleich wurden
die Dörfer am Strande in Brand gesteckt. Heinrich aber sagte zu seinen
Gefährten: ,,Wer von uns will kundschaften gehen, wo das Heer der Ranen
25 sich befinde? Mir scheint nämlich, als sähe ich von fern her eine Schar auf
uns zukommen!" Ein daraufhin mit einer Anzahl Slawen ausgesandter
sächsischer Kundschafter kehrte alsbald mit der Meldung zurück, der
Feind sei da. Da sprach (der König) zu den Seinen: ,,Bedenkt, ihr Männer,
von wo ihr gekommen seid und wo ihr euch befindet! Der Tisch ist be-
30 reitet, an den wir mit festen Herzen treten müssen, es gibt kein Entrinnen,
wir müssen uns am Schmaus beteiligen. Seht, wir sind rings vom Meere
umschlossen, Feinde vor uns, Feinde hinter uns, kein Fluchtweg[10] steht
uns offen. Stärkt euch also im Herrn, dem höchsten Gott, und seid tapfer,
denn nur eins von beidem bleibt: mannhaft zu siegen oder zu sterben!"
35 Darauf stellte Heinrich die Schlachtordnung her und trat selbst mit der
sächsischen Kerntruppe vor die Front. Als die Ranen den vorwärts drängenden Mut des Helden sahen, [11]zitterten sie vor Furcht[11] und schickten
ihren Priester, daß er mit ihm über den Frieden verhandle. Dieser bot
zuerst 400, dann 800 Mark an; doch als das Heer unwillig zu murren be-

[7-7] Vgl. 1. Makk. 5, 45 u. ö.
[8-8] Ähnlich häufig in der Bibel.
[9] = Joh. 2, 24 (Nachweis von KAHL, Archiv f. Kulturgesch. 44/1962, S. 106).
[10-10] = Judith 15, 1.
[11-11] = Jonas 1, 10.

cas obtulit. Cumque exercitus remurmuraret indignans, urgerentque
aciem ad congressum, corruit ille ad pedes principis dicens: ‚[12]Ne
irascatur dominus[12] noster super servos suos. [13]Ecce terra in conspectu
tuo est, utere ea ut libet[13], omnes in manu tua sumus; quicquid impo-
sueris feremus.' Quatuor igitur milibus et quadringentis marcis pacem 5
indempti sunt.

Acceptisque obsidibus [Heinricus][e] in terram suam reversus est, [14]di-
misitque exercitum unumquemque in sua[14]. Misit autem nuntios in terram[f] Rugianorum ad suscipiendam pecu/niam, quam promiserant. Porro
apud Ranos non habetur moneta, nec est in comparandis rebus num- 10
morum consuetudo, sed quicquid in foro mercari volueris, panno lineo
comparabis. Aurum et argentum, quod forte per rapinas et captiones
hominum vel undecumque adepti sunt[g], aut uxorum suarum cultibus
impendunt[h], aut in erarium dei sui conferunt. Posuit igitur eis Heinricus in appensione stateram gravissimi ponderis. Cumque exhausissent 15
erarium publicum et quicquid in privatis suis auri vel argenti habuerant, vix medietatem[i] persolverunt, puto statera delusi. Quam ob rem
iratus Heinricus, quod promissa ex integro non persolvissent, paravit
secundam profectionem in terram[k] Rugianorum. Accitoque duce
Ludero[15] proxima hieme, quae mare pervium reddidit, intravit 20
terram[l] Rugianorum cum magno Slavorum et Saxonum exercitu.
Vixque tribus noctibus illic remanserant, et cepit hiemps resolvi et
glacies liquescere, contigitque, ut inperfectis rebus revertentes marina
pericula vix evaserint. Et non adiecerunt Saxones ultra intrare
terram Ranorum, eo quod Heinricus modico supervivens tempore 25
morte sua controversiae finem dederit[16].

Strages Romanorum. Capitulum XXXVIIII.

Fuit autem circa hos dies bellum potens Heinrico cesari contra
ducem Luderum et Saxones[1]. Heinricus enim iunior, ubi depulso vel
pocius extincto patre obtinuit monarchiam imperii, vidit, quia uni- 30

[e]) Heinricus *nur in 4.*   [f]) terra *1, 1a.*
[g]) adepti sunt fehlt *1, 1a; als späterer Randnachtrag in 2.*
[h]) impendunt *fehlt 2.*   [i]) pecunie *zugefügt in 2.*
[k]) terra *1, 1a.*   [l]) in terra *1, 1a.*

[12-12] = 1. Mose 31, 35.

gann und die Schlachtreihe zum Kampfe drängte, warf er sich zu Füßen
des Fürsten nieder und rief: „Unser [12]Herr zürne doch nicht[12] über seine
Knechte! [13]Sieh, das Land liegt offen vor dir, tue damit, wie du magst[13],
wir sind alle in deiner Hand; was du uns auferlegst, werden wir tragen!"
5 Für 4400 Mark erlangten sie daraufhin den Frieden.

Nach Empfang von Geiseln kehrte Heinrich in sein Land zurück und
[14]entließ sein Heer, einen jeglichen in seine Statt[14]. Dann schickte er Boten
nach Rügen, um das versprochene Geld holen zu lassen. Nun haben aber
die Ranen kein gemünztes Geld; beim Warenkauf ist dort Münzumlauf
10 nicht üblich, sondern man erhält alles, was man auf dem Markte erhandeln
will, gegen Leintücher. Gold und Silber, das man etwa durch Raubzüge,
Menschenverschleppungen oder sonstwoher erbeutet hat, verwendet man
entweder als Frauenschmuck oder legt es im Tempelschatz nieder. Heinrich ließ ihnen nun zum Abwiegen (des Tributes) eine Waage mit schwer-
15 stem Gewicht hinstellen; als sie ihren Staatsschatz und was irgend in den
Familien an Gold und Silber vorhanden war erschöpft hatten, war kaum
die Hälfte der Summe bezahlt – vermutlich waren sie mit der Waage
hintergangen. Im Zorn darüber, daß sie die versprochene Summe nicht
voll bezahlt hatten, bereitete Heinrich einen zweiten Zug in das Land der
20 Rugianer vor. Nachdem er den Herzog Lothar zu Hilfe gerufen hatte[15],
überzog er es im nächsten Winter, der das Meer wieder wegbar machte,
mit einem großen Heere von Slawen und Sachsen. Kaum hatte man aber
drei Nächte dort zugebracht, so begann die Kälte nachzulassen und das
Eis zu schmelzen, und so kam es, daß man unverrichteter Dinge umkehrte
25 und kaum den Gefahren des Meeres entging. Die Sachsen aber unternah-
men keinen weiteren Versuch mehr, das Land der Ranen zu betreten, weil
Heinrich (den Zug) nur kurze Zeit überlebte und der Streit durch seinen
Tod ein Ende fand[16].

39. Die Niederlage der Römer

30 Nun tobte in jenen Tagen ein großer Krieg Kaiser Heinrichs gegen
Herzog Lothar und die Sachsen[1]. Der jüngere Heinrich sah nämlich, sobald sein Vater vertrieben oder richtiger ausgelöscht war und er die Herr-

---

[13-13] = 1. Mose 16, 6; vgl. 1. Makk. 1, 3 und 11, 38. 52.

[14-14] Vgl. 1. Makk. 11, 38.

[15] 1124/25; vgl. Ann. Palid. und Annal. Saxo zu 1125, die ausdrücklich bezeugen, daß Lothar von diesem Zuge ‚inacte rediit'.

[16] 1127, März, 22. (Nekr. S. Mich. Luneb.; vgl. unten, Kap. 48) Nach dem
Chron. S. Mich. Luneb. wurde er ermordet und in Lüneburg begraben; Helmolds
Schweigen stellt das in Frage.

[1] Heinrichs Taten hat Helmold zusammenhängend dargestellt; erst jetzt läßt
er mit zeitlichem Rückgriff die Reichsgeschichte unter Heinrich V. folgen.

versa [2]terra / quiescit in conspectu eius[2], fecitque [ab][a] universis principibus iurari expeditionem Italicam[3], volens iuxta morem assequi plenitudinem imperialis honoris de manu summi pontificis. Transcensisque
Alpibus perrexit Romam cum ingenti armatorum multitudine. Domnus vero papa Paschalis audito introitu eius non modice letatus est 5
misitque ad circumiacentes regiones accersire numerosum clerum,
quatinus regem honorabiliter venientem ipse honoratior exciperet.
Susceptus est igitur cum magno cleri Urbisque tripudio. Ubi autem
ventum est ad consecracionem[4], exegit ab eo domnus papa iuramenta,
quatinus in catholicae fidei observantia integer, in apostolicae sedis 10
reverentia promtus, in ecclesiarum defensione sollicitus existeret. Sed
rex superbus iurare noluit, dicens imperatorem nemini iurare debere,
cui iuramentorum sacramenta ab omnibus sint exhibenda. Facta est
igitur contentio inter domnum papam et regem, et interceptum est
opus consecracionis. Statim armatus regis exercitus efferatus est in 15
iram, inieceruntque manus in clerum et spoliaverunt eos vestibus
sacris, quasi lupi grassantes inter ovilia. His auditis Romani proruunt
ad obsistendum, eo quod viderent iniuriari clerum, ortumque est
bellum in domo beati Petri tale, quale non est auditum ab annis antiquis. Prevaluit autem exercitus regis, attriveruntque Romanos [5]inter 20
fectione magna nimis[5], nec fuit discrecio cleri et vulgi, omnia devorante
gladio. Illic pugnavit robustissimus quisque, quousque [6]obrigesceret
gladius in manibus eius[6]. Et repleta est [7]domus sanctificationis[7] morticinis et cadaveribus, profluxeruntque de acervis / mortuorum rivi
sanguinis, adeo ut Tyberina fluenta mutarentur in colorem sanguinis. 25
    Sed quid multis inmoror ? Domnus papa et ceteri, qui occisioni superfuerant, in captivitatem ducti sunt. Videres igitur cardinales funibus
in colla missis nudos trahi, vinctis post terga manibus, et de civibus
inmensas cathenatorum catervas duci. Postquam igitur profecti de
Roma venerunt ad primae mansionis locum, accesserunt quidam 30
episcopi et religiosi ad domnum papam dicentes ad eum: ‚Magnus
dolor est cordi nostro, sanctissime pontifex, de tanto facinore, quod
commissum est circa te et clerum tuum et cives urbis tuae. Sed mala
haec exigentibus peccatis nostris inprovisa magis quam deliberata
fuerunt. Assentire igitur nobis et complacare domino nostro, ut et ipse 35

    [a]) ab *nur in 4.*
    [2-2] Vgl. 1. Makk. 1, 3–11, 38 u. 52.

schaft über das Reich erlangt hatte, daß das ganze [2]Land vor seinem Anblick stille ward[2], und er ließ alle Fürsten eidlich auf einen Italienzug ver-
pflichten[3]; nach der Sitte wollte er die Fülle der kaiserlichen Würde aus
der Hand des höchsten Priesters empfangen. So überstieg er die Alpen und
5 zog mit gewaltiger Heeresmacht nach Rom. Papst Paschalis freute sich
nicht wenig, als er von seiner Ankunft hörte, sandte in die umliegenden
Gegenden und ließ die Geistlichkeit zahlreich zusammenkommen, um den
mit Gepränge heranziehenden König selbst desto würdiger zu empfangen.
So wurde er unter großem Jubel von Stadt und Geistlichkeit aufgenom-
10 men. Als es aber zur Weihe kam[4], forderte der Papst von ihm einen Eid,
daß er unverbrüchlich am Glauben festhalten, bereitwillig den apostolischen Stuhl ehren und eifrig die Kirchen verteidigen wolle. Allein der
stolze König weigerte sich; er sagte, der Kaiser dürfe niemandem schwören, da ihm selbst von allen Eide zu leisten seien. So entstand ein Streit
15 zwischen Papst und König und die Weihehandlung wurde unterbrochen.
Sofort geriet die gewaffnete Mannschaft des Königs in wilden Zorn; wie
Wölfe, die im Schafstall wüten, warfen sie sich auf den Klerus und raubten
den Priestern die heiligen Gewänder. Als sie das hörten, eilten die Römer
herzu, sich zur Wehr zu setzen, weil sie sahen, daß dem Klerus Gewalt
20 geschah, und es begann im Hause St. Peter ein so blutiger Kampf, wie
dergleichen seit alters unerhört war. Doch des Königs Heer behielt die
Oberhand, sie rieben die Römer in [5]einem maßlosen Blutbade auf[5], und
kein Unterschied war zwischen Priestern und Volk: alle erwürgte das
Schwert. Da kämpfte jeder Tapfere, bis [6]das Schwert seinen Händen ent-
25 sank[6]. So füllte sich [7]das Haus der Weihe[7] mit Mord und Totschlag, und
den Haufen der Erschlagenen entquollen Ströme von Blut, so daß die
Wellen des Tiber sich blutrot färbten.
Doch wozu verweile ich dabei noch lange? Der Papst und die anderen
Überlebenden des Gemetzels wurden gefangen fortgeführt. Da konnte man
30 sehen, wie die Kardinäle nackt, mit Stricken um den Hals und auf den Rük-
ken gebundenen Händen fortgeschleppt und unzählbare Scharen von Bürgern in Ketten abgeführt wurden. Als sie nun beim Abzug aus Rom an den
ersten Rastort kamen, traten einige Bischöfe und Geistliche an den Papst
heran und sagten: ,,Heiligster Vater, unser Herz erfüllt tiefer Schmerz über
35 solche Untat, wie sie an dir, deinen Priestern und den Bürgern deiner Stadt
verübt ist. Doch diese Leiden – durch unsere Sünden verwirkt – trafen uns
eher unvorhergesehen als vorsätzlich. Darum höre auf uns und söhne dich

---

[3] 1110, Jan. in Regensburg, April in Utrecht. – Kap. 39 und 40 lehnen sich frei
an die Weltchronik Ekkehards von Aura, Rez. D an.
[4] 1111, Febr. 12.
[5-5] = 1. Sam. 5, 9. – Gefangennahme des Papstes bereits am 12., das Gefecht
am 13. Februar.
[6-6] Vgl. 2. Sam. 23, 10.
[7-7] = Jes. 64, 11.

complacetur tibi, et perfice in eo opus benedictionis tuae.' Quibus ille
respondit: ,Quid dicitis, o dilecti fratres? Virum hunc iniquum, [8]virum
sanguinum et dolosum[8] a nobis consecrandum dicitis? Bene expiavit
manus suas ad percipiendam consecracionem, qui aras Dei perfudit
cruore sacerdotum et domum sanctificacionis replevit cadaveribus   5
interfectorum. Absit a me verbum hoc, ut ego consentiam consecracioni eius, qui seipsum execrabilem reddidit.' Cumque illi dicerent cautum esse saluti suae et eorum qui erant in captivitate, ut regem placaret,
respondit cum magna libertate dicens: ,Non timeo dominum vestrum
regem. [9]Occidat corpus, si vult, amplius non habet quid faciat[9]. Multum   10
quidem prosperatus est in cede civium et cleri sui, sed [10]dico vobis in
veritate[10], quia de cetero non assequetur victoriam nec videbit pacem in
diebus suis, sed nec filium generabit, [11]qui sedeat in throno eius[11].

Cumque haec renuntiata fuissent in conspectu regis, exarsit in
iracundia magna iussitque omnes captivos decollari in facie domni   15
papae, ut vel per hoc deterreret eum. Ille vero instanter ortabatur eos
mori fortiter pro iusticia, promittens eis eternae vitae [12]inmarcessi-
bilem coronam[12]. At illi una/nimiter provoluti pedibus eius orabant
dilacionem vitae. Tunc beatissimus pontifex suffusus lacrimis con-
testatus [13]est cordium inspectorem[13] se malle mori quam cedere, si non   20
prepediret ovibus Christi[b] iure inpendenda compassio. Fecit igitur
quod necessitas imperarat[c] et promisit se regem consecratuɪum, ut
captivitas relaxaretur. Reversique in Urbem domnus papa et cardinales fecerunt regi secundum voluntatem eius, extorto quidem obsequio, dederuntque ei privilegium super [14]omnibus quae desideraverat   25
anima eius[14].

De bello Welpesholt. Cap. XL.

Postquam igitur arrepta benedictione[1] imperator[a] Teutonicas revisit
terras, collecta est in urbe Roma synodus centum viginti patrum[2], ubi
domnus papa acrius incusatus est pro eo, quod regem sacrilegum,   30
capto summo pontifice, tractis cardinalibus, fuso sanguine cleri et

---

[b]) *So Albert v. Stade;* omnibus *Hss. und edd. SCHM. erwägt, nach* ,Christi'
,fidelibus' *zu ergänzen.*

[c]) imperabat *1 1a, LAPP.; SCHM. zieht zu Recht die Lesart von 2 vor, vgl.
Kap. 70, Anm. a.*

[a]) imperator *fehlt 2.*

mit unserem Herrn aus, damit auch er sich dir geneigt zeige, und vollende an
ihm das Werk deines Segens!" Er antwortete ihnen: „Was sagt ihr, geliebte
Brüder? Diesen ungerechten, [8]blutbefleckten und falschen Mann[8] soll ich
einsegnen? Schön hat er, den Segen zu empfangen, seine Hände gereinigt,
5 der Gottes Altäre mit Priesterblut übergoß und die Weihestätte mit den
Leichen Erschlagener anfüllte! Fern sei mir, daß ich einwilligen sollte in die
Einweihung dessen, der sich selbst zum Entweihten gemacht hat!" Als
aber jene sagten, es sei ratsam wegen seiner und seiner Mitgefangenen
Rettung, daß er den König versöhne, entgegnete er höchst freimütig:
10 „Ich fürchte euren Herrn, den König, nicht. [9]Er töte den Leib, wenn er
will, mehr kann er nicht tun[9]! Zwar ist es ihm prachtvoll gelungen, Bürger
und Geistliche hinzumorden, doch [10]ich sage euch in Wahrheit[10], er wird den
Sieg im übrigen nicht erreichen noch zeitlebens Frieden finden und auch
keinen Sohn erzeugen, [11]der auf seinem Throne sitze[11]."
15 Als das vor den König gebracht wurde, ergriff ihn heftiger Zorn und er
befahl, alle Gefangenen in Gegenwart des Paptes zu enthaupten, um ihn
vielleicht so zu schrecken. Der jedoch rief sie inständig auf, um der Gerechtigkeit willen tapfer zu sterben, und verhieß ihnen [12]die unvergängliche
Krone[12] des ewigen Lebens. Aber sie fielen ihm einhellig zu Füßen und baten
20 um Schonung ihres Lebens. Da rief der heiligste Vater tränenüberströmt den
zum Zeugen an, [13]der die Herzen kennt[13], daß er lieber sterben als nachge-
ben würde, wenn ihn nicht das schuldige Mitleid mit der Herde Christi daran hinderte. Er tat also, was die Not erzwang und versprach, den König
weihen zu wollen, damit die Gefangenen frei kämen. Nach der Stadt
25 zurückgekehrt, taten also Papst und Kardinäle dem Könige den Willen,
freilich als erzwungenen Dienst, und gaben ihm eine Urkunde über [14]alles,
was sein Herz begehrte[14].

40. Von der Schlacht bei Welfesholz

Nachdem der Kaiser die Weihe erzwungen hatte[1] und nach Deutschland
30 zurückgekehrt war, versammelte sich in der Stadt Rom eine Synode von
120 Vätern[2], vor welcher der Papst sehr scharf angegriffen wurde, weil er
den tempelschänderischen König, der das geistliche Oberhaupt gefangen,
die Kardinäle mißhandelt, das Blut von Klerus und Bürgern vergossen

[8-8] = Psalm 5, 7.
[9-9] Vgl. Ev. Lukas 12, 4.
[10-10] Vgl. Ev. Luk. 4, 25.
[11-11] Vgl. Jerem. 22, 30.
[12-12] Vgl. 1. Petr. 5, 4.
[13-13] Vgl. Sprüche 24, 12.
[14-14] Vgl. Kön. 11, 37.

[1] 1111, April, 13.   [2] 1112, März, 18 ff.

civium, ad imperiale culmen provexerit, insuper constitutiones episcoporum, quas patres sui ecclesiastico iuri usque ad mortes et exilia defensaverint, huic omnium indignissimo etiam privilegio stabilierit. Ille pretendere cepit necessitatis articulum maximaque pericula minori dispendio intercepta, strages plebium, incendia Urbis non posse aliter restringi. Se quidem peccasse, sed inpulsum; emendaturum se hanc noxam secundum quod imperaret sanctum concilium. Accepta igitur satisfactione incusantium refriguit fervor, definitoque consilio[3] extortum illud privilegium non privilegium, immo pravilegium[4] vocitandum, [b]ideoque anathemate / rescindendum[b] sanxerunt, ipsum preterea imperatorem a liminibus sanctae ecclesiae sequestrandum censuerunt.

Currit haec fama per orbem universum, omnesque, quos novarum rerum cupido trahebat, accepta quandoque occasione rebellionis aggressi sunt molimina. Inter quos precipuus erat famosus ille Adelbertus Mogontinus episcopus[5], sociatis sibi quam pluribus, maxime vero Saxonum principibus, quos ad defectionem[c] partim necessitas, partim etiam rebellionum vetus consuetudo illexerat[6]. Siquidem preter nova bella, quae tunc parabantur, cum fortissimo viro seniore Heinrico novies olim conflixerant. Sed quid multis inmoror? Sentiens imperator omnem iam Saxoniam a se deficere[7] et conspiracionum virus latius serpere, primo omnium ipsum auctorem rebellionis Mogontinum cepit episcopum[8], deinde toti infusus Saxoniae provinciam eorum maxima strage pervasit, principibus eorum occisioni aut certe captivitati traditis. Tunc hii qui superstites fuerant de principibus Saxonum, videlicet Luderus dux, Reingerus Halverstadensis episcopus[9], Fredericus comes de Arnesberg[10], multique nobiles conglobati in unum imperatori denuo in Saxoniam cum exercitu redeunti occurrerunt in loco qui dicitur Welpesholt[11], produxeruntque exercitum suum adversus exercitum regis, licet impares numero. Tres enim contra quinque pugnaverunt.

Conmissumque est prelium illud nostra etate famosissimum Kal. Februarii[12], quo Saxones superiores inventi virtutem regis attri-

b-b) *fehlt 2.*

c) defensionem *3.*

[3] März, 21.

[4] Wortspiel der Konzilsakten (MANSI 21, 67 ff.), vgl. Ekkehard und weitere

hatte, auf den Kaiserthron erhoben, und obendrein die Einsetzung von
Bischöfen, von seinen Vorgängern als Recht der Kirche bis zu Tod und
Verbannung verteidigt, diesem ganz unwürdigen Manne noch urkundlich
bestätigt habe. Er suchte sich mit Nötigung zu entschuldigen; die größten
5 Gefahren seien durch eine geringere Einbuße abgewendet, anders habe das
Blutbad im Volk und die Einäscherung der Stadt nicht verhütet werden
können. Er habe wohl gefehlt, doch auf Veranlassung anderer; er werde
diese Schuld nach dem Gebote des heiligen Konzils büßen. Diese Ent-
schuldigung wurde angenommen, die Leidenschaft der Angreifer legte sich
10 und man faßte endlich den Beschluß[3], jene abgedrungene Urkunde sei
nicht ein Schutzbrief, vielmehr ein Schmutzbrief zu nennen[4], erklärte sie
durch feierlichen Fluch für ungültig und schloß überdies den Kaiser selbst
vom Kirchenbesuch aus.

Diese Kunde durchlief den ganzen Erdkreis und jeder der auf Umsturz
15 sann, nahm die Gelegenheit wahr, den Aufruhr zu entfesseln. Führend tat
sich unter ihnen jener berüchtigte (Erz)Bischof Adalbert von Mainz[5] hervor,
der sehr viele, zumal sächsische Große an sich gezogen hatte, welche teils
Not, teils alte Gewöhnung an Aufruhr zum Abfall bewogen hatte[6]. Waren sie
doch, vom neuen, jetzt vorbereiteten Kriege abgesehen, mit dem tapferen
20 Helden, Heinrich dem Älteren, vordem neunmal in Kampf geraten. Doch
was zögere ich weiter? Als der Kaiser merkte, daß bereits ganz Sachsen
von ihm abfiel[7] und das Gift der Empörung weiter um sich griff, nahm er
vor allem ihren Urheber, den Mainzer Bischof selbst, fest[8], überzog sodann ganz Sachsen und verheerte das Land durch ein schreckliches Blut-
25 bad, wobei er die Fürsten dem Tode oder wenigstens dem Kerker übergab.
Darauf vereinigten sich die überlebenden sächsischen Großen, nämlich
Herzog Lothar, Bischof Reinhard von Halberstadt[9], Graf Friedrich von
Arnsberg[10] und zahlreiche Edle, warfen sich dem abermals mit Heeresmacht nach Sachsen zurückkehrenden Kaiser an einem Ort namens Wel-
30 fesholz[11] entgegen und führten ihre Streitkräfte gegen die des Königs, obwohl sie schwächer an Zahl waren; denn es standen ihrer drei gegen fünf.

Diese berühmteste Schlacht unserer Zeit fand am 1. Februar statt[12],
dabei erwiesen sich die Sachsen als überlegen und überwanden den tapfer

Quellen. LAURENT übersetzt: Vergünstigung – Versündigung, GIESEBRECHT:
Gnadenbrief – Schandenbrief.   [5] Adalbert I. von Mainz (1109–37).
[6] 1112, Ende März beginnt der Aufstand unter Hz. Lothar, nur kurz durch
dessen Unterwerfungen Juni 1112 und Jan. 1114 unterbrochen.
[7] Vgl. zum Folgenden außer Ekkehard Ann. Hild. zu 1115.
[8] 1012, Dez.; er blieb 3 Jahre in Haft.
[9] Meist Reinhard, (1107–23).
[10] Im östl. Sauerland, Teilerbe der Werler Grafen; mit Friedrich stirbt das
Haus 1124 aus.
[11] Nordöstlich Mansfeld, zwischen Gerbstedt und Hettstedt.
[12] Vielmehr 1115, Febr. 11.

verunt. Cecidit in eo bello Hogerus[d] [13] princeps militiae regis, natus et ipse Saxonia, destinatus ad ducatum Saxoniae, si res prospere
cessissent. / Tunc Saxones propter victoriam animis sublevati, per-
pendentes cesaris iram non facile impunitatem tantae calamitati
prebituram, frequentibus colloquiis causam suam muniunt, sedicio- 5
nes, quae infra provinciam erant, federibus conciliant, aliunde auxi-
liantium manus consciscunt, postremo, ne complices federa rumpant,
omnes in defensionem patriae arma coniurant. Quid dicam de Mogontino, qui super omnes adversus imperatorem deseviit? Is enim
civium suorum, qui cesarem Moguntiae obsederant, studio carcere 10
erutus et sedi suae restitutus[14], quantas mortes in captivitate pertulerit, non tam exesi corporis specie quam ultionis acerbitate expressit.
Qui etiam legacione sedis apostolicae functus frequentibus conciliis
episcoporum aliorumque, quos iustitiae species induerat, excommunicacionis verbum in cesarem deponebat. His mocionibus exacerbatus 15
cesar transiit in Longobardiam[15] cum uxore sua Mathilde, filia regis
Angliae. Transmisitque legatos ad domnum Paschalem papam, ora-
turus veniam super excommunicacionis verbo. At ille distulit causam
ad audientiam sancti concilii, legitimas regi prefigens inducias, laxa-
toque interim excommunicacionis[e] vinculo.   20

Obiit interea Paschalis[16], cui substituit cesar Burdinum quendam[17],
reprobato Gelasio, quem canonica electio statuerat[18]. Factumque est
denuo scisma in ecclesia Dei. Gelasius enim fuga elapsus in regno Francorum mansit usque ad diem mortis suae.

Longum est igitur per singula replicare turbulentias temporis illius, 25
nec est temporis huius[19] talium explanacio. Slavorum autem hystoria,
unde longius digressus sum, reditum perurget. Quorum utique conversionem Heinriciani cesares non modice retardaverunt, domesticis
videlicet semper pregravati. Qui vero actus / eorum et terminum
scismatis huius plenius nosse desiderat, legat hystoriam magistri Egge- 30
hardi, librum quintum, quem ad Heinricum iuniorem describens bona
eius amplissima laude extulit, at male facta aut omnino tacuit aut in
melius interpretatus est.

---

[d]) hagerus *1, S.*
[e]) excommunicacionis – quendam *(eine Zeile in 1) fehlt 1a.*

streitenden König. In dieser Schlacht fiel Hoier[13], Heerführer des Königs und selbst in Sachsen geboren, der als Herzog von Sachsen vorgesehen war, wenn die Sache glücklich ausgegangen wäre. Durch den Sieg ermutigt und wohl erwägend, daß der zornige Kaiser eine solche Niederlage nicht
5 ungestraft werde hingehen lassen, suchten nun die Sachsen bei zahlreichen Zusammenkünften ihre Sache zu stärken; Aufstände in kleineren Landesteilen verbanden sie durch Bündnisse miteinander, von auswärts zogen sie Hilfskräfte heran, und damit kein Verbündeter die Verträge bräche, verschworen sich zuletzt alle mit den Waffen zur Verteidigung der Heimat.
10 Was soll ich aber vom Mainzer sagen, der mehr als alle gegen den Kaiser wütete? Sobald er durch den Eifer seiner Bürger, welche den Kaiser zu Mainz belagert hatten, der Haft entrissen und wieder auf seinen Stuhl gesetzt war[14], zeigte seine erbitterte Rachsucht mehr noch als sein abgezehrter Körper, wieviel Tode er in der Gefangenschaft gestorben war. Da er
15 auch Legat des römischen Stuhles war, ließ er auf zahlreichen Versammlungen von Bischöfen und anderen, die mit richterlicher Gewalt bekleidet waren, das Wort vom Bann gegen den Kaiser fallen. Erbittert über diese Umtriebe, zog der Kaiser mit seiner Gemahlin Mathilde, einer Tochter des Königs von England, in die Lombardei[15]. Er schickte Unterhändler zu
20 Paschalis, um die Aufhebung des Bannes zu erbitten. Der aber verschob die Sache zu Ohren eines heiligen Konzils, setzte dem König nach Recht und Gesetz eine Frist und milderte vorläufig die Strenge des Bannes.

Inzwischen starb Paschalis[16]; der Kaiser setzte einen gewissen Burdinus an seine Stelle[17] und verwarf den Gelasius, welchen die kanonische Wahl
25 eingesetzt hatte[18]. So entstand abermals eine Spaltung in der Kirche Gottes, denn Gelasius entfloh und blieb bis zu seinem Tode in Frankreich.

Aber es würde zu weit führen, wollte ich die Stürme jener Zeit einzeln schildern, und heutzutage[19] ist es nicht am Platze, von solchen Ereignissen zu reden. Vielmehr verlangt die Geschichte der Slawen, von der ich zu
30 weit abgeschweift bin, dringend meine Rückkehr. Deren Bekehrung haben die Kaiser des Namens Heinrich jedenfalls nicht wenig verzögert durch ihre dauernde Inanspruchnahme im Innern. Wer aber ihre Taten und das Ende der Kirchenspaltung genauer zu kennen wünscht, der lese die Geschichte des Meisters Eckehard, Buch fünf, welches er an Heinrich den
35 Jüngeren richtet. Seine guten Handlungen preist er außerordentlich, aber seine Übeltaten verschweigt er entweder ganz oder legt sie günstig aus.

[13] Gr. Hoyer v. Mansfeld, Rivale der Wettiner und Askanier, 1113 zunächst siegreich bei Warnstedt.

[14] 1115, Nov.

[15] 1116, Frühjahr; zur Einziehung der mathildischen Güter.

[16] 1118, Jan. 21.

[17] Als Gegenpapst Gregor VIII. (1118–21, dann gefangen, Tod unbekannt).

[18] Gelasius II. (1118–19).

[19] Anspielung auf das alexandr. Schisma zu Helmolds Zeit.

Nec tamen pretereundum reor, quod in diebus illis claruit vir insignis sanctitate Otto Bavenbergensis episcopus[20]. Qui invitante pariter et adiuvante Bolizlao Polonorum[f] duce Deo placitam adiit peregrinacionem ad gentem Slavorum, qui dicuntur Pomerani et habitant inter Odoram et Poloniam[21]. Predicavitque barbaris verbum Dei [22]Deo co- 5 operante et sermonem confirmante sequentibus signis[22] omnemque gentem illam cum principe eorum Wertezlavo[g][23] convertit ad Dominum, permanetque fructificacio divinae laudis illic usque in hodiernum diem.

Electio Luderi. Cap. XLI. 10

Anno post haec incarnati verbi M⁰C⁰XX⁰VI⁰ obiit apud Traiectum Heinricus cesar[1], et successit in solium regni Luderus Saxonum dux. Indignati autem Francigenae virum Saxonem elevatum in regnum conati sunt alium suscitare regem, Conradum videlicet, consobrinum Heinrici cesaris[2]. Prevaluit autem pars, quae fuit cum Ludero, abiens- 15 que Romam promotus est ad apicem imperii per manus Innocentii papae[3]. Quo etiam suffragante Conradus eo usque propulsus est, ut se traderet in potestatem Luderi, qui et Lotharius, factusque est ex hoste amicissimus[4]. Cepitque in diebus Lotharii cesaris [5]oriri[a] nova lux[5] non tam in Saxoniae finibus quam in universo regno, tranquillitas tem- 20 porum, habundantia rerum, pax inter regnum et sacerdocium. Sed et Slavorum populi agebant [6]ea quae pacis sunt[6], eo quod Heinricus Slavorum regulus comitem Adolfum et contiguos / Nordalbingorum populos omni benivolentia amplexatus fuerit. In diebus illis non erat ecclesia vel sacerdos in universa gente Luticiorum, Obotritorum sive 25 Wagirorum, nisi tantum in urbe Lubeke, eo quod fuerit illic Heinrici familiare contubernium[7]. Surrexit eo tempore sacerdos quidam Vicelinus[b] nomine et venit ad regem Slavorum Lubeke[8], rogavitque dari sibi facultatem predicandi verbum Dei infra terminos dicionis eius. Quis autem fuerit vir iste quantaeque opinionis, multorum qui adhuc 30 supersunt habet noticia; sed ne posteros lateat, huic narracioni in-

---

[f]) Polenorum *1, SCHM.*   [g]) wertezla, *verb. zu* Wertezlao *1.*

[a]) oriri *fehlt 2.*   [b]) Wicelinus *2.*

[20] Otto v. Bamberg (1102–39); seine Missionsreisen nach Pommern: 1124/25 und 1128.
[21] Boleslaw III. (1102–38) hatte 1121 oder 1122 Stettin erobert.

Indes glaube ich nicht übergehen zu dürfen, daß damals ein durch seine
Heiligkeit ausgezeichneter Mann, Bischof Otto von Bamberg, sich hervortat[20]. Eingeladen und unterstützt durch Herzog Boleslaw von Polen unternahm dieser eine gottgefällige Reise zu den Slawen, die Pomeranen heißen
5 und zwischen der Oder und Polen wohnen[21]. Er predigte den Barbaren das
Wort Gottes [22]und der Herr wirkte mit und bekräftigte das Wort durch
mitfolgende Zeichen[22]; und er bekehrte jenes ganze Volk samt dessen Fürsten Wartislaw zum Herrn[23], und die Frucht des Gotteswortes blieb dort
lebendig bis auf den heutigen Tag.

10   41. Die Wahl Lothars

Danach im Jahre des Fleisch gewordenen Wortes 1126 starb Kaiser
Heinrich zu Utrecht[1] und auf dem Thron des Reiches folgte Herzog Lothar
von Sachsen. Doch unwillig darüber, daß ein Sachse zur Herrschaft erhoben war, suchten die Franken einen anderen König aufzustellen, näm-
15 lich Konrad, einen Vetter Kaiser Heinrichs[2]. Aber die Partei Lothars setzte sich durch, er zog nach Rom und wurde von der Hand des Papstes
Innozenz an die Spitze des Reiches gestellt[3]. Auf dessen Fürsprache hin
wurde auch Konrad soweit gebracht, daß er sich in die Hand Luders oder
Lothars gab und aus einem Feind sein bester Freund wurde[4]. In Kaiser
20 Lothars Tagen begann sich [5]ein neues Licht zu erheben[5], nicht sowohl
innerhalb Sachsens als im ganzen Reiche: ruhige Zeiten, Überfluß und
Frieden zwischen Königtum und Papst. Auch die Slawenvölker [6]zeigten
sich friedfertig[6], weil ihr Beherrscher Heinrich dem Grafen Adolf und den
benachbarten Nordelbingern die freundschaftlichste Gesinnung bewies.
25 Damals gab es weder Kirche noch Priester im ganzen Volke der Lutizen,
Obotriten und Wagrier, außer in der Burg Lübeck, weil dort Heinrichs
häuslicher Wohnsitz war[7]. Um diese Zeit machte sich ein Priester namens
Vizelin auf, kam nach Lübeck zum Slawenkönig[8] und bat, ihm möge erlaubt werden, das Wort Gottes innerhalb von dessen Herrschaftsbereich
30 zu predigen. Was das aber für ein Mann war und von welchem Ansehen,
wissen viele noch jetzt Lebende; damit es indes den Nachkommen nicht

---

[22-22] = Ev. Mark. 16, 20.

[23] Wartislaw I. (vor 1124–1147/48), Stammvater der Fürsten von Pommern.

[1] Vielmehr 1125 (Mai, 23).

[2] Die beiden Staufer Friedrich und Konrad waren durch ihre Mutter Agnes
Neffen Heinrichs V.; Konrad im Dez. 1127 zum Gegenkönig erhoben.

[3] 1133, Juni, 4. Innozenz II. (1130–43).   [4] 1135, Sept.

[5-5] Vgl. Esther 8, 16.   [6-6] = Ev. Luk. 14, 32.

[7] Vgl. Kap. 34, Anm. 23; Reste der von Heinrich inmitten der Burg erbauten
Kirche sind ausgegraben worden.

[8] 1126, Herbst.

serendum arbitror, eo quod datus sit in salutem gentis huius [9]directas facere semitas Dei nostri[9] [10]in natione[c] prava et perversa[10].

De Vicelino episcopo. Capitulum XLII.

Vicelinus[1] itaque Mindensi parrochia oriundus in villa publica cui nomen Quernhamele, quae sita est in ripa Wiserae[a], genitus est 5 parentibus morum magis honestate quam carnis et sanguinis nobilitate adornatis. Litterarum rudimentis apud canonicos eiusdem loci institutus est, neglectus tamen pene ad virilem etatem, eo quod parentibus orbus adolescentiae annos, ut ea assolet etas, levis et lubricus exegerit. Patria tandem domo exemptus divertit in castellum non lon- 10 ge positum, cui nomen Eversten[2], ubi nobilis domina mater Conradi comitis[3] iuvenem desolatum miserata aliquandiu tenuit, misericorditer fovit, adeo ut sacerdos castri videns et invidens occasiones quereret, quibus eum castro deturbaret. Quadam igitur die multis arbitris/ coram positis interrogavit Vicelinum, in scolis positus quid legisset. 15 Illo perhibente se Statium Achilleidos legisse, consequenter requisivit quae esset materia Statii. Sed cum diceret se nescire, sacerdos nimium mordaciter ad circumstantes: ,Heus', inquit, ,ego iuvenem hunc de recenti studio venientem putabam aliquid esse, sed opinione delusus sum. Iste enim penitus nullius momenti est'. Sed quia scriptum est: 20 [4]Verba sapientium stimuli et quasi clavi in altum defixi[4], tantae cavillacionis verbum modestia iuvenis extimuit, statimque castro sese proripiens etiam sine valedictione discessit, tantis lacrimis inundans et verecundiae punctiones sustinens, ut vix cuiquam opinabile sit. Audivi eum sepenumero dicentem, quia ad verbum illius sacerdotis 25 respexerit eum misericordia divina.

Abiit igitur Patherburnen, ubi tunc forte studia litterarum florebant sub nobili magistro Hartmanno[b][5]. Cuius etiam mensa et contubernio usus quam pluribus annis tanto fervore, tanta denique instantia studuit, ut non facile explicari possit. Crebro enim veluti 30
     ad quandam[c] desudans mente palestram,
     artibus edomitum subdidit ingenium.

[c]) generatione *1a*.

[a]) Wesere *3*.   [b]) hermanno *2*.

[c]) quandam veluti *ergänzt LAPP. den Hexameter.*

unbekannt bleibe, glaube ich es in diese Erzählung einfügen zu müssen,
weil er zum Heile dieses Volkes geboren war, [9]um unserem Herrn einen
rechten Weg zu bereiten[9] [10]unter dem ungeschlachten und verkehrten Geschlecht[10].

5   ## 42. Von Bischof Vizelin

Vizelin[1] stammte von einem Königshofe im Mindener Sprengel namens
Hameln, am Ufer der Weser gelegen, und war von Eltern gezeugt, die
sich mehr durch Zucht und Sitte als durch adeliges Geblüt auszeichneten.
In die Anfänge des Wissens wurde er bei den dortigen Stiftsgeistlichen ein-
10 geführt, dann aber blieb er fast bis ins Mannesalter vernachlässigt, weil
er seine Eltern verlor und seine Jünglingsjahre, wie üblich in diesem Alter,
leichtfertig und haltlos hinbrachte. Endlich büßte er sein Vaterhaus ein
und ging auf eine unweit gelegene Burg namens Everstein[2], wo die edle
Hausherrin, Mutter des Grafen Konrad[3], den verlassenen Jüngling einige
15 Zeit lang mitleidig aufnahm und ihn so barmherzig begünstigte, daß der
Burgkaplan ihn zu beneiden begann und Anlaß suchte, ihn von der Burg
zu vertreiben. Also fragte er den Vizelin eines Tages vor vielen Zeugen,
was er in der Schule gelesen habe? Als der antwortete, er habe des Statius
Achilleis gelesen, forschte er hartnäckig weiter, was denn dessen Stoff sei?
20 Da Vizelin sagte, das wisse er nicht (mehr), meinte der Priester äußerst
bissig zu den Umstehenden: „Ach, ich dachte, dieser junge Mann, der eben
von der Schule kommt, bedeute etwas, aber darin habe ich mich getäuscht:
an dem ist gar nichts!" Weil aber geschrieben steht: [4]Die Worte der Weisen sind Stacheln und gleichen tief eingeschlagenen Treibnägeln[4], so er-
25 schrak der bescheidene Jüngling vor so höhnischen Worten, lief sofort aus
der Burg davon und verschwand ohne Abschied, wobei er so heftig weinte
und sich so sehr schämte, daß es sich kaum jemand vorstellen kann. Ich
habe ihn oft sagen hören, daß ihn durch das Wort jenes Geistlichen Gottes
barmherzige Fügung angerührt habe.
30   Er ging nun nach Paderborn, wo damals unter dem berühmten Magister
Hartmann[5] die wissenschaftlichen Studien blühten. Dessen Tisch- und
Hausgenosse wurde er und studierte mehrere Jahre lang mit unbeschreib-
lichem Eifer und Fleiß. Denn unablässig
„...wie auf der Kampfbahn mühte er hart sich im Geiste.
35   Bis er gezähmt unterwarf Herz und Sinne der Kunst."

[9-9] Vgl. Jes. 40, 3 (von den Ev. zitiert).
[10-10] Vgl. 5. Mose 32, 5; danach Phil. 2, 15.

[1] Zur umstrittenen Chronologie Vizelins vgl. Einleitung.
[2] Rechts der Mittelweser bei Holzminden.
[3] Konrad v. E., 1113–27 bezeugt; die Mutter hieß Mathilde.
[4-4] Pred. Sal. 12, 11.
[5] 1123, Juni, 18 ein Paderborner Domherr Hartmann bezeugt.

Non hunc ludi, non epulae cepto proposito detraxerant, ⁶quin aut
legeret aut dictaret vel certe scriberet⁶. Chori preterea diligentissimus
curator extitit, inter primicias adolentis religionis
>   deservire Deo suave piumque putans.

Videns igitur egregius magister discipulum atque contubernionem 5
suum supra vires laborare sepius ait ad eum:
>   ,O Viceline,
>   precipitanter agis, pone modum studiis,
>   nam temporis adhuc
>   satisᵈ superest, quo plurima discere possis'. /   10
Ille nichil motus hiis verbis: ,Ecce recordor', ait
>   ,me libris tardas applicuisse manus,
>   festinare decet, patitur dum tempus et etas'⁷.

⁸Dedit autem Dominus viro illi intellectum et cor docile⁸, super-
crescensque socios in brevi factus est in scolis regendis magistri co- 15
adiutor. ⁹Preerat igitur sociis in sollicitudine⁹, instituens tam doctrina
quam exemplo. Orationi etiam interdum vacans omnium sanctorum
suffragia efflagitabat, precipue vero beati Nicolai, cuius obsequio spe-
cialius sese manciparat. Unde etiam contigit, ut vice quadam eiusdem
sancti natalitia celebraturus in oratorio sanctae Brigidae socios con- 20
sciverit. Ubi vespertino et matutino officio sollempniter expleto ange-
licae voces a quibusdam auditae sunt psallentes iuxta morem cleri
responsorium: ,Beatus Nicolaus iam triumpho potitus'. Accessit igitur
Vicelino gaudium de miraculo et de gaudio cumulata devocio.

>   De transitu Ludolfi presbiteri. Capitulum XLIII.   25

Ceterum eidem viro divino famulatu imbuendo nobile prebuit virtutis incitamentum illa celebris fama avunculi ipsius Ludolfi, sacerdotis de Feule¹, qui summae sanctitatis vir magnusque confessor frequentabatur a populis regionis confitentiumᵃ peccata sua et remedio
²penitentiae venturam iram² declinare cupientiumᵃ. Ad quem et ipse 30
accersitus sepius accessit insistens abluendis per confessionem propriis
criminibus, consideravitque in sacerdote naturae simplicitatem, inno-
centiam vitae et super omnia elemosinarum largitatem statumque

---

ᵈ) *So 1, 2, 3; multum edd.; LAPP. konj. sat multum.*

ᵃ, ᵃ) *So codd. und edd. statt* confitentibus *bzw.* cupientibus.

Ihn zog weder Spiel noch Speise vom gefaßten Vorsatz ab, [6]stets mußte er lesen, diktieren oder wenigstens schreiben[6]. Über dies besorgte er den Chordienst auf das fleißigste, seine religiöse Empfindung keimte auf, „Denn zu dienen dem Herrn hielt er für fromm und für schön."

5 Da aber der treffliche Lehrer sah, daß sein Schüler und Hausgenoß über seine Kräfte arbeitete, sagte er öfter zu ihm:

„O Vizelinus,
Allzurasch ist dein Tun: setze dem Eifer das Maß,
hinreichend gibt dir
10 Frist noch die Zeit, daß du weiter zu lernen vermögest!"

Doch er blieb bei solchen Worten ungerührt und sagte:

„sieh, ich bedenke,
Daß ich den Büchern erst spät Eifer gewidmet und Fleiß.
Eilender Mühe bedarf's, solange die Jugend uns Zeit läßt"[7].

15 [8]Gott aber gab diesem Manne Verstand und Gelehrigkeit[8], so daß er seine Gefährten überflügelte und bald dem Lehrer in der Schulleitung half. [9]So stand er seinen Mitschülern eifrig vor[9], indem er sie durch Lehre und Beispiel unterwies. Manchmal widmete er sich auch dem Gebet und rief alle Heiligen an, besonders aber St. Nikolaus, dessen Dienst er sich vor allem 20 geweiht hatte. So kam es auch, daß er einst zum Geburtsfest dieses Heiligen seine Gefährten in der St. Brigitten-Kapelle versammelte. Als Vesper und Mette feierlich gehalten waren, vernahmen einige von ihnen Engelstimmen, die nach geistlichem Brauche das Responsorium sangen: „Der heilige Nikolaus schon des Sieges mächtig". Vizelin aber freute sich des 25 Wunders und die Freude vergrößerte seine Verehrung (für den Heiligen).

43. Von Priester Ludolfs Tod

Übrigens war der angesehene Name seines Oheims Ludolf, des Pfarrers von Fuhlen[1], für den zum Dienste des Herrn sich bereitenden Vizelin ein edler Ansporn zum Guten. Dieser hochheilige Mann und erfahrene Beicht-30 vater wurde häufig von Leuten aus der Umgegend aufgesucht, die ihre Sünden zu beichten und durch das Gnadenmittel [2]der Buße dem zukünftigen Zorn (Gottes)[2] zu entgehen begehrten. Auf dessen Einladung hin kam auch Vizelin öfters zu ihm und wünschte seine eigenen Vergehen durch Beichte zu tilgen. Dabei ging ihm auf, wie einfachen Wesens, reinen 35 Wandels und vor allem wie äußerst wohltätig dieser Priester war; wie keinerlei Ausschweifung seine Gesundheit erschüttert hatte.

[6-6] Vgl. Paulus Diac., Hist. Rom. VII, 10.
[7] Der letzte Doppelvers übersetzt nach LAURENT.
[8-8] Vgl. 2. Mose 36, 1 und 1. Kön. 3, 9.
[9-9] Vgl. Römer 12, 8.

[1] Fuhlen, Kr. Rinteln.   [2-2] Vgl. Matth. 3, 7 f. – Luk. 3, 7 f.

vitae nulla dissolucione labefactatum. Qui etiam venerabilis sacerdos
etate iam decrepitus, sed vigore spiritus integer, ubi egritudine mortali
decubuit, misit ad accersiendos sacerdotes et religiosos quosque; im-
petrato sacrae unctionis officio conquestus est se frau/datum presentia
dilectissimorum suorum Rotholfi Hildensemensis[b] canonici[3] et Vicelini. 5
Nec mora ad vocem deprecantis uterque inopinatus advenit, repperi-
untque virum Deo dilectum exitus sui horam cum magna devocione
opperientem. A quo etiam recogniti [4]cum gratiarum actione[4] suscepti
sunt. Nocte igitur supprema Deo in oratione colloquens, appropin-
quante iam diluculo, iussit sibi a dyacono legi passionem dominicam, 10
qua intentius audita celeriter adorsus est dyaconum: ‚Affer michi‘,
inquit, ‚velociter[c] viaticum salutare, iam enim adest hora migrandi‘.
Statimque participans vivificis misteriis dixit astantibus: ‚Ecce veniunt qui me deducturi sunt, ecce veniunt nuntii Domini mei, sublevate
me de lecto‘. Quibus attonitis: ‚Quid trepidatis‘, inquit, ‚o viri? Nonne 15
videtis nuntios Domini mei omnes adesse?‘ Statimque anima illa carne
soluta est.

Mane igitur facto convenientibus multis ad sepulturam tanti viri orta
est disceptacio de sepultura eius, populo quidem eum in ecclesia, famili-
aribus vero eius in atrio, ut ipse iusserat, sepeliri volentibus. Offertur 20
interim pro anima eius hostia salutaris, cum Theodericus[5] quidam, qui
adhuc superest, propter vigilias funeris sopore gravis lecto decubuit,
viditque sibi assistere virum reverendi habitus et dicentem: ‚Quousque
dormitas? Surge et fac sepeliri sacerdotem, ubi populus eius decrevit‘.
Prevaluit ergo ex beneplacito Dei postulacio populi, sepelieruntque eum 25
infra muros ecclesiae, cui multis annis fideliter deservierat.

De Tetmaro preposito[1]. Capitulum XLIIII.

Post mortem igitur avunculi Vicelinus in Patherburnensi ecclesia
tam diu perstitit, quousque vocatus / Bremam curandis scolis magister
ibidem preditus est[2]. Fuitque in regendis scolis vir valde idoneus, cu- 30

---

[b]) *So, von anderer Hand verb. aus* hildenemensis *1; LAPP.;* hildenemensis
2, edd., SCHM.　　　　　[c]) velociter *fehlt 2.*

[3] Geht 1126 mit Vizelin nach Nordelbien; 1140 urkundlich bezeugt, 1147 in
Lübeck erschlagen (vgl. Kap. 63). Ein gleichnamiger Domherr in Hildesheimer
Urkunden 1125–46!

Als nun dieser ehrwürdige Geistliche, zwar altersschwach aber geistig ungebrochen, tödlich erkrankte, ließ er Priester und Mönche holen und empfing die heilige Ölung; bei ihnen beklagte er sich, daß seine besten Freunde, der Domherr Rotholf von Hildesheim[3] und Vizelin, nicht zugegen seien.
5 Kaum aber war dieser Wunsch geäußert, als beide unverhofft eintrafen und den gottseligen Mann vorfanden, der mit großer Ergebung die Stunde seines Todes erwartete. Sie wurden von ihm noch erkannt und [4]mit herzlichem Danke[4] begrüßt. In der letzten Nacht hielt er dann betend Zwiesprache mit Gott, und als der Morgen dämmerte, ließ er sich vom Diakon
10 die Leidensgeschichte des Herrn vorlesen. Er hörte sie sehr aufmerksam an und sagte dann plötzlich zum Diakon: ,,Bring mir rasch die heilige Wegzehrung, die Stunde des Aufbruchs ist schon da!" Sofort empfing er die lebenspendenden Gaben; da sprach er zu den Umstehenden: ,,Seht, da kommen sie, die mich fortgeleiten wollen, da kommen die Boten meines
15 Herrn! Hebt mich vom Lager auf!" Als sie sich bestürzt zeigten, rief er: ,,Was zögert ihr, Freunde? Seht Ihr nicht, daß die Boten meines Herrn alle da sind?" – Alsbald löste sich seine Seele vom Leib.
Der Tag brach an und viele eilten zur Bestattung des großen Mannes herbei; da erhob sich Streit um seine Grabstätte, denn die Gemeinde woll-
20 te ihn in der Kirche, seine Freunde aber nach seinem eigenen Wunsche im Kirchhof beerdigen. Man brachte derweil für seine Seele die heilbringende Hostie dar, als ein gewisser Theoderich[5], der noch lebt, von den anstrengenden Begräbnisvigilien auf seinem Bett in tiefem Schlafe hingestreckt, vermeinte, einen Mann von ehrwürdigem Äußerem herantreten zu sehen
25 mit den Worten: ,,Wie lange schläfst du? Steh auf und laß den Pfarrer begraben, wo seine Gemeinde es will!" So drang nach Gottes Ratschluß die Forderung der Gemeinde durch, man setzte ihn in der Kirche bei, der er lange Jahre treu gedient hatte.

44. Von Propst Thetmar[1]

30 Nach dem Tode seines Oheims blieb Vizelin so lange an der Paderborner Kirche, bis er nach Bremen berufen wurde, um dort als Lehrer die Schule zu leiten[2]. Er war dazu sehr geeignet, sorgte für den Chor und erzog die

[4-4] Ap. gesch. 24, 3 – Phil. 4, 6 – 1. Tim. 4, 4.
[5] Vgl. den vielleicht identischen Högersdorfer Mönch, Kap. 74.

[1] 1139–42 in Bremer Urkunden bezeugt; legte das dortige Dekanat nieder und kam zu Vizelin nach Neumünster. Später in Högersdorf, aber nicht als Propst, wie die sekundäre Überschrift und die Fälschungen des späten 12. Jhs. aus Neumünster behaupten. Vgl. Kap. 58.
[2] 1118 und 1123 sendet der *canonicus* Vizelin dem Kloster Abdinghof/Paderborn Reliquien und Viten von Willehad, Ansgar und Rimbert; vor 1122/23 nennt ihn eine Urkunde Erzbf. Friedrichs I. *scolasticus*.

rator chori, eruditor iuvenum forma honestatis. Denique discipulos,
quos antea mos precipitatus agebat, reddidit artibus ingenuos et in
cultu Dei et frequentia chori officiosos. Quam ob rem diligebat eum
antistes Frethericus[3] ceterique, quos aut dignitas aut honestas in ecclesia fecerat editiores. Illis solum onerosus videbatur, quibus consue- 5
tudini fuerat deserto cultu ecclesiae et disciplina clericali bibere in ta-
bernis, spaciari per domos et plateas, vanitatibus obsecundare, qui
insolentias suas argui ab ipso pertimescebant. Unde etiam probris et
derogationum spiculis sepius eum appetere solebant. Sed nil fuit, quod
in moribus eius a perfectione dissideret[a] vel emulorum commentis 10
alluderet, nisi quod in cohercendis iuvenibus verberibus modum negaverit. Unde etiam plerisque discipulis capescentibus fugam crudelitate notatus est. Quotquot autem validiores animis disciplinae eius
iugum sustinuerunt, grandi emolimento prediti sunt; succreverunt
enim sicut studiorum et prudentiae maiestate, ita etiam dignitatis et 15
honorum gratia. Fuit eo tempore in disciplinatu[b] eius iuvenis optimae
indolis Thetmarus nomine, cuius mater reverentissima ipsa nocte, qua
tali sobole onustanda erat, conspexit in visu veluti auream crucem
gemmis redimitam sese gremio recepisse. Preclarum sane futurae prolis
argumentum sanctitatis fulgore irradiandum. Postquam igitur pro- 20
creatus est filius, mater non inmemor oraculi mancipavit eum divino
cultui / et sacris litteris imbuendum. Sed cum in primis neglectus esset,
eo quod studium apud Bremam defecisset, contigit adventare magi-
strum Vicelinum et curandis scolis prefici. Cuius tutelae commendatus
puer Thetmarus factus est eius discipulus et contubernio.   25

[XLV][c]. Emensis igitur quam pluribus annis magister Vicelinus,
perspecto discipulorum et profectu et numero, proposuit[4] ire in Franciam, maiorum scilicet gratia studiorum, oravitque Deum [5]cogitacio-
nem suam ab ipso dirigi[5]. Haec eo animo volutante, Adelbertus[6]
maioris ecclesiae prepositus die quadam accessit ad eum dicens: ‚Quare 30
celasti amicum et consanguineum tuum ea quae in corde tuo sunt?‛
Qui cum sollicite requireret causam, ille respondens ait: ‚Scio quidem,

a) dissederet 2; discederet 2*.
b) discipulatu 2, 2*.
c) *Kein Kapitelabstand in 1 und 2; Überschrift in S:* De profectione Vicelini in
Galliam.

Jugend nach dem Vorbilde der Rechtschaffenheit; kurz, er machte seine
Schüler, die sich zuvor lasterhaft benommen hatten, zu gebildeten Menschen, welche sich eifrig an Gottesdienst und Chorgesang beteiligten.
Deshalb liebten ihn Bischof Friedrich[3] und andere durch Amt oder An-
5 sehen in der Kirche hervorragende Männer. Denen nur erschien er lästig,
die gewohnt waren, Kirchendienst und geistlicher Zucht zu entlaufen, um
in Schenken zu zechen, in Häusern und Gassen sich herumzutreiben und
Nichtigkeiten nachzugehen: diese fürchteten, daß ihre schlechten Streiche
von ihm gerügt würden. So pflegten sie denn des öfteren Schmäh- und
10 Schandpfeile auf ihn abzusenden. Doch nichts war an seinem Benehmen
unvollkommen, nichts gab den Verleumdungen seiner Nebenbuhler Spiel-
raum, außer daß er beim Züchtigen der Zöglinge mit Schlägen nicht Maß
hielt. Daher liefen ihm auch zahlreiche Schüler davon, und er ward als
grausam verschrien. Wer aber charakterfester war und unter seiner Zucht-
15 rute aushielt, trug großen Nutzen davon, denn er wuchs an Wissen und
Klugheit wie an Würde und Anstand.

Damals war in seiner Schule ein Jüngling von besten Gaben namens
Thetmar, dessen hochachtbare Mutter in der Nacht, da sie dieses Kind
empfangen sollte, ein Gesicht hatte, als nähme sie ein goldenes, mit Edel-
20 steinen besetztes Kreuz in ihren Schoß auf. In der Tat ein schönes Vorzeichen dafür, daß das kommende Kind vom Glanze der Heiligkeit um-
strahlt sein würde. Als nun ein Sohn geboren war, gedachte die Mutter
der Verheißung und weihte ihn dem Dienste Gottes und der heiligen Wis-
senschaft. Zunächst vernachlässigt, da die Bremer Schule herabgekommen
25 war, wurde der Knabe Thetmar, als glücklicherweise Meister Vizelin an-
kam und die Schulleitung erhielt, dessen Obhut anvertraut und sein Schüler und Hausgenoß.

45. (Vizelins Reise nach Frankreich)

Sehr viele Jahre waren so vergangen, da faßte Vizelin angesichts der
30 Zahl seiner Schüler und ihrer Fortschritte den Plan, zu höheren Studien
nach Frankreich zu gehen[4] und bat Gott, seine Gedanken [5]richtig zu lenken[5]. Als ihm dies im Kopfe umging, trat eines Tages der Dompropst Adalbert[6] zu ihm und sagte: „Warum verbirgst du deinem Freunde und Verwandten, was du auf dem Herzen hast?" Vizelin forschte eifrig nach dem
35 Anlaß (solcher Worte); jener erwiderte: „Ich weiß doch, daß du nach

---

[3] Erzbf. Friedrich I. v. Hamburg-Bremen (1104–23).
[4] Ende 1122 oder Anfang 1123; Vizelin blieb bis 1126.
[5-5] Vgl. Sprüche 16, 3.
[6] Als Propst erst 1139–42 bezeugt.

quia profectionem paras in Franciam, nec quemquam vis hoc nosse.
Noveris igitur ⁷iter tuum a Domino directum⁷. Noctu enim in sompnis
visus sum michi assistere ante altare Domini et orare Deum instantius.
Tunc ymago beatae Dei genitricis, quae forte in altari constitit, allocuta est me dicens: „Vade et nuntia viro, qui iacet post ostium, quia ⁵
habet licentiam migrandi quo vult". Parui ego iubentis imperio et
accedens ad ostium repperi te in oratione decubantem. Nuntiavi tibi
sicut edoctus fueram; audisti et letatus es. Iam nunc igitur accepta
permissione perge quo desideras'.

Hoc itaque divinae respectionis solacio animatus resignavit sco- ¹⁰
lis, non tamen sine dolore pontificis maiorumque ecclesiae, tanti
viri presentia moleste carentium. Assumptoque secum honestis-
simo iuvene Thetmaro perrexit in Franciam adiitque scolas vene-
rabilium magistrorum Radolfi et Anselmi⁸, qui in explanacione di-/
vinae paginae fuerant eo tempore precipui. A quibus etiam hono- ¹⁵
rabiliter habitus est propter ferventissimum studii desiderium et
vitae probabilis meritum. ⁹Questiones enim supervacuas pugnasque
verborum, quae non edificant, sed magis subvertunt, omnino de-
vitans⁹, ad ea solum enisus est, quae sobrio intellectui et moribus in-
struendis sufficerent. Denique accepto semine verbi Dei eo usque con- ²⁰
valuit, ut iam tunc proposuerit propter Deum austerioris vitae vias
aggredi, abdicare scilicet carnis esum, cilicio ad carnem operiri, cultui
divino artius applicari. Adhuc enim acolitus¹⁰ existens altiori gradu
abstinuerat timens lubricum etatis. Ubi igitur maturior etas et diuti-
num continentiae experimentum viro firmitatem addiderant, trans- ²⁵
actis in studio tribus annis, statuit patriam revisere et ad sacros ordi-
nes promoveri. Contigit in diebus illis dilectum discipulum eius Thetmarum infirmari. Qui metuens periculum mortis ¹¹flevit cum Ezechia
fletu magno¹¹, postulans dilacionem vitae propter magistri sui Deo accepta merita. Quo perorante, gloria Deo! infirmitate relevatus est. Post ³⁰
haec recepti in patriam divisi sunt ab invicem; et quidem venerabilis
Thetmarus canonica Bremensis ecclesiae investitus est. At magister Vicelinus oblatam¹² recusavit, ordinacione Dei ad opus aliud destinandus.

---

⁷⁻⁷ Vgl. Judith 12, 8.
⁸ Brüder, bedeutende Kirchenlehrer in Laon, Anselm war jedoch schon 1117
tot.

Frankreich reisen möchtest und nicht willst, daß jemand davon erfährt!
Höre denn, [7]Gott weist dir den Weg[7]: bei Nacht habe ich mich im Traume
vor dem Altar des Herrn in eifrigem Gebet zu ihm gesehen. Da sprach
mich das auf dem Altar stehende Bild der seligen Mutter Gottes an und
5 sagte: ‚Geh und verkündige dem Manne, der vor der Türe liegt, daß ihm
frei steht zu reisen, wohin er will.' Diesem Befehl gehorchte ich, ging zur
Tür und fand dich im Gebet hingestreckt. Ich meldete dir, was mir geheißen war; du hörtest es und freutest dich. – Da du nun Erlaubnis hast,
brich auf, wohin es dich treibt!"
10 Durch diesen göttlichen Wink getröstet und ermutigt, gab er die Schule
ab, was freilich den Bischof und die Kirchenoberen bekümmerte, die
einen solchen Mann (nur) ungern entbehrten. Den wohlgeratenen Jüngling Thetmar nahm er mit und zog nach Frankreich. Dort besuchte er
die Vorlesungen der ehrwürdigen Lehrer Radolf und Anselm[8], die da-
15 mals in hervorragender Weise die Heilige Schrift auslegten. Diese schätz-
ten ihn hoch, weil er mit Feuereifer studierte und untadelig lebte. [9]Un-
nütze Fragen und Wortgefechte, die nicht bilden, sondern eher verwirren,
mied er gänzlich[9] und warf sich allein auf das, was zu geistiger Klarheit und charakterlicher Festigung verhelfen konnte. Als endlich Gottes
20 Wort in ihm verwurzelt war, erstarkte er so sehr, daß er schon damals
den Vorsatz faßte, Gott zuliebe sich strenger zu kasteien, indem er nämlich aufhörte, Fleisch zu essen, ein härenes Gewand auf bloßem Leibe
trug und sich dem kirchlichen Dienste völlig hingab. Bis dahin war er
nämlich Meßner[10] gewesen, von einem höheren Grade hatte er sich fern-
25 gehalten aus Furcht vor der sinnlichen Schwäche des Jünglings. Sobald
nun dem Manne reiferes Alter und lange Übung in der Enthaltsamkeit
einen festen Charakter gegeben hatten, beschloß er nach drei Studien-
jahren, die Heimat wiederzusehen und sich zu höheren geistlichen Graden
weihen zu lassen. Da traf es sich, daß sein geliebter Schüler Thetmar er-
30 krankte. In Todesangst [11]weinte er bitterlich wie Hiskia[11] und bat, Gott
möge ihm um der Verdienste seines Lehrers willen ein längeres Leben
schenken. Auch Vizelin betete für ihn, und so wurde er, Gott sei Dank,
wieder gesund. Darauf kehrten sie wieder heim, doch ihre Wege trennten
sich: der ehrwürdige Thetmar wurde mit einer Bremer Dompfründe ver-
35 sehen, Meister Vizelin aber schlug diese (auch ihm) angebotene Würde
aus[12], weil er nach Gottes Fügung zu einem anderen Werke bestimmt war.

[9-9] Vgl. Titus 3, 9; 1. Tim. 1, 4; 1. Tim. 2, 23; 1. Kor. 10, 23.
[10] Akoluth: höchste der vier niederen Weihen.
[11-11] Vgl. 2. Kön. 20, 3 – Jes. 38, 3.
[12] Helmold weiß also nicht, daß Vizelin schon vor 1123 Bremer Kanoniker war.

Adventus Vicelini in Slaviam. Capitulum XLVI.

Eo itaque anno, quo Francia reversus est, accedens ad reverentissimum Northbertum Magdeburgensem presulem[1] eius notitia perfrui et ad sacerdocii gradum[2] / promoveri meruit. Statimque ferventissimo zelo exestuans, quibusnam sedibus locandus aut cui operi mancipandus foret, in quo ecclesiae fructuosus existeret, audivit famam Heinrici principis[a] Slavorum, et qualiter idem domitis barbaris gentibus ad ampliandum cultum domus Dei pronam gesserit voluntatem. Ratus igitur ad opus ewangelii se divinitus vocari adiit venerabilem Adelberonem Hammemburgensem archiepiscopum, qui forte apud Bremam constitit, revelaturus ei propositum cordis sui. Ille non modice letificatus approbavit consilium deditque ei legacionem[3] verbi Dei in Slavorum gente [predicandi et][b] vice sua ydolatriam extirpandi. Statimque aggressus est iter in terram Slavorum, comitantibus secum[c] venerabilibus presbiteris Rodolfo Hildensemensi[4] et Ludolfo Verdensi canonico, qui se devoverant [5]in opus ministerii[5] huius. Repertum igitur in urbe Lubicensi principem Heinricum convenerunt rogantes dari sibi facultatem predicandi nomen Domini. Qui nil titubans viros dignissimos coram gente sua magnis honoribus extulit, deditque eis ecclesiam Lubeke, ubi tuta [6]secum stacione[6] possent consistere et agere quae Dei sunt. His rite peractis reversi sunt in Saxoniam ordinaturi de rebus domesticis suis et paraturi se ad iter Slavanicum. Sed grandis et subita mesticia corda eorum perculit, fama enim velox pertulit Heinricum regem Slavorum presenti vita decessisse[7], sicque ad presens pia eorum vota retardata sunt. Filii enim Heinrici Zuentepolch necnon Kanutus, qui dominio successere, intestinis bellis adeo perturbati sunt, ut tranquillitatem / temporum et tributa regionum perderent, quae pater eorum armorum virtute conquisierat.

De penitentia Northalbingorum. Capitulum XLVII.

Circa idem tempus domnus Adelbero archiepiscopus transivit Albiam[1] visitaturus Hammemburg et Nordalbingorum provinciam venit-

---

a) sive reguli *Randnachtrag des Schreibers in 2.*
b) predicandi et *nur 4.*   c) eum *verbessern edd., LAPP.*

[1] Erzbischof Norbert (†1134) kann erst nach seiner Einführung in Magdeburg, 1126, Juli, 18, von Vizelin dort aufgesucht worden sein.

46. Vizelins Ankunft im Slawenlande

Im Jahre seiner Rückkehr aus Frankreich begab er sich zum ehrwürdigen Bischof Norbert von Magdeburg[1], durfte in dessen Umgebung bleiben und ward (von ihm) zum Priester[2] geweiht. Alsbald faßte ihn glühender
5 Eifer, einen Wirkungskreis zu finden oder eine Aufgabe zu übernehmen, darin er der Kirche nützlich werden könnte; da hörte er vom Slawenfürsten Heinrich, und wie dieser nach Bezwingung der Barbarenvölker willens und geneigt sei, den Dienst am Hause des Herrn auszubreiten. Überzeugt, daß er von Gott gerufen werde, das Evangelium zu predigen,
10 suchte er den ehrwürdigen Erzbischof Adalbero von Hamburg auf, der gerade in Bremen weilte, um ihm sein innerstes Vorhaben zu entdecken. Der billigte hocherfreut seinen Entschluß und gab ihm das Sendamt[3] zur Predigt unter den Slawenvölkern an seiner Statt zur Ausrottung des Heidentums. Sofort trat er die Reise ins Land der Slawen an, begleitet von
15 den ehrwürdigen Domgeistlichen Rudolf von Hildesheim[4] und Ludolf von Verden, welche sich [5]diesem Dienste[5] gewidmet hatten. Als sie nun den Fürsten Heinrich in der Burg Lübeck fanden, gingen sie hin und baten ihn um Erlaubnis, den Namen des Herrn predigen zu dürfen. Ohne zu schwanken, zeichnete dieser die hochwürdigen Männer vor seinem Volke mit
20 großen Ehren aus und übergab ihnen die Kirche zu Lübeck, daß sie dort [6]in Sicherheit[6] bei ihm bleiben und Gottes Werke betreiben könnten. Als das geregelt war, kehrten sie nach Sachsen zurück, um ihre häuslichen Angelegenheiten zu ordnen und sich zur Reise ins Slawenland zu rüsten. Doch plötzlich traf ihr Herz der tiefste Schmerz: rasch verbreitete sich nämlich
25 die Nachricht, daß Heinrich, der König der Slawen, aus diesem Leben geschieden sei[7]. So wurden ihre frommen Absichten vorläufig gehemmt; denn Heinrichs Söhne Sventipolk und Knut, die ihm in der Herrschaft folgten, gerieten durch innere Kriege in so verwirrte Verhältnisse, daß sie ruhige Zeiten und zinsende Länder einbüßten, die ihr Vater mit Waffengewalt
30 errungen hatte.

47. Von der Buße der Nordelbinger

Um dieselbe Zeit ging der Erzbischof Adalbero über die Elbe[1], um Hamburg und Nordelbien zu besuchen, und kam, begleitet von dem ehrwürdi-

---

[2] Nicht zum Prämonstratenser (so LAPP.). Die Datierung der Weihe nach 1126, Juli wird durch die Vizelinsurkunde von 1150, Sept. 25 gestützt.

[3] Erzbf. Adalbero (1123–48) beurkundet 1141: *Vicelinum praepositum* (mit seinen Gefährten) *ad locum capitalem Slaviae, Lubike videlicet, direxi.*

[4] Herbst 1126; vgl. über Rudolf Kap. 43, Anm. 3.   [5-5] Eph. 4, 12.

[6-6] = Ovid, Heroid. 7, 89.   [7] 1127, März, 22; vgl. Kap. 38.

[1] 1127.

que in civitatem Milethorp[a] habens in comitatu suo venerabilem sacerdotem Vicelinum. [2]Tres autem sunt Nordalbingorum populi: Sturmari,
Holzati, Thetmarki, nec habitu nec lingua multum discrepantes, te-
nentes Saxonum iura[2] et Christianum nomen, nisi quod propter barbarorum vicinia[b] furtis et latrociniis operam dare consueverunt. Hospi-   5
talitatis gratiam sectantur. Nam furari et largiri apud Holzatos osten-
tacio est. Qui vero predari nesciat, ebes et inglorius est.

Consistente igitur pontifice in Milethorp venerunt ad eum cives de
Faldera[3] rogantes dari sibi sacerdotem. Est autem Falderensis pagus limes Holzaciae versus eam partem, qua Slavos attingit. Statimque pon-   10
tifex conversus ad Vicelinum sacerdotem dixit: ‚Si tibi propositum est
laborandi in Slavia, vade cum hominibus istis et potire ecclesia eorum,
eo quod sita sit in terminis utriusque provinciae, sitque tibi intranti et
exeunti Slaviam locus et stacio‘. Quo respondente se parere consilio,
ait ad viros de Faldera: ‚Vultis vobis dari sacerdotem prudentem et ydo-   15
neum?‘ Quibus/dicentibus se hoc omnimodis et velle et expetere, acceptum per manus sacerdotem commisit eum cuidam Marchrado[c][4], prepotenti viro, ceterisque de Faldera precipiens, ut dignam personae sollicitudinem gererent. Cumque pervenissent[d] ad locum destinatum, perspexit
habitudinem loci campumque vasta et sterili mirica perorridum[5], pre-   20
terea accolarum genus agreste et incultum, nichil de religione nisi nomen tantum Christianitatis habentes. Nam lucorum et fontium cetera-
rumque supersticionum multiplex error apud eos habetur.

Incipiens igitur habitare [6]in medio nacionis pravae et perversae[6], [7]in
loco horroris et vastae solitudinis[7] eo artius divino se commendabat pre-   25
sidio, quo [magis][e] humano destitutus est solacio. [8]Dedit autem ei Dominus gratiam in conspectu[8] gentis illius. Statim enim, ut gloriam Dei et
bona futuri seculi carnisque resurrectionem predicare cepit, ad novita-
tem incogniti dogmatis gens bruta grandi miraculo percussa[f] est, diffu-
geruntque tenebrae peccatorum ab illustracione irradiantis gratiae Dei.   30
Denique incredibile dictu est, quanta plebium caterva in diebus illis

---

a) melethorp 1; miledorp 2.

b) viciniam edd., LAPP.; vgl. aber Kap. 92, Anm. a).

c) Marquardo 4. (Vgl. Kap. 87, Anm. a).

d) pervenisset 2,2*, edd., LAPP.   e) magis fehlt 1, 2.

f) So (verb.) 2, danach LAPP.; perculsa 1, 1a, edd., SCHM.

2-2 Vgl. Adam II, 15 und Ssp. III, 64 § 3.

gen Priester Vizelin, in den Gauvorort Meldorf. [2]Es gibt drei Stämme der
Nordelbinger: Stormarn, Holsten und Dithmarschen; weder äußerlich
noch der Sprache nach unterscheiden sie sich wesentlich, sie halten sich an
Sachsenrecht[2] und Christentum, nur daß sie wegen der Nachbarschaft der
5 Barbaren Diebstahl und Straßenraub zu treiben pflegen. Sie sind (andererseits) sehr gastfreundlich, denn bei den Holsten dient Stehlen wie Schenken dem Ansehen. Wer nicht zu erraffen weiß, gilt für schwach und ruhm-
los.

Als der Bischof sich nun in Meldorf aufhielt, kamen die Bewohner von
10 Faldera[3] zu ihm und baten, ihnen einen Pfarrer zu geben. Der Gau Faldera
ist Holsteins Grenzstreifen nach der Seite, wo es die Slawen berührt. Sogleich wandte sich der Bischof dem Priester Vizelin zu und sagte: ,,Wenn
du dir vorgenommen hast, im Slawenlande zu wirken, so geh mit diesen
Leuten und übernimm ihre Kirche, denn sie liegt an der Grenze beider
15 Länder und mag dir Stützpunkt zum Betreten und Verlassen slawischen
Gebiets sein." Der antwortete, er wolle diesem Rate folgen, und Adalbero
sagte zu den Männern aus Faldera: ,,Ihr wollt einen klugen und tüchtigen
Priester haben?" Als sie erklärten, das wünschten und erbäten sie von
ganzem Herzen, nahm er Vizelin bei der Hand und übergab ihn als Priester
20 einem gewissen Markrad[4], einem sehr angesehenen Manne, und den übrigen Falderern mit der Ermahnung, ihn seiner Stellung gemäß würdig zu
behandeln. Als sie nun am Bestimmungsorte anlangten, blickte Vizelin
über die Örtlichkeit hin, das höchst unwirtliche Land mit seinen weiten,
unfruchtbaren Heideflächen[5], dessen bäuerliche Bewohner überdies, (geist-
25 lich) unversehen und ungebildet, von der christlichen Religion nichts als
den Namen hatten. Gab es doch bei ihnen noch heilige Haine und Quellen
sowie mancherlei anderen abergläubischen Unfug.

So schickte er sich denn an, [6]unter dem ungeschlachten und verkehrten
Volk[6],[7]in dem Lande des Schreckens und der wüsten Einöde[7] zu wohnen und
30 empfahl sich um so dringender dem Schutze Gottes, je mehr er von menschlicher Hilfe verlassen war. Der Herr aber [8]ließ ihn Gnade finden vor den Augen[8] dieses Volkes. Sobald er nämlich die Herrlichkeit Gottes, die Freuden
der zukünftigen Welt und die Auferstehung des Fleisches zu predigen begann, wurde das rohe Volk von der neuen, unbekannten Lehre wie durch ein
35 Wunder im Innersten ergriffen; die Schatten der Sünde verflüchtigten sich
vor dem leuchtenden Strahl der Gnade Gottes. Kurz, es ist kaum zu glauben, in welchen Scharen das Volk damals sein Heil in der Buße suchte;

[3] Das spätere Neumünster.
[4] Markrad (†1169) aus der hart an der Slavengrenze grundherrlich angesesse-
nen Familie der Ammoniden, die in Holstein den ‚Overboden' als Aufgebotsfüh-
rer und Gerichtsvorsitzer des Gaues stellte.
[5] Nach intensiver Eisenverhüttung bereits zur Völkerwanderungszeit verheidet.
[6-6] = Phil. 2, 15.   [7-7] = 5. Mose 32, 10.
[8-8] Vgl. Tobias 1, 13; auch Daniel 1, 9.

ad penitentiae remedium confugerit, insonuitque vox predicacionis eius
in omni Nordalbingorum provincia. Cepitque pia sollicitudine circumiacentes visitare ecclesias, prebens populis ⁹monita salutis⁹, errantes corrigens, concilians dissidentes, preterea lucos et omnes ritus sacrilegos
destruens. Comperta igitur sanctitatis eius fama multi tam de clero   5
quam de laicali ordine convenerunt ad ipsum, inter quos primi et
precipui fuerunt venerabiles sacerdotes Ludolfus¹⁰, Eppo¹¹, Luth/mun-
dus¹², Volcwardus¹³, ceterique quam plures, ¹⁴ex quibus aliqui dor-
miunt, quidam vero adhuc superstites sunt¹⁴. Hii ergo sacris connexi
federibus statuerunt amplecti celibatum vitae, perdurare in oratione   10
et ieiunio, exerceri in opera pietatis, visitare infirmos, alere egentes\[g],
tam propriam quam proximorum salutem curare. Super omnia vero
pro Slavorum vocacione solliciti orabant Deum ¹⁵ostium fidei quanto-
cius aperiri¹⁵. Quorum Deus peticiones longius distulit; ¹⁶necdum enim
completae sunt iniquitates Amorreorum¹⁶, neque ¹⁷venit tempus mise-   15
rendi¹⁷ eorum.

De\[a] Zuentepolco. Capitulum XLVIII.

Siquidem filii Heinrici domestica bella conflantes¹ populis Nordal-
bingorum novos labores parturiebant. Zuentepolch enim senior solus
dominari cupiens Kanuto fratri suo multas irrogavit iniurias, ad ulti-   20
mum sumptis Holzatis eundem in castro Plunensi obsedit. At Kanu-
tus prohibens socios, ne obsidentes iaculis appeterent, ascendens ad
propugnacula allocutus est omnem exercitum dicens: ‚Audite, queso,
verbum meum, viri optimi, qui venistis de Holzatia. Quid, rogo, cau-
sae est, ut consurgatis adversus amicum vestrum? Nonne ego frater   25
sum Zuentepolci, eodem patre Heinrico genitus et de iure dicionis pa-
ternae coheres? Quare igitur frater meus extorrem me facere nititur
hereditatis paternae? Nolite², queso, ²frustra vexari² adversum me,
sed ³revertimini ad iudicium³ et optinete michi apud fratrem meum,
ut det portionem, quae me iure contingit'. His auditis animequiores   30

\[g]) *Danach:* atque sub professione regule beatissimi patris Augustini *2*; 1a hat*
die verstümmelte Randnotiz: ...professione regule beati Augustini.

\[a]) *Überschrift in 2:* De Kanuto rege Danorum; *vgl. Kap. 49.*

⁹⁻⁹ = Tobias 1, 15.

¹⁰ Später Propst in Segeberg, vgl. Kap. 54 f., 75, 94.

und (laut) erscholl das Wort von Vizelins Predigt im ganzen Lande der Nordelbinger. Er begann voll frommen Eifers die umliegenden Kirchen zu besuchen, den Gemeinden [9]Gottes Wort[9] darzureichen, Irrende zurechtzuweisen, Uneinige zu versöhnen und daneben Haine und alle gottesläster
5 lichen Bräuche zu vertilgen. Als sich der Ruf seiner Heiligkeit verbreitete, kamen viele zu ihm vom Kleriker- wie vom Laienstande, darunter als erste und angesehenste die ehrwürdigen Priester Ludolf[10], Eppo[11], Luthmund[12], Volkward[13] und viele andere, [14]von denen einige bereits entschlafen sind, andere aber noch leben[14]. Diese verbanden sich durch heilige Eide und
10 beschlossen, ein eheloses Leben zu führen, in Gebet und Fasten zu verharren, fromme Werke zu tun, Kranke zu besuchen, Darbende zu nähren und für ihr wie ihrer Nächsten Seelenheil zu sorgen. Vor allem aber waren sie um die Bekehrung der Slawen bemüht und beteten zu Gott, daß diesen [15]die Glaubenspforte recht bald geöffnet werde[15]. Doch der Herr schob (die
15 Erfüllung) ihrer Bitten noch längere Zeit hinaus, [16]denn die Missetat der Amoriter ist noch nicht alle[16] und [17]die Stunde des Erbarmens noch nicht gekommen[17].

48. Von Sventipolk

Dadurch, daß Heinrichs Söhne im Bürgerkrieg lagen[1], verursachten sie
20 nämlich neue Mühen für die nordelbischen Völker. Sventipolk, als der ältere, suchte allein zu herrschen und fügte seinem Bruder Knut großes Unrecht zu; zuletzt zog er die Holsten an sich und belagerte ihn in der Burg Plön. Knut aber hinderte seine Parteigänger daran, mit Spießen auf die Belagerer zu werfen, stieg auf die Befestigung und sprach das ganze
25 Heer mit den Worten an: „Hört mein Wort, so bitte ich, ihr wackeren Holsten! Was ist der Grund dafür, daß ihr euch gegen (mich), euren Freund, erhebt? Bin ich nicht Sventipolks Bruder, vom gleichen Vater Heinrich gezeugt und rechtens Miterbe der väterlichen Macht? Warum also sucht mein Bruder mich aus dem väterlichen Erbe zu vertreiben?
30 [2]Laßt euch doch nicht grundlos gegen mich aufbringen[2]! [3]Lenkt lieber zurück auf den Weg des Rechts[3] und bewirkt für mich bei meinem Bruder, daß er mir den Anteil gibt, der mir rechtens zusteht!" Als sie das hörten,

[11] Später Prior und Propst in Neumünster (†1163), vgl. Kap. 73 ff.
[12] Später Propst in Zeven; vgl. Alb. Stad. zu 1136, unten Kap. 54.
[13] Vor 1123 Presbyter, †1154; vgl. Kap. 58, 78.
[14-14] Vgl. 1. Kor. 15, 6.
[15-15] Vgl. Ap. gesch. 14, 26.
[16-16] = 1. Mose 15, 16.
[17-17] Vgl. Psalm 101, 14. Diese beiden Bibelzitate schon oben Kap. 22. Anm. 15/16.

[1] 1127–29.   [2-2] Vgl. Josua 7, 3; Ev. Luk. 7, 6.
[3-3] = Daniel 13, 49.

facti sunt animi obsidentium[b], decreveruntque / virum iusta postulantem exaudiri. Adhibitaque opera germanos discordes reconciliaverunt, partita inter eos provincia. Sed Kanutus non longe post interfectus est in urbe Lutilinburg[4], Zuentepolch solus dominio potitur. Convocansque Adolfum comitem cum Holzatis et Sturmariis direxit ex- 5
pedicionem in provinciam Obotritorum obseditque urbem quae dicitur Werlo[c][5]. Qua in potestatem redacta ultra progressus est ad urbem Kicinorum obseditque eam ebdomadibus quinque. Tandem urbe subacta acceptisque obsidibus Zuentepolch reversus est Lubeke, Nordalbingi quoque ad sedes suas redierunt.   10

Videns autem Vicelinus sacerdos, quia princeps Slavorum humanius se gereret erga Christicolas, accessit ad eum et innovavit apud eum paternae pollicitacionis ceptum. Impetratoque principis favore misit in urbem Lubeke venerabiles sacerdotes Ludolfum et Volcwardum, qui salutem populi curarent. Receptique sunt benigne a mer- 15
catoribus, quorum non parvam coloniam Heinrici principis fides et pietas ibidem consciverat. Habitaveruntque in ecclesia sita in colle, qui est e regione urbis trans flumen[6]. Nec longum tempus effluxit, et ecce Rugiani urbem vacuam navibus offendentes opidum cum castro demoliti sunt. Sacerdotes incliti, barbaris unam eccle- 20
siae ianuam irrumpentibus, per aliam elapsi beneficio vicini nemoris salvati sunt et ad Falderensem portum refugerunt. Zuentepolch non longe post interfectus est dolo cuiusdam Dasonis predivitis de Holzatia[7]. Remansit Zuentepolch filius nomine Zuinike, sed et hic interfectus est apud Ertheneburg urbem / Transalbianorum[8]. De- 25
fecitque stirps Heinrici in principatu Slavorum, mortuis scilicet filiis et filiorum filiis. Predixerat hoc idem princeps, nescio quibus oraculis edoctus, stirpem suam quantocius defecturam.

De Kanuto. Capitulum XLIX.

Post haec translatus est principatus Slavorum ad nobilissimum prin- 30
cipem Kanutum, filium Herici regis Danorum[1]. Hericus enim poten-

---

b) obsequencium *1, 1a, 2; edd., LAPP. und SCHM. verbessern, SCHM. erwägt, ob danach* Zuentepolcum *o. ä. ausgefallen sei.*
c) werlo *oder* werle *2;* Werle *LAPP.*

⁴ In Wagrien.   ⁵ Beim Dorfe Wyck, zwischen Schwaan und Bützow/Meckl.

wurden die Belagerer milder gestimmt und beschlossen, dem Manne in
seiner rechtmäßigen Forderung Gehör zu geben. Mit einiger Mühe ver-
söhnten sie die entzweiten Brüder, das Land wurde unter sie geteilt. Doch
Knut wurde bald darauf in der Lütjenburg[4] erschlagen, so daß Sventipolk
5 allein die Herrschaft führte. Er rief Graf Adolf mit den Holsten und Stormarn zu sich, richtete einen Feldzug in das Land der Obotriten und belagerte eine Burg namens Werle[5]. Als er sie in seine Hand gebracht hatte,
zog er weiter zur (Haupt)burg der Kessiner und berannte sie fünf Wochen
lang. Endlich bezwang er (auch diese) Burg, nahm Geiseln und kehrte
10 nach Lübeck zurück; auch die Nordelbier zogen nach Hause.

Da nun der Priester Vizelin sah, daß sich der Slawenfürst gegen die
Christen ganz freundlich benahm, ging er zu ihm und erneuerte sein von
dem Vater begünstigtes Gesuch bei ihm. Er gewann auch des Fürsten
Gunst, schickte die ehrwürdigen Geistlichen Ludolf und Volkward in die
15 Burg Lübeck und ließ sie für das Seelenheil der Gemeinde sorgen. Sie wurden freundlich aufgenommen von den Kaufleuten, deren ansehnliche Nie-
derlassung der redliche und gerechte Fürst Heinrich dorthin zusammengeholt hatte, und sie wohnten in der Kirche, die auf einem Hügel außerhalb
des Burgbereichs jenseits des Flusses liegt[6]. Doch es verstrich nur kurze
20 Zeit, da griffen die Ranen den von Schiffen entblößten Ort an und zerstörten Siedlung und Burg. Die wackeren Priester entflohen, als die Barbaren zur einen Kirchentür hereinstürmten, durch die andere, retteten sich
in den Schutz des nahen Waldes und flüchteten in das sichere Faldera.
Sventipolk wurde bald darauf getötet durch die Hinterlist eines gewissen,
25 sehr reichen Holsten Daso[7]. Noch blieb ein Sohn Sventipolks übrig namens
Swinike, doch auch dieser wurde jenseits der Elbe bei der Artlenburg erschlagen[8]. So erlosch Heinrichs Geschlecht in der Herrschaft über die Slawen
mit dem Tode seiner Söhne und Enkel. Er selbst hatte es schon vorausgesagt, ich weiß nicht, durch welche Vorzeichen belehrt, daß seine Sippe bald
30 vergehen werde.

49. Von Knut (Laward)

Die Herrschaft über die Slawen ging danach auf den angesehenen Fürsten Knut über, einem Sohn König Erichs von Dänemark[1]. Dieser Erich,

[6] Helmold unterscheidet diese Kirche, vermutlich der Fernhändlersiedlung
rechts der Trave, vom Gotteshaus Heinrichs in der Burg.

[7] Zur Dasonidensippe von Innien/Ksp. Nortorf vgl. PREHN (siehe Lit.-Verz.).

[8] Um 1129; nach Alb. Stad. (zu 1144) und Chron. Rosenv. durch Graf Siegfried
v. Ertheneburg. Ob diese Burg nördlich oder südlich der Elbe bei Lauenburg lag,
ist nach wie vor umstritten (vgl. zuletzt E. MEYER, Lüneb. Bll. 7/8, 1957 und
H. KELLINGHUSEN, ZHambG.. 44, 1958).

[1] Knut (Laward), geb. um 1095, Stammvater der dän. Könige bis zur nordischen Union. Laward = Hlaford = Herr, Lord.

tissimus rex[2], cum se devovisset ad iter Iherosolimitanum[3], fratri suo
Nicolao[4] regnum cum filio Kanuto commendavit, accepto iuramento,
ut, si non rediret, filio suo, postquam adolevisset, regnum contraderet.
Cum ergo regem Ierosolima redeuntem fata sustulissent, Nicolaus,
licet concubina natus[5], Danorum regnum obtinuit, eo quod Kanutus 5
adhuc esset infantulus. Sed et Nicolao erat filius nomine Magnus.
Nutriebantur igitur regalius et magnificentius haec duo genimina in
futuras commociones bellorum et multorum ruinam Danorum.

Ubi autem Kanutus adolere cepit, timens se insidiis patrui sui facile
posse obrui, transiit ad imperatorem Lotharium[6] et mansit apud eum 10
multis diebus sive annis, habitus, ut regiam magnificentiam decuit, cum
plena honorificentia. Inde subiens in patriam a patruo benigne receptus
et ducatu tocius Daciae[a] preditus est[7]. Cepitque vir pacificus regionem
compacare, auferens [8]viros desertores[8] de terra. Precipue vero Sleswi-
censibus beneficus erat. Contigit autem latrones forte comprehendi in 15
mirica, quae interiacet inter Sliam et Egdoram, et perduci in faciem
Kanuti. Quos cum / ille suspendio addixisset, unus ex eis vitae consulere cupiens proclamavit se consanguineum eius esse et regia Danorum
stirpe oriundum. Cui Kanutus: ‚Turpe‘, inquit, ‚est consanguineum
nostrum vulgarium more[b] affici, decet nos ei impendere claritatem. Et 20
iussit ei in nautica pinu sollempne exhiberi suspendium.

Interea subiit animum eius, quod principatus regni Slavorum vaca-
ret, mortuo scilicet Heinrico et filiis eius adnullatis. Adiit igitur Lotharium imperatorem[9] emitque multa pecunia regnum Obotritorum, omnem scilicet potestatem, qua preditus fuerat Heinricus. Et posuit im- 25
perator coronam in caput eius, ut esset rex Obotritorum, recepitque
eum in hominem[10]. Post haec transiit Kanutus in terram Wagirorum
et occupavit montem qui antiquitus Alberg[11] dicitur, imposuitque illic
mansiunculas, intendens ibidem communire castellum. Et [12]sociavit
sibi in terra Holzatensium omnem virum fortem[12] fecitque cum eis 30
incursationes in terram Slavorum, occidens et sternens omnes sibi ad-
versantes. Sed et fratruelem Heinrici Pribizlaum[13] et maiorem terrae
Obotritorum Niclotum[14] duxit in captivitatem posuitque eos Sleswich

---

a) *So codd.; Danie edd., LAPP.*   b) mori 2; morte *Alb. Stad., vgl. Kap. 60.*

[2] Erich I. (1095–1103).   [3] 1102/03; er starb am 10. Juli auf Zypern.
[4] Niels (1104–34), jüngster Sohn Sven Estridsens.
[5] Alle Nachkommen Svens, auch Erich, waren außerehelich geboren.

ein sehr kraftvoller Herrscher[2], hatte einen Zug nach Jerusalem[3] gelobt
und seinem Bruder Niels[4] Reich und Sohn anvertraut mit der eidlichen
Verpflichtung, seinem Sohne Knut die Regierung zu übergeben, sobald er
herangewachsen wäre, falls er selbst nicht zurückkehren sollte. Als nun
5 den König auf der Heimreise von Jerusalem der Tod hinwegnahm, behauptete Niels, obwohl von einer Nebenfrau geboren[5], die Herrschaft über
die Dänen, weil Knut noch ein kleines Kind war. Allein auch Niels hatte
einen Sohn Magnus. So wurden diese beiden Nachkommen königlich und
glänzend erzogen, was später zu kriegerischen Verwicklungen und zum
10 Untergang vieler Dänen führen sollte.
      Als Knut heranzuwachsen begann, fürchtete er, leicht einem Anschlage
seines Oheims zum Opfer fallen zu können, ging (deshalb) zu Kaiser Lothar[6] und blieb jahrelang bei ihm, auf das ehrenvollste behandelt, wie es
königlicher Großzügigkeit geziemt. Als er von dort in die Heimat zurück-
15 kehrte, nahm ihn der Oheim gütig auf und begabte ihn mit der Herzogswürde für ganz Dänemark[7]. Nun begann der friedliebende Mann das Land
zu beruhigen, indem er [8]herumschweifendes Gesindel[8] aus ihm vertrieb.
Besondere Wohltat erwies er den Schleswigern: auf der Heide zwischen
Schlei und Eider wurden einst zufällig Wegelagerer ergriffen und vor Knut
20 gebracht. Als er sie zum Strange verurteilte, schrie einer von ihnen, um
sein Leben zu retten, er sei mit ihm verwandt und dem dänischen Königs-
hause entsprossen. Dem versetzte Knut: ,,Unseren Verwandten zu behandeln wie gemeine Leute, wäre schimpflich; vielmehr gebührt es sich,
daß wir ihn besonders auszeichnen.'' Dann befahl er, ihn feierlich am
25 (höchsten) Schiffsmast aufzuknüpfen.
      Derweil kam ihm in den Sinn, daß das Herrscheramt im Slawenlande
unbesetzt sei, da ja Heinrich verstorben und seine Söhne beseitigt waren.
So ging er zu Kaiser[9] Lothar und kaufte für schweres Geld das Obotriten-
reich, also alle Gewalt, die Heinrich besessen hatte. Und der Kaiser setzte
30 ihm eine Krone aufs Haupt, daß er König über die Obotriten wäre, und
nahm ihn als Lehnsmann an[10]. Darauf ging Knut nach Wagrien, besetzte
den Berg, der seit alters Alberg[11] heißt, und legte auf ihm Unterkünfte an
mit der Absicht, dort eine feste Burg zu errichten. Im Holstenlande
[12]sammelte er alle tapferen Männer um sich[12], fiel mit ihnen ins Slawenland
35 ein und schlug alles tot, was sich ihm entgegenstellte; doch sowohl Heinrichs Vetter Pribislaw[13] wie Niklot[14], den Ältesten des Obotritenlandes,

---

[6] Damals noch Herzog.   [7] 1115?   [8-8] = 1. Makk. 7, 24.

[9] Richtiger: König.   [10] Dies und das Folgende 1128–30 anzusetzen.

[11] Der Segeberger Kalkberg, vgl. Kap. 14, 53.

[12-12] Vgl. 1. Sam. 14, 52.

[13] Richtiger: Neffen; Pribislav, wohl ein Sohn des Budivoj († 1074/75), ist bis
1156 belegt, vgl. Kap. 84.

[14] Sohn eines Gegners Heinrichs i. J. 1093? Obotritenfürst von vor 1129–1160,
Stammvater d. Hz. v. Mecklenburg.

in custodiam, astringens eos [15]manicis ferreis[15], quousque pecunia et
vadibus redempti ea [16]quae subiecta sunt sentirent[16]. Sepius et in terram Wagirorum deversans Falderensi hospicio usus est prebuitque
se familiarem Vicelino et omnibus illic commorantibus, promittens eis
bona, si Dominus res suas in Slavia direxisset. Veniens quoque Lubeke   5
dedicari fecit ecclesiam, quam construxerat Heinricus, astante venerabili / sacerdote Ludolfo et ceteris qui de Faldera eidem loco manci-
pati fuerant.

In diebus illis obiit comes Adolfus[17], habuitque duos filios. Quorum
senior Harthungus[c], vir militaris, habiturus erat comeciam. At iunior   10
filius Adolfus litterarum studiis deditus erat. Contigit autem imperatorem Lotharium cum grandi expedicione ire in Boemiam. Ubi interfecto Harthungo cum multis nobilibus[18] Adolfus accepit comeciam
terrae Nordalbingorum[d], vir prudens et in divinis et humanis rebus
exercitatissimus. Preter facundiam enim Latinae et Teutonicae linguae   15
Slavicae nichilominus linguae gnarus erat.

De Nicolao. Capitulum L.

Circa tempus dierum illorum accidit[1], ut Kanutus rex Obotritorum
veniret Sleswich habiturus cum patruo suo Nicolao curiale colloquium.
Cum autem populus venisset in concionem, et rex senior [2]sedisset in   20
trono indutus cultu regio[2], Kanutus assedit ex opposito, gestans et ipse
coronam regni Obotritorum stipatusque satellitum agmine. Sed cum
rex patruus videret nepotem suum in fastu regio sibique nec assurgere
nec osculum ex more dare, dissimulata iniuria transiit ad eum oblatu-
rus ei salutacionem cum osculo. Cui ille occursans ex medio sese per   25
omnia patruo et loco et dignitate adequavit. Quod factum Kanuto
letale odium conscivit. Nam Magnus filius Nicolai cum matre[3] huic
spectaculo assidens, incredibile dictu est, quanta ira exarserit, dicente
ad eum matre sua: ,Nonne vides, quia nepos tuus sumpto sceptro iam
regnat? Arbitrare ergo eum hostem publicum, qui vivente adhuc patre   30
tuo nomen sibi regium usurpare non timuit. Quod si longius dissimu-

[c]) *So* 2, *edd., LAPP.;* Hartungus 1, *SCHM., vgl. aber 3 Zeilen tiefer.*

[d]) *Randnachtrag in 1* (*um 1470):* Ecce iam septimo patet idem (*vgl. Kap. 3,*
Anm. b).

[15-15] = Psalm 149, 8.

führte er gefangen ab und setzte sie in Schleswig fest. [15]Eiserne Handschellen[15] ließ er ihnen anlegen, bis sie sich mit Geld und Geiseln loskauften und in das fügten, [16]was Untertanen zukommt[16]. Oft hielt er sich im Wagrierland auf, suchte Gastfreundschaft in Faldera und zeigte sich

5 freundlich gegen Vizelin und alle, die sich dort befanden, verhieß ihnen auch Gutes, wenn der Herr seine Angelegenheiten im Slawenlande leiten würde. Auch nach Lübeck kam er und ließ die von Heinrich erbaute Kirche einweihen in Anwesenheit des ehrwürdigen Priesters Ludolf und der übrigen (Geistlichen) aus Faldera, die für diesen Ort bestimmt waren.

10 In jenen Tagen starb Graf Adolf[17], und er hatte zwei Söhne. Der ältere Hartung, ein kriegserfahrener Mann, sollte die Grafschaft übernehmen, der jüngere Sohn Adolf aber war den Wissenschaften zugetan. Nun traf es sich, daß Kaiser Lothar mit großer Heeresmacht gegen Böhmen zog. Als dort Hartung samt vielen Edlen fiel[18], bekam Adolf die Grafschaft Nord

15 elbingen, ein kluger, kirchlich wie weltlich ausgezeichnet bewanderter Mann, denn er beherrschte nicht nur das Lateinische und Deutsche geläufig, sondern kannte auch die slawische Sprache.

50. Von (König) Niels

Etwa zu jener Zeit trug es sich zu[1], daß Knut, der Obotritenkönig, nach

20 Schleswig kam, um mit seinem Onkel Niels Hoftag zu halten. Als sich aber das Volk zur Versammlung einfand und der ältere König [2]im Herrscherornate auf dem Thron Platz genommen hatte[2], setzte sich Knut ihm gegenüber. Auch er trug eine Krone, die des Obotritenreiches, und war von einer Schar Trabanten umringt. Der königliche Oheim sah seinen Neffen

25 im Königsschmuck, der weder vor ihm aufstand noch ihn der Sitte gemäß küßte; er ließ sich nicht anmerken, daß er verletzt war, und ging zu ihm hinüber, ihm Gruß und Kuß zu bieten. Da eilte ihm Knut auf halbe Entfernung entgegen und stellte sich dem Range und der Würde nach in allem dem Oheim gleich. Dieses Verhalten zog ihm tödlichen Haß zu, denn Magnus,

30 Niels Sohn, wohnte mit seiner Mutter[3] diesem Schauspiel bei und erglühte vor unsäglichem Zorn, als sie ihm sagte: ,,Siehst du nicht, daß dein Vetter das Szepter ergriffen hat und bereits regiert? So nimm doch den für einen Staatsfeind, der sich nicht scheut, noch bei Lebzeiten deines Vaters den Königstitel zu beanspruchen! Wenn du das weiter übersiehst und ihn

[16-16] Vgl. 1. Makk. 10, 20; 2. Makk. 9, 25.

[17] 1130 ?, Nov. 13.

[18] 1126, Febr. 18.

[1] 1130, Nov.-Dez.

[2-2] Vgl. 1. Kön. 22, 10.

[3] Margareta († 1130, Nov. 4) scheint vielmehr auf einen Ausgleich zwischen Sohn und Neffen hingewirkt zu haben.

laveris et non occideris eum, scito te et / vita et regno ab eo privandum[4]. His itaque verbis instimulatus cepit insidias moliri, ut Kanutum occideret. Quod sentiens Nicolaus rex convocat universos principes regni deditque operam, ut iuvenes dissidentes confederaret. Dissensionibus igitur ad pacem inclinatis iurata sunt utrimque federa.   5

Sed pactiones istae apud Kanutum firmae, apud Magnum dolis oblitae sunt. Statim enim, ut ficta soliditate animum eius investigat et omni suspicionis malo vacuum considerat, rogat Kanutum Magnus, ut occurrat sibi ad singulare colloquium. Dissuadet Kanuto uxor[5] exitum timens insidias, simul etiam exasperata sompnio, quod preterita nocte   10 viderat. Nec tamen vir fidelis retineri potuit, sed, sicut laudatum fuerat, occurrit ad locum placiti, comitatus quatuor tantum viris. Adest Magnus cum viris totidem amplexatumque deosculatur nepotem, consederuntque tractaturi negocia. Nec mora, surrexerunt insidiae de latebris suis percussumque Kanutum interfecerunt, divisoque membratim corpore   15 crudelitatem etiam in mortuo exsaturare gestierunt[6]. Et multiplicatae sunt a die illa perturbaciones et intestina bella in Dania, de quibus in consequentibus aliquantisper commemorandum est, eo quod provinciam Nordalbingorum vehementer attigerint.

Audito enim sinistro hoc nuntio Lotharius imperator cum coniuge   20 sua Rikenza non modice contristati sunt, eo quod corruerit vir imperio amicicia coniunctissimus. Venitque cum gravi exercitu[7] prope civitatem Sleswich ad vallum illud notissimum Dinewerch ulturus mortem funestam optimi viri Kanuti. Consederat e regione / Magnus cum inmenso Danorum exercitu defensurus terram suam. Sed territus virtute   25 Teutonici militis apud cesarem inmenso auro et hominio impunitatem indemptus est.

De Herico. Capitulum LI[a].

Videns ergo Hericus, frater Kanuti natus de concubina, quia refriguit cesaris ira, cepit armari in ultionem fraterni sanguinis currensque   30 terra et mari congregavit multitudem Danorum execrantium inpiam mortem Kanuti. Sumptoque regio nomine cepit frequentibus bellis incursare Magnum, sed superatus, sed fugatus est. Unde etiam Hericus

---

ᵃ) *Kein Kapitelabstand in 2.*

[4] Vgl. zum Folgenden die teils entsprechenden, teils abweichenden Nachrichten der *Vita altera Kanuti.*

nicht tötest, so sei gewiß, daß er dir Leben und Krone rauben wird."[4]
Aufgehetzt durch solche Worte, begann er Pläne zu schmieden, um Knut
umzubringen. Als das König Niels merkt, ruft er alle Fürsten des Reiches
zusammen und suchte die feindlichen Jünglinge auszusöhnen. So neigte
5　sich die Zwietracht dem Frieden zu, und beiderseits wurde ein Sühnever-
trag beschworen.

Knut hielt diese Vereinbarungen aufrichtig, Magnus jedoch vergaß sie
in seiner Hinterlist alsbald. Kaum ist das Verhältnis zum Scheine gefestigt, so erforscht er Knuts Gesinnung, und da er erkennt, daß diese
10　frei von jedem Argwohn ist, bittet er ihn um eine Zusammenkunft unter vier Augen. Knuts Frau[5] rät ihm ab, da sie eine Falle wittert und
zugleich durch einen Traum, den sie in der vorangehenden Nacht gehabt
hatte, beunruhigt ist. Allein der vertrauensselige Mann war dennoch nicht
zurückzuhalten, sondern begab sich, wie es vereinbart war, zum Ort der
15　Zusammenkunft, begleitet von nur vier Männern. Magnus ist mit ebensoviel Leuten zur Stelle, umarmt und küßt den Vetter und sie nahmen
Platz zur Verhandlung über ihre Angelegenheiten. Alsbald sprangen Ver-
steckte aus ihren Schlupfwinkeln, durchbohrten und töteten den Knut,
zerstückelten sogar den Leichnam und suchten so noch an dem Toten
20　ihre Grausamkeit zu befriedigen[6]. Von jenem Tage an vervielfältigten sich
die Wirren und inneren Fehden in Dänemark, über die im Folgenden ziemlich oft berichtet werden muß, weil sie das Gebiet der Nordelbinger stark
berührten.

Als er nun so schlimme Kunde vernahm, war Kaiser Lothar samt seiner
25　Gattin Richenza sehr traurig darüber, daß ein dem Reiche so freundschaft-
lich verbundener Mann gefallen war, und er zog mit einem großen Heere[7]
in die Nähe der Stadt Schleswig bis an jenen berühmten Danewerk-Wall,
um den traurigen Tod des trefflichen Knut zu rächen. Gegenüber lagerte
Magnus mit einem unermeßlichen Dänenheer, sein Land zu verteidigen.
30　Doch aus Angst vor der Tapferkeit des deutschen Kriegers zahlte er un-
geheuer viel Gold und leistete den Lehnseid. So erlangte er beim Kaiser
Straflosigkeit.

51. Von (König) Erich

Erich, der von einer Nebenfrau geborene (Halb)bruder Knuts, sah als-
35　bald ein, daß des Kaisers Zorn abgekühlt war, begann sich zur Rache für
des Bruders Blut zu rüsten, durcheilte Länder und Meere und sammelte
eine Menge Dänen um sich, die den ruchlosen Mord an Knut verwünsch-
ten. Unter Annahme des Königstitels leitete er zahlreiche Feldzüge gegen
Magnus ein, doch (stets) ward er überwunden, ward er verjagt. Dauernd

---

[5] Ingeborg, Tochter Mstislaws von Nowgorod.
[6] 1131, Jan. 7.
[7] 1131, Aug.-Sept.; nach *Ann. Erphesf.* nur mit kleinem Aufgebot.

Hasenvoth, id est pes leporis, propter fugam continuam appellatus est.
Dania tandem exturbatus confugit in civitatem Sleswich. Illi autem
memores bonorum, quae impenderat eis Kanutus, receperunt virum,
parati pro eo ferre mortem et exterminium. Quam ob rem Nicolaus et
filius eius Magnus preceperunt omni populo Danorum, ut descende-   5
rent ad pugnam Sleswich, crevitque obsidio in inmensum[1]. Porro lacus
ille, qui civitati adiacet, glacie concretus pervius erat, impugnaverunt-
que civitatem terra marique. Tunc Sleswicenses miserunt nuntios ad
comitem Adolfum offerentes ei centum marcas, ut cum gente Nordalbingorum civitati presidio foret. Sed et Magnus tantumdem obtulit, 10
ut bello abstinerent[b]. Inter haec comes incertus, quid ageret, consuluit
maiores provinciae. Illi consuluerunt civitati subveniendum, eo quod
mercibus eius sepe potirentur. Congregato igitur exercitu Adolfus comes transiit Egdoram fluvium, visumque ei fuit paululum subsisten-
dum, quousque universus conveniret exercitus, eundumque in terram 15
hostilem cum diligenti caucione. Sed populus predarum avidus retineri
non potuit; tanta festinantia preterlapsi sunt, / ut venientibus primis
ad silvulam Thievela[2], novissimi Egdoram fluvium vix attingerent.
Audito igitur Magnus comitis adventu elegit de exercitu mille loricatos
abiitque in occursum exercitus, qui exierat de Holzatia, et commisit 20
cum eis prelium. Et fugatus est comes, percussique populi Nordalbingorum attritione maxima. Comes autem et quotquot fugerant de acie
reversi per Egdoram salvati sunt.

Magnus igitur potitus victoria reversus est ad obsidionem, frustrato tamen labore; nam neque civitate neque hoste potitus est. La-   25
xata enim hieme pariter et obsidione Hericus elapsus venit in maritimam Sconiae regionem, conquerens ubique innoxiam fratris ce-
dem et proprias calamitates. Audiens igitur Magnus, quia comparuit
Hericus, accedente estate direxit expedicionem in Sconiam cum
innumera classe[3]. At ille consederat e regione stipatus accolarum, 30
licet brevi, numero. Soli enim Sconenses universis Danis restiterant.
Cum igitur Magnus in sacro die pentecosten aciem urgeret ad congressum, dixerunt ad eum venerabiles pontifices: ‚Da gloriam Deo
celi et habe reverentiam diei[4] tantae et quiesce hodie, pugnaturus in
crastinum‘. Qui monita contempnens aggressus est prelium. [5]Produ- 35
xitque Hericus exercitum suum et occurrit ei in manu valida[5]. Cecidit-

---

b) *So 1, 2, LAPP.; abstineret edd., SCHM.*

in die Flucht geschlagen, nannte man ihn deshalb auch Erich Hasenfuß. Endlich aus Dänemark vertrieben, suchte er Zuflucht in der Stadt Schleswig. Die Schleswiger nahmen ihn auf, eingedenk der ihnen von Knut erwiesenen Wohltaten, und waren bereit, für ihn Tod und Vertreibung zu
5 wagen. Darum befahlen Niels und sein Sohn Magnus dem ganzen Dänenvolke, zum Kampfe gegen Schleswig hinabzuziehen; und die Belagerung dehnte sich endlos[1]. Jener See, der bei der Stadt liegt, war eisbedeckt und gangbar, so daß man die Stadt von Land und See her bestürmte. Da schickten die Schleswiger Boten zu Graf Adolf und boten ihm 100 Mark
10 an, wenn er mit dem Volke der Nordelbinger die Stadt beschützen wollte, allein auch Magnus bot ebensoviel, wenn sie den Krieg lassen würden. Bei solchen Angeboten wußte der Graf nicht, was tun, und fragte die Ältesten des Landes um Rat. Sie rieten ihm, der Stadt zu helfen, weil sie häufig Waren von ihr bezogen. Also sammelte Graf Adolf ein Heer und rückte über
15 die Eider, doch schien es ihm ratsam, ein wenig zu warten, bis das ganze Aufgebot einträfe, und mit besonderer Vorsicht in das Feindesland zu ziehen. Aber das beutegierige Volk war nicht zu halten, es hastete mit solcher Eile voran, daß die ersten bereits am Jageler Gehölz[2] standen, als die letzten kaum die Eider erreicht hatten. Sobald nun Magnus von der An-
20 kunft des Grafen hörte, erwählte er aus seinem Heere 1000 Geharnischte, eilte der von Holstein ausgezogenen Streitmacht entgegen und nahm das Gefecht mit ihr auf. Da wurde der Graf in die Flucht gejagt und die Nordelbinger erlitten eine sehr schwere Niederlage. Der Graf und was dem Kampfe entronnen war, ging über die Eider zurück und war gerettet.
25   Magnus kehrte nun siegreich zur Belagerung zurück, doch er mühte sich vergebens, denn er wurde weder der Stadt noch des Feindes habhaft. Mit dem Winterende zugleich lockerte sich nämlich auch die Einschließung, Erich entwich und gelangte ins Küstengebiet von Schonen, wo er überall den Tod seines unschuldigen Bruders und sein eigenes Mißgeschick be-
30 klagte. Als dann Magnus hörte, daß Erich wieder aufgetaucht sei, richtete er gegen Anbruch des Sommers mit zahllosen Schiffen einen Zug nach Schonen[3]. Dort trat ihm jener entgegen mit einem freilich nur schwachen Aufgebot von Landleuten. Die Leute von Schonen allein widerstanden also dem ganzen Dänenvolk. Als nun Magnus am heiligen Pfingsttage
35 darauf drang, den Kampf zu beginnen, sagten ihm die ehrwürdigen Bischöfe: „Gib Gott im Himmel die Ehre und heilige den hohen Feiertag[4]: ruhe heute, morgen kannst du ja kämpfen." Doch er mißachtete die Mahnung und eröffnete die Schlacht. Auch Erich [5]führte sein Heer zum Angriff und trat ihm wohlgerüstet entgegen[5]. Magnus aber fiel an jenem Tage, die

---

[1] 1131/32.   [2] Etwa 20 km. Marschdistanz vom Rendsburger Eiderübergang bis zum Dorfe Jagel auf der Kropper Heide, 6 km südlich der Schlei.
[3] Erst 1134, nach mehrjährigen, wechselvollen Kämpfen; die entscheidende Schlacht am Pfingsttage: 4. Juni.
[4] Vgl. 2. Makk. 15, 1 f.   [5-5] Vgl. 1. Makk. 11, 15.

que Magnus in die illa, percussaque sunt universa Danorum agmina a
viris Sconensibus et ad internicionem deleta. Et factus est Hericus ea
victoria insignis, et creatum est ei nomen novum, ut Hericus Emun,
hoc est memorabilis, appellaretur. Porro Nicolaus rex senior navi
elapsus venit Sleswich percussusque est a viris civitatis in gratiam vic-　5
toris[6]. Ultusque est Dominus sanguinem Kanuti, quem interfecit Magnus, prevaricator iurisiurandi, quod / iuravit.

Et regnavit Hericus in Dania, generavitque ex concubina Thunna[c]
filium nomine Suein[7]. Sed et Kanuto erat filius nobilis Waldemarus[8],
Magnus quoque genuit Kanutum[9]. Remanseruntque haec regalia incre-　10
menta Danorum populis, in quibus exercerentur, ne forte amisso usu preliandi quandoque insolescerent[d]. Solis enim civilibus bellis prepollent.

De ritu Slavorum. Capitulum LII.

Postquam igitur mortuus est Kanutus cognomento Lawardus rex
Obotritorum, successerunt in locum eius Pribizlaus atque Niclotus,　15
bipartito scilicet principatu, uno scilicet Wairensium atque Polaborum, altero Obotritorum provinciam gubernante[1]. Fueruntque hii duo
truculentae bestiae, Christianis valde infesti. Invaluitque in diebus
illis per universam Slaviam multiplex ydolorum cultura errorque supersticionum[2]. Nam preter lucos atque penates, quibus agri et opida　20
redundabant, primi et precipui erant Prove[a] deus Aldenburgensis terrae, Siwa[b] dea Polaborum[c], Radigast deus terrae Obotritorum. His
dicati erant flamines et sacrificiorum libamenta multiplexque religionis
cultus. Porro sollempnitates diis dicandas sacerdos iuxta sortium nutum denuntiat, conveniuntque viri et mulieres cum parvulis mactant-　25
que diis suis hostias de bobus et ovibus, plerique etiam de hominibus
Christianis, quorum sanguine deos suos oblectari iactitant. Post cesam
hostiam sacerdos de cruore libat, ut sit efficacior oraculis capescendis.
Nam demonia sanguine facilius invitari multorum opinio est. Consum-
matis iuxta morem sacrificiis populus ad epulas et plausus convertitur.　30
Est autem Slavorum mirabilis error; nam in conviviis et compotacio-
nibus suis pateram circumferunt, in quam conferunt, non dicam con-

---

　　　[c]) Kunna 4; Chunna 1a (so konj. bereits LAPP.).　　　　　　　[d]) mollescerent 4.

　[a]) Prone 3.　　　　　　　[b]) Siwe 2; Silue 2*; Synna 3.
　[c]) id est Raceburgensium fügen zu 1, 1a.

ganze dänische Heeresmacht ward von den Schonischen besiegt und bis
auf den letzten Mann aufgerieben. Durch diesen Sieg wurde Erich ein
berühmter Mann und man gab ihm einen neuen Beinamen, nämlich Erich
Emun, das heißt: der Gefeierte. Der ältere König Niels hingegen floh zu
5 Schiff nach Schleswig, wo ihn die Stadtbewohner dem Sieger zuliebe erschlugen[6]. So rächte der Herr das Blut Knuts, den Magnus unter verräte-
rischem Bruch des beschworenen Eides umgebracht hatte.

Nun regierte Erich in Dänemark, und er zeugte mit einer Nebenfrau
Thunna einen Sohn Sven[7]; doch auch Knut hatte einen edel geborenen Sohn
10 Waldemar[8] hinterlassen und von Magnus lebte gleichfalls ein Sohn Knut[9].
Diese Königsknaben blieben den Dänen, durch sie sollten sie sich kriegs-
geübt halten, damit sie nicht etwa das dauernde Streiten aufgeben und
eines Tages übermütig würden. Denn nur durch innere Kriege zeichnen
sich die Dänen aus.

15 ## 52. Von den Bräuchen der Slawen

Nachdem also der Obotritenkönig Knut, mit dem Beinamen Laward,
tot war, folgten an seiner Statt Pribislaw und Niklot, indem sie die Herrschaft teilten und der eine in Wagrien und Polabien, der andere im Gebiete
der Obotriten regierte[1]. Diese waren nun zwei wilde Bestien, erbitterte
20 Feinde der Christen. Und so erstarkte damals im ganzen Slawenlande wieder vielfältiger Götzendienst und abergläubische Irrlehre[2]. Außer Hainen
und Hausgöttern, von denen Fluren und Ortschaften voll waren, wurden
am meisten verehrt Prove, der Gott des Oldenburger Landes, Siwa, die
Göttin der Polaben, und Radigast, der Gott im Gebiet der Obotriten.
25 Diesen wurden (eigene) Priester, (besondere) Opfer und mancherlei religiöse Bräuche gewidmet. Und zwar sagt der Priester nach dem Spruch der
Orakelstäbchen Feste zu Ehren der Götter an; dann kommen Männer,
Frauen und Kinder zusammen und bringen ihren Göttern Opfer dar von
Rindern und Schafen, sehr viele auch Menschenopfer von Christen, deren
30 Blut, wie sie sich brüsten, ihre Götter (besonders) ergötzt. Ist das Opfer
getötet, so kostet der Priester vom Blute, um sich zum Empfang göttlicher Weisungen besser zu befähigen. Viele glauben ja, daß dämonische
Wesen durch Blut leichter anzulocken sind. Wenn die Opfer nach dem
Brauche vollzogen sind, geht es ans Schmausen und Feiern. Sonderbar ist
35 ein abergläubischer Brauch bei den Slawen: sie lassen bei ihren Gastmäh-
lern und Zechgelagen eine Schale herumgehen, über der sie im Namen der

[6] 1134, Juni, 25.   [7] Sven III. (V.) Grathe, 1147–57.
[8] Waldemar I. d. Gr., 1157–82.
[9] Knut III. (V.), 1154–57 Mitkönig.

[1] 1131.
[2] Über neues Schrifttum zu westslawischen Kultformen vgl. Lit.verz.

secracionis, sed execracionis verba[3] sub nomine deo/rum, boni scilicet
atque mali, omnem prosperam fortunam a bono deo, adversam a malo
dirigi profitentes. Unde etiam malum deum lingua sua Diabol sive
Zcerneboch[d], id est nigrum deum, appellant. Inter multiformia autem
Slavorum numina prepollet Zuantevith[e], deus terrae Rugianorum, 5
utpote efficacior in responsis, cuius intuitu ceteros quasi semideos esti-
mabant. Unde etiam in peculium honoris annuatim hominem Christi-
colam, quem sors acceptaverit, eidem litare consueverunt. Quin et de
omnibus Slavorum provinciis statutas sacrificiorum impensas illo
transmittebant. Mira autem reverentia circa fani diligentiam affecti 10
sunt; nam neque iuramentis facile indulgent[4] neque ambitum fani vel
in hostibus temerari paciuntur. Fuit preterea Slavorum genti crudelitas ingenita, saturari nescia, inpaciens otii, vexans regionum adiacentia
terra marique. Quanta enim mortium genera Christicolis intulerint,
relatu difficile est, cum his quidem viscera extorserint palo circum- 15
ducentes, hos cruci affixerint, irridentes signum redemptionis nostrae.
Sceleratissimos enim cruci subfigendos autumant. Eos autem, quos
custodiae mancipant pecunia redimendos, tantis torturis et vinculo-
rum nodis plectunt, ut ignoranti vix opinabile sit.

De edificatione Segeberch. Capitulum LIII.   20

Cum igitur inclitus cesar Lotharius et reverentissima coniunx eius
Rikenze plenam erga divinum cultum devocionis curam gererent, adiit
eum sacerdos Christi Vicelinus Bardewich consistentem[1] et suggessit /
ei, ut Slavorum genti secundum datam sibi celitus potentiam aliquod
salutis remedium provideret. Preterea intimavit ei, quia in Wairensi 25
provincia mons haberetur aptus, cui propter tutelam terrae regale possit castrum imponi. Nam et Kanutus rex Obotritorum olim eundem
montem occupaverat, sed miles illic positus inmisso noctu latrone captus est dolo senioris Adolfi[2] metuentis se a Kanuto, si forte invalesce-
ret, facile posse premi. Imperator igitur audito sacerdotis prudenti 30
consilio transmisit viros idoneos, qui specularentur aptitudinem montis[3]. Certior igitur factus verbis nuntiorum transmisso amne venit in

[d]) Zcerneboth *1, 1a.*

[e]) *Weitere Lesarten hier und unten:* Zvantevich, Zuentevich, Zuanteuit.

[3] Beliebtes Wortspiel hochmal. Quellen zur Kennzeichnung ungültiger Weihen.

guten wie der bösen Gottheit, wie ich sagen möchte heillose statt heiliger
Worte[3] sprechen, denn sie glauben, daß alles Glück von einem guten, alles
Unglück von einem bösen Gotte gelenkt werde. Daher nennen sie denn
den bösen Gott in ihrer Sprache Diabol oder Zcerneboch, das heißt den
5 schwarzen Gott. Unter den vielgestaltigen Gottheiten der Slawen ragt hervor Swantewit, der Gott von Rügen; er soll die treffendsten Orakel geben.
Die anderen achteten sie, mit ihm verglichen, nur wie Halbgötter. Darum
pflegten sie ihm zur besonderen Ehre alljährlich einen Christen zu opfern,
auf den das Los fiel. Ja sie schickten dorthin sogar aus allen slawischen
10 Ländern festgesetzte Abgaben zu den Opfern. Um den Dienst am Heiligtum sind sie mit erstaunlicher Ehrfurcht besorgt, denn weder lassen sie
Eide leicht hingehen[4] noch dulden sie, daß der Tempelbezirk verletzt wird,
sei es auch gegen Feinde. Sonst aber war dem Slawenvolk eine angeborene,
nicht zu sänftigende Grausamkeit eigen, die keine Muße ertragen kann
15 und die Nachbarländer zu Wasser und zu Lande heimsucht. Auf wieviele
Arten sie Christen zu Tode brachten, ist kaum zu sagen; den einen rissen
sie die Eingeweide heraus und wickelten sie um einen Pfahl, andere schlugen sie ans Kreuz, um das Zeichen unserer Erlösung zu verhöhnen. Denn
es waren die größten Verbrecher, die sie zum Kreuzestode verurteilten.
20 Die sie aber wegen Lösegeldes gefangen nehmen, quälen sie mit solchen
Martern und Fesseln, daß, wer es nicht weiß, es kaum glauben kann.

53. Über die Errichtung von Segeberg

Da der erlauchte Kaiser Lothar und seine ehrwürdige Gattin Richenza
dem Dienste Gottes ihre ganze, andächtige Fürsorge widmeten, ging der
25 Priester Christi, Vizelin, zum Kaiser, als er in Bardowick weilte[1], und legte
ihm ans Herz, er möge nach der ihm vom Himmel verliehenen Macht auf
ein Mittel zum Heile des Slawenvolkes sinnen. Ferner machte er ihn darauf
aufmerksam, daß im Lande Wagrien ein Berg liege, der sehr geeignet zum
Bau einer königlichen Burg für den Schutz (des Landes) sei. Schon der
30 Obotritenkönig Knut hatte einst diesen Berg besetzt, aber seine Besatzung
dort war von nächtlich eingedrungenen Räubern gefangen worden auf
Anstiften des älteren Adolf[2], weil dieser fürchtete, Knut könne ihn leicht
in Bedrängnis bringen, wenn er zu mächtig würde. Als nun der Kaiser den
klugen Ratschlag des Geistlichen vernommen hatte, entsandte er sach-
35 verständige Leute, den Berg auf seine Eignung hin zu prüfen[3]. Durch die
Meldung der Kundschafter genauer unterrichtet, ging er über den Strom

---

[4] Vgl. Kap. 84; dazu SCHMEIDLERS Auseinandersetzung mit JEGOROV im NA
50/1933, S. 351 f.

[1] 1134, nach April, 24.
[2] 1130, Sept.-Okt.
[3] Hinweis auf Helmolds Vater ? Goslarer Bergleute ?

terram Slavorum ad locum destinatum[4]. Precepitque omni populo
Nordalbingorum[a], ut occurrerent ad edificacionem castelli. Sed et principes Slavorum aderant in obsequium imperatoris, [5]facientes operacio-
nem[5], sed cum grandi tristicia, eo quod sentirent clam sibi suscitari
pressuram. Dixit igitur quidam principum Slavorum ad alterum: 5
,Vides hanc structuram firmam et preeminentem? Ecce vaticinor tibi,
quia castrum hoc erit iugum universae terrae; hinc enim egredientes
primum effringent Plunen, deinde Aldenburg atque Lubeke, deinde
transgressi Trabenam Racesburg et omni Polaborum terra abutentur.
Sed neque Obotritorum terra [6]effugiet manus eorum[6]. Cui ille respon- 10
dit: [7],Quis nobis malum hoc paravit, aut regi montem hunc quis prodidit?'[7]. Ad quem princeps: ,Vides', inquit, ,homuncionem illum calvum,
stantem prope regem? Ille [8]induxit super nos universum malum hoc'[8].

Perfectum est igitur castrum et numeroso milite communitum vo-
catumque Sigeberg. Posuitque in eo quendam satellitem suum Heri- 15
mannum, qui castro preesset. Nec his contentus ordinavit fundacio-
nem novae ecclesiae ad radices eiusdem montis[9], deputans in subsidium
divini cultus et stipendia fratrum illic adunandorum sex / vel eo amplius oppida, iuxta morem privilegiis constabilita[10]. Porro dispensa-
cionem eiusdem basilicae commisit domno Vicelino, ut edificiis subri- 20
gendis et personis coadunandis instaret propensius. Idem quoque fecit
de Lubicensi ecclesia, precipiens Pribizlavo sub obtentu gratiae suae,
ut memorati sacerdotis vel qui vicem eius egissent plenam gereret diligentiam. Proposuitque, ut ipse protestatus est, omnem Slavorum gentem divinae religioni subigere et de ministro Christi statuere pontificem 25
magnum.

Obitus Lotharii imperatoris. Capitulum LIIII.

His ita peractis imperator, ordinatis rebus tam Slavorum quam Saxonum, dedit ducatum Saxoniae Heinrico, genero suo, duci Bawariae,
quem etiam secum assumens paravit secundam profectionem in Ita- 30
liam[1]. Interea domnus Vicelinus, legacionis sibi creditae sollers cura-

---

a) *Randnachtrag in 1 (um 1470):* Ecce iam octavo patet *(vgl. Kap. 3, Anm. b).*
b) subdium *1.*

[4] 1134, vor Mai, 16.　　　　　　　　[5-5] = Psalm 106, 23.
[6-6] Vgl. Jerem. 38, 23 u. ö. in der Bibel.

und kam in das Slawenland an den bezeichneten Ort[4]. Da befahl er dem ganzen Volke der Nordelbinger, zum Bau der Burg herbeizukommen. Doch auch die Slawenfürsten gehorchten dem Kaiser, kamen herbei und [5]halfen beim Bau[5], freilich bedrückt genug, denn sie merkten, daß ihnen 5 hier in der Stille eine Zwingfeste errichtet wurde. Darum sagte ein Fürst der Slawen zu einem andern: „Siehst du diesen festen, hochragenden Bau? Laß dir vorhersagen, das wird ein Joch für das ganze Land! Von hier werden sie ausrücken, erst Plön brechen, dann Oldenburg und Lübeck, endlich die Trave überschreiten und Ratzeburg mit ganz Polabien er-10 obern. Doch auch das Land der Obotriten wird [6]ihren Händen nicht entgehen[6]!" Jener antwortete: [7]„Wer hat uns dieses Unglück denn bereitet und dem König diesen Berg preisgegeben?"[7] Darauf der Fürst: „Siehst du den kleinen Kahlkopf dort beim König stehen? Der [8]hat dieses ganze Unglück über uns gebracht[8]!"

15 　　So wurde die Burg vollendet, mit starker Besatzung versehen und Segeberg genannt. Der Kaiser setzte als Befehlshaber darüber einen gewissen Hermann, seinen Getreuen. Damit nicht zufrieden, ordnete er die Gründung einer neuen Kirche am Fuße des Berges an[9] und wies ihr zur Unterhaltung des Gottesdienstes und der dort zu versammelnden geistlichen 20 Brüder sechs oder mehr Ortschaften an. Wie üblich wurde das durch Urkunden bekräftigt[10]. Die Verwaltung dieser Kirche übertrug er nun Herrn Vizelin, damit der umso eifriger die Bauarbeiten und die Heranziehung von Helfern betriebe. Ebenso verfuhr er hinsichtlich der Lübecker Kirche und befahl Pribislaw bei Verlust seiner Gnade, sich des genannten Priesters 25 und seiner Vertreter mit aller Sorgfalt anzunehmen. Er hatte sich nämlich seinem eigenen Zeugnis nach vorgenommen, das ganze Slawenvolk zu unterwerfen und aus dem Diener Christi einen großen Bischof zu machen.

54. Kaiser Lothars Tod

　　Danach gab der Kaiser, als er die Angelegenheiten der Slawen wie der 30 Sachsen geordnet hatte, das Herzogtum Sachsen seinem Schwiegersohn, dem Herzog Heinrich von Bayern. Ihn nahm er auch mit, als er sich zu einem zweiten Italienzuge anschickte[1]. Unterdes versorgte Herr Vizelin

[7-7] ‚Quis . . . prodidit' rhythmisch gefaßt, wie SCHM. vermerkt. Lied als Quelle?

[8-8] Vgl. 1. Kön. 9, 9. Gemeint ist Vizelin.

[9] Reste des Feldsteinbaus von 1134–37 in der Ostwand des Chores erhalten?

[10] Helmold spielt auf die beiden, uns nur in der durch Propst Sido von Neumünster (um 1195) verfälschten Form bekannten Urkunden Lothars III. von wahrscheinlich 1134 (DLIII, 114–SHRU I, 73) und Konrads III. von 1139 (SHRU I, 74 – St. 3384) für Segeberg an.

[1] 1136, Aug. Heinrich erhielt Sachsen erst am Sterbelager des Kaisers, 1137, Dez., vielleicht ohne formelle Belehnung.

tor, idoneas ewangelio personas ad [2]opus ministerii[2] conscivit; ex quibus venerabiles sacerdotes Ludolfum, Herimannum, Brunonem in Lubeke constituit, Luthmundum[3] cum ceteris Sigeberg esse mandavit. Iactumque[a] est misericordia Dei et virtute Lotharii cesaris seminarium novellae plantacionis in Slavia. Sed [4]accedentibus ad servitutem Dei 5 non desunt temptaciones[4]: sic et patres novellae ecclesiae permaximas invenere iacturas. Imperator enim bonus, cuius erga vocacionem gentium virtus probata, postquam Roma cum Italia potitus est, Rogerum quoque / Siculum Apulia pepulit, cum iam redire pararet, inmatura morte preventus est[5]. 10

Conturbatae[b] sunt hac fama omnes potestates[6] imperii, virtus quoque Saxonum tanto principe illustrata penitus concidisse visa est; et in Slavia res ecclesiasticae labefactatae sunt. Statim enim, ut corpus defuncti cesaris perlatum est in Saxoniam et Lutture tumulatum, ortae sunt sediciones inter Heinricum regis generum et Adel- 15 bertum marchionem[7], contendencium[c] propter ducatum Saxoniae. Conradus autem rex in solium regni levatus Adelbertum in ducatu firmare nisus est, iniustum esse perhibens quemquam principum duos tenere ducatus. Nam Heinricus duplicem sibi vendicabat principatum[d], Bawariae atque Saxoniae. Bellabant igitur hii duo principes, duarum 20 sororum filii, intestinis preliis, et [8]commota est universa[8] Saxonia. Et quidem Adelbertus preripiens castrum Lunenburg cum civitatibus Bardewich atque Brema occidentali Saxonia potitus est[9]. Sed et Nordalbingorum[e] fines partibus eius appliciti sunt. Quam ob rem comes Adolfus provincia pulsus est, eo quod fidem iuratam imperatrici Ri- 25 kenze et genero eius temerare noluisset. Comeciam eius, urbes et servitia Heinricus de Badwide[f][10] beneficio Adelberti assecutus est. Sed et castrum Sigeberg in custodiam accepit, mortuo scilicet Herimanno ceterisque exturbatis, quos cesar imposuerat. /

---

a) *So 1, 1, Alb. Stad., LAPP., SCHM.;* Factumque *2, 3, edd.*

b) Conturbati *codd., SCHM.;* Conturbate *(verb. aus –i) 2, und so edd., LAPP.*

c) contendentes *2* (verb. aus* contendencium*), Alb. Stad.*

d) ducatum *2.*

e) *Randnachtrag in 1 (um 1470):* Ecce iam nono patet idem *(vgl. Kap. 3, Anm. b).*

f) *Andere Lesarten hier und Kap. 56:* bardwide, bardewich, bardewid, badewid, Badenick.

geschickt das ihm anvertraute Sendamt und wählte für ²das Werk des Herrn² geeignete Diener am Evangelium aus, von diesen setzte er die ehrwürdigen Priester Ludolf, Hermann und Bruno in Lübeck ein, den Luthmund³ und andere wies er nach Segeberg. So ward durch Gottes Barmherzigkeit und Kaiser Lothars Verdienst der Same zu einer neuen Pflanzung im Slawenlande ausgeworfen. Doch ⁴wer Gott dienen will, bleibt nicht ohne Anfechtung⁴: so erlitten auch die Väter der jungen Kirche schwerste Einbußen. Der gute Kaiser nämlich, der seine Tugend in der Bekehrung der Heiden bewährt hatte, wurde von einem unzeitigen Tode ereilt, als er sich bereits rüstete heimzukehren, nachdem er Rom und Italien gewonnen und Roger von Sizilien aus Apulien vertrieben hatte⁵.

Alle Reichsgewalten⁶ wurden durch diese Kunde erschüttert; die unter solchem Fürsten hell erstrahlte Macht der Sachsen schien völlig gebrochen und im Slawenlande wankte das Werk der Kirche. Denn kaum war der Leichnam des verstorbenen Kaisers nach Sachsen überführt und in Königslutter beigesetzt, als es zur Fehde zwischen des Königs Schwiegersohn Heinrich und Markgraf Albrecht⁷ kam, welche um das Herzogtum Sachsen stritten. König Konrad suchte, auf den Thron erhoben, Albrecht im Herzogsamt zu decken, indem er sagte, es sei unrecht, wenn ein Fürst zwei Herzogtümer innehabe. Heinrich beanspruchte nämlich die Doppelherrschaft über Bayern und Sachsen. So lagen also diese beiden Fürsten, Söhne zweier Schwestern, im Bruderkrieg, und ganz Sachsen ⁸wurde in Unruhe versetzt⁸. Albrecht riß vorweg die Feste Lüneburg samt den Städten Bardowick und Bremen an sich und nahm Westsachsen ein⁹, aber auch das Gebiet der Nordelbinger fiel ihm zu. Graf Adolf wurde so aus dem Lande getrieben, weil er den der Kaiserin Richenza und ihrem Schwiegersohne geschworenen Eid nicht brechen wollte. Seine Grafschaft, seine Burgen und Lehen erlangte durch Albrechts Gnade Heinrich von Badwide¹⁰. Auch die Feste Segeberg bekam er in seine Gewalt, da Hermann gestorben war und die übrigen, vom Kaiser dort eingesetzten Dienstmannen vertrieben wurden.

²-² = Eph. 4, 12.

³ Zu Ludolf und Lutmund vgl. Kap. 47 f., 75; zu Hermann, später Propst von Neumünster, und Bruno, später Oldenburger Pfarrherr, vgl. Kap. 94.

⁴-⁴ Vgl. Jes. Sir. 2, 1.

⁵ 1137, Dez. 3; Breitenwang bei Reutte/Tirol im oberen Lechtal.

⁶ Für *principes* (so Alb. Stad.): nach der Bibel, vgl. etwa Ev. Luk. 12, 11; Römer 13, 1; Titus 3, 1.

⁷ Albrecht d. Bär, 1123–70; 1138–42 Hz. von Sachsen.

⁸-⁸ Vgl. z. B. Ev. Matth. 21, 10.

⁹ 1138, Juli wurde Heinrich geächtet; anschließend begannen die Kämpfe.

¹⁰ Aus dem Raume Lüneburg-Ülzen; † um 1164.

Persecucio Pribizlai. Capitulum LV.

His igitur turbulentiis usquequaque per Saxoniam concitatis Pribizlaus de Lubeke occasionem nactus assumpta latronum manu suburbium Sigeberg et omnia circumiacentia, in quibus Saxonum erant contubernia, penitus demolitus est. Ibi oratorium novum et monasterii 5 recens structura igne consumpta sunt[1]. Volkerus, frater magnae simplicitatis, ictu gladii percussus est. Ceteri fratrum, qui evaserant, ad Falderensem portum refugerunt. Ludolfus autem sacerdos et qui cum eo Lubeke demorati sunt ea vastitate non sunt dissipati, eo quod in castro et tuicione degerent Pribizlavi, stantes utique loco et 10 tempore difficili et pleno formidine mortis[2].

Preter egestatem enim et cottidiana vitae pericula cogebantur aspicere vincula et varia tormentorum genera Christicolis illata, quos latronum manus passim captivare solebat. Non multo post[3] venit quidam Race de semine Crutonis cum classica manu, arbitratus se hostem 15 suum Pribizlaum Lubeke reperturum. Duae enim cognaciones Crutonis atque Heinrici propter principatum contendebant. Cum igitur Pribizlaus adhuc fortuitu abesset[a], Race cum suis castrum et circumiacentia demoliti sunt. Sacerdotes inter arundineta salvati Falderense presidium apprehenderunt. 20

Venerabilis ergo sacerdos Vicelinus ceterique predicatores verbi gravi mesticia confecti sunt, eo quod [4]novella plantatio[4] in ipsis iniciis emarcuerit, continueruntque se in Falderensi ecclesia orationibus et ieiuniis assidue intenti. Quanta vero austeritate, quanta ciborum temperantia omnique conversacionis perfectione Falderense illud collegium primitus claruerit[5], non satis explicari potest. Dedit igitur eis 25 Dominus [6]gratiam sanitatum[6], iuxta quod ipse pollicitus est: [7]infirmos/ curare, demones effugare[7]. Quid enim dicam de arrepticiis[8]? Obsessorum, qui late advecti sunt, plena erat domus, ita ut fratres quiescere non possent, clamantes[b] sanctorum virorum presencia ignes suos accendi. Sed quis illuc venit et Dei gratia liberatus non est? 30

a) So *SCHM. nach Konj. von O. HOLDER-EGGER;* forinsecus esset *konj.*
LAPP.; fortunatus esset *1, 2, edd.*

b) *Davor ist eine Lücke von mehreren Wörtern anzunehmen; SCHM. vermutet etwa:* propter demones, *verweist auf Chron. Holtz. c. 14:* demones ab obsessis eiciebantur, clamantes igne virorum sanctorum uri.

[1] Sommer 1138.   [2] Vgl. Vergil, Aeneis VII, 608.

55. Die (Christen)verfolgung des Pribislaw

Als überall in Sachsen diese Unruhen ausbrachen, nutzte Pribislaw von Lübeck die Gelegenheit, raffte eine Räuberbande zusammen und zerstörte den Burgflecken Segeberg und alle umliegenden Orte, wo Sachsen wohn-
5 ten, gründlich. Das neue Bethaus und der eben errichtete Klosterbau gingen in Flammen auf[1], der ganz unschuldige Klosterbruder Volker wurde von einem Schwertstoß durchbohrt. Die anderen Brüder konnten entkommen und flohen in den Schutz von Neumünster. Priester Ludolf aber und seine Gefährten in Lübeck wurden von dieser Verfolgung nicht weg-
10 gerafft, weil sie in der Burg unter dem Schutze des Pribislaw lebten; gleichwohl befanden sie sich in
Schwieriger Zeiten Verlauf unter ständiger Drohung des Todes[2].
Waren sie doch gezwungen, neben ihrer eigenen Bedrängnis und täglichen Lebensgefahr anzusehen, wie die von der Räuberschar rings umher einge-
15 fangenen Christen gefesselt und auf allerlei Art gequält wurden. Wenig später[3] kam ein gewisser Race, der von Kruto abstammte, mit einer Flotte, da er glaubte, er werde in Lübeck seinen Feind Pribislaw vorfinden. Die beiden Erblinien des Kruto und des Heinrich kämpften ja um die Fürstenwürde. Weil Pribislaw nun zufällig gerade fort war, konnte Race mit den
20 Seinen die Burg und die umliegende (Siedlung) zerstören. Die Priester retteten sich durch das Röhricht und erreichten das schützende Neumünster.
Da wurden Vizelin, der ehrwürdige Geistliche, und die anderen Prediger des (Gottes)wortes von großer Trauer niedergedrückt, weil [4]die junge
25 Pflanzstätte[4] gleich beim Entstehen verkümmert war; sie hielten sich ständig in der Kirche von Neumünster auf und waren unablässig mit Gebet und Fasten beschäftigt. Man kann wahrlich nicht genug beschreiben, durch welche Sittenstrenge, welche Mäßigkeit und welchen ganz vollendeten Wandel sich jene Gemeinschaft in Neumünster anfangs ausgezeichnet
30 hat[5]. Der Herr begnadete sie darum mit [6]der Gabe, gesund zu machen[6], dem gemäß, was er selbst verheißen hat: [7]die Kranken zu heilen und die Teufel auszutreiben[7]. Was sage ich etwa von den Besessenen[8]! Voll war das Haus von Besessenen, die weither herbeigebracht wurden, so daß die Brüder keine Ruhe mehr fanden: (aus ihnen) schrien (Dämonen), daß die
35 Gegenwart der heiligen Männer ihre Feuer entfache. Wer kam denn dorthin, ohne aus der Gnade Gottes frei zu werden?

[3] Wohl Spätsommer 1138.
[4-4] Vgl. Psalm 143, 12.
[5] Helmold sagt *primitus*, um Kritik an der späteren Haltung Neumünsters gegenüber dem Bistum Oldenburg-Lübeck anzudeuten (vgl. Kap. 80).
[6-6] Vgl. 1. Kor. 12, 9.
[7-7] Vgl. Ev. Matth. 10, 8.
[8] Zum Ausdruck vgl. Jerem. 29, 26; Augustin, De civ. Dei II, 4.

In diebus illis contigit virginem quandam Ymme dictam vexari a demone et ad Vicelinum sacerdotem perduci. Quem cum interrogacionibus urgeret, cur vas incorruptum ipse auctor corruptelae temerare presumpsisset, ille diserta voce respondit: ,Quia', inquit, ,tercio me offendit'. ,In quo', ait, ,te offendit?', ,Quia', inquit, ,negocium meum prepedivit. Bis 5 enim transmisi fures ad perfodiendum domum, sed haec assidens focis clamoribus suis eos absterruit. Nunc quoque legacione principis nostri in Daniam functurus hanc in via offendi ulturusque, quod michi tercio offendiculo fuerit, subter ipsam devolutus sum'. Sed cum vir Dei coniuracionum verba adversus eum coacervaret, ille ait: ,Cur', inquit, 10 ,propellis paratum ultro egredi? Iam enim abibo ad proximam villam visitaturus sodales meos, qui illic delitescunt. Hoc etenim in mandatis accepi, priusquam in Daniam proficiscar'. ,Quod tibi', ait, ,nomen, et qui socii tui? aut cum quibus habitant?' ,Ego', inquit, ,Rufinus vocor; porro sodales mei, de quibus requiris, duo hic sunt, unus cum Rothesto, 15 alter cum muliere quadam eiusdem oppidi. Hos igitur hodie visitabo, crastina, priusquam signum ecclesiae primam increpuerit, huc valedicturus revertar et ita demum in Daniam proficiscar'. Et haec dicens egressus est, virgo quoque passione vexacionis liberata.

Tunc iussit eam sacerdos refici et crastina ante horam primae ad ec- 20 clesiam reduci. Quam cum parentes proximo mane ad ecclesiam ducerent, priusquam limen calcarent, et prima pulsari et vexari virgo cepit. Nec tamen [9]boni pastoris[9] diligentia / prius abstitit, quam idem spiritus presidentis potentia Dei actus abscessit. Porro ea quae de Rothesto predixerat [10]rei exitus probavit[10], nam in brevi maligno spiritu acerrime 25 correptus laqueo semet strangulavit.

In Dania quoque occiso Herico[11] perturbacio gravis erupit, adeo ut oculis probari potuerit magnum eo dyabolum adventasse in afflictionem gentis illius. Bella enim et tempestates, pestilentias et cetera humano generi inimica demonum ministerio fieri quis nesciat? 30

Obitus Heinrici ducis. Capitulum LVI.

Agitabantur autem, sicut in Dania, sic et in Saxonia variae bellorum tempestates, intestina scilicet prelia magnorum principum, Heinrici Leonis[1] et Adelberti, contendentium propter ducatum Saxoniae.

[9-9] Vgl. Ev. Joh. 10, 11.

Damals geschah es, daß eine Jungfrau namens Ymme, von einem bösen
Geiste geplagt, zu Vizelin gebracht wurde. Als der ihn mit Fragen bedrängte,
warum er, selbst Urheber des Makels, sich herausgenommen habe, ein makel-
loses Gefäß zu entweihen, antwortete der Dämon mit deutlicher Stimme:
5 „Weil sie mich dreimal beleidigt hat!" Darauf Vizelin: „Womit hat sie dich
beleidigt?" „Sie hat meine Arbeit behindert: zweimal habe ich Diebe gesandt, ein Haus zu durchstöbern; sie aber saß am Herd und verscheuchte
sie durch ihr Geschrei. Jetzt stand sie mir wieder im Wege, als ich mich anschickte, einen Auftrag unseres (Höllen)Fürsten in Dänemark auszuführen.
10 Zur Rache dafür, daß sie mir ein drittes Mal hinderlich gewesen ist, bin ich
in sie selbst gefahren." Als aber der Gottesmann Worte der Beschwörung
gegen ihn auftürmte, sprach er: „Was treibst du den, der bereit ist zu entweichen? Ich gehe gleich fort ins Nachbardorf, meine Gefährten besuchen,
die dort verborgen sind. Das ist mir nämlich aufgetragen, bevor ich nach
15 Dänemark gehe." „Wie heißt du", sprach Vizelin, „und wer sind deine
Gefährten? Bei wem wohnen sie?" Er antwortete: „Ich heiße Rufin;
meine Gesellen, nach denen du fragst, sind dort zu zweit: einer bei (einem
Manne namens) Rothest, der andere bei einer Frau in derselben Ortschaft."
Diese will ich also heute besuchen, morgen werde ich zum Abschied hierher
20 zurückkommen, bevor die Kirchenglocke die Prim schlägt, und dann erst
werde ich nach Dänemark gehen." Damit fuhr er aus und das Mädchen
war von seinem Leiden befreit.

Der Priester befahl nun, sie zu stärken und sie am nächsten Morgen
vor der Prim wieder in die Kirche zu bringen. Als die Eltern sie bei An-
25 bruch des folgenden Tages zur Kirche führten, hatten sie die Schwelle
noch nicht betreten, da schlug es eins und die Jungfrau wurde befallen.
Dennoch ließ [9]der gute Seelenhirt[9] nicht nach sich zu mühen, bis der Geist
entwich, getrieben von Gottes Allmacht. Was er aber von Rothest gesagt
hatte, [10]bestätigte der Ausgang dieser Sache[10], denn der erhängte sich kurz
30 darauf, von dem bösen Geiste auf das heftigste gequält.

Nach Erichs Ermordung[11] brach auch in Dänemark so arge Verwirrung
aus, daß offenkundig vor Augen stand, welcher schlimme Teufel gekommen war, dieses Volk zu plagen. Wer wüßte auch nicht, daß Kriege und
Stürme, Seuchen und andere dem Menschengeschlecht feindselige (Mäch-
35 te) aus dem Wirken der bösen Geister entstehen?

56. Der Tod Herzog Heinrichs

Wie in Dänemark, so tobten aber auch in Sachsen mancherlei Kriegsnöte;
die großen Fürsten, Heinrich der Löwe[1] und Albrecht rangen in inneren
Kämpfen um die Herzogswürde in Sachsen. Vor allem aber brach die Wut

[10-10] Vgl. 1. Mose 41, 13.   [11] 1137, Sept. 18.

[1] Hier = der Stolze (vgl. Kap. 35, Anm. 3).

Super omnia autem Slavicus furor propter occupationes Saxonum veluti ruptis loris effervescens Holzatorum fines inquietabat, adeo ut
Falderensis pagus iam pene in solitudinem redigendus esset propter
cotidianas interfectiones hominum villarumque depredaciones. Inter
has tribulacionum angustias Vicelinus sacerdos ortabatur populum [in   5
Deo]ᵃ spem suam constituere, agere letanias in ieiunio et attricione cordis,
eo quod dies mali instarent. Heinricus itaque, qui comeciam administra-
bat, vir ocii impaciens et strennuus in armis, congregato latenter de
Holzatis et Sturmariis exercitu hiemali tempore² intravit Slaviam,
aggressusque eos qui pre manibus erant et quasi ³sudes defixae in   10
oculis³ Saxonum, ⁴percussit eos plaga magna⁴, omnem scilicet terram
Plunensem, Lutilenburgensem, Aldenburgensem omnemque regionem
quae inchoat a rivo Sualen et clauditur mari Baltico et flumine Trabena. Omnem hanc terram una incursacioneᵇ preda et in/cendio vastaverunt preter urbes, quae vallis et seris munitae obsidionis propensius   15
studium perquirebant. Proxima estate Holzati se mutuo adhortantes
etiam sine comite⁵ castrum Plunen adierunt divinoque adiuti presidio
municionem hanc ceteris firmiorem preter spem obtinuerunt, Slavis,
qui inibi erant, occisioni traditis. Gesseruntque eo anno bellum perutile
vastaveruntque crebris incursibusᶜ terram Slavorum feceruntque eis,   20
ut sibi facere proposuerant, omni ⁶terra eorum in solitudinem redacta⁶.
Habueruntque Holzati pro omineᵈ bellum illud Transalbianum Saxonum, eo quod invenissent libertatem ulciscendi se de Slavis, nemine
scilicet obsistente. Nam principes Slavos servare solent tributis suis
augmentandis.   25

   Postquam igitur Heinricus, gener Lotharii regis, auxilio socrus
Rikenze imperatricis ducatum obtinuit et nepotem suum Adelbertum
Saxonia deturbavit⁷, Adolfus comes rediit in comeciam suam. Videns autem Heinricus de Badewid, quia subsistere non potest, succendit castrum Sigeberg arcemque firmissimam Hammemburg, quam   30
comitis Adolfi mater murato opere construxerat, ut esset firmamentum urbi contra impetus barbarorum⁸. Hanc igitur domum et quicquid nobile senior Adolfus construxerat Heinricus fugam meditans
demolitus est.

   ᵃ) in Deo *fehlt 1, 2; vermutl. konj. von S.*
   ᵇ) incursione *1a, 2, edd.*   ᶜ) incursionibus *1a, 2, Alb. Stad.*
   ᵈ) omne *1, 2; in 1 von Hand C zu* omine *verb.*

der Slawen, da die Sachsen gebunden waren, mit entfesselten Zügeln hervor und ließ das Holstenland nicht zur Ruhe kommen, so daß der Falderagau unter den täglichen Mordtaten an Menschen und Raubüberfällen auf Dörfer schon fast wieder zur Einöde geworden war. Unter solchen Nöten
5 der Verfolgung rief der Priester Vizelin das Volk auf, seine Hoffnung in Gott zu setzen, zu lobsingen, zu fasten und die Herzen zu prüfen, weil Tage des Leides bevorständen. Heinrich aber, der die Grafschaft innehatte, ein tätiger und tapferer Mann, sammelte heimlich ein Heer von Holsten und Stormarn, brach winters[2] ins Slawenland ein, griff an, was ihm gleich-
10 sam [3]wie Stacheln in den Augen[3] der Sachsen zunächst saß, [4]schlugs vernichtend nieder[4] im Lande Plön, Lütjenburg und Oldenburg sowie im ganzen Raume, der am Schwalenbach beginnt und vom Baltischen Meere und der Trave umschlossen wird. Dieses ganze Land verheerten sie in einem Ansturm mit Raub und Brand, abgesehen von den Burgen, die im
15 Schutze ihrer Wälle und Riegel nachhaltigere Belagerung erforderten. Im folgenden Sommer spornten die Holsten sich gegenseitig an, zogen sogar ohne ihren Grafen[5] vor die Burg Plön und eroberten unverhofft mit Gottes Hilfe diese Festung, welche (noch) stärker als die übrigen war. Die darin befindlichen Slawen wurden niedergemacht. So führten sie in diesem Jahre
20 höchst erfolgreich Krieg, verheerten auf zahlreichen Zügen das Land der Slawen und fügten ihnen zu, was sie den Sachsen hatten zufügen wollen. Das ganze [6]Land wurde wieder zur Einöde gemacht[6]. So nahmen die Holsten jenen Krieg bei den Sachsen jenseits der Elbe als günstige Gelegenheit, hatten sie doch freie Hand bekommen, sich an den Slawen zu rächen,
25 solange niemand Einhalt gebot. Die Fürsten pflegen nämlich die Slawen zu schützen; dadurch wollen sie ihre Einkünfte erhöhen.

Als nun König Lothars Schwiegersohn Heinrich mit Hilfe seiner Schwiegermutter, der Kaiserin Richenza, das Herzogtum erlangt und seinen Vetter Albrecht aus Sachsen vertrieben hatte[7], kehrte Graf Adolf in seine
30 Grafschaft zurück. Heinrich von Badwide sah ein, daß er sich nicht halten konnte, und setzte die Burg Segeberg sowie die starke Feste Hamburg in Brand, welche Graf Adolfs Mutter hatte aufmauern lassen, damit sie ein Bollwerk für die Stadt sein sollte gegen die Einfälle der Barbaren[8]. Dieses feste Haus also, und was sonst der ältere Adolf ansehnlich hatte errichten
35 lassen, zerstörte der auf Flucht sinnende Heinrich.

[2] Winter 1138/39.   [3-3] Vgl. Josua 23, 13.
[4-4] = 1. Sam. 23, 5.
[5] Also vermutlich unter Führung des Overboden Markrad.
[6-6] Vgl. 1. Mose 47, 19 – 2. Mose 23, 29.
[7] Vgl. Annal. Saxo zu 1139.
[8] Nach Alb. Stad. zu 1139 wäre der Bau um 1124 anzusetzen; nach Helmold scheint die Gräfin Hildewa (?) noch nach dem Tode ihres Gatten (1130 ?) weiter zu bauen. Fundamente sind 1888 an der Nordostecke des jetzigen Rathauses freigelegt worden.

Post haec Heinricus Leo cepit armari adversus Conradum regem duxitque contra eum exercitum in Thuringiam, ad locum qui dicitur Cruceburg[9]. Bello itaque per inducias protracto dux rediit in Saxoniam et post non multos dies mortuus est. Obtinuitque filius eius Heinricus Leo ducatum Saxoniae, puer adhuc infantulus[10]. Tunc domna Ghertrudis, mater pueri, dedit Heinrico de Badewid Wairensium provinciam, accepta ab eo pecunia, volens [11]suscitare pressuras[11] Adolfo comiti, [12]eo quod non diligeret / eum[12]. Postquam autem eadem domna nupsit principi[e] Heinrico[13], fratri Conradi regis, et alienata est a negociis ducatus, accessit Adolfus comes ad ducem puerum et consiliarios eius acturus causam suam super Wairensi terra, prevaluitque et iustiori causa et auctiori pecunia. Dissensiones igitur, quae fuerunt inter Adolfum et Heinricum, taliter compacatae sunt, ut Adolfus Sigeberg et omni Wairorum terra potiretur, Heinricus in recompensacionem[f] acciperet Raceburg et terram Polaborum[14].

Edificacio civitatis Lubicanae. Capitulum LVII.

His vero in hunc modum ordinatis Adolfus cepit reedificare castrum Sigeberg cinxitque illud muro[1]. Quia autem terra deserta erat, misit nuntios in omnes regiones, Flandriam scilicet et Hollandriam, Traiectum, Westfaliam, Fresiam, ut, quicumque agrorum penuria artarentur[a], venirent cum familiis suis accepturi terram optimam, [2]terram spaciosam[2], uberem fructibus, redundantem pisce et carne et commoda pascuarum gratia. Dixitque Holzatis et Sturmariis: ‚Nonne vos terram Slavorum subegistis et mercati eam estis in mortibus fratrum et parentum vestrorum? [3]Cur igitur novissimi venitis[3] ad possidendum eam? Estote primi et transmigrate in [4]terram[b] desiderabilem[4] et incolite eam et participamini deliciis eius, eo quod vobis debeantur optima eius, qui tulistis eam de manu inimicorum'. Ad hanc vocem surrexit innumera multitudo de variis nacionibus, assumptis familiis cum facultatibus venerunt in terram Wairensium ad comitem Adolfum, / possessuri [5]terram, quam eis pollicitus[5] fuerat. Et primi quidem Holzatenses ac-

---

[e]) principi *fehlt S, R.*
[f]) compensacionem *1, 1a, LAPP.*

[a]) arcarentur *1;* arcerentur *2.*
[b]) in terram *fehlt 1, 2.*

Danach begann Heinrich der Löwe gegen König Konrad zu rüsten und führte ein Heer gegen ihn nach Thüringen bis zu einem Ort namens Creuzburg[9]. Durch einen Stillstand zog sich der Kampf hinaus, der Herzog kehrte nach Sachsen zurück und starb wenige Tage später. Sein Sohn 5 Heinrich der Löwe, ein noch unmündiger Knabe, erhielt das Herzogtum Sachsen[10]. Da verlieh seine Mutter Gertrud dem Heinrich von Badwide das Land Wagrien gegen eine Summe Geldes, weil sie Graf Adolf, [12]den sie nicht liebte[12], [11]Schwierigkeiten machen wollte[11]. Nachdem diese Fürstin aber den Bruder König Konrads, Markgraf Heinrich[13] geheiratet hatte 10 und aus den Händeln um Sachsen ausgeschieden war, zog Graf Adolf zu dem Herzogsknaben und dessen Räten, seine Sache wegen des Landes Wagrien zu führen, und drang durch vermöge größeren Rechtes wie höherer Geldangebote. Die Streitigkeiten zwischen Adolf und Heinrich von Badwide wurden nun so geschlichtet, daß Adolf Segeberg und das ganze 15 Land Wagrien erhielt, während man Heinrich mit Ratzeburg und dem Polabenlande entschädigte[14].

57. Die Erbauung der Stadt Lübeck

Als diese Dinge so geordnet waren, begann Adolf die Burg Segeberg wieder zu errichten und umgab sie mit einer Mauer[1]. Da das Land verlassen war, schickte er Boten in alle Lande, nämlich nach Flandern und 20 Holland, Utrecht, Westfalen und Friesland, daß jeder, der zu wenig Land hätte, mit seiner Familie kommen sollte, um den schönsten, geräumigsten[2], fruchtbarsten, an Fisch und Fleisch überreichen Acker nebst günstigen Weidegründen zu erhalten. Den Holsten und Stormarn ließ er sagen: 25 ,,Habt ihr euch nicht das Land der Slawen unterworfen und es mit dem Blute eurer Brüder und Väter bezahlt? [3]Warum wollt ihr als Letzte kommen[3], es in Besitz zu nehmen? Seid die ersten, wandert in [4]das liebliche Land[4] ein, bewohnt es und genießt seine Gaben, denn euch gebührt das beste davon, die ihr es der Feindeshand entrissen habt." Daraufhin brach 30 eine zahllose Menge aus verschiedenen Stämmen auf, nahm Familien und Habe mit und kam zu Graf Adolf nach Wagrien, um [5]das versprochene Land[5] in Besitz zu nehmen. Und zwar erhielten zuerst die Holsten Wohn-

[9] Vgl. Ann. Magd. zu 1139.
[10] Heinrich d. Stolze † 1139, Okt. 20; Heinrich d. Löwe war damals 10 Jahre alt.
[11-11] Vgl. Phil. 1, 17.   [12-12] Vgl. 1. Sam. 20, 17; 2. Sam. 12, 25.
[13] 1142, Mai, 1. Heinrich II. Jasomirgott (Hz. v. Bayern 1143–56, v. Österreich 1156–77) und König Konrad III. waren Halbbrüder durch ihre Mutter Agnes.   [14] Nach Gertruds Tode, 1143, Apr. 18.

[1] Dies und das Folgende zu 1143.   [2-2] Vgl. 2. Mose 3, 8.
[3-3] Vgl. 2. Sam. 19, 11.   [4-4] = Psalm 105, 24 u. öfter in der Bibel.
[5-5] = 5. Mose 9, 28 und 19, 8.

ceperunt sedes in locis tutissimis ad occidentalem plagam Segeberg,
circa flumen Trabenam, campestria quoque Zuentineveld et quicquid
a rivo Sualen usque Agrimesov[c] et lacum Plunensem extenditur[6].
Dargunensem pagum Westfali[7], Utinensem Hollandri, Susle Fresi in-
coluerunt[8]. Porro Plunensis adhuc desertus erat. Aldenburg vero et 5
Lutilenburg et ceteras terras mari contiguas dedit Slavis incolendas,
[9]factique sunt ei tributarii[9].

Post haec venit comes Adolfus ad locum qui dicitur Bucu invenitque ibi vallum urbis desolatae, quam edificaverat Cruto Dei tirannus,
et insulam amplissimam gemino flumine cinctam. Nam ex una parte 10
Trabena, ex altera Wochniza preterfluit, habens uterque paludosam et
inviam ripam. Ex ea vero parte, qua terrestre iter continuatur, est col-
lis contractior, vallo castri prestructus. Videns igitur industrius vir
competentiam loci portumque nobilem cepit illic edificare civitatem
vocavitque eam Lubeke, eo quod non longe abesset a veteri portu et 15
civitate, quam Heinricus princeps olim constituerat[10]. Transmisitque
nuntios ad Niclotum Obotritorum principem componere cum eo amicicias, omnes nobiliores donariis sibi adeo astringens, ut omnes ei ob-
sequi et terram eius compacare decertarent. Ceperunt igitur inhabitari
deserta Wairensis provinciae, et [11]multiplicabatur numerus[11] accola- 20
rum eius. Vicelinus quoque sacerdos invitante pariter et adiuvante
comite predia recepit, quae Lotharius imperator ad constructionem
monasterii et / subsidium servorum Dei iam olim sibi coram castro
Sigeberg contradiderat.

[LVIII].[d] Visum autem fuit eis propter incommoda fori et tumultus 25
castrenses monasterium in proximo oppido, quod Slavice Cuzalina,
Teutonice Hagerestorp[e] dicitur, fundacione commodissimum esse[12].
Misitque eo venerabilem sacerdotem Volcwardum cum industriis viris,
qui oratorio[f] et claustralibus officinis subrigendis operam darent. Porro

---

[c]) agrimeson *1, 1a, 2, S, R. Vgl. aber Adam II, 15:* Agrimeshov.

[d]) *Überschrift in S:* De translatione monasterii Sigebergensis in Cuzelinam.
Kein Kapitelabstand 1, 2.

[e]) *Weitere Lesarten hier und sonst:* Hoger(e)storp(h), Hagherstorpe, Hageristorpp.

[f]) oratoris, *verb. zu* oratoriis *1.*

[6] Bornhöved mit dem Grimmelsberg, inmitten des hier umschriebenen Landes
ostwärts vom Falderagau.

sitze in dem am besten geschützten Gebiet westlich Segeberg, an der Trave, in der Ebene Schwentinefeld und alles, was sich von der Schwale bis zum Grimmelsberg und zum Plöner See erstreckt[6]. Das Darguner Land besiedelten die Westfalen[7], das Eutiner die Holländer und Süsel die 5 Friesen[8]. Das Plöner Land aber blieb noch unbewohnt. Oldenburg und Lütjenburg sowie die anderen Küstengegenden ließ er von den Slawen besiedeln, [9]und sie wurden ihm zinspflichtig[9].

Danach kam Graf Adolf an einen Ort namens Bukow und fand dort den Wall einer verlassenen Burg, die Kruto, der Feind Gottes, erbaut hatte, 10 und eine sehr große, von zwei Flüssen umrahmte (Halb)insel. An der einen Seite floß die Trave, an der anderen die Wakenitz vorbei, beide mit sumpfigem, unwegsamem Ufer. Dort aber, wo sie landfest ist, liegt ein ziemlich schmaler Hügel, der dem Burgwall vorgelagert ist. Da nun der umsichtige Mann sah, wie passend die Lage und wie trefflich der Hafen war, begann 15 er dort eine Stadt zu bauen und nannte sie Lübeck, weil sie von dem alten Hafen und Hauptort, den einst Fürst Heinrich angelegt hatte, nicht weit entfernt war[10]. Dann schickte er Boten an den Obotritenfürsten Niklot, um mit ihm Freundschaft zu schließen, und verpflichtete sich alle Vornehmen durch Geschenke so sehr, daß sie wetteiferten, ihm gefällig zu sein 20 und sein Land in Frieden zu setzen. So begannen sich die Einöden Wagriens zu bevölkern und die Zahl[11] seiner Einwohner [11]vervielfältigte sich[11]. Auch der Priester Vizelin erhielt, vom Grafen zugleich aufgefordert und unterstützt, die Güter zurück, die ihm einst Kaiser Lothar bei der Burg Segeberg zum Klosterbau und zur Unterhaltung von Dienern Gottes über- 25 tragen hatte.

58. (Von der Verlegung des Klosters Segeberg nach Högersdorf)

Wegen des unruhigen und lauten Treibens auf dem Markt und in der Burg schien es ihnen freilich viel zweckmäßiger, das Kloster in der nahen 30 Ortschaft zu begründen, die slawisch Cuzalina, deutsch Högersdorf heißt[12]. Dahin schickte Vizelin den ehrwürdigen Priester Volkward mit Handwerkern, die das Bethaus und die Werkhäuser des Klosters errichten soll-

---

[7] Ostwärts Segeberg um Warder-Ahrensbök.

[8] Zwei weitere wagrische Burgbezirke zwischen Plöner See und Lübecker Bucht.

[9-9] Vgl. Richter 1, 30 und 35.

[10] Anlage der Marktsiedlung auf dem Petrihügel seit 1143.

[11-11] Vgl. Ap.gesch. 6, 7.

[12] Vermutlich 1140/43, während Helmolds Braunschweiger Zeit; nicht das Marktleben, sondern die neue Slawengefahr erzwang die Verlegung. Högersdorf liegt nur 2,5 km entfernt, westlich der Trave, im Schutze von deren Flußabschnitt.

forensis ecclesia in curam parrochiae ad radices montis posita est. In
diebus illis nobilissimus vir Thethmarus, domni Vicelini quondam discipulus et in studio apud Franciam socius, relicta prebenda et decania
Bremensi devovit se Falderensi collegio, vir contemptor huius seculi,
sectator voluntariae paupertatis et in spiritali conversacione summae 5
perfectionis[13]. Cuius per omnia extollenda sanctitas tanto humilitatis
culmine et benignitatis vigore subnixa erat, ut videres inter homines
angelum, scientem compati infirmitatibus singulorum, [14]temptatum
autem per omnia[14]. Destinatus post haec Hagerestorp, quae et Cuzelina[g], cum aliis fratribus hominibus novae transmigracionis magno so- 10
lacio fuit. Domnus quoque Vicelinus novellae ecclesiae sibi commissae
sollers curator omni studio enisus est, ut ecclesiae locis oportunis edi-
ficarentur[15], / providens eis de Faldera tam sacerdotes quam reliqua
altaris utensilia.

De beato Bernardo abbate Clarevallensi. Capitulum LIX. 15

Circa tempora dierum illorum ortae sunt res novae et toti orbi
stupendae. Presidente enim sanctissimo papa Eugenio[1], Conrado quoque tercio gubernacula regni moderante, claruit Bernardus Clareval-
lensis abbas[2], cuius fama tanta signorum fuit opinione celebris, ut de
toto orbe conflueret ad eum populorum frequentia cupientium videre 20
quae per eum fiebant mirabilia. Hic itaque egressus in Teutonicam
terram venit ad celebrem curiam Frankenvorde, quo tunc forte rex
Conradus cum omni principum frequentia festivus occurrerat[3]. Cum
igitur sanctus vir in ecclesia positus curandis egrotis in nomine Domini propensius instaret astante rege et summis potestatibus, incer- 25
tum erat inter tantas populorum catervas, quid quis pateretur, aut
cui forte subveniretur. Aderat illic comes noster Adolfus[4], certius nosse
cupiens ex operacione divina virtutem viri.

Inter haec offertur ei puer cecus et claudus, cuius debilitatis nulla
potuit esse dubitacio. Cepit igitur sagacissimus intentare sollerter, si 30
forte posset in hoc puero sanctitatis eius experimentum capere. Cuius

---

g) *Weitere Lesarten hier und sonst:* zcuzelina, ziuzelina, Cuzalina, Cuzilina.

[13] Ende 1142 oder Anfang 1143; vgl. Kap. 44, Anm. 1, Kap. 73, Anm. 8.
[14-14] = Hebr. 4, 15.

ten. Dann wurde an den Fuß des Berges eine Marktkirche zur Versorgung der Gemeinde gesetzt. Damals legte der hochangesehene Thetmar, einst Herrn Vizelins Schüler und Studiengenoß in Frankreich, Pfründe und Dekanat in Bremen nieder und schloß sich der Gemeinschaft in Faldera
5 an; ein Mann, der diese Welt verachtete, freiwillig Armut erwählte und höchste Vollkommenheit des geistlichen Wandels erlangte[13]. Seine über alles zu lobende Heiligkeit war mit so außerordentlicher Demut und Herzensgüte verbunden, daß er ein Engel unter Menschen schien, der die Schwächen eines jeden mitzutragen wußte, [14]da er in jeder Hinsicht ge-
10 prüft war[14]. Mit anderen Brüdern nach Högersdorf-Cuzalina entsendet, ward er den Neusiedlern Trost und Stütze. Auch Herr Vizelin versorgte den ihm anvertrauten neuen Kirchensprengel getreulich und sah eifrig darauf, daß an geeigneten Plätzen Kirchen errichtet wurden[15], die er mit Geistlichen und Altargerät aus Neumünster versah.

15   **59. Über den heiligen Bernhard, Abt von Clairvaux**

Etwa in jenen Tagen ereigneten sich Dinge, die ebenso neu wie für die ganze Welt erstaunlich waren. Denn als der heilige Papst Eugen den Stuhl Petri innehatte[1] und Konrad III. die Zügel des Reiches lenkte, wurde der Abt Bernhard von Clairvaux[2] bekannt, der durch so große Wunderzeichen
20 sich hervortat, daß ihm eine Menge Volks aus der ganzen Welt zuströmte, begierig, die Wunder zu schauen, die durch ihn geschahen. Dieser zog nun auch nach Deutschland und ging zu dem berühmten Hoftage in Frankfurt, wohin damals gerade König Konrad mit allen Fürsten zu Festlichkeiten gekommen war[3]. Als sich der heilige Mann in der Kirche eifrig der Kran-
25 kenheilung im Namen des Herrn annahm, wobei der König mit den höchsten Würdenträgern zugegen war, ließ sich bei dem großen Gedränge der Anwesenden kaum bestimmen, woran jeder litt oder wem nun geholfen werden sollte. Unser Graf Adolf war dabei zugegen[4]; er wollte die Kräfte dieses Mannes aus dem Wirken Gottes zuverlässig erkennen.
30   Unterdes wurde diesem ein blinder und lahmer Knabe gebracht, an dessen Gebrechen kein Zweifel sein konnte. Der scharfsinnig spürende (Adolf) achtete nun genau darauf, ob er wohl an diesem Jungen den Nachweis von (Bernhards) Heiligkeit erhalten könne. Wie von oben erleuchtet, sann der

---

[15] Außer Segeberg nur Bornhöved, Oldesloe, Lübeck und Bosau als Kirchgründungen Vizelins gesichert.

[1] Eugen III. (1145–53).   [2] Bernhard, 1091–1153, burgund. Ritter, 1113 Mönch in Citeaux, seit 1115 Abt des neugegründeten Clairvaux.
[3] 1146, Dez. trafen Bernhard und Konrad III. in Frankfurt zusammen; am 27. Dez. nahm Konrad zu Speyer das Kreuz. 1147, März ordnete ein Frankfurter Reichstag die Kreuzfahrt. Helmold zieht diese Ereignisse zusammen.
[4] Nämlich auf dem Frühjahrsreichstag 1147.

incredulitati veluti divinitus edoctus vir Dei remedium providens puerum preter morem [iussit] sibi[a] applicari –, ceteros enim verbo tantum
consignavit, hunc vero exhibitum manibus excepit oculisque morosa
contrectacione visum restituit, deinde genua contracta corrigens iussit
eum currere ad gradus, manifesta dans indicia recuperati tam visus 5
quam gressus.

Cepit sanctus ille, nescio quibus oraculis edoctus, adhortari principes /
ceterasque fidelium plebes, ut proficiscerentur Ierusalem ad comprimen-
das et Christianis legibus subigendas barbaras orientis naciones, dicens
[5]appropiare tempora[5], quo plenitudo gentium introire debeat, [6]et sic 10
omnis Israel salvus fiat[6]. Protinus ad verba exhortantis incredibile
dictu est, quanta populorum caterva se ad profectionem eandem devo-
verit; in quibus primi et precipui erant Conradus rex, Frethericus
Sueviae dux, qui postea regnavit, Welph dux[7], cum episcopis et principibus, milicia nobilium et ignobilium vulgariumque numero estima- 15
cionem excedente[8]. Quid dicam de Teutonicorum exercitu, cum et
Lodewicus Parisiorum rex[9] et omnis Francigenarum virtus in id ipsum
aspiraverint? Non est recognitum vicinis temporibus nec auditum a
diebus seculi[10] tantum convenisse exercitum, [11]exercitum, inquam,
grandem nimis[11]. Fueruntque signati titulo crucis in vestibus et arma- 20
tura. Visum autem fuit auctoribus expedicionis partem exercitus unam
destinari in partes orientis, alteram in Hyspaniam, terciam vero ad
Slavos, qui iuxta nos habitant.

De Conrado et Lodewico regibus. Cap. LX.

Primus igitur, qui et maximus, abiit terrestri itinere cum rege Ale- 25
manniae Conrado[1] et rege Franciae Lodewico et precipuis utriusque
regni principibus, transieruntque regnum Ungariac, quousque pervenirent prope fines Greciae. Miseruntque legatos ad regem Greciae[2],
ut daret eis conductum mercatumque transire cupientibus terram
suam. Ille, licet admodum territus, annuendum tamen decrevit, si 30.
quidem pacifici venissent. Cui remandaverunt se nichil [3]inquietudinis
moliri[3] qui propter ampliandos fines pacis peregrinacionem ultroneam

---

[a]) iussit *fehlt 1;* iussit sibi *fehlt 2.*

[5–5] Vgl. Ev. Luk. 21, 8, Ap.gesch. 7, 17.
[6–6] Vgl. Römer 11, 25 f.

Gottesmann darauf, Adolfs Unglauben zu heilen, und ließ sich, während er
die anderen (Kranken) nur mit Segensworten behandelte, dieses Kind aus-
nahmsweise in die Hände geben. Er gab den Augen mit einer langen Hand-
auflegung die Sehkraft zurück, richtete dann die verkrampften Knie und
5 hieß ihn zu den Stufen laufen zum offenen Beweise, daß er wieder sehen
und gehen konnte.

Jener Heilige begann, durch mir unbekannte Himmelszeichen erleuchtet, Fürsten und Völker der Christenheit aufzurufen, sie sollten nach Jerusalem ziehen, um die heidnischen Völker des Morgenlandes zu unterwerfen
10 und zu bekehren, denn [5]es nahe die Zeit[5], da die Masse der Heiden (zum
Reiche Gottes) eingehen müsse [6]und so ganz Israel selig werde[6]. Auf die
Worte des Mahners hin gelobte sofort eine unglaubliche Schar von Menschen diese Fahrt, als erste und vornehmste König Konrad, Herzog Friedrich von Schwaben, der später König wurde, Herzog Welf[7], sowie Bi-
15 schöfe und Fürsten; das Heer der Edlen, Minderen und Gemeinen aber
war unübersehbar an Zahl[8]. Was rede ich vom Aufgebot der Deutschen, da
auch König Ludwig von Paris[9] und die ganze Mannschaft der Franzosen
sich das gleiche Ziel setzten. Weder in unseren Tagen noch seit Anbeginn
der Zeit[10] hat man je erfahren oder gehört, daß ein solcher Heerbann zu-
20 sammengekommen wäre, [11]ein Heer, sage ich, unermeßlich groß[11]! Und
auf Kleider und Waffen heftete man ihnen das Zeichen des Kreuzes. Den
Urhebern des Unternehmens schien es jedoch zweckmäßig, einen Teil des
Heeres nach dem Morgenlande, einen zweiten nach Spanien und den dritten zu den in unserer Nähe ansässigen Slawen zu entsenden.

25 ## 60. Von den Königen Konrad und Ludwig

Das erste und zugleich größte Heer zog auf dem Landwege mit König
Konrad von Deutschland[1] und König Ludwig von Frankreich sowie den
angesehensten Großen beider Reiche fort und durchquerte Ungarn, bis es
an die griechische Grenze kam. Man schickte Gesandte zum Griechen-
30 könig[2] mit der Bitte um freies Geleit und freien Markt für den Zug durch
sein Land. Der war zwar sehr erschrocken, entschied sich aber doch, es zu
gestatten, sofern sie friedfertig kämen. Man gab ihm zurück, man führe
nichts [3]Beunruhigendes im Schilde[3], da man die freiwillige Pilgerfahrt auf
sich genommen habe, um das Reich des (Gottes)friedens weiter auszu-

---

[7] Welf VI., Hz. v. Spoleto 1152, † 1191; nahm gleichzeitig das Kreuz, aber
nicht in Speyer. [8] Vgl. 4. Mose 3, 46 – 5. Mose 25, 3.
[9] Ludwig VII. (1137–80). [10] Vgl. Ev. Joh. 9, 32.
[11-11] Vgl. Hesek. 37, 10.

[1] 1147, Mai.
[2] Manuel I. Komnenos (1143–80); König nennt H. ihn auch Kap. 101.
[3-3] Vgl. Judith 14, 9.

as/sumpserint. Dedit igitur eis rex Greciae iuxta placitum conductum forumque habundans rerum venalium, ubicumque castra locanda fuissent.

Multa vero portenta visa sunt in exercitu illis diebus, futurae cladis demonstrativa. Quorum vel precipuum fuit, quod vespere quo- 5 dam nebula densissima cooperuit castra, qua recedente universa papilionum tegmina vel quae sub divo fuerant adeo sanguine respersa comparuerunt, ac si nimbus ille sanguinem compluerit. Quod videns rex ceterique principum coniecerunt se ad maximos labores et mortium pericula evocatos. Nec fefellit eos coniectura. Non enim multo post 10 venerunt in montana quaedam, ubi cum[a] invenissent vallem pratis rivoque decurrente commodissimam, metati sunt castra in[b] devexum montis latus[4]. Porro iumenta oneraria cum bigis et quadrigis victualia sarcinasque militum portantibus, armentorum quoque in carnis esum ingens numerus in vallis medium collocata fuerant prope decursum 15 aquae et pascuarum commoda. Appropiante vero nocte audita sunt in montis supercilio fragor tonitruum sonitusque tempestatis; tum ecce noctis medio, nescio an nubium eruptione vel quo eventu, torrens ille auctior erumpens quicquid vallis humilior habuit in hominibus et iumentis in momento eluit et in mare proiecit. Hanc igitur primam 20 exercitus iacturam exceperunt milites peregrinacionis illius. Ceteri, qui residui fuerant, perrexerunt cepto itinere transeuntesque Greciam pervenerunt ad regiam urbem Constantinopolim. Quo per dies aliquot recreato exercitu, venerunt ad sinum maris, qui vulgarium more dicitur Brachium Sancti Georgii[5]. Illic providerat eis rex Greciae naves ad 25 transducendum exercitum, adhibens notarios, qui expeditorum sibi[c] numerum perferrent. Quo relecto graviter ingemuit et ait: ‚Quare eduxisti, domine Deus, populum hunc multum / de sedibus suis ? Vere [6]brachio virtutis tuae[6] indigent, ut iterum videant [7]terram desiderabilem[7], [8]terram, inquam, nativitatis suae‘[8]. 30

Transmissio igitur mari Lodewicus rex Franciae direxit[d] iter versus Ierosolimam et pugnantibus secum barbaris universum perdidit exercitum[9]. Quid dicam de rege Alemanniae et his qui cum eo fuerant? Universi perierunt fame et siti, transducti in desertum maximum dolo legati regis Greciae, qui eos in fines Persarum ducere debuerat. Adeo 35

---

[a]) cum non _1, 2_ (non _in 1 von Hand C getilgt_).
[b]) in _von Hand C ergänzt 1, fehlt 2._   [c]) sibi _fehlt 2._   [d]) duxit _2._

dehnen. So gab ihnen der Griechenkönig wunschgemäß Geleit und Gelegenheit zum Einkauf von Lebensmitteln im Überfluß, überall wo sie lagerten.

Viele Vorzeichen beobachtete man in jenen Tagen beim Heere, die auf
5 die kommende Katastrophe hinwiesen. Das bedeutsamste von diesen war wohl, daß eines Abends dichtester Nebel das Lager ganz bedeckte; als er abzog, erschienen alle Zeltdächer und was (sonst) unter freiem Himmel gewesen war, so mit Blut besprengt, als habe jene Wolke Blut geregnet. Aus diesem Anblick schlossen König und Fürsten, daß sie zu größ-
10 ten Mühen und Todesgefahren bestimmt seien – und sie täuschten sich nicht. Bald darauf kamen sie nämlich in ein Bergland, fanden ein Tal, das mit seinen von einem Bach durchströmten Wiesen sehr annehmlich erschien, und schlugen Lager am abschüssigen Berghang[4]. Die Lasttiere aber samt den zwei- und vierspännigen Wagen für Lebensmittel und Ge-
15 päck des Heeres, auch die gewaltige Masse Schlachtvieh, brachten sie inmitten des Tales nahe von Wasserlauf und Weiden unter. Die Nacht kam heran, da hörten sie auf dem Gipfel des Berges den Donner rollen und die Winde brausen, und um Mitternacht brach plötzlich jener Bergstrom, sei es durch einen Wolkenbruch sei es durch sonst einen Zufall, stürmisch über
20 seine Ufer, schwemmte im Nu hinweg, was an Menschen und Tieren auf der Talsohle war, und warf es ins Meer. Dies war der erste Schlag, den jenes Kreuzheer erlitt. Die Übriggebliebenen setzten den begonnenen Zug fort und kamen nach Durchquerung von Griechenland zu der königlichen Stadt Konstantinopel. Dort erholte sich das Heer einige Tage und zog
25 dann an eine Meeresbucht, die im Volksmunde ,,Arm des Heiligen Georg'' heißt[5]. Dahin hatte ihnen der Griechenkönig Schiffe gestellt, das Heer überzusetzen, und Schreiber, ihm die Zahl der Gewaffneten zu melden. Als er sie las, seufzte er schwer und sagte: ,,Herr, mein Gott, warum hast du diese Menschenmenge aus ihren Wohnsitzen fortgeführt? Sie haben
30 wahrlich [6]Deinen starken Arm[6] nötig, sollen sie [7]das liebliche Land[7] wiedersehen, [8]das Land ihrer Heimat[8], meine ich.''

König Ludwig ging über das Meer, zog in Richtung auf Jerusalem und verlor im Kampfe mit den Barbaren sein ganzes Heer[9]. Und was soll ich über den König von Deutschland und die, welche mit ihm waren, erzäh-
35 len? Sie kamen alle um vor Hunger und Durst, denn ein Beauftragter des Griechenkönigs, der sie an die persische Grenze führen sollte, hatte sie hinterlistig in eine große Wüste gebracht. So entkräftet waren sie vor Ent-

[4] 1147, Sept. 7/8. bei Chörobacha.

[5] Der Hellespont bei Sestos-Abydos; oft auch Propontis und Bosporus so bezeichnet.

[6-6] = Psalm 88, 11.

[7-7] = Psalm 105, 24 u. öfter in der Bibel.

[8-8] Häufig in der Bibel.

[9] Ludwig kehrte Frühjahr 1149 über Sizilien zurück.

contabuerunt fame et siti, ut incursantibus barbaris ultro cervices prebuerint[10]. Rex et validiores quique, qui neci superfuerant, in Greciam
refugerunt. O iudicia excelsi! Tanta fuit clades exercitus et miseria inex-
plicabilis, ut eorum qui interfuerunt adhuc hodie lacrimis deplangatur.

Expugnacio Lacebonae. Capitulum LXI.   5

Secundus vero navalis exercitus, Colonia et aliis civitatibus Reni
conflatus, preterea litore fluminis Wiserae, navigare ceperunt latissima
occeani spacia, quousque venirent Brittanniam. Quo per aliquot dies
resarcita classe, non modica etiam Anglorum et Brittannorum adiecta
manu torserunt vela versus Hyspaniam. Applicueruntque ad Portu- 10
galensem nobilissimam Galaciae urbem, adoraturi apud Sanctum
Iacobum[11]. Rex igitur Galaciae[12] letior effectus de adventu peregri-
norum rogavit, ut, si propter Deum pugnaturi exissent, fierent sibi
auxilio contra Lacebonam[e], qui fines Christianos inquietabant. Cuius
peticioni faventes abierunt Lacebonam cum magna navium copia; rex 15
quoque terrestri accedens itinere validum adduxit exercitum, et obsessa est civitas terra marique. Multum igitur temporis effluxit in
obsidione civitatis. Ad ultimum capta / civitate[13] pulsisque barbaris
rex Galaciae rogavit peregrinos, ut darent sibi civitatem vacuam,
divisa prius inter eos socialiter preda. Factaque est illic Christicolarum 20
colonia usque in presentem diem. Hoc solum prospere cessit de [14]uni-
verso opere, quod peregrinus patrarat[14] exercitus.

De Nicloto. Capitulum LXII.

Tercius signatorum exercitus devotaverunt se ad gentem Slavorum,
Obotritos scilicet atque Luticios nobis confines, ulturi mortes et exter- 25
minia, quae intulerunt Christicolis, precipue vero Danis[1]. Huius vero
expedicionis capitanei erant Albero Hammemburgensis et universi
Saxoniae episcopi, preterea Heinricus dux adolescens, Conradus dux
de Saringe[a][2], Adelbertus marchio de Saltvidele, Conradus de Wi-

[e]) et eius incolas *fügen edd. hinzu wegen des nachfolgenden* qui.
[a]) sarige *2;* Zaringe *edd., LAPP.*

[10] Vgl. Sulpicius Sev., Vita Martini 15.   [11] 1147, Mai 23; unklare
Beschreibung: erst wurde Compostela, dann Oporto (Portucale) angelaufen.

behrung, daß sie den angreifenden Heiden freiwillig den Nacken (zum Todesstreiche) boten[10]. Der König und die Kräftigeren entrannen dem Tode und flohen zurück nach Griechenland. O Gericht des Höchsten! So groß war die Niederlage des Heeres, so unsäglich das Elend, daß die, wel-
5 che dabei waren, noch heute Tränen darüber vergießen.

61. Die Eroberung von Lissabon

Das zweite Heer war zu Schiff in Köln und den anderen Rheinstädten sowie am Ufer der Weser zusammengekommen; man segelte über die weiten Flächen des Ozeans, bis man nach England kam. Nachdem die
10 Flotte dort einige Tage überholt worden und auch eine erhebliche Schar von Angeln und Briten zugestiegen war, hißten sie die Segel nach Spanien und landeten in Oporto, der bedeutendsten Stadt Galiziens, um den Heiligen Jakob (von Compostela) anzubeten[11]. Der König von Galizien[12], hocherfreut über die Ankunft der Pilger, bat sie, wenn sie doch zum
15 Kampfe für Gott ausgezogen seien, so möchten sie ihm Hilfe leisten gegen (die Heiden von) Lissabon, die das Land der Christen beunruhigten. Seinem Antrage geneigt, stachen sie mit zahlreichen Schiffen nach Lissabon in See, während auch der König auf dem Landwege angriff und ein starkes Heer heranführte; und die Stadt wurde zu Lande und zur See belagert. So
20 verstrich eine lange Zeit bei der Belagerung der Stadt; zuletzt wurde sie erobert[13], und nach Austreibung der Barbaren bat der König von Galizien die Pilger, ihm die leere Stadt zu schenken, nachdem sie zunächst die Beute gemeinschaftlich untereinander geteilt hätten. So wurde dort eine Ansiedlung von Christen gegründet, die bis heute besteht. Dieses allein
25 ging günstig aus [14]von allen Unternehmen des[14] Kreuzfahrerheeres.

62. Von Niklot

Das dritte Kreuzfahrerheer weihte sich dem Wendenzuge gegen unsere Grenznachbarn, die Obotriten und Lutizen, um Tod und Verderben zu rächen, die sie über die Christen, besonders die Dänen, gebracht hatten[1].
30 Die Anführer dieses Unternehmens waren (Erzbischof) Adalbero von Hamburg und alle Bischöfe Sachsens, ferner der jugendliche Herzog Heinrich, Herzog Konrad von Zähringen[2], Markgraf Albrecht von Salzwedel

---

[12] Alfons I. (1139–85).   [13] 1147, Okt. 24.
[14-14] Vgl. Mose 2, 2.

[1] Helmold urteilt als Anhänger Vizelins und des Grafen Adolf II. nicht ohne Tendenz über den Wendenkreuzzug von 1147, Juli–Okt.
[2] Hz. Konrad I. von Zähringen (1122–52), nach 1147 Schwiegervater Heinrichs d. Löwen.

thin³. Audiens igitur Niclotus, quia congregandus esset in brevi exercitus ad destruendum eum, convocavit universam gentem suam et cepit
edificare castrum Dubin⁴ ut esset populo refugium ⁵in tempore necessi-
tatis⁵. Direxitque nuntios ad comitem Adolfum commonens eum federis, quod pepigerant⁶, simul etiam rogans preberi sibi facultatem   5
colloquendi ei et consilio participandi. Cumque comes rennueret dicens
hoc incautum sibi propter offensam principum, ille mandavit ei per
nuntios dicens: ‚Decreveram quidem esse oculus tuus et auris tua in
terra Slavorum, quam incolere cepisti, ne quas patereris molestias
Slavorum, qui olim Wagirensium terram possederunt et causantur se   10
privatos iniuste ⁷hereditate patrum suorum⁷. Quare igitur dissimulas
amicum tuum in tempore necessitatis? Nonne temptacio probat amicum? Hactenus continui manus Slavorum, ne lederent te, nunc tandem / libet retrahere manum et permittere te tibimet, eo quod fasti-
dieris amicum tuum nec recordatus fueris federis et negaveris michi   15
faciem tuam in tempore necessitatis.‘ Dixeruntque nuntii comitis ad
Niclotum: ‚Quod dominus noster hac vice non loquitur tibi, impedit
ea, quam nosti, necessitas. Habe igiturᵇ adhuc gratiam fidei et spon-
sionis tuae erga dominum nostrum, ut, si videris contra eum bella
Slavorum clam consurgentia, premunias eum.‘ Et promisit Niclotus.   20
Dixit igitur comes habitatoribus terraeᶜ suae: ‚Habete cautelam iumentorum et substantiarum vestrarum, ne forte rapiantur a furibus vel a
latronibus; de publico vero periculo meum erit prospicere, ne qua
improvisi exercitus incursione involvamini.‘ Putabat enim vir sapiens
repentinas bellorum iacturas sese consilio conclusisse. Sed res aliter   25
cesserunt.

Combustio navium. Capitulum LXIII.

Sentiens enim Niclotus irrevocabilem esse iuratae expedicionis profectionem, clam parat navalem exercitum transmissoque freto appli-
cat classem ad ostium Travenae percussurus omnem Wagirensium   30
provinciam, priusquam Saxonum exercitus infunderetur suis terminis.
Transmisitque vespere nuntium Segeberg, eo quod promisisset comiti
premunire eum, sed supervacua legacione; comes quippe defuit, et non
erat tempus congregandi exercitum. Illucescente ergo die, qua sanctorum Iohannis et Pauli passio veneranda celebratur, descendit navalis   35

   ᵇ) tibi *1, 1a.*   ᶜ) habitantibus *S;* terrae *fehlt 2.*

und Konrad von Wettin³. Als Niklot nun hörte, daß bald ein Heer gesammelt werden sollte, ihn zu vernichten, rief er sein ganzes Volk zusammen und begann die Feste Dubin⁴ zu errichten, daß das Volk eine Zuflucht
⁵in der Notzeit⁵ hätte. Er schickte auch Gesandte zum Grafen Adolf, er-
5 innerte ihn an das Bündnis, welches sie geschlossen hatten⁶, und bat zugleich, ihm Gelegenheit zu Aussprache und Beratung zu geben. Da der
Graf das abschlug mit dem Bemerken, es scheine ihm unvorsichtig wegen
der (darin liegenden) Beleidigung für die Fürsten, teilte Niklot ihm durch
Boten mit: „Ich hatte doch beschlossen, dein Auge und Ohr zu sein im
10 Slawenlande, das du zu besiedeln begonnen hast, damit du keinen Be-
lästigungen seitens der Wenden ausgesetzt wärest, die einst das Land
Wagrien besaßen und Klage führen, sie seien auf unrechte Weise ⁷des Erbes ihrer Väter⁷ beraubt worden! Warum verleugnest du so deinen Freund
in der Zeit der Not? Erweist nicht die Prüfung den (wahren) Freund? Bis-
15 her habe ich die Hand der Slawen zurückgehalten, daß sie dich nicht verletzten, nun aber will ich meine Hand abziehen und dich dir selbst überlassen, weil du deinen Freund verstoßen und unser Bündnis vergessen
hast und mich in der drängenden Not nicht einmal sehen willst." Des Grafen Boten sprachen zu Niklot: „Daß unser Herr jetzt mit dir redet, ver-
20 hindert seine dir bekannte Zwangslage. Wahre nur weiter die Treue und
deinen Bund mit unserem Herrn und warne ihn, wenn du heimliche
Kriegsvorbereitungen der Slawen gegen ihn beobachten solltest." Das versprach Niklot. Da sagte der Graf zu seinen Landsleuten: „Habt Acht auf
euer Vieh und eure Habe, daß sie nicht etwa von Dieben und Räubern ge-
25 stohlen werden; wegen der Kriegsgefahr will ich schon sorgen, daß ihr
nicht in den unverhofften Einfall eines Heeres verwickelt werdet." Der erfahrene Mann glaubte nämlich, durch seine Klugheit plötzliche Kriegsnöte
abgewandt zu haben; doch die Sache ging anders aus.

63. Die Verbrennung der Schiffe

30 Als nämlich Niklot merkt, daß die Ausführung des beschworenen Feldzuges unwiderruflich ist, rüstet er insgeheim eine Kriegsflotte, segelt über
die (Lübecker) Bucht, und landet an der Travemündung, um durch ganz
Wagrien hindurchzustoßen, bevor der sächsische Heerbann sich in sein
Land ergösse. Gegen Abend schickte er einen Boten nach Segeberg, weil
35 er dem Grafen versprochen hatte, ihn zu warnen: aber das war überflüssig,
denn der Graf war abwesend und es blieb keine Zeit, das Heer aufzubieten.
Als nun der Tag anbrach, da man des Martyriums der Heiligen Johannes

---

³ Mkgr. Konrad d. Gr. v. Wettin (1127–56, † 1157).
⁴ Auf der Landenge zwischen Schweriner See und Döpe (Nebensee).
⁵-⁵ = Jes. Sir. 8, 12; 29, 2.
⁶ Vgl. Kap. 57.   ⁷-⁷ Vgl. 1. Makk. 15, 33 f.

Slavorum exercitus per ostium Travenae[1]. Tunc cives[a] Lubicanae urbis audito murmure exercitus inclamaverunt viros urbis dicentes: ,Audivimus vocem clamoris maximi [2]quasi vocem supervenientis multitudinis[2] et ignoramus, quid sit'[b]. Miseruntque ad civitatem et ad forum nuntiare eis inminens periculum. Sed populus multa pota- 5 cione [temulentus][c] neque strato neque navibus ammoveri potuit, quo usque hostibus circumvallati naves mercibus onustas iniecto igne perdiderunt. Interfectique sunt illic eo die ad trecentos et eo amplius viros. / Rodolfus sacerdos et monachus[3], dum fugeret ad castrum, preventus a barbaris mille vulneribus confossus est. Porro hii qui in castro 10 erant biduo atrocissimam obsidionem pertulerunt. Duae quoque equitum turmae omnem Wagirensium terram pervagantes quicquid in suburbio Segeberg repererunt demoliti sunt. Pagum quoque qui Dargune dicitur et quicquid infra Travenam a viris Westfalis, Hollandris ceterisque extraneis populis incultum fuerat [4]flamma vorax absumpsit[4], 15 feceruntque cedes virorum fortium, qui forte armis obsistere temptassent, et duxerunt uxores eorum et filios in captivitatem. Peperceruntque viris Holzatensibus, qui habitant ultra Travenam ad occidentalem plagam Segeberg, substiteruntque in agris oppidi Cuzalinae et non adiecerunt ultra progredi. Villas preterea, quae erant in campe- 20 stribus Zuentinevelde et extenduntur a rivo Sualen usque ad rivum Agrimesov[d] et lacum Plunensem, non devastaverunt Slavi nec quicquam attigerunt de substantiis hominum illic degentium. Sermo fuit eo tempore omnium ore pertritus quosdam Holzatensium hoc perturbacionis malum conflasse propter odium advenarum, quos comes late 25 congregaverat ad incolendam terram. Unde etiam communis iacturae soli Holzati extorres inventi sunt. Sed et Utinensis[e] civitas adiuta locorum firmitate salvata est.

De Gerlaco[a] presbitero. Capitulum LXIIII.

Rem dicam posteritatis memoria dignam. Qua Slavi Wagirensium 30 terra ad libitum abusi novissime venerunt ad pagum Susle, vastaturi

---

[a]) vigiles konjiziert LAPP. (unnötig).   [b]) et...sit fehlt S, R.
[c]) So Corner; temulentus fehlt 1, 1a, 2; ebrius edd., LAPP.; SCHM. verweist auf Kap. 34.   [d]) agrimeson 1, 1a, edd.; agrimescu oder agrunescu 2; vgl. Kap. 57, Anm. c.   [e]) lutinensis 2.   [a]) Gerlavo S, LAPP.

und Paulus gedenkt, fuhr die slawische Kriegsflotte traveaufwärts[1]. Da alarmierten Leute von der Lübecker Burg auf das Geräusch des Heerzuges hin die Burgmannschaft mit den Worten: ,,Wir haben starken Lärm gehört [2]wie von einer heranziehenden Menge[2] und wissen nicht, was es ist." Man
5 schickte zur Stadt und zum Markte, um dort die drohende Gefahr bekanntzumachen. Aber das Stadtvolk war vor Trunkenheit weder aus Betten noch Booten zu bringen, bis es, von Feinden umzingelt, die warenbeladenen Schiffe durch hineingeworfene Feuerbrände verlor. Dort wurden an jenem Tage an dreihundert und mehr Männer erschlagen. Rudolf, den
10 Priester und Mönch[3], ereilten die Barbaren auf der Flucht zur Burg und durchbohrten ihn mit tausend Wunden. Die Burgbesatzung aber hielt einer zweitägigen, erbitterten Belagerung stand. Zwei Reiterscharen durchstreiften ferner ganz Wagrien und zerstörten alles, was sie im Burgflecken von Segeberg fanden. Auch den Bezirk namens Dargun und alles, was
15 Westfalen, Holländer und andere Einwanderer unterhalb der Trave angebaut hatten, [4]verzehrte die gierige Flamme[4] (des Krieges). Tapfere Männer, die etwa mit Waffen zu widerstehen suchten, machten sie nieder und führten ihre Frauen und Kinder gefangen weg. Doch verschonten sie die jenseits der Trave, westlich Segeberg ansässigen Holsten, verhielten auf
20 der Gemarkung der Ortschaft Högersdorf und rückten nicht weiter vor. Auch die Dörfer im Schwentinefelde und zwischen dem Schwalenbach, dem Bach am Grimmelsberg und dem Plöner See verheerten die Slawen nicht und rührten von der Habe der dort Wohnenden nichts an. Man sprach damals allgemein davon, einige Holsten hätten diese unheilvolle
25 Zerstörung aus Haß gegen die Einwanderer angezettelt, die der Graf von weither zum Anbau des Landes zusammengeholt hatte. Daher (kam es) auch, daß man allein die Holsten vom allgemeinen Unglück verschont fand. Doch auch die Burg Eutin ward durch ihre feste Lage gerettet.

64. Von Priester Gerlach

30 Etwas Denkwürdiges will ich (noch) erzählen. Als die Slawen das Land Wagrien nach Belieben mißhandelt hatten, kamen sie zuletzt in den Be-

---

[1] 1147, Juni, 26.
[2-2] Vgl. Hesek. 1, 24.
[3] Vgl. Kap. 43, Anm. 3.
[4-4] Vgl. Richter 20, 48. Das Land im Travebogen zwischen Segeberg und Lübeck.

Fresonum coloniam, quae illic erat, quorum numerus ad quadringentos
et eo amplius viros supputatus fuerat. Adventantibus autem Slavis
vix centum reperti sunt in municiuncula, ceteris in patriam reversis
propter ordinandum peculium illic / relictum. Succensis ergo quae foris
erant videres his qui in municione erant gravissimam inferri expugna-   5
cionis iacturam; tota enim die[b] a tribus milibus Slavorum fortiter in-
pugnati sunt, illis quidem victoriam presumentibus veluti indubiam,
his vero supremum spiritum pugnae dilacione redimentibus. Sed cum
viderent Slavi, quia [1]victoria non cederet eis incruenta[1], promittunt
Fresonibus vitam et membrorum integritatem, si municione progressi   10
dedissent arma. Ceperunt ergo quidam ex obsessis appetere dedicio-
nem ob spem vitae. Quos arguens fortissimus sacerdos: ,Quid est',
inquit, ,o viri, quod agere vultis ? Putatis vos dedicione vitam redimere
aut barbaris fidem inesse ? Fallimini, viri compatriotae, stulta est haec
opinio. An nescitis, quia in omni advenarum genere apud Slavos nulla   15
gens detestabilior Fresis ? Sane [2]fetet eis odor noster[2]. Quare igitur
abicitis animas vestras ultro properantes ad interitum ? Contestor vos
per Dominum, factorem orbis, cui [3]non est difficile salvare in paucis[3], ut
adhuc paululum experiamini vires vestras et conseratis manus cum
hostibus. Quam diu enim vallo hoc circundamur, sumus manuum   20
nostrarum et armaturae compotes, vita nobis in spe sita est; inermibus
vero preter ignominiosam mortem reliquum nichil est. Gladios igitur
vestros, quos ultro sibi expetunt, mergite prius in medullis eorum et
estote ultores sanguinis vestri. Hauriant gustum audaciae vestrae nec
[1]victoria redeant incruenta[1]. Et haec dicens ostendit eis magnanimem 25
spiritum obiectusque[c] portis cum uno tantum viro hostium cuneos
propulit, percussitque de manu propria ingentem Slavorum numerum.
Excusso denique uno oculo et ventrem perfossus nichil remissius egit in
pugna, divinum quoddam robur tam in animo quam in corpore pre-
ferens. Nichil itaque melius a notissimis illis filiis Sarviae[4] vel a Macha- 30
beis / quondam pugnatum est quam a sacerdote Gerlavo virisque per-
paucis in castro Susle, defenderuntque municionem [5]de manu vasta-
torum[5]. His auditis comes congregavit exercitum, ut pugnaret cum
Slavis et eiceret eos de terra sua. Quo rumore comperto Slavi redierunt
ad naves et abierunt onusti de captione hominum et de varia suppellec- 35
tile, quam predati fuerant in terra Wagirorum.

b) die *fehlt 1, 2; nachträglich übergeschr. 1a.*   c) obiectisque *2, 3;* apertisque *4.*

zirk Süsel, um die dortige Friesensiedlung zu verheeren, die man auf
mehr als 400 Männer anschlug. Bei Ankunft der Slawen fanden sich aber
kaum hundert in der kleinen Befestigung, da die übrigen in die Heimat
zurückgekehrt waren, ihr dort hinterlassenes Vermögen zu ordnen. Nach-
5 dem nun in Brand gesteckt war, was außerhalb lag, drohte denen innerhalb der Feste eine erbitterte Belagerung: 3000 Slawen bedrängten sie
hart den ganzen Tag über, den sicheren Sieg vor Augen, während sie ihre
letzte Hoffnung darauf setzten, den Kampf hinzuziehen. Sobald die Slawen aber sahen, daß ihnen kein [1]unblutiger Sieg[1] winkte, versprachen sie
10 den Friesen Leben und Gesundheit, wenn sie aus der Feste kämen und die
Waffen ablieferten. Da begannen einige der Belagerten nach Übergabe zu
verlangen, um ihr Leben zu retten. Ihnen trat der wackere Priester entgegen und sagte: ,,Was wollt ihr tun, Männer? Meint ihr durch Übergabe
das Leben zu retten? Meint ihr, die Barbaren halten Wort? Landsleute,
15 ihr irrt, das ist ein törichter Gedanke! Wißt ihr nicht, daß unter allen Ein-
wanderern kein Stamm den Slawen verhaßter ist als die Friesen? Wirklich, [2]unser Geruch ist ihnen Gestank[2]! Was verliert ihr den Mut und lauft
geradezu ins Verderben! Ich beschwöre euch beim Herrn, dem Schöpfer
der Welt, dem es [3]nicht schwer fällt, Rettung durch wenige zu bringen[3],
20 daß ihr noch kurze Zeit eure Kräfte probt und den Feinden widersteht.
Solange wir nämlich von diesem Wall umgeben sind, gehorchen uns Fäuste
und Waffen und wir setzen unser Leben auf die Hoffnung; waffenlos aber,
bleibt uns nichts als ein schimpflicher Tod! Stoßt eure Schwerter, die sie
von euch fordern, zuvor in ihr eigenes Mark und seid die Rächer eures Blu-
25 tes. Euren Todesmut sollen sie schmecken und nicht [1]ohne Blutzoll siegreich[1] heimkehren!" Mit diesen Worten zeigte er ihnen sein unverzagtes
Herz, warf sich vor das Tor und schlug mit einem einzigen Gefährten
Scharen von Feinden zurück. Mit eigener Hand durchbohrte er zahllose
Slawen. Selbst als er ein Auge verloren hatte und am Körper verwundet
30 war, ließ er nicht nach im Kampfe und bewies seelisch wie körperlich eine
geradezu übermenschliche Kraft. Großartiger haben auch die berühmten
Söhne der Zeruja[4] und die Makkabäer einst nicht gekämpft, als Priester
Gerlach und die Handvoll Männer in der Burg Süsel; und sie behaupteten
die Feste [5]gegen die Macht der Mordbrenner[5]. Das erfuhr der Graf, er sam-
35 melte ein Heer, um die Slawen zu bekämpfen und aus seinem Lande zu
vertreiben. Auf die Kunde hiervon kehrten die Slawen zu ihren Schiffen
zurück und fuhren mit den Gefangenen und der reichen Habe davon, die
sie im Lande der Wagrier erbeutet hatten.

[1-1] Vgl. Sallust, Catilina 61.
[2-2] Vgl. 2. Mose 5, 21.
[3-3] Vgl. 1. Sam. 14, 6.
[4] Vgl. 2. Sam. 2, 18: Davids Neffen Joab, Abisai und Asahel.
[5-5] = 1. Sam. 14, 48.

De obsidione Dimin[1]. Capitulum LXV.

Interim volat haec fama[2] per universam Saxoniam et Westfaliam, quia Slavi facta eruptione bellum priores adorsi fuerint; et festinavit omnis illa expedicio signo crucis insignita descendere in terram Slavorum et [3]zelare iniquitatem[3] ipsorum. Partitoque exercitu duas muni- 5 tiones obsederunt, Dubin atque Dimin[a] [4]et fecerunt contra eas[b] machinas multas[4]. Venit quoque Danorum exercitus et additus est his qui obsederant Dubin, et crevit obsidio. Una igitur dierum considerantes hii qui tenebantur inclusi, quia Danorum exercitus segnius ageret – hii enim domi pugnaces, foris imbelles[c] sunt –, facta subita eruptione per- 10 cusserunt ex eis multos et posuerunt eos [5]crassitudinem terrae[5]. Quibus etiam subveniri non poterat propter interiacens stagnum. Ob quam rem exercitus ira permotus pertinacius instabant expugnacioni. Dixerunt autem satellites ducis nostri et marchionis Adelberti adinvicem: ‚Nonne terra, quam devastamus, terra nostra est, et populus, quem 15 expugnamus, populus noster est? Quare igitur invenimur hostes nostrimet et dissipatores vectigalium nostrorum? Nonne iactura haec redundat in dominos nostros?‘

Ceperunt igitur a die illa facere in exercitu tergiversaciones et obsidionem multiplicatis induciis alleviare. Quotiens / enim in congressu 20 vincebantur Slavi, retinebatur exercitus, ne fugitantes insequerentur et ne castro potirentur. Ad ultimum nostris iam pertesis conventio talis facta est, ut Slavi fidem Christianam reciperent[6] et laxarent Danos, quos in captivitate habuerant. Multi igitur eorum falso baptizati sunt[7], et de captione hominum relaxaverunt omnes senes et inutiles ceteris 25 retentis, quos servicio robustior aptaverat etas. Taliter illa grandis expedicio cum modico emolumento soluta est. Statim enim postmodum in deterius coaluerunt[d], nam neque baptisma servaverunt nec cohibuerunt manus a depredacione Danorum.

De fame. Capitulum LXVI. 30

Comes autem noster convulsas reparans amicicias fecit pacem cum Nicloto et cum ceteris orientalibus Slavis. Nec tamen integre credebat

---

[a]) dunin 2.   [b]) eos *codd., LAPP.;* eam *Vulgata.*
[c]) in bellis 2.   [d]) convaluerunt *2, 3.*

65. Über die Belagerung von Demmin[1]

Indessen flog durch ganz Sachsen und Westfalen die Nachricht[2], daß die Slawen vorgebrochen und als erste zum Kriege geschritten seien; da eilte das ganze Kreuzheer, ins Land der Slawen zu ziehen und deren [3]Misse-
5 tat zu strafen[3]. Das Heer wurde geteilt und man schloß zwei Festungen ein, Dubin und Demmin, gegen die [4]man viele Belagerungswerke erbaute[4]. Auch das Aufgebot der Dänen zog herbei und stieß zu den um Dubin lie- genden Kräften; die Belagerung dauerte lange. Eines Tages nun beobach- teten die Eingeschlossenen, daß das Heer der Dänen sehr lässig war –
10 diese sind eben daheim streitsüchtig, im Felde aber unkriegerisch –, über- raschend fielen sie aus, erschlugen viele Dänen und düngten [5]mit ihren Leibern die Erde[5]. Man konnte ihnen auch keine Hilfe bringen, weil der See dazwischen lag. Das Heer ergrimmte über den Vorfall und verschärfte noch die Belagerung. Die Vasallen unseres Herzogs und des Markgrafen
15 Albrecht meinten aber untereinander: „Ist es nicht unser Land, das wir verheeren, und unser Volk, das wir bekämpfen? Warum benehmen wir uns denn wie unsere eigenen Feinde und vernichten unsere eigenen Ein- künfte? Wirken diese Verluste nicht auf unsere Lehnsherren zurück?"
So begann man von Stund an, im Heere herumzureden und durch
20 wiederholte Waffenruhe die Belagerung zu lockern. Immer wenn die Sla- wen bei Gefechten besiegt wurden, hielt man das Heer davon zurück, die Fliehenden zu verfolgen und die Burg einzunehmen. Als es die Unsern end- lich satt hatten, traf man folgende Übereinkunft: die Slawen sollten den christlichen Glauben annehmen[6] und die gefangenen Dänen freilassen. Da
25 wurden viele von ihnen falsch getauft[7], und aus der Gefangenschaft ent- ließen sie alle Alten und Unverwendbaren, hielten aber die übrigen zurück, soweit sie kräftig genug zur Arbeit waren. So wurde diese große Unterneh- mung mit geringem Erfolge beendigt; denn gleich nachher trieben die Slawen es noch ärger, da sie weder die Taufe achteten noch aufhörten, die
30 Dänen zu berauben.

66. Von der Hungersnot

Unser Graf aber stellte die zerrissene Freundschaft wieder her und schloß Frieden mit Niklot und den anderen östlichen Slawen. Doch ganz

---

[1] Geschildert ist nur die Belagerung von Dubin.
[2] Vergil, Aeneis III, 21; VII, 392; VIII, 554.
[3-3] Vgl. Psalm 36, 1.
[4-4] Vgl. 1. Makk. 11, 20.
[5-5] Vgl. Psalm 140, 7.
[6] Vgl. Ann. Palid. zu 1147.
[7] Zur Übersetzung vgl. Kahl, Wendenkreuzzug, S. 101 ff.

eis, eo quod federa prima violassent et percussissent terram suam
attricione maxima. Cepitque consolari populum suum, quem vastitas
hostilis attriverat, orans eos, ne casibus adversis cederent, hoc cognos-
centes, quod marcomannos oportet duram habere pacientiam et pro-
digos esse sanguinis sui. In redimendis quoque captivis devotus extitit.   5

Quid dicam de sacerdote Christi Vicelino ? In ea calamitate, qua barbaricus furor multos attriverat, et frumentorum penuria famem par-
turiverat, omnibus qui in Faldera et Cuzelina fuerant summopere
commendavit, ut pauperum memores essent. Ad quod opus vir Dei
Thetmarus fuit incomparabiliter idoneus, dispergens et [8]dans pauperi-   10
bus minister fidelis et prudens[8] ubique caritativus, ubique largus. In
cuius laudem [9]parum est quod loquor[9]. Sane pectus sacerdotis misericordia refertum suavissimo fraglabat odore, iacebantque pro foribus
monasterii greges egenorum expectantium elemosinam de manu viri
Dei, / adeo ut locus ille ad inopiam redigendus videretur propter largi-   15
tatem viri. Obserabantur igitur a procuratoribus ostia domesticae rei,
ne curia subiaceret detrimento. Quid faceret homo Dei ? Clamores
pauperum ferre non poterat, nec fuit ad manus quod daret. Cepit ergo
vir misericors curiosius agere et circuire horrea, explorare callidus
aditum, quo etiam secretius reperto egit in modum furantis, dans   20
cotidie pauperibus iuxta oportunitatem. Ferebatur autem a fidissimis
nobis, quod isdem diebus exinanita frumentaria penus divinitus re-
cuperata sit. Prebet huic facto firmitatem opus Helyae necnon Helisei[10]
quorum emulos sicut virtutis, sic etiam miraculi adhuc superesse non
est ambiguum.   25

De morte Etheleri[a]. Capitulum LXVII.

Modicum igitur temporis effluxit, quo Wagirensi terrae de preterita
calamitate respirare concessum est, et ecce nova prelia surrexerunt ab
aquilone, quae [1]apponerent dolorem dolori[1], vulnus vulneri. Occiso
enim Herico, cui cognomen erat Emun[2], remanserunt tria genimina   30
regum, scilicet Suen eiusdem Herici filius, Waldemarus Kanuti filius,
Kanutus Magni filius. Qui cum adhuc[b] infantuli essent, consilio Danorum positus est eis tutor quidam Hericus cognomento Spac, qui regnum

a) Edeleri *1, 1a; SCHM.*
b) adhuc *fehlt 2.*

traute er ihnen nicht, da sie zuerst den Bund gebrochen und sein Land auf das schlimmste heimgesucht hatten. Sein Volk, das unter der feindlichen Verheerung gelitten hatte, begann er aufzurichten und bat, sie möchten dem Unglück nicht weichen, sondern erkennen, daß Grenzmannen zäher
5 Geduld bedürften und ihr Blut einsetzen müßten. Eifrig bemühte er sich ferner, die Gefangenen auszulösen.

Was ist von Vizelin, dem Priester Christi zu sagen? In dieser Notzeit, als die Wut der Barbaren viele heimsuchte, als der Mangel an Getreide den Hunger nach sich zog, legte er in Neumünster und Högersdorf allen in-
10 ständig nahe, die Armen nicht zu vergessen. Dazu war der Gottesmann Thetmar unvergleichlich geeignet; [8]als treuer und kluger Verwalter[8] teilte er aus und [8]gab den Armen[8], überall mildtätig, überall freigebig, so daß meine Worte zu seinem Lobe (viel) [9]zu gering sind[9]. Über das mitleidsvolle Wesen dieses Geistlichen verbreitete sich eine milde Kunde; vor den Toren
15 des Klosters lagen Scharen von Darbenden, die ein Almosen aus der Hand des Gottesmannes erwarteten, so daß durch seine Großzügigkeit das ganze Stift in Mangel zu geraten drohte. Die Vorsteher verschlossen darum die Türen der Vorratskammern, damit dem Hause kein Schade erwüchse. Was sollte der Mann Gottes tun? Das Geschrei der Armen konnte er nicht er-
20 tragen, hatte aber auch keine Gabe in Händen. So begann er in seiner Barmherzigkeit aufmerksam um die Scheuern herumzustreichen, um voller List einen Zugang auszumachen; und als er versteckt einen fand, tat er wie ein Dieb und gab täglich den Armen nach Belieben. Leute, die ich genau kenne, erzählten nun, daß damals der entleerte Getreidevorrat durch Gottes
25 Gnade wieder aufgefüllt wurde. Diese Tatsache wird gestützt durch das Werk des Elia und Elisa[10], denn zweifellos gibt es bis heute Menschen, die jenen an Tugend wie an Wunderkraft gleich kommen.

67. Vom Tode Edelers

So verstrich kurze Zeit, in der es dem Wagrierlande vergönnt war, von
30 dem überstandenen Unheil aufzuatmen, doch schon zogen von Norden her neue Kämpfe herauf, [1]Schmerz zum Schmerze[1] und Wunden zu Wunden zu fügen[1]. Denn nach der Ermordung Erichs mit dem Beinamen Emun[2] blieben drei königliche Sprößlinge nach, nämlich Sven, der Sohn eben jenes Erich, Knuts Sohn Waldemar und Magnus' Sohn Knut. Da sie noch
35 Kinder waren, wurde ihnen nach dem Beschluß der Dänen ein gewisser Erich zubenannt Spache als Vormund bestellt, um das Reich und die

[8-8] Vgl. Psalm 111, 9; 2. Kor. 9, 9; Ev. Matth. 24, 45; Ev. Luk. 12, 42.
[9-9] Vgl. Adam II, 69 Anfang.
[10] Vgl. 1. Kön. 17, 11–16; 2. Kön. 4, 1–7.

[1-1] Vgl. Jerem. 45, 3.
[2] 1137, Sept. 18; vgl. Kap. 51, Anm. 7–9 zum Folgenden.

cum regia sobole tutaretur.[3] Fuitque vir ille pacificus, [4]cum tranquillitate[4] creditum sibi gubernans regnum, nisi quod Slavorum furiis[c]
minus obstitit. Nam latrocinia Slavorum eo tempore solito plus invaluerunt. Sentiens autem Hericus appropiare diem mortis suae convocavit
tres adolescentes regios, adhibitoque magnatum consilio Suen destina-   5
vit ad regnum, Waldemarum et Kanutum hereditate paterna iussit
esse contentos. / Ordinatisque taliter rebus defunctus est[5].

Nec mora Kanutus Magni filius rupta tutatoris[d] sui disposicione
conatus est arripere[e] regnum movitque contra Suenonem prelia magna.
Porro Waldemarus partes Sueni adiuvabat. Et commota est universa   10
Dania, et visa sunt magna signa in celo versus aquilonem, species quasi
ignearum facularum et humani cruoris similitudo rutilantis. Nec fe-
fellerunt portenta. Quis enim ignoret strages factas in eo prelio ?

Certabat igitur uterque regum asciscere sibi comitem nostrum, miseruntque nuntios cum donariis, plura offerentes et ampliora promitten-   15
tes. Complacuitque comiti ad Kanutum, habitoque colloquio fecit ei
hominium. Quod factum zelatus est Suein, assumptaque manu armata
transivit in Wagirensem terram et succendit Aldenburg et demolitus est
omnem terram maritimam, et digrediens inde succendit suburbium
Segeberg, et quaecumque in circuitu eius erant vorax absumpsit   20
flamma[6]. Huius autem mali fuit auctor Ethelerus quidam de Thet-
marsia natus, qui diviciis Danorum sublevatus omnem fortem de
Holzatia [7]sibi sociaverat[7]. Factusque ductor regis volebat comitem
provincia pellere terramque eius addere regno Danorum. Quod factum
cum innotuisset comiti, transiit ad ducem, ut protegeretur ab eo. Nec   25
enim in Holzacia tute consistere poterat, eo quod increvissent homines
Etheleri, qui [8]insidiabantur vitae eius[8]. Quicumque voluisset fieri homo
Etheleri, veniebat, ut acciperet in munere byrrum, clypeum vel equum,
atque donis huiusmodi corrupta [9]repleta est terra[9] sediciosis. Precepit
igitur dux omni populo Holzatorum et Sturmariorum, ut, sicubi reperti   30
fuissent homines Etheleri, aut[f] renuntiarent hominio aut provincia
sece/derent. Et factum est ita. Iuravitque omnis populus stare ad
mandatum ducis et obaudire comiti suo. Sociatusque est sibi vir Holza-

---

[c]) *So codd. und edd.; SCHM. merkt als Konj. an:* furtis.
[d]) curatoris *edd., LAPP.*
[e]) accipere *2.*
[f]) ut *1, 1a.*

königliche Nachkommenschaft zu hüten[3]. Das war ein friedliebender Mann, der das ihm anvertraute Reich ruhig[4] lenkte, dem Wüten der Slawen jedoch zu wenig entgegentrat. Denn die Räubereien der Slawen nahmen damals ungewöhnlich überhand. Als Erich nun den Tag seines Todes
5 nahen fühlte, rief er die drei königlichen Jünglinge zusammen, zog die Großen zu Rate und bestimmte Sven zur Regierung, während er Waldemar und Knut anwies, mit dem väterlichen Erbe zufrieden zu sein. Als so die Nachfolge geordnet war, starb er[5].

Unverzüglich brach Knut Magnusson die Regelung seines Vormundes,
10 suchte die Herrschaft an sich zu reißen und führte heftige Kämpfe gegen Sven. Waldemar dagegen unterstützte Svens Partei. Ganz Dänemark geriet in Aufruhr, man sah große Zeichen am nördlichen Himmel: Bilder wie Feuerfackeln und rötlichen Schein wie von Menschenblut. Die Vorzeichen trogen nicht. Wer wüßte denn nicht, daß in jenem Kampfe Blut geflossen
15 ist?

Beide Könige wetteiferten nun, unseren Grafen für sich zu gewinnen, und schickten Gesandte, welche viele Geschenke brachten und noch größere versprachen. Der Graf entschied sich für Knut, verhandelte mit ihm und leistete ihm Mannschaft. Das ergrimmte den Sven, er fiel mit bewaff-
20 neter Macht in Wagrien ein, steckte Oldenburg in Brand und verheerte den ganzen Küstenstrich. Von da zog er weiter, legte Feuer in den Burgflecken von Segeberg, und die Flamme verzehrte alles, was in seinem Umkreise lag[6]. Veranlaßt war dieses Unheil durch einen gewissen Etheler aus Dithmarschen, der mit dänischem Gelde alle tapferen Holsten [7]an sich
25 gezogen hatte[7]. Vom König zum Anführer bestellt, wollte er den Grafen aus dem Lande treiben und sein Gebiet dem dänischen Reiche einverleiben. Als das dem Grafen bekannt wurde, begab er sich zum Herzoge, um von ihm Schutz zu erlangen. In Holstein war er nämlich nicht mehr sicher, weil Ethelers Leute, [8]die ihm nach dem Leben stellten[8], an Zahl zugenom-
30 men hatten. Jeder, der Ethelers Mann werden wollte, kam, ein Gewand, einen Schild oder ein Roß als Geschenk zu erhalten, und mit solchen Gaben bestochen, war [9]das ganze Land voller[9] Aufrührer. Da befahl der Herzog allem Volke der Holsten und Stormarn, daß, wo sich Mannen Ethelers fänden, diese entweder der Mannschaft entsagen oder aus dem Lande
35 gehen sollten. So geschah es; das ganze Volk schwor, dem Herzog botmäßig zu sein und dem Grafen zu gehorchen. Der gemeine Holste verband

---

[3] Erich Spache = Erich (III.) Lam; Neffe und Nachfolger Erich II. Emuns, 1137–46 König, nicht Verweser.

[4-4] = Weish. 12, 18.   [5] 1146, Aug. 27.

[6] Nach 1148, Juni (1149?); Ethelers Fehde hängt mit den Kämpfen der Dithmarscher gegen die Stader Grafen und Heinrich den Löwen 1144–48 zusammen.

[7-7] Vgl. 1. Sam. 14, 52.

[8-8] Vgl. 5. Mose 19, 11; auch 1. Sam. 24, 12 und 28, 9.

[9-9] = 1. Mose 6, 11 und 13.

tensis in die illa, sediciosis omnibus aut reductis in gratiam aut provincia pulsis.

Misit[10] igitur comes nuntios ad Kanutum suggerens, ut quantocius cum exercitu veniret oppressurus Suein. Cui etiam ipse occurrit cum quatuor milibus expeditorum prope Sleswich. Fixeruntque 5 castra longis ab invicem spaciis. Morabatur autem Suein in civitate Sleswich cum non minima bellatorum manu. Videns igitur Ethelerus, princeps exercitus Suein, quia duplicata sunt mala, multusque exercitus venit [g]ad obsidendum eos, abiit ad Kanutum in dolo, dataque pecunia principibus exercitus[g] seduxit adolescentiam Kanuti, ut red- 10 iret in terram suam inscio comite Adolfo et [11]dimitteret exercitum, unumquemque in locum suum[11]. Prefixis quoque induciis spopondit se sine bello pacem Danis redditurum. His ad libitum peractis rediit Ethelerus Sleswich, mane pugnaturus cum comite et percussurus eum repente. Eo vespere quidam familiarium comitis erat Sleswich, qui 15 sentiens ea quae clam parabantur transiit cum festinacione lacum et veniens in castra dixit ad comitem: ‚Deceptus es, o comes, deceptus atque pessundatus es. Kanutus enim et exercitus eius, in quorum auxilio tu venisti, reversi sunt in terram suam, et tu solus hic iaces. Ecce venturus est Ethelerus diluculo pugnare tecum.' Comes igitur 20 [12]supra quam credi potest[12] admirans inposturam dixit ad suos: ‚Quoniam quidem in medio miricae[13] consistimus, et equi nostri afficiuntur inedia, bonum est nos hinc transire locumque querere castris oportunum'. Sensit igitur exercitus animum comitis sinistra legacione concussum. Moveruntque castra de loco qui dicitur Cuningis-Ho[h] 25 verteruntque iter versus / Egderam. Tanta autem festinantia preterlapsi sunt, ut veniente comite ad Egderam de IIII[or] milibus expeditorum vix quadringenti cum eo reperti fuerint. Quos comes adhortans ait: ‚Licet fratres et amicos nostros huius ignaros rei fugaverit cassus timor, michi tamen utile videtur nos hic consistere propter custodiam 30 terrae nostrae quousque directis nuntiis certius agnoscamus, quid actitent[i] hostes nostri'. Statimque misit nuntios, qui veritatem perferrent. Quibus apud Sleswich comprehensis et in vincula coniectis dixit Ethelerus ad regem dominum suum: ‚Iam nunc festinandum est et eundum cum exercitu, quia facile est, ut tradatur comes iste desola- 35

g-g) *fehlt 2.*   h) enningis ho *2.*
i) actirent *1;* aditent *2.*

sich damals mit dem Grafen, nachdem alle Aufrührer in Gnaden angenommen oder aus dem Lande getrieben waren.

Der Graf[10] sandte nun Boten an Knut, er möge so schnell wie möglich
mit Heeresmacht den Sven niederwerfen. Er zog ihm auch selbst mit 4000
5 Gewaffneten bis Schleswig entgegen. Weit von einander entfernt schlugen
sie Lager. Sven hielt sich mit ansehnlicher Streitmacht in der Stadt Schleswig auf. Als nun Svens Heerführer Etheler sah, daß sich die Gefahr ver-
doppelte und ein starkes Heer heranzog, sie zu belagern, ging er hinterlistig zu Knut, bestach seine Heerführer und verleitete den unerfahrenen
10 Jüngling, daß er ohne Wissen Graf Adolfs heimzog [11]und sein Heer entließ, jeglichen in seine Statt[11]. Unter Abschluß eines Stillstandes versprach
er, den Dänen ohne Krieg Frieden verschaffen zu wollen. Als ihm das
gelungen war, ging Etheler nach Schleswig zurück, um am nächsten Morgen mit dem Grafen zu kämpfen und ihn plötzlich zu überfallen. An die-
15 sem Abend war einer von des Grafen Vertrauten in Schleswig; der merkte,
was da heimlich ins Werk gesetzt wurde, fuhr eilends über den See und
kam in das Lager. Er sagte zu dem Grafen: ,,Betrogen bist du, Graf, be-
trogen und zugrunde gerichtet, denn Knut und sein Heer, denen zu helfen
du gekommen bist, sind heimgekehrt und du liegst hier allein! Bei Tages-
20 anbruch wird Etheler anrücken, mit dir zu kämpfen.'' Der Graf, unglaub-
lich[12] bestürzt über diesen Betrug, sagte zu den Seinen: ,,Wir stehen hier
ja mitten in der Heide[13] und unsere Pferde leiden Hunger; es ist daher ratsam, daß wir von hier wegziehen und ein günstiges Lager suchen.'' Da
merkte das Heer, daß eine böse Nachricht den Mut des Grafen erschüttert
25 hatte. Das Lager am sogenannten Königshügel wurde verlassen, sie mar-
schierten zur Eider. So hastig aber stürzten sie vorwärts, daß der Graf von
den 4000 Gewaffneten kaum noch 400 bei sich hatte, als er die Eider erreichte. Diese feuerte er mit den Worten an: ,,Wenn sich unsere Brüder
und Freunde auch in Unkenntnis der Lage aus nichtiger Furcht zur Flucht
30 gewendet haben, so halte ich es doch für zweckmäßig, daß wir hier stehen
bleiben, unser Land zu schützen, bis wir durch ausgesandte Kundschafter
näher feststellen, was unsere Feinde planen.'' Alsbald sandte er Späher
aus, um die Wahrheit zu erfahren. Nachdem diese bei Schleswig ergriffen
und in Fesseln geworfen waren, sagte Etheler zu seinem Könige und Herrn:
35 ,,Jetzt müssen wir sofort mit dem Heere aufbrechen, denn es ist leicht
möglich, daß uns dieser im Stich gelassene Graf in die Hände fällt; ist er

---

[10] Das Folgende geschah vermutlich 1149.
[11-11] = 1. Makk. 11, 38.
[12-12] Vgl. Sallust, Catilina 5.
[13] Die Kropper Heide südlich der Schlei.

tus in manus nostras; quo percusso transibimus in terram eius et
[14]abutemur ea prout libuerit'[14]. Et abierunt cum manu forti.

Comes igitur irritatus, quia nuntii iuxta placitum non redissent, alios
misit nuntios, qui visis hostibus cum celeritate nuntiaverunt comiti. Ille,
licet intus morderetur suorum paucitate, elegit tamen virtutis intuitu 5
confligere, dixitque ad socios: ,En tempus est, o socii, quo comperien-
dum sit, ubi sit vir audax et virtutis continens, qui ruinas pronus excipere velit. Sepius quidem michi a nostratibus obiectum est cum
insultacione, quasi muliebre cor et fugax habuerim, qui bellorum
iacturas plus lingua quam manu propulerim. Et hoc quidem non 10
inprudens egi, quociens bella sine sanguine caveri poterant. Nunc
autem, quia inmanius periculum indiget opera manuum, videri[k] iam
fas est, si femineus, ut dicitis, michi insit animus. Quin pocius vide-
bitis dante Deo michi cor inesse virile. Animequior autem ero, si vestra
concors[l] mecum fuerit voluntas, si in defensionem patriae mecum 15
coniurata manu steteritis. Hoc enim loco presidium pugnae flagitat
et verecundia fugae et certissimum patriae excidium'. Haec cum perorasset comes, gratulati sunt socii grandique iuramento se obliga-
verunt, ut starent firmiter pro salute suimet et patriae.

Precepit igitur comes effringi / pontem et posuit custodiam in locis, 20
quibus per meabilis erat fluvius. Venit autem nuntius, qui diceret hostes
transduci prope villam quae dicitur Scullebi[15]. Facta igitur oratione ad
Deum comes festinavit pugnare cum his qui transducti fuerant, priusquam universus transiret exercitus. Statimque, ubi congressi sunt,
comes equo deiectus est, et fuerunt ei presidio duo milites, qui sub- 25
levatum equo restituerunt. Et fuit [16]pugna vehemens[16] et victoria
utrimque ambigua, quousque unus partium comitis proclamavit, ut
poplites[m] equorum, quos hostes insidebant, fortiter cederentur. Factumque est, ut cadentibus equis sessores quoque loricati collaberentur,
gladiisque nostratum protriti sunt. Et cecidit Ethelerus, ceteri nobiles 30
aut occisi sunt aut capti. Quod videns rex ex altera ripa fluminis et qui
cum eo erant peciit fugam et reversus est Sleswich. Sed et comes reversus est clarus victoria, habens captivos insignes, quorum pecunia
debitis suis aliquantisper alleviatus est.

Habuitque de cetero precipuam terrae suae diligentiam. Quociens 35
enim motionis aliquid insonuit aut de Danis aut de Slavis, statim collo-

[k]) videre *edd., LAPP.*   [l]) consors *1, 1a.*   [m]) poblites *1, 2.*

beseitigt, so ziehen wir in sein Land hinüber und [14]plündern es nach Belieben[14]." So brachen sie mit starker Macht auf.

Erzürnt darüber, daß die Späher nicht der Abrede gemäß zurückkamen, schickte der Graf andere, die ihm rasch Nachricht gaben, als sie die Feinde 5 erblickten. Obwohl ihm tief zu Herzen ging, wie klein sein Häuflein war, wählte er aus Tapferkeit doch den Kampf und sagte zu den Seinen: „Jetzt ist es Zeit, Gefährten, zu erproben, wo es kühne und tapfere Männer gibt, die stracks Gefahren entgegentreten. Oft haben unsere Landsleute mich geschmäht mit dem Vorwurf, ich hätte ein weibisch-feiges Herz, da ich 10 Kriegsnöte mehr mit der Zunge als mit der Faust abwehrte. Doch das habe ich wohlüberlegt getan, solange Kriege ohne Blutvergießen vermieden werden konnten. Jetzt aber, wo eine schreckliche Gefahr der Fäuste bedarf, wird man es sehen, ob in mir ein weibischer Sinn steckt, wie ihr behauptet. So Gott will, sollt ihr vielmehr erfahren, daß in mir ein Mannes-15 herz schlägt. Ruhiger werde ich aber sein, wenn ihr mit mir eines Willens seid, wenn ihr verschworen mit mir zusammensteht, das Vaterland zu schützen. Denn sowohl die Scheu vor schmählicher Flucht als der (sonst) sichere Untergang des Landes fordert gebieterisch, an diesem Platze das Heil im Kampfe zu suchen." Als der Graf so gesprochen hatte, faßten die 20 Gefährten frohen Mut und beschworen feierlich, daß sie fest für ihre und des Landes Rettung stehen wollten.

Der Graf befahl nun, die Brücke abzubrechen, und ließ die Stellen bewachen, an denen der Fluß zu durchfurten war. Da kam jedoch ein Bote mit der Nachricht, die Feinde setzten nahe bei dem Dorfe Schülp über[15]. 25 Der Graf betete zu Gott und stürzte sich in den Kampf mit den Übergesetzten, bevor (noch) das ganze Heer den Fluß überwunden hätte. Die Schlacht hatte kaum begonnen, als der Graf vom Pferde gestürzt wurde, doch zwei Ritter deckten ihn und halfen ihm wieder hinauf. Es war [16]ein heftiges Ringen[16] und der Sieg schwankte hin und her, bis einer von des 30 Grafen Leuten rief, man solle den Pferden, auf denen die Feinde säßen, kräftig in die Kniekehlen schlagen. Das geschah, die Pferde stürzten und die geharnischten Reiter fielen herunter, um von den Schwertern der Unsern hingestreckt zu werden. Etheler fiel und die anderen Edlen wurden getötet oder gefangen. Als das der König und seine Begleiter vom anderen 35 Flußufer aus sahen, ergriffen sie die Flucht und kehrten nach Schleswig zurück. Auch der Graf kam heim, aber als ruhmbedeckter Sieger, mit vornehmen Gefangenen, durch deren Lösegeld er seine Schuldenlast bedeutend vermindern konnte.

Von nun an sorgte er besonders eifrig für sein Land. So oft etwas über 40 Unruhe bei Dänen oder Slawen laut wurde, stellte er sofort sein Heer

[14-14] Vgl. 1. Mose 16, 6.
[15] Links der Eider unterhalb Rendsburg.
[16-16] Vgl. 2. Makk. 10, 29.

cavit exercitum [17]in locis oportunis[17], videlicet Travenemunde sive ad
Egderam. Fueruntque parentes mandato eius plebes Holzatorum,
Sturmariorum atque Marcomannorum[18]. Vocantur autem usitato more
Marcomanni gentes undecumque collectae, quae marcam incolunt.
Sunt autem in terra Slavorum marcae[n] quam plures, quarum non 5
infima nostra Wagirensis est provincia, habens viros fortes et exerci-
tatos preliis tam Danorum quam Slavorum. Super hos omnes functus
est comes honore comeciae. Fecitque [19]iusticiam populo suo[19], compacans dissidentia et oppressos [20]liberans de manu potentiorum[20]. Clero
fuit adprime benivolus, quem nec in facto nec in verbo passus est a 10
quoquam iniuriari[21]. Multum vero laboris adhibuit / in edomandis
rebellibus Holzatorum; gens enim libera et cervicosa, gens agrestis et
indomita detrectabat ferre iugum pacis. Sed vicit eos altior sensus
viri, et philosophatus est in eis. Multis enim precantacionibus allexit
eos, quousque duceret sub lorum illos, inquam, onagros indomitos. 15
Viderit qui voluerit faciem gentis huius inmutatam, eos scilicet
   qui soliti quondam[o] fuerant sevum caput abdere larvis
   et depredandis tendere decipulas,
furari quae rapere non poterant, viderit, inquam, eos convertisse mores
et revocasse gressus ad iter pacis. Nonne [22]haec est mutatio dexterae 20
excelsi[22]?

Post haec reconciliatus est comes Suein regi Danorum. Ille enim crebris prosperatus victoriis Kanutum eiecit de terra[23] et ad Saxones
propulsum exulare coegit penes nominatissimum Hartwigum archiepiscopum, qui clarissimo genere natus magna pollebat hereditate[24]. 25

De duce Heinrico. Capitulum LXVIII.

In diebus illis dux noster adolescens domnam Clementiam, filiam
Conradi ducis de Cerigge, duxit uxorem[25] cepitque dominari in universa terra Slavorum, succrescens sensim et invalescens. Quociens
enim offendissent eum Slavi, admovit eis martiam manum, dederunt- 30
que ei pro vita simul et patria quicquid exigere voluisset. In variis

[n]) marchiae 4.
[o]) quondam *will LAPP. streichen, um den Vers herzustellen.*

[17-17] Vgl. 2. Makk. 8, 31.
[18] Vgl. Kap. 66 und 87; von den Altgauen wird das Grenzland anderer Rechts-
lage betont unterschieden.

günstig[17] auf, nämlich bei Travemünde oder an der Eider, und die Scharen der Holsten, Stormarn und Grenzmannen[18] gehorchten seinem Befehle. Markmannen nennt man gewöhnlich die überallher zusammengeholten Leute, die ein Grenzgebiet bewohnen. Nun sind im Slawenlande sehr viele 5 Marken; nicht die geringste davon ist unsere Landschaft Wagrien mit ihren tapferen, im Kampfe gegen Dänen wie Slawen erprobten Männern. Über sie alle besaß Adolf Grafengewalt. Er brachte [19]seinem Volke Gerechtigkeit[19], schlichtete Streitsachen und [20]befreite Unterdrückte aus der Gewalt der Mächtigen[20]. Der Geistlichkeit war er besonders zugetan und 10 ließ sie weder in Werken noch in Worten von irgendjemand beleidigen[21]. Viel Mühe gab er sich, die aufsässigen Holsten zu bändigen; das ist nämlich ein freiheitsliebender, halsstarriger Schlag, urwüchsig und unbezwungen, der das Friedensjoch nicht tragen wollte. Doch dieser Mann überwand sie mit Klugheit, er bewies an ihnen geistige Überlegenheit. Mit allerlei 15 Sirenenklängen lockte er sie heran, bis er diesen, ich möchte sagen, ungezähmten Waldeseln den Zaum übergeworfen hatte. Betrachte, wer da mag, das gewandelte Wesen dieser Leute, die

    Einstens Gewohnheit bewog, das wilde Gesicht zu verhüllen
       Und mit tückischer List Beute zu locken ins Garn,

20 heimlich zu stehlen, was sie offen nicht rauben konnten; er betrachte, sage ich, wie sie ihre Sitten geändert und ihre Wege auf friedliche Pfade zurückgelenkt haben. Ist das nicht [22]eine Änderung durch die Hand des Höchsten[22]?

Später versöhnte sich der Graf wieder mit Sven, dem Könige der Dänen. 25 Der warf nämlich, erfolgreich in zahlreichen Schlachten, den Knut aus dem Lande[23] und zwang ihn, als Verbannter bei den Sachsen Zuflucht zu suchen, beim vielgenannten Erzbischof Hartwig, der aus vornehmster Familie war und seine Macht auf ein reiches Erbe stützte[24].

68. Von Herzog Heinrich

30 Um jene Zeit führte unser jugendlicher Herzog Prinzessin Clementia, die Tochter Herzog Konrads von Zähringen, heim[25] und begann über das ganze Land der Slawen zu herrschen, wobei er immer größer und mächtiger wurde. Denn so oft ihm die Slawen widerstrebten, überzog er sie mit Kriegesmacht, und sie gaben ihm, um Leben und Land zu retten, was er

---

[19-19] Vgl. 2. Sam. 8, 15 – 1. Chron. 18, 14.

[20-20] Vgl. Jerem. 31, 11.

[21] Vgl. Adam II, 69 und unten, Kap. 95.

[22-22] Vgl. Psalm 76, 11.   [23] 1150.

[24] Erzbf. Hartwig I. (1148–68), Bruder des 1144 von den Dithmarschen erschlagenen letzten Udonen, Mkgr. Rudolf II.

[25] Wohl 1148; die Ehe wurde 1162 als unkanonisch geschieden.

autem expedicionibus, quas adhuc adolescens in Slaviam profectus exercuit, nulla de Christianitate fuit mentio, sed tantum de pecunia. [26]Adhuc enim inmolabant[26] demoniis et non Deo et agebant piraticas incursaciones in terram Danorum. /

De Hartwigo archiepiscopo. Capitulum LXIX.

Videns igitur domnus Hartwigus Hammemburgensis archiepiscopus, quia pax erat in Slavia, proposuit reedificare sedes episcopales, quas barbaricus furor olim destruxerat in Slavia, scilicet Aldenburgensem, Racisburgensem, Mikilinburgensem. E quibus Aldenburgensem Magnus Otto primus instituerat, subiciens ei Polabos et Obotritos a terminis Holzatorum usque ad flumen Penem et civitatem Dimin. Posuitque in Aldenburg primum pontificem Marconem. Post hunc secundus erat Ecwardus, tercius Wago, quartus Ezike, quintus Folchardus, sextus Reinbertus, septimus Benno, octavus Meinnerus, nonus Abelinus, decimus Ezo.[1] Huius temporibus surrexit in Hammemburgensi ecclesia magnus Adelbertus, qui de peregrinis episcopis, quos in mensa sua habebat, Iohannem statuit episcopum in Mikilinburg, Aristonem Racesburg, atque in hunc modum Aldenburgensis sedes in tres divisa est episcopatus[2]. Postquam igitur permittente Deo propter peccata hominum Christianitas adnullata est in Slavia, vacaverunt hae sedes annis octoginta IIII[or] usque in tempora Hartwici archiepiscopi. Qui propter generis nobilitatem duplici principatu clarus magno studio enisus est pro recuperandis suffraganeis episcopis universae Daciae, Norwegiae, Suediae, quos Hammemburgensi ecclesiae quondam pertinuisse commemorat antiquitas. Sed cum obsequiis et variis largicionibus[a] nil profecisset apud papam et cesarem, ne omnino careret suffraganeis, aggressus est iam pridem abolitos episcopatus Slaviae suscitare. Accitum igitur venerabilem sacerdotem Vicelinum Aldenburgensi sedi consecravit episcopum[3], cum iam esset / [4]etate provectus[4] et mansisset in terra Holzatorum triginta annis[5]. Porro in Mikilinburg ordinavit domnum Emmehardum[b], et consecrati sunt ambo in Rossevelde[6] missique in terram egestatis et famis, [7]ubi erat sedes Sathanae et habitacio omnis spiritus inmundi[7].

---

a) legationibus *4*.
b) einmehardum *1*.

nur forderte. Aber auf allen Feldzügen, die der noch junge Mann ins Slawenland hinein unternahm, war keine Rede vom Christentum sondern nur
vom Gelde. [26]Weiter opferten[26] (die Slawen) Götzen und nicht Gott und
fielen von See her räuberisch in Dänemark ein.

5   69. Von Erzbischof Hartwig

Als nun Herr Hartwig, der Erzbischof von Hamburg, sah, daß im Slawenlande Frieden herrschte, nahm er sich vor, die dort einst von heid-
nischer Gewalt zerstörten Bischofssitze wieder zu errichten, nämlich den
Oldenburger, den Ratzeburger und den Mecklenburger. Von diesen hatte
10 zuerst Otto der Große Oldenburg begründet und ihm Polaben und Obotriten unterstellt, von der Holstengrenze bis zum Peenefluß und zum
Hauptort Demmin. Als ersten Bischof setzte er in Oldenburg den Marco
ein. Der zweite nach ihm war Eckward, der dritte Wago, der vierte Eziko,
der fünfte Volkward, der sechste Reginbert, der siebente Benno, der achte
15 Meinher, der neunte Abelin, der zehnte Ezzo[1]. Zu dessen Zeit erstand der
Hamburger Kirche der große Adalbert, der von den heimatlosen Bischöfen
an seiner Tafel den Johannes in Mecklenburg, den Aristo in Ratzeburg als
Bischof einsetzte, und so wurde der Oldenburger Sprengel in drei Bistümer
geteilt[2]. Als Gott es nun aber wegen der Sünden der Menschen zuließ, daß
20 das Christentum im Slawenlande vernichtet wurde, blieben diese Sitze 84
Jahre lang unbesetzt bis zu den Zeiten Erzbischof Hartwigs. Dieser war
bei seiner vornehmen Herkunft mit zwiefach fürstlicher Würde ausgezeichnet und wendete großen Eifer darauf, sich die Bischöfe in ganz Dänemark, Norwegen und Schweden wieder zu unterstellen, von denen die
25 Überlieferung zu erinnern weiß, daß sie einst zur Hamburger Kirche gehörten. Da er aber mit aller Ergebenheit und allen Geschenken bei Papst
und Kaiser nichts erreichte, ging er, um nicht ganz ohne Suffraganbischöfe
zu sein, an die Wiederherstellung der vor Zeiten eingegangenen Slawen-
Bistümer. Er berief also den ehrwürdigen Priester Vizelin und weihte ihn
30 zum Bischof von Oldenburg[3], obgleich er schon [4]vorgerückten Alters[4] und
dreißig Jahre im Lande der Holsten gewesen war[5]. Ferner setzte er in
Mecklenburg Herrn Emmehard ein und beide wurden in Harsefeld[6] geweiht und in ein Land voller Entbehrung und Hunger geschickt, [7]wo der
Teufel seinen Sitz hatte und alle unreinen Geister wohnten[7].

[26-26] Vgl. 2. Kön. 12, 3 und 14, 4.

[1] Vgl. Kap. 12–18, 22.   [2] Vgl. Kap. 22.
[3] 1149, Sept. 25; vgl. dazu Kap. 78, Anm. 4.
[4-4] = 2. Makk. 6, 18.   [5] Vielmehr 23 Jahre.
[6] Das udonische Hauskloster, um 1001/10 von Graf Heinrich II. von Stade
gegründet.
[7-7] Vgl. Off. Joh. 2, 13 und 18, 2.

Factaque sunt haec inconsulto duce et comite nostro. Unde accidit,
ut amicicia, quae erat inter domnum Vicelinum et comitem, deinceps
turbata sit; nam antea eum ut patrem venerabatur. Tulitque decimas
omnes anni illius quae pontifici novo provenire poterant, non dimisit
ex eis parvas reliquias[8]. Tunc abiit episcopus ad ducem rogaturus 5
veniam et susceptus est ab eo cum honore et reverentia. Et ait dux ad
eum: ‚Dignum quidem fuit, o episcope, ut vos nec salutarem nec reci-
perem, eo quod nomen istud me inconsulto susceperitis. Ego enim
huius rei moderator esse debueram, maxime in [hac][c] terra, quam
patres mei favente Deo in clipeo et gladio suo obtinuerunt et michi 10
possidendam hereditaverunt. Sed quia sanctitas vestra dudum michi
comperta est, progenitores quoquè nostri vos ab inicio fidelem proba-
verunt, decrevi iam noxae huius oblivisci promocionique vestrae pleno
favore concurrere, scilicet ea condicione, si investituram episcopalem
de manu mea recipere volueritis. Hoc enim pacto res vestrae proces- 15
sum habere poterunt‘. Et visum est episcopo verbum istud durum, eo
quod esset preter consuetudinem. Episcopos enim investire solius imperatoriae maiestatis est. Quidam igitur fidelium ducis, Heinricus de
Witha[9], vir potens et militaris et amicus episcopi, dixit ad eum: ‚Facite
quod vobis utile est et appropinquate domino nostro et facite volunta- 20
tem eius, ut edificentur ecclesiae in Slavia et / dirigatur [10]cultus domus
Dei[10] in manibus vestris. Alioquin frustrabitur labor vester, eo quod nec
cesar nec archiepiscopus possit iuvare causam vestram domino meo
obnitente[d], Deus enim dedit ei universam terram hanc. Quid autem
grande requirit a vobis dominus meus, quod vobis aut illicitum sit aut 25
verecundum? Quin potius res facilis est et conducens fructum magnum, ut dominus meus accipiat virgulam et det in manum vestram
pro signo investiturae, sitisque de cetero familiaris ducis, habentes
honorem inter gentes, ad quas ingrediemini convertendas‘.

Rogavit igitur episcopus preberi sibi inducias, ut deliberaret super 30
verbo hoc. Dimissusque pacifice venit Bardewich, ubi mortali tactus egritudine per dies aliquot moratus est. Illic enim incidit paralysin, in qua
usque ad extremum vitae suae laborare visus est. Sedata vero aliquantulum egritudine perductus est Falderam in vehiculo, multumque temporis
effluxit, quo eum infirmitas ecclesiastico labori subtraxerat. Etatis 35
enim mole gravior morbus accesserat. Ubi autem ei vires Deus presti-

---

[c]) hac *nur 4.*   [d]) obtinente *2.*

Doch das geschah ohne Zuziehung des Herzogs und unseres Grafen. So kam es, daß die Freundschaft zwischen Herrn Vizelin und dem Grafen fortan gestört war – denn vorher hatte (Adolf) ihn wie einen Vater verehrt. Nun zog er alle Zehnten dieses Jahres ein, die dem neuen Bischof zufallen
5 mußten, und gab nicht das Mindeste davon heraus[8]. Da ging der Bischof zum Herzog, um (mehr) Wohlwollen zu erbitten, und wurde von ihm mit Achtung und Ehrerbietung empfangen. Der Herzog sagte zu ihm: ,,Ich sollte euch zwar rechtens weder begrüßen noch empfangen, Bischof, weil ihr diesen Titel angenommen habt, ohne mich zu fragen. Mir kam es doch zu,
10 dies anzuordnen, zumal in einem Lande, das meine Väter mit Gottes Hilfe unter Schild und Schwert eingenommen und mir zu erblichem Besitz hinterlassen haben. Weil mir aber eure Heiligkeit lange bekannt ist und auch meine Vorfahren euch von Anfang an als treu erprobt haben, habe ich bereits beschlossen, diesen Verstoß zu vergessen und eurer Erhebung
15 meine volle Gunst zuzuwenden unter der Bedingung, daß ihr die Belehnung mit dem Bistum von meiner Hand empfangen wollt. Denn nur so wird euer Anliegen weiterkommen.'' Das schien dem Bischof ein hartes Wort, war es doch der Gewohnheit zuwider. Denn es ist allein Sache der kaiserlichen Majestät, die Bischöfe zu belehnen. Da sagte einer der Ge-
20 treuen des Herzogs, Heinrich von Witha[9], ein einflußreicher, ritterlicher Mann und Freund des Bischofs, zu ihm: ,,Tut, was euch frommt, tretet zu unserem Herrn und seid ihm willfährig, damit im Slawenlande Kirchen erbaut werden und [10]der Dienst am Hause Gottes[10] fest in eure Hände komme. Sonst wird eure Mühe vergebens sein, denn weder der Kaiser noch
25 der Erzbischof kann eurer Sache helfen, solange mein Herr dagegen ist; hat doch Gott ihm dieses ganze Land verliehen. Was verlangt mein Herr schon groß von euch, das euch verboten oder unziemlich wäre? Ein Leichtes vielmehr, das noch dazu großen Nutzen bringt, ist es, wenn mein Herr ein Stäblein nähme und es in eure Hände gäbe zum Zeichen der Belehnung
30 und daß ihr künftig als Freund des Herzogs geltet, angesehen unter den Heiden, die ihr zu bekehren euch anschickt.''
Der Bischof bat nun, man möge ihm Frist gewähren, über diesen Vorschlag nachzudenken. Man ließ ihn friedlich ziehen und er kam nach Bardowick, wo er lebensgefährlich erkrankte und einige Tage verweilen muß-
35 te. Ihn befiel nämlich eine Lähmung, an der er bis an sein Lebensende gelitten hat. Als die Beschwerden etwas nachließen, wurde er im Wagen nach Faldera gebracht, und viel Zeit ging hin, in der ihn die Krankheit seinem kirchlichen Amte entzog. Denn die Last des Alters hatte sein Leiden verschlimmert. Sobald Gott ihn aber zu Kräften kommen ließ, reiste er nach

---

[8] Vgl. Josua 10, 28 und öfter.
[9] Welfischer Ministerialer, bis 1162 belegt.
[10-10] Vgl. 1. Chron. 23, 28 – 2. Chron. 29, 35.

tit, abiit Bremam consulturus archiepiscopum et clerum super verbo
hoc, quod imposuerat ei dux. Qui omnes una eademque sententia refragari ceperunt dicentes: ,Scimus quidem, o venerabilis pontifex,
sanctitati vestrae optime cognitum esse, quid vobis super verbo hoc
expediat. Sed quia venistis participari consilio nostri, breviter respon- 5
demus quod sentimus. Primum igitur in hoc negocio pensari decet,
qualiter investiturae pontificum imperatoriae tantum dignitati permissae sint, quae sola excellens et post Deum in filiis hominum pre-
minens; hunc honorem non sine fenore multiplici conquisierunt. Neque imperatores dignissimi levitate usi sunt, ut episcoporum domini 10
vocarentur, sed compensaverunt noxam hanc amplissimis regni diviciis, quibus ecclesia copiosius aucta, decentius honestata iam non vile
reputet se ad modicum cessisse subiectioni[11] nec erubescat uni incli-
nari, per quem possit in multos dominari. Ubi enim dux vel marchio,
ubi in regno principatus, quantumlibet magnus, qui pontificibus ma- 15
nus non / offerat, recusatus [12]oportune inportune[12] se non ingerat?
Certatim currunt, ut homines fiant ecclesiae et participes fiant bene-
ficiorum eius. Vos igitur honorem hunc pessundabitis et infringetis
iura magnis auctoritatibus edita? Dabitisne duci huic manus vestras,
ut hoc exemplo incipiant esse principum servi, qui fuerant principum 20
domini? Non decet etatem vestram, honestatis decore maturam, ut
per vos incipiant abusiones fieri in domo Domini. Longe fiat a vobis
verbum istud. Quod si furor principis erga vos effrenatius egerit, nonne
satius est ferre iacturam bonorum quam honoris? Auferant, si velint,
decimas, obcludant vobis introitum, si placet, parrochiae vestrae, 25
tolerabilis erit ista molestia. Habetis certe Falderensem domum, in
qua tuta[13] interim stacione[13] consistere possitis et [14]prestolari cum silentio salutare Dei'[14].

His et huiusmodi verbis averterunt eum, ne voluntatem ducis
adimpleret. Parturivit sane persuasio haec novellae plantacioni mul- 30
tiplex impedimentum. Quociens enim pontifex noster ducem adiit
interpellaturus pro negociis ecclesiae, ille se paratum esse respondit[e]
ad omnia, quae poposcisset utilitas, si primum sibi debitus honor
exhibitus fuisset, alioquin frustra [15]contra impetum fluminis[15] iri.
Pontifex autem humilis facile inclinatus fuisset, ut propter lucrum 35
ecclesiae duci secularis honoris cupido morem gessisset, si archiepis-

　　　[e]) ostendit *edd*.

Bremen, den Erzbischof und die Geistlichkeit wegen jenes Vorschlags um
Rat zu fragen, den ihm der Herzog gemacht hatte. Alle sprachen einstimmig dagegen und sagten: ,,Zwar wissen wir, ehrwürdiger Bischof, daß es
eurer Heiligkeit am besten bekannt ist, was euch in dieser Sache frommt;
5 weil ihr aber gekommen seid, unseren Rat einzuholen, wollen wir kurz er-
widern, was wir meinen. Dabei ist nun zunächst zu bedenken, daß die Belehnung der Bischöfe nur der kaiserlichen Majestät verstattet ist, die allein
erhaben nächst Gott unter den Menschen hervorragt. Die Kaiser haben
dieses Ehrenrecht nicht ohne vielfache Opfer erworben, und die würdig-
10 sten haben es nicht leicht genommen, Herren der Bischöfe genannt zu
werden, sondern für diese Verpflichtung mit den glänzendsten Schätzen
des Reiches gezahlt. Die Kirche hält es, reicher beschenkt und höher ge-
ehrt, nicht für verächtlich, sich auf kurze Zeit unterworfen zu haben[11], und
errötet nicht, weil sie sich vor dem einen neigt, durch den sie über viele
15 herrschen kann. Denn wo ist ein Herzog oder Markgraf, wo irgend ein
Fürst im Reiche, so groß er sein mag, der den Bischöfen die Hände (zum
Lehnseid) nicht böte, und zurückgewiesen, sich [12]zu gelegener oder ungelegener Zeit[12] nicht wiederum aufdrängte? Um die Wette rennen sie danach, Lehnsmannen der Kirche zu werden und an den von ihr verliehenen
20 Gütern Teil zu haben. Nun wollt ihr diese Ehre preisgeben und die von so
großen Autoritäten rührenden Rechte verletzen? Ihr wollt diesem Herzog
die Hände (als Lehnsmann) reichen, damit nach diesem Beispiel aus den
bisherigen Herren der Fürsten ihre Knechte werden? Eurem in Ehren erreichten Alter steht es nicht an, daß durch euch Mißbräuche im Hause des
25 Herrn aufkommen. Ferne bleibe von euch ein solches Ansinnen! Mag auch
der Fürst seinem Zorn gegen euch die Zügel schießen lassen; trägt man
nicht besser den Verlust der Güter als der Ehre? Mögen sie euch die Zehnten entziehen, wenn sie wollen, mögen sie euch den Zugang zu eurem
Sprengel verwehren, wenn's ihnen beliebt: diese Last wird zu tragen sein.
30 Ihr habt ja noch das Haus zu Faldera, wo ihr unterdes sicher[13] bleiben und
[14]in Ruhe auf die Hilfe des Herrn hoffen[14] könnt.‘‘
    Mit solchen und ähnlichen Worten brachten sie ihn davon ab, den Willen
des Herzogs zu erfüllen. Diese Einflußnahme verursachte freilich vielfache
Behinderung für die junge Pflanzung. Sooft nämlich unser Bischof den
35 Herzog in Sachen der Kirche anging, sagte der, er sei zu allem bereit, was
die Notdurft (der Kirche) fordere, sobald ihm zuvor die schuldige Ehre erwiesen sei; andernfalls werde man vergebens [15]gegen den Strom[15] schwim-
men. Der schlichte Bischof wäre nun leicht geneigt gewesen, zum Vorteil
der Kirche dem Streben des Herzogs nach weltlicher Ehre nachzugeben,

[11] D. h. für die Dauer der ‚civitas terrena‘.
[12-12] = 2. Tim. 4, 2.
[13] = Ovid, Heroid. 7, 89 (vgl. Kap. 46, Anm. 6).
[14-14] = Klage Jer. 3, 26.
[15-15] Vgl. Jes. Sir. 4, 32.

copus et ceteri Bremensium non obstitissent. Nam et ipsi vaniglorii
atque diviciis adultae ecclesiae saturi honori suo hoc in facto derogari
putabant nec magnopere fructum, sed numerum suffraganearum se-
dium curabant. Quod vel in hoc maxime patuit, quia in possessionibus
Falderensis ecclesiae archiepiscopus multas episcopo nostro fecit iniu- 5
rias, demens et convellens aliqua nec tutum permanere sinens in stacione, quam ipse ei deputaverat. Videres igitur virum antea magni
nominis, possessorem libertatis et compotem suimet, post acceptum
episcopale nomen quasi innodatum vinculis quibusdam et supplicem
omnium. [16]Homo enim pacis suae, in/quo speravit[16], avertit eum a via[17] 10
consilii et pacis[17], ne scilicet applicaretur his, per quos ecclesiae fructi-
ficatio pullulare posset.

Fecit igitur quod status ille temporis permisit, visitavit ecclesias
parrochiae suae ministrans plebibus [18]monita salutis[18], prebens eis pro
iure officii sui [19]spiritalia, cum ipse tamen non meteret^f eorum tem- 15
poralia[19]. Siquidem comes decimarum iura tollebat. Dedicatum est
igitur eo tempore oratorium Cuzelinae, quae alio nomine Hogerestorp
dicitur. Sed et ecclesia Bernhovede^g tunc dedicata est. Venit quoque
ad novam civitatem quae Lubeke dicitur confortare manentes illic et
dedicavit ibi altare domino Deo^h. Inde progrediens visitavit Alden- 20
burg, ubi sedes quondam episcopalis fuerat, et receptus est a barbaris
habitatoribus terrae illius, quorum deus erat Prove. Porro nomen flaminis, qui preerat supersticioni eorum, erat Mike. Sed et princeps
terrae vocabatur Rochel, qui fuerat de semine Crutonis, ydolatra et
pirata maximus. Cepit igitur pontifex Dei proponere barbaris [20]viam 25
veritatis, quae Christus est[20], adhortans eos, ut relictis ydolis suis festi-
narent ad [21]lavacrum regeneracionis[21]. Pauci autem Slavorum ap-
plicuerunt se fidei, eo quod [22]languor fortissimus[22] esset, et necdum
[23]inclinata essent corda[23] principum ad edomanda corda rebellium. Dedit autem episcopus pecuniam cesoribus lignorum ad impensas sanc- 30
tuarii, et ceptum est opus fabricae prope vallum urbis antiquae, quo
omnis terra die dominica propter mercatum convenire solebat[24].

^{f}) mereret 2.

^{g}) *Weitere Lesarten, hier und sonst:* bernhauede, bornhouede, burnhavede,
burnhovede, brunhovede.

^{h}) Deo in ecclesia sancti Johannis Baptiste in harena. *nur 2*.

[16-16] Vgl. Psalm 40, 10.   [17-17] Vgl. Psalm 13, 3.

wenn der Erzbischof und die anderen Bremer (Geistlichen) nicht dagegen gewesen wären. Selbst ruhmsüchtig, im satten Besitz ihres (schon) angewachsenen Kirchenschatzes, meinten diese, bei der Sache geschähe ihrer Ehre Abbruch, und kümmerten sich weniger um den Ertrag als um die

5 Zahl der Suffraganbistümer. Offenkundig war das besonders darin, daß der Erzbischof unserem Bischof viel Unrecht an den Besitzungen von Faldera tat, indem er sie irgendwie verkleinerte und auseinanderriß; so ließ er ihn auch an der Stelle nicht in Ruhe, die er ihm selbst zugewiesen hatte. Diesen Mann von einst großem Namen, selbstmächtiger Freiheit und Un-

10 abhängigkeit sah man nun, nachdem er den Bischofstitel erhalten hatte, gleichsam in Fesseln geschlagen und als Bittsteller bei jedermann. Denn [16]der Mann seines Vertrauens, auf den er gebaut hatte[16], hatte ihn gerade abgebracht vom Wege[17] der Klugheit und des Friedens[17], so daß er sich eben an die nicht anschloß, von denen die Kirche reiche Frucht gewinnen

15 konnte.

So tat er denn, was dieser Zustand ihm erlaubte, besuchte die Kirchen seines Sprengels, tröstete die Gemeinden [18]mit Gottes Wort[18] und reichte ihnen kraft seines Amtes [19]geistliche (Speise), obgleich er selbst dafür keine leibliche von ihnen erntete[19]. Denn der Graf mißachtete das Zehntrecht.

20 Um diese Zeit wurde ein Bethaus in Cuzalina eingeweiht, das mit anderem Namen Högersdorf heißt, ferner auch die Kirche zu Bornhöved. Vizelin kam auch in die neue Stadt, Lübeck genannt, stärkte die Einwohner (im Glauben) und weihte dort Gott dem Herrn einen Altar. Von da reiste er weiter und besuchte Oldenburg, wo einst der Sitz des Bistums gewesen

25 war, empfangen von den heidnischen Bewohnern jenes Landes, deren Gott Prove war. Der Priester, der ihren Götzendienst leitete, hieß Mike, während der Landesfürst, ein Nachkomme des Kruto, großer Götzendiener und Seeräuber, Rochel genannt wurde. Nun begann der Gottesmann den Barbaren [20]den Weg der Wahrheit zu weisen, welcher ist Christus[20], und

30 er ermahnte sie, von den Götzen zu lassen, um zum [21]Bade der Wiedergeburt[21] zu eilen. Doch nur wenige Slawen wandten sich dem Glauben zu, denn sie waren [22]äußerst lässig[22] und ihre Fürsten waren noch nicht geneigt[23], den Sinn dieser Empörer gewaltsam zu bändigen. Der Bischof gab jedoch Holzfällern Geld zum Bau eines Heiligtums, und in der Nähe des

35 Walles der alten Burg, wohin das ganze Land sonntags zum Markte zu kommen pflegte, begann das Werk[24].

[18-18] = Tobias 1, 15.

[19-19] Vgl. 1. Kor. 9, 11.

[20-20] Vgl. 1. Joh. 5, 6 u. 2. Petri 2, 2.

[21-21] = Titus 3, 5.

[22-22] = 1. Kön. 17, 17.

[23-23] Vgl. 1. Kön. 8, 58; vgl. Psalm 118, 36.

[24] 1156 stand es verwahrlost, damals begann der eigentliche Kirchbau, vgl. Kap. 83.

De comite Adolfo. Capitulum LXX.

In diebus illis congregavit dux exercitum[1], ut abiret in Bawariam et requireret ducatum, quem vitricus / suus Heinricus, frater Conradi regis, occupaverat. Venit igitur ad eum dominus noster episcopus Lunenburg rogans, ut semper solebat, pro episcopatus sui promotione. Cui dux: ‚Faciam‘, inquit, ‚quod hortamini, si ad nos respectum habere volueritis‘. Ad quem episcopus: ‚Paratus sum‘, ait, ‚propter eum, qui [2]se humiliavit[2] propter nos, me ipsum in proprietatem dare alicui de clientibus vestris, nedum vobis, cui Deus ampliorem inter principes contulit magnificentiam tam generis quam potentiae‘. Et his dictis fecit quod necessitas imperarat[a] et suscepit episcopatum per virgam de manu ducis. Animequior autem factus dux ait: ‚Quia videmus vos obedientes esse voluntati nostrae, oportet et nos[b] sanctitati vestrae condignam gerere reverentiam et peticioni de cetero proniores adesse. Sed quia nunc in procinctu sumus itineris, et ordinacio vestrae causae prolixius tempus requirit, damus interim vobis villam Buzoe[3], quam petistis, cum sua pertinentia Dulzaniza, ut edificetis vobis domum in medio terrae vestrae[c] et prestolari possitis reditum nostrum. Tunc enim propicio Deo disponendis rebus vestris propensius instabimus‘. Rogavitque comitem Adolfum, ut huic donacioni preberet assensum. Cui respondit comes: ‚Ex quo dominus meus[d] flexus est ad pietatem, decet nos voluntati eius concurrere et pro posse nostro ei suffragari. Possessionem igitur, quam dominus meus[e] permisit episcopo, et ego permitto. Insuper cedo de medietate decimarum, ut cedant in usus episcopi, non ex debito, sed ex gratia vestri, eo quod res episcopales necdum ordinatae sint.‘.

Commisit igitur dux custodiam terrae Slavorum atque Nordalbingorum comiti nostro compositisque rebus in Saxonia profectus est cum milicia, ut reciperet ducatum Bawariae[4]. Porro ductrix, domna Clementia, remansit Lunenburg, fuitque comes clarissimus in domo / ducis et officiosus in obsequio ductricis paterque consilii. Quam ob rem venerabantur eum principes Slavorum, maxime vero reges Danorum, qui laborantes intestino bello certabant eum prevenire muneri-

a) imperabat *1a, edd. Vgl. Kap. 39, Anm. c).*   b) vos *2.*
c) nostre *1a;* nostrae *edd.*
d) dominus meus *fehlt 1, 1a, S, R.*
e) meus *fehlt 1, 1a;* dominus dux *edd., LAPP.*

70. Vom Grafen Adolf

Damals sammelte der Herzog ein Heer[1], um nach Bayern zu ziehen und das Herzogtum zurückzufordern, das sein Stiefvater Heinrich, der Bruder König Konrads, in Besitz genommen hatte. Also ging unser Herr Bischof
5 zu ihm nach Lüneburg und bat, wie er stets getan hatte, um Förderung in seinem Bischofsamte. Der Herzog sprach: ,,Ich werde tun, was ihr erheischt, wenn ihr Rücksicht auf uns nehmen wollt." Der Bischof erwiderte: ,,Ich bin bereit im Namen dessen, der [2]sich unsertwillen erniedrigt hat[2], mich persönlich einem eurer Gefolgsleute zu eigen zu geben, um so mehr
10 euch selbst, den Gott unter den Fürsten ausgezeichnet hat durch den Glanz seiner Herkunft wie seiner Macht." Mit diesen Worten tat er, wozu die Not ihn zwang, und empfing das Bistum durch den Stab aus der Hand des Herzogs. Milder gestimmt, sagte der Herzog: ,,Da wir sehen, daß ihr unserem Willen gehorsam seid, ziemt es sich, daß auch wir eure Heiligkeit
15 gebührend ehren und eure Bitten fortan geneigter unterstützen. Da wir jetzt aber im Aufbruch zu einem Heereszuge sind, und die Ordnung eures Anliegens längere Zeit erfordert, so verleihen wir euch einstweilen das Dorf Bosau[3], um das ihr gebeten habt, mit seinem Vorwerk Dulzaniza, auf daß ihr dort inmitten eures Landes euch ein Haus bauen und auf unsere
20 Rückkehr warten könnt. Denn dann werden wir mit Gottes Hilfe uns eingehender mit der Regelung eurer Angelegenheiten befassen." Den Grafen Adolf aber bat er, dieser Schenkung zuzustimmen. Der Graf entgegnete: ,,Weil mein Herr sich zur Güte wendet, steht es uns an, seine Absichten zu teilen und ihm nach unseren Kräften zu helfen. Auch ich übereigne daher
25 dem Bischof das Besitztum, das mein Herr ihm übereignet hat. Überdies lasse ich den halben Zehnt zugunsten des Bischofs fahren, (aber) nicht pflichtmäßig, sondern als Gnadenerweis, denn noch sind die bischöflichen Angelegenheiten nicht geordnet."

Der Herzog übertrug nun unserem Grafen die Obhut über das Land der
30 Slawen und Nordelbinger und brach, nachdem er in Sachsen Ordnung geschaffen hatte, mit Heeresmacht auf, das Herzogtum Bayern zurückzugewinnen[4]. Die Herzogin, Frau Clementia, blieb in Lüneburg zurück, und der Graf, sehr angesehen im Hause des Herzogs und sehr eifrig im Dienste der Herzogin, leitete die Regierung. Ehrerbietig begegneten ihm
35 darum die Slawenfürsten und besonders die Dänenkönige, die ihm, verstrickt in ihren Bürgerkrieg, wetteifernd mit Geschenken entgegenkamen.

---

[1] Ende 1150.
[2] = Vgl. Phil. 2, 8; dazu auch Kap. 88, Anm. 12. Der Vorgang ist wohl Dez. 1150 anzusetzen.
[3] Am Plöner See.
[4] 1151.

bus. Kanutus enim, qui profugus exulabat apud archiepiscopum, conflato de Saxonia conducticio[f] exercitu reversus est in Daniam, et
[5]additi sunt ei omnes[5] pene, qui habitabant Iuthlandiae. Hoc audito
Suein contraxit maritimas copias transmissoque mari venit ad civitatem Wiberge, et commiserunt reges prelium, et fusae sunt copiae　5
Saxonum et ad internicionem deletae[6]. Kanutus fuga lapsus venit in
Saxoniam. Post modicum tempus rursum venit in Daniam et receptus
est a Fresonibus, qui habitabant Iuthlandiae[7], venitque Suein et pugnavit cum eo debellatumque ad Saxones fugere compulit[8]. Cui crebro
per fines Holzatorum itineranti comes noster beneficus extitit prebens　10
conductum et cetera humanitatis officia. Regnavitque Suein in Dania
cum maxima tyrannide, maximis semper victoriis fortunatus. Slavorum furiis[g] minus obstitit preliis irretitus domesticis. Fertur tamen
eos in Selande strage maxima tempore quodam pervasisse[9].

De Nicloto. Capitulum LXXI. 　15

In diebus autem, quibus dux aberat, venit Niclotus princeps terrae
Obotritorum ad domnam Clementiam ductricem Luneburg et conquestus est in facie eius et amicorum ducis, quia Kycini et Circipani
paulatim rebellare ceperint et obniti tributis iuxta morem persolvendis. Et destinatus est comes Adolfus et populus Holzatorum et Sturma-　20
riorum, ut adiuvarent Niclotum et coercerent rebellionem contuma-
cium[1]. Abiitque comes cum duobus milibus et amplius electorum,
Niclotus quoque contraxit exercitum de Obotritis, et abierunt pariter
in terram Kycinorum et Circipanorum et [2]pervagati sunt / terram[2]
hostilem omnia vastantes igne et gladio. Fanum quoque celeberrimum[3]　25
cum ydolis et omni superstitione demoliti sunt. Videntes autem indi-
genae, quia non essent eis vires resistendi, redemerunt se inmensa pecunia, defectum quoque vectigalium integraverunt cum cumulo.
Tunc Niclotus delectatus victoria gratias comiti retulit amplissimas
revertentemque prosecutus est ad extremitatem finium suorum, cau-　30
tissimam exercitui adhibens diligentiam. Ab eo die firmatae sunt amiciciae inter comitem et Niclotum. Habueruntque frequentius colloquium Lubeke sive Travenemunde pro commodis utriusque terrae.

---

[f]) conductiuo *1, 1a, 2.*　　　　　　[g]) *So 1, 1a, 2, edd. Vgl. Kap. 67, Anm. c).*
[5-5] Vgl. 1. Makk. 2, 43; 3, 41.

Knut, der als Flüchtling beim Erzbischof in der Fremde lebte, hatte nämlich in Sachsen ein Söldnerheer gesammelt und kehrte nach Dänemark
zurück. [5]Ihm fielen fast alle zu[5], die in Jütland wohnten. Als das Sven zu
Ohren kam, zog er Seestreitkräfte zusammen, setzte über das Meer und
5 kam an die Burg Wiborg. Die Könige lieferten sich eine Schlacht und die
Scharen der Sachsen wurden geschlagen und völlig aufgerieben[6]. Knut
entkam fliehend nach Sachsen. Einige Zeit später ging er abermals nach
Dänemark, aufgenommen von den Friesen, die in Jütland wohnten[7], doch
Sven erschien, kämpfte mit ihm und zwang ihn, völlig besiegt zu den
10 Sachsen zu flüchten[8]. So durchzog er mehrmals das Land der Holsten, und
unser Graf erwies sich ihm gütig, indem er freies Geleit und andere
menschliche Hilfe gewährte. Sven aber regierte in Dänemark mit äußerster Härte, stets von glänzenden Siegen begünstigt. Dem Wüten der Slawen trat er kaum entgegen, da ihn die inneren Kämpfe behinderten. Doch
15 soll er ihnen einmal auf Seeland eine schwere Niederlage beigebracht
haben[9].

71. Von Niklot

Während jedoch der Herzog abwesend war, kam Fürst Niklot vom
Obotritenlande zu Frau Clementia, der Herzogin, nach Lüneburg und be-
20 klagte sich vor ihr und den Freunden des Herzogs darüber, daß die Kessiner und Zirzipanen allmählich aufständisch würden und die gewohnte
Zinszahlung verweigerten. Graf Adolf und das Volk der Holsten und Stormarn wurden ausersehen, Niklot zu unterstützen und die hartnäckigen
Empörer niederzuwerfen[1]. So brach der Graf mit mehr als 2000 ausgewähl-
25 ten Leuten auf, auch Niklot zog ein Obotritenheer zusammen, und beide
rückten vereint in das Gebiet der Kessiner und Zirzipanen, [2]durchstreiften
das feindliche Land[2] und verheerten alles mit Feuer und Schwert. Auch
das hochberühmte Heiligtum[3] zerstörten sie samt den Götzenbildern und
dem ganzen Heidenkult. Als aber die Einwohner sahen, daß sie zum Wider-
30 stand nicht stark genug waren, kauften sie sich mit einer ungeheuren Summe Geldes frei; sie zahlten, was an der Steuer fehlte und noch mehr. Da
dankte Niklot, glücklich über den Sieg, dem Grafen auf das herzlichste
und geleitete ihn bei der Heimkehr bis an die Grenze seines Landes, wobei
er umsichtig für das Heer sorgte. Seither war die Freundschaft zwischen
35 dem Grafen und Niklot geschlossen und sie berieten häufig in Lübeck oder
Travemünde über das Wohl ihrer Länder.

[6] Vgl. Ann. Ryenses zu 1151.   [7] D. h. von den Nordfriesen.

[8] 1152; Sven wurde im Mai zu Merseburg von Friedrich I. mit Dänemark be-
lehnt.   [9] 1153? Vgl. Saxo Gramm. XIV.

[1] 1151.   [2-2] Vgl. 2. Kön. 17, 5.

[3] Nicht Rethra, sondern ein Stammestempel der Kessiner oder Zirzipanen
unbekannter Ortslage.

Fuitque pax in terra Wagirorum, accepitque per gratiam Dei novella plantacio sensim incrementum. Forum quoque Lubicense crescebat in singulos dies, et augebantur naves institorum eius. Domnusque Vicelinus episcopus incolere cepit insulam[4] quae dicitur Bozoe et habitavit sub fago, quousque extruerent casas, in quibus consistere possent. 5 Cepit autem illic ecclesiam edificare in nomine Domini et in commemoracionem beati Petri apostolorum principis. Porro utensilia domus et quae sufficerent curandis aratris providit episcopus de Cuzelina et de Faldera. Inicia vero episcopatus erant in magna teneritudine, eo quod comes alias optimus episcopo soli fuerit mediocriter bonus. 10

De Conrado rege. Capitulum LXXII.

Cum haec igitur in provincia Slavorum gererentur, dux noster morabatur in Suevia intentans vitrico suo bellum, sed non valens[1]. Ille [enim][a] adiuvabatur a rege fratre, iniustum esse perhibente quemquam principum duos habere ducatus. Audiens igitur Adelbertus mar- 15 chio et alii quam plures principum ducem nostrum minime prosperari et veluti inter hostes conclusum, miserunt ad regem, ut quantocius cum exercitu veniret in Saxoniam obsessurus Brunswich[b] et obpressurus amicos eius. Posuit ergo rex custodiam per omnem Sueviam, / ne forte dux elaberetur, ipse vero abiit Goslariam accepturus Bruns- 20 wich et omnia castra ducis. Instabat autem sacra nativitas Domini[2]. Intelligens igitur dux consilium regis in malum et intercisum sibi digressum Sueviae fecit denuntiari omnibus amicis suis, tam liberis quam ministerialibus, ut convenirent ad urbem quandam acturi cum eo diem sollempnem. Fecitque verbum hoc diffamari et personari in 25 auribus vulgi. Assumptisque tribus fidissimis viris vespere quodam mutavit vestem et elapsus de castro nocturnum aggressus est iter et transiens medias hostium insidias quinto demum die apparuit Bruniswich, et amici eius antea merore confecti insperatam resumpsere fiduciam. Castra vero regis approximabant Bruniswich, constituta in loco 30 qui dicitur Heninge[3]. Venit igitur nuntius, qui diceret regi comparuisse ducem Bruniswich, quo certius recognito dissimulabat progredi. Re-

---

[a]) enim *nur 3, edd.*
[b]) *Andere Lesarten, hier und sonst:* Brunswig, Bruniswich, Bruneswic(h).

Friede war im Lande der Wagrier, und die junge Pflanzung wuchs durch Gottes Gnade allmählich heran. Auch der Lübecker Marktverkehr nahm täglich zu und die Schiffe seiner Kaufleute vermehrten sich. Da siedelte Bischof Vizelin nach der Insel[4] namens Bosau über und lagerte unter einer
5 Buche, bis Hütten errichtet waren, in denen man wohnen konnte. Dort begann er nun eine Kirche zu erbauen im Namen des Herrn und zum Gedächtnis des heiligen Petrus, des Apostelfürsten. Das Hausgerät aber und was zum Ackerbau nötig war, ließ der Bischof aus Högersdorf und Faldera kommen. Freilich waren die Anfänge des Bistums sehr kümmerlich, weil
10 der Graf, sonst so trefflich, gerade dem Bischof wenig wohlgesonnen war.

72. Von König Konrad

Während dies im Lande der Slawen geschah, befand sich unser Herzog in Schwaben, wo er gegen seinen Stiefvater Krieg führen wollte, aber nicht konnte[1]. Der wurde (nämlich) von seinem königlichen Bruder unterstützt,
15 der es für unrecht erklärte, daß ein Fürst zwei Herzogtümer besitze. Da nun Markgraf Albrecht und viele andere Fürsten hörten, daß unser Herzog ganz erfolglos und rings von Feinden eingeschlossen sei, schickten sie zum Könige, er möge so rasch es ginge mit einem Heere nach Sachsen kommen, um Braunschweig zu belagern und des Herzogs Freunde zu überwältigen.
20 Sofort stellte der König durch ganz Schwaben hin Wachen aus, damit der Herzog nicht etwa entkommen möchte; dann zog er selbst nach Goslar, um Braunschweig und alle Burgen des Herzogs zu nehmen. Nun (stand (gerade) das heilige Weihnachtsfest bevor[2]. Weil der Herzog aber den argen Plan des Königs durchschaute und seinen Rückweg aus Schwaben
25 abgeschnitten sah, ließ er allen Freunden, Freien wie Dienstmannen, anzeigen, sie sollten in einer bestimmten Stadt zu feierlicher Tagfahrt mit ihm zusammenkommen. Diese Nachricht ließ er verbreiten und dem Volk zu Ohren bringen. Darauf nahm er drei ganz zuverlässige Männer, verkleidete sich eines Abends, verließ die Burg und machte sich bei Nacht auf
30 den Weg; er zog mitten durch den feindlichen Hinterhalt und erschien endlich am fünften Tage in Braunschweig, so daß seine zuvor ganz niedergeschlagenen Freunde unverhofft Mut schöpften. Schon rückte des Königs Heer auf Braunschweig und schlug Lager an einem Orte namens Heiningen[3]. Da kam ein Bote, der dem Könige meldete, der Herzog sei in
35 Braunschweig aufgetaucht. Als (Konrad) das ganz sicher wußte, stellte er

---

[4] Heute Halbinsel.

[1] 1151; Hz. Heinrich II. Jasomirgott. Vgl. Kap. 54, 56.
[2] 1151, Dez. 25.
[3] An der Oker bei Hildesheim.

versusque est Goslariam[c], et adnullata sunt ea quae fuerant regis molimine suscepta. Et defendit se dux de circumventione principum, qui [4]insidiabantur animae eius[4], et obtinuit ducatum Saxoniae, succrescens et invalescens in singulos dies. Porro ducatum Bawariae requirere non poterat omni tempore quo Conradus rex supervixit.   5

Quo non longe postea defuncto[5] successit in regnum Fredericus fratruelis eius. Conradus enim rex plures habuit fratres, quorum primi erant Heinricus dux Bawariae[6] et Fredericus dux Sueviae, cuius filius equivocus positus est in regnum[7]. Anno igitur incarnati verbi M⁰C⁰ quinquagesimo primo regnavit Fredericus huius nominis primus[d] rex,   10 et elevatum est solium eius super solium regum, [8]qui fuerant ante eum[8] diebus multis. Invaluitque sapientia et fortitudine [9]super omnes inhabitantes terram[9]. Mater eius fuit amita ducis nostri[10]. /

Transitus Thetmari[a] prepositi. Capitulum LXXIII.

Circa tempus dierum illorum occisus est Heremannus comes in   15 castro Winzeburg[1], vir potens et magnarum pecuniarum, et ortae sunt contentiones inter ducem nostrum et marchionem Adelbertum propter castra et facultates eius. Propter hos compacandos[b] denuntiavit rex curiam apud Marcipolim[c] civitatem Saxoniae mandavitque principibus sollempniter adesse[2]. Missa quoque legacione reges Danorum   20 tumultuantes evocavit, ut decerneret inter eos mediante iusticia. Tunc Kanutus, quem tercio Dania pulsum supradictum est, venit ad ducem nostrum rogans, ut eius conductu et auxilio in curia potiri mereretur. Porro archiepiscopus conduxit Suein regem, habens inter multos religiosos et honestos viros domnum Vicelinum episcopum in comi-   25 tatu suo. Et habita est curia illa celebris apud Marcipolim, ubi principes Danorum confederati sunt, Suein coronato in regem, ceteris eidem hominio subactis. Dissensio autem, quae erat inter ducem et marchionem, sedari non poterat, eo quod principes elati regis adhuc

---

c) Gosslariam 2.

d) huius nominis primus *vielleicht Nachtrag des 13. Jhs. in X; vgl. SCHM., Einl. 1937, S. XXV.*

a) Tetmari *1. SCHM.*

b) comparandos *S.*

c) Martipolim *hier 2, später auch 1; vgl. Thietmar I, 2.*

den Vormarsch ein und kehrte nach Goslar zurück; so wurde die ganze
vom König betriebene Unternehmung zunichte. Der Herzog befreite sich
(auch) aus der Einkreisung durch die Fürsten, die [4]ihm nach dem Leben
trachteten[4], und behauptete das Herzogtum Sachsen; und seine Macht
5 wuchs von Tag zu Tag. Das Herzogtum Bayern jedoch konnte er, solange
König Konrad lebte, nicht zurückgewinnen.

Als dieser (aber) bald nachher starb[5], folgte ihm sein Brudersohn Friedrich in der Regierung. Konrad hatte nämlich mehrere Brüder; die wichtigsten waren Herzog Heinrich von Bayern[6] und Herzog Friedrich von
10 Schwaben, dessen gleichnamiger Sohn (nun) zur Herrschaft kam[7]. Seit
dem Jahre 1151 regierte also Friedrich, der erste König dieses Namens,
und sein Thron erhob sich hoch über den der Herrscher, die für lange Zeit
[8]vor ihm gelebt hatten[8]; mächtig ward er an Weisheit und Stärke [9]vor
allen Bewohnern des ganzen Landes[9]. Seine Mutter war die Vaterschwester
15 unseres Herzogs[10].

73. Der Heimgang des Propstes Thetmar

Etwa um die gleiche Zeit wurde in der Feste Winzenburg Graf Hermann
erschlagen[1], ein mächtiger Mann mit reichem Besitz, und über seine Burgen und sein Vermögen entstanden Streitigkeiten zwischen unserem Her-
20 zog und dem Markgrafen Albrecht. Sie auszugleichen, setzte der König
einen Hoftag zu Merseburg an, einer Stadt in Sachsen, und befahl den
Fürsten, feierlich zu erscheinen[2]. Durch eine Gesandtschaft lud er auch die
streitenden Dänen vor, um unter ihnen mit gerechtem Spruch zu entscheiden. Da kam Knut, wie oben erwähnt zum dritten Male aus Däne-
25 mark vertrieben, zu unserem Herzog mit der Bitte, er möge ihm Geleit und
Unterstützung auf dem Hoftage gewähren. Der Erzbischof aber geleitete
König Sven und hatte in seinem Gefolge neben vielen geistlichen und angesehenen Männern auch Bischof Vizelin. So fand jener berühmte Hoftag
zu Merseburg statt, auf dem die Fürsten der Dänen vertraglich ausgesöhnt
30 wurden, so daß Sven zum König gekrönt ward, während die übrigen sich
ihm als Vasallen unterwarfen. Der Zwist des Herzogs mit dem Markgrafen
konnte jedoch nicht beigelegt werden, weil die hochfahrenden Fürsten des

[4-4] Vgl. 1. Sam. 24, 12; 28, 9.
[5] 1152, Febr. 15.
[6] Halbbruder, vgl. Kap. 56, Anm. 13.
[7] 1152, März, 4 in Frankfurt gewählt.
[8-8] 1. Kön. 16, 33 und öfter in der Bibel.
[9-9] = Judith 2, 18.
[10] Judith, Tochter Heinrichs d. Schwarzen, † 1130.

[1] 1152, Jan. 29; die Winzenburg zwischen Alfeld und Gandersheim.
[2] 1152, Mai, 18 (Pfingsten).

recentis monita parvipenderent. Persuasit igitur archiepiscopus Vicelino episcopo, ut investituram de manu regis perciperet, non fructum
ecclesiae, sed odium ducis intentans. At ille non consensit, ratus iram
ducis implacabiliter accendi; in hac enim terra sola ducis auctoritas
attenditur.　　　　　　　　　　　　　　　　　　　　　　　　　5
　　Soluta est curia, Vicelinus episcopus reversus est in parrochiam
suam. Invenitque sanctissimum virum / Thetmarum presenti vitae subtractum[3]. Quod nimirum episcopo maximam intulit mesticiam. Ille
enim dulcissimus vir, omnium semper devocione complectendus, neminem suo tempore visus est habuisse comparem. Ut enim de vita eius　10
quiddam breviter summatimque perstringam, ante conceptum matri
sancte revelatus ab ipsis cunabulis mancipatus est altaris ministerio
commendatusque bono magistro discipulus optimus perseveravit in
disciplina usque ad viriles annos, discipulus in Brema, socius in Francia, sustinuit iugum magistri cum patientia iuxta illud Iheremiae:　15
[4],Bonum est viro, cum portaverit iugum ab adolescentia sua‘[4]. Post
reditum [a Francia][d] abeunte domno Vicelino in Slaviam veluti sublato
pedagogo relictus est sibimet. Qualis igitur apud Bremam in regendis
scolis, qualis in decania fuerit, dixerint Bremenses. Hoc commemorasse
sat est, quia post digressum eius lumen ecclesiae illius sublatum Brema　20
clamabat. Translatus igitur in Falderam ob desiderium melioris vitae[5]
magnum gaudium attulit suae presentiae domno Vicelino. Sed et
omnibus, quos angulus ille [6]horroris et vastae solitudinis[6] continebat,
nova quaedam facies orta est de adventu tanti hospitis. Post aliquot
annos dilatante Deo fines ecclesiae, missus est Cuzelinam, quae et　25
Hogerestorp, et incolis novae habitacionis magno solacio fuit. Captivis
enim et despoliatis tanta pietate concurrebat, ut dandi magnitudo
vires domus illius adhuc tenerae excedere videretur[7]. Inter orandum
enim sive legendum aures eius semper vigilabant ad ostium suspensae,
quando veniret egenus pulsans et petens[e]. Reverebatur eum comes　30
Adolfus, eo quod redargueret culpas eius nec parceret delinquenti.
Duriciam enim cordis eius, quam exhibuit episcopo, venerabilis iste
sacerdos adhibitis emplastris emollire sategit, sed omne medicamen-
tum altior morbus evicit. / Audito tamen eo multa faciebat, sciens
eum virum iustum et sanctum.　　　　　　　　　　　　　　　　35

---

[d]) a Francia *nur 2; LAPP. tilgt es , SCHM. nimmt es mit Vorbehalt auf.*
[e]) petens *nur S, nach ihm edd.;* pulsans et pulsans *1, 1a,* 2.

eben erst erwählten Königs Ermahnungen gering achteten. Der Erzbischof riet nun dem Bischof Vizelin, die Belehnung (nochmals) aus der Hand des Königs zu empfangen, wobei er nicht den Nutzen der Kirche, sondern seinen Haß auf den Herzog im Sinn hatte. Vizelin willigte auch nicht ein; er
5 sah voraus, daß das beim Herzog unversöhnlichen Grimm entfachen mußte, denn in unserem Land gilt allein des Herzogs Wille.

Der Hoftag wurde beendet und Bischof Vizelin kehrte in seinen Sprengel zurück. Da fand er Thetmar, den heiligen Mann, dem irdischen Leben entrückt[3]. Dies versetzte ihn natürlich in große Trauer, denn jener liebens-
10 werte Mann, der stets von allen verehrt werden muß, hatte damals offensichtlich nicht seinesgleichen. Schon vor der Empfängnis, um kurz zusammengefaßt etwas über sein Leben anzudeuten, wurde er seiner Mutter als heilig offenbart und noch in der Wiege dem Dienst am Altar geweiht. Einem tüchtigen Lehrer anvertraut, blieb der vorzügliche Schüler bis in
15 seine Mannesjahre in Zucht und trug geduldig seines Meisters Joch, als dessen Schüler in Bremen, als dessen Gefährte in Frankreich, gemäß dem Wort des Jeremias: [4]Es ist ein köstlich Ding einem Manne, daß er das Joch in seiner Jugend trage[4]. Nach der Rückkehr aus Frankreich blieb er, da Herr Vizelin ins Slawenland ging, des Erziehers beraubt, sich selbst
20 überlassen. Wie er sich dann in Bremen als Vorsteher der Schulen und als Dekan bewährt hat, mögen die Bremer berichten. Es genügt, daran zu erinnern, daß nach seinem Abgang Bremen klagte, der Glanz seiner Kirche sei dahin. Versetzt also nach Faldera, weil er nach dem besseren Leben[5] strebte, brachte seine Anwesenheit Herrn Vizelin große Freude; doch auch
25 die anderen in diesem Winkel [6]des Schreckens und der wüsten Einöde[6] Verschlagenen bekamen gleichsam ein neues Gesicht über der Ankunft eines solchen Gastes. Einige Jahre später, als Gott das Gebiet der Kirche erweiterte, wurde er nach Cuzelina-Högersdorf geschickt, ein tröstender Halt für die Bewohner der neuen Siedlung. Den (zurückgekehrten) Ver-
30 schleppten und Ausgeraubten half er so liebevoll, daß seine reichen Gaben über die Kräfte des damals noch jungen Gotteshauses zu gehen drohten[7]. Beim Beten oder Lesen horchten seine Ohren stets wachsam nach der Türe, ob etwa ein Armer käme, zu pochen und zu bitten. Graf Adolf behandelte ihn mit scheuer Achtung, weil Thetmar seine Vergehen tadelte
35 und den Missetäter nicht schonte. Seine gegen den Bischof bewiesene Hartherzigkeit suchte der ehrwürdige Priester mit mäßigendem Zuspruch zu erweichen, doch dieses Übel war stärker als jedes Heilmittel. Immerhin tat Adolf manches auf seinen Rat, weil er ihn als gerechten und heiligen Mann kannte.

[3] Vgl. Kap. 44 f., 58.
[4-4] = Klage Jer. 3, 27.
[5] Im geistlichen Sinne.
[6-6] = 5. Mose 32, 10.
[7] Vgl. Kap. 66.

Expletisigitur, postquam in hac terra mansit, annis decem[8] infirmitate correptus est, absente scilicet episcopo et apud Marcipolim posito. Cum autem fratres lecto egrotantis appliciti spem recuperandae salutis instaurarent, ille cum magna recusacione aiebat: ‚Nolite, fratres dilecti, presentis vitae dilacionem michi repromittere, nolite spiritum meum de 5 peregrinacionis fatigio ad patriam tendentem huiuscemodi verbis affligere. Ecce decem anni sunt, ex quo vitam meam sub professionis huius titulo[9] protrahi rogavi, et exauditus sum, nunc tandem laborum requies oranda est; et confido de solita pietate Dei, quia nec hac peticione frustrabor'. Augebantur igitur torsiones vitalium, nec tamen in de- 15 fectu corporis vigor interioris hominis emarcuit. Completum est in eo illud Salemonis: [10]Fortis est ut mors dilectio, flumina et venti non potuerunt extinguere[10] eam. In moriente vivebat caritas, quae in exhausto corpore integrabat affectum, prebentem fratribus solatium de merore, consilium in rebus ambiguis, morum edificacionem, imprimen- 10 tem cordibus amicorum novissima quaedam valedictionis vestigia, nunquam abolenda. Sed nec inmemor dilectissimi patris sui Vicelini orabat perintime[f] vias eius a Deo dirigi, per hunc sibi viam salutis et spem regni patefactam multociens congratulans. Venerunt igitur ad egrotum fraterna sollicitudine prior Falderensis ecclesiae Eppo et Bruno sacer- 20 dos et post visitacionem exhibuerunt ei sacrae unctionis officium. Quo venerabiliter percepto, participacione nichilominus vivifici corporis Domini communitus, perseverabat in gratiarum actione. Nocte igitur, qua vigilia pentecosten obvenerat, hoc est XVI. Kal. Iunii[11], pervigil in oratione, precibus invitavit angelos, suffragia sanctorum inter- 25 pellavit omnium, iamque recedente anima movebatur adhuc lingua in oratione et confessione laudis. O dignissimum sacerdotem, o gratissimam Deo animam! Felicem dixerim in cursu, sed feliciorem in perventione, qui / brevissimi laboris compendio apud Deum gloriam meruit sempiternam, apud homines sanctae recordacionis affectum. 30

De sepultura eiusdem. Capitulum LXXIIII.

Cuius venerabilis sacerdotis transitum longe ante predicere solebat Luthbertus frater, qui miliciam huius seculi servitute Dei commutans cum famulo Dei Thetmaro pauperum qui erant in hospitali curam

[f]) intime *1, 1a, LAPP.*

Zehn Jahre waren vergangen[8], seit er sich in diesem Lande befand, da erkrankte Thetmar in Abwesenheit des gerade in Merseburg weilenden Bischofs. Als aber die Brüder sich um sein Krankenlager sammelten und ihm Hoffnung auf Wiederherstellung zu machen suchten, sagte er mit großem Widerstreben: „Liebe Brüder, verheißt mir keine Verlängerung meines irdischen Lebens; mein Geist ist müde von der Pilgerschaft und strebt der Heimat zu, betrübt ihn nicht mit solchen Reden. Seht, vor zehn Jahren habe ich Gott gebeten, mein Leben unter diesem Ordensgelübde[9] weiterführen zu dürfen, und bin erhört worden; jetzt muß ich darum bitten, daß ich endlich von der Arbeit ausruhen darf, und vertraue auf Gottes gewohnte Güte, daß ich auch dies nicht vergebens tue." Darauf nahmen seine körperlichen Leiden zu, doch trotz schwindender Kräfte erlahmte seine starke Seele nicht. Das Wort Salomos erfüllte sich an ihm: [10]Denn Liebe ist stark wie der Tod, Ströme und Winde können sie nicht auslöschen[10]. In dem Sterbenden lebte die Liebe und hielt bei erschöpftem Körper den Geist lebendig; sie gab den Brüdern Trost in ihrem Kummer, Rat in ihren Nöten, sittlichen Halt, und prägte in die Herzen seiner Freunde letzte, untilgbare Zeichen der Erinnerung an seine Abschiedsworte. Auch seinen so geliebten Vater Vizelin vergaß er nicht, sondern bat inständig, daß Gott seine Wege lenken möchte; durch ihn, so wiederholte er mehrfach mit großer Dankbarkeit, sei ihm der Weg des Heils und die Hoffnung auf das Reich (Gottes) eröffnet worden. Darauf kamen in brüderlicher Besorgnis zu dem Kranken der Prior Eppo vom Stift Faldera und der Priester Bruno und leisteten ihm nach der Beichtprüfung den Dienst der heiligen (letzten) Ölung. Er empfing sie ehrfürchtig, wurde noch gekräftigt durch den Genuß des lebenspendenden Leibes des Herrn und verblieb dann im Gebet. Die Nacht vor dem Pfingstfeste, also die des 17. Mai[11], durchwachte er betend, rief inständig die Engel herbei, erbat aller Heiligen Fürsprache, und seine Zunge bewegte sich noch betend und Gottes Lob bekennend, als die Seele schon zu entweichen begann. Was für ein würdiger Priester, was für eine gottgefällige Seele! Glücklich möchte ich sie nennen in ihrem Erdenlaufe, glücklicher noch am Ziele, da sie nach kurzer Zeit der Mühen bei Gott ewigen Ruhm und bei den Menschen liebevolle Erinnerung heiligen Andenkens erlangte.

74. Von seinem Begräbnis

Der Tod dieses ehrwürdigen Priesters war von Bruder Luthbert lange vorhergesagt worden, der weltlichen Ritterdienst mit der Knechtschaft vor Gott getauscht und zusammen mit dem gottesfürchtigen Thetmar die

---

[8] Vgl. Kap. 44, Anm. 1; 58, Anm. 13.   [9] Der Augustiner-Chorherren.
[10-10] Nicht ganz wörtlich aus Hohel. Sal. 8, 6 f.
[11] 1152, Mai, 17.

gessit. Hic tempore quodam visitans Falderam [12]vultum pretendit plus
solito subtristem[12] atque lacrimis suffusum. Interrogatus causas mesti-
ciae respondit merito se tristari, qui patris amantissimi presentia
destituendus esset in brevi. Fatetur nichilominus de his non somnian-
tem, sed vigilantem divinitus se instructum. Nec longe post prophe- 5
tantis verbum velox sacerdotis obitus subsecutus est. Fratres quoque,
quos intimus viri affectus flere coegit, revertentes ad cor hauserunt
spem et resumpserunt spiritum consolacionis, memores oraculi[13]. Ubi
igitur in Faldera nuntiatum est de obitu eius, statim miserunt nuntios
ad transferendum corpus, eo quod ipse discedens hoc intentius ora- 10
visset. Quod tamen venerabilibus fratribus Theoderico[14], Ludolfo, Luth-
berto et ceteris qui illic degebant nullatenus persuaderi potuit, dicentes
omnes se malle mori quam tanto pignore privari, quod Wagirensi
ecclesiae noviter ceptae futurum esset et honori et solacio. Confluenti-
bus igitur de Segeberge et de vicinis oppidis fidelium populis corpus 15
sanctum terrae commendatum est cum multa pauperum lamentacione
de sua destitucione conquerentium. Magnificetur igitur Deus in sanctis
suis, qui virum hunc perfecit sibi dignum sacerdotem, consummatum
vocatione felici. Vobis quoque, o patres Lubicanae rei publicae[15], salus
abundantior erit a Domino, si virum talem digne excolueritis, statuen- 20
tes eum in fronte eorum, qui diruta ecclesiae vestrae[g] in nova culmina
surgere fecerunt. /

De infirmitate Vicelini episcopi. Capitulum LXXV.

Post decessum preclari sacerdotis Thietmari Vicelinus episcopus
reversus est de curia Marcipolitana, frustrato labore propter sterilita- 25
tem principum. Domnus enim archiepiscopus et dux, in[a] quibus
summa rerum in hac terra consistebat, prepedientibus simul odio et
invidia nullos Deo placitos fructus facere poterant. Certabat uterque,
cuius esset terra, vel cuius esset potestas statuendi episcopos, cave-
rantque diligentissime, ne quilibet eorum cederet alteri. Sed nec 30
comes Adolfus, licet in multis probatus[b], rebus episcopalibus animum
plene accommodaverat. Accesserat his malis episcopo nostro amplior

g) *So 3; nostre 1, 2, edd.*

a) in *fehlt 1, 1a.*
b) prolatus *1, 1a.*

Armen im Krankenhaus pfleglich versorgt hatte. Als dieser einst Faldera
besuchte, [12]war sein Antlitz ungewöhnlich traurig[12] und tränenbenetzt. Nach
der Ursache seines Kummers gefragt, antwortete er, daß er mit Recht
trauere, weil er bald des Umgangs mit seinem so sehr geliebten Vater be-
5 raubt werden solle. Dabei sprach er offen aus, er sei darüber vom Himmel
nicht träumend sondern wachend unterrichtet worden. Auf diese Vorher-
sage folgte alsbald Thetmars plötzlicher Tod. Doch auch jene Brüder, die
aus der engsten Bindung zu diesem Manne weinen mußten, ermannten
sich wieder, schöpften Hoffnung und fanden Trost im Gedanken an die
10 Weissagung[13]. Als nun die Nachricht von seinem Tode in Faldera eintraf,
schickte man sogleich Abgesandte, die Leiche zu überführen, weil er selbst
das auf dem Totenbette dringend erbeten hatte. Doch dazu waren die ehrwürdigen Brüder Theoderich[14], Ludolf, Luthbert und die anderen, die dort
lebten, auf keine Weise zu bewegen; sie erklärten, lieber wollten sie alle
15 sterben, als sich eines solchen Pfandes berauben zu lassen, das der eben
begründeten wagrischen Kirche künftig Ansehen und Trost bringen werde.
Während aus Segeberg und den Nachbarorten die Christen zusammen-
strömten, wurde so der Leib des Heiligen der Erde übergeben, und die
armen Leute klagten bitter darüber, daß sie nun verlassen seien. Der Herr
20 aber sei gepriesen bei seinen Heiligen, daß er diesen seiner würdigen Priester vollendet und endlich zur Seligkeit berufen hat. Auch ihr Väter des
lübischen Gemeinwesens[15] werdet reicheren Segen von Gott empfangen,
wenn ihr einen solchen Mann würdig verehrt, ihn in die vorderste Reihe
derer stellt, die eure zerstörte Kirche zu neuer Größe erhoben haben.

25   75. Von der Krankheit Bischof Vizelins

Nach dem Tode des trefflichen Priesters Thetmar kehrte Bischof Vizelin
vom Merseburger Hoftage zurück, ohne bei der Härte der Fürsten Erfolg
gehabt zu haben. Der Erzbischof und der Herzog nämlich, die in unserem
Lande den Ausschlag gaben, waren durch Haß und Neid behindert, so daß
30 sie keine Gott gefälligen Taten tun konnten. Beide stritten sich, wem das
Land gehörte, wem es zukäme, Bischöfe einzusetzen; peinlichst waren sie
darauf bedacht, daß keiner dem anderen wiche. Nicht einmal Graf Adolf,
der so oft bewährte, ließ in der Bischofsfrage wirklich mit sich reden. Zu
diesen Übelständen kam für unseren Bischof die große Trauer über Herrn

---

[12-12] Vgl. Sulpicius Sev., Vita Martini 2.

[13] Vgl. Kap. 44.

[14] Wohl der spätere Propst in Segeberg (seit 1164).

[15] Helmold spricht wahrscheinlich nicht die Stadtväter, sondern das Domkapitel an.

tristicia de obitu domni Thietmari, quo adhuc superstite tolerabilius
videbatur omne quod urgebat. Afficiebatur igitur tedio spiritus in
singulos dies, quesivit ¹consolantem se et non invenit¹.

Transactis autem, postquam de curia venerat, paucis diebus venit
Buzoeᶜ, quo domum et ecclesiam edificare ceperat, et plebibus illic aggre- 5
gatis prebuit verbum salutis. Iam enim circumiacentia oppida incoleban-
tur paulatim a Christicolis, sed cum grandi pavore propter insidias latronum. Castrum enim Plunense² necdum reedificatum fuerat. Consum-
mans igitur pontifex sacra misteria et offerens novissimum Deo sacrificium ³pronus adoravit in terra³ coram altari Domini, rogans fortissi- 10
mum Deum, ut cultus ipsius propagaretur tam in eo loco quam in universa latitudine Slaviae. Multociens autem hominibus transmigracionis
inter exhortatoria verba presagiebat cultum domus Dei sublimem in
brevi futurum in Slavia, et ne deficerent animis, habentes duram pa-
tientiamᵈ ob spem meliorum. Valedicens igitur sacerdoti venerabili 15
Brunoni et ceteris quos loco eidem prefecerat / et ⁴confortans manus
eorum⁴ in Domino reversus est Falderam, ubi infra septem dies correptus est virga Dei et adeo paralisi dissolutus est, ut manus eius et pes,
totum denique latus dextrum exaruerint, quodque omnibus misera-
bilius fuit, privatus est officio linguae. Conturbati sunt hoc spectaculo 20
omnes qui viderant, virum scilicet incomparabilis facundiae, doctorem
magnum, exuberantem verbo sacrae exhortationis et veritatis defensione, subito lingua membrisque destitutum ⁵et per omnia factum
inutilem⁵. ⁶Quam dissonae igitur fuerint populorum sententiae⁶, quam
temeraria multorum nomine tenusᵉ iudicia religiosorum, ⁶piget re- 25
minisci⁶, nedum verbis prosequi. Dicebant, quia Deus dereliquit eum,
nec intendebant scripturae dicenti: ⁷Beatus qui corripitur a Domino⁷.
Dolebant autem irremediabili afflictioneᶠ omnes qui erant in Faldera
et Cuzelina, maxime vero hii qui in has terras primi cum eo venerant
et consenuerant cum eo sub ⁸pondere diei et estus⁸. Adhibebatur autem 30
egroto medicorum opera, inefficax tamen, providente scilicet divinitate meliora de eo et viciniora saluti. ⁹Dissolvi enim et esse cum Christo
multo melius⁹. Duobus igitur annis et dimidio¹⁰ versatus est in lecto
egritudinis, nec sedere nec iacere contentus. Curabatur autem propen-

---

ᶜ) buzovam *2, 3;* busovam *2*.*   ᵈ) potenciam *1, 1a.*

ᵉ) *So 1, 2, edd.; Hand C tilgte in 1 das übergeschr.* te *und veränderte zu* non minus;
so danach 1a, LAPP.   ᶠ) irremedicabili dolore *edd.*

Thetmars Tod, bei dessen Lebzeiten ihm alles Bedrückende noch erträglicher erschienen war. So befiel ihn täglich mehr die Trauer, er suchte [1]einen Tröster und fand ihn nicht[1].

Einige Tage nachdem er vom Hoftag gekommen war, zog er nach Bosau,
5   wo er Haus und Kirche zu bauen begonnen hatte, und predigte der dort versammelten Gemeinde Gottes Wort. Schon füllten sich nämlich die umliegenden Ortschaften allmählich mit Christen, die freilich wegen der räuberischen Überfälle in großer Furcht lebten. Noch war ja die Burg Plön nicht wieder erbaut[2]. Der Bischof versah also die Messe, brachte Gott zu-
10 letzt das Opfer, [3]neigte sich zur Erde und betete[3] vor dem Altare zum Herrn, indem er den starken Gott anrief, seinen Dienst an diesem Orte auszubreiten wie in der ganzen Weite des Slawenlandes. Wiederholt aber verhieß er den Neuzuwanderern unter anderen Trostworten, daß der Dienst am Hause des Herrn in kurzem stark zunehmen werde; sie sollten
15 zuversichtlich mit zäher Geduld auf bessere Zeiten hoffen. Dann sagte er dem ehrwürdigen Geistlichen Bruno und den übrigen Lebewohl, die er über diesen Ort gesetzt hatte, [4]festigte ihr Gottvertrauen[4] und kehrte nach Faldera zurück. Nach sieben Tagen ward er dort von Gott geschlagen und so gelähmt, daß ihm eine Hand und ein Fuß, kurz die ganze rechte Seite
20 erstarrte; was aber schlimmer war: er verlor die Sprache. Dieser Anblick erschütterte alle Augenzeugen, daß nämlich ein so unvergleichlicher Redner und großer Lehrer, wortgewaltig bei frommer Ermahnung wie bei Auslegung (göttlicher) Wahrheit, plötzlich seiner Zunge und seiner Glieder nicht mehr mächtig [5]und gänzlich hilflos geworden war[5]. [6]Wie verworren aber die
25 Leute darüber urteilten[6], wie töricht (selbst) viele dem Namen, nicht der Gesinnung nach Geistliche sich äußerten, [6]ich schäme mich, daran zu denken[6] oder gar davon zu sprechen. Sie sagten, Gott habe ihn verlassen, und dachten nicht an das Wort der Schrift: [7]Selig ist der Mensch den Gott straft[7]. In Faldera und Högersdorf aber trugen alle unsäglich schwer dar-
30 an, besonders die, welche mit ihm zuerst in diese Gegenden gekommen und mit ihm unter [8]des Tages Last und Hitze[8] alt geworden waren. Die Ärzte mühten sich um den Kranken, doch erfolglos, denn Gott hatte Besseres und seinem Seelenheil Näherliegendes mit ihm vor. Denn [9]abzuscheiden und bei Christus zu sein ist viel besser[9]. Zweieinhalb Jahre[10] brachte er auf
35 dem Krankenlager zu und konnte weder sitzen noch liegen. Die Brüder

[1-1] Vgl. Psalm 68, 21 und öfter in der Bibel.

[2] 1139 zerstört, vgl. Kap. 56.

[3-3] = 1. Mose 19, 1 und 33, 3.

[4-4] Vgl. 1. Sam. 23, 16; Jes. 35, 3.

[5-5] Vgl. 2. Makk. 7, 5.

[6-6] Vgl. Boethius, De cons. philos. I, 4.

[7-7] Vgl. Hiob 5, 17.

[8-8] = Ev. Matth. 20, 12.   [9-9] Fast = Phil. 1, 23.

[10] Danach erlitt er den zweiten Schlaganfall in Juni 1152.

sius fratrum diligentia prebentium ei necessaria corporis et ad ecclesiam eum deferentium. Nunquam enim missarum sollempniis vel communioni sacrae abesse voluit, nisi forte infirmitas gravior obstitisset. Tantis Deum gemitibus et interno cordis clamore compellabat, ut aspicientes vix a fletu temperaverint. Gubernabat eo tempore 5 domum prior eiusdem loci, venerabilis Eppo, vir magni in Christo meriti. Porro Cuzelinam et ecclesias quae in Wagira erant regebat domnus Ludolfus, ille, inquam, qui olim in Lubeke multos propter ewangelium Christi labores pertulerat[11]. Huic preposituram / Cuzelinae, dum adhuc sanus esset, episcopus commendaverat. 10

[LXXVI][g] Una igitur dierum allocutus est dux comitem[h] dicens: ‚Perlatum est ad nos iam pridem, quod civitas nostra Bardewich[i] magnam diminucionem civium patiatur propter Lubicense forum, eo quod mercatores omnes eo commigrent. Idem conqueruntur hii qui sunt Luneburg, quod sulcia nostra devorata sit propter sulciam, quam 15 cepistis habere Thodeslo[k]. Rogamus igitur, ut detis nobis medietatem civitatis vestrae Lubike et sulciae, possimusque tolerabilius ferre desolacionem civitatis nostrae. Alioquin precipiemus, ne fiant mercaciones de cetero in Lubike. Non enim ferendum est nobis, ut propter aliena commoda desolari paciamur [12]hereditatem patrum nostrorum[12]. 20 Sed cum rennueret comes reputans incautam sibi huiuscemodi conventionem, mandavit dux, ne de cetero haberetur forum Lubike, nec esset facultas emendi sive vendendi, nisi ea tantum quae ad cibum[l] pertinent. Et iussit mercimonia transferri Bardewich[i] ad sublevandam civitatem suam. Sed et fontes salis qui erant Thodeslo ipso tempore 25 obturari fecit. Et factum est verbum istud comiti nostro et terrae Wagirensi in offensionem et profectuum impedimentum.

De Evermodo episcopo. Capitulum LXXVII.

Nec hoc pretermittendum videtur, quod dilatante Deo fines ecclesiae ordinatus est Racisburg episcopus domnus Evermodus, prepositus de 30

---

[g]) *Kein Kapitelabstand 1, 2; Überschrift in S:* De emporio Lubicensi.
[h]) Adolfum *fügen zu edd.,* LAPP.
[i]) *In diesem Kap. die Lesarten* barduwich, bardiwich *1, 1a.*
[k]) theodeslo *2.*   [l]) victum *4.*

aber pflegten ihn mit hingebender Sorgfalt, reichten ihm Speise für den
Körper und trugen ihn in die Kirche. Denn nie wollte er bei der Messe oder
dem heiligen Abendmahl fehlen, sofern es ihm nicht zunehmende Leiden
unmöglich machten. Mit solchen Seufzern, mit so inniger Herzensklage
5 rief er Gott an, daß, die es sahen, sich der Tränen kaum enthalten konnten.
Das Kloster leitete damals der Prior des Ortes, der ehrwürdige und um den
Heiland hochverdiente Eppo. Högersdorf und die Kirchen in Wagrien aber
unterstanden Herrn Ludolf, demselben, der einst in Lübeck um Christi
Evangelium viel gelitten hatte[11]. Ihm hatte der Bischof, als er noch gesund
10 war, die Propstei Högersdorf anvertraut.

76. (Von dem Markte zu Lübeck)

Eines Tages sprach der Herzog den Grafen mit den Worten an: „Schon
seit geraumer Zeit wird uns berichtet, daß unsere Stadt Bardowick durch
den Markt von Lübeck zahlreiche Bürger verliert, weil die Kaufleute alle
15 dorthin übersiedeln. Ebenso klagen die Lüneburger, daß unsere Saline zu
Grunde gerichtet sei wegen des Salzwerks, das ihr zu Oldesloe angelegt
habt. Darum ersuchen wir euch, uns die Hälfte eurer Stadt Lübeck und
des Salzwerks abzutreten, damit wir die Verödung unserer Stadt leichter
ertragen können. Sonst werden wir verbieten, daß weiter zu Lübeck Han-
20 del getrieben wird. Denn wir können es nicht hinnehmen, daß um fremden
Vorteils willen [12]unser väterliches Erbe[12] Schaden leidet." Als nun der
Graf ablehnte, da ihm solche Übereinkunft unvorteilhaft schien, verord-
nete der Herzog, daß zu Lübeck kein Markt mehr stattfinden und keine
Gelegenheit zu Kauf und Verkauf mehr sein dürfe, außer für Lebensmittel.
25 Die Waren befahl er nach Bardowick zu überführen, um seiner Stadt auf-
zuhelfen. Gleichzeitig ließ er auch die Salzquellen zu Oldesloe verstopfen.
Dieser Spruch war für unseren Grafen sehr ärgerlich und behinderte die
gedeihliche Entwicklung des Landes Wagrien.

77. Von Bischof Evermod

30 Nicht übergangen werden darf, glaube ich, daß Herr Evermod, Propst
von Magdeburg, als Gott das Gebiet der Kirche erweiterte, in Ratzeburg

---

[11] 1152–64? Propst von Högersdorf-Segeberg, vgl. Kap. 47 f., 54 f. Vielleicht
der Kap. 46 erwähnte Domherr zu Verden.
[12-12] = 1. Makk. 15, 33 f.

Magdeburg, deditque ei comes Polaborum Heinricus insulam ad inhabitandum prope castrum[1]. Preterea trecentos mansos resignavit / duci dandos in dotem episcopii[2]. Porro decimas terrae recognovit episcopo[a], quarum tamen medietatem recepit in beneficio, et factus est homo episcopi, exceptis trecentis mansis, qui cum omni integritate tam   5 redituum quam decimarum sunt episcopi. Interfuit his rebus agendis domnus Ludolfus, prepositus de Cuzelina, et dixit ad comitem presente comite nostro Adolfo[b]: ,Quoniam comes terrae Polaborum benefacere cepit erga pontificem suum, decet, ut noster comes non faciat minorem partem suam. Ampliora enim de ipso presumenda sunt, utpote de homine litterato, habente scientiam rerum Deo placentium'.   10 Tunc comes noster secutus factum comitis Polaborum remisit de beneficio suo trecentos mansos, qui oblati sunt per manus ducis[c] in dotem Aldenburgensis episcopatus.

Transitus Vicelini. Capitulum LXXVIII.   15

Post haec abiit dux noster in Italiam cum rege pro corona imperiali[3]. Quo absente Vicelinus episcopus ingravescente morbo diem clausit extremum. Obiit autem II⁰ Idus Decembris, anno videlicet incarnati verbi M⁰C⁰LIIII⁰. Sedit autem in episcopatu annis quinque, ebdomadibus novem[4]. Corpus eius tumulatum est in Falderensi ecclesia, pre-   20 sente scilicet domno Racisburgensi episcopo et officium consummante. Agebatur igitur intensius memoria boni patris tam in Faldera quam in Cuzelina, fuitque prefixum curatoribus, quid singulis diebus dari deberet in elemosina pro remedio animae eius. Fuit autem in Cuzelina sacerdos quidam Volchardus[d] nomine, minister mensae, quique primus   25 ad Falderam cum domno Vicelino venerat[5] industrius in actionibus extrinsecis. Hic ergo elemosinas pro boni pastoris anima constitutas dare neglexit, parcus in rebus supra quam necesse esset. Apparuit igitur venerabilis pontifex mulieri cuidam consistenti in pago / Segeberg circumamictus cultu sacerdotali dixitque ad eam: ,Vade et dic   30 Volchardo sacerdoti, quia impie agit circa me subtrahens ea quae pro

---

[a]) episcopo *fehlt 1, 1a.*
[b]) *Randnachtrag von anderer Hand:* MCLIIII *1a.*
[c]) per manus ducis *fehlt 1, 1a.*
[d]) *Weitere Lesarten in diesem Kap.:* Volcardus, Valchardus.

zum Bischof eingesetzt wurde; der Polabengraf Heinrich gab ihm als Wohnsitz die Insel nahe der Burg[1]. Außerdem ließ er dem Herzog 300 Hufen auf,
die dem Bistum zur Ausstattung gegeben werden sollten[2]. Er übertrug
dem Bischof auch die Zehnten des Landes, nahm jedoch die Hälfte davon
5 zu Lehen und wurde so Lehnsmann des Bischofs, die dreihundert Hufen
ausgenommen, die mit dem vollen Ertrage der Einkünfte und Zehnten
dem Bischof gehören. Bei diesen Vereinbarungen war Herr Ludolf zugegen, der Propst von Högersdorf, und er sagte in Gegenwart unseres
Grafen Adolf zu Graf Heinrich: ,,Da sich der Graf des Polabenlandes an-
10 schickt, seinen Bischof so gütig zu behandeln, steht es wohl unserem Grafen an, seinerseits nicht weniger zu tun. Eher ist noch mehr von ihm zu
erwarten, da er ein gebildeter Mann ist und wohl weiß, was Gott wohlgefällt." Da schloß sich unser Graf dem Vorgehen des Polabengrafen an
und gab von seinem Lehen 300 Hufen ab, die durch die Hand des Herzogs
15 zur Ausstattung des Bistums Oldenburg verwendet wurden.

78. Der Hingang Vizelins

Danach zog unser Herzog mit dem König zur Kaiserkrönung nach Italien[3]. In seiner Abwesenheit verschlimmerte sich Bischof Vizelins Leiden
so, daß der Tod eintrat. Er starb am 12. Dezember im Jahre 1154 des
20 fleischgewordenen Wortes. Auf dem bischöflichen Stuhle hatte er 5 Jahre
und 9 Wochen gesessen[4]. Sein Leichnam wurde in der Kirche von Faldera
beigesetzt, wozu der Bischof von Ratzeburg erschien und das Hochamt
hielt. Mit großer Andacht beging man in Faldera wie in Högersdorf das
Gedächtnis des guten Vaters und den Kirchenpflegern war vorgeschrieben,
25 wieviel täglich zum Heile seiner Seele als Almosen gegeben werden sollte.
In Högersdorf war nun ein Priester namens Volkward Tafeldiener, gleich
zuerst mit Herrn Vizelin nach Faldera gekommen[5] und in allen äußeren
Geschäften sehr anstellig. Dieser versäumte es, die für die Seele des
guten Hirten gestifteten Almosen auszuteilen, da er übertrieben sparsam
30 war. Da erschien der ehrwürdige Bischof in priesterlichem Gewande einer
im Gau Segeberg wohnenden Frau und sagte zu ihr: ,,Geh und sag dem
Priester Volkward, daß er lieblos an mir handelt, wenn er hinterzieht, was

---

[1] Wahrsch. 1154, Juni-Okt. auf Veranlassung Graf Heinrichs v. Badwide durch
Heinrich d. Löwen investiert.
[2] Vgl. das Ratzeburger Zehntregister, um 1230, zuletzt von PRANGE, S. 113 ff.
behandelt (vgl. Lit.verz.).
[3] 1154, Okt. Beginn des Romzuges.
[4] Vielmehr 11 Wochen, vgl. Kap. 69, Anm. 3.
[5] Vgl. Kap. 47, Anm. 13.

remedio animae meae fratrum michi devocio subputavit'. Cui mulier:
‚Quis‘, inquit, ‚domine, vitam vobis atque linguam donavit? Nonne
fama latius percrebruit vos multis diebus vel annis lingua privatum,
postremo etiam morte defunctum? Unde igitur haec?‘ Quam ille
blando vultu consolans: ‚Ita est‘, ait, ‚ut loqueris, sed haec melius　5
nunc instaurata recepi. Nuntia igitur memorato sacerdoti, ut celerius
suppleat quod subtraxit, quin etiam hoc adiunges, ut novem officia
expleat post me‘. Et his dictis recessit. Ubi igitur nuntiata sunt haec
sacerdoti, abiit Falderam consulere super verbo hoc. Interrogatus
autem confessus est culpam iuxta sermonem viri Dei promisitque　10
meliorationem. Porro de novem officiis post eum a sacerdote complen-
dis, nobis diversa commentantibus, veritas incognita fuit, sed rei
eventus verbum, quod latebat, citius aperuit. Idem enim presbiter
novem post episcopum ebdomadibus vixit[6], declaratumque est septi-
manas officiis presignatas.　　　　　　　　　　　　　　　　　　15

Qualiter Vicelinus cecam illuminavit
Capitulum LXXVIIII[a].

Sed et hoc commemorare devocio persuadet, quod vir clarissimus
Eppo, pontifici pro vitae reverentia valde familiaris existens, incon-
solabiliter lugebat pro defuncti patris absentia. Quod cum multis　20
diebus ageret, sepe dictus pontifex virgini cuidam castae et simplici in
sompnis astitit dicens: ‚Dic fratri nostro Epponi, quatinus cesset flere,
quia bene sum et fletibus eius condoleo; ecce enim lacrimas eius in
vestibus meis porto‘. Dixerat haec, et ostendit ei vestem nivei candoris
totam lacrimis infusam. Quid dicam de illo nobis notissimo, cuius　25
supprimo nomen? ita enim placuit, eo quod adhuc superstes[1] sit et
habitet in Faldera velitque latere. / Hic post mortem pontificis necdum
expletis triginta diebus audivit eum in visione dicentem repositam sibi
requiem cum famosissimo illo Bernardo Clarevallensi. Cui cum diceret:
‚Utinam vos essetis in requie!‘ ille respondit: ‚Sum Dei gratia, et vos　30
quidem credidistis me mortuum; ego autem vivo et semper postea vixi‘.
Grata profecto nec onerosa fiet devoto lectori unius adhuc rei de-
scriptio, quam in laudem Dei et commendacionem pontificis nostri

---

[a]) *Die Überschrift nur 1, 1a; Kapitelabstand auch in 2, nicht in S. LAPP. zieht
den Abschnitt zu Kap. 78.*

der Brüder Frömmigkeit zum Heile meiner Seele ausgesetzt hat." Die
Frau antwortete ihm: ,,Herr, wer hat euch Leben und Sprache (wieder)
gegeben? Hieß es nicht weit und breit, ihr wäret seit Jahr und Tag der
Sprache beraubt gewesen und schließlich gestorben? Woher nun dies?"
5 Er beruhigte sie freundlich blickend: ,,Es ist so, wie du sagst, aber jetzt
habe ich beides in höherem Grade zurückgewonnen. Weise also jenen Priester an, daß er rasch ersetzt, was er unterschlagen hat, und füge noch dies
hinzu, daß er neun Messen nach mir halten soll!" Sprach's und verschwand.
Als das nun dem Priester mitgeteilt wurde, ging er nach Faldera, um
10 wegen dieser Botschaft Rat zu holen. Auf Befragen bekannte er seine
Schuld, wie der Gottesmann sie ausgesprochen hatte, und gelobte, sie
wieder gut zu machen. Was aber die neun Messen anlangt, die der Priester
nach Vizelin halten sollte, so blieb die wahre Bedeutung verborgen, da wir
es verschieden auslegten; doch die Ereignisse offenbarten alsbald, was
15 dieser dunkle Ausspruch besagen sollte: dieser gleiche Priester lebte nämlich nur neun Wochen länger als der Bischof[6], und so zeigte sich, daß die
Wochenzahl durch die der Messen geweissagt worden war.

79. Wie Vizelin eine Blinde sehend machte

Die Andacht veranlaßt mich auch zu erwähnen, daß Eppo, der treff-
20 lichste Mann, dem Bischof wegen seines frommen Wandels sehr eng vertraut, über des dahingegangenen Vaters Verlust untröstlich war. Als dies
länger andauerte, zeigte sich der Bischof einer reinen und schlichten Jungfrau im Traume und sprach: ,,Sag' unserem Bruder Eppo, er möge auf-
hören zu weinen, denn ich bin wohl und werde über sein Weinen nur trau-
25 rig: sieh, ich trage seine Tränen an meinen Kleidern." Mit diesen Worten
zeigte er ihr ein schneeweißes Gewand, das ganz von Tränen benetzt war.
Was sage ich endlich über jenen guten Bekannten, dessen Namen ich
verschweigen (möchte)! – Es ist besser so, denn er lebt ja noch[1], wohnt in
Faldera und will ungenannt bleiben. – Dieser hörte den Bischof keine
30 dreißig Tage nach seinem Tode, wie er ihm erschien und sagte, ihm sei
eine Ruhestätte neben dem weltberühmten Bernhard von Clairvaux bereitet. Als er ihm erwiderte: ,,Wäret ihr doch schon in Ruhe!", antwortete
jener: ,,Ich bin es, Gott sei Dank; ihr freilich habt geglaubt, ich sei tot,
doch ich lebe und habe seither immer gelebt."
35 Gewiß wird es dem andächtigen Leser nicht lästig sondern lieb sein,
wenn ich noch einen Vorfall beschreibe, von dem viele bezeugen, daß er
sich zum Lobe Gottes und zur Auszeichnung unseres Bischofs zugetragen

---

[6] Volkward/Volkhard verstarb also 1155, Mitte Febr.

[1] Scheint nach Eppos Tod, 1163, Mai, 1, geschrieben.

gestam multorum probat noticia. Erat in Falderensi parrochia in villa quae dicitur Horgene[2] matrona quaedam Adelburgis[b] nomine, pontifici propter vitae simplicitatem admodum familiaris. Hanc postmodum luminibus orbam venerabilis pater consolari frequentius assuevit, adhortans eam virgam paternae correptionis pacienter sustinere [3]nec 5 deficere in tribulacionibus[3], oculos scilicet ei in celo repositos esse repromittens. Post transitum igitur pontificis vix annus emensus est, viditque mulier illa in visione nocturna[c] assistentem eum sibi et de statu salutis ipsius sollicite percunctantem. Cui illa: ‚Quae', inquit, ‚michi salus, quae in tenebris sum et lumen non video? Ubi, queso, domine, 10 consolaciones tuae, quibus oculos meos in celo repositos dicebas? Ego autem protrahor in hac miseria, et cecitas inveterata perdurat'. ‚Noli', ait, 'diffidere de gratia Dei nostri'. Statimque pretendens dexteram signum venerabile crucis oculis eius impressit, adhibens benedictionem. Mane igitur facto evigilans femina sensit ex operacione Dei cum tene- 15 bris noctis pulsas tenebras cecitatis. Tunc exiliens[d] e stratu mulier [4]prona cecidit in terram[4], exclamans [5]in gratiarum actione[5], et dedignata ducem proprios direxit gressus ad ecclesiam, pulchrum de illuminacione sua prebens spectaculum omnibus notis et amicis. Fecitque postmodum de manu propria velum ad operiendum sepulchrum 20 pontificis in testificacionem et monimentum illuminacionis suae. [6]Multa quidem et alia fecit[6] Deus per virum hunc laudabilia dignaque relatu, [6]quae non sunt scripta in libro hoc[6]. /

Faldera, igitur[e] pontificis magni letetur honore,

Virtutes animo [7]contegat, ossa solo[7]. 25

Vos quoque, qui residetis in architriclinio ecclesiae Lubikanae, excipite virum hunc, virum, inquam, quem mera narracione vobis propino, ideo utique mera, quia vera. Neque enim hunc dissimulare penitus valebitis, qui primus in civitate vestra nova [8]erexit lapidem in titulum, fundens oleum desuper[8]. 30

---

b) *So 2, edd.;* aldelburgis, lb *auf Rasur 1;* waldenburgis *1a;* aldenburgis *2*.*

c) nocturna, eum *und* salutis *fehlen 2.*

d) exhibens *2.*

e) *Versfehler.*

hat. Im Sprengel von Neumünster lebte in einem Dorfe namens Harrie[2]
eine Frau, Adelburg genannt, die der Bischof wegen ihres anständigen
Lebenswandels sehr geschätzt hatte. Als sie später erblindete, pflegte der
ehrwürdige Vater sie öfters zu trösten und ermahnte sie, die väterliche
5 Züchtigung geduldig zu ertragen [3]und nicht in Trübsal zu verzagen[3], indem er wiederholt versprach, daß ihr Augenlicht im Himmel aufbewahrt
werde. Nach dem Hingange des Bischofs war nun kaum ein Jahr verstrichen, als ihn jene Frau in einem nächtlichen Gesicht bei sich stehen
sah, wie er sich angelegentlich nach ihrer Gesundheit erkundigte. Da sagte
10 sie zu ihm: „Wie soll ich gesund sein, da ich im Dunkel lebe und das Licht
nicht sehe ? Ich bitte dich, Herr, wo sind deine Trostworte geblieben, mit
denen du meine Augen als im Himmel verwahrt bezeichnet hast ? Ich aber
schleppe mich hin in diesem Elend, und meine alte Blindheit dauert fort."
Er entgegnete: „Mißtraue nicht der Gnade unseres Gottes!" Und sofort
15 streckte er die rechte Hand aus, schlug über ihren Augen das ehrwürdige
Kreuzeszeichen und segnete sie. Als der Morgen kam, erwachte die Frau
und merkte, daß durch Gottes Eingreifen mit den Schatten der Nacht zugleich die der Blindheit vertrieben waren. Da sprang die Frau vom Lager,
[4]warf sich zu Boden[4] und jubelte und dankte[5]; einen Führer zurückwei-
20 send, ging sie allein zur Kirche und bot allen Freunden und Bekannten ein
schönes Bild mit ihrem wiederhergestellten Augenlicht. Später verfertigte
sie mit eigener Hand einen Teppich zur Decke für das Grab des Bischofs
als Zeugnis und Denkmal ihrer Heilung.
[6]Auch viele andere Zeichen tat[6] Gott durch diesen Mann, die Lob und
25 Erwähnung verdienen, aber [6]nicht in diesem Buche geschrieben sind[6].
Faldera freu sich nun laut ob der Ehre des trefflichen Bischofs,
Berge sein Beispiel im Geist, [7]wie sein Gebein in der Gruft[7].
Auch ihr, die ihr an der hohen Tafel der Lübecker Kirche sitzt, preist diesen Mann, einen Mann, sage ich, den ich in klaren Worten vor euch hin
30 stelle; klar zumal deshalb, weil wahr. Diesen Mann werdet ihr nämlich
nicht gänzlich verleugnen können, der zuerst in eurem neuen Bischofssitz
[8]den Stein aufrichtete zu einem Male und Öl oben darauf goß[8].

[2] Groß- und Klein-Harrie, Ksp. Neumünster.
[3-3] Vgl. Eph. 3, 13.
[4 4] Vgl. 1. Mos. 19, 1. 33, 4, oben Kap. 75 Anm. 3 und öfter.
[5-5] = 2. Kor. 4, 15.
[6-6] Fast = Ev. Joh. 20, 30.
[7-7] Vgl. Ovid, ex Ponto I, 2, 60.
[8-8] Vgl. 1. Mose 28, 18. Hinweis auf die von Vizelin vorgenommene Altarweihe,
vgl. Kap. 69.

De Geroldo Aldenburgensi episcopo. Capitulum LXXX[a].

Post transitum Vicelini episcopi fratres de Faldera recesserunt a
subiectione Aldenburgensis episcopatus[1] ob laboris fastidium et elegerunt sibi prepositum domnum Epponem, virum sanctum. Porro
episcopalis electio domino duci reservata est. Fuit autem eo tempore ⁵
sacerdos quidam Geroldus nomine, Suevia natus, parentibus non in-
fimis, capellanus ducis, scientia divinarum scripturarum adeo imbutus,
ut neminem in Saxonia videretur habere parem, in corpore pusillo
magnanimus, magister scolae in Bruneswich et canonicus urbis eiusdem, familiaris principi propter continentiam vitae. Preter munditiam[2] ¹⁰
enim cordis[2] Deo cognitam castissimus habebatur[b] in corpore. Propositum igitur habens habitum assumendi monachicum in loco qui
dicitur Ridegeshuse[3] sub obedientia abbatis Conradi, ad quem sibi
fuerat germanus sanguis et amor, herebat autem[c] in curia ducis corpore magis quam animo. Ubi ergo fama vulgavit Vicelinum episcopum ¹⁵
obisse, domina ductrix allocuta est Geroldum sacerdotem: ‚Si tibi
propositum est serviendi Deo sub austeritate vitae, assu/mito tibi
laborem utilem et lucrosum et perge in Slaviam et sta in opere, in quo
fuit Vicelinus episcopus. Hoc enim faciens et tibi et aliis proderis.
Omne bonum, si in commune deductum fuerit, maius bonum est'. Ac- ²⁰
cersivit igitur domina per litteras Ludolfum prepositum de Cuzelina
commendatumque sacerdotem transmisit cum eo in Wagirensem
terram eligendum in episcopum. Accessitque peticioni[d] principis cleri
plebisque concors electio[4]. Aberat tunc forte episcopus[5], qui conse-
craret electum. Ille enim duci ab inicio invisus tunc vero amplius [6]in- ²⁵
sidiabatur calcaneo eius[6], eo quod dux occupatus esset expedicione
Italica, et communita sunt adversus eum castra episcopi Stadhen,
Vorden, Horeborg, Friburg[7].

　　In diebus illis orientalis Saxoniae principes et aliqui de Bawaria
conspiracionis, ut dicebatur, gratia condixere colloquium, evocatusque ³⁰
archiepiscopus occurrit eis in saltu Boemico. Quo postea reditum
maturante vetitus est a ducensibus redire in parrochiam suam, ex-
clususque mansit toto pene anno in orientali Saxonia. Surgens igitur

　　　[a]) LAPP. zählt fortan um 1 niedriger.
　　　[b]) habebatur fehlt 2.
　　　[c]) autem erwägt SCHM. zu tilgen.
　　　[d]) So verb. LAPP.; peticio codd. und edd.

80. Von Bischof Gerold von Oldenburg

Nach dem Tode Bischof Vizelins lösten die Brüder von Faldera, der (Missions)mühen überdrüssig, ihr Unterstellungsverhältnis zum Oldenburger Bistum[1] und wählten sich Herrn Eppo, den gottesfürchtigen Mann,
5 zum Propst. Die Wahl des Bischofs aber blieb dem Herzog vorbehalten. Nun lebte damals ein Geistlicher namens Gerold, aus Schwaben gebürtig von guter Abkunft, Kapellan des Herzogs; in der heiligen Schrift war er so bewandert, daß er in Sachsen seinesgleichen nicht zu haben schien, ein großer Geist in einem kleinen Körper. In Braunschweig war er Schul-
10 meister und Domherr, wegen seines enthaltsamen Lebens galt er viel beim Fürsten. Denn von [2]der Reinheit des Herzens[2] abgesehen, die nur Gott kennt, galt er als auch körperlich durchaus sittenstrenger Mann. Er hatte denn auch die Absicht, als Mönch in das Kloster Riddagshausen[3] einzutreten, unter Obhut des Abtes Konrad, dessen Bruder er nach dem Blute
15 und nach der Liebe war; am Herzogshofe nämlich hing er mehr mit dem Körper als mit der Seele. Sobald nun bekannt wurde, daß Bischof Vizelin gestorben sei, sprach die Frau Herzogin den Priester Gerold an: „Wenn es dein Vorsatz ist, Gott durch ein hartes Leben zu dienen, so übernimm eine nützliche und fruchtbringende Arbeit: geh ins Slawenland und tritt in das
20 Werk, dem Bischof Vizelin gedient hat. Denn tust du das, so wirst du dir und anderen nützen. Jede gute Tat ist umso besser, je gemeinnütziger sie ist." Darauf rief sie brieflich Propst Ludolf von Högersdorf zu sich, empfahl ihm den Priester und sandte ihn mit nach Wagrien, damit er zum Bischof gewählt werde. Klerus und Volk stimmten durch einhellige Wahl
25 dem Antrage des Herzogs zu[4]. Zufällig war damals der (Erz)Bischof abwesend[5], der den Erwählten zu weihen hatte. Ein Feind des Herzogs von Anfang an, stellte[6] er seiner verwundbaren Ferse[6] gerade um diese Zeit besonders eifrig nach[6], weil der Herzog durch den Italienzug gebunden war; die bischöflichen Burgen zu Stade, Bremervörde, Harburg und Freiburg[7]
30 ließ er gegen ihn befestigen.
　　Zugleich vereinbarten die ostsächsischen und einige bayrischen Fürsten einen Tag, angeblich wegen einer Verschwörung, und der mitgeladene Erzbischof eilte zu ihnen in den Böhmerwald. Als er aber nachher rasch wieder heimzog, verwehrten ihm die Herzoglichen die Rückkehr in seinen
35 Sprengel und er blieb fast ein Jahr lang ausgesperrt in Ostsachsen. Darum

---

[1] Neumünster war nie dem Bt. Oldenburg unterstellt, nur unter Vizelin in Personalunion mit ihm verbunden gewesen.

[2-2] Vgl. Sprüche 22, 11.

[3] Zisterzienserkloster bei Braunschweig.

[4] Wohl noch 1154, Dez., wenn diese Wahl wirklich stattgefunden hat.

[5] Seit Sept. 1154 in Ostsachsen.

[6-6] Vgl. 1. Mose 3, 15.

[7] Freiburg/Oste in Kehdingen.

noster electus abiit post eum in Saxoniam quesitumque reperit apud
Marcipolim, Aldenburgensem episcopatum in alteram personam de-
mutare parantem[8]. Enimvero prepositum quendam in partibus illis
bene erga se meritum hoc honore remunerare decreverat, magna quaedam, sed supervacua de diviciis huius episcopatus iactitans. Audito 5
igitur adventu domni Geroldi perturbatus est animo cepitque velle
irritare electionem, pretendens inmaturam ecclesiam et personis adhuc
quasi vacuam sine sui permissione nec eligere nec discernere quicquam
posse. At nostri / obtendere ceperunt ratum esse opus electionis, quam
perfecisset postulacio principis, concordia cleri, aptitudo personae. 10
Tunc archiepiscopus: ,Non est', inquit, ,huius temporis vel loci talium
explanacio, expediet hanc causam, cum rediero, Bremense capitulum'.
Videns igitur electus[e] archiepiscopum adversantem sibi remisit Ludolfum prepositum et eos qui cum ipso venerant in Wagiram, ipse vero
succinctus abiit in Sueviam designaturus duci per nuntium suum de 15
statu suo. Cui dux remandavit, ut celerius veniret in Longobardiam,
veluti processurus cum ipso Romam. Quo mandatis parente in exeundo
Suevia incursatus est a latronibus, amissoque viatico de gladio graviter
vulneratus in frontem est. Nec his prepeditus vir estuantis animi profectus est itinere cepto, perveniensque Terdonam, ubi erant castra 20
regis, benigne susceptus est a duce et amicis eius. Porro rex et universi
principes expugnabant Terdonam, et obsessa est civitas diebus multis.
Ad ultimum capta civitate[9] fecit deponi muros eius et adequari solo.
Inde proficiscente exercitu fecit dux episcopum nostrum comitari
secum in Italiam[10], ut offerret eum domno papae. 25
    Miserunt igitur Romani legatos ad regem in castra, qui dicerent ei
paratum esse senatum et universos cives Urbis ad excipiendum eum
cum triumphalibus pompis, siquidem imperatorio more sese exhibuis-
set. Quo percunctante modum, quo sese exhibere deberet, illi aierunt[11]:
,Regem propter imperiale fastigium Romam venientem decet venire 30
more suo, hoc est in curru aureo, purpuratum, agentem pre curribus
suis tyrannos bello subactos et divicias gentium. Preterea oportet eum
honorare Urbem, quae caput est orbis et mater / imperii, et dare
senatui quae edictis prefixa sunt, videlicet quindecim[f] milium libras

e) noster *fügt zu 2.*
f) viginti *4, Alb. Stad.*

machte sich unser Erwählter auf zu ihm nach Sachsen, und er fand den
Gesuchten in Merseburg, wie er im Begriff stand, das Oldenburger Bistum
einem anderen zu übertragen[8]. Er hatte nämlich beschlossen, einen Propst
in jener Gegend, der sich um ihn wohlverdient gemacht hatte, mit dieser
5 Würde zu belohnen, wobei er über die Schätze dieses Bistums große, doch
unbegründete Reden führte. Als er nun von der Ankunft des Herrn Gerold
hörte, erschrak er heftig und schickte sich an, die Wahl anzufechten mit
der Begründung, eine noch unfertige und bis dahin fast menschenleere
Kirche(nprovinz) könne ohne seine Erlaubnis weder wählen noch etwas
10 beschließen. Die Unseren hielten jedoch dagegen, die Wahlhandlung sei
gültig, denn sie gründe sich auf die Forderung des Herzogs, die Zustimmung der Geistlichkeit und die Eignung des Erwählten. Der Erzbischof
sagte darauf: „Hier ist weder Zeit noch Ort, solche Dinge zu erörtern; das
Bremer Kapitel wird den Fall erledigen, wenn ich zurückkomme." Da also
15 der Erwählte sah, daß der Erzbischof ihm entgegenstand, schickte er
Propst Ludolf und die, welche mit ihm gekommen waren, nach Wagrien
zurück, während er selbst sogleich nach Schwaben reiste, um dem Herzog
durch einen Boten über seine Lage zu berichten. Der Herzog gab ihm die
Weisung zurück, er möge rasch nach der Lombardei kommen und mit ihm
20 nach Rom weiterziehen. Diesem Befehl gehorchend, wurde (er) beim Verlassen Schwabens von Wegelagerern überfallen, die ihm sein Reisegeld abnahmen, und empfing eine ernste Schwertwunde an der Stirn. Auch dadurch ließ sich dieser feurige Geist nicht hindern, setzte die begonnene
Reise fort und gelangte nach Tortona, wo der König lagerte, freundlich
25 empfangen vom Herzog und seinen Getreuen. Der König griff nun mit
allen Fürsten Tortona an, und die Stadt wurde lange Zeit belagert. Als sie
endlich genommen war[9], ließ er die Mauern niederreißen und dem Erdboden gleichmachen. Das Heer marschierte von dort weiter und der Herzog ließ unsern Bischof mit sich nach Italien[10] reisen, um ihn dem Papste
30 vorzustellen.
    Die Römer schickten nun Gesandte zum König in das Lager mit der
Anzeige, Senat und Bürgergemeinde der Stadt seien bereit, ihn im
Triumphzuge zu empfangen, sofern er nach kaiserlicher Art auftreten
wolle. Als er danach forschte, wie er sich denn zu verhalten habe, antwor-
35 teten sie[11]: „Kommt der König zur Kaiserkrönung nach Rom, so gebührt es
sich, daß er nach dem Herkommen einzieht, also auf goldenem Wagen,
purpurgekleidet, vor sich im Kriege bezwungene Herrscher und Schätze
überwundener Völker herführend. Er muß ferner die Stadt ehren, welche
das Haupt der Welt und die Mutter des Reiches ist, und dem Senat er-
40 legen, was durch Verordnungen festgesetzt ist: nämlich 15000 Pfund Sil-

----

[8] Gegen MAY doch wohl erst 1155, Jan. anzusetzen; Gerold reist über Bayern
nach Italien, wo er im April zu Tortona mit Heinrich d. Löwen zusammentrifft.
[9] 1155, April, 18 nach zweimonatiger Belagerung.
[10] Vgl. Kap. 29, Anm. 10.   [11] 1155, Juni.

argenti, ut per hoc suscitentur animi senatus ad benivolentiam et exhibeant ei honorem triumphalem, et quem electio principum regni creavit regem, auctoritas senatus perficiat cesarem'. Tunc rex subridens: ,Grata', inquit, promissio, sed cara emptio. Magna requiritis, o viri Romani, de exinanita camera nostra. Puto autem, quia ¹²occa- 5 siones queritis adversum nos¹² imponendo non imponenda. Consultius vero agetis, si his omissis amicitiae pocius nostrae quam armorum ceperitis experimentum'. At illi pertinacius instabant, dicentes iura civitatis nullatenus irritanda, sed gerendum morem senatui, alioquin adventanti claustra Urbis obicienda.   10

Consecratio Frederici imperatoris. Capitulum LXXXI.

His auditis rex missa legacione per summos et honorabiles viros accersivit domnum Adrianum papam in castra¹ propter participacionem consilii. Siquidem Romani papam in multis offenderant. Veniente igitur eo in castra rex festinus occurrit et desidenti de equo tenuit 15 strepam duxitque per manum eum in tentorium. Facto autem silentio locutus est domnus Bavembergensis episcopus² verbum ³ex ore regis et principum dicens³: ,Honorabilem sanctitatis tuae presentiam, apostolice pontifex, sicut iam dudum sicienter desideravimus, ita nunc letanter suscipimus, gratias agentes omnium ⁴bonorum largitori⁴ Deo, 20 qui nos deduxit et adduxit in hunc locum et sacratissima visitatione tua dignos fecit. / Notum igitur esse tibi cupimus, reverende pater, quia omnis haec ecclesia de finibus orbis propter honorem regni collecta adduxerunt principem suum ad tuam beatitudinem, provehendum ad culmen imperialis honoris, virum nobilitate generis conspi- 25 cuum, animi prudentia instructum, victoriis felicem, preterea etiam ⁵in his quae ad Deum pertinent⁵ prepollentem, observatorem sanae fidei, amatorem pacis et veritatis, cultorem sanctae ecclesiae, super omnia vero sanctae Romanae ecclesiae, quam amplexatur ut matrem, nichil negligens eorum, quae ad honorem Dei et apostolorum principis 30 exhibenda maiorum iubet tradicio. Dat huic rei credulitatem humilitas nunc exhibita; enimvero venientem te suscepit intrepidus et applicitus sanctissimis vestigiis tuis⁶ fecit ea ⁷quae iusta sunt⁷. Restat igitur,

¹²⁻¹² Vgl. 2. Kön. 5, 7.

ber, damit so der Senat wohlwollend gestimmt wird und ihm den Triumph-
zug gewährt; wen die Reichsfürsten durch ihre Wahl zum König bestimmten, den erhebe der Senat durch seine Hoheit zum Kaiser." Darauf entgegnete der König lächelnd: „Eine schöne Zusage, aber zu schnödem
5 Preis! Viel Geld verlangt ihr Männer von Rom aus unserer ganz entleerten
Schatzkammer. Mir scheint, ihr [12]sucht mit uns Streit[12], da ihr Unerleg-
bares auferlegt! Klüger würdet ihr aber handeln, wenn ihr das ließet und
es lieber mit unserer Freundschaft als mit dem Waffengange versuchtet."
Jene aber bestanden nur noch hartnäckiger darauf und erklärten, die
10 Rechte der Stadt dürften auf keine Weise mißachtet, sondern der Wunsch
des Senats müsse erfüllt werden, sonst würde man ihm die Tore der Stadt
verschließen, wenn er käme.

81. Die Weihe Kaiser Friedrichs

Als der König sie angehört hatte, entsandte er Unterhändler und ließ
15 den Papst durch höchste Würdenträger ins Lager rufen[1], um mit ihm zu
beraten. Die Römer hatten nämlich auch den Papst in mancher Hinsicht
beleidigt. Bei seiner Ankunft im Lager eilte ihm der König entgegen, hielt
ihm beim Absitzen vom Pferde den Steigbügel und führte ihn an der Hand
in sein Zelt. Als Ruhe geboten war, sprach der Bischof von Bamberg[2]
20 [3]namens des Königs und der Fürsten[3]: „Apostolischer Bischof, wie wir die
ehrenvolle Gegenwart deiner Heiligkeit schon lange sehnlich erwartet haben, so nehmen wir sie nun mit herzlicher Freude auf und danken Gott,
[4]dem Spender aller guten Gaben[4], daß er uns bisher geleitet, an diesen Ort
geführt und deines allerheiligsten Besuches gewürdigt hat. Wir wünschen
25 dir nun kundzutun, ehrwürdiger Vater, daß diese ganze Kirche um der
Ehre des Reiches willen von den Grenzen des Erdkreises her versammelt
ist, ihren Fürsten deiner Heiligkeit zuzuführen, damit er zum Gipfel der
Kaiserwürde erhoben werde. Er ist ein Mann, ausgezeichnet durch edle
Abkunft, geistige Klugheit und kriegerisches Glück, aber [5]auch vor Gott[5]
30 ragt er hervor, da er dem reinen Glauben anhängt, den Frieden und die
Wahrheit liebt und für die heilige Kirche sorgt, insbesondere aber für die
heilige römische Kirche, die er wie eine Mutter verehrt, indem er nichts
außer Acht läßt, was ihn die Tradition seiner Ahnen zur Ehre Gottes und
des Apostelfürsten zu tun heißt. Dafür zeugt die eben bewiesene Demut,
35 denn als du ankamst, hat er dich unverweilt empfangen und, indem er
sich um deinen geheiligten Fuß bemühte[6], getan, [7]was rechtens ist[7]. So

---

[1] Sutri, 1155, Juni, 8. Erst kamen Papst und Kaiser zusammen, dann erschien
die römische Gesandtschaft. [2] Eberhard II. (1146–72).
[3-3] = Jonas 3, 7. [4-4] Vgl. Tertullian, Ad nationes, II, 7.
[5-5] = 2. Mose 4, 16 und 18, 19. [6] D. h. den Steigbügel hielt.
[7-7] = 1. Makk. 7, 12 und 11, 33.

domne pater, ut et tu circa ipsum peragas ea quae tua sunt, ut ea quae
de plenitudine culminis imperialis ei desunt per Dei gratiam tuo opere
suppleantur'.

Ad haec domnus papa respondit: ,Verba sunt[a], frater, quod
loqueris. Dicis principem tuum condignam beato Petro exhibuisse 5
reverentiam. Sed beatus Petrus magis videtur inhonoratus; denique
cum dexteram deberet tenere strepam, tenuit sinistram'. Haec
cum per interpretem regi nuntiata fuissent, humiliter ait: ,Dicite
ei, quia defectus hic non fuit devocionis, sed scientiae[b]. Non enim te-
nendis strepis magnopere studium dedi; enim vero ipse, ut memini, 10
primus est, cui tale obsequium dependi[c]. Cui domnus papa: ,Si, quod
facillimum fuit, propter ignorantiam neglexit, qualiter putatis expediet maxima ?' Tunc rex aliquantisper motus ait: ,Vellem melius in-
strui, unde mos iste inoleverit, ex benivolentia an ex debito ? Si ex
benivolentia, nil causari habet domnus papa, si vacillaverit obsequium, 15
quod de arbitrio, non de iure subsistit. Quod si dicitis, quia ex debito
primae institucionis haec reverentia debetur principi apostolorum,
quid interest inter dexteram strepam et sinistram, dummodo servetur
humilitas, et curvetur princeps ad pedes summi pontificis ?'

Diu igitur acriterque disputatum est; postremo discesserunt ab invi- 20
cem sine / osculo pacis. Timentes igitur hii qui columpnae regni esse videbantur, ne forte rebus inactis frustra laborassent, multa persuasione
evicerunt cor regis, ut domnum papam revocaret in castra. Quem redeuntem suscepit rex integrato officio[8]. Omnibus autem exhilaratis et conven-
tioni adgaudentibus dixit domnus papa: ,Adhuc superest quod facere 25
debeat princeps vester[d]. Requirat beato Petro Apuliam, quam Wille-
helmus Siculus per vim possidet. Quo facto veniat ad nos coronandus'.
Responderunt principes dicentes: ,Diu est, ex quo fuimus in castris,
et desunt nobis stipendia[e], et tu dicis tibi Apuliam requiri et sic demum ad consecracionem veniri ? Dura sunt haec et supra vires nostras. 30
Quin pocius impleatur opus consecracionis, ut pateat nobis reditus
patriae, respiremusque paululum de labore; postmodum [magis][f] ex-
pediti redibimus expleturi quod nunc faciendum restat'. Moderante
igitur Deo, [9]sub quo curvantur qui portant orbem[9], cessit apostolicus

---

[a]) Verba sunt *fehlt 2*.   [b]) inscientie *1a, 2*.
[c]) impendi *4, Corner, LAPP*.   [d]) noster *1, 1a*.
[e]) et...stipendia *fehlt S, R*.   [f]) magis *nur 4*.

bleibt nur übrig, heiliger Vater, daß auch du an ihm vollziehst, was dir
obliegt, damit, was ihm an der Fülle kaiserlicher Hoheit noch fehlt, aus
Gottes Gnade durch deine Hand ergänzt werde."
      Darauf antwortete der Papst: ,,Was du sagst, Bruder, sind (leere) Worte.
5 Du sagst, dein Fürst habe dem heiligen Petrus die schuldige Ehrerbietung be-
zeigt, doch der heilige Petrus ist wohl eher mißachtet worden, denn obschon
der König den rechten Bügel halten mußte, hat er den linken ergriffen." Als
dies durch den Dolmetsch dem König vermittelt war, sagte der bescheiden:
,,Erklärt ihm, das sei nicht Mißachtung sondern Unkenntnis gewesen. Mit
10 dem Halten von Steigbügeln habe ich mich nämlich noch kaum befaßt,
vielmehr ist er selbst meines Wissens der erste, dem ich einen solchen
Dienst geleistet habe." Darauf der Papst: ,,Wenn er aus Unwissenheit so
einfache Dinge vernachlässigt, wie, glaubt ihr, wird er dann mit den
schwierigsten fertig werden?" Nun entgegnete der König schon unwilli-
15 ger: ,,Ich möchte doch näher erfahren, ob sich diese Sitte auf Höflichkeit oder auf Verpflichtung zurückführt. Ist es Höflichkeit, so hat der
Papst nichts zu bemängeln, wenn ein Dienst, der auf freiem Willen und
nicht auf rechtlicher Bindung beruht, etwas abgewandelt worden ist;
wenn ihr aber sagt, diese Ehrerbietung gebühre dem Apostelfürsten pflicht-
20 mäßig aus der ersten Einsetzung, was unterscheidet dann den rechten Steigbügel vom linken, sofern Demut gewahrt wird, und der Fürst sich zu den
Füßen des obersten Seelenhirten beugt?"
      Lange und heftig wurde noch gestritten; schließlich schieden sie von-
einander ohne Friedenskuß. Da nun die, welche als Säulen des Reiches
25 galten, befürchteten, daß sie sich vielleicht vergebens abmühen würden
und das Werk nicht vollbringen könnten, überwanden sie durch vieles
Zureden das Herz des Königs, so daß er den Papst ins Lager zurückrief.
Als dieser wiederkam, empfing ihn der König mit dem richtigen (Strator)-
dienst[8]. Da wurden alle heiter und freuten sich der Übereinkunft, doch der
30 Papst sprach: ,,Euer Fürst muß noch ein Übriges tun und dem heiligen Petrus Apulien zurückgewinnen, das Wilhelm von Sizilien gewaltsam inne hat.
Danach mag er zu uns kommen, um gekrönt zu werden." Darauf erwiderten die Fürsten: ,,Wir stehen schon lange im Felde, es fehlt uns an Sold,
und du verlangst, daß wir dir Apulien wieder erwerben, und dann erst soll
35 es zur Weihe kommen? Das ist hart und übersteigt unsere Kräfte. Vielmehr soll erst die Krönungshandlung vollzogen werden, damit wir in unser
Land zurückkehren und uns etwas von der Anstrengung erholen können;
danach wollen wir (besser) gewaffnet wiederkommen, um zu vollenden,
was nun noch zu tun bleibt." Da fügte es Gott, [9]unter den sich beugen
40 müssen die stolzen Herren[9], daß der Papst nachgab und dem Wunsche der

---

[8] 1155, Juni, 10. Friedrich hat erst bei dieser zweiten Begegnung den Strator-
dienst geleistet.

[9-9] — Hiob 9, 13. Ebenso unten Kap. 84 Anm. 10.

et assensus est postulacioni principum. Factaque concordia assederunt in consilio acturi de introitu Urbis et cavendis insidiis Romanorum.

Eo tempore accessit dux noster ad domnum papam rogans eum pro consecracione Aldenburgensis electi. Qui cum modestia recusavit di- 5 cens libenter se facere postulata, si posset fieri sine iniuria metropolitani. Nam domnus Hammemburgensis papam litteris prevenerat, rogans eum abstinere huic consecracioni, quae sibi verecunda foret.

Cum igitur appropinquarent Urbi, misit rex clam noctu nongentos loricatos[10] ad domum beati Petri una cum legatis domni papae, qui 10 perferentes mandata ad custodes intromiserunt milites[g] per posticum infra domum[h] et arces. Mane igitur facto venit rex cum omni exercitu, precedensque domnus papa cum cardinalium numero suscepit eum ad gradus, et intrantes domum beati Petri aggressi sunt opus consecracionis. Porro / miles armatus stabat circa templum et edem obser- 15 vans regem, quousque consummarentur misteria[11]. Postquam autem perfectum est in eo opus augustae dignitatis, egressus est muros Urbis, et miles lassitudine gravis cibo refectus est. Inter prandendum Lateranenses facta eruptione transgressi sunt Tyberim et primum quidem castra ducis, quae muris erant contigua, turbaverunt, vociferansque 20 exercitus de castris proruit ad obsistendum. Et factum est [12]bellum potens[12] in illa die. Illic dux noster fortiter dimicavit in capite, Romani victi passi sunt ruinam magnam. Post factam victoriam magnificatum est nomen ducis super omnes qui erant in exercitu. Volens igitur domnus papa honorare eum, transmisit ei munera precepitque 25 nuntio dicens: ‚Dic ei, quia crastina, si Dominus voluerit, electum eius consecrabo‘. Et letatus est dux de promissione. Mane igitur facto fecit domnus papa publicam sollempnitatem et consecravit nobis episcopum cum magna gloria.

De suspendio Veronensium. Capitulum LXXXII.   30

Reductis[i] igitur Romanis in gratiam papae, cesaris expedicio retorsit iter ad reditum, et deserentes Italiam venerunt in Longobardiam[13]. Qua nichilominus postposita venerunt Veronam, ubi contigit

---

g) milites *fehlt 2.*   h) domum *fehlt 2.*
i) *Initiale R aus D verb. 1;* Deductis *2.*

Fürsten zustimmte. Als die Eintracht hergestellt war, setzten sie sich zur Beratung zusammen über den Einzug in die Stadt und Sicherheitsmaßnahmen gegen Anschläge der Römer.

Damals ging unser Herzog den Papst an mit der Bitte, den Oldenburger
5 Elekten zu weihen. Der aber weigerte sich höflich und sagte, er wolle dem Wunsche gerne entsprechen, wenn es ohne Verletzung der erzbischöflichen Rechte geschehen könnte. Der Hamburger Erzbischof hatte nämlich den Papst bereits brieflich unterrichtet und ihn gebeten, diese Weihe zu unterlassen, da sie ihm abträglich sein werde.

10 Als man sich nun der Stadt näherte, schickte der König heimlich bei Nacht 900 Gewaffnete[10] in den Petersdom, zugleich mit Beauftragten des Papstes, die Befehle an die Wachen überbrachten und die Krieger durch eine Hintertür in Dom und Burg einließen. Als der Morgen anbrach, kam dann der König mit dem ganzen Heere, und der Papst schritt ihm mit der
15 Schar der Kardinäle entgegen und empfing ihn an den Stufen; sie zogen in den Petersdom und begannen das Werk der Weihe. Das Heer aber stand gewaffnet um das Gotteshaus und bewachte seinen König, bis die heilige Handlung beendet war[11]. Als die Kaiserkrönung an ihm vollzogen war, verließ er die Mauern der Stadt und das müde Heer stärkte sich beim
20 Mahle. Während dieser Mahlzeit aber machten die Lateranstädter einen Ausfall, setzten über den Tiber und beunruhigten zuerst das Lager des Herzogs, das der Mauer benachbart lag; da stürmte das Heer mit lautem Kampfruf aus dem Lager zur Gegenwehr hervor. So gab es an jenem Tage [12]einen harten Strauß[12]; da kämpfte unser Herzog tapfer an der Spitze,
25 und die Römer erlitten eine große Niederlage. Als der Sieg errungen war, rühmte man den Namen des Herzogs vor allen anderen im Heere. Der Papst wollte ihn dafür ehren, sendete ihm Geschenke und wies den Boten mit den Worten an: „Sag ihm, daß ich morgen, so Gott will, seinen Elekten weihen werde." Über dieses Versprechen freute sich der Herzog. Am
30 folgenden Morgen gab also der Papst ein öffentliches Fest und weihte uns mit großem Gepränge einen Bischof.

82. Über die Aufknüpfung der Veroneser

Nachdem die Römer beim Papste wieder zu Gnaden gekommen waren, machte sich das Heer des Kaisers auf den Rückmarsch, verließ Italien
35 und gelangte in die Lombardei[13]. Auch diese ließ man hinter sich und kam

---

[10] Juni 17/18.
[11] 1155, Juni, 18.
[12-12] = 1. Sam. 14, 52.
[13] Vgl. Kap. 29, Anm. 10.

cesarem cum exercitu grave incurrisse discrimen. Siquidem Veronensium lex est imperatori Longobardiam egredienti pontem navibus
sternere in flumine quiᵏ dicitur Edesa, cuius impetus instar torrentis
violentus nemini vadosus est. Cum igitur transisset exercitus¹⁴, statim
pons ille a fluminis impetu raptus est, properansque exercitus venit 5
ad angustiam viae, cui Clusa¹⁵ nomen est, ubi inter scopulos celo contiguos iter adeo in artum trahitur, ut / duobus pariter incedentibus
commeatum vix prebeat. At Veronenses supercilium montis occupa-
rant missisque iaculis neminem transire sinebant. Requirebant autem
ab imperatore, quid pro salute suimet atque suorum dare vellet. Cesar 10
igitur tam flumine quam montibus undique cinctus, incredibile dictu
est, qualiter animo consternatus fuerit, ingressusque tabernaculum,
discalciatus pedes, adoravit coram vivifico ligno crucis Domini. Nec
mora, divinitus inspiratus invenit consilium. Fecit igitur vocari eos
qui de Verona secum erant et ait ad illos: ‚Ostendite michi callem ab- 15
sconditum, qui ducitˡ in supercilium montis, alioquin iubebo effodi
oculos vestros'. At illi timentes detexerunt ei abditos ascensus montis,
statimque conscendentes fortissimi militum supervenerunt hostibus
a tergo et disiectos pugna comprehenderunt nobiles eorum et perdu-
xerunt eos in conspectum cesaris. Qui fecit eos suspendio affici. Sicque 20
remotis offendiculis exercitus perrexit itinere suo.

Concordia episcoporum Hartwici et Geroldi.
Capitulum LXXXIII.

Post haec episcopus noster accepta a duce licentia secessit in Sueviam, ubi venerabiliter ab amicis susceptus et per dies aliquot reten- 25
tus divertit in Saxoniam; deinde transmissa Albia venit in Wagiram,
ingressurus laborem, cui mancipatus fuerat. Denique ingressus episcopatum non invenit stipendia, quibus vel ad unum mensem susten-
tari posset. Siquidem Falderensis domus post mortem beatae memoriae Vicelini episcopi commodo simul et quieti consulens ad Hammem- 30
burgensem ecclesiam sese transtulerat¹. At Ludolfus prepositus et
fratres Hogerestorp satis sibi esse iudicabant, ut episcopum ingredien-
tem et egredientem hospicio colligerent. Sola domus Bozoe stipendiis
episcopalibus deserviebat, vacua admodum et inculta. Visitans igitur

---

ᵏ) *So codd.; quod edd., LAPP.*   ˡ) ducit *fehlt 2.*

vor Verona, wo Kaiser und Heer in ernste Gefahr gerieten. Nach Gesetz müssen nämlich die Veroneser dem Kaiser beim Auszuge aus der Lombardei eine Schiffsbrücke über den Fluß namens Etsch bauen, der so heftig wie ein Gießbach strömt und den niemand durchschreiten kann. Sobald
5 nun das Heer hinübergezogen war[14], wurde jene Brücke vom Anprall des Stromes fortgerissen; das Heer aber eilte voran zu einem Engpaß, Klause[15] benannt, wo der Weg so sehr von himmelhohen Felsen eingeengt ist, daß kaum zwei nebeneinander hergehen können. Die Veroneser hatten den Berggipfel besetzt, schleuderten ihre Geschosse herab und ließen nie-
10 manden vorbei. Dem Kaiser aber stellten sie die Frage, was er geben wolle, sich und die Seinen zu retten. Es ist kaum zu beschreiben, wie völlig außer Fassung der Kaiser geriet, da er sich rings von Fluß und Bergen umgeben sah. Er ging in sein Zelt, zog die Schuhe aus und betete am lebenspendenden Kreuze des Herrn. Von Gott erleuchtet, fand er alsbald Rat: er ließ
15 die Veroneser rufen, die bei ihm waren, und sagte zu ihnen: ,,Zeigt mir einen verborgenen Pfad, der auf den Berggipfel führt, sonst lasse ich euch die Augen ausstechen!" Angsterfüllt entdeckten jene ihm geheime Steige auf den Berg; sofort klommen die tapfersten Mannen hinauf, überfielen die Feinde im Rücken, zerstreuten sie im Kampf, nahmen die Vornehmen
20 gefangen und brachten sie vor das Antlitz des Kaisers. Der ließ sie aufknüpfen. Nachdem so die Hindernisse beseitigt waren, setzte das Heer seinen Marsch fort.

83. Die Aussöhnung der Bischöfe
Hartwig und Gerold

25 Danach begab sich unser Bischof mit Erlaubnis des Herzogs nach Schwaben, wo seine Freunde ihn ehrerbietig empfingen und einige Tage zurückhielten; dann reiste er nach Sachsen, ging über die Elbe und kam nach Wagrien, um die Arbeit aufzunehmen, für die er bestimmt war. Als er nun endlich sein Bistum betrat, fand er keinerlei Mittel vor, auch nur
30 einen einzigen Monat davon zu leben. Das Kloster Neumünster war nämlich nach dem Tode des Bischofs Vizelin seligen Angedenkens, besorgt um sein Wohl und seine Ruhe, zur Kirche von Hamburg übergegangen[1]. Propst Ludolf aber und die Brüder in Högersdorf hielten es für ausreichend, wenn sie den Bischof zwischen Kommen und Gehen gastlich be-
35 handelten. Allein das Gut Bosau leistete eifrig Abgaben für den Bischof, doch das war noch leer und unerschlossen. So besuchte der Bischof seine

---

[14] 1155, vor Sept. 7. Vgl. Otto v. Freising II, 39.
[15] An der Etsch ostwärts des Gardasees, zwischen Volargne und Ceraino.

[1] Vgl. Kap. 55, Anm. 5; Kap. 80, Anm. 1.

episcopus et alloquens filios ecclesiae suae regressus est ad Albiam locuturus archiepiscopo penes Staden[2]. Quem / cum archiepiscopus ob
fastum elacionis diucius protraheret, essetque difficilis admissio, dixit
episcopus noster ad abbatem de Reddegeshuse et ceteros qui secum
venerant: ,Quid hic residemus, fratres? Eamus videre faciem homi- 5
nis'.

Et nil trepidans ingressus est ad principem accepitque osculum sine
verbo salutacionis. Ad quem noster episcopus: ,Michi', ait, ,non loquimini? Quid peccavi, ut non merear salutari? Demus, si placet, arbitros, qui
iudicent inter nos. Veni, ut scitis, Marcipolim, postulavi benedictio- 10
nem, et rennuistis. Necessitate igitur compulsus abii Romam, impetraturus ab apostolica sede quae michi negata sunt a vobis. Iustior
ergo michi est irascendi ratio, qui michi onerosam itineris huius necessitatem imposuistis'. Ad quem archiepiscopus: ,Quae', inquit, ,tam
inevitabilis causa vos propulit[a] Romam ad subeundum viae laborem et 15
expensas sumptuum? An quia in regione longinqua positus postulacionem vestram[b] ad faciem ecclesiae nostrae distuli?' ,Distulistis', ait
noster episcopus, ,veluti infirmaturus causam nostram; hoc enim, ut
verum fateamur, verbis apertius prosecutus estis. Sed gloria Deo, qui
perfecit nos in ministerio suo, laboriosa quidem, sed grata assecucione'. 20
Tunc archiepiscopus: ,Apostolica', inquit, ,sedes potestate sua, cui
certe obniti non possumus, usa est in consecracione vestri, quae ad nos
iure spectabat. Sed huic iniuriae rursus providit remedium, designando nobis per litteras nichil in hoc facto auctoritati nostrae de vestra
subiectione subtractum'. Respondit episcopus noster: ,Scio quidem 25
nec diffiteor hoc ita esse, ut dicitis, et ob hoc ipsum veni, ut exhibeam
me in his quae digna sunt vobis, ut sopiantur discordiae, et instaurentur [3]ea quae pacis sunt[3]. Iustum quoque arbitror, ut nobis [4]quae
subiecta sunt[4] sentientibus provideatis sustentationis amminiculum.
Militantibus enim debentur subsidia'. Et his dictis statuerunt ad in- 30
vicem amicicias, promittentes alterutrum in necessitatibus opem
vicariam. /

Inde digrediens episcopus noster Geroldus abiit Bremam [c]occursurus duci. Ille enim offensus Fresonibus qui dicuntur Rustri[5] venit
Bremam[c] in Kalendis Novembris et fecit comprehendi quotquot ad 35

---

[a]) ire *fügt zu* 3.   [b]) n(ost)ram *2*.
[c-c]) occursurus . . . Bremam *fehlt 2*.

Pfarrkinder und sprach zu ihnen, um dann an die Elbe zurückzukehren, wo er bei Stade mit dem Erzbischof verhandeln wollte[2]. Als ihn der Erzbischof aus Hochmut und Stolz lange hinhielt und man ihm den Zutritt erschwerte, sagte unser Bischof zum Abt von Riddagshausen und seinen
5 anderen Begleitern: ,,Was sitzen wir hier, Brüder? Gehen wir, dem Manne ins Auge zu sehen!"

Furchtlos ging er zu dem Kirchenfürsten hinein und empfing den Kuß, doch ohne ein Wort der Begrüßung. ,,Ihr sprecht nicht mit mir?" sagte darauf unser Bischof zu ihm, ,,was habe ich verschuldet, daß ich keinen
10 Gruß verdiene? Bestellen wir Schiedsrichter, wenn ihr zustimmt, daß sie zwischen uns entscheiden! Ihr wißt, ich bin nach Merseburg gekommen, euren Segen zu erbitten, doch ihr habt ihn verweigert. So bin ich notgedrungen nach Rom gereist, um vom apostolischen Stuhle zu erlangen, was ihr mir nicht gewähren wolltet. Gerechteren Anlaß zum Zorn habe
15 also ich, da ihr mir die Last dieser beschwerlichen Reise auferlegt habt." Darauf entgegnete der Erzbischof: ,,Welcher so unausweichliche Grund hat euch denn nach Rom getrieben und veranlaßt, Mühe und Kosten der Reise auf euch zu nehmen? Etwa daß ich in einer entlegenen Gegend war und euer Gesuch zurückstellte bis zur Versammlung unseres Kirchen-
20 volks?" ,,Ihr habt es zurückgestellt", erwiderte unser Bischof, ,,um unsere Sache hinfällig zu machen; das nämlich war, um die Wahrheit zu sagen, nach euren offenen Worten beabsichtigt. Doch Gott sei gelobt; er hat uns zu seinem Dienste an ein Ziel gebracht, das wir zwar mühevoll doch dankerfüllt erreicht haben." Da sprach der Erzbischof: ,,Von seiner Macht, der
25 wir uns freilich nicht widersetzen können, hat der apostolische Stuhl bei eurer Weihe Gebrauch gemacht, die rechtens uns zustand. Andererseits hat er vorgesorgt, dieses Unrecht gut zu machen, indem er uns brieflich anzeigte, daß durch diese Handlung unserem Ansehen hinsichtlich eurer Unterwerfung nichts vergeben sei." Unser Bischof antwortete: ,,Das weiß
30 ich und leugne nicht, daß es so ist, wie ihr sagt: darum bin ich ja gerade gekommen, mich in dem, was euch gebührt, so zu verhalten, daß die Zwistigkeiten beigelegt und [3]friedliche Verhältnisse[3] hergestellt werden. Da wir uns (nun) in das fügen, [4]was Untertanen zukommt[4], halte ich es auch für gerecht, daß ihr für Unterstützung zu unserem Lebensunterhalte
35 sorgt. Denn dem Kämpfenden gebührt sein Lohn." Auf diese Worte hin schlossen beide Freundschaft und versprachen sich gegenseitig Hilfe in der Not.

Von dort brach unser Bischof Gerold auf und zog nach Bremen, dem Herzog entgegen. Der war nämlich, aufgebracht über die Friesen, die man
40 Rüstringer nennt[5], am ersten November nach Bremen gekommen und

---

[2] 1155, Ende Okt.?

[3-3] = Ev. Luk. 14, 32.

[4-4] = 2. Makk. 9, 25.

[5] 1155, Nov. 1.

forum venerant et substantias eorum diripi. Interrogatus autem a
duce presul noster, qualiter susceptus fuerit ab archiepiscopo, [6]locutus
est bona de[6] eo et studuit lenire animum eius circa archiepiscopum.
Inveteratae enim inimiciciae, quae dudum fuerant inter eos, eo tempore invenerunt locum grassandi, eo quod archiepiscopus omisisset 5
Italicam expedicionem transgressor iuramenti essetque reus maiestatis.
Unde etiam legatus imperatoris veniens Bremam occupavit omnes
curtes episcopales et quaecumque reperisset addidit fisci iuribus. Idem
factum est Othelrico[d] Halverstadensi episcopo[7]. Redeuntem igitur
ducem Bruneswich prosecutus est noster episcopus et egit cum eo 10
festum natalis Domini.

Quo expleto rediit episcopus in Wagiram assumpto germano suo
abbate de Redegeshuse et abiit Aldenburg acturus diem sollempnem
epyphaniae in loco cathedrali[8]. Erat autem urbs deserta penitus, non
habens menia vel habitatorem nisi sanctuarium parvulum, quod sanc- 15
tae memoriae Vicelinus ibidem erexerat. Illic in asperrimo frigore
inter cumulos nivis officium peregimus. Auditores nulli de Slavis preter
Pribizlaum et paucos admodum. Expletis misteriis sacris rogavit Pribizlavus, ut diverteremus in domum suam, quae erat in opido remotiori. Et suscepit nos cum multa alacritate fecitque nobis convivium 20
lautum. Mensam nobis appositam viginti fercula cumularunt. Illic
experimento didici, quod ante fama vulgante cognovi, quia nulla gens
honestior Slavis in hospitalitatis gratia. In colligendis enim hospitibus
omnes quasi ex sententia alacres sunt, / ut nec hospicium quenquam
postulare necesse sit. Quidquid enim in agricultura, piscacionibus seu 25
venacione conquirunt, totum in largitatis opus conferunt, eo fortiorem
quemquam quo profusiorem iactitantes. Cuius ostentacionis affectacio
multos eorum ad furta vel latrocinia propellit. Quae utique viciorum
[genera][e] apud eos quidem venialia sunt, excusantur enim hospitalitatis
palliacione. Slavorum enim legibus accedens, quod nocte furatus 30
fueris, crastina hospitibus disperties. Si quis vero, quod rarissimum est,
peregrinum hospicio removisse deprehensus fuerit, huius domum vel
facultates incendio consumere licitum est, atque in id omnium vota
pariter conspirant, illum inglorium, illum vilem et ab omnibus exsi-
bilandum[f] dicentes, qui hospiti panem negare non timuisset. 35

---

d) othelueo 2.   e) genera *nur 4.*
f) exiliandum *1, 1a.*

ließ alle (Rüstringer) ergreifen, die zum Markt kamen; ihre Waren wurden beschlagnahmt. Vom Herzog befragt, wie er vom Erzbischof empfangen worden sei, [6]sprach unser Bischof Gutes über ihn[6] und suchte die Gesinnung des Herzogs gegen den Erzbischof zu mildern. Denn die alte Feind-
5 schaft, die zwischen ihnen seit langem herrschte, brach damals offen aus, weil der Erzbischof den Zug nach Italien unterlassen, also seinen Eid gebrochen und die Majestät beleidigt hatte. Darum kam auch ein Beauftragter des Kaisers nach Bremen, besetzte alle bischöflichen Höfe und zog alles, was er fand, für das Krongut ein. Ebenso erging es dem Bischof
10 Ulrich von Halberstadt[7]. Unser Bischof folgte dem Herzog zurück nach Braunschweig und feierte mit ihm Weihnachten.

Danach ging er wieder nach Wagrien, wohin er seinen Bruder, den Abt von Riddagshausen, mitnahm, und zog nach Oldenburg, um das Epiphanienfest an seinem Hauptsitze zu begehen[8]. Die Burg war ganz verlassen
15 und besaß weder Mauern noch Einwohner; nur ein winziges Bethaus (gab es), das der heilige Vizelin dort errichtet hatte. Dort haben wir bei bitterster Kälte unter Bergen von Schnee Gottesdienst gehalten. Von den Slawen waren keine Zuhörer da außer Pribislaw und einigen wenigen. Als das heilige Amt vollzogen war, lud Pribislaw uns in sein Haus, das in einem
20 entlegeneren Ort lag. Dort empfing er uns eifrig bemüht und gab uns ein stattliches Gastmahl. Zwanzig Gerichte häuften sich auf der uns vorgesetzten Tafel. Dort habe ich selbst erfahren, was ich vorher nur vom Hörensagen wußte, daß kein Volk, was Gastlichkeit anlangt, ehrenwerter ist, als die Slawen. Gäste nehmen sie alle mit einhelligem Eifer auf, so daß
25 niemand um Gastfreundschaft zu bitten braucht. Was immer sie durch Ackerbau, Fischfang oder Jagd erwerben, geben sie alles mit vollen Händen hin und je verschwenderischer es einer tut, für desto mächtiger preisen sie ihn. Das Streben nach solcher Schaustellung verleitet viele von ihnen zu Diebstahl und Straßenraub. Verbrechen dieser Art halten sie für durch-
30 aus verzeihlich, denn sie werden mit dem Bemühen um Gastlichkeit bemäntelt und entschuldigt. Nach den Bräuchen der Slawen muß man nämlich, was man in der Nacht gestohlen hat, am Morgen unter seine Gäste verteilen. Wenn aber jemand, was sehr selten vorkommt, überführt wird, einem Fremden die Aufnahme verweigert zu haben, so darf man dessen
35 Haus und Habe niederbrennen, und die Meinung aller lautet einhellig dahin, daß sie den für verrufen, niedrig und allseits verächtlich erklären, der sich nicht scheut, einem Fremden Brot zu versagen.

[6-6] Vgl. 1. Sam. 19, 4.

[7] Vgl. Otto v. Freising II, 12.

[8] 1156, Jan. 6 (vgl. Kap. 69, Anm. 23). Das Folgende übertrieben, doch ist am Niedergang Oldenburgs um diese Zeit nicht zu zweifeln.

Conversio Pribizlai. Capitulum LXXXIIII.

Manentes autem apud regulum nocte illa cum die ac nocte subsequenti[1] transivimus in ulteriorem Slaviam, hospitaturi apud potentem quendam, cui nomen Thessemar; is enim nos accersierat. Accidit autem, ut in transitu veniremus in nemus, quod unicum est in terra 5 illa, tota enim in planiciem sternitur. Illic inter vetustissimas arbores vidimus sacras quercus, quae dicatae fuerant deo terrae illius Proven, quas ambiebat atrium et sepes accuratior lignis constructa, continens duas portas. Preter penates enim et ydola ,quibus singula oppida redundabant, locus ille sanctimonium fuit universae terrae, cui flamen et 10 feriaciones et sacrificiorum varii ritus deputati fuerant. Illic omni secunda feria populus terrae cum regulo et flamine convenire solebant propter iudicia. Ingressus atrii omnibus inhibitus nisi sacerdoti tantum et sacrificare volentibus, vel quos mortis urgebat periculum, his enim minime negabatur / asilum. Tantam enim sacris suis Slavi exhi- 15 bent reverentiam, ut ambitum fani nec in hostibus sanguine pollui sinant. Iuraciones difficillime admittunt, nam iurare apud Slavos quasi periurare est ob vindicem[a] deorum iram[2]. Est autem Slavis multiplex ydolatriae modus, non enim omnes in eandem supersticionis consuetudinem consentiunt. Hii enim simulachrorum ymaginarias formas 20 pretendunt de templis, veluti Plunense ydolum, cui nomen Podaga[b], alii silvas vel lucos[c] inhabitant, ut est Prove deus Aldenburg, quibus nullae[d] sunt effigies expressae. Multos etiam duobus vel tribus vel eo amplius capitibus exsculpunt. Inter multiformia[e] vero deorum numina, quibus arva, silvas, tristicias atque voluptates attribuunt, non 25 diffitentur unum deum in celis ceteris imperitantem, illum prepotentem celestia tantum curare, hos vero distributis officiis obsequentes de sanguine eius processisse et unumquemque eo prestantiorem, quo proximiorem illi deo deorum.

Venientibus autem nobis ad nemus illud[3] et profanacionis locum 30 adhortatus est nos episcopus, ut valenter accederemus ad destruendum lucum[f]. Ipse quoque desiliens equo contrivit de conto insignes portarum

---

a) inuicem *1, 2;* in *1 von Hand C zu* uindicem *verb., danach* vindicem *1a, 2*, 4*
b) pogaga *2*; ZEUSS empfiehlt die Lesung* Pogada.
c) locos *1, zu* lucus *verb. 1a.*
d) nulle *2*; mille 1, 3 und vielleicht auch 2.*
e) multifaria *2.*   f) locum *2.*

84. Die Bekehrung des Pribislaw

Wir blieben diese Nacht, den Tag und die folgende Nacht bei dem Fürsten[1] und zogen dann ins fernere Slawenland hinein, um einen einfluß-
reichen Mann namens Thessemar zu besuchen; dieser hatte uns nämlich
5 eingeladen. Da geschah es, daß wir auf dem Zuge in einen Wald kamen,
den einzigen in jenem Lande, das sich ganz eben hinstreckt. Dort sahen
wir zwischen sehr alten Bäumen heilige Eichen, die dem Landesgott Prove
geweiht waren; ein freier Hofraum umgab sie und ein sorgfältig von Holz
gefügter Zaun mit zwei Pforten. Denn neben den Hausgöttern und (Orts)-
10 götzen, von denen die einzelnen Ortschaften voll sind, bildete dieser Ort
ein Heiligtum des ganzen Landes, für das ein eigener Priester, Festlichkeiten und verschiedene Opferhandlungen bestimmt waren. Dort pflegte
jeden Dienstag die Landesgemeinde mit Fürst und Priester zum Gericht
zusammenzukommen. Der Eintritt in den Hofraum war allen verboten
15 außer dem Priester und denen, die opfern wollten oder von Todesgefahr
bedrängt wurden; denn diesen blieb die Zuflucht niemals verwehrt. Die
Slawen haben nämlich solche Ehrfurcht vor ihren Heiligtümern, daß sie
den Tempelbezirk auch nicht mit Feindesblut beflecken lassen. Eides-
leistungen lassen sie sehr selten zu, denn schwören heißt bei den Slawen
20 gleichsam sich verschwören gegen den rächenden Zorn der Götter[2]. Sie haben vielerlei Götzendienst, denn nicht alle hängen dem gleichen abergläubischen Brauchtum an. Die einen stellen phantastische Götzenbilder in
Tempeln zur Schau, wie etwa das Plöner Idol namens Podaga, die anderen
(Götter) wohnen in Wäldern und Hainen, wie der Gott Prove von Olden-
25 burg, und werden nicht abgebildet. Viele stellen sie auch mit zwei, drei
oder mehr Köpfen dar. Bei all den vielgestaltigen Gottheiten, mit denen sie
Fluren und Wälder, Leiden und Freuden beleben, leugnen sie doch nicht,
daß ein Gott im Himmel über die übrigen herrsche; dieser Allmächtige
sorge nur für den Himmel, die anderen aber gehorchten ihm im anvertrau-
30 ten Pflichtenkreise, seien aus seinem Blute hervorgegangen, und jeder von
ihnen sei umso vornehmer, desto näher er jenem Gott der Götter stehe.
Als wir zu jenem Hain und Hort der Unheiligkeit kamen[3], rief uns der Bischof auf, tüchtig zuzupacken und das Heiligtum zu zerstören. Er sprang
auch selbst vom Pferde und zerschlug mit seinem Stabe die prächtig ver-

---

[1] 1156, Jan. 6–8.
[2] Vgl. Kap. 52. Mit deutlicher Spitze gegen das geltende deutsche Beweisrecht.
[3] 1156, Jan. 8.

frontes, et ingressi atrium omnia septa[g] atrii congessimus circum sacras
illas arbores et de strue lignorum iniecto igne fecimus pyram, non
tamen sine metu, ne forte tumultu incolarum [lapidibus][h] obrueremur.
Sed divinitus protecti sumus. Post haec divertimus ad hospicium, ubi
Thessemar suscepit nos cum grandi apparatu. Nec tamen dulcia vel   5
iocunda nobis fuerant Slavorum pocula, eo quod videremus compedes
et diversa tormentorum genera, quae inferebantur Christicolis de
Dania advectis. Aspeximus illic sacerdotes Domini captivitatis diutina
detentione maceratos, quibus episcopus nec vi nec prece subvenire
poterat.   10

Proxima die dominica[4] convenit universus populus terrae ad forum
Lubicense, et veniens domnus episcopus / habuit verbum exhortacio-
nis ad plebem, ut relictis ydolis colerent unum Deum, [5]qui est in celis[5],
et percepta baptismatis gratia renuntiarent operibus malignis, predis
scilicet et interfectionibus Christianorum. Cumque perorasset ad ple-   15
bem, innuentibus ceteris ait Pribizlavus: ,Verba tua, o venerabilis
pontifex, verba Dei sunt et saluti nostrae congrua. Sed qualiter ingre-
diemur hanc viam tantis malis irretiti ? Ut enim intelligere possis afflictionem nostram, accipe pacienter verba mea; populus enim, quem
aspicis, populus tuus est, et iustum est nos tibi pandere necessitatem   20
nostram; porro tui iuris erit compati nobis. Principes enim nostri[i]
tanta severitate grassantur in nos, ut propter vectigalia et servitutem
durissimam melior[6] sit nobis [6]mors quam vita[6]. Ecce hoc anno nos
habitatores brevissimi anguli huius has mille marcas duci persolvimus,
porro comiti tot centenaria[7], et necdum evicimus, sed cotidie emungimur   25
et premimur usque ad exinanicionem. Quomodo ergo vacabimus huic religioni novae, ut edificemus ecclesias et percipiamus baptisma, quibus
cotidiana indicitur fuga ? Si tamen locus esset, quo diffugere possemus.
Transeuntibus enim Travenam ecce similis calamitas illic est[8], venientibus ad Penem fluvium nichilominus adest[8]. Quid igitur restat, quam   30
ut obmissis terris feramur in mare et habitemus[8] cum gurgitibus ? Aut
quae culpa nostra, si pulsi patria turbaverimus mare et acceperimus
viaticum a Danis sive institoribus, qui mare remigant ? Nonne principum erit haec noxa, qui nos propellunt[9] ?

---

[g]) cepta *1a, 2.*   [h]) lapidibus *nur 4.*
[i]) nostri *codd., edd., LAPP. SCHM. verändert unter Hinweis auf S. 292, Z. 1*
zu vestri; *nicht zwingend, wie die Übersetzung andeuten soll.*

zierten Vorderseiten der Tore: wir drangen in den Hof ein, häuften alle
Zäune desselben um jene heiligen Bäume herum auf, warfen Feuer in den
Holzstapel und machten ihn zum Scheiterhaufen, in steter Angst, von den
Eingeborenen überfallen zu werden. Doch Gott schützte uns. Danach
5 zogen wir fort zu dem gastlichen Hause, wo uns Thessemar mit großem
Gepränge empfing. Dennoch waren uns die Becher der Slawen weder süß
noch angenehm, sahen wir doch Fesseln und andere Marterwerkzeuge, die
gegen aus Dänemark hergeführte Christen angewendet wurden. Da erblickten wir Priester des Herrn, abgemagert in langer Gefangenschaft,
10 denen der Bischof weder mit Gewalt noch mit Bitten helfen konnte.

Am folgenden Sonntage[4] kam die ganze Landesgemeinde auf dem Markt
von Lübeck zusammen; der Bischof erschien und hielt eine mahnende
Rede an das Volk, die Götzen zu lassen und den einen Gott zu verehren,
[5]der im Himmel ist[5], die Taufe zu empfangen und den schlimmen Taten,
15 dem Raub und dem Mord an Christen zu entsagen. Als er zu Ende gesprochen hatte, sagte Pribislaw, aufgefordert von den Übrigen: „Deine Worte,
ehrwürdiger Bischof, sind Worte Gottes und dienen zu unserem Heil. Wie
aber sollen wir, in solchen Übeln befangen, diesen Weg antreten ? Damit
du unsere traurige Lage begreifen kannst, höre meine Worte geduldig an;
20 das Volk, das du vor dir siehst, ist dein Volk, und wir legen dir zu Recht
unsere Not vor. Bei dir wird es dann stehen, mit uns Mitleid zu haben.
Unsere (deutschen) Lehnsherren gehen nämlich mit solcher Strenge gegen
uns vor, daß uns vor Steuern und härtester Knechtschaft [6]der Tod besser
als das Leben[6] erscheint. Sieh, in diesem Jahre haben wir Bewohner dieses
25 kleinen Winkels dem Herzog volle 1000 Mark gezahlt, ferner dem Grafen
hundert gleiche(r Münze)[7], und noch immer kommen wir nicht davon, sondern werden täglich gepreßt und bedrängt bis aufs Äußerste. Wie sollen wir
uns denn diesem neuen Glauben öffnen, daß wir Kirchen bauen und die Taufe
empfangen, wenn uns täglich Vertreibung droht ? Hätten wir noch einen
30 Ort, zu dem wir flüchten könnten. Doch gehen wir über die Trave, so
herrscht dort gleiches[8] Elend und kommen wir an die Peene, so steht es da
ebenso[8]. Was bleibt uns also, als daß wir unser Land verlassen, aufs Meer
fahren und in den Wogen wohnen[8] ? Welche Schuld trifft uns, wenn wir
landesvertrieben die See unsicher machen und von Dänen oder Kaufleuten,
35 die das Meer befahren, unseren Unterhalt nehmen ? Wird das nicht die
Schuld der Fürsten sein, die uns dazu treiben[9] ?"

[4] 1156, wahrsch. Jan. 15.
[5-5] Vgl. Ev. Matth. 6, 9.
[6-6] = Jonas 4, 3; Jes. Sir. 30, 17.
[7] LAPP. interpretiert: *centum talium marcarum.*
[8-8-8] Vgl. Psalm 138, 8 f.
[9] Helmold liest den weltlichen deutschen Fürsten durch den Mund Pribislaws
eine gezielte Strafpredigt; das ist bei Beurteilung der Stelle zu bedenken.

Ad haec dominus episcopus ait: ‚Quod principes nostri hactenus abusi sunt gente vestra, non est mirandum; non enim multum se delinquere arbitrantur in ydolatris et in his qui sunt sine Deo. Quin pocius recurrite ad ritum Christianitatis et subicite vos creatori vestro, [10]sub quo curvantur qui portant orbem[10]. Nonne Saxones et ceterae 5 gentes, quae Christianum nomen habent, degunt cum tranquillitate, contenti legitimis suis? Vos vero soli, sicut ab omnium discrepatis cultura, sic omnium patetis direptioni'. Et ait Pribizlavus: ‚Si domino duci et tibi placet, ut nobis cum comite eadem sit culturae ratio, dentur nobis iura / Saxonum in prediis et reditibus, et libenter erimus 10 Christiani, edificabimus ecclesias et dabimus decimas nostras'.

Post haec abiit episcopus noster Geroldus ad ducem propter colloquium provinciale, quod laudatum fuerat Ertheneburg, et evocati venerunt illuc reguli Slavorum ad tempus placiti[11]. Tunc adhortante episcopo dux habuit verbum ad Slavos de Christianitate. Ad quem 15 Niclotus regulus Obotritorum ait: ‚Sit Deus, qui in celis est, deus tuus, esto tu deus noster, [12]et sufficit nobis[12]. Excole tu illum, porro nos te excolemus[13]!' Et corripuit eum dux de verbo blasphemiae. De promocione vero episcopatus et ecclesiae nichil amplius eo tempore actum est, eo quod dux noster[k] nuper Italia rediens totus questui deditus 20 esset. Camera enim [14]erat inanis et vacua[14].

Redeuntem igitur ducem Bruneswich prosecutus est episcopus[l] [15]et mansit apud eum diebus multis[15]. Dixitque ad ducem: ‚Ecce iam toto anno in curia vestra sum et sic vobis oneri. In Wagiram quoque veniens [16]non habeo quod manducem[16]. Cur igitur imposuistis michi onus 25 nominis huius vel officii? Melius michi multo fuit antea quam nunc'. His provocatus dux accersivit comitem Adolfum et habuit cum eo rationem de trecentis mansis, qui oblati fuerant in dotem episcopii[17]. Tunc designavit comes episcopo in possessionem Uthine et Gamale[18] cum appendiciis eorum. Insuper predio quod dicitur Bozoe adiecit duas 30 villas, Gothesvelde et Wobize[19]. In Aldenburg quoque dedit ei predium commodum satis et adiacens foro. Et ait comes: ‚Eat dominus episco-

---

[k]) noster *fehlt 1, 1a;* dux noster *fehlt S.*

[l]) episcopus *fehlt S, R.*

10-10 = Hiob 9, 13; ebenso oben Kap. 81, Anm. 9.

11 1156, Febr./März?

12-12 = Ev. Joh. 14, 8.

Darauf erwiderte der Bischof: „Daß unsere Fürsten bisher euer Volk mißhandelt haben, ist nicht zu verwundern; sie glauben eben nicht ernstlich zu sündigen, wenn es gegen Götzendiener und Gottlose geschieht. Kehrt lieber zum christlichen Glauben zurück und unterwerft euch eurem
5 Schöpfer, [10]vor dem sich beugen müssen die stolzen Herren[10]! Leben nicht die Sachsen und die übrigen Völker, die den Christennamen führen, ruhig und zufrieden mit ihren verbrieften Rechten? Ihr allein habt euch abgesondert; wie ihr von der Religion aller anderen abweicht, so seid ihr allen zur Plünderung preisgegeben." Da sagte Pribislaw: „Wenn es dem Herrn
10 Herzoge und dir richtig scheint, daß wir eines Glaubens mit dem Grafen sind, so sollte man uns auch die Rechte der Sachsen an Gütern und Einkünften geben; dann werden wir gern Christen sein, Kirchen bauen und unseren Zehnt zahlen."

Darauf begab sich unser Bischof Gerold zum Herzog, weil eine Landes-
15 versammlung nach Artlenburg berufen worden war; auch die Fürsten der Slawen waren geladen und kamen dorthin zum Landtage[11]. Da sprach der Herzog auf Anraten des Bischofs ein Wort zu den Slawen wegen des Christentums. Niklot, der Obotritenfürst, antwortete ihm: „Der Gott im Himmel möge dein Gott sein, du (selbst) sei unser Gott, [12]das genügt uns[12].
20 Verehre du ihn, wir werden dich verehren[13]!" Der Herzog aber tadelte ihn wegen der Lästerung. Zur Förderung des Bistums und der Kirche geschah damals jedoch nichts weiter, weil unser Herzog eben aus Italien zurück und ganz auf Neuerwerb bedacht war. Denn die Schatzkammer [14]war wüste und leer[14].
25 Der Bischof folgte dem nach Braunschweig heimkehrenden Herzog und [15]blieb lange Zeit bei ihm[15]. Dann sagte er zum Herzog: „Nun bin ich schon ein ganzes Jahr an eurem Hofe und euch zur Last; gehe ich aber nach Wagrien, so [16]habe ich nichts zu leben[16]. Warum habt ihr mir denn diesen Titel und dieses Amt aufgebürdet? Vorher ging es mir viel besser
30 als jetzt!" Diese Worte bewogen den Herzog, Graf Adolf zu sich zu rufen und mit ihm über die 300 Hufen zu verhandeln, die zur Ausstattung des Bistums bestimmt waren[17]. Da wies der Graf den Bischof in die Besitzung Eutin und Gummal[18] samt Zubehör ein. Ferner fügte er dem Gut namens Bosau zwei Dörfer zu: Hutzfeld und Wöbs[19]. Auch in Oldenburg gab er
35 ihm ein sehr günstiges, am Markte belegenes Grundstück. Und der Graf

---

[13] Pribislaw wie Niklot haben also den Übertritt ihrer Völker zum neuen Glauben abgelehnt. Verfehlt übersetzt den berühmten Satz HAUCK, Ki.gesch. IV,644.

[14-14] = 1. Mose 1, 2. Hauptgegenstand des Artlenburger Tages dürften danach Tributforderungen Heinrichs des Löwen gewesen sein.

[15-15] Vgl. 1. Makk. 11, 40.

[16-16] Vgl. Ev. Matth. 15, 32.

[17] Vgl. Kap. 77.

[18] Slaw. ON; nach dem 16. Jh. wüst gewordenes Dorf am Eutiner See.

[19] Beide Dörfer noch jetzt Ksp. Bosau.

pus in Wagiram et adhibitis viris industriis estimari faciat predia
haec; quod defuerit de trecentis mansis, ego supplebo; quod superfue-
rit, meum erit'.

Veniens igitur episcopus vidit possessionem et habita inquisicione
cum colonis deprehendit predia haec vix centum mansos continere. 5
Quam ob rem comes fecit mensurari terram funiculo brevi et nostratibus in/cognito, preterea paludes et nemora [20]funiculo mensus est[20] et
fecit maximum agrorum numerum. Perlata igitur causa ad ducem adiu-
dicavit dux episcopo dari mensuram iuxta morem terrae huius nec
mensurandas paludes aut silvas robustiores[21]. Multum igitur laboris 10
adhibitum est in requirendis prediis his; non per ducem aut episcopum requiri potuerunt usque in hodiernum diem.

Haec autem, quae predixi, conquisivit Geroldus episcopus, cotidie
insistens principibus [22]oportune inportune[22], ut suscitaretur scintilla
episcopalis nominis in Wagira. Et edificavit civitatem et forum Uthine 15
fecitque sibi domum illic[23]. Quia autem congregacio clericorum non
habebatur in Aldenburgensi episcopatu, preter eam quae erat Cuzelinae, quae alio nomine dicitur Hogerestorp, annuente duce fecit eos
transmigrare Segeberg ad locum primae fundacionis[24], quatenus in
sollempnitatibus, quando pontificem oportet esse in populo, haberet in 20
clero supplementum. Quod licet Ludolfo preposito et fratribus videretur incommodum propter tumultus fori, cesserunt tamen consilio
maiorum, cui refragari locus non erat. Et fecit illic domum episcopus.
Inde progrediens adiit archiepiscopum, cui etiam multa obsequia de-
pendit[m], sperans sibi reddi Falderense monasterium, quod antecessor 25
eius et fundasse et possedisse dinoscitur. Sed archiepiscopus in partem
ecclesiae suae pronior callidis sponsionibus deduxit virum, promittens
et inducians ac [25]tempus redimens[25]. Mandavit autem reverentissimo
viro Epponi preposito, ne penitus retraheret manum a subsidio novellae
ecclesiae huius, sed subveniret episcopo tam in personis quam in ce- 30
teris adiumentis.

Quam ob rem episcopus noster accersivit de Faldera Brunonem
sacerdotem – is enim defuncto Vicelino Slavia decesserat[26] – et transmisit eum Aldenburg, ut curaret salutem populi illius. Ad quod nimirum / opus ille divino suscitabatur instinctu; viderat namque noc- 35

---

m) impendit 4.

[20] Vgl. 2. Sam. 8, 2; Amos 7, 17.

sagte: „Der Herr Bischof möge nach Wagrien gehen, sachverständige Männer zuziehen und diese Güter schätzen lassen; was an den dreihundert Hufen fehlen sollte, werde ich ergänzen, was darüber hinausgehen sollte, gehört mir."

5 Der Bischof kam also hin, besah sich die Güter, untersuchte sie mit den Ansiedlern zusammen und fand heraus, daß diese Ländereien kaum hundert Hufen umfaßten. Daraufhin ließ der Graf das Land nach einem kurzen und bei unseren Landsleuten unbekannten Längenmaß vermessen, maß[20] obendrein Sümpfe und Moore mit[20] und brachte so eine sehr große 10 Landmenge heraus. Die Sache wurde nun vor den Herzog gebracht und der urteilte dahin, daß dem Bischof ein Maß nach Landessitte gewährt werden und Sumpf oder Urwald unvermessen bleiben sollte[21]. So gab man sich viele Mühe, diese Besitzungen zu bekommen, doch weder Herzog noch Bischof konnten sie bis auf den heutigen Tag erlangen.

15 Die erwähnten Besitzungen erwarb Bischof Gerold, indem er täglich [22]zu gelegener und ungelegener Zeit[22] auf die Fürsten eindrang, das Fünklein bischöflicher Würde in Wagrien zu entfachen. Dann erbaute er die Bischofsburg und den Markt von Eutin und errichtete sich dort ein Haus[23]. Da aber im Bistum Oldenburg keine Klostergemeinschaft bestand außer 20 der in Cuzelina, das mit anderem Namen Högersdorf heißt, so ließ er diese mit Zustimmung des Herzogs nach Segeberg, an den Ort der ursprünglichen Gründung, übersiedeln[24], damit er bei den Festen, wenn der Bischof vor der Gemeinde stehen muß, Unterstützung bei der Geistlichkeit fände. Das schien nun zwar Propst Ludolf und den Brüdern wegen des 25 Marktlärms unbequem, doch sie fügten sich dem Beschluß der Oberen, da sie ihm nicht widerstreben durften. Auch dort baute der Bischof ein Haus. Von da reiste er fort zum Erzbischof und bemühte sich sehr um ihn in der Hoffnung, das Kloster Faldera zurück zu erhalten, das sein Vorgänger bekanntlich begründet und besessen hatte. Doch der Erzbischof, 30 mehr auf den Vorteil seines eigenen Sprengels bedacht, hielt den Mann mit schlauen Zusagen hin: er versprach, verschob und [25]suchte Zeitgewinn[25]. Indes gab er dem ehrwürdigen Propst Eppo Auftrag, seine helfende Hand nicht ganz von dieser jungen Kirche abzuziehen, sondern den Bischof mit Männern und Mitteln zu unterstützen.

35 Also berief unser Bischof den Priester Bruno aus Faldera, der nach dem Tode Vizelins das Slawenland verlassen hatte[26]; er versetzte ihn nach Oldenburg als Seelsorger der dortigen Gemeinde. Zu dieser Arbeit war er nämlich durch göttliche Eingebung aufgerufen: er hatte nachts im Traume

---

[21] Zur Vermessungstechnik im Zeitalter der deutschen Ostbewegung vgl. KUHN (Lit.verz.). [22-22] = 2. Tim. 4, 2.

[23] Vermutlich auch bereits eine Kirche.

[24] Vgl. Kap. 58; die Rückführung wohl um 1157.

[25-25] Vgl. Kol. 4, 5; Eph. 5, 16.

[26] Vgl. Kap. 75: Geistlicher in Bosau 1152/54.

turna visione crismale in manibus suis, de cuius operculo succreverat
novella plena viroris, quae confortata validam crevit in arborem.
Quod nimirum pro sententia eius ita evenit. Statim enim, ut venit
Aldenburg, aggressus est opus Dei cum magno fervore et vocavit
gentem Slavorum ad regenerationis gratiam, succidens lucos et de- 5
struens ritus sacrilegos. Et quia castrum et civitas, quae olim ecclesia
et sedes cathedralis fuerat, deserta erat, obtinuit apud comitem, ut
fieret illic Saxonum colonia et esset solacium sacerdoti de populo, cuius
nosset linguam et consuetudinem. Et factum est hoc novellae ecclesiae
non mediocre adiumentum. Siquidem edificata est ecclesia honestissima 10
in Aldenburg, libris et signis et ceteris utensilibus copiose adornata[27]. Et
restauratus est [28]cultus domus[28] Dei [29]in medio nacionis pravae ac perversae[29] anno quasi nonagesimo post excidium prioris ecclesiae, quod
contigit occiso Godeschalco pio principe. Et dedicata est ecclesia a
pontifice Geroldo in honore sancti Iohannis baptistae, astante et 15
omnem devocionem adhibente nobili comite Adolfo et domna Mach-
tildi[n], eius piissima coniuge. Et precepit comes populo Slavorum, ut
transferrent mortuos suos tumulandos in atrio ecclesiae et ut convenirent in sollempnitatibus ad ecclesiam audire verbum Dei. Quibus
et sacerdos Dei Bruno iuxta creditam sibi legacionem sufficienter 20
amministravit verbum Dei, habens sermones conscriptos Slavicis
verbis, quos populo pronuntiaret oportune. Et inhibiti sunt Slavi de
cetero iurare in arboribus, fontibus et lapidibus, sed offerebant criminibus pulsatos sacerdoti ferro vel vomeribus examinandos. In illis diebus
Slavi quendam Danum suffixerunt cruci. Quod cum Bruno sacerdos 25
renuntiasset comiti, ille vocavit eos in causam et dampno multavit.
Tulitque genus illud supplicii de terra[30]. /

Videns igitur Geroldus episcopus, quia in Aldenburg positum esset
fundamentum bonum, suggessit comiti, ut in pago qui dicitur Susle
suscitaretur ecclesia[31]. Et miserunt illuc de Falderensi domo Deilawin[o] 30
sacerdotem, cuius spiritus sitiebat labores et pericula in predicacione
ewangelii, missusque venit in [32]speluncam latronum[32] ad Slavos qui
habitant iuxta flumen Crempine. Erat autem illic pyratarum familiare

---

[n]) mathildi 2; Mechtildi *R, B, LAPP.*
[o]) deilanum *1, 2, edd.;* Alanum *4;* Deilaph *Versus de Vicel. 202;* Deylawyn
Chron. Slav. 25.

ein Salbgefäß in seinen Händen gesehen, aus dessen Deckel lebenskräftig ein Reis hervorwuchs, das mächtig zunahm und zu einem starken Baum wurde. Und wirklich traf es nach seiner Erwartung so ein; sobald er nämlich nach Oldenburg gekommen war, nahm er den Gottesdienst mit
5 großem Eifer auf, rief das Slawenvolk zur Gnade der Wiedergeburt, hieb die heiligen Haine nieder und hob die gotteslästerlichen Kulte auf. Weil aber Burg und Landesvorort, wo einst Hauptkirche und Bischofssitz gewesen waren, öde lagen, erwirkte er beim Grafen, daß dort eine sächsische Ansiedlung gegründet wurde, damit der Priester Unterstützung fände von
10 dem Volke, dessen Sprache und Sitten er kannte. Das war in der Tat für die neue Kirche eine wesentliche Hilfe, denn in Oldenburg wurde ein sehr ansehnliches Gotteshaus gebaut und mit Büchern, Glocken sowie dem sonstigen Bedarf reichlich versehen[27]. So wurde [28]der Dienst am Hause[28] Gottes [29]unter dem unschlachtigen und verkehrten Geschlecht[29] wieder auf-
15 gerichtet, etwa 90 Jahre nach dem Untergang der früheren Kirche, der auf die Ermordung des frommen Fürsten Gottschalk hin geschehen war. Die Kirche wurde von Bischof Gerold dem heiligen Johannes dem Täufer gewidmet, Graf Adolf und seine fromme Gattin Mechthild nahmen voller Andacht daran teil. Der Graf wies auch die Slawen an, ihre Toten auf
20 dem Kirchhof zu bestatten und an den Festtagen in der Kirche zusammenzukommen, um Gottes Wort zu hören. Das Wort Gottes aber spendete ihnen hinlänglich der Priester Bruno nach der ihm anvertrauten Aufgabe; er hatte Predigten in slawischer Sprache niedergeschrieben, um sie nach der Gelegenheit an das Volk zu richten. Den Slawen wurde auch verboten,
25 weiterhin bei Bäumen, Quellen und Steinen zu schwören, vielmehr brachten sie (jetzt) wegen Verbrechen Angeklagte vor den Priester, um sie durch Schwert oder Pflugschar zu prüfen. Damals hatten die Slawen einen Dänen ans Kreuz geschlagen. Als Priester Bruno dies dem Grafen meldete, lud der die Täter vor Gericht und strafte sie mit einer Buße. Diese Art von
30 Todesstrafe schaffte er im Lande ab[30].

Bischof Gerold sah also, daß in Oldenburg ein guter Grund gelegt war, und schlug dem Grafen vor, im Bezirk Süsel eine Kirche zu gründen[31]. Dorthin wurde der Priester Deilaw aus dem Kloster Faldera entsendet, der sich von Herzen nach Mühen und Gefahren bei der Verkündigung der
35 Frohbotschaft sehnte. Er brach auf und kam in [32]eine Räuberhöhle[32] bei den an der Kremper Au wohnenden Slawen. Dort war ein beliebter See-

---

[27] Einsetzung Brunos und Beginn des stattlichen Kirchbaus (außerhalb der Burg) nach dem Folgenden um 1156.

[28-28] Vgl. 2. Chron. 29, 35; auch 1. Chron. 23, 28.

[29] = Phil. 2, 15.

[30] Einführung der deutschen Rechtsprechung mit Gottesurteil und Wergeld.

[31] Um 1158/60; gemeint wahrsch. die Kirche Altenkrempe, nicht Süsel selbst; auch diese jedoch vor 1180 vorhanden.

[32-32] = Jerem. 7, 11; danach in den Evangelien.

latibulum, et habitavit inter eos sacerdos, serviens Domino [33]in fame
et siti et nuditate[33]. His ita peractis oportunum videbatur, ut edifi-
caretur ecclesia in Lutelenburg et Rathecowe[p], et abierunt illuc episcopus et comes et signaverunt atria edificandis ecclesiis[34]. Crevit igitur
opus Dei in Wagirensi terra, et adiuverunt se comes et episcopus ope　5
vicaria. Circa id tempus reedificavit comes castrum Plunen[35] et fecit
illic civitatem et forum. Et recesserunt Slavi, qui habitabant in opidis
circumiacentibus, et venerunt Saxones et habitaverunt illic; defe-
ceruntque Slavi paulatim in terra.

Sed et in terra Polaborum multiplicatae sunt ecclesiae instantia　10
domni Evermodi episcopi et Heinrici comitis de Racisburg[36]. Verumptamen predas Slavorum necdum inhibere poterant, siquidem adhuc
mare transfretabant et vastabant terram Danorum, necdum [37]reces-
serant a peccatis[37] patrum suorum.

De morte Kanuti. Capitulum LXXXV. 　15

Dani enim semper bellis laborantes domesticis ad forinseca bella
nullam habuere virtutem. Nam Suein Danorum rex et victoriarum
prosperis successibus et cesaris auctoritate firmatus in regnum[1] gente
sua crudeliter abusus est, propter quod ulciscente Deo novissima eius
infelici exitu conclusa sunt. Videns autem / Kanutus emulus eius　20
murmur populi adversus Suein [a]misit et vocavit Waldemarum, qui
fuit patruelis et adiutor Suein[a], et sociavit eum sibi, data ei sorore sua[2]
in coniugio. Certior igitur factus de auxilio eius innovavit adversus
Suein consilia mala. Cum igitur esset Suein rex in Selant, venerunt
improvisi cum exercitu Kanutus et Waldemarus, ut debellarent eum[3].　25
Ille igitur propter crudelitatem suam desertus ab omnibus, quia non
habuit vires confligendi, cum uxore[4] et familia fugit ad mare et transfretavit in Aldenburg. Quo recognito comes Adolfus vehementer extimuit eventum[b], virum scilicet potentissimum, cuius [5]frenum in
maxillis populorum[5] omnium borealium nationum, repente deiectum. 　30

[p]) cathecore, *übergeschr.* rathecoie 2.

[a-a]) misit... Suein *Randnachtrag des gleichen Jh. 2.*　　　[b]) eventum *fehlt S, R.*

[33-33] = 5. Mose 28, 48.

[34] Slawische Gaumittelpunkte; Lütjenburg als Missionskirche im slaw. Re-
servat, Ratekau als Kolonistenkirche gegründet.

räuber-Schlupfwinkel. Unter ihnen wohnte der Priester und diente Gott [33]in Hunger und Durst und Blöße[33].

Als das getan war, schien es zweckmäßig, daß (auch) in Lütjenburg und Ratekau Kirchen errichtet würden; der Bischof und der Graf begaben 5 sich dorthin und bestimmten Plätze für die zu erbauenden Gotteshäuser[34]. So wuchs Gottes Werk im Wagrierlande heran und wechselseitig halfen sich der Graf und der Bischof. Etwa um diese Zeit baute der Graf die Burg Plön wieder auf[35] und gründete dort eine Stadt und einen Markt. Die Slawen, die in den umliegenden Ortschaften saßen, zogen sich zurück und 10 Sachsen kamen, dort zu wohnen; allmählich verschwanden die Slawen aus dem Lande.

Doch auch im Lande der Polaben wurde durch tätiges Wirken des Bischofs Evermod und des Grafen Heinrich von Ratzeburg die Kirchenzahl vermehrt[36]. Die Raubzüge der Slawen konnte man gleichwohl noch nicht 15 verhindern; nach wie vor kamen sie zu Schiff über See, verheerten das Land der Dänen und ließen [37]noch immer nicht von den Sünden[37] ihrer Väter.

85. Vom Tode Knuts

Die Dänen lagen weiter in inneren Wirren und hatten keine Kraft, nach 20 außen Krieg zu führen. Der Dänenkönig Sven, den glücklich errungene Siege und die Majestät des Kaisers in seiner Herrschaft gefestigt hatten[1], mißhandelte grausam sein Volk; darum strafte ihn Gott und seine letzten Tage endeten unglücklich. Als nämlich sein Nebenbuhler Knut sah, wie das Volk gegen Sven aufbegehrte, schickte er hin und berief Waldemar, 25 einen Vetter und Anhänger Svens. Diesen band er an sich, indem er ihm seine Schwester zur Frau gab[2]. Seiner Hilfe sicher, nahm er die argen Pläne gegen Sven wieder auf. König Sven befand sich gerade auf Seeland, da erschienen unversehens Knut und Waldemar mit Heeresmacht, ihn zu bekriegen[3]. Alsbald sah er sich wegen seiner Grausamkeit von allen ver- 30 lassen, floh, da er nicht kämpfen konnte, mit Weib[4] und Kind ans Meer und setzte nach Oldenburg über. Als Graf Adolf dies erfuhr, war er über den Ausgang sehr betroffen, daß nämlich ein so mächtiger Mann, dessen [5]Zaum alle Völker des Nordens geschmeckt hatten[5], plötzlich gestürzt

---

[35] Zerstört 1139, vgl. Kap. 56, 75.

[36] Heinrich † nach 1163, Evermod † 1178; vor 1164 sind die Sprengel von St. Georg/Ratzeburg, Mustin, Sterley, Gudow und Nusse gebildet. Die Pfarrorganisation ist um 1164 durchgeführt, die Filiation läuft noch weiter.

[37-37] Vgl. 2. Kön. 13, 6 und öfter in der Bibel.

[1] 1152, vgl. Kap. 73.

[2] Sophia, Tochter des Fürsten Wolodar v. Polozk, eine Halbschwester Knuts; die Heirat fand erst 1157 statt.   [3] 1154, Sommer.   [4] Adelheid v. Wettin; ∞ 1152.

[5-5] gek. = Jes. 30, 28, ähnlich öfter in der Bibel.

Cupienti igitur transire per terram suam multam exhibuit comes
humanitatem, divertitque in Saxoniam ad socerum suum Conradum
marchionem de Within et mansit illic annis fere duobus.

In tempore illo dux noster Heinricus adiit curiam Ratisbonae ad
recipiendum ducatum Bawariae[6]. Siquidem Frethericus cesar eundem ⁵
ducatum patruo suo abstulit et reddidit duci nostro, eo quod fidelem
eum in Italica expeditione et ceteris negociis regni persenserit. Et
creatum est ei nomen novum: Heinricus Leo dux Bawariae et Saxoniae.

Peractis igitur rebus ad votum ducem curia redeuntem adierunt
principes Saxoniae[7] interpellantes, ut fieret Suein auxilio et reduceret ¹⁰
eum in regnum suum. Promisitque duci Suein pecuniam immensam.
Collecta igitur maxima milicia dux noster hiemali tempore reduxit
Suein in Daniam[8] et statim apertae sunt ei civitates Sleswich et Ripa.
Non tamen ultra prosperari poterant in negotio. Nam Suein gloriatus
sepissime fuerat apud ducem, quia venientem se cum exercitu / Dani ¹⁵
ultro essent excepturi. Quod iuxta sententiam eius minime cessit.
Nullus enim in tota Danorum terra fuit, qui reciperet eum aut occurreret illi. Sentiens igitur ille refragari sibi fortunam et omnes refugere
a se, dixit ad ducem: ‚Cassus est labor noster, melius est, ut redeamus.
Quid enim prodest, si vastaverimus terram et spoliaverimus innocen- ²⁰
tes? Volentibus nobis cum hostibus confligere locus non est, eo quod
profugiant a nobis et transeant ad interiora maris'. Acceptis igitur
obsidibus duarum civitatum exierunt Dania. Tunc Suein alia via et
consilio utens statuit transire ad Slavos et [9]utens diversorio[9] comitis
Lubike transiit ad Niclotum principem Obotritorum. Precepitque dux ²⁵
Slavis in Aldenburg et in terra Obotritorum, ut adiuvarent Suein.
Acceptisque navibus paucis venit pacificus in Lalande et invenit eos
gratulantes de introitu ipsius, eo quod ab inicio fuerint ei fideles. Inde
transiit in Feoniam[c] et addidit eam sibi. Dehinc procedens in reliquas
insulas minores donis atque promissis addidit sibi quam plurimos, ³⁰
cavens insidias et contutans se [10]in locis firmissimis[10]. His igitur reco-
gnitis Kanutus atque Waldemarus venerunt cum exercitu, ut expu-
gnarent Suein et eicerent eum de terra. At ille consederat in Lalande
paratus ad resistendum, simul etiam adiutus firmitate locorum. Medi-

  [c]) Sconiam 3.

  [6] 1156, Sept. 17; Heinrich II. Jasomirgott wurde mit dem ‚Privilegium minus'
für das zum Hzt. erhobene Österreich entschädigt.

war. Da er nun durch das Land des Grafen zu reisen begehrte, behandelte dieser ihn sehr höflich; er begab sich nach Sachsen zu seinem Schwiegervater, dem Markgrafen Konrad von Wettin, und blieb dort etwa zwei Jahre.

5 Damals zog unser Herzog Heinrich zum Hoftage nach Regensburg, um das Herzogtum Bayern wieder zu erhalten[6]. Kaiser Friedrich entzog dieses Herzogtum seinem Oheim und gab es unserem Herzog zurück, weil er ihn auf dem Zuge nach Italien und in anderen Angelegenheiten des Reichs treu befunden hatte. Da kam für ihn ein neuer Name auf: Heinrich der 10 Löwe, Herzog von Bayern und Sachsen.

Als dies nach Wunsch vollzogen war, gingen die sächsischen Großen[7] den vom Hoftage heimkehrenden Herzog mit der Bitte an, Sven zu helfen und ihn wieder in sein Reich zurückzuführen. Sven versprach dem Herzog eine ungeheure Summe Geldes. So sammelte unser Herzog ein sehr großes 15 Heer und brachte Sven nach Dänemark zurück[8], wo ihm alsbald die Bischofssitze Schleswig und Ripen geöffnet wurden. Weiter jedoch konnten sie das Unternehmen nicht vorantreiben, denn zwar hatte sich Sven stets beim Herzoge gerühmt, die Dänen würden ihn freiwillig aufnehmen, wenn er mit Heeresmacht käme, doch es ging keineswegs nach seiner Er- 20 wartung. Niemand war im ganzen Dänenlande, der ihn empfing oder ihm entgegen kam. Als er nun merkte, daß das Glück ihm nicht hold war und alle ihn mieden, sagte er zum Herzog: „Unsere Mühe ist vergebens, es ist besser, wir kehren zurück. Was nützt es uns denn, wenn wir das Land verheeren und Unschuldige berauben. Wir wollen uns mit den Feinden schla- 25 gen, doch das ist unmöglich, da sie vor uns fliehen und weiter über das Meer zurückgehen." So nahm man Geiseln aus beiden Bischofssitzen und verließ Dänemark.

Sven suchte nun andere Mittel und Wege, beschloß zu den Slawen zu gehen und gelangte, nachdem er in Lübeck die Gastfreundschaft[9] des Gra- 30 fen genossen hatte[9], zum Obotritenfürsten Niklot. Der Herzog wies die Slawen in Oldenburg und im Lande der Obotriten an, Sven zu unterstützen. Er bekam einige Schiffe, landete ungestört auf Laaland und sah seine Ankunft dankbar aufgenommen, weil man ihm (hier) von Anfang an treu geblieben war. Von da ging er nach Fünen hinüber und gewann es für 35 sich. Dann griff er auf die übrigen kleinen Inseln aus und brachte sehr viele durch Geschenke und Versprechungen auf seine Seite, wobei er sich vor feindlichen Nachstellungen in Acht nahm und [10]in den festesten Plätzen[10] verschanzte. Als Knut und Waldemar dies erfuhren, rückten sie mit Heeresmacht an, um Sven anzugreifen und aus dem Lande zu vertreiben. Der 40 aber saß fest in Laaland, bereit zum Widerstande und geschützt durch

---

[7] Namentlich Erzbf. Hartwig I., im Bemühen um Wiederaufrichtung des nordischen Primats der Hamburg-Bremer Kirche.

[8] Winter 1156/57.   [9-9] Vgl. Richter 18, 3.

[10-10] = 1. Sam. 23, 14.

ante domno Helya pontifice de Ripa et principibus utriusque partis
discordiae ad pacem inclinatae sunt, et divisum est regnum in tres
partes. Et data est Waldemaro Iuthlande, Kanuto Selant, Suein
Scone, quae viris et armis prestantior esse probatur. Ceteras insulas
minores partiti sunt cuilibet pro sua oportunitate. Et ne pactiones 5
irritarentur, iuramentorum adhibita sunt sacramenta.

Post haec Kanutus et Waldemarus fecerunt convivium maximum[d] in
Selande in civitate quae dicitur Roschilde et invitaverunt cognatum
suum Suein, ut exhiberent ei honorem et recreacionem et consolarentur
eum super omnibus malis, quae irrogaverunt ei [11]in die hostis et belli[11]. / 10
At ille pro ingenita sibi crudelitate, ubi convivio assedit et vidit reges
convivas in pavidos et omni suspicione vacuos, cepit rimari aptum insidiis
locum. Tercia igitur die convivii, cum iam tenebrae noctis adessent,
annuente Suein allati sunt gladii, et insilientes regibus incautis Kanutum repente perfodiunt[12]. At ubi percussor libravit ictum in caput 15
Waldemari, ille fortius exiliens lumen excussit et salvante Deo in
tenebris elapsus est, uno tantum vulnere saucius. Fugiens igitur in
Iuthlande universam commovit Daniam. Tunc Suein contraxit exercitum de Selande et insulis maris et transfretavit in Iuthlande, ut
expugnaret Waldemarum. At ille [13]producto exercitu occurrit ei in 20
manu valida[13], et conmissum est prelium non longe a Wiberge, et
occisus est Suein in die illa et omnes viri eius pariter[14]. Et obtinuit
Waldemarus regnum Danorum et factus est moderator pacis et [15]filius
pacis[15]. Et cessaverunt intestina prelia, quibus multis annis laboraverat
Dania. Et composuit amicitias cum comite Adolfo et honoravit eum 25
secundum quod reges [16]fecerunt qui ante eum fuerunt[16].

De edificatione Lewenstat. Capitulum LXXXVI.

In diebus illis Lubicensis civitas consumpta est incendio[1], et miserunt
institores et ceteri habitatores urbis ad ducem dicentes: ‚Diu est, ex
quo inhibitum est forum Lubike auctoritate iussionis vestrae. Nos 30
autem hactenus detenti sumus in civitate hac spe recuperandi fori[a] in
beneplacito gratiae vestrae, sed nec edificia nostra multo sumptu ela-

---

d) maximum *fehlt 2.*

a) fori *fehlt 2.*

11-11 Vgl. Hiob 28, 23 und öfter in der Bibel.

seine sichere Stellung. Vermittelt durch Herrn Elias, den Bischof von
Ripen, und die Großen beider Parteien, wurde der Streit friedlich geschlichtet und das Reich in drei Teile geteilt. Waldemar bekam Jütland,
Knut Seeland und Sven Schonen, das bekanntlich an Mannschaft und
5 Waffen stärker ist. Die übrigen kleineren Inseln verteilten sie untereinander den Umständen nach. Damit sie nicht gebrochen würden, beschwor
man die Verträge feierlich.

Darauf hielten Knut und Waldemar auf Seeland in dem Bischofssitz
namens Röskilde prächtig Hoflager und luden ihren Verwandten Sven
10 dazu ein, um ihm Ehre, Erholung und Trost zu erweisen für alle Leiden,
die sie ihm [11]in den Tagen der Feindschaft und des Krieges[11] bereitet
hatten. Er aber, in seiner angeborenen Grausamkeit, saß kaum beim Mahle
und sah die unbesorgt und gänzlich arglos tafelnden Könige, als er schon
nach geeigneter Gelegenheit für einen Überfall zu forschen begann. Am
15 dritten Tage des Gastmahls, als bereits dunkle Nacht herrschte, wurden
auf Svens Wink Schwerter hereingebracht, man springt auf die ahnungs-
losen Könige zu und durchbohrt rasch den Knut[12]. Doch eben zielte der
Mörder auf Waldemars Haupt, als dieser mächtig aufsprang, das Licht
austrat und mit Gottes Hilfe im Dunkel entkam, nur von einer Wunde
20 verletzt. Er floh nach Jütland und setzte ganz Dänemark in Aufruhr.
Sven zog ein Heer aus Seeland und den Inseln zusammen, setzte nach
Jütland über und wollte Waldemar angreifen. Der aber [13]führte ihm seine
Mannschaft wohlgerüstet entgegen[13], es kam nicht weit von Wiborg zur
Schlacht und Sven wurde mit all seinen Mannen an diesem Tage erschla-
25 gen[14]. So gewann Waldemar das dänische Reich und wurde ein Friedens-
lenker, [15]ein Sohn des Friedens[15]. Die inneren Wirren, an denen Dänemark
lange Jahre gelitten hatte, waren zu Ende. Mit dem Grafen Adolf schloß
er Freundschaft und ehrte ihn so, wie es die Könige [16]getan haben, die
vor ihm regierten[16].

30 ## 86. Über die Erbauung von Löwenstadt

Um jene Zeit wurde die Stadt Lübeck von einer Feuersbrunst verzehrt[1],
und die Kaufleute und übrigen Einwohner schickten zum Herzog und
ließen sagen: „Lange schon dauert es, daß der Markt zu Lübeck auf euren
Befehl verboten ist. Wir sind zwar bisher in der Stadt geblieben, da wir
35 hofften, den Markt durch euer gnädiges Wohlwollen zurück zu bekommen,
und uns auch nicht entschließen konnten, unsere mit großen Kosten er-

---

[12] 1157, Aug. 9.   [13-13] Vgl. 1. Makk. 11, 15.

[14] 1157, Okt. 23; vgl. 1. Sam. 31, 6.

[15-15] = Ev. Luk. 10, 6.

[16-16] Vgl. 1. Makk. 11, 26.

[1] 1157, Herbst.

borata nos abire sinebant. Nunc vero consumptis domibus supervacuum est reedificare in loco, ubi non sinitur esse forum. Da igitur nobis locum construendi civitatem in loco, qui tibi placuerit'. Rogavit igitur dux comitem Adolfum, ut permitteret sibi portum et insulam Lubike. Quod / ille facere noluit. Tunc edificavit dux civitatem novam 5 super flumen Wochenice non longe a Lubeke in terra Racesburg cepitque edificare et communire. Et appellavit civitatem de suo nomine Lewenstad, quod dicitur Leonis civitas[2]. Sed cum locus ille minus esset ydoneus et portu et munimento nec posset adiri nisi navibus parvis, dux iterato sermone convenire cepit comitem Adolfum super 10 insula Lubicensi et portu, multa spondens, si voluntati suae paruisset. [b]Tandem victus comes fecit quod necessitas imperarat et resignavit ei castrum et insulam. Statim iubente duce[b] reversi sunt mercatores cum gaudio desertis incommoditatibus novae civitatis et ceperunt reedificare ecclesias et menia civitatis. Et transmisit dux[c] nuntios ad civi 15 tates et regna aquilonis, Daniam, Suediam, Norwegiam, Ruciam[d], offerens eis pacem, ut haberent liberum commeatum adeundi civitatem suam Lubike. Et statuit illic monetam et theloneum et iura civitatis honestissima. Ab eo tempore prosperatum est opus civitatis, et multiplicatus[3] est numerus accolarum eius[4]. 20

Obsidio Mediolanensium. Capitulum LXXXVII.

His ferme diebus accersivit fortissimus cesar Frethericus omnes principes Saxoniae in obsidionem Mediolanensis civitatis[1]. Opus igitur fuit ducem nostrum negociis publicae rei sollempniter adesse. Quapropter cepit sopire discordias, quae erant infra ducatum, sapienter 25 precavens, ne tumultus aliqui consurgerent in principum ceterorumque nobilium absentia. Transmissis / autem nuntiis vocavit regem Danorum Waldemarum ad colloquium et iunxit cum eo amicicias[2]. Et rogavit rex ducem, ut faceret sibi pacem de Slavis, qui sine intermissione vastabant regnum eius, et pactus est ei amplius quam mille marcas 30 argenti. Quam ob rem precepit dux Slavos in presentiam suam venire, Niclotum scilicet et ceteros, et astrinxit eos precepto et iuramento, ut

b-b) Tandem...duce *Randnachtrag in 1 von Hand C.*
c) dux *fehlt 1, 1a.*
d) Russiam *4;* Rugiam *S, R.*

richteten Gebäude zu verlassen; nachdem nun aber unsere Häuser verbrannt sind, erscheint es sinnlos, an einem Orte wieder aufzubauen, wo kein Markt sein darf. Gib uns also Raum für die Gründung einer Stadt an einem Orte, der dir genehm ist." Daraufhin bat der Herzog den Grafen
5 Adolf, ihm Hafen und Werder in Lübeck abzutreten. Das wollte dieser nicht tun. Da errichtete der Herzog eine neue Stadt jenseits der Wakenitz, nicht weit von Lübeck, im Lande Ratzeburg, und begann zu bauen und zu befestigen. Und er nannte sie nach seinem Namen „Löwenstadt", also Stadt des Löwen[2]. Weil dieser Platz aber sowohl für einen Hafen wie für
10 eine Festung wenig günstig und nur mit kleinen Schiffen erreichbar war, nahm der Herzog die Verhandlungen mit dem Grafen Adolf über Werder und Hafen von Lübeck nochmals auf und versprach viel, falls er seinem Wunsche nachgebe. Endlich gab der Graf nach, tat, wozu die Not ihn zwang, und trat ihm Burg und Werder ab. Alsbald kehrten auf Befehl des
15 Herzogs die Kaufleute freudig zurück, verließen die ungünstige neue Stadt und begannen, Kirchen und Mauern der Stadt wieder aufzurichten. Der Herzog aber sandte Boten in die Hauptorte und Reiche des Nordens, Dänemark, Schweden, Norwegen und Rußland, und bot ihnen Frieden, daß sie Zugang zu freiem Handel in seine Stadt Lübeck hätten. Er ver-
20 briefte dort auch eine Münze, einen Zoll und höchst ansehnliche Stadtfreiheiten. Von der Zeit an gedieh das Leben in der Stadt, und die Zahl ihrer Bewohner vervielfachte[3] sich[4].

87. Die Belagerung von Mailand

Ungefähr in jenen Tagen berief der mächtige Kaiser Friedrich alle Gro-
25 ßen Sachsens zur Belagerung der Stadt Mailand[1]. So mußte sich unser Herzog den Angelegenheiten des Reiches eingehend widmen. Deshalb suchte er die Zwistigkeiten beizulegen, die innerhalb des Herzogtums schwebten, und sorgte weislich vor, daß in Abwesenheit der Fürsten und anderer Edlen keine Unruhen ausbrächen. Durch Boten lud er auch den
30 Dänenkönig Waldemar zu einer Unterredung und schloß mit ihm Freundschaft[2]. Dabei bat der König den Herzog, ihm vor den Slawen Frieden zu schaffen, die ohne Unterlaß sein Reich verheerten, und sicherte ihm mehr als tausend Mark Silbers zu. Demnach befahl der Herzog den Slawen, Niklot und den anderen, vor ihm zu erscheinen und band sie durch Befehl

---

[2] Anfang 1158; genaue Lage südöstlich Lübecks umstritten, vgl. zuletzt A. v. BRANDT in ZLübG 39/1959, S. 5–10.

[3] Vgl. Ap. gesch. 6, 7.

[4] Helmold übergeht den Obotritenzug Heinrichs d. Löwen von 1158, bei dem vermutlich Niklot in zeitweilige Gefangenschaft geraten ist (vgl. Kap. 98, Anm. 9).

[1] Nur die 2. Belagerung 1159/62 wird geschildert, zu der die Sachsen unter Heinrich nach Pfingsten 1159 nach Italien gingen.   [2] 1159, Apr.-Mai.

servarent pacem tam Danis quam Saxonibus usque ad reditum suum.
Et ut pactiones ratae essent, iussit omnes piraticas naves Slavorum
perduci Lubike et nuntio suo presentari. At illi propter solitae temeri-
tatis ausum et vicinitatem Italicae expedicionis paucas admodum
naves et easdem vetustissimas obtulerunt, ceteris, quae bello aptae 5
erant, callide retentis. Igitur comes per manum seniorum terrae Wagirensis, Marchradum[a] scilicet et Hornonem, convenit Niclotum et
exegit ab eo cum benivolentia, ut fidem terrae suae exhiberet illibatam.
Quod ille fide digna complevit.

In hunc modum rebus compositis profectus est dux in Longobardiam 10
cum mille, ut aiunt, loricis[3], habens in comitatu suo Adolfum comitem
et multos nobiles Bawariae atque Saxoniae. Et pervenerunt ad exercitum regis, qui obsederat presidium quod dicitur Crimme[b], pertinens
ad Mediolanenses, munitum valde[4]. Et morati sunt toto pene anno in
expugnacione presidii [5]feceruntque machinas multas[5] et ignium iacula- 15
ciones. Novissime expugnato presidio[6] cesar convertit exercitum ad
Mediolanum, dux vero accepta licentia reversus est in Saxoniam.

At comes Adolfus rogatus ivit in Angliam[7] cum cognato suo domno
Reinoldo Coloniensi electo[8], qui functus est legacione publica ad
regem Anglorum. Et contristati sunt tam clerus quam populus terrae 20
nostrae / propter diutinam absentiam boni patroni. Slavi enim de
Aldenburg et Mikilinburg compotes sui propter absentiam principum
violaverunt pacem in terra Danorum, fuitque terra nostra in tremore
a facie regis Danorum. At noster episcopus Geroldus tum per se, tum
per nuntios iram regis mitigare studuit, induciis tempus redimens 25
usque ad adventum ducis et principum.

Redeunte igitur duce et comite prefixum est colloquium provinciale
omnibus marcomannis, tam Teutonicis quam Slavis, in loco qui dicitur
Berenvorde[9]. Rex quoque Danorum Waldemarus venit usque Ertheneburg et conquestus est duci omnia mala, quae intulerant sibi Slavi, pre- 30
varicatores mandati publici. Et timuerunt Slavi venire in presentiam
ducis, eo quod culpae suae essent conscii. Et dedit eos dux in proscriptionem et fecit omnes suos paratos esse ad expedicionem tempore messis.
Tunc Niclotus animum ducis videns contra se fixum in malum proposuit

---

[a]) marchardum *1;* warchardum *1a.*

[b]) crunine *1, 1a;* crumne *2,* edd., *LAPP.*

[3] Hinweis auf unklassischen Gebrauch von *lorica* statt *loricatus.*

und Eid daran, bis zu seiner Rückkehr mit den Dänen und Sachsen Frieden zu halten. Damit diese Abmachungen gehalten würden, befahl er, alle Seeräuberschiffe der Slawen nach Lübeck zu bringen und seinem Beauftragten vorzuführen. Doch sie brachten in ihrer gewohnten, dreisten Un-

5 verfrorenheit, weil der Italienzug nahe bevorstand, nur wenige, noch dazu sehr alte Schiffe, während sie die gefechtsfähigen anderen listig zurückhielten. Der Graf ging daher durch Vermittlung der Ältesten in Wagrien, Markrad und Horno, Niklot an und ersuchte ihn in Güte, seinem Lande unverletzte Treue zu beweisen. Das tat dieser redlich und zuverlässig.

10 Als so Ordnung geschaffen war, brach der Herzog mit tausend „Harnischen", wie man sagt[3], nach der Lombardei auf, begleitet vom Grafen Adolf und vielen Edlen aus Bayern und Sachsen. Sie stießen zum Heere des Königs, das sich vor die stark geschützte Festung Crema gelagert hatte, die den Mailändern gehörte[4]. Fast ein ganzes Jahr berannten sie die

15 Festung, [5]bauten viele Maschinen[5] und warfen Feuer hinein. Als sie endlich erobert war[6], führte der Kaiser das Heer vor Mailand, der Herzog aber nahm Urlaub und kehrte nach Sachsen zurück. Graf Adolf hingegen ging nach England[7] auf Bitten seines Verwandten, des Kölner erwählten (Erzbischofs) Herrn Rainald[8], der als Gesandter des Reiches zum König von

20 England mußte. Geistlichkeit und Volk unseres Landes waren sehr bekümmert über die lange Abwesenheit ihres guten Schutzherrn. Denn da der Fürst fort war, hatten die Oldenburger und Mecklenburger Slawen freie Bahn; sie verletzten den Frieden in Dänemark, und unser Land zitterte vor dem Zorne des Dänenkönigs. Doch unser Bischof Gerold war

25 bestrebt, selbst und durch Boten den König zu besänftigen, und gewann durch einen Waffenstillstand Zeit bis zur Ankunft des Herzogs und der Fürsten.

Als nun Herzog und Graf heimkehrten, wurde für alle Bewohner der Grenzlande, Deutsche wie Slawen, ein Landtag an einem Orte namens

30 Barförde anberaumt[9]. Auch Waldemar, König der Dänen, kam bis nach Artlenburg und klagte beim Herzog wegen aller Unbill, die ihm die Slawen in Mißachtung des öffentlich ergangenen Verbots zugefügt hatten. Die Slawen aber fürchteten sich, vor dem Herzog zu erscheinen, weil sie schuldbewußt waren. Der Herzog tat sie in die Acht und hieß alle die Sei-

35 nigen zum Feldzug in der Erntezeit bereit zu sein. Da erkannte Niklot, daß der Herzog zum Kriege gegen ihn fest entschlossen war, faßte den Plan,

[4] Inmitten des Dreiecks Mailand–Brescia–Cremona. Das sächsische Aufgebot traf am 20. Juli vor Crema ein.

[5-5] Vgl. 1. Makk. 11, 20.

[6] 1160, Jan. 26.

[7] Vielmehr nach Rouen in der Normandie, wo sich Heinrich II. von England aufhielt.

[8] Erzbf. Rainald von Dassel (1159–67).

[9] 1160, nach Juli, 25; B. liegt 10 km oberhalb Artlenburg am südlichen Elbufer.

primum irrumpere Lubeke et misit filios suos eo cum insidiis. Eo autem
tempore habitavit Lubeke sacerdos quidam venerabilis nomine Athelo.
Huius domus vicina erat ponti, qui transmittit flumen Wochenice versus
austrum[10]. Is forte parari fecerat fossam longissimam ad conducendum
rivum, qui erat longiuscule. Insidiae igitur Slavorum festinantes, ut pre- 5
riperent pontem, impediti sunt fossa passique sunt errorem in querendo
transitu. Quod videntes hii qui erant de domo sacerdotis clamaverunt
voce validiori, et conterritus sacerdos occurrit valenter ex adverso. Exercitus vero iam erat in pontis medio et portam pene apprehenderat, sed
celerrime missus a Deo sacerdos pontem de cathena levavit, et in hunc 10
modum exclusa sunt latenter subinducta pericula. Quo audito dux
posuit illic custodiam militum.

Interfectio Nicloti. Capitulum LXXXVIII.

Post haec intravit dux Heinricus terram Slavorum in manu valida
et vastavit eam igne et gladio[1]. Et / videns Niclotus virtutem ducis 15
succendit omnia castra sua, videlicet Ylowe[a2], Mikilinburg, Zwerin et
Dobin, precavens obsidionis periculum. Unum solum castrum sibi retinuit, Wurle[b], situm iuxta flumen Warnou prope terram Kicine[3]. Inde
exibant per singulos dies et explorabant exercitum ducis et percutie-
bant de insidiis incautos. Una igitur dierum, dum exercitus moraretur 20
prope Mikilinburg, egressi sunt ad nocendum filii Nicloti Pribizlavus
et Wertizlavus et percusserunt quosdam de castris, qui exierant ad
frumentandum. Quos insecuti fortiores de exercitu comprehenderunt
multos eorum, fecitque dux eos suspendio affici. Filii autem Nicloti
amissis equis et viris melioribus venerunt ad patrem. Quibus ille dixit: 25
‚Ego quidem estimabam me viros enutrisse, sed isti mulieribus fuga-
ciores sunt. Egrediar igitur ipsemet et experiar, si forte maiora pro-
movere possim. Et exiit cum electorum numero et collocavit insidias in
latibulis prope exercitum. Tunc exierunt pueri de castris ad conquirendum pabulum et venerunt prope insidias. Porro milites venerant inter- 30
mixti servis numero quasi sexaginta, omnes induti loricis sub veste
intrinsecus. Quod non advertens Niclotus equo velocissimo perlatus
est inter eos, conatus quendam perfigere. Sed lancea pertingens ad

---

a) Noue, *verb. zu* iloue *2;* Ilowe *edd.*
b) Wrle *3.*

zuerst Lübeck zu überfallen, und schickte seine Söhne mit einer Schar für
den Handstreich dorthin. Zu der Zeit wohnte nun in Lübeck ein ehrwürdiger Geistlicher namens Athelo. Sein Haus war der Brücke benachbart,
die über den Fluß Wakenitz nach Süden führt[10]. Dieser hatte gerade einen
5 sehr langen Graben ziehen lassen, um einen ziemlich weit entfernten Bach
herbeizuleiten. Als nun die slawische Angriffsgruppe rasch heranzog, um
die Brücke wegzunehmen, wurde sie durch den Graben daran gehindert
und verirrte sich bei der Suche nach einem Übergang. Das sahen Leute
vom Hause des Priesters, schlugen laut Alarm, und der erschreckte Geist-
10 liche stürzte (den Feinden) mutig entgegen. Schon war die Schar mitten
auf der Brücke und hatte fast das Tor erreicht, als der von Gott herbei-
gesandte Priester eiligst die Brücke mit der Kette aufzog; so wurde die
heranschleichende Gefahr gebannt. Als der Herzog davon hörte, legte er
einen Wachtposten dorthin.

15 ## 88. Der Tod Niklots

Danach drang Herzog Heinrich mit einem starken Heere in das Land
der Slawen ein und verwüstete es mit Feuer und Schwert[1]. Angesichts der
Macht des Herzogs zündete Niklot alle seine Burgen an, nämlich Ilow[2],
Mecklenburg, Schwerin und Dubin, um der Gefahr einer Belagerung zu
20 entgehen. Für sich behielt er nur eine Burg zurück: Werle, belegen am
Flusse Warnow nahe beim Lande Kessin[3]. Von dort fielen (die Slawen) täglich aus, kundschafteten gegen das Heer des Herzogs und töteten Unvorsichtige aus dem Hinterhalt. So brachen eines Tages, während das Heer
bei Mecklenburg stand, Niklots Söhne Pribislaw und Wertislaw aus, um
25 Schaden anzurichten, und erschlugen einige aus dem Lager, die nach Getreide ausgezogen waren. Doch die Tapfersten im Heere setzten ihnen nach,
nahmen viele gefangen, und der Herzog ließ sie aufknüpfen. So kamen
Niklots Söhne zum Vater zurück, nachdem sie ihre Pferde und die besten
Leute verloren hatten. Der sagte zu ihnen: ,,Da glaube ich, Männer auf-
30 gezogen zu haben, aber die fliehen eiliger als Weiber. Also will ich selbst
ausrücken und zusehen, ob ich nicht mehr ausrichten kann." Und er zog
mit einer Anzahl Auserlesener und legte in ein Versteck nahe beim Heere
einen Hinterhalt. Alsbald verließen Burschen das Lager zum Futterholen
und näherten sich dem Hinterhalt; doch waren Gewaffnete unter die
35 Knechte gemischt, etwa sechzig an der Zahl, die alle unter dem Rock den
Harnisch trugen. Niklot merkte das nicht, preschte auf einem schnellen
Pferde zwischen sie und suchte einen zu durchbohren, doch die Lanze traf

[10] Das spätere Mühlentor; der lange Graben vermutlich ein Vorläufer des heutigen St. Jürgenhafens (Ostteil).

[1] 1160, Herbst.   [2] Bei Neuburg, 15 km nordostwärts Wismar.
[3] Vgl. Kap. 68, Anm. 5.

loricam casso ictu resiliit. Volens igitur ad suos reverti circumventus subito atque trucidatus est, nemine suorum sibi presidium ferente. Caput eius recognitum in castra perlatum est non sine admiracione multorum, quod tantus vir tradente Deo de omnibus suis solus ceciderit[4]. Tunc filii eius, audita morte patris, succenderunt Wurle et 5 occultaverunt se in nemoribus, familias vero suas transtulerunt ad naves.

Dux igitur demolitus omnem terram cepit edificare Zuerin et communire castrum. Et imposuit illic nobilem quendam Guncelinum[5], virum bellicosum, cum milicia. Post haec redierunt filii Nicloti in 10 gratiam / ducis, et dedit eis dux Wurle et omnem terram. Porro terram Obotritorum divisit militibus suis possidendam. Et collocavit in castro Cuscin[c] Ludolfum quendam, advocatum de Bruniswich. Apud Milicou[d] fecit esse Ludolfum de Paina[6], Zuerin et Ilinburg Guncelino commendavit. Porro Mikilinburg dedit Heinrico cuidam nobili 15 de Scathen, qui etiam de Flandria adduxit multitudinem populorum et collocavit eos Mikilinburg et in omnibus terminis eius[7]. Et posuit dux episcopum in terra Obotritorum domnum Bernonem, qui defuncto Emmehardo Magnopolitanae presedit ecclesiae[8]. Porro Magnopolis ipsa est Mikilinburg. Et subscripsit in dotem Magnopolitanae eccle- 20 siae trecentos mansos, sicut antea fecerat Racesburgensi et Aldenburgensi[9].

Et facta postulacione obtinuit apud cesarem auctoritatem episcopatus suscitare[e], dare et confirmare in omni terra Slavorum[10] quam vel ipse vel progenitores sui subiugaverint in clipeo suo 25 et iure belli[11]. Quam ob rem vocavit domnum Geroldum Aldenburgensem, domnum Evermodum Racisburgensem, domnum Bernonem Magnopolitanum, ut reciperent ab eo dignitates suas et applicarentur ei per hominii exhibicionem, sicut mos est fieri imperatori. Qui licet hanc imposicionem difficillimam iudicarent, cesserunt tamen 30 propter eum qui [12]se hu/miliavit[12] propter nos, et ne novella ecclesia[f] caperet detrimentum[13]. Et dedit eis dux privilegia[14] de possessionibus

---

[c]) cussin 2.   [d]) Melicon S, R; Melicou B.
[e]) suscitandi 4.   [f]) nov. eccl. plantatio 4.

[4] 1160, August; vgl. Ann. Magd., Ann. Peg., Saxo Gramm. XIV.
[5] Gunzelin von Hagen (1158–85), welfischer Ministerialer aus dem Braunschweigischen, Stammvater der Grafen von Schwerin.

auf den Panzer und sprang nach vergeblichem Stoß zurück. Als er nun zu den Seinen zurückkehren wollte, umringte man ihn plötzlich und hieb ihn nieder, ohne daß ihm einer von jenen zu Hilfe kam. Sein Haupt ward erkannt und ins Lager gebracht, viele aber verwunderten sich, daß ein solcher Mann durch Gottes Fügung allein von all den Seinen gefallen war[4]. Als seine Söhne vom Tode des Vaters hörten, steckten sie daraufhin Werle in Brand und verbargen sich in den Wäldern; ihre Familien aber schifften sie ein.

Der Herzog verheerte nun das ganze Land, begann (die Stadt) Schwerin zu bauen und die Burg zu befestigen. Dorthin setzte er einen kampferfahrenen Mann, den Edlen Gunzelin[5], mit einer Besatzung. Danach gewannen die Söhne Niklots des Herzogs Gnade zurück, und er gab ihnen Werle und das ganze (zugehörige) Land. Das Obotritenland aber teilte er seinen Rittern als Besitz auf. In die Burg Quetzin setzte er den Ludolf, (bisher) Vogt von Braunschweig. Zu Malchow wies er Ludolf von Peine ein[6]. Schwerin und Ilow übertrug er Gunzelin. Mecklenburg aber gab er einem Edlen Heinrich von Schathen, der auch eine Menge Leute aus Flandern herbeiführte und sie in Mecklenburg sowie dessen ganzem Bezirk ansiedelte[7]. Als Bischof des Obotritenlandes setzte der Herzog Herrn Berno ein, der nach Emmehards Tode die Kirche von Mecklenburg leitete[8]. „Magnopolis" heißt nämlich selbst „Mecklenburg". Als Ausstattung der Mecklenburger Kirche bestimmte er 300 Hufen, wie er es zuvor bei der Ratzeburger und Oldenburger getan hatte[9].

Auf seinen Antrag erhielt er vom Kaiser die Vollmacht, im ganzen Lande der Slawen, soweit er selbst oder seine Vorfahren es mit dem Schwerte und nach Kriegsrecht unterworfen hatten[11], Bistümer zu gründen, zu verleihen und zu bestätigen[10]. Darum berief er Herrn Gerold von Oldenburg, Herrn Evermod von Ratzeburg und Herrn Berno von Mecklenburg, damit sie von ihm ihre Würden empfingen und ihm durch den Lehnseid verpflichtet würden, wie man ihn (sonst) dem Kaiser zu leisten pflegt. Sie hielten diese Auflage zwar für sehr drückend, gaben aber doch um des willen nach, der [12]sich für uns gedemütigt hat[12], und damit die junge Kirche nicht Schaden litte[13]. Der Herzog gab ihnen Freibriefe[14] für

---

[6] Welfische Ministerialen, 1162/68 belegt.

[7] Graf Heinrich von Schaten (de Schota) 1163 belegt.

[8] Emmehard (vgl. Kap. 69) verstarb 1155; Berno, zu unbekannter Zeit, jedenfalls vor 1160, von Heinrich dem Löwen eingesetzt, amtierte bis 1191 oder 1192. Er war Zisterzienser aus Amelunxborn/Braunschweig.   [9] Vgl. Kap. 77 und 84.

[10] Wahrscheinlich schon vor Crema, 1159, oder zu Pavia 1160.

[11] Vgl. Kap. 69 und 105.   [12-12] = Phil. 2, 8; vgl. Kap. 70 Anm. 2.

[13] Deckt sich mit den Pöhlder Annalen zu 1159 f. gegen die verfälschte Darstellung einer wohl 1158 von Heinrich d. Löwen für Ratzeburg ausgestellten Urk. (JORDAN, Urk. HdL. Nr. 41 – Meckl. UB I, 65).

[14] Erst 1169 (JORDAN, Urkk. HdL. Nr. 81 f.).

et de reditibus et de iusticiis. Et precepit dux Slavis, qui remanserant
in terra Wagirorum, Polaborum, Obotritorum, Kicinorum, ut solverent
reditus episcopales, qui solvuntur apud Polanos atque Pomeranos, hoc
est de aratro tres modios siliginis et duodecim nummos monetae
publicae. Modius autem Slavorum vocatur lingua eorum ,curitce'^g. 5
Porro Slavicum aratrum perficitur duobus bubus et totidem equis[15].
Et auctae sunt decimaciones in terra Slavorum, eo quod confluerent de
terris suis homines Teutonici ad incolendam [16]terram spaciosam[16],
fertilem frumento, commodam pascuarum ubertate, abundantem
pisce et carne et omnibus bonis.   10

De Alberto Urso. Capitulum LXXXVIIII.

In tempore illo orientalem Slaviam tenebat Adelbertus marchio, cui
cognomen Ursus, qui etiam propicio sibi Deo amplissime prosperatus
est in funiculo sortis suae. Omnem enim terram Brizanorum, Stoderanorum multarumque gentium habitantium iuxta Habelam et Al- 15
biam misit sub iugum[17] et infrenavit rebelles eorum. Ad ultimum deficientibus sensim Slavis misit Traiectum et ad loca Reno contigua,
insuper ad eos qui habitant iuxta occeanum et patiebantur vim maris,
videlicet Hollandros, Selandros, Flandros, et adduxit ex eis [18]populum
multum nimis[18] et habitare eos fecit / in urbibus et oppidis Slavorum. 20
Et confortatus est vehementer ad introitum advenarum episcopatus
Brandenburgensis necnon Havelbergensis, eo quod multiplicarentur
ecclesiae, et decimarum succresceret ingens possessio. Sed et australe
litus Albiae ipso tempore ceperunt incolere Hollandrenses advenae; ab
urbe Saltvedele^h omnem terram palustrem atque campestrem, terram 25
quae dicitur Balsemerlande et Marscinerlandeⁱ, civitates et oppida
multa valde usque ad saltum Boemicum possederunt Hollandri[19]. Siquidem has terras Saxones olim inhabitasse feruntur, tempore scilicet
Ottonum, ut^k videri potest in antiquis aggeribus, qui congesti fuerant
super ripas Albiae in terra palustri Balsamorum, sed prevalentibus 30
postmodum Slavis Saxones occisi, et terra a Slavis usque ad nostra

---

^g) curitoe 2.

^h) So *SCHM.,* saleueldere, *verb. zu* saleueldele *1 und danach 1a, edd.;* Soltw *in
vergrößerter, roter Schrift 2;* Soltvvedel *4.*

ⁱ) marscic(er)ilande *1;* warscitirlande *1a.*   ^k) et *1, 2, S.*

ihre Besitzungen, Einkünfte und Gerechtsame. Den Slawen, die im Lande
der Wagrier, der Polaben, der Obotriten und Kessiner verblieben waren,
schrieb der Herzog dieselben Steuern an das Bistum vor, wie sie bei den
Polen und Pommern gezahlt werden, also von jedem Pfluge (Land) drei
5 Scheffel Weizen und zwölf Stück gangbarer Münzen. Der Scheffel heißt
im Munde der Slawen ,,Kuritze'' und ein slawischer Pflug ist das mit zwei
Ochsen und ebensoviel Pferden (an einem Tage) bestellte (Stück Landes)[15].
Die Zehntleistung stieg im Lande der Slawen an, weil Deutsche aus ihrer
Heimat herbeiströmten, um ein Land[16] zu bebauen, das geräumig[16], frucht-
10 bar an Getreide, reich an üppigen Weiden und zum Überfluß mit Fisch,
Fleisch und allen Gütern versehen war.

89. Von Albrecht dem Bären

Zu jener Zeit hielt Markgraf Albrecht, zubenannt ,,der Bär'', das öst-
liche Slawenland (in Händen); auch er spann den Faden seines Schicksals
15 mit Gottes Hilfe höchst erfolgreich fort. Das ganze Land der Brizanen, der
Stoderanen und der vielen zwischen Havel und Elbe sitzenden Stämme un-
terjochte er[17] und zügelte die Aufsässigen unter ihnen. Schließlich schickte
er, als die Slawen allmählich abnahmen, nach Utrecht und den Rheingegen-
den, ferner zu denen, die am Ozean wohnen und unter der Gewalt des
20 Meeres zu leiden hatten, den Holländern, Seeländern und Flamen, zog von
dort [18]viel Volk[18] herbei und ließ sie in den Burgen und Dörfern der Slawen
wohnen. Durch die eintreffenden Zuwanderer wurden auch die Bistümer
Brandenburg und Havelberg sehr gekräftigt, denn die Kirchen mehrten
sich und der Zehnt wuchs zu ungeheurem Ertrage an. Zugleich begannen
25 die holländischen Ankömmlinge aber auch das südliche Elbufer zu besiedeln; von der Burg Salzwedel an besetzten Holländer das ganze Sumpf-
und Ackerland, nämlich das Land Belze und das Marschnerland, mit vielen Städten und Dörfern bis hin zum böhmischen Waldgebirge[19]. Einst
sollen zwar Sachsen diese Landschaften bewohnt haben, zur Zeit der Ot-
30 tonen, wie man es an alten Dämmen sehen kann, die im Marschlande der
Belzer an den Elbufern aufgeführt worden waren, aber später setzten die
Slawen sich durch, die Sachsen wurden erschlagen und das Land besaßen

---

[15] Richtiger: oder einem Pferde; vgl. Kap. 12, Anm. 11 und Kap. 14, Anm. 2.
[16-16] Vgl. 2. Mose 3, 8.
[17] Brandenburg 1157 endgültig erobert.
[18] Vgl. Josua 11, 4 und öfter in der Bibel.
[19] Gau Belcsem = Belze um Stendal; Lage des Marschnerlandes umstritten,
wohl doch mit dem Niederungslande an der Elbe zwischen Werben und Arneburg
gleichzusetzen.

tempora possessa. Nunc vero, quia Deus duci nostro et ceteris principibus salutem et victoriam large contribuit, Slavi usquequaque protriti atque propulsi sunt, et venerunt adducti de finibus occeani populi [20]fortes et innumerabiles[20] et obtinuerunt terminos Slavorum et edificaverunt civitates et ecclesias et increverunt diviciis super omnem estimacionem. 5

Translacio Aldenburgensis episcopatus. Capitulum XC.

Circa id temporis[1] rogavit domnus Geroldus episcopus ducem, ut sedes cathedralis, quae antiquitus erat Aldenburg, transferretur Lubeke, eo quod civitas haec esset populosior et locus munitior et 10 omni prorsus aptitudine commodior. Quod cum placuisset duci, condixerunt diem, quo venirent Lubeke ordinaturi de statu ecclesiae et episcopatus. Et designavit dux locum, in quo fundari deberet oratorium in titulum matricularis / ecclesiae, et areas claustrales, et statuerunt illic prebendas duodecim clericorum canonice viventium. 15 Porro terciadecima prepositi est. Et dedit episcopus in stipendia fratrum[a] decimas quasdam et tantum de reditibus, quos solvit Slavia, quantum prebendis sufficeret perficiendis. Et resignavit[b] comes Adolfus villas oportunas[2] prope Lubeke, quas statim dux[c] obtulit in usus fratrum, et de theloneo cuilibet fratrum duas marcas Lubicensis mo- 20 netae, insuper alia, quae privilegiis conscripta sunt et in Lubicensi continentur ecclesia. Et posuerunt illic prepositum domnum Ethelonem, cuius in pagina superiori memoria est cum laude[3].

Scisma inter Alexandrum et Victorem. Capitulum XCI.

[4]In circulo dierum[4] illorum defuncto Adriano papa[5] ortum est scisma 25 in ecclesia Dei inter Alexandrum, qui et Rolandus, et Victorem, qui et Octavianus. Cum igitur cesar expugnaret[6] Mediolanum, venit ad eum Victor in castra, quae erant apud Papiam, et recepit eum. Adunatoque concilio[7] receperunt eum Reinoldus Coloniensis et Conradus[8] Magun-

a) fratrum *fehlt S.*
b) designavit *1, 1a, edd. (vgl. SCHM. in NA 50/1933, S. 332 f.).*
c) dux *fehlt 1, 1a.*

20-20 Vgl. Joel 1, 6.

bis in unsere Zeit hinein Slawen. Jetzt aber sind, weil Gott unserem Herzog und den anderen Fürsten Heil und Sieg reichlich gespendet hat, die
Slawen weit und breit gänzlich verjagt; [20]unübersehbare, mächtige[20] Scharen sind vom Meeresstrande herbeigeführt worden, haben das Gebiet der
5 Slawen eingenommen, Städte und Kirchen aufgebaut und sind über alle
Erwartung hinaus wohlhabend geworden.

90. Die Verlegung des Bistums Oldenburg

Um diese Zeit[1] bat Bischof Gerold den Herzog, daß der Bischofssitz,
von alters Oldenburg, nach Lübeck verlegt werden möchte, weil diese
10 Stadt volkreicher, der Ort geschützter und überhaupt viel geeigneter wäre.
Da es dem Herzog recht war, so bestimmten sie einen Tag, an dem sie nach
Lübeck kommen wollten, um die Lage der Kirche und des Bistums zu
regeln. Der Herzog bezeichnete die Stelle, an der ein Bethaus mit dem
Titel einer Mutterkirche begründet werden sollte, und Grundstücke für
15 Klosterbauten; zwölf Präbenden stifteten sie dort für geistliche Kanoniker, die dreizehnte gehört dem Propst. Der Bischof gab auch gewisse
Zehnten für den Unterhalt der Brüder und so viel von den Einkünften, die
das Slawenland erbringt, wie zur Ausstattung der Pfründen hinreichte.
Graf Adolf endlich ließ geeignete Dörfer bei Lübeck auf[2], die der Herzog
20 alsbald den Brüdern zur Nutzung zuwies; er setzte jedem der Brüder
zwei Mark lübischer Münze von den Zollgefällen aus sowie anderes, was in
Freibriefen aufgezeichnet ist und in der Kirche zu Lübeck verwahrt wird.
Als Propst setzten sie dort Herrn Ethelo ein, dessen wir zuvor bereits
lobend gedacht haben[3].

25   91. Die Kirchenspaltung zwischen Alexander und Viktor

[4]Um diese Zeit herum[4] starb Papst Hadrian[5] und es erhob sich in Gottes
Kirche eine Spaltung zwischen Alexander, auch Roland, und Viktor, auch
Oktavian genannt. Während nun der Kaiser Mailand belagerte[6], kam
Viktor zu ihm ins Lager, das sich bei Pavia befand, und (der Kaiser) er-
30 kannte ihn an. Als ein Konzil berufen war[7], nahmen ihn auch die Elekten
Rainald von Köln und Konrad[8] von Mainz an, sowie alle, die den Kaiser

---

[1] 1160, Herbst.

[2] Büssau, Genin und Lankow (1163, vgl. MAY Nr. 556).

[3] Vgl. Kap. 87 (Athelo).   [4-4] Vgl. 1. Sam. 1, 20.

[5] 1159, Sept. 1.

[6] Richtiger: *oppugnaret*. Im Folgenden verwechselt Helmold mit dem 1162,
April zu Pavia gehaltenen Konzil, an dem in der Tat Erzbf. Konrad v. Mainz
teilgenommen hat (vgl. Anm. 8).   [7] 1160, Febr. 5–12.

[8] Vielmehr noch sein Vorgänger Arnold (†1160, Juni 24).

tinus electi et omnes quos imperialis aut timor aut favor agebat. Porro
Alexandrum recepit Iherosolimitana ecclesia et Anthiocena, preterea
omnis Francia, Anglia, Hispania, Dania et omnia regna, quae sunt
ubique terrarum. Insuper Cisterciensis ordo eidem universus accesserat,
in quo sunt archiepiscopi et episcopi quam plures et abbates amplius 5
quam septingenti et monachorum inestimabilis numerus. Hii singulis
annis celebrant concilium apud Cistercium et decernunt ea quae utilia
sunt. Horum / invincibilis sententia vel maximas vires addidit Alexandro. Quam ob rem iratus cesar proposuit edictum[9], ut omnes monachi Cisterciensis ordinis, qui consistebant in regno suo, aut Victori 10
subscriberent aut regno pellerentur. Itaque difficile relatu est, quot
patres, quanti monachorum greges relictis sedibus suis transfugere in
Franciam. Pontifices etiam quam plures sanctitate insignes in Longobardia et in universo regno principis violentia sedibus suis pulsi et alii
superpositi sunt in locum illorum.   15

Postquam igitur transierunt obsidionis quinque vel eo amplius anni,
cesar obtinuit Mediolanum et eiecit habitatores eius ex illa et destruxit
omnes turres eius excelsas[d] et muros civitatis adequavit solo et [10]posuit
eam in solitudinem[10]. Tunc [11]elevatum est cor eius[11] nimis, et timuerunt
omnia regna terrarum ad [12]famam nominis eius[12]. Et misit ad regem 20
Franciae Lodewicum, ut occurreret sibi ad colloquium apud Laonam[e],
quae est in terra Burgundionum iuxta Araram fluvium[13], ad redinte-
grandam unitatem ecclesiae. Et annuit rex Franciae. Preterea misit
nuntios ad regem Daniae et ad regem Ungariae et ad regem Boemiae, ut venirent ad constitutum diem, insuper omnibus archi-   25
episcopis, episcopis[f] et summis potestatibus regni sui et religiosis
quibusque sollempniter adesse mandavit. [14]Grandis igitur expec-
tacio universorum[14] ad tam celebrem curiam, quo uterque papa et
tanti reges terrarum conventuri ferebantur. Tunc abierunt simul
Waldemarus cum episcopis Daniae, Hartuwichus archiepiscopus, Ge- 30
roldus episcopus et comes Adolfus cum multis Saxoniae nobilibus ad
pre/fixum colloquii locum. Dux vero positus in Bawaria alia via venerat.
Lodewicus igitur rex Franciae, cuius precipue expectabatur adventus,
ubi intellexit cesarem appropiare cum exercitu et armis multis dubi-
tavit occurrere illi. Sed propter fidem sacramentorum venit ad locum 35

---

[d]) ecclesias *R, B.*   [e]) leonam *2.*
[f]) episcopis *fehlt 1, 1a.*

fürchteten oder seine Gunst suchten. Den Alexander aber anerkannten die
Kirchen von Jerusalem und Antiochia, außerdem ganz Frankreich, England, Spanien, Dänemark und alle Reiche, die sonst auf Erden sind. Ferner
trat der ganze Zisterzienserorden für ihn ein, dem sehr viele Erzbischöfe
5 und Bischöfe sowie über 700 Äbte und zahllose Mönche angehören. Diese
versammeln sich alljährlich feierlich in Cîteaux und beschließen über das,
was not tut. Ihr unüberwindlicher Einfluß machte Alexander außerordentlich stark. Darüber erzürnt, erließ der Kaiser ein Gebot[9], daß alle Mönche
des Zisterzienserordens, die in seinem Machtbereich lebten, entweder Vik-
10 tor schriftlich anerkennen oder aus dem Reiche vertrieben werden sollten.
Es ist schwer zu sagen, wieviele Patres, welche Scharen von Mönchen ihr
Heim verließen und nach Frankreich flüchteten. Auch zahlreiche an Heiligkeit beispielhafte Bischöfe aus der Lombardei und dem ganzen Reich
wurden durch die Heftigkeit des Kaisers aus ihren Sitzen vertrieben und
15 andere an ihre Stelle gesetzt.

Als nun fünf oder mehr Jahre der Belagerung hingegangen waren, er-
oberte der Kaiser Mailand, vertrieb seine Bewohner daraus, zerstörte all
seine hohen Türme, machte die Mauern der Stadt dem Erdboden gleich
und [10]legte sie wüst[10]. Da [11]hob sein Herz sich voll Stolz[11], und alle Reiche
20 auf Erden fürchteten [12]seinen ruhmvollen Namen[12]. Und er schickte Boten
zum König Ludwig von Frankreich, er möchte ihm zu einer Unterredung
nach (St. Jean de) Losne im Lande Burgund am Saône-Fluß entgegen-
kommen[13], daß sie die Einheit der Kirche wiederherstellten. Das sagte der
König von Frankreich zu. Ferner schickte er Gesandte zum König von
25 Dänemark, zum König von Ungarn und zum König von Böhmen, sie sollten zu dem festgesetzten Tage kommen; überdies befahl er allen Erzbischöfen, Bischöfen und höchsten Würdenträgern seines Reiches sowie
allen Ordensgeistlichen, feierlich zu erscheinen. [14]Allgemein setzte man daher
große Erwartungen[14] auf einen so stark besuchten Hoftag, an dem beide
30 Päpste und so viele Könige zusammenkommen sollten. Da brachen zugleich nach dem zur Verhandlung bestimmten Orte auf: Waldemar mit
den dänischen Bischöfen, Erzbischof Hartwig, Bischof Gerold und Graf
Adolf mit vielen sächsischen Edlen. Der in Bayern befindliche Herzog aber
kam auf einem anderen Wege. König Ludwig von Frankreich indes, auf
35 dessen Ankunft man besonders wartete, zögerte dem Kaiser entgegenzu-
ziehen, als er erfuhr, daß dieser sich mit großer Heeresmacht nähere. Doch
aus Treue zu dem geleisteten Eide kam er am festgesetzten Tage, dem der

---

[9] Entweder 1162 oder 1164 nach dem Würzburger Reichstage.

[10-10] Vgl. Jerem. 2, 15 und öfter. – 1162, März, 26; die eigentliche Einschließung
hatte nur ein Jahr gedauert.

[11-11] = 2. Chron. 26, 16; 32, 25 und Judith 1, 7.

[12-12] Vgl. Esther 9, 4.

[13] Vgl. Chron. reg. Colon. zu 1162; Saxo Gramm. XIV.

[14-14] Vgl. Sulpicius Sev., Vita Martini 23.

placiti constituto die, hoc est in decollacione Iohannis baptistae[15], et
exhibuit se in pontis medio ab hora tercia usque in horam nonam.
Porro cesar necdum venerat. Quod rex Franciae accipiens pro omine
lavit manus suas in flumine ob testimonium, quasi qui fidem pollicitam
reddiderit, et digrediens inde abiit ipso vespere Divionam[g]. Veniens 5
igitur noctu cesar intellexit regem Franciae discessisse et misit honorabiles personas denuo accersire eum. Sed ille nulla ratione vacare potuit,
gratulans se et[h] fidem solvisse et suspectam cesaris manum evasisse[16].
Ferebatur enim a multis, quod cesar eum circumvenire voluerit et
propter hoc contra pactionum tenorem armatus advenerit. Sed ars arte 10
delusa est[17]. Francigenae enim ingenio altiores quod armis et viribus
inpossibile videbatur consilio evicerunt. Tunc cesar vehementer irritatus secessit a curia, intentans Francigenis bellum. Alexander papa
confortatus ab eo tempore magis invaluit. Heinricus dux declinavit in
Bawariam et compositis illic rebus reversus est in Saxoniam. 15

De decima Holzatensium. Capitulum XCII.

Fuit igitur in diebus illis pax per universam Slaviam, et municiones,
quas dux iure belli possederat in terra Obotritorum, ceperunt inhabitari a populis advenarum, qui intraverant terram ad possidendum
eam; fuitque prefectus terrae illius Guncelinus, vir fortis et amicus 20
ducis. Porro Heinricus comes de Racesburg, / quae est in terra Polaborum, adduxit multitudinem populorum de Westfalia, ut incolerent
terram Polaborum, [1]et divisit eis terram in funiculo distribucionis[1]. Et
edificaverunt ecclesias et subministraverunt decimas fructuum suorum
ad [2]cultum domus[2] Dei. Et plantatum est opus Dei temporibus Hein- 25
rici in terra Polaborum, sed temporibus Bernhardi filii eius habundan-
tius consummatum[3].
　　At viri Holzati, qui Wagirensium terram propulsis Slavis inhabita-
bant, devoti quidem in ecclesiarum constructione et hospitalitatis
gratia, sed decimis iuxta divinum preceptum legaliter persolvendis 30
rebelles existebant. Solvebant autem mensuras parvulas sex de aratro,

---

g) duuonam *1, 1a;* Divionem *R, B.*
h) ad *1, 1a; fehlt edd.*

[15] 1162, Aug. 29.

Enthauptung Johannes des Täufers[15], an den Ort der Zusammenkunft und
hielt sich von der dritten bis zur neunten Stunde mitten auf der Brücke
auf. Der Kaiser war aber noch nicht angekommen. Das nahm der König
von Frankreich als günstiges Zeichen, wusch seine Hände im Fluß zum
5 Zeugnis, daß er das gegebene Wort eingelöst habe, und zog von dort noch
am selben Tage fort nach Dijon. Der Kaiser kam in der Nacht an, erfuhr,
daß der König von Frankreich weggezogen war, und sandte angesehene
Männer hin, ihn wieder zurückrufen zu lassen. Der aber konnte durchaus
nicht abkommen; er schätzte sich glücklich, daß er sein Versprechen ein-
10 gelöst hatte und doch den verdächtigen Händen des Kaisers entronnen
war[16]. Viele verbreiteten nämlich, der Kaiser habe ihn überrumpeln wollen
und sei deshalb gegen den Wortlaut der Abmachungen bewaffnet gekommen. Allein List hielt List zum Narren[17], und die gewitzteren Franzosen
erreichten durch Klugheit, was mit Waffengewalt unerreichbar schien.
15 Heftig erzürnt verließ der Kaiser daraufhin den Hoftag, in der Absicht, die
Franzosen zu bekriegen. Papst Alexander gewann von der Zeit an immer
stärkeren Einfluß. Herzog Heinrich zog fort nach Bayern und kehrte, als
dort Ordnung geschaffen war, nach Sachsen zurück.

92. Von dem Zehnten der Holsten

20 In jenen Tagen war Friede im ganzen Slawenlande, und die Scharen der
Einwanderer, die in das Land gekommen waren, um es in Besitz zu nehmen, begannen sich in den festen Plätzen wohnlich einzurichten, die der
Herzog im Gebiet der Obotriten nach Kriegsrecht eingenommen hatte.
Statthalter dieses Landes aber war Gunzelin, ein tapferer Mann und
25 Freund des Herzogs. Auch Graf Heinrich von Ratzeburg, das im Polabenlande liegt, führte Scharen Volks aus Westfalen herbei, damit sie die Landschaft bewohnen sollten, und [1]wies ihnen Land zur Vermessung und Auf-
teilung an[1]. Sie bauten Kirchen und leisteten den Zehnt von ihren Erzeug-
nissen zum [2]Dienst am Hause[2] des Herrn. War das Gotteswerk bei den
30 Polaben zu Zeiten Heinrichs begonnen (worden), so beschloß man es er-
weitert unter seinem Sohne Bernhard[3].
Jedoch die Holsten, die nach Vertreibung der Slawen das Land Wagrien
bewohnten, bauten zwar willig Kirchen und erwiesen sich gastfreundlich,
weigerten sich aber hartnäckig, den nach göttlichem Gesetz gebotenen
35 Zehnten gehörig zu entrichten. Sie zahlten kümmerliche sechs Maß vom

---

[16] Richtiger schildert Hugo Pictav. (SS XXVI, 147).

[17] SCHM. verweist auf den Vers bei Andr. Ung. (SS XXVI, 566): *Ars ut artem*
falleret, sic ars deluditur arte, zweifelt aber selbst, ob Helmold ihn kannte.

[1-1] =-Psalm 77, 54.

[2-2] = 1. Chron. 23, 28; 2. Chron. 29, 35.

[3] Heinrich †1164?; Graf Bernhard I. (†1194/95), vgl. Kap. 101, Anm. 10.

quod sibi dicebant permissum[4] pro levamine, cum adhuc essent [5]in
terra nativitatis suae[5], propter vicinia[a] barbarorum et [6]tempus belli[6].
Terra autem, unde exierant Holzati, pertinet ad Hammemburgensem
parrochiam et est Wagirensi terrae proxima[b]. Videns igitur Geroldus
episcopus, quia Polabi et Obotriti, qui erant in medio camini estuantis,   5
solverent decimarum suarum legitima, proposuit a suis requirere simi-
lia. Communicato igitur consilio Adolfi comitis indomitos Holzatorum
animos exhortatoriis per litteras verbis temptare studuit. Ad ecclesiam
igitur Burnhovede, quae alio nomine Zuentineveld dicitur, ubi habi-
tabat Marchradus senior terrae et secundus post comitem et cetera   10
virtus Holzatorum, misit litteras in hunc modum:
  ,,Geroldus Dei gratia Lubicensis ecclesiae episcopus universis civibus
ad ecclesiam Burnhovede pertinentibus salutem et debitam dilectio-
nem. Quoniam per Dei voluntatem ecclesiastica michi dispensacio
credita est, et divina legacione ad vos fungor, necesse est, ut a bonis ad   15
meliora / vos perducere studeam et ab his quae sunt saluti animarum
vestrarum contraria vos abstrahere totis nisibus elaborem. Deo siquidem gratias ago, quod multarum in vobis parent[c] virtutum insignia,
quod videlicet hospitalitati et aliis misericordiae operibus propter
Deum insistitis, quod in verbo Dei promtissimi et in construendis eccle-   20
siis solliciti estis, in legitimis quoque, ut Deo placitum est, castam du-
citis vitam; quae omnia tamen observata nil proderunt, si cetera mandata negligitis, quia sicut scriptum est: ,[7]Qui in uno offendit, omnium
reus est[7]'. Dei enim preceptum est: ,[8]Decimas ex omnibus dabis michi,
ut bene sit tibi, et longo vivas tempore[8]', cui obedierunt patriarchae,   25
Abraham scilicet, Ysaac et Iacob, et omnes qui secundum fidem facti
sunt [9]filii Abrahae[9], per quod laudem et premia eterna consecuti sunt.
Apostoli quoque et apostolici viri hoc ipsum ex ore Dei mandaverunt
et sub anathematis vinculo posteris servandum tradiderunt. Cum ergo
Dei omnipotentis procul dubio hoc constet esse preceptum et sancto-   30
rum patrum sit auctoritate firmatum, nobis[d] id incumbit officii, ut,
quod vestrae[e] saluti deest, nostro in vobis opere per Dei gratiam sup-
pleatur. Monemus igitur et obsecramus omnes vos in Domino, ut michi,

---

[a]) *So 1, 2;* viciniam *edd., LAPP., SCHM., vgl. aber dessen Nachtrag S. 281.*
[b]) Wagirensis provincia *S, R.*
[c]) patent *B, LAPP.*   [d]) vobis *2.*
[e]) n(ost)re *2.*

Pfluge (Landes); das sei ihnen, erklärten sie, als Erleichterung zugestanden[4], als sie sich noch [5]in ihrem Heimatlande[5] befanden, mit Rücksicht
auf die Nachbarschaft der Barbaren und auf die Kriegszeiten[6]. Nun gehört
das Land, aus dem die Holsten gekommen waren, zum Hamburger Spren-
5 gel und liegt der Landschaft Wagrien benachbart; und da Bischof Gerold
sah, daß Polaben und Obotriten, die mitten im Feuerofen saßen, an Zehnt
zahlten, was rechtens ist, wollte er von den Seinen Entsprechendes fordern. Er beriet sich also mit dem Grafen Adolf und suchte die störrischen
Herzen der Holsten durch schriftliche Ermahnungen zu bewegen. Daher
10 sandte er an die Kirche von Bornhöved, das anders Schwentinefeld genannt wird, wo der Landesälteste Markrad, der Nächste nach dem Grafen,
mit dem Kern der Holsten wohnte, ein Schreiben folgenden Inhalts:
„Gerold, von Gottes Gnaden Bischof der Kirche zu Lübeck, entbietet
allen zur Kirche Bornhöved gehörigen Gemeindegliedern Heil und schuldi-
15 gen Liebesgruß. Da mir durch Gottes Fügung die Kirchenleitung anvertraut
ist und ich ein gottgesetztes Amt bei euch ausübe, muß ich mich bemühen,
euch vom Guten zum Besseren hinzuleiten, und bestrebt sein, euch mit
allen Kräften von dem fernzuhalten, was eurem Seelenheil zuwider ist.
Zwar danke ich Gott, daß euch viele Tugenden auszeichnen: ihr seid um
20 Gottes willen gastfreundlich und barmherzig, ihr seid stets bereit, Gottes
Wort zu hören und sorgt mit Eifer für den Kirchenbau, ihr führt auch, zu
Gottes Wohlgefallen, ein rechtliches und gesittetes Leben, doch es nützt
nichts, das alles zu beachten, wenn ihr die übrigen Gebote verletzt – wie
geschrieben steht: ‚[7]Wer in einem fehlt, ist in allem schuldig[7]'. Ein Gebot
25 Gottes aber lautet: ‚[8]Du sollst mir Zehnten geben von allem deinem Ein-
kommen, auf daß dir's wohl gehe und du lange lebest auf Erden[8]'. Diesem
haben die Patriarchen, nämlich Abraham, Isaak und Jakob, sowie alle,
die durch den Glauben [9]Abrahams Söhne[9] geworden sind, gehorcht, wodurch sie Ruhm und ewigen Lohn erlangten. Auch die Apostel und Apostel-
30 schüler haben das gleiche nach den Worten des Herrn verordnet und bei
Strafe des Bannes den Nachkommen zur Befolgung überliefert. Da es also
zweifellos ein Gebot des allmächtigen Gottes ist und durch das Ansehen
der heiligen Väter gesichert wird, haben wir die Pflicht, durch unser Bemühen an euch aus Gottes Gnade zu ergänzen, was zu eurem Heil fehlt.
35 Darum beschwören wir euch alle inständig im Herrn, daß ihr mir, dem die

---

[4] Nach der Behauptung Sidos v. Neumünster durch Ebf. Liemar.
[5-5] = 1. Mose 11, 28; Hesek. 29, 14.
[6-6] = Pred. Sal. 3, 8. Helmold kontrastiert betont zu Kap. 12, Ende u. Kap.
88, Ende.
[7] Vgl. Jak. 2, 10.
[8] Vgl. 1. Mose 14, 20 u. 5. Mose 22, 7.
[9-9] = Ev. Joh. 8, 37 und 39.

cui paterna in vos cura commissa est, animo volenti [10]quasi filii obedientiae[10] acquiescatis et decimas, prout Deus instituit et apostolica
banno firmavit auctoritas, ad ampliandum Dei cultum et ad gerendum
pauperum curam ecclesiae detis, ne, si Deo quae ipsi debentur subtraxe-
ritis, et substantiam simul et animam in interitum mittatis eternum. 5
Valete."

His auditis tumultuosa gens infremuit, dixeruntque se huic servili
condicioni nunquam colla submissuros, per quam omne pene Christicolarum genus pontificum pressurae subiaceat. Preterea hoc adiecerunt, non multum aberrantes a veritate, quod omnes pene decimae 10
in luxus secularium cesserint. Quam ob rem episcopus / verbum hoc
retulit ad ducem. At ille precepit sub obtentu gratiae suae omnibus
Holzatensibus de terra Wagirensi, ut solverent episcopo decimas cum
omni integritate, sicut faciunt in terra Polaborum et Obotritorum,
quae recentius incultae sunt et ampliori [11]pulsantur formidine belli[11]. 15

Ad hoc preceptum Holzati obstinatis animis dixerunt nunquam se
daturos decimas, quas patres sui non dedissent, malle se pocius succensis edibus propriis egredi terram quam tantae servitutis iugum sub-
ire. Preterea pontificem cum comite et omni advenarum genere, quod
decimarum solvit legitima, interficere cogitabant et terra inflammata 20
transfugere in terram Danorum. Sed pravarum [12]molimina rerum[12]
ducis nostri regisque Danorum prepedierunt innovata federa. Laudatum autem fuit, ne quis transfugam alterius reciperet. Quapropter
Holzatenses necessitate constricti presente duce cum pontifice tale
pactum inierunt[13], ut facerent augmentacionem decimarum et solve- 25
rent de manso sex modios siliginis et octo avenae, illius, inquam, modii,
qui vulgo dicitur ‚hemmete'. Et ne succedentium forte pontificum in-
novatas paterentur angarias, rogaverunt hoc ducis atque pontificis
sigillo firmari. Cumque notarii iuxta morem curiae marcam require-
rent auri, gens indocta resiliit, et negocium mansit imperfectum. Eidem 30
quoque negocio commodis ecclesiae magnifice profuturo magnum[f]
attulit impedimentum et velox episcopi transitus[14] et bellorum inminens dira tempestas.

[f]) magnum *fehlt 2.*

väterliche Fürsorge für euch anvertraut ist, willigen Herzens [10]wie gehorsame Söhne[10] folgt und die Zehnten, wie Gott sie eingesetzt und wie das Ansehen der Apostel sie mit dem Bann bekräftigt hat, der Kirche gebt, damit der Gottesdienst stattlicher versehen und für die Armen gesorgt
5 werden kann, und ihr nicht Leib und Seele zugleich in ewiges Verderben bringt, wenn ihr Gott entzieht, was ihm gebührt. Lebt wohl!"

Als dies das widerspenstige Volk vernahm, begehrten sie auf und erklärten, sie würden ihren Nacken niemals unter ein solches Sklavenjoch beugen, durch das beinahe die ganze Christenheit dem Druck der Bischöfe
10 unterliege. Überdies fügten sie hinzu – damit waren sie nicht weit von der Wahrheit –, daß fast alle Zehnten an Laien zu deren Wohlleben übergegangen seien. Deshalb gab der Bischof diese Antwort an den Herzog weiter. Der aber befahl allen Holsten im Lande Wagrien bei Verlust seiner Gnade, dem Bischof die Zehnten unverkürzt zu entrichten, wie man es im
15 Lande der Polaben und Obotriten tut, obgleich diese später angebaut und stärker [11]von Kriegsgefahr bedroht sind[11].

Auf diesen Befehl gaben die Holsten trotzig zur Antwort, sie würden nie Zehnte geben, die ihre Väter nicht geleistet hätten; lieber wollten sie ihre Häuser mit eigenen Händen anzünden, als sich einer solchen Sklave-
20 rei unterwerfen. Darüberhinaus machten sie Pläne, den Bischof samt dem Grafen und allen Zugewanderten, die an Zehnten zahlen, was rechtens ist, umzubringen, die Landschaft niederzubrennen und zu den Dänen hinüber zu flüchten. Daß aber so böse Absichten[12] ausgeführt wurden, verhinderten erneut vereinbarte Verträge zwischen unserem Herzog und dem König
25 der Dänen; man hatte sich nämlich gelobt, daß keiner Überläufer von dem anderen aufnehmen sollte. So gingen denn die Holsten notgedrungen vor dem Herzog mit dem Bischof den Vertrag ein[13], die Zehnten so zu erhöhen, daß sie von der Hufe sechs Scheffel Weizen und acht Scheffel Hafer entrichteten; ich meine von jenen Scheffeln, die man im Volksmund Himpten
30 nennt. Damit sie aber von den nachfolgenden Bischöfen nicht etwa neue Auflagen hinzunehmen hätten, suchten sie darum nach, daß dies mit dem Siegel des Herzogs und des Bischofs bekräftigt werde. Als nun die Notare nach Kanzleigebrauch dafür eine Mark Goldes verlangten, trat das ungebildete Volk von dem Handel zurück und er blieb unausgeführt. Dieses
35 Geschäft, das der Kirche außerordentlich förderlich gewesen wäre, wurde weiter dadurch stark behindert, daß der Bischof bald verstarb[14] und die schlimmen Zeitläufte mit Kriegsgefahr drohten.

[10-10] = 1. Petr. 1, 14.

[11-11] Vgl. Val. Flaccus III, v. 390 *pulsare formidine*; Ovid, Trist. III, 10, 67 *formidine belli*.

[12-12] = Ovid, Met. XV, 578.

[13] Winter 1162/63 (Nov. 62 ist Heinrich noch in Konstanz).

[14] Vgl. Kap. 95.

Captivitas Wertezlai. Capitulum XCIII[a].

Filii enim Nicloti Pribizlavus atque Wertizlavus non contenti terra
Kycinorum et Circipanorum aspirabant ad requirendam terram Obotritorum, quam dux eis abstulerat iure belli. Quorum insidiis recog-
nitis Gun/celinus de Zuerin, prefectus terrae Obotritorum, intimavit　5
duci. At ille posuit eos rursus [1]in indignacionem et iram[1] et venit cum
exercitu gravi in terram Slavorum hiemali tempore. Porro illi conse-
derant in urbe Wurle[2] et munierunt castrum contra obsidionis impetus.
Et premisit dux Guncelinum et fortissimum quemque, ut preoccuparent
obsidionem, ne forte elaberentur Slavi, ipse vero quantocius prosecutus　10
est cum reliquo exercitu. Et obsessa est municio, in qua fuit Wertizlavus filius Nicloti et multi nobilium, insuper [3]vulgus promiscuum[3]
multum valde. At Pribizlavus senior natu cum numero equitum trans-
ierat in abdita nemorum percussurus de insidiis incautos. Et [4]gavisus
est dux gaudio[4], eo quod Slavi obfirmatis animis expectaverint eum in　15
municione, et prebita sit ei facultas obtinendi eos. Et dixit ad iuniores
de exercitu, quos preliandi stulta cupido incitabat hostem provocare,
suscitare bathalias: ‚Quare, quod supervacuum est, acceditis ad portas
urbis et struitis pericula vobismetipsis? Frustratorii sunt huiuscemodi
congressus atque ruinosi. Quin pocius consistite in tabernaculis vestris,　20
[b]unde non possitis iaculari sagittis hostium[b], et habete custodiam obsidionis, ne quis elabatur. Nostri vero studii erit per Dei gratiam, ut sine
tumultu et sine strage urbe potiamini‘. Et statim precepit ex abun-
danti nemore ligna conduci et aptari bellica instrumenta, qualia viderat facta Crimme sive Mediolani. Fecitque machinas efficacissimas,　25
unam tabulatis compactam ad perfringendos muros, alteram vero,
quae excelsior erat et in turris modum erecta, superexaltavit castro ad
dirigendas sagittas et ad abigendos eos, qui stabant in propugnaculis.
A die enim, qua erecta est haec fabrica, nemo Slavorum ausus est pro-
ferre caput aut apparere de propugnaculis. Ipso tempore Wertizlavus　30
graviter vulneratus / est de sagitta.

　　Quadam vero die perlatum est ad ducem, quod Pribizlavus cum
turma equitum apparuerit non longe a castris. Ad quem requirendum
transmisit Adolfum comitem cum electa iuvenum manu, qui [c]tota die

---

a) *Kein Kapitelabstand in 2.*　　　　b-b) unde...hostium *fehlt 2.*
c) tota...omni *(Kap. 95, Anm. b) fehlt 1 (ausgerissenes Blatt); vorhanden in 1a.*

93. Die Gefangenschaft des Wertislaw

Pribislaw und Wertislaw, die Söhne Niklots, waren nämlich nicht zufrieden mit dem Lande der Kessiner und Zirzipanen und suchten das Land der Obotriten wiederzugewinnen, das ihnen der Herzog nach Kriegsrecht
5 abgenommen hatte. Als Gunzelin von Schwerin, der Statthalter des Obotritenlandes, von ihren Plänen erfuhr, teilte er sie dem Herzoge mit. Dieser aber belegte sie abermals [1]mit Ungnade und Zorn[1] und kam mit starker Heeresmacht zur Winterszeit ins Land der Slawen. Jene hatten sich gemeinsam in die Burg Werle gelegt[2] und setzten die Befestigung gegen den
10 Ansturm einer Belagerung in Stand. Der Herzog sandte Gunzelin mit den Tapfersten voraus, um die Belagerung bereits zu beginnen, damit die Slawen nicht etwa entwischten, und folgte selbst so rasch wie möglich mit dem übrigen Heere nach. So wurde die Burg eingeschlossen; Niklots Sohn Wertislaw, zahlreiche Edle und sehr viel [3]einfaches Volk[3] waren darin.
15 Der ältere Bruder Pribislaw jedoch war mit einer Reiterschar in die Tiefen der Wälder gegangen, um aus dem Hinterhalt Unvorsichtige zu erlegen. Der Herzog war hocherfreut[4], weil ihn die Slawen hartnäckigen Sinnes in einer Befestigung erwarteten und ihm (so) Gelegenheit geboten war, sie zu fassen. Zu den Jüngeren im Heere, die unüberlegte Kampflust dazu
20 trieb, den Feind herauszufordern und Gefechte anzuzetteln, sagte er: ,,Warum nähert ihr euch unnötigerweise den Toren der Burg und bringt euch in Gefahr? Solche Gefechte sind zwecklos und verderblich. Bleibt lieber in euren Zelten, wo ihr von den Pfeilen der Feinde nicht getroffen werden könnt, und wacht über der Einschließung, daß niemand entspringe.
25 Meine Sorge wird es sein, mit Gottes Hilfe ohne Aufhebens und Verlust die Burg zu nehmen." Sogleich ließ er aus dem dichten Walde Holz herbeibringen und Kriegsmaschinen herrichten in der Bauweise, wie er sie vor Crema und Mailand gesehen hatte. Er stellte sehr wirksame Maschinen her: eine aus starken Balken sollte Bresche in die Mauern legen, die an-
30 dere, höher aufragend nach Art eines Turmes, überhöhte die Burg, um Pfeile hineinzuschießen und die Leute zu vertreiben, die auf den Brustwehren standen. Wirklich wagte von dem Tage der Errichtung dieses Bauwerks an kein Slawe mehr, den Kopf zu heben oder an den Brustwehren zu erscheinen. Um diese Zeit wurde Wertislaw durch einen Pfeil schwer ver-
35 wundet.
Eines Tages aber meldete man dem Herzog, daß Pribislaw sich mit einer Reiterschar nicht weit vom Lager gezeigt habe. Nach ihm zu fahnden, sandte er den Grafen Adolf mit einer auserlesenen jungen Schar;

[1-1] Vgl. Psalm 77, 49 und öfter in der Bibel.
[2] 1163, Jan.-Febr.
[3-3] = 2. Mose 12, 38; 4. Mose 11, 4.
[4-4] Vgl. Ev. Matth. 2, 10.

paludes et nemora oberrantes neminem invenerunt, delusi a ductore,
qui maiorem hosti quam nostratibus favorem accommodaverat. Pre-
ceperat autem dux pabulatoribus, ne quoquam exirent eo die, ne forte
hostem inciderent[d]. At Holzatorum quidam, ut sunt cervicosi, non
curaverunt de mandato et egressi sunt ad frumentandum, et super- 5
veniens Pribizlavus et irruens super incautos prostravit ex eis ad centum viros, reliqui fugerunt in castra. Quapropter dux ira acrius instimulatus ferventius urget obsidionem; iamque munimenta claustri
ceperunt trepidare minaci ruina et suffossionibus dilabi. Tunc Wertizlavus, omni spe meliori deposita, accepto conductu venit in castra 10
ad comitem Adolfum, ut acciperet ab eo consilium. Cui respondit
comes: ‚[5]Sera quidem medicinae consultacio est, quando eger despera-
tus est[5]. Pericula nunc inminentia debuerant ante fuisse previsa.
Quis, queso, tibi consilium dedit, ut obsidionis periculum incurreres?
Magnae fuit amentiae [6]ponere in nervo pedem[6], ubi non sit diverticu- 15
lum vel ulla evasionis molicio. Nil igitur restat nisi dedicio. Si quod
potest esse salutis compendium, sola dedicione apprehendendum video'. Et ait Wertizlavus[e]: ‚Fac pro nobis verbum apud ducem, ut sine
periculo vitae et membrorum dampno admittamur deditioni'.

Tunc perrexit comes ad ducem et alloquens eos, in quibus pendebant 20
consilia, manifestavit eis negocium. At illi degustata voluntate principis dederunt manus, ut, quicumque Slavorum dedisset se in potestatem[f] ducis, membris et vita potiretur, ea tamen condicione, ut et Pribizlavus ab armis discederet. Tunc / conductu clarissimi comitis exierunt de municione Wertizlavus et omnes nobiles Slavorum et venerunt 25
ad pedes ducis, uniuscuiusque ensis super verticem[g] suum[7]. Et suscepit eos dux et reclusit in custodia. Precepit igitur dux[h], ut, quicumque
Danorum captivi haberentur in castro, potirentur libertate. Et exiit de
illis multitudo maxima, imprecantes duci fortissimo bona pro suimet
ereptione. Porro castrum et [8]vulgus ignobile[8] fecit servari et preposuit 30
eis Lubemarum quendam veteranum, fratrem Nicloti, ut preesset terrae [9]et sentiret ea quae subiecta sunt[9]. Wertizlavum vero Slavorum
regulum duxit secum Bruneswich et astrinxit eum [10]manicis ferreis[10],

[d]) insiderent 1a.

[e]) pribizlaus, getilgt und am Rande verb. zu wertislaus 1a; pribizlauus 2.

[f]) manus 2.　　　　　　[g]) cervicem teilt SCHM. als Konj. von G. WAITZ mit.

[h]) dux fehlt 2.

sie irrten den ganzen Tag in Sümpfen und Wäldern herum, doch sie fanden niemanden, weil sie von ihrem Wegführer genarrt wurden, der die Feinde mehr begünstigte als die Unsern. Nun hatte der Herzog den Futtersuchern verboten, an diesem Tage irgendwohin auszuziehen, damit sie nicht etwa

5 dem Feinde in die Hände fielen. Einige von den Holsten jedoch, halsstarrig wie sie sind, kümmerten sich nicht um den Befehl und brachen zur Futtersuche auf; da überraschte Pribislaw sie, fiel über die Unvorsichtigen her und streckte an hundert Mann von ihnen nieder, während die übrigen ins Lager entkamen. Darüber heftig erzürnt, trieb der Herzog die Belagerung

10 um so leidenschaftlicher voran, und schon begannen die Mauern der Burg zu wanken, sie drohten einzustürzen und untergraben auseinanderzufallen. Da verlor Wertislaw allen guten Mut, nahm freies Geleit und kam zu Graf Adolf ins Lager, um bei ihm Rat zu holen. Der Graf erwiderte ihm: „⁵Ärztlicher Rat kommt zu spät, wenn der Kranke aufgegeben ist⁵. Die

15 jetzt drohenden Gefahren hätte man vorhersehen müssen. Wer, bitte, hat dir den Rat gegeben, in das Wagnis einer Belagerung hineinzurennen? Es war eine große Dummheit, ⁶den Fuß (da) in den Block zu setzen⁶, wo es keinerlei Ausweg noch Entrinnen gibt. Nun bleibt nichts als Übergabe. Wenn es noch Rettung geben kann, so ist sie, glaube ich, allein durch

20 Unterwerfung zu erlangen." Da meinte Wertislaw: „Lege ein Wort für uns beim Herzog ein, daß man uns die Übergabe ohne Lebensgefahr und Leibesschaden gestatten möge."

Darauf begab sich der Graf zum Herzog, wendete sich an die, von denen die Beschlüsse abhingen, und offenbarte ihnen den Handel. Nach

25 dem sie den Willen des Fürsten erkundet hatten, gaben sie die Hand darauf, daß jeder Slawe, der sich dem Herzoge ergeben werde, Leib und Leben behalten solle, vorausgesetzt daß auch Pribislaw die Waffen niederlege. Da verließen Wertislaw und alle Edlen der Slawen, geleitet von dem hochangesehenen Grafen, die Festung und warfen sich dem Herzog

30 zu Füßen; jeder hatte sein Schwert um den Hals gehängt⁷. Der Herzog empfing sie und ließ sie in Haft setzen. Dann befahl er, alle Dänen frei zu lassen, die auf der Burg gefangen saßen, und es kam eine große Schar von ihnen heraus, die dem tapferen Herzog für ihre Errettung alles Gute wünschten. Darauf ließ er die Burg und ⁸das einfache Volk⁸ verwahren und

35 setzte über sie einen alten Kämpen Lubemar, einen Bruder Niklots; der sollte dem Lande vorstehen, aber ⁹selbst abhängig bleiben⁹. Den Slawenfürsten Wertislaw aber führte er mit nach Braunschweig und legte ihm ¹⁰eiserne Handschellen¹⁰ an, während er die übrigen in verschiedene

---

⁵⁻⁵ Vgl. Ovid, De rem. am., v. 91 f.; s. auch Kap. 13, Anm. 7.

⁶⁻⁶ Vgl. Hiob 13, 27 und 33, 11.

⁷ Nach lombardischer Sitte.

⁸⁻⁸ Vgl. Vergil, Aeneis I, 149.

⁹⁻⁹ Vgl. 1. Makk. 10, 20 und 2. Makk. 9, 25; Kap. 49 Anm. 16.

¹⁰⁻¹⁰ = Psalm 149, 8; vgl. Kap. 49 Anm. 15.

ceteros vero dispertivit per custodias, quousque solverent [11]novissimum quadrantem[11]. His ita gestis humiliatae sunt vires Slavorum, et recognoverunt[i], quia [12]leo fortissimus bestiarum ad nullius pavet occursum[12]. Pribizlavus igitur, qui erat senior natu et acris ingenii, cupiens fratri captivo subvenire cepit per nuntiorum manus attemptare principis animum et rogare [13]ea quae pacis sunt[13]. Cumque dux requireret obsides, ut firma esset sponsionum fides, ait Pribizlavus: ‚Quid opus est domino meo, ut a servo suo requirat obsides? Nonne fratrem meum et omnes nobiliores Slaviae retinet in custodia? Teneat eos loco obsidum, [14]abutatur eis ut libuerit[14], si temeraverimus sponsionum fidem'. Dum haec per internuntios agerentur, et daretur Pribizlavo spes meliorum, aliquantulum temporis fluxerat sine bello, fuitque pax in Slavia a Martio mense usque in Kalendas Februarii sequentis anni[15], et omnia castra ducis erant illesa, videlicet Malachou, Cuscin, Zuerin, Ilowe, Mikilinburg.

Dedicatio Novi-monasterii. Capitulum XCIIII.

Eodem[a] anno domnus Geroldus Lubicensis ecclesiae episcopus post celebres paschae ferias[1] cepit in/firmari et decubuit in lecto egritudinis usque in Kalendas Iulii. Oravitque Deum, ut differretur ei[b] vita, quousque dedicaretur oratorium Lubicense, et clerus recenter adunatus convalesceret in statu suo. Nec mora, divinitus adiutus dilatus est ad modicum. Adiit igitur ducem, qui tunc forte venerat Stadhen in occursum archiepiscopi, et contulit cum eo de commodis Lubicensis ecclesiae. Cuius verbis ille condelectatus monuit, ut quantocius rediret Lubike paraturus ea quae dedicacioni oportuna erant. Et rogavit dux archiepiscopum, ut occurreret secum ad consummacionem officii. Cuius peticioni acquiescens aggressus est iter in Wagirensem terram et in transitu dedicavit Falderensem ecclesiam, quam sanctae memoriae Vicelinus Aldenburgensis[c] episcopus et fundasse et possedisse dinoscitur. Et fecit archiepiscopus preposito et fratribus illic degentibus bona multa, precepitque, ut locus ille de cetero vocaretur Novummonasterium. Antea enim Faldera sive Wippenthorp[d] vocabatur[2].

[i]) ut recognoscerent *edd., LAPP*

[a]) *Kein Kapitelabstand in 2.*   [b]) sibi *edd., LAPP.*
[c]) ecclesie *fügt zu 2.*   [d]) wippentorp *1a;* wippethorp *2.*

Gefängnisse verteilte, solange bis sie [11]den letzten Heller[11] bezahlt hätten.

Durch solche Taten wurden die Slawen gedemütigt, und sie erkannten, daß [12]der Löwe mächtig ist unter den Tieren und vor niemand umkehrt[12].

5 Pribislaw jedoch, der ältere und ein kluger Kopf, suchte dem gefangenen Bruder zu helfen, begann durch Vermittlung von Boten den Sinn des Fürsten zu erforschen und bat [13]um Frieden[13]. Als der Herzog zur Sicherung des Vertrages Geiseln verlangte, sagte Pribislaw: „Was braucht mein Herr von seinem Knecht Geiseln zu verlangen? Hält er nicht meinen

10 Bruder und alle Edlen des Slawenlandes in Haft? Mag er diese als Geiseln betrachten und [14]mißhandeln wie es ihm gefällt[14], wenn wir die Abmachungen verletzen." Während Unterhändler darüber verhandelten und man dem Pribislaw Hoffnung auf bessere Bedingungen machte, ging einige Zeit ohne Kämpfe hin und im Slawenlande war Frieden vom März bis zum

15 1. Februar des folgenden Jahres[15]; alle Burgen des Herzogs, nämlich Malchow, Quetzin, Schwerin, Ilow und Mecklenburg, blieben unbehelligt.

94. Die Einweihung von Neumünster

Im gleichen Jahre nach dem heiligen Osterfeste[1] begannen die Kräfte Herrn Gerolds, des Bischofs der Lübecker Kirche, nachzulassen, und er

20 hütete das Krankenlager bis zum 1. Juli. Er bat zu Gott, daß ihm das Leben verlängert werden möchte, bis das Lübecker Bethaus geweiht und die eben gesammelte Geistlichkeit in ihrem Amt erstarkt sei. Unverweilt wurde ihm mit göttlichem Beistande (noch) eine mäßige Frist gewährt. Er ging also zum Herzog, der damals gerade zu einer Zusammenkunft mit

25 dem Erzbischof nach Stade gekommen war, und beriet mit ihm über das Wohl der lübischen Kirche. Der Herzog war mit seinen Worten sehr einverstanden und forderte ihn auf, möglichst rasch nach Lübeck zurückzukehren und vorzubereiten, was zur Weihe dienlich wäre. Den Erzbischof lud er ein, mit ihm zusammen der Feierlichkeit beizuwohnen. Der Erz-

30 bischof stimmte seinem Vorschlage zu, trat die Reise ins wagrische Land an und weihte auf der Durchreise die Kirche des Stiftes zu Faldera, das bekanntlich Vizelin, seligen Andenkens Bischof von Oldenburg, gegründet und besessen hatte. Der Erzbischof tat dem Propst und den dort lebenden Brüdern viel Gutes und ordnete an, daß der Ort künftig Neumünster ge-

35 nannt werden sollte. Zuvor hieß er nämlich Faldera oder Wippendorf[2].

[11-11] = Ev. Matth. 5, 26. [12-12] Vgl. Sprüche 30, 30. [13-13] = Ev. Luk. 14, 32.
[14-14] Vgl. 1. Mose 19, 8. [15] 1163, März – 1164, Febr. 1.

[1] 1163, März, 24.
[2] Der Name ‚Neumünster' also erst seit 1163 üblich geworden; wichtig zur Kritik des ältesten, um 1180 von Propst Sido verfälschten Privilegienbestandes von Neumünster und Segeberg.

Fuitque loci illius prepositus Heremannus, qui olim etiam Lubike sub
barbarica tempestate multos pertulerat labores[3], sociatus in predicacione ewangelii domno Ludolfo Segebergensi preposito et Brunoni
Aldenburgensi presbitero. Hic igitur Heremannus successerat in pro-
curacionem Novi-monasterii venerabili viro Epponi, cuius sanctitas   5
insignis ab omnibus semper cum[e] pietate recolenda iam pridem felicem acceperat consummacionem Kal. Maii[4]. Perfecta igitur, ut antea
dixi, dedicacione Novi-monasterii transiit domnus archiepiscopus Segeberg et illic [5]usus est diversorio[5] comitis Adolfi. Postquam autem
venit Lubike, / suscepit eum dux et episcopus cum magna gloria, et   10
aggressi sunt opus dedicacionis[6]. Et obtulerunt[7] singuli voluntaria[7]
cordis sui, Heinricus dux, Geroldus episcopus et Adolfus comes, dederuntque predia et reditus et decimaciones in subsidia cleri[8]. Commonitus autem archiepiscopus, [f]ut Novum-monasterium daret Lubicensi episcopo, non acquievit. His rite peractis reversus est archiepi-   15
scopus[f] in locum suum. Dux vero ordinatis rebus in Saxonia profectus
est in Bawariam, ut sedaret tumultuantes et [9]faceret iudicium iniuriam pacientibus[9].

Transitus Geroldi episcopi. Capitulum XCV.

Interim[a] sentiens Geroldus venerabilis episcopus dilatos ad tempus   20
dolores rursus incalescere statuit visitare omnes ecclesias suae diocesis[1], a nullo querens stipem, ne cui esset onerosus[2]. Paternam quoque
gerens sollicitudinem filiis suis abundanter erogavit [3]monita salutis[3],
errantes corrigens et discordes compacans, prebens etiam confirmacio-
nis gratiam, sicubi necesse fuisset. Forum etiam Plunense, quod sin-   25
gulis diebus dominicis frequentabatur a Slavis et a Saxonibus, in verbo
Domini prohibuit, eo quod populus Christianus deserto cultu ecclesiae
et missarum sollempniis mercacionibus tantum operam daret. Hanc
igitur permaximam ydolatriam preter multorum opinionem animi
constantia destruxit, precipiens sub anathematis districtione, ne quis   30
de cetero suscitaret ruinas eius. Et convenerunt populi de cetero ad

e) cum *fehlt* S.
f-f) ut...archiepiscopus *fehlt* 2.
a) *Kein Kapitelabstand in* 2.

[3] Vgl. Kap. 54, 75.

Propst war an diesem Platze Hermann, der einst in Lübeck zu Zeiten der Heiden schon viel durchgemacht hatte[3]; die Predigt des Evangeliums versah er gemeinsam mit Herrn Ludolf, dem Propst von Segeberg, und dem Oldenburger Priester Bruno. Dieser Hermann war in der Leitung von Neu-
5 münster auf den ehrwürdigen Eppo gefolgt, der in seiner vorbildlichen Frömmigkeit – jeder sollte sich stets liebevoll an sie erinnern – bereits vorher am 1. Mai ein seliges Ende genommen hatte[4]. Nachdem nun, wie gesagt, die Weihe von Neumünster vollzogen war, reiste der Erzbischof nach Segeberg und genoß[5] dort die Gastfreundschaft[5] des Grafen Adolf. Als er
10 darauf nach Lübeck kam, empfingen ihn der Herzog und der Bischof mit großen Ehren und schritten zur Einweihung[6]. Jeder [7]gab dazu aus freien Stücken[7], Herzog Heinrich, Bischof Gerold und Graf Adolf; sie schenkten Güter, Renten und Zehnten zum Besten der Geistlichkeit[8]. Als jedoch der Erzbischof aufgefordert wurde, dem Lübecker Bischof Neumünster zu
15 schenken, ließ er sich dazu nicht herbei. Als alles gehörig geregelt war, kehrte der Erzbischof an seinen Sitz zurück; der Herzog aber reiste, nachdem er die Verhältnisse in Sachsen geordnet hatte, nach Bayern, um Unruhestifter zum Frieden zu bringen und [9]Recht zu schaffen für Unrecht Leidende[9].

20 ## 95. Der Heimgang Bischof Gerolds

Unterdes fühlte der ehrwürdige Bischof Gerold, wie die zeitweilig gewichenen Schmerzen wieder heftiger wurden, und beschloß alle Kirchen seines Sprengels zu besuchen[1]; doch forderte er von niemand eine Gabe, weil er keinem zur Last fallen wollte[2]. Für seine Pfarrkinder sorgte er mit
25 väterlichem Eifer, spendete ihnen reichlich [3]Gottes Wort[3], berief die Irrenden und verglich die Zwieträchtigen, gewährte auch die Gnade der Firmung, wo immer es nötig war. Auch verbot er im Namen des Herrn den Markt in Plön, der allsonntäglich von Slawen und Sachsen besucht wurde, weil die christliche Gemeinde den Gottesdienst und die heilige Messe ver-
30 nachlässigte und sich nur um die Handelsgeschäfte kümmerte. Diese allerschlimmste Gotteslästerung beseitigte er und wider Erwarten vieler Leute festen Sinnes und verbot bei Strafe des Bannfluchs, daß jemand fernerhin ihre Reste zu beleben suchte. Von da an kamen die Leute in den Kirchen

---

[4] 1163, Mai, 1.
[5-5] Vgl. Richter 18, 3.
[6] 1163, Juli.
[7-7] Vgl. 2. Mose 35, 29.
[8] Vgl. May 556; DD HdL 59 f. zu 1163.
[9-9] Vgl. Psalm 145, 7.

[1] 1163, Juli-August.
[2] Vgl. 2. Kor. 11, 9.
[3-3] = Tobias 1, 15.

ecclesias audire verbum Dei et interesse sacris misteriis. Perlustrata
igitur omni parrochia[b] sua domnus episcopus novissime venit Lutelenburg consolari manentes illic, expletisque divinis misteriis, quasi peracto negocio, viribus corporis cepit repente destitui perlatusque Bo-
zove multis diebus lecto decubuit. Nunquam tamen missarum sollemp- 5
niis usque ad diem obitus sui defuit. Fateor non meminisse me vidisse
virum magis exercitatum in divino officio, frequentiorem in psalmodia
et / vigilia matutina, benigniorem clero, quem nec verbo passus est a
quoquam molestari. Hic quandam laicalem personam clericum calump-
niantem fecit acerrime plagari, dans ceteris exemplum, [4]ut discerent 10
non blasphemare[4].

Audita igitur boni pastoris egritudine venerunt ad eum venerabiles viri Odo Lubicensis ecclesiae decanus et Ludolfus prepositus
Segebergensis cum fratribus utriusque congregationis. Qui cum lecto
egrotantis appositi optarent ei dilacionem vitae, ipse respondit: 15
‚Quid precamini michi, fratres, quod inutile est? Quantumcumque
supervivam, mors semper restat. Iam nunc utique fiat quod quandoque futurum est. Melius est evicisse quod effugere nemini licitum
est‘. O libertatem spiritus pavore mortis imperterritam! Inter loquen-
dum autem dedit nobis lectionem de psalmo: ‚[5]Letatus sum in his quae 20
dicta sunt michi: in domum Domini ibimus‘[5]. Interrogatus a nobis,
quas pateretur molestias, nullos se torsionum dolores sentire professus
est, sed tantum defectu virium pregravari. Verum cum fratres consummacionis finem inminere viderent, impenderunt ei sacrae unctionis
officium, sicque sacramentis salutaribus communitus illucescente die 25
cum tenebris noctis corruptibilem carnis sarcinam deposuit[6]. Corpus
eius Lubeke perlatum a clero et civibus honestae[c] traditum est sepul-
turae in medio basilicae, quam ipse fundavit. Et vacavit sedes Lubicensis usque in Kal. Februarii, eo quod dux abesset[7] et exspectaretur
eius sententia. 30

---

b) *Mit diesem Wort setzt 1 wieder ein (vgl. oben, Kap. 93, Anm. c).*
c) honestae *fehlt S, R.*

zusammen, Gottes Wort zu hören und den heiligen Handlungen beizuwohnen. Als er so seinen ganzen Sprengel bereist hatte, kam der Herr Bischof zuletzt nach Lütjenburg, um die dort Wohnenden tröstlich zu stärken; eben aber hatte er die Messe gehalten, da fühlte er plötzlich seine
5 Kräfte schwinden, gleichsam als sei sein Werk vollbracht. Man schaffte
ihn nach Bosau, und dort lag er lange krank; doch bis zu seinem Todestage
fehlte er niemals bei der Messe. Ich gestehe, daß ich mich nicht erinnere,
je einen Mann gesehen zu haben, der tätiger und eifriger am Gottesdienst,
regelmäßiger am Psalmensingen und an der Frühmesse mitgewirkt hätte,
10 gütiger gegen die Geistlichkeit gewesen wäre, gegen die er von niemand
auch nur ein beleidigendes Wort duldete. So ließ er einen Laien, der einen
Geistlichen verleumdet hatte, heftig mit Prügeln strafen, um anderen ein
Beispiel zu geben, [4]damit sie lernten nicht zu lästern[4].

Sobald man nun von der Krankheit des guten Hirten erfuhr, kamen zu
15 ihm die ehrwürdigen Männer Odo, Dekan der Lübecker Kirche, und Ludolf, Propst von Segeberg, mit den Brüdern aus beiden Konventen. Als
sie am Lager des Kranken standen und ihm längeres Leben wünschten,
erwiderte er selbst: ,,Warum wünscht ihr mir, Brüder, was unnütz ist?
Wie lange ich auch weiterleben mag, immer bleibt mir der Tod. Da mag
20 nur gleich geschehen, was doch einst geschehen muß! Besser hat man
überwunden, was keinem zu umgehen vergönnt ist.'' Welche geistige Freiheit, von Todesfurcht unerschüttert! Während wir mit ihm sprachen, legte
er uns den Psalm aus: ,,Ich freue mich dessen, was mir gesagt ist: daß wir
ins Haus des Herrn gehen werden''[5]. Von uns befragt, was er für Beschwer-
25 den habe, erklärte er, heftige Schmerzen fühle er nicht, nur der Kräftever-
fall belaste ihn schwer. Als aber die Brüder sein Ende herannahen sahen,
erwiesen sie ihm den Dienst der heiligen Ölung; so mit den Sterbesakra-
menten versehen, tat er bei Tagesanbruch mit den Schatten der Nacht zugleich die gebrechliche Bürde seines Leibes von sich[6]. Der nach Lübeck
30 überführte Leichnam wurde von Geistlichkeit und Bürgern inmitten der
Bischofskirche, die Gerold selbst gegründet hatte, ehrenvoll bestattet. Der
Lübecker Stuhl blieb unbesetzt bis zum 1. Februar, weil der Herzog abwesend war[7] und man auf seinen Entscheid wartete.

[4-4] Vgl. 1. Tim. 1, 20. Zur Prügelstrafe vgl. Adam, Schol. 53.
[5-5] = Psalm 121, 1.
[6] 1163, Aug. 13.
[7] In Bayern.

LIBER II.

Prefatioᵇ sequentis operis. Capitulum XCVI.

Inter descriptores hystoriarum rari inveniuntur, qui rebus gestis descriptionis fidem integram solvant. Sane disparilia hominum studia, plerumque corrupto fonte nascentia, in ipsa narracionis superficie 20 statim dinosci possunt, dum videlicet succrescens in corde hominis veluti superfluitas quaedam humorum indebitus amor sive odium deflectit narracionis impetum, derelicto veritatis tramite, in dexteram sive in sinistram. Multi enim aucupantes favorem hominum palliaverunt se amiciciae ficta quadam superficie et propter ambicionem 25 honoris seu cuiuslibet emolumenti ¹locuti sunt placentia¹ hominibus, asscribentes digna indignis, laudem quibus non debebatur laus, benedictionem quibus non erat benedictio. Quo contra alii odio concitati minus pepercerunt obloquiis, querentes locum calumpniis et quos manu nequibant acrius lingua insectantes. Tales profecto sunt, qui 30 ²ponunt lucem tenebras et dicunt² noctem diem. Sed nec aliquando

---

ᵃ) *Diese Überschrift nur in S.*
ᵇ) *Weder Überschrift noch Buch- oder Kapitelabstand 2.*

BUCH II

96. Vorrede zum nachfolgenden Werk

Unter den Geschichtsschreibern findet man nur wenige, die bei der Schilderung der Begebenheiten vollkommen zuverlässig sind. Gewiß lassen
20 sich die unterschiedlichen Absichten der Menschen, meist aus trüber Quelle fließend, bereits rein äußerlich an der Erzählung erkennen, denn ungerechtfertigte Zu- oder Abneigung, die im Herzen des Menschen wie eine Flut anschwillt und überfließt, leitet den geraden Gang der Darstellung fehl und führt sie nach rechts oder links vom Pfade der Wahrheit ab.
25 Viele nämlich umhüllten sich im Streben nach Gunst bei den Menschen mit dem heuchlerischen Mantel der Freundschaft und redeten[1] aus Ehrgeiz und Gewinnsucht nur, was den Leuten wohlgefällt[1], Unwürdigen schrieben sie würdige Taten zu, lobten, wem kein Lob zukam und segneten, bei wem kein Segen war. Andere hingegen sparten haßgetrieben zu
30 wenig mit Tadel, suchten Raum zum Schimpf und verfolgten um so schärfer mit der Zunge, wen sie mit der Hand nicht verfolgen konnten. Das sind wahrhaftig Menschen, die [2]Licht für Dunkel setzen[2] und Nacht Tag nennen. Zuweilen fehlte es auch nicht an Geschichtsschreibern, die

[1-1] Vgl. Jes. 30, 10.
[2-2] Vgl. Jes. 5, 20; vgl. auch Adam III, 65 Mitte.

defuerunt inter scriptores, qui propter dampna rerum et cruciatus
corporum impietates principum publicare timuerunt. Venialius autem
est veritatem tacuisse ob pusillanimitatem spiritus et tempestatem
quam ob spem inanis[c] lucri finxisse mendacium.

In / exprimendis igitur actibus hominum veluti in exsculpendis subti- 5
lissimis celaturis sincerum semper oportet esse consideracionis intuitum,
qui nec gratia nec odio nec pavore a [3]veritatis via[3] deducatur. Quod quia
multae peritiae est, immo maximae sollertiae, gubernaculum videlicet
sermonis inter haec scopulorum impedimenta inconcussum dirigere,
divina michi pietas intentius est exoranda, ut, quia navem descrip- 10
tionis ausu quodam inproviso magis quam temerario in altum deduxi,
ipsa opitulante et [4]flatus secundos[4] dirigente perducere merear ad litus
debitae consummacionis[5]. Alioquin ob difficultatem ingravescentium
causarum et depravatos mores principum facile perturbabor a timore
hominum. Magnae autem consolacionis est firmamentum omnibus 15
veritati innitentibus, quia veritas[6], etsi nonnunquam impiis [6]odium
pariat[6], ipsa tamen in se inconcussa permanens non offenditur, sicut et
egris oculis odiosa lux est, quod non lucis, sed egritudinis oculorum
culpa[d] dinoscitur. Sed et omnis considerans vultum nativitatis suae in
speculo non speculo, sed sibimet imputabit, si quid in se pravum 20
atque distortum viderit.

Sequens igitur opusculum, sicut et precedentia[7], [dedico][e] caritati
vestrae, o venerabiles domini et fratres, presentibus honorem, futuris
de rerum noticia fructum conducere cupiens. Sed et michimet spero
non defuturum quantumlibet emolumenti de orationibus magnorum 25
virorum, qui forte libellum hunc lecturi sunt, qui postulacioni meae
non negabunt precum suarum suffragia.

De Conrado episcopo. Capitulum XCVII.

Compositis igitur rebus in Bawaria Heinricus Leo, gemino ducatu
clarus, reversus est in Saxoniam et ac/cersito clero Lubicensi dedit eis 30
pontificem domnum Conradum, abbatem de Reddegeshuse, fratrem

---

[c]) maius 2.
[d]) esse *fügt zu* 2.
[e]) dedico *fehlt den Hss., ergänzt (Konj.) von S.*

[3-3] Vgl. Weish. 5, 6 und Jes. Sir. 34, 22.

aus Furcht vor Schaden am Besitz oder vor körperlicher Marter sich
scheuten, Ruchlosigkeiten von Fürsten offen bekannt zu machen. Ver-
zeihlicher ist es immerhin, wenn man die Wahrheit aus kleinmütigen Gedanken oder zeitbedingten Umständen verschwiegen, als wenn man aus
5 unmäßiger Gewinnsucht Lügen erfunden hat.

So muß bei der Schilderung menschlicher Taten wie bei der Gestaltung
feinster getriebener Arbeiten der Blick des Beobachters stets lauter sein;
weder durch Gunst noch Haß noch Furcht darf er sich vom ³Wege der
Wahrheit³ abziehen lassen. Weil das nun viel Erfahrung und äußerste Ge-
10 schicklichkeit verlangt, nämlich den Leitfaden der Erzählung durch diese
gefährlichen Felsenriffe unversehrt hindurchzulenken, so muß ich um so
inständiger Gottes Liebe anflehen. Der Herr möge mir, da ich das Schiff
meiner Darstellung mehr aus einer Art unerwartetem Wagemut als aus
Tollkühnheit auf das hohe Meer gesteuert habe, helfen und ⁴günstige
15 Winde⁴ schicken, damit ich es an das Ufer einer rechten Vollendung hin-
überzulenken vermag⁵. Sonst würde ich aus Bedrängnis durch die immer
drückender werdenden Verhältnisse und bei den verderbten Sitten der
Fürsten vielleicht von der Angst vor den Menschen irre gemacht. Ein großer und fester Trost ist es aber für alle, die sich auf die Wahrheit stützen,
20 daß sie zwar mitunter den Haß⁶ der Gottlosen erregt⁶, aber doch selbst
unerschütterlich und untadelig bleibt; so ist ja auch kranken Augen das
Licht verhaßt, woran doch nicht das Licht sondern die Krankheit der
Augen Schuld trägt. Auch wird jeder, der sein körperliches Bild im Spiegel
betrachtet, es nicht dem Spiegel, sondern sich selbst beimessen, wenn er
25 etwas Verdrehtes oder Verschrobenes an sich wahrnimmt.

So widme ich denn das folgende Werkchen, wie auch die vorhergehen-
den⁷, euch, ehrwürdige Herren und Brüder, und wünsche, daß es den Lebenden Ansehen, den Künftigen durch die Kenntnis der Geschichte Nutzen bringen möge. Doch auch mir selbst wird hoffentlich einiger Gewinn
30 erwachsen aus den Gebeten großer Männer, die vielleicht dies Büchlein
lesen und meiner Bitte ihre helfende Fürbitte nicht versagen werden.

97. Von Bischof Konrad

Nachdem nun in Bayern Ordnung geschaffen war, kehrte Heinrich der
Löwe im Glanze zweier Herzogswürden nach Sachsen zurück, berief die
35 Lübecker Geistlichkeit und gab ihnen als Bischof Herrn Konrad, den Abt

---

⁴⁻⁴ = Ovid, Met. XIII, 418.
⁵ Vgl. Adam III, 1.
⁶⁻⁶ Vgl. Terenz, Andria I, 1, 41.
⁷ Weist nicht auf andere Werke Helmolds oder auf zwei Rezensionen der
Chron. Slav. (so REIN.) hin, sondern einfach auf die vorangehenden Abschnitte
des Jahre zuvor entstandenen 1. Buches.

germanum domni Geroldi episcopi[1]. Quod licet Harthwigo archiepiscopo et omnibus pene Lubicensibus esset contrarium, prevaluit tamen voluntas ducis, cui refragari formidolosum erat. Recepit autem sacrum ordinem per manus Harthwici archiepiscopi in civitate Stadensi. Pollebat autem litteratura, facundia, affabilitate, largitate, multis preterea 5 donis, quibus dignam personam supervestiri decorum est. Sed pulchram viri superficiem deformabat insanabilis quaedam, ut ita dicam, impetigo, mobilitas animi et facilitas verborum, quae nunquam in eodem persistebat; dissidens ipse secum, nichil ex consilio faciens, incertus in promissis, extraneos diligens, suos fastidiens. Clero, quem in 10 tenella reperit ecclesia, magna severitate primum abusus est, [2]incipiens a primis[2], qui erant in Lubicensi ecclesia, [2]usque ad novissimos[2], qui habitabant in rure. Bona sacerdotum omnia sua esse dicebat, non quasi fratres, sed ut servos reputans. Si quem fratrum forte pulsare cepisset, non legitima vocacione, non loci vel temporis congruentia 15 sive capituli sententia usus est, sed ad placitum suum, quos gravare voluisset, aut suspendit ab officio aut eliminavit ab ecclesia. Commonitus a duce nichil remissius egit, sed alienavit se a duce et confederatus est archiepiscopo, quatinus connexis viribus facilius evinceret omnem resistentem. 20

Circa dies illos, quo primum promotus est ad summi sacerdocii gradum, cum adhuc consisteret secus archiepiscopum in urbe Horeborg[a], quae est super ripas Albiae, in mense Februario, hoc est XIIII⁰ Kal. Martii[3], orta est tempestas maxima ventorum, procellae, fulgorum choruscatio et tonitrui fragor, quae passim multas edes aut incendit 25 aut subruit, insuper tanta maris exundacio oborta est, quanta non est audita a / diebus antiquis, quae involvit omnem terram maritimam Fresiae, Hathelen et omnem terram palustrem Albiae et Wirrae et omnium fluminum, qui[b] descendunt in occeanum mare, et submersa sunt multa milia hominum et iumentorum, [4]quorum non est numerus[4]. 30 Quanti divites, quanti potentes vespere sedebant et deliciis affluebant omni [5]timore malorum sublato[5], sed veniens [6]repentina calamitas[6] [7]involvit eos in mediis fluctibus[7]!

[a]) horenburg 2; Horeburg SCHM.
[b]) que 2, LAPP.; quae edd. (Vgl. Kap. 82, Anm. b).

[1] 1164, Febr.; Konrad amtierte bis 1172.

von Riddagshausen, einen leiblichen Bruder Bischof Gerolds[1]. Das war
zwar Erzbischof Hartwig und fast allen Lübeckern zuwider, doch der Herzog setzte seinen Willen durch, denn es war gefährlich, ihm Widerstand zu
leisten. So empfing (Konrad) die heilige Weihe durch die Hand des Erz-
5 bischofs Hartwig in der Stadt Stade. Er war glänzend gebildet, beredt,
leutselig, freigebig und besaß viele andere Gaben, die einem Würdenträger
äußerlich wohl anstehen. Aber diese stattliche Erscheinung entstellte ein,
wenn ich so sagen darf, unheilbarer Ausschlag: wankelmütig und wort-
gewandt, blieb er nie bei einer Meinung; er widersprach sich selbst, tat
10 nichts mit Überlegung, war unzuverlässig bei Zusagen, bevorzugte die
Fremden und benachteiligte die Seinen. Was er an Geistlichkeit in dem
ganz jungen Kirchensprengel vorfand, behandelte er zunächst sehr hart und
schlecht; das [2]begann bei den Ersten[2] an der Lübecker Kirche und [2]endete
bei den Letzten[2], die auf dem Lande wohnten. Alle Güter der Priester
15 erklärte er für sein Eigentum und sah sie nicht als Brüder sondern als
Sklaven an. Wenn er sich gerade anschickte, einen Bruder zu maßregeln,
so kehrte er sich weder an die ordnungsgemäße Vorladung, noch an das
Zusammenstimmen von Ort oder Zeit, noch an den Spruch des Kapitels;
die er vielmehr bedrücken wollte, enthob er nach eigenem Spruche des
20 Amtes oder verstieß sie (gar) aus der Kirche. Vom Herzog ermahnt, ließ
er (doch) in nichts nach, sondern entfremdete sich von ihm und verbün-
dete sich mit dem Erzbischof, damit sie mit vereinten Kräften jeden, der
sich widersetzte, leichter überwinden könnten.

In jenen Tagen, als Konrad eben zur höchsten Stufe des Priestertums
25 befördert war und sich noch beim Erzbischof in der Harburg aufhielt, die
am Ufer der Elbe liegt, brach im Monat Februar, und zwar am 17.[3], ein
großes Unwetter mit heftigen Stürmen, grellen Blitzen und krachendem
Donner los, das weit und breit viele Häuser in Brand setzte oder zerstörte;
überdies entstand eine Meeresflut so groß, wie sie seit alters unerhört war.
30 Sie überschwemmte das ganze Küstengebiet in Friesland und Hadeln sowie das ganze Marschland an Elbe, Weser und allen Flüssen, die in den
Ozean münden; viele tausend Menschen und [4]eine unzählige Menge[4] Vieh
ertranken. Wie viele Reiche, wie viele Mächtige saßen abends noch,
schwelgten im Vergnügen und [5]fürchteten kein Unheil[5], da aber kam
35 [6]plötzlich das Verderben[6] und [7]stürzte sie mitten ins Meer[7]!

[2-2] Vgl. Ev. Matth. 20, 8.

[3] 1164, Febr. 17, wie zahlreiche Quellen von Köln bis Magdeburg übereinstimmend bezeugen; in dieser Sturmflut wurden namentlich die Zuiderzee und die
ostfriesische Leybucht verheerend weiter vergrößert.

[4-4] = Hiob 9, 10 und öfter in der Bibel.

[5-5] = Sprüche 1, 33.

[6-6] = Sprüche 1, 27; vgl. auch die folgenden Verse.

[7-7] = 2. Mose 14, 27.

[XCVIII].[c] Eadem die[8], qua maritimae regiones occeani tanta clade
pervasae[d] sunt, accidit strages magna[e] in civitate Slavorum Mikilinburg. Wertizlavus enim, Nicloti filius iunior, qui tenebatur in vinculis
Bruneswich, mandavit, ut dicitur, Pribizlavo fratri suo per nuntios
dicens: ‚En ego teneor vinculis[f] eternis inclusus, et tu negligenter agis? 5
Evigila et enitere atque viriliter age et, quod pace non potes, armis
extorque. Non recogitas, quod pater noster Niclotus, cum Lunenburg
teneretur in custodia[9], neque prece neque pecunia redimi potuit? Postquam autem virtutis instinctu corripuimus arma et fecimus incendia
et exterminia urbium, nonne dimissus est?‘   10
His auditis Pribizlavus collegit latenter[g] exercitum et venit inpro-
visus Mikilinburg. Heinricus autem de Scathen[h], prefectus castri, tunc
forte defuit, et populus qui erat in castro fuit sine principe. Accedens
igitur Pribizlavus ait ad viros qui erant in municione: ‚Magna, o viri,
tam michi quam genti meae illata est violentia, qui expulsi sumus de 15
[10]terra nativitatis[10] nostrae et privati sumus [11]hereditate patrum nostrorum[11]. Vos quoque iniu/riam hanc cumulastis, qui invasistis terminos
nostros et possedistis urbes et vicos, qui nobis debentur hereditaria
successione. [12]Proponimus igitur vobis optionem vitae et mortis[12]. Si
volueritis aperire nobis municionem et reddere terram nobis[i] debitam, 20
deducemus vos pacifice cum uxoribus et filiis et universa suppellectili.
Si quis Slavorum quippiam abstulerit eorum quae ad vos pertinent,
ego in duplo restituam. Quodsi nolueritis egredi, immo urbem hanc
pertinaciter defendere, iuro vobis, quia, si faverit nobis Deus et victoria,
omnes vos occidam in ore gladii‘. Ad haec verba Flamingi iacula dirigere 25
et vulnera infligere ceperunt. Slavorum igitur exercitus viris et armis
potentior vehementi pugna irrupit munitionem et occiderunt omne
masculinum in ea, [13]non reliquerunt de populo advenarum vel unum[13].
Uxores et parvulos eorum duxerunt in captivitatem et succenderunt
castrum igne.   30
Post haec [14]converterunt faciem[14] suam ad castrumYlowe, ut destrue-
rent illud. Porro Guncelinus, satelles ducis et prefectus terrae Obotri-

---

c) De strage Flamingorum *Überschrift in S; kein Kapitelabstand in 1 und 2.*
d) pervasi *codd.;* pervastatae *edd.*
e) maxima *2, 3.*   f) in vinculis *1, 1a.*
g) letanter *2.*   h) scaten *2.*
i) nobis *fehlt S, R.*

98. (Vom Gemetzel unter den Flamen)

Am gleichen Tage[8], als die Seelande am Meere von solchem Unheil heimgesucht wurden, ereignete sich ein großes Blutbad im slawischen Hauptort Mecklenburg. Wertislaw, Niklots jüngerer Sohn, der zu Braun-
5 schweig in Haft gehalten wurde, soll seinem Bruder Pribislaw durch Boten übermittelt haben: „Sieh, ich werde hier beständig gefesselt gehalten und du benimmst dich gleichgültig? Wach auf, handle, sei ein Mann und er- zwinge mit Waffen, was du nicht in Frieden bekommen kannst! Denkst du nicht daran, daß unser Vater Niklot, als er zu Lüneburg gefangen gehalten
10 wurde[9], weder mit Bitten noch mit Geld loszukaufen war? Nachdem wir aber mutigen Herzens zu den Waffen gegriffen hatten und Burgen in Brand setzten oder zerstörten, wurde er da nicht freigelassen?" Als Pribislaw das vernahm, sammelte er heimlich ein Heer und erschien unversehens vor Mecklenburg. Nun war Heinrich von Schathen, der Be-
15 fehlshaber der Burg, damals gerade abwesend und das Volk in der Feste ohne Führer. Da trat Pribislaw nahe heran und sagte zu den Männern auf den Wällen: „An mir wie an meinem Volke ist große Gewalttat verübt, ihr Männer; wir sind [10]aus unserer Heimat[10] vertrieben und unseres [11]väterlichen Erbes[11] beraubt. Ihr selbst habt dieses Unrecht noch vermehrt, da ihr in
20 unser Land gefallen seid und Burgen und Dörfer besetzt habt, die nach der Erbfolge uns zustehen. [12]Wir lassen euch also die Wahl zwischen Leben und Tod[12]. Wollt ihr uns die Burg öffnen und das uns zustehende Land herausgeben, so werden wir euch friedlich mit Weib und Kind und aller Habe ziehen lassen. Wenn ein Slawe etwas entwenden sollte von dem, was
25 euch gehört, so werde ich es verdoppelt ersetzen. Wollt ihr aber nicht ab- ziehen sondern diese Burg hartnäckig verteidigen, so schwöre ich euch, daß ich euch alle mit dem Schwerte erschlagen werde, wenn uns Gott und der Sieg hold sind!" Auf diese Worte begannen die Flamen Geschosse zu werfen und (den Feinden) Wunden beizubringen. Das Slawenheer jedoch, stärker
30 an Zahl und Waffen, drang in heftigem Kampfe in die Befestigung ein; sie töteten alle Männer darin und [13]ließen von der Einwandererschar nicht einen am Leben[13]. Ihre Frauen und Kinder führten sie in Gefangenschaft und legten Feuer an die Burg. Danach [14]machten sie Front[14] gegen die Feste Ilow, um (auch) sie zu
35 zerstören. Doch Gunzelin, Vasall des Herzogs und Statthalter im Obo- tritenlande, hatte durch eine Handvoll Kundschafter erfahren, daß die

[8] 1164, Febr. 17; vgl. Ann. Palid., Ann. Magd.
[9] 1158? Vgl. Kap. 86, Anm. 4.
[10-10] = 1. Mose 11, 28 und 24, 7.
[11-11] = 1. Makk. 15, 33 f.
[12-12] Vgl. 5. Mose 30, 19.
[13-13] Vgl. 1. Makk. 7, 46; 2. Kön. 10, 14.
[14-14] Vgl. 2. Kön. 20, 2; 2. Chron. 6, 3.

torum, audiens per exploratorum manus exisse Slavos, preierat cum
paucis militibus Ylowe, ut fieret urbi presidio. Vastata igitur Mikelenburg Pribizlavus antecessit exercitum cum fortissimis, ut preoccuparet
obsidionem, ne quis forte effugeret. Quod audiens Guncelinus dixit ad
suos: ‚Exeamus velociter et pugnemus cum eo, priusquam reliquus ₅
veniat exercitus. Lassi enim sunt de pugna et strage, quam commiserunt hodie‘. Et responderunt ei fideles sui: ‚Non est nobis cautum
egredi, statim enim, ut exierimus, Slavi, qui sunt infra urbem hanc et
videntur stare nobiscum, claudent portas urbis post nos, et nos erimus
exclusi, urbsque cedet in manus Slavorum‘. Et [15]displicuit verbum hoc ₁₀
in oculis[15] Guncelini et virorum eius[k]. Convocans igitur Teutonicos
omnes, qui / erant in urbe, dixit ad eos in audientia Slavorum, qui
fuerant in urbe, et de quibus fuerat tradicionis timor: ‚Relatum est
michi, quod Slavi, qui nobiscum sunt intra portas urbis, iuraverunt
Pribizlavo, ut tradant et nos et urbem. Audite igitur, o viri com- ₁₅
patriotae, qui destinati estis in mortem et exterminium: statim, ut
videritis perfidiam, obicite vos portis et mittite ignem in menia urbis[16]
et exurite perfidos hos cum mulieribus[l] et parvulis. Moriantur una
nobiscum, nec fiat aliquis ex eis superstes, ut non glorientur de interitu
nostro‘. ₂₀
   His auditis exterriti sunt animi Slavorum, nec ausi sunt aggredi
quae animo conceperant. Vespere autem facto venit universus exercitus Slavorum ante castrum Ylowe, et allocutus est Pribizlavus Slavos, qui erant in ea[m]: ‚Notum est omnibus vobis, quantae calamitates et pressurae apprehenderint gentem nostram propter violentam ₂₅
ducis potentiam, quam exercuit in nos, et tulit nobis [17]hereditatem
patrum nostrorum[17] et collocavit in omnibus terminis eius advenas,
scilicet Flamingos et Hollandros, Saxones et Westfalos atque nationes
diversas. Hanc iniuriam zelatus est pater meus usque ad mortem,
frater quoque meus ob hoc ipsum vinculis eternis tenetur inclusus, et ₃₀
nemo remansit, qui cogitet [18]bonum genti nostrae[18] aut velit suscitare
ruinas eius, nisi ego solus. Revertimini igitur ad cor, o viri reliquiarum
Slavici generis, et resumite audaciam et tradite michi urbem hanc et
viros, qui iniuste occupaverunt eam, ut ulciscar in eos, sicut ultus sum
in eos qui invaserant Mikilenburg‘. Et cepit eos commonere super pro- ₃₅
misso. At illi negaverunt timore perterriti. Secesserunt ergo Slavi

[k]) eius *fehlt 2.*   [l]) uxoribus *2.*   [m]) scil. urbe.

Slawen ausgezogen seien, und war mit wenigen Gewaffneten nach Ilow vorausgeeilt, um die Burg zu decken. Sobald nun Mecklenburg zerstört war, zog Pribislaw mit seinen Tapfersten dem Heere voran, um die Belagerung vorweg einzuleiten, damit nicht etwa jemand entkäme. Als Gun-
5 zelin das hörte, sagte er zu den Seinen: ,,Rücken wir rasch aus und kämpfen mit ihm, bevor sein ganzes Heer herankommt; sie sind ja müde von dem blutigen Gemetzel, das sie heute vollbracht haben." Da erwiderten ihm seine Getreuen: ,,Es ist unvorsichtig, wenn wir ausrücken, denn sobald wir draußen sind, werden die Slawen hier in der Burg, die zu uns zu
10 stehen scheinen, sofort die Tore der Feste hinter uns schließen und wir sind ausgesperrt, während die Burg in die Hand der Slawen übergeben wird."
[15]Dieses Wort mißfiel[15] Gunzelin und seinen Mannen. So berief er alle Deutschen, die in der Burg waren, und sagte zu ihnen in Gegenwart der slawischen Burginsassen, von denen man Verrat befürchtete: ,,Mir ist
15 hinterbracht worden, daß die Slawen, die sich mit uns innerhalb der Burgtore befinden, dem Pribislaw geschworen haben, uns und die Feste zu übergeben. Darum hört (gut zu), meine Landsleute, denen Tod und Verderben bestimmt ist: sobald ihr Hinterlist bemerkt, werft euch an die Tore, legt Feuer an die Burgmauern[16] und verbrennt diese Verräter mit
20 Weib und Kind. Mit uns zusammen sollen sie sterben und keiner von ihnen soll davonkommen, damit sie über unseren Untergang nicht frohlocken!"
Die Slawen hörten das, erschraken heftig und wagten nicht Hand an das zu legen, was sie geplant hatten. Als es Abend wurde, erschien das ganze Slawenheer vor der Feste Ilow, und Pribislaw rief die Slawen in der Burg
25 auf: ,,Ihr wißt alle, wieviel Unheil und Bedrückung unser Volk durch die gewalttätige Macht des Herzogs erlitten hat, die er gegen uns ausübt, indem er uns [17]das Erbe unserer Väter[17] genommen und in all ihren Landen Einwanderer angesetzt hat, Flamen und Holländer, Sachsen und Westfalen sowie Leute anderer Herkunft. Dieses Unrecht hat mein Vater bis an
35 seinen Tod erbittert empfunden, auch mein Bruder wird eben darum in ewiger Haft gehalten, und keiner blieb nach, der an [18]das Wohl unseres Volkes[18] denkt und es aus Trümmern wieder aufrufen will, als ich allein. Geht also in euch, ihr Männer des verbliebenen Restes der Slawen, faßt wieder Mut und übergebt mir diese Burg und die Leute, die sie zu Unrecht
40 besetzt haben, damit ich sie strafe, wie ich die Besatzung von Mecklenburg gestraft habe!" Und so suchte er sie an die Absprache zu mahnen. Sie aber gingen furchterfüllt nicht darauf ein. Deshalb rückten die Slawen (etwas)

[15-15] Vgl. 1. Sam. 8, 6; 2. Sam. 11, 27.
[16] ,menia' = Holzerdebefestigungen!
[17-17] = 1. Makk. 15, 33 f.
[18-18]Vgl. 1. Makk. 14, 4.

longius a castro, eo quod ingrueret nox, et castra metanda essent.
Advertentes autem Slavi, quia Guncelinus et qui cum eo sunt viri
fortes sunt et bellicosi, nec posse municionem capi sine maxima strage,
primo diluculo recesserunt ab obsidione et reversi sunt ad loca sua[19].
Guncelinus igitur veluti [20]torris / erutus ab igne[20], relicta Ylowe et 5
collocata illic Slavorum custodia, transiit Zuerin, et letati sunt habitatores urbis de insperato adventu eius. Auditum enim fuerat pridie,
quod interfectus fuisset ipse [21]et viri eius pariter[21].

De Bernone episcopo. Capitulum XCVIIII.

Quinto igitur die, postquam percussa est Mikilenburg, descendit 10
Berno venerabilis episcopus cum paucis clericis de Zuerin tumulare
interfectos, gestans in collo suo sacerdotalia indumenta, in quibus
offerre mos est. Et figens altare in medio interfectorum [1]obtulit pro eis
hostiam salutarem[1] domino Deo [2]cum luctu et tremore[2]. Quo iam sacrificium peragente surrexerunt Slavi de insidiis, ut percuterent ponti- 15
ficem et qui cum eo erant. Sed celeriter missus a Deo supervenit quidam Reichardus[a] de Saltwidele cum milicia. Hic audito, quia Guncelinus obsessus esset Ylowe, egressus fuit ad auxilium ipsius et iter faciens
casu supervenit Mikilenburg, cum pontifex cum suis iam[b] in mortis
esset articulo[c]. Cuius adventu territi Slavi fugierunt, et salvatus epi- 20
scopus peregit opus pietatis et tumulavit de interfectis ad septuaginta
corpora, et post haec reversus est Zuerin.

[d]Post non multum vero tempus Pribizlavus collecta rursum Slavorum manu venit Malacowe et Cuscin et allocutus est habitatores urbis
dicens: ‚Scio quidem vos esse viros fortes[e] et nobiles et obsecundantes 25
imperio magni ducis, domini vestri. Volo igitur persuadere vobis quae
sunt utilia. Reddite michi castrum, quod olim fuit patris mei et michi
nunc hereditaria successione debetur, et ego exhiberi vobis faciam
conductum usque ad ripas Albiae. Si quis eorum quae ad vos pertinent
quic/quam violenter attigerit, ego in duplo restitui faciam. Quod si 30
hanc condicionem optimam inutilem iudicaveritis, oportebit me rur-

---

[a]) richardus *1, 1a.*   [b]) iam *fehlt S.*
[c]) periculo *3.*
[d]) Post...ferve(bat) *(Kap. 105, Anm. f) fehlt 1 (Bl. 1–3 und 8–10 der letzten
Lage entfernt); vorhanden 1a.*   [e]) fortes *fehlt 1a.*

weiter von der Feste ab, weil die Nacht anbrach und sie Lager schlagen mußten. Da sie nun sahen, daß Gunzelin und die Seinen tapfere und kriegs-erfahrene Männer waren, und daß die Burg nicht ohne größtes Blutver-gießen genommen werden konnte, standen sie am frühen Morgen von der
5 Belagerung ab und kehrten heim[19]. Gunzelin jedoch, [20]ein aus dem Feuer gerissenes Scheit[20], verließ Ilow, wo er eine Wache für die Slawen hinter-lassen hatte, und begab sich nach Schwerin; da freuten sich die Insassen der Burg über seine unverhoffte Ankunft, weil es am Vortage geheißen hatte, er selbst sei [21]zugleich mit seinen Mannen[21] erschlagen worden.

10 ## 99. Von Bischof Berno

Fünf Tage nach der Zerstörung von Mecklenburg zog der ehrwürdige Bischof Berno mit wenigen Klerikern von Schwerin heran, die Toten zu bestatten; er trug an seinem Halse den geistlichen Ornat, in dem man Messe zu halten pflegt. Mitten unter den Toten stellte er einen Altar auf und
15 [1]opferte für sie Gott dem Herrn die heilbringende Hostie[1] in Trauer und Schrecken[2]. Fast hatte er das Meßopfer beendet, da erhoben sich die Slawen aus einem Hinterhalt, um den Bischof und seine Begleiter zu durchbohren. Doch darüber kam, rasch von Gott gesandt, ein Mann namens Reichard von Salzwedel mit Reisigen herbei. Er hatte gehört, daß Gunzelin in Ilow
20 belagert werde, war aufgebrochen, um ihm zu helfen, und kam unterwegs zufällig in Mecklenburg dazu, als der Bischof und die Seinen schon dem Tode ins Auge sahen. Bei seiner Ankunft (aber) flohen die erschreckten Slawen, der gerettete Bischof führte das Liebeswerk zu Ende, begrub an 70 Leichen der Erschlagenen und kehrte darauf nach Schwerin zurück.
25 Bald darauf aber kam Pribislaw, der abermals eine Schar von Slawen gesammelt hatte, nach Malchow und Quetzin und richtete an die Bewoh-ner der Burg die Worte: „Ich weiß, daß ihr tapfere und edle Männer seid, gehorsam dem Befehl des großen Herzogs, eures Herrn. Darum will ich euch raten, was euch nützt. Gebt mir die Feste zurück, die einst meinem
30 Vater gehört hat und nach der Erbfolge nun mir zusteht, dann will ich be-wirken, daß euch Geleit bis an die Elbufer zugebilligt wird. Wenn jemand von dem, was euch gehört, gewaltsam etwas genommen werden sollte, so werde ich es doppelt ersetzen lassen. Haltet ihr dieses äußerst günstige Angebot für zwecklos, so muß ich abermals mein Glück versuchen und

---

[19] 1164, Febr. 18.

[20-20] = Zach. 3, 2.

[21-21] Vgl. 1. Sam. 31, 6.

[1-1] Vgl. 2. Makk. 3, 32.

[2-2] = Tobias 2, 5.

sum experiri fortunam meam et congredi vobiscum. Mementote, quid
contigerit habitantibus Mikilenburg, qui spreverunt condiciones pacis
et provocaverunt me in suimet dampnum'. Tunc milites custodes presidii videntes non esse locum pugnae, eo quod ³hostes multi, auxiliarii
vero essent pauci³ impetraverunt conductum extra terminos Slaviae,   5
et Pribizlavus recepit castrum.

Suspendium Wertezlai. Cap. C.

Audiens igitur Heinricus Leo dux labefactari res in Slavia contristatus est animo et misit interim robur militum Zuerin ad custodiendum
eam. Et precepit Adolfo comiti et maioribus de Holzatia, ut transirent   10
Ylowe et essent tutamen castri. Post haec congregavit exercitum gran-
demⁿ et vocavit cognatum suum Adelbertum, marchionem orientalis
Slaviae, et omnes fortissimos tocius Saxoniae in auxilium, ut redderet
Slavis malum quod fecerant. Sed et Waldemarum regem Danorum
adduxit cum navali exercitu, ut vexaret eos terra marique¹. Et occurrit   15
Adolfus comes duci cum omni Nordalbingorum populo iuxta Malacowe.

Dux vero, ubi transiit Albiam et attigit terminos Slavorum, fecit
Wertizlavum principem Slavorum suspendio interfici prope urbem
Malacowe, eo quod pessundaverit eum frater eius Pribizlavus et pre-
varicatus fuerit promissiones pacis, quas pactus fuerat. Et precepit   20
dux Adolfo comiti per nuntium dicens: ,Surge cum Holzatis et Sturmariis et cum omni populo, qui tecum est, et precedite ducem usque in
locum qui dicitur Viruchne². Idem facturus est Guncelinus prefectus
terrae Obotritorum et Reinoldus comes Thetmarsiae et Christianus
comes de Aldenburg, quae ëst in Amerlandᵇ ,terra Fresonum; hii omnes   25
precedent tecum cum armatorum numero, qui ad ipsos pertinent'. Tunc
abiit Adolfus / comes cum ceteris nobilibus, qui secum deputati fuerant
iuxta imperium ducis, et venerunt in locum qui dicitur Viruchneᶜ et
distat ab urbe Dimin fere duobus miliaribus, et metati sunt illic castra.
Porro dux et ceteri principes morati sunt in loco qui dicitur Malacoweᵈ,   30
secuturus post aliquot dies cum reliquo exercitu, cum veredariis feren-
tibus victualia, ³quae exercitui sufficerent copiose³. Universus vero

---

ⁿ) gravem *1a*.   ᵇ) anerlant *2*.
ᶜ) Biruchne *4*.
ᵈ) Malacowe *fehlt (Lücke ist gelassen) 2;* Verthen *4*.

mit euch kämpfen. Bedenkt, was den Bewohnern von Mecklenburg zuge-
stoßen ist; sie haben die Friedensbedingungen verschmäht und mich zu
ihrem Verderben herausgefordert." Da sahen die mit dem Schutz der
Feste betrauten Ritter, daß für den Kampf kein Raum blieb, weil [3]die
5 Feinde zahlreich, der Helfer aber nur wenige[3] waren; sie erlangten Geleit
bis über die Grenzen des Slawenlandes und Pribislaw nahm die Burg
wieder ein.

100. Wertislaw wird aufgehängt

Als nun Heinrich der Löwe vernahm, daß die Lage im Slawenlande un-
10 sicher wurde, betrübte er sich von Herzen und sandte einstweilen starke
Kräfte nach Schwerin, um es zu halten. Dem Grafen Adolf und den Ältesten der Holsten befahl er, nach Ilow hinüberzurücken und die Burg zu
schützen. Danach sammelte er ein mächtiges Heer und rief seinen Vetter
Albrecht, den Markgrafen im östlichen Slawenlande, sowie die tapfersten
15 Männer aus ganz Sachsen zu Hilfe, den Slawen das Unheil zu vergelten,
das sie angerichtet hatten. Aber auch den König Waldemar von Dänemark zog er mit einer Flotte heran, um sie zu Lande wie zu Wasser heimzusuchen[1]. Graf Adolf stieß mit dem ganzen Aufgebot der Nordelbinger
unweit Malchow zum Herzog.
20 Sobald aber der Herzog die Elbe überschritten hatte und in das Gebiet
der Slawen eingedrungen war, ließ er den Slawenfürsten Wertislaw nahe
bei der Burg Malchow aufhängen, weil sein Bruder Pribislaw ihn preisgegeben und die friedlichen Versprechungen, die er vertraglich gemacht,
gebrochen hätte. Sodann befahl der Herzog dem Grafen Adolf durch Bo-
25 ten: ,,Brich auf mit den Holsten und Stormarn sowie allem Volk, das bei
dir ist, und zieht vor dem Herzog her bis zu dem Ort namens Verchen[2].
Gunzelin, der Statthalter des Obotritenlandes, wird das gleiche tun, wie
auch Graf Reinhold von Dithmarschen und Graf Christian von Oldenburg
im Ammerland, einer friesischen Landschaft; sie alle werden mit dir voran-
30 ziehen samt den zu ihnen gehörenden Gewappneten." Da rückte Adolf ab
mit den übrigen Edlen, die ihm durch Befehl des Herzogs zugewiesen worden waren, und sie kamen an den Ort Verchen, der von der Burg Demmin
etwa zwei Meilen entfernt liegt, und schlugen dort Lager. Der Herzog und
die übrigen Fürsten blieben aber in Malchow; sie wollten einige Tage spä-
35 ter nachfolgen mit dem restlichen Heere und den Saumtieren, die genü-
gend Lebensmittel tragen sollten, [3]um das Heer zu versorgen[3]. Der ganze

---

[3-3] Vgl. Ev. Matth. 9, 37.

[1] 1164, Juni/Juli.
[2] An der Peene, am Ausfluß des Kummerower Sees.
[3-3] Vgl. Judith 2, 8.

Slavorum exercitus consederat in urbe[e] Dimin. Fueruntque principes
eorum Kazemarus[f] et Buggezlavus[g], duces Pomeranorum[4] et cum hiis
Pribizlavus, auctor rebellionis miseruntque nuntios ad comitem, volentes per eum admitti ad condiciones pacis, et promiserunt tria milia
marcarum. Rursum alios mittentes promiserunt duo milia. [5]Et dis-   5
plicuit verbum hoc[5] comiti Adolfo, et dixit ad suos: ‚Quid vobis videtur, o viri sapientes? Qui heri promiserunt tria milia marcarum, nunc
offerunt duo milia. Verbum istud non est querens pacem, sed adducens
bellum‘.

Miserunt igitur Slavi noctu speculatores in castra explorare[h]   10
statum exercitus. Aldenburgenses vero Slavi fuerant cum Adolfo
comite, sed insidiose; nam quaecumque gerebantur in exercitu remandaverunt hostibus per manus exploratorum. Dixerunt igitur Adolfo
comiti Marchradus senior terrae Holzatorum et ceteri, qui intellexerant
[6]verbum absconditum[6]. ‚Auditu certissimo comperimus, quod hostes   15
nostri preparent se ad bellum. Porro nostrates segnius agunt nec in
vigiliis nec in custodiis debitam exhibent diligentiam. Adhibe igitur
cautionem populo, eo quod dux bene presumat de te‘. Et dissimulavit
comes ceterique nobiles et [7]dixerunt: ‚Pax et securitas[7], emortua est
enim virtus Slavorum‘. Defecit igitur in exercitu custodia. Moram   20
autem faciente duce defecerunt exercitui alimenta, et destinati sunt
pueri, qui deberent ire ad exercitum / ducis propter victualia afferenda.
Quibus primo diluculo iter aggressis, ecce in ascensu clivi apparuerunt
cunei Slavorum cum populo innumerabili tam equitum quam peditum[8].
Quibus visis retorsere pedem pueri et [9]clamore valido[9] dormientem   25
suscitavere exercitum. Alioquin omnes mortem sompno copulassent.

Tunc viri illustres atque militares Adolfus atque Reinoldus cum pau-
cissimis Holzatensium atque Thetmarsiensium, qui forte sompno exciti
maturius occurrerant[i], exceperunt hostes in descensu clivi, et contrita
est prima acies Slavorum[k] ab eis, et [10]percusserunt eos usque ad[10] in-   30
teriora stagni. Quos e vestigio subsecuta secunda Slavorum acies
operuit instar montium[11], et percussi sunt Adolfus comes et Reinoldus

---

[e]) que dicitur *fügt zu 2.*
[f]) *Weitere Lesarten hier und sonst:* kazemorus, kazemar, cazemar.
[g]) *Weitere Lesarten hier und sonst:* buggezlaus, buggezlaf(us).
[h]) ad explorandum *4.*   [i]) accurrerant *edd., LAPP.*
[k]) Slavorum *fehlt 2.*

Heerbann der Slawen aber lagerte in der Burg Demmin; seine Führer
waren Kasimir und Bogislaw, die Herzöge von Pommern[4], und mit ihnen
Pribislaw, der Urheber des Aufstandes, und sie sandten Unterhändler zum
Grafen, weil sie durch ihn an Friedensbedingungen gelangen wollten, und
5 boten 3000 Mark an. Hernach schickten sie andere, die (nur) 2000 versprachen. [5]Solche Rede mißfiel[5] dem Grafen Adolf und er sagte zu den
Seinen: ,,Was haltet ihr davon, meine Ratgeber? Gestern versprachen sie
3000 Mark, heute bieten sie 2000 an! Solche Sprache sucht nicht Frieden
sondern führt Krieg herbei.''
10 Nun sandten die Slawen nächtlich Späher ins Lager, um den Zustand
des Heeres zu erkunden. Die Oldenburger Slawen standen zwar beim Grafen Adolf, waren aber hinterhältig; was immer beim Heere geschah, teilten
sie durch die Späher den Feinden mit. Daher sagten Markrad, der Älteste
im Holstengau, und die anderen, die [6]den geheimen Sinn der Worte[6] erfaßt
15 hatten, zum Grafen Adolf: ,,Wir wissen ganz sicher, daß unsere Feinde
sich auf den Kampf vorbereiten. Unsere Leute sind aber zu nachlässig, sie
beweisen auf Wache weder bei Nacht noch am Tage die nötige Sorgfalt.
Gib also gut auf dein Kriegsvolk acht, denn der Herzog erwartet viel von
dir!'' Der Graf aber und die übrigen Edlen achteten nicht darauf und
20 [7]meinten: ,,(Nur) Frieden und Ruhe[7], die Tapferkeit der Slawen ist ganz
dahin.'' So nahm die Wachsamkeit im Heere ab. Weil aber der Herzog auf
sich warten ließ, gingen dem Heere die Lebensmittel aus, und Knappen
wurden bestimmt, die zum Heere des Herzogs gehen sollten, um Nahrung
herbeizuschaffen. Als sie frühmorgens ihren Weg antraten, kamen ihnen
25 beim Anstieg auf den Hügel plötzlich die (gefechtsbereiten) Heerhaufen
der Slawen mit ihrem zahllosen Volk an Reitern und Fußkämpfern zu
Gesicht[8]. Sobald sie das sahen, kehrten die Burschen um und weckten [9]mit
lautem Geschrei[9] das schlafende Heer; sonst hätten alle den Tod mit dem
Schlafe vermählt.
30 Da fingen die glänzenden, ritterlichen Helden Adolf und Reinhold mit
einer Handvoll Holsten und Dithmarschen, die – eben aus dem Schlafe er-
weckt – so rasch es ging herbeigeeilt waren, am Abhang des Hügels die
Feinde auf; das erste Treffen der Slawen wurde von ihnen aufgerieben und
[10]bis in den See hineingetrieben[10]. Doch ihm folgte unmittelbar die zweite
35 slawische Welle und überschüttete sie wie ein Bergsturz[11]; da wurden Graf

---

[4] Kasimir I. († 1180) und Bogislaw I. († 1187).

[5-5] = 2. Sam. 11, 27.

[6-6] = Ev. Luk. 18, 34.

[7-7] = 1. Thess. 5, 3.

[8] 1164, Juli, 6.

[9-9] = Hebr. 5, 7.

[10-10] = 1. Sam. 7, 11.

[11] Vgl. Hosea 10, 8.

comes[1], et fortissimi quique ceciderunt. Et obtinuerunt Slavi castra
Saxonum et diripuerunt predas castrorum. Porro Guncelinus et Christianus et cum eis amplius quam trecenti milites conglobati in unum
continebant se in latere pugnae ignorantes, quid agerent. Formidolosum quippe erat congredi cum tanto hoste, omnibus scilicet sociis aut　5
interfectis aut fuga disiectis. Accidit igitur, ut cuneus quidam Slavorum veniret ad tabernaculum quoddam, ubi multi erant armigeri et
equi plures. Quibus expugnandis cum valentius instarent, armigeri
clamaverunt ad dominos suos, quorum globus fuit e vicino: ‚Quid
statis, o fortissimi milites, et quare non succurritis servis vestris? Rem　10
utique turpissimam agitis'. Qui concitati clamore servorum suorum
insilierunt in hostes et quasi ceco furore pugnantes liberaverunt pueros
suos. Deinde castris fortius inmersi, difficile dictu est, quantos ictus/
dederint vel quas strages hominum fecerint, donec victrices illas Slavorum acies disicerent et reciperent castra, quae perdiderant. Denique　15
[12]miscuit Deus Slavis spiritum vertiginis[12], et ceciderunt de manibus
optimorum militum. Et audierunt Saxones, qui erant in latibulis, et
egressi sunt et resumpta audacia fortiter infusi sunt hostibus et [13]per-
cusserunt eos attricione magna nimis[13], et repletus est campus ille acervis mortuorum[14]. Et venit dux festinanter[15], ut fieret suis presidio, et　20
vidit [16]ruinam, quae facta est in populo[16] suo, et quia mortuus est comes Adolfus et fortissimi quique, et resolutus est in lacrimas multas.
Sed dolorem eius mitigavit copiosior victoria et cedes Slavorum maxima, qui ad duo milia et quingentos connumerati sunt. Precepit igitur
dux corpus Adolfi comitis concidi frustatim et assum condiri [17]opere　25
pigmentarii[17], quo posset circumferri et patriis inferri monumentis[18].
Et impletum est vaticinium, quod cecinit pridie quam pateretur, sepissime reiterans versum: ‚[19]Igne me examinasti, et non est inventa in me
iniquitas[19]'.

Slavi igitur, qui effugerant manus gladii, venerunt Dimin et succen-　30
so castro illo potentissimo transierunt ad interiora Pomeranae regionis,
fugientes a facie ducis. Sequenti autem die[20] venit dux cum exercitu
universo Dimin et repperit castrum exustum, et collocavit illic par-

---

[1]) comes *fehlt* 2.

[12-12] Vgl. Jes. 19, 14.

[13-13] Vgl. 4. Mose 11, 33.

[14] Bestätigend schildern Ann. Palid., Saxo Gramm., Alb. Stad.

Adolf und Graf Reinhold erschlagen und all die Tapferen fielen. Die Slawen aber nahmen das Lager der Sachsen ein und plünderten es. Indes hatten Gunzelin und Christian, um die sich mehr als dreihundert Ritter scharten, abseits des Schlachtfeldes Aufstellung genommen und waren
5 unschlüssig, was sie tun sollten. Freilich war es gefährlich, mit einem so starken Feinde zu kämpfen, nachdem bereits alle Mitstreiter erschlagen oder in die Flucht gejagt waren. Da geschah es, daß ein Haufe der Slawen an ein Zelt kam, bei dem sich viele Knappen und mehrere Pferde befanden. Als sie nun heftig herandrängten, um sie niederzumachen, schrien die
10 Knappen ihren Herren zu, deren geballte Schar dicht bei ihnen stand: „Was steht ihr, wackere Ritter, und kommt euren Mannen nicht zu Hilfe ? Ihr führt den Kampf äußerst schimpflich!" Angespornt von diesem Geschrei ihrer Knechte, stürzten sie sich auf die Feinde und fochten mit blinder Wut, so daß sie ihre Knappen befreiten. Darauf drangen sie mann
10 haft in das Lager ein, und man kann kaum sagen, wie viele Streiche sie austeilten oder was sie an Gegnern niederstreckten, bis sie die siegreichen Slawenscharen zersprengt und das verlorene Lager wieder genommen hatten. Zuletzt [12]schickte Gott Verwirrung in die Herzen[12] der Slawen und sie fielen von der Hand der trefflichsten Ritter. Das hörten die Sachsen in
15 ihren Schlupflöchern, kamen hervor, faßten wieder Mut, fielen tapfer über die Feinde her und fügten ihnen [13]außerordentlich hohe Verluste zu[13], so daß sich das Feld mit Haufen von Leichen bedeckte[14]. Da kam auch der Herzog herbeigeeilt[15], um die Seinen zu schützen, sah das [16]Unheil, das sein Volk betroffen hatte[16], und daß Graf Adolf samt den tapfersten Strei
20 tern gefallen war, und brach in heftige Tränen aus. Doch seinen Schmerz milderten der vollständige Sieg und die blutigen Verluste der Slawen, die an 2500 Mann betrugen. Der Herzog ließ nun den Leichnam des Grafen Adolf zerteilen, auskochen und einbalsamieren[17], damit er fortgeschafft und in der Gruft seiner Väter beigesetzt werden könne[18]. Und die Weis
25 sagung erfüllte sich, die er am Vortage seines Todes selbst gesungen hatte, als er öfters den Vers wiederholte: [19]„Mit Feuer hast du mich geprüft und keine Ungerechtigkeit ist erfunden an mir"[19].
Die der Schärfe des Schwertes entronnenen Slawen kamen nach Demmin, setzten diese sehr starke Feste in Brand und gingen auf der Flucht
30 vor dem Herzog in das Innere der Landschaft Pommern zurück. Am nächsten Tage aber[20] erschien der Herzog mit dem ganzen Heere vor Demmin, fand die Burg ausgebrannt und ließ dort einen Teil der Streitmacht

[15] Anscheinend am gleichen Tage.

[16-16] Fast = 1. Sam. 4, 17.

[17-17] = 2. Mose 37, 29.

[18] Vgl. D. Schäfer, Mittelalterlicher Brauch bei der Überführung von Leichen, SBdPr. AkdW. Berlin 1920, Nr. 26, S. 478–98.

[19] = Psalm 16, 3.

[20] 1164, Juli, 7.

tem exercitus, ut deponerent vallum et adequarent solo et ut essent presidio vulneratis, quibus opus erat cura. Ipse vero cum reliquo exercitu ivit in occursum Waldemari regis. Et abierunt sociata manu, ut depopularentur latitudinem Pomeranae regionis, et venerunt ad locum qui dicitur Stolpe. Illic Kazemarus et Buggezlavus iam olim fundaverant 5 abbatiam in / memoriam patris sui Wertizlavi, qui ibidem et occisus et sepultus est[21]. Ille primus inter duces Pomeranorum conversus est ad fidem per manus sanctissimi Ottonis Bavenbergensis episcopi, et ipse fundavit episcopatum Uznam[m] et admisit cultum Christianae religionis in terram Pomeranorum[22]. Illuc igitur pervenit exercitus ducis, 10 [23]et non erat qui resisteret[23]. Slavi enim semper ultra progredientes diffugiebant a facie ducis, nusquam ausi[n] subsistere pre formidine faciei eius.

Sepultura Adolfi comitis. Capitulum CI.

In diebus illis venit nuntius in terram Slavorum, qui diceret duci: 15 ‚Ecce legatus regis Greciae[1] cum multo comitatu venit Bruneswich loqui tibi‘. Ad hunc audiendum dux egressus est Slaviam, omisso exercitu et prosperis expedicionis[a] successibus. Alioquin propter recentem[b] victoriam et impetum faventis fortunae omne robur Slavorum consumpsisset usque in finem et fecisset terrae[c] Pomeranorum, sicut fecit 20 terrae Obotritorum. Omnis igitur terra Obotritorum et finitimae regiones, quae pertinent ad regnum Obotritorum, assiduis bellis, maxime vero hoc novissimo bello [2]tota in solitudinem redacta est[2], Domino scilicet favente et dexteram piissimi ducis semper confortante. Si quae Slavorum extremae remanserant reliquiae, propter annonae penuriam 25 et agrorum desolaciones tanta inedia confecti sunt, ut congregatim ad Pomeranos sive ad Danos fugere cogerentur, quos illi nichil miserantes Polanis, Sorabis atque Boemis vendiderunt[3].

Postquam igitur dux exiens Slaviam [4]dimisit exercitum, unumquemque in sua[4], corpus Adolfi comitis per/latum est Mindin ibique 30

---

m) usnam *1a.*   n) amplius *1a.*

a) expediciore *(*ciore *von anderer Hand ergänzt) 1a;* expeditus *S.*
b) propter comitis mortem importunam convocata fortitudine omne *edd.*
c) fecisset terram Pomeranorum socios Obotritorum *S, R.*

[21] Wartislaw I. starb 1147/48; Kloster Stolpe a. d. Peene wahrscheinlich 1153 begründet.

zurück, um den Wall niederzulegen und dem Erdboden gleich zu machen, und um die Verwundeten zu beschützen, die der Pflege bedurften. Er selbst aber zog mit dem übrigen Heere dem König Waldemar entgegen. Dann brachen sie mit vereinter Macht auf, um Pommern weithin zu ver-
5 heeren, und gelangten an einen Ort namens Stolpe. Dort hatten Kasimir und Bogislaw lange zuvor eine Abtei gestiftet zum Gedächtnis ihres Vaters Wertislaw, der hier erschlagen und begraben wurde[21]. Er ist als erster unter den Pommernherzögen vom heiligen Otto, dem Bischof von Bamberg, zum (christlichen) Glauben bekehrt worden, hat das Bistum Usedom
10 gegründet und das Christentum im Lande der Pommern zugelassen[22]. Dorthin also kam das Heer des Herzogs, und [23]niemand war, der Widerstand leistete[23], denn die Slawen flohen vor dem Herzoge immer weiter davon und wagten nirgends Halt zu machen, so fürchteten sie sein Angesicht.

15 ## 101. Die Beisetzung des Grafen Adolf

Zu jener Zeit kam ein Bote ins Slawenland, der dem Herzog meldete: „Ein Gesandter des Königs von Griechenland[1] ist mit großem Gefolge nach Braunschweig gekommen, mit dir zu reden." Um ihn anzuhören, verließ der Herzog das Slawenland und gab so das (aufgebotene) Heer und
20 die glücklichen Erfolge des Feldzuges aus der Hand. Sonst hätte er durch den frischen Sieg und den günstigen Schwung des Glücks die ganze Macht der Slawen bis auf den Grund vernichtet und das Land der Pommern ebenso behandelt wie das der Obotriten. Das ganze Obotritenland und die zum Herrschaftsgebiet der Obotriten gehörenden Nachbarländer waren
25 durch die dauernden Kriege, besonders aber durch den letzten, [2]völlig zur Einöde gemacht[2], weil Gott dazu half und den Arm des frommen Herzogs beständig stärkte. Soweit noch letzte Reste der Slawen sich erhalten hatten, wurden sie durch den Mangel an Getreide und die Verwüstung der Äcker so von Hungersnot heimgesucht, daß sie scharenweise zu den
30 Pommern oder den Dänen flüchten mußten, die sie erbarmungslos an Polen, Sorben und Böhmen verkauften[3].

Nachdem nun der Herzog beim Verlassen des Slawenlandes [4]sein Heer fortgeschickt hatte, jeden in seine Heimat[4], wurde der Leichnam des Grafen Adolf nach Minden gebracht und dort mit feierlicher Andacht bei-

[22] Das Bistum Wollin (nicht Usedom; seit 1176: Kammin) 1140 begründet; Ottos Gefährte Adalbert wurde erster Bischof. Vgl. Kap. 40, Anm. 20–23.
[23-23] = 1. Makk. 14, 7 und öfter in der Bibel.

[1] Manuel I. Komnenos (1143–80).   [2-2] Vgl. Jerem. 50, 13.
[3] Stark übertrieben und im Widerspruch zu Helmolds eigenem Zeugnis (vgl. etwa Kap. 103, 110); das letzte abwägende Urteil über zu einseitige Folgerungen aus solchen vom Bibelzitat provozierten Vergröberungen: BRÜSKE, Lutizenbund, S. 110 ff.   [4-4] Vgl. 1. Makk. 11, 38.

sancta devocione reconditum. Cometiam vero tenuit Machtildis vidua eius cum filio tenello[5]. Et [6]inmutata est facies terrae huius[6], eo quod iusticia et quies ecclesiarum sublato bono patrono penitus infirmata videretur. Ipso enim superstite clero nichil durum, nichil asperum videbatur. Tantus erat fide, bonitate, prudentia atque consilio, ut universis videretur constructus virtutibus. Hic unus de bellatoribus Domini et certe non infimus in [7]funiculo sortis[7] suae utilis inventus est, exstirpans ydolatriae supersticiones et faciens opus novae plantacionis, quod fructificet in salutem. Novissime [8]peracto boni itineris cursu[8] pervenit ad palmam portansque vexilla in castris Domini stetit pro defensione patriae et fide principum usque ad mortem. Rogatus, ut vitae consuleret fugae compendio, vehementer detestatus est, [9]manibus pugnans et voce Deum orans[9] mortem libenter excepit ob virtutis amorem. Huius emulacione instigati illustres viri et optimi ducis boni satellites, Guncelinus atque Bernhardus[10], quorum unus Zuerin, alter Racesburg preerat, fecerunt et ipsi opus[d] bonum, in funiculo partis suae bellantes prelia Domini, ut suscitaretur [11]cultus domus[11] Dei nostri in gente incredula et ydolatra.

Restauratio Dimin. Capitulum CII[a].

Pribizlavus igitur, rebellionis auctor, paternae hereditatis factus extorris consistebat apud duces Pomeranorum Kazemarum atque Buggezlavum, ceperuntque reedificare Dimin. Inde frequenter exiens Pribizlavus / per insidias percutiebat fines Zuerin atque Racesburg et tulit captionem multam tam de hominibus quam de iumentis. Cuius exitum observantes Guncelinus atque Bernhardus pugnabant et ipsi de insidiis, et commissa creberrima pugna semper meliores inventi sunt, quousque perditis fortioribus viris et equis Pribizlavus nil iam posset moliri. Et dixerunt ad eum Kazemarus et Buggezlavus: ,Si tibi placet habitare nobiscum et [1]uti diversorio[1] nostro, cave, ne [2]offendas oculos[2] virorum ducis, alioquin propellemus te de finibus nostris. Iam pridem

d) opus *fehlt* 2.

a) *Kein Kapitelabstand in* 2.

[5] Adolf III. (geb. um 1160, verz. 1203, †1225).
[6-6] Vgl. Daniel 3, 19; 10, 8.
[7-7] = Micha 2, 5.

gesetzt. Die Grafschaft aber behielt seine Witwe Mathilde mit seinem
noch sehr jungen Sohn[5]. Da [6]wandelte sich das Aussehen dieses Landes[6],
weil die Gerechtigkeit und der Friede für die Kirchen nach Verlust des
guten Schutzherrn gänzlich erschüttert schien. Zu seinen Lebzeiten näm-
5 lich kam der Geistlichkeit nichts hart, nichts schwierig vor; so groß war
seine Glaubenstreue, Güte, Umsicht und Weisheit, daß er aus allen Tugenden geschaffen schien. Unter den Streitern des Herrn wurde dieser, gewiß
nicht der geringste, nach [7]seinem Lebensschicksal[7] als verdient befunden,
der Aberglauben und Götzendienst ausrottete und für die junge Pflanzung
10 wirkte, damit sie segensreiche Frucht bringe. [8]Als er sein rechtschaffenes
Leben vollendet hatte[8], gewann er (zuletzt) die Siegespalme; er trug das
Banner im Lager des Herrn, verteidigte aufrecht das Vaterland und war
den Fürsten getreu bis in den Tod. Als man ihn drängte, sein Leben durch
die Flucht zu retten, wies er das heftig von sich: [9]mit den Fäusten fechtend,
15 mit der Stimme zu Gott rufend[9], empfing er aus Liebe zur Tapferkeit
willig den Tod. Angefeuert durch sein Beispiel, verrichteten auch Gunzelin
und Bernhard[10], die vortrefflichen Männer und getreuen Vasallen des guten Herzogs, deren einer in Schwerin, der andere in Ratzeburg befehligte,
ihrerseits tüchtige Taten; sie kämpften zu ihrem Teil für die Sache des
20 Herrn, so daß der [11]Dienst am Hause[11] unseres Gottes unter dem ungläubigen
und abgöttischen Volk gefördert wurde.

102. Der Wiederaufbau von Demmin

Pribislaw, der Urheber des Aufstandes, war nun aus dem väterlichen
Erbe vertrieben und hielt sich bei den Pommernherzögen Kasimir und
25 Bogislaw auf; sie begannen Demmin wieder aufzubauen. Von dort brach
Pribislaw häufig hervor, suchte das Gebiet von Schwerin und Ratzeburg
mit Überfällen heim und schleppte viel Beute an Menschen und Vieh fort.
Gunzelin und Bernhard überwachten (aber) sein Vorgehen, kämpften auch
selbst aus dem Hinterhalt und behielten in zahllosen Gefechten stets die
30 Oberhand, bis Pribislaw nach Verlust seiner besten Leute und Rosse nichts
mehr unternehmen konnte. Da sagten Kasimir und Bogislaw zu ihm:
„Wenn du bei uns wohnen und unser [1]Gastfreund sein[1] willst, so sieh zu,
daß du die Vasallen des Herzogs nicht aufbringst[2], sonst werden wir dich
aus unserem Gebiet verweisen. Du hast uns ja schon zuvor dorthin ge-

[8-8] Nach Adam I, 62 (vgl. Kap. 8 Ende); Vgl. 1. Tim. 6, 12; 2. Tim. 4, 7.

[9-9] Vgl. 2. Makk. 15, 27.

[10] Heinrich v. Badwide zuletzt in umstrittener Zeugenliste von 1164, Juli, 12;
Saxo Gramm. erwähnt ihn noch zu 1167. Helmolds Zeugnis verläßlicher, nach
dem Bernhard bereits 1164 folgte.

[11-11] Vgl. 1. Chron. 23, 28 u. ö.

[1-1] Vgl. Richter 18, 3.   [2-2] Vgl. 1. Sam. 29, 7.

enim duxisti nos, ubi percussi sumus attricione maxima et perdidimus
viros et urbes meliores, nec hiis contentus iteratam super nos inducere
vis principis iram ?' Et cohibitus est Pribizlaus ab insania sua.

Humiliatae[b] igitur sunt vires[c] Slavorum, nec [3]ausi sunt mutire[3] pre
formidine ducis. Et habuit dux pacem cum Waldemaro rege Danorum,   5
et celebraverunt colloquia ad Egderam sive Lubike pro commodis
utriusque terrae[4]. Et dedit rex duci pecuniam magnam, eo quod
pacarentur termini eius per ipsum a vastacione Slavorum. Et ceperunt inhabitari omnes insulae maris, quae ad regnum pertinent
Danorum, eo quod pirata defecisset, et confractae sint naves predo-   10
num. Et inierunt pactum rex et dux, ut, quascumque gentes terra
marique subiugassent, tributa socialiter partirentur.

Et increvit ducis potestas super omnes qui fuerunt ante eum, et
factus est [5]princeps principum terrae[5], et conculcavit colla rebellium
et effregit municiones eorum et perdidit [6]viros desertores[6] et fecit pa-   15
cem in terra et edificavit municiones firmissimas et possedit hereditatem multam nimis. Preter hereditatem enim magnorum / progenito-
rum, Lotharii cesaris et coniugis eius Richenzen multorumque ducum
Bawariae atque Saxoniae, accesserunt ei nichilominus multorum principum possessiones, ut fuit Heremannus de Winceburg[d.7], Sifridus de   20
Hammemburg[8], Otto de Asle[e.9] et alii, quorum mentio excidit. Quid
dicam de amplissima potestate Hartwici archipiscopi, qui de antiqua
Udonum prosapia descendit ? Nobile illud castrum Stadhen cum omni
attinentia sua, cum cometia utriusque ripae et cometia Thetmarsiae
vivente adhuc episcopo obtinuit[10], quaedam quidem hereditario iure,   25
quaedam beneficiali; extenditque manum in Fresiam et admovit eis
exercitum, et dederunt ei pro suimet redemptione quod postulati
fuissent[11].

Invidia principum de gloria ducis. Capitulum CIII.

Sed quia [1]gloria parit invidiam[1], et quia nil durabile in rebus huma-   30
nis, tantam viri [2]gloriam zelati sunt[2] omnes principes Saxoniae. Ille

---

[b] *Rote Initiale in 2.*   [c] urbes *1a.*   [d] Wittimburg *4.*   [e] asse *1a.*

[3-3] Vgl. Josua 10, 21 und Terenz, Andria III, 2, 25.

[4] Beide Treffen 1166 (bei Saxo 1167); das erste führte zu offenem Bruch, im
zweiten erzielte Waldemar mit dem Teilungsabkommen einen beachtlichen Erfolg.

führt, wo wir von schwersten Verlusten betroffen worden sind und unsere
besten Leute und Burgen verloren haben; damit nicht zufrieden, willst
du nochmals den Zorn des Herzogs auf uns herabziehen?" Und Pribislaw
sah sich an seinem unsinnigen Treiben gehindert.

5   So wurden die Slawen gedemütigt und ³wagten nicht aufzubegehren³
aus Furcht vor dem Herzog. Der Herzog hatte Frieden mit König Waldemar
von Dänemark, und sie hielten Zusammenkünfte an der Eider oder in
Lübeck ab zum Besten beider Länder⁴. Der König gab dem Herzog viel
Geld, weil seine Lande durch ihn von der Plünderung durch die Slawen
10 Ruhe gefunden hatten. Da begann die Besiedlung aller Inseln im Meer,
die zum Reiche der Dänen gehörten, weil die Freibeuter verschwunden
und die Raubschiffe zerstört waren. Der König und der Herzog schlossen
einen Vertrag, daß die Tribute aller Völker, die sie jemals zu Lande und zur
See unterwerfen würden, gemeinschaftlich geteilt werden sollten.

15 Nun wuchs die Macht des Herzogs höher als die aller seiner Vorgänger,
er wurde ⁵Fürst der Fürsten des Landes⁵ und beugte den Nacken der Aufrührer, er brach ihre Burgen, vertilgte die Wegelagerer⁶, machte Frieden
im Lande, erbaute die stärksten Festen und hatte ungeheures Eigengut in
Besitz. Denn außer dem Erbe seiner großen Vorfahren, des Kaisers Lothar
20 und seiner Gattin Richenza sowie der vielen Herzöge von Bayern und
Sachsen, wuchsen ihm auch noch die Besitzungen vieler Fürsten zu, so des
Hermann von Winzenburg⁷, des Siegfried von Homburg⁸, des Otto von
Assel⁹ und anderer, deren Namen mir entfallen sind; zu schweigen von
dem ausgedehnten Machtbereich Erzbischof Hartwigs, der vom alten Ge-
25 schlecht der Udonen abstammte. Die herrliche Burg Stade erlangte er mit
ihrem ganzen Zubehör, mit der Grafschaft an beiden Stromufern und der
Grafschaft Dithmarschen noch zu Lebzeiten des Bischofs¹⁰, teils nach
Erb-, teils nach Lehnrecht; auch nach Friesland streckte er seine Hand
aus und ließ ein Heer gegen (die Friesen) rücken; da gaben sie, um sich
30 loszukaufen, was man von ihnen verlangte¹¹.

103. Die Mißgunst der Fürsten gegen den Ruhm des Herzogs

Weil aber ¹der Ruhm den Neid erzeugt¹ und im Menschenleben nichts
von Dauer ist, so sahen alle Fürsten Sachsens ²scheel auf den Ruhm² eines

⁵⁻⁵ Vgl. Off. Joh. 1, 5.   ⁶⁻⁶ = 1. Makk. 7, 24.
⁷ Vgl. Kap. 73, Anm. 1.
⁸ †1144, sein Erbe kam über Winzenburg an Heinr. d. Löwen.
⁹ Braunschw. Dynast, Schwiegervater Adolfs III., bis 1170 belegt.
¹⁰ 1145, noch unter Adalbero, durch den Gewaltstreich von Ramelsloh.
¹¹ Vgl. Kap. 83, S. 284.

¹⁻¹ Vgl. Sallust, Jugurtha 55; zitiert auch Adam III, 47.
²⁻² Vgl. Jes. Sir. 9, 16.

enim inmensis diviciis locuples, clarus victoriis et propter geminum
Bawariae et Saxoniae principatum^a sublimis in gloria sua, omnibus
Saxoniae tam principibus quam nobilibus inportabilis visus est. Sed
manus principum formido cesaris continuit, ne concepta molimina
transferrent in effectum. Postquam autem cesar quartam profectionem   5
paravit in Italiam[3], et oportunitatem tempus adduxit, statim inveterata conspiracio processit in publicum, et [4]facta est coniuracio valida[4]
omnium contra unum[5]. Fueruntque / inter eos primi Wichmannus
Magdeburgensis archiepiscopus[6], Heremannus Hildensemensis episcopus[7]. Post hos fuerunt principes hii: Lodewicus provincialis comes   10
Thuringiae[8], Adelbertus marchio de Saltwedele et filii^b eius, Otto mar-
chio^c de Camburg[9] et fratres eius, Adelbertus palatinus comes de So-
meresburg[10]. Hos adiuverunt nobiles hii: Otto de Asle, Wedekindus de
Dasenburg$^{d.}$[11], Christianus de Aldenburg, quae est in Amerland. Super
hos omnes prepotens ille Reinoldus Coloniensis archiepiscopus et can-   15
cellarius imperii insidiatus est duci, facie quidem absens et in Italia
positus, sed totus^e consilio expugnacioni ducis intentus. Tunc principes qui erant in orientali Saxonia cum Thuringorum principe Lodewico obsederunt municionem ducis quae vocatur Aldeslef$^{f.}$[12] [13]et fecerunt contra eam machinas multas[13]. Porro Christianus comes de Amer-   20
land collecta Fresonum manu occupavit Bremam et omnes fines eius
et [14]fecit motum magnum[14] in occidentali regione.

Videns igitur dux, quia consurgunt undique bella, cepit communire
civitates et castra et ponere custodias militum in locis oportunis. In
tempore illo cometiam Holzatiae, Sturmariae atque Wagirae admini-   25
strabat vidua Adolfi comitis cum filio adhuc tenello[15]. Propter consur-
gentes autem motus bellorum posuit dux puero tutorem, qui preesset
armis, Heinricum comitem, Thuringia natum^g, avunculum pueri, virum
scilicet impatientem ocii et totum armis deditum[16]. Communicato

---

^{a}) ducatum *1a (vgl. Kap. 54, Anm. d).* ^{b}) filius *2, LAPP.*
^{c}) marchio *von anderer Hand übergeschr. in 2.*
^{d}) dase(n)borg *1a;* daseburg *2.* ^{e}) totus *fehlt 2.*
^{f}) adelef *1a;* aldesleff *2.*
^{g}) natum *fehlt 1a.*

[3] 1166, Okt.
[4-4] = 2. Sam. 15, 12.
[5] Den Aufstand 1166/67 schildern zahlreiche Quellen, am besten jedoch Helmold.

solchen Mannes. Denn Heinrich stand bei seinem ungeheuren Reichtum und seinen glänzenden Siegen wegen der doppelten Herzogswürde in Bayern und Sachsen so hoch in seinem Ansehen, daß es allen Fürsten und Edlen in Sachsen unerträglich schien. Doch die Furcht vor dem Kaiser
5 band den Fürsten die Hände, daß sie ihre geplanten Umtriebe nicht ins Werk setzten. Als aber der Kaiser den vierten Zug nach Italien vorbereite-te[3] und die Zeit eine günstige Gelegenheit brachte, trat die alte Verschwö-rung sofort offen hervor und [4]es entstand ein mächtiges Bündnis[4] aller gegen einen[5]. Ihre Anführer waren Erzbischof Wichmann von Magdeburg[6]
10 und Bischof Hermann von Hildesheim[7]. Nach ihnen waren die vornehmsten Landgraf Ludwig von Thüringen[8], Markgraf Albrecht von Salzwedel und seine Söhne, Markgraf Otto von Camburg[9] und seine Brüder, Pfalzgraf Adalbert von Somerschenburg[10]. Folgende Edle unterstützten diese (Für-sten): Otto von Assel, Wedekind von Dasenburg[11], Christian von Olden-
15 burg, das im Ammerland liegt. Mehr als sie alle stellte der sehr einfluß-reiche Reinald, Kölner Erzbischof und Kanzler des Reiches, dem Herzog nach; persönlich war er zwar abwesend und hielt sich in Italien auf, aber er zielte mit seiner ganzen Klugheit auf den Sturz des Herzogs. Die Für-sten des östlichen Sachsen belagerten damals zusammen mit Landgraf
20 Ludwig von Thüringen eine Feste des Herzogs namens Haldensleben[12] und [13]erbauten gegen sie viele Belagerungswerke[13]. Graf Christian von Ammer-land aber sammelte eine Friesenschar, besetzte Bremen und dessen ganzes Gebiet und [14]erregte große Unruhe[14] im westlichen Landesteil.

Da nun der Herzog sah, daß sich von allen Seiten Fehden erhoben, begann
25 er Städte und Burgen zu befestigen und in geeignete Orte Kriegsleute als Be-satzung zu legen. Die Grafschaft Holstein, Stormarn und Wagrien verwalte-te in jener Zeit Graf Adolfs Witwe mit ihrem noch unmündigen Sohn[15]; aber wegen der aufsteigenden Kriegsunruhen setzte der Herzog für den Knaben einen Vormund ein, den aus Thüringen stammenden Grafen Heinrich, um
30 das Aufgebot zu befehligen. Er war ein Oheim des Knaben, und zwar ein Mann, der keine Ruhe ertragen konnte und sich ganz dem Waffendienst gewidmet hatte[16]. Nach eingehender Beratung mit seinen Getreuen nahm

---

[6] Ebf. Wichmann v. Seeburg (1152–92).

[7] Bf. Hermann I. (1161–70).

[8] Ldgr. Ludwig II. (1140–72).

[9] Mkgr. Otto d. Reiche v. Meißen (Wettin) 1156–90.

[10] Pfgr. Adalbert (Albrecht) v. Somerschenburg († 1180).

[11] An der Diemel bei Warburg, auf beherrschendem Basaltkegel.

[12] 1166, Dez. 20 bis Frühjahr 1167; die zweite Belagerung im Herbst 1167 be-handelt Helmold nicht.

[13-13] = 1. Makk. 11, 20.

[14-14] Vgl. 1. Makk. 13, 44 und Ev. Matth. 8, 24.

[15] Vgl. Kap. 101, Anm. 5.

[16] Graf Heinrich I. von Schwarzburg († 1184).

quoque fidelium suorum consilio Pribizlavum principem Slavorum, /
quem multis, ut supradictum est, preliis expulerat provincia, admisit
in gratiam et reddidit ei omnem hereditatem patris sui, terram scilicet
Obotritorum, preter Zuerin et attinentia eius[17]. Et fecit Pribizlavus
duci et amicis eius securitatem fidelitatis, nulla deinceps bellorum tem- 5
pestate corrumpendam, stare scilicet ad mandatum ipsius et observare
oculos amicorum eius absque omni offensione.

Depredatio Bremensium. Capitulum CIIII.

Tunc congregavit dux exercitum grandem et intravit orientalem
Saxoniam, ut pugnaret cum inimicis suis [1]in medio terrae[1] ipsius. Et 10
viderunt, quia venit cum [1]manu forti[1], et timuerunt occurrere illi. [2]Et
fecit plagam magnam in terra[2] hostili et vastavit eam incendiis et de-
predacionibus[a] et [3]pervagatus est terram[3] usque ad muros Magdeburg.
Deinde[4] convertit exercitum in occidentales partes, ut comprimeret
tumultum Christiani comitis, et improvisus venit Bremam et cepit eam. 15
Et fugit Christianus comes in abditas Fresiae paludes. Et irrupit dux
Bremam et depredatus est eam. Et transfugerunt cives eius in paludes,
eo quod peccassent adversus ducem et iurassent Christiano, et posuit
eos dux in proscriptionem, quousque interventu archiepiscopi mille et
eo amplius marcis argenti pacem indempti sunt. Christianus autem 20
comes post paucos dies mortuus est[5], et sopita sunt mala rebellionis
eius molimine suscepta.

Grassantibus[b] igitur usquequaque civilibus bellis Hartwicus archiepiscopus decreverat apud se declinare tumultum consurgentis belli et
sedit Hammemburg solitarius et quietus[6], structuris claustralibus et 25
ceteris ecclesiae suae commodis intentus. Tunc Coloniensis archiepiscopus ceterique principum mandaverunt ei per scripta, / ut revocaret
ad cor omnes pressuras, quibus attrivisset eum dux: nunc tandem ve-
nisse tempus, quo possit auxilio principum recuperare statum honoris
sui, patere sibi urbem Stadhen et ereptam cometiam, si manus prin- 30
cipum adiuverit. Hartwicus igitur archiepiscopus, multis experimentis
edoctus fortunatum semper in preliis ducem esse, ambiguam quoque

a) rapinis 3.
b) Rote Initiale in 2.

[17] Anfang 1167; gleichzeitig Taufe Pribislaws ?

(der Herzog) ferner den Slawenfürsten Pribislaw, den er, wie oben erzählt, unter vielen Kämpfen aus dem Lande getrieben hatte, wieder zu Gnaden an und gab ihm das ganze Erbe seines Vaters zurück, also das Land der Cbotriten, außer Schwerin und dessen Zubehör[17]. Pribislaw leistete dem
5 Herzog und seinen Freunden den Treueid; er wollte sich von nun an durch keinerlei Kriegsstürme wankend machen lassen, auf seinen Befehl bereit stehen und dem Wink seiner Freunde ohne alles Widerstreben gehorchen.

104. Die Ausplünderung der Bremer

Darauf sammelte der Herzog ein großes Heer und drang in Ostsachsen
10 ein, um mit seinen Feinden [1]mitten in ihrem Lande[1] zu kämpfen. Sie aber sahen, daß er [1]mit starker Macht[1] anrückte, und scheuten sich, mit ihm zusammenzutreffen. [2]Da brachte er große Plage über das feindliche Land[2], verheerte es mit Brand und Raub und [3]durchstreifte es[3] bis unter die Mauern von Magdeburg. Sodann[4] wendete er das Heer gegen den west-
15 lichen Landesteil, um den Aufstand des Grafen Christian zu unterdrücken, kam unversehens nach Bremen und nahm es ein. Graf Christian floh in die entlegenen Marschen Frieslands, der Herzog aber fiel in Bremen ein und plünderte es. Die Bürger flüchteten in die Marschen, weil sie gegen den Herzog gefehlt und Christian Eide geschworen hatten, und der Herzog
20 tat sie in die Acht, bis sie durch Vermittlung des Erzbischofs für 1000 Mark Silbers und mehr den Frieden erkauften. Graf Christian aber starb wenige Tage danach[5] und die Wunden aus dem von ihm angezettelten Aufstande wurden gestillt.

Während so überall innere Fehden tobten, hatte Erzbischof Hartwig bei
25 sich beschlossen, dem entstehenden Kriegslärm aus dem Wege zu gehen, und saß zurückgezogen und ruhig in Hamburg[6], mit Klosterbauten und anderen Arbeiten zum Nutzen seiner Kirche beschäftigt. Da forderten ihn der Erzbischof von Köln und die übrigen Fürsten schriftlich auf, er möge sich doch an alle Bedrückungen erinnern, mit denen ihn der Herzog ge-
30 plagt habe; jetzt endlich sei die Zeit gekommen, daß er mit Hilfe der Fürsten die seiner Würde zukommende Stellung wiedererlangen könne: die Burg Stade und die entrissene Grafschaft ständen ihm offen, wenn er die Sache der Fürsten unterstütze. Erzbischof Hartwig nun, durch viele Erfahrungen darüber belehrt, daß der Herzog im Kriege stets Glück hatte,

[1-1] *in medio terrae, in manu forti* in der Vulgata häufig.
[2-2] = 1. Makk. 13, 32.
[3-3] = 2. Kön. 17, 5.
[4] 1167, Sommer, nachdem Wichmann gegen Zusicherung von Haldensleben in einen Stillstand gewilligt hatte.
[5] Christian I. von Oldenburg (1148–67).
[6] Vgl. Adam III, 55 (nach Klage Jerem. 3, 28).

principibus inesse fidem et se huiusmodi sponsionibus sepe delusum, [7]fluctuare cepit animo[7]. Provocabat [quidem][c] eum recuperandi honoris cupido, sed deterrebat eum sepe comperta mobilitas principum. Herebat interim superficies amiciciarum, et pax sonabat in verbis. Verumtamen castra sua Vriburg et Horeburg communire cepit archiepiscopus 5 et congessit illic apparatum armorum et escarum, quae[d] sufficerent in menses et annos.

Expulsio Conradi episcopi. Capitulum CV.

Circa hos dies Conradus Lubicensis ecclesiae episcopus morabatur apud archiepiscopum, et pendebat in ipso summa consilii. Et perlatum 10 est ad ducem, quia non sentiret [1]ea quae pacis sunt[1], sed quae ad destructionem ducis, et quia suggerit archiepiscopo, ut transeat ad principes et rescindat amicicias, quas pepigerat cum duce. Volens igitur dux rem certius nosse vocavit eum ad colloquium Ertheneburg. At ille declinans[a] iram potentis declinavit in Fresiam veluti fungens legacione 15 archiepiscopi. Quem demum redeuntem dux secundo vocavit.

Conductu igitur domni archiepiscopi et domni Bernonis Magnipolitani occurrit duci apud Stadhen auditurus verbum eius. Et convenit eum dux super hiis quae ad ipsum perlata fuerant, qualiter scilicet verbis malis derogaverit honori suo et dederit consilium adversus eum in ma- 20 lum. Affirmat episcopus se nichil horum recognoscere. Multis ergo verbis hinc et inde habitis cupiens dux[b] convulsas amicicias resarcire et / episcopum iam olim sibi dilectum tenacius colligere, cepit ab eo familiariter exigere hominii debitum, quod sibi imperiali donacione permissum in superioribus[2] ostensum est, in hiis videlicet Slavorum provin- 25 ciis, quas ipse iure belli in clipeo suo et gladio possederat. Ad huius propositionis verbum vir magnanimus resiliit, dicens modicam esse stipem ecclesiae suae, nunquam se huius intuitu libertatem suam occupaturum aut cuiuslibet potestati submissurum. E converso proponit dux omnino aut loco cedere aut propositis parere. Cumque [3]fixus in 30 sententia maneret[3] episcopus, precepit dux obcludi ei introitum parrochiae suae et omnes reditus episcopales tolli.

[c]) quidem *nur 4*.   [d]) qui *1a, 2*.

[a]) male suspicans *4*.

[b]) cupiens dux *fehlt 1a*.

daß auch in den Fürsten zwiespältige Treue steckte und daß er durch
Versprechungen dieser Art oft enttäuscht worden war, [7]begann in seinem
Sinne zu schwanken[7]. Ihn reizte zwar der Wunsch, sein Ansehen wieder-
herzustellen, allein die oft erprobte Unzuverlässigkeit der Fürsten schreck-
5 te ihn ab. An der Oberfläche blieb einstweilen die Freundschaft (mit dem
Herzog) gewahrt und man redete laut vom Frieden. Dennoch begann der
Erzbischof seine Festen Freiburg und Harburg zu verstärken und ließ
Waffen und Vorräte dorthin schaffen, die für Monate und Jahre reichen
sollten.

10 ## 105. Die Vertreibung Bischof Konrads

Um diese Tage hielt sich Bischof Konrad von Lübeck beim Erzbischof
auf, und von ihm ging stärkster Einfluß auf (dessen) Beschlüsse aus. Dem
Herzog wurde hinterbracht, er denke nicht [1]an Friedenswerke[1], sondern
an Heinrichs Vernichtung und rate dem Erzbischof, zu den Fürsten über-
15 zugehen und die Freundschaft abzubrechen, die er mit dem Herzog geschlossen hatte. Heinrich wollte nun Näheres wissen und rief Konrad zu
einer Besprechung nach Artlenburg. Der aber wich dem Zorne des Mächtigen aus und ging fort nach Friesland, als habe er (dort) im Auftrage des
Erzbischofs zu tun. Als er endlich zurückkam, lud ihn der Herzog zum
20 zweiten Male vor.
So zieht er im Geleit des Erzbischofs und Herrn Bernos von Mecklenburg zum Herzog nach Stade um dessen Wort zu hören. Der Herzog befragt ihn über das, was ihm berichtet worden war, daß er nämlich mit
üblen Worten sein Ansehen geschädigt und gegen ihn schlechten Rat ge-
25 geben habe. Der Bischof versichert, er wisse nichts davon. Als her und hin
viele Worte gewechselt waren, suchte der Herzog die erschütterte Freundschaft wieder herzustellen und den von ihm seit je geschätzten Bischof
fester an sich zu binden; er begann ihn mit Freundlichkeit zur Lehns-
huldigung aufzufordern, was ihm – wie oben erwiesen[2] – durch kaiserliche
30 Schenkung zugestanden war für die Lande der Slawen, die er selbst nach
Kriegsrecht mit Schild und Schwert in Besitz genommen hatte. Diesen
Vorschlag lehnte der stolze Mann entschieden ab; er erklärte, der Ertrag
seiner Kirche sei gering, niemals werde er aus Rücksicht auf diesen seine
Freiheit schmälern oder sich in Abhängigkeit von irgendjemand begeben.
35 Der Herzog setzte dagegen, er müsse unbedingt entweder von seinem Platz
weichen oder der Forderung gehorchen. Da der Bischof nun [3]fest bei seiner
Meinung[3] blieb, befahl der Herzog, ihm den Zutritt zu seinem Sprengel
zu sperren und alle bischöflichen Einkünfte einzuziehen.

---

[7] Vgl. Vergil, Aeneis X, 680; s. auch Kap. 14, Anm. 5.

[1-1] = Ev. Luk. 14, 32.   [2] Kap. 88, Ende.

[3] Vgl. Vergil, Aeneis, II, 650.

Post discessum igitur ducis locutus est archiepiscopus ad Conradum episcopum: ,Existimo, quod non sit cautum vobis consistere apud nos propter satellites ducis, in quorum medio sumus. Quin pocius consulite honori nostro^c et saluti vestrae^d et transite ad Magdeburgensem archiepiscopum ^eet principes, ut possitis evadere manus inimicorum vestrorum. Ego quoque post paucos dies prosequar vos et peregrinabor cum peregrinante'. Et fecit iuxta consilium archiepiscopi et transiit ad Magdeburgensem archiepiscopum^e et mansit apud eum ferme duobus annis[4]. Inde abiens in Franciam visitavit Cisterciense concilium et reconciliatus est Alexandro papae per manus Papiensis episcopi[5], qui fuit partium Alexandri et eiectus de sede sua morabatur in Clara-valle. Deditque pontifici in mandatis, ut prebita sibi facultate aut ipse iret ad Alexandrum aut legatum dirigeret. Hiis ita peractis reversus est / Magdeburg et invenit illic Hartwicum Hammemburgensem archiepi-scopum – nam et ipse loco cesserat –, et manserunt apud Magdebur-gensem archiepiscopum diebus multis.

Verumtamen milites Hartwici archiepiscopi, qui erant in castris Horeburg et Vriborg, faciebant frequentes excursus et faciebant in-cendia et predas in possessionibus ducis. Quam ob rem dux transmissa milicia occupavit Vriborg et fregit munimenta eius et adequavit eam solo et fecit tolli omnes reditus episcopales, ⁶non reliquit ex eis parvas reliquias[6]. Soli qui erant in castro Horeburg continuerunt se usque ad reditum archiepiscopi, eo quod locus esset munitus propter paludosas voragines. Fervebat^f autem sedicionum seva tempestas per omnem Saxoniam, contendentibus scilicet universis principibus adversus du-cem, et factae sunt captiones militum et demembraciones et eversiones urbium atque domorum et incendia civitatum. Et addita est Goslaria principibus. Et precepit dux custodiri vias, ne quis frumentum indu-ceret Goslariae, et esurierunt valde[7].

Intronizacio Calixti papae[1]. Capitulum CVI.

In diebus illis Frethericus imperator morabatur in Italia, et contri-tae sunt rebelliones Longobardorum a formidine^a virtutis eius, et

^c) v(est)ro *1a*.   ^d) n(ost)re *2*.
^{e-e}) et...archiepiscopum *Nachtrag gleicher Hand am unt. Rande 1a*.
^f) *Mit Silbe ,,–bat" setzt Hs. 1 wieder ein. Vgl. Kap. 99, Anm. d.*
^a) fortitudine *2*.

Nach Abreise des Herzogs sagte der Erzbischof zu Bischof Konrad: „Ich glaube, es ist für euch nicht geraten, angesichts der Vasallen des Herzogs, inmitten derer wir uns befinden, bei uns zu bleiben. Sorgt lieber für unser Ansehen und eure Sicherheit und geht hinüber zum Erzbischof von Magde-
5 burg und zu den Fürsten, um der Macht eurer Feinde entgehen zu können. Auch ich werde euch nach wenigen Tagen folgen und mit euch fremd in der Fremde sein.“ Da tat er nach dem Rat des Erzbischofs, begab sich zum Erzbischof von Magdeburg und blieb ungefähr zwei Jahre bei ihm[4]. Von dort reiste er nach Frankreich, besuchte den (General)konvent der Zister-
10 zienser und söhnte sich mit Papst Alexander aus durch Vermittlung des Bischofs von Pavia[5], der zu Alexanders Partei gehörte und aus seinem Sitz vertrieben in Clairvaux lebte. Dieser wies den Bischof an, wenn mög- lich selbst zu Alexander zu gehen oder einen Bevollmächtigten hinzu- schicken. Als das getan war, kehrte er nach Magdeburg zurück und fand
15 dort Erzbischof Hartwig von Hamburg vor – denn der war auch von sei- nem Sitz gewichen–; sie blieben lange beim Erzbischof von Magdeburg.

Die Vasallen Erzbischof Hartwigs jedoch, die in den Festen Harburg und Freiburg lagen, fielen öfters aus und sengten und plünderten auf den Besitzungen des Herzogs. Der Herzog entsandte daher eine Kriegsschar,
20 ließ Freiburg besetzen und seine Befestigungen schleifen, machte es dem Erdboden gleich und zog alle Einkünfte des Erzbischofs ein; [6]nicht den kleinsten Rest davon ließ er übrig[6]. Nur die Besatzung der Harburg hielt sich bis zur Rückkehr des Erzbischofs, weil der Ort durch tiefe Sümpfe ge- schützt war. Durch ganz Sachsen aber brauste der wilde Sturm des Auf-
25 standes, weil alle Fürsten gegen den Herzog kämpften; Krieger wurden gefangen und verstümmelt, Burgen und Häuser zerstört und Städte ein- geäschert. Auch Goslar trat den Fürsten bei; da ließ der Herzog die Wege bewachen, daß keiner Getreide nach Goslar hineinbrächte, und sie hunger- ten sehr[7].

30   **106. Die Thronerhebung des Papstes Calixtus[1]**

Zu dieser Zeit befand sich Kaiser Friedrich in Italien, und die Aufstände der Lombarden wurden zuschanden aus Schrecken vor seiner Tapferkeit;

[4] Vielmehr nur einige Monate, Winter 1167/68.

[5] Bf. Petrus (1148–78) hat anscheinend die Gegenpäpste anerkannt; ein Syrus oder Ysirus als Bischof oder Generalvikar um 1160–66, vielleicht identisch mit dem ‚Bf. von Pavia‘, der als Alexanders Legat 1163 zum Kaiser geht.

[6-6] Vgl. Josua 10, 28.

[7] Der Einzelhinweis auf Goslar könnte persönliche Beziehungen Helmolds zu der Stadt andeuten.

[1] Für Calixtus ist im ganzen Kapitel richtig Paschalis zu setzen, der erst 1168, Sept. 20 verstarb.

effregit civitates multas populosas atque munitas, ᵇet abusus est Longobardia ²supra reges qui fuerunt ante eum² diebus multisᵇ. Et convertit faciem suam, ut iret Romam ad fugandum Alexandrum et sta-
tuendum Calixtum. Paschalis enim brevi tempore vivens defunctus
erat. Cesar igitur obsidens Ianuam³, quae fuerat partium Alexandri,   5
premisit Reinoldum Coloniensem et Christianum Mogontinum et partem exercitus iussit preire Romam. Et venerunt / Thusculanum, quae
non longe est a Roma. Quorum introitu comperto Romani exierunt
cum inmenso exercitu pugnaturi propter Alexandrum⁴, et egressus
Reinoldus et Teutonicus miles pugnaverunt pauci contra innumeros et 10
obtinuerunt Romanos et percusserunt ex eis ad duodecim milia et per-
secuti sunt fugientes usque ad portas Urbisᶜ. Et ⁵corrupta est terra⁵
propter cadavera occisorum, et permanserunt mulieres Romanorum
viduae in annos multos, eo quod defecissent viri habitatores Urbis.

Ipsa die, qua haec gesta sunt Romae, pugnavit cesar cum Ianuanis et 15
obtinuit victoriam, compos effectus civitatis⁶. Et assumpto exercitu
abiit Romam et invenit Reinoldum et exercitum, quem premiserat, le-
tantem de salute suimet et de ruina Romanorum. Et admovit exercitum, ut caperet Romam, et obpugnavit domum beati Petri, quia presidium Romanorum illic erat, et iussit ignem portis inmitti et abegit   20
Romanos a turribus per vaporem fumi. Et obtinuit templum et replevit edem interfectis. Et intronizavit Calixtum in cathedram et egit illic
celebritatem beati Petri ad vincula⁷. Admovitque manum Lateranen-
sibus, ut destrueret eos, dederuntque ei pro vita simul et civitate quicquid postulati fuissent. Coacti, ut comprehenderent Alexandrum, non 25
prevaluerunt, eo quod noctu fugam inisset. ⁸Et accepit filios nobilium
obsides⁸, ut de cetero obedientes essent Calixto fide irreprehensa.

Secuta est hos cesaris prosperos eventus ⁹repentina calamitas⁹. Tanta
enim pestilentia subito Romam invasit, ut infra paucos dies universi
pene interirent. Mense enim Augusto pestiferae nebulae in partibus   30
illis consurgere dicuntur. Mortui sunt ea pestilentia Reinoldus Coloniensis, Heremannus Verdensis¹⁰, qui erant / duces consilii; preterea
nobilissimus adolescens, filius Conradi regis¹¹, qui duxerat unicam fi-

---

ᵇ⁻ᵇ) *fehlt S, R.*   ᶜ) urbis *Randnachtrag von Hand C in 1.*

²⁻² = 1. Kön. 16, 33.
³ Vielmehr Ancona (1167, Mai); Genua stand auf seiten des Kaisers.
⁴ 1167, Mai, 29.

er brach viele volkreiche und feste Städte, und wußte aus der Lombardei
mehr Nutzen zu ziehen als [2]die Könige lange Zeit vor ihm[2]. Dann machte
er kehrt, um nach Rom zu ziehen, Alexander zu verjagen und Calixt einzusetzen. Paschalis war nämlich nach kurzer Amtszeit gestorben. Wäh-
5 rend nun der Kaiser Genua belagerte[3], das zur Partei Alexanders gehörte,
schickte er Rainald, den Kölner, und Christian, den Mainzer (Erzbischof)
mit einem Teil des Heeres nach Rom voraus; sie kamen nach Tuskulum,
das nicht weit weg von Rom liegt. Als die Römer von ihrer Ankunft hörten, zogen sie mit einem gewaltigen Heere aus, um für Alexander zu
10 kämpfen[4]. Da rückte Rainald mit dem deutschen Rittersmann vor, und
die wenigen kämpften gegen Unzählige; sie überwältigten die Römer, erschlugen an 12000 von ihnen und verfolgten die Fliehenden bis an die
Tore der Stadt. Da [5]verdarb das Land[5] von den Leichen der Gefallenen,
und die Frauen von Rom blieben lange Jahre Witwen, weil es unter den
15 Stadtbewohnern an Männern fehlte.

Am gleichen Tag, als das vor Rom geschah, kämpfte der Kaiser mit
den Genuesern, errang den Sieg und wurde Herr über die Stadt[6]. Alsbald
nahm er das Heer und zog weiter nach Rom, da fand er Rainald und das
voraufgesandte Heer sehr froh über die eigene Rettung und die Niederlage
20 der Römer. Er setzte das Heer zum Angriff auf Rom an, stürmte die
Peterskirche, weil darin eine römische Besatzung lag, ließ Feuer an die
Pforten legen und vertrieb die Römer durch den qualmenden Rauch von
den Türmen. So nahm er den Dom ein und füllte ihn mit Toten. Dann
setzte er Calixt auf den Thron und beging dort festlich Petri Kettenfeier[7].
25 Darauf griff er die Lateranischen an, um sie zu vernichten; sie aber gaben
ihm, um Stadt und Leben zu retten, was man von ihnen verlangte. Unter
Zwang suchten sie Alexander zu ergreifen, konnten es aber nicht, weil er
bei Nacht geflohen war. [8]Und (Friedrich) nahm die Söhne der Edlen als
Geiseln[8], damit sie von nun an dem Calixt mit untadeliger Treue gehorch-
30 ten.

Diesen günstigen Erfolgen des Kaisers folgte [9]plötzliches Unheil[9]: auf
einmal kam über Rom eine solche Pest, daß fast alle binnen weniger Tage
starben. Es heißt, daß in jenen Landen während des Monats August pest-
bringende Nebel aufsteigen. An dieser Seuche starben Rainald von Köln
35 und Hermann von Verden[10], die Ersten im Rate, ferner der edle Jüngling,
der Sohn König Konrads[11], der die einzige Tochter unseres Herzogs Hein-

---

[5-5] = 1. Mose 6, 11 und 2. Mose 8, 24.

[6] Daß Ancona am gleichen Tage fiel, steht nur bei Helmold.

[7] 1167, Aug. 1.

[8-8] Vgl. 1. Makk. 9, 53; 11, 62.

[9-9] = Sprüche 1, 27.

[10] 1167, Aug. 14 bzw. 11.

[11] Hz. Friedrich (IV.) von Schwaben; er hatte 1166 Heinrichs bis 1172 einzige
eheliche Tochter Gertrud geheiratet, die spätere dänische Königin (vgl. Kap. 110).

liam Heinrici ducis nostri, insuper multi episcopi, principes et nobiles
ipso tempore interierunt. Cesar cum residuo exercitu reversus est in
Longobardiam. Illic positus audivit motum, qui fuit in Saxonia, et
missa legacione[12] frequentibus induciis surgentem repressit sedicionem,
quousque preteriret tempus, et ipse liberaretur ab expedicione Italica. 5
In tempore dierum illorum misit Heinricus dux Bawariae et Saxoniae legatos in Angliam, et adduxerunt filiam regis Angliae cum argen-
to et auro et diviciis magnis, et accepit eam dux in uxorem[13]. Separatus
enim fuerat a priore coniuge domna Clementia propter cognacionis
titulum. Habuit autem ex ea filiam, quam filio Conradi regis dedit in 10
matrimonium, qui etiam modico supervixit tempore, preventus inmatura morte in Italica expedicione, ut supra dictum est.

Concordia principum et ducis. Capitulum CVII.

Emenso igitur post haec non longo intervallo videntes[1] Longobardi,
quia corruissent[1] columpnae regni et defecisset robur exercitus, con- 15
spiraverunt unanimiter adversus cesarem et voluerunt interficere eum.
Ille presentiens dolos clam recessit a Longobardis et reversus in Teutonicam terram indixit curiam Bavemberg, vocatisque universis principibus Saxoniae coarguit eos / de violacione pacis, dicens tumultum
Saxoniae dedisse Longobardis materiam defectionis[2]. Multis itaque 20
dilacionibus, multa prudentia et consilio dissensiones, quae erant inter
ducem et principes, ad conventionem pacis inclinatae sunt. Et cesserunt omnia iuxta placitum ducis, et ereptus est a circumventione principum absque omni suimet diminucione.

Et revocatus est domnus Hammemburgensis archiepiscopus in 25
sedem suam, tactusque infirmitate infra paucos dies obiit[3], et extincta
est morte illius vetus controversia, quae fuit super cometia Stadensi, et
possedit eam dux de cetero absque omni contradictione. Conradus
quoque Lubicensis episcopus interventu cesaris meruit redire in parrochiam suam, ea scilicet condicione, ut sopita priori obstinacia[a] 30
exhiberet duci [4]quae iusta sunt[4]. Potitusque reditu in gratia ducis

---

[a]) abstinencia 2; obstinatione R, B.

[12] Ebf. Christian v. Mainz und Hz. Berthold v. Zähringen.
[13] 1168, Febr. 1; Minden.

rich zur Frau hatte. Darüberhinaus kamen viele Bischöfe, Fürsten und Edle zur selben Zeit um. Mit dem Rest des Heeres kehrte der Kaiser nach der Lombardei zurück. Als er dort stand, hörte er von der Erhebung, die in Sachsen (ausgebrochen) war, schickte Beauftragte hin[12] und hielt die
5 steigende Empörung durch wiederholte Stillstände nieder, bis Zeit gewonnen wäre und er selbst vom Italienzuge freie Hand hätte.

Um diese Zeit schickte Herzog Heinrich von Bayern und Sachsen Gesandte nach England, und sie brachten die Tochter des Königs von England mit Gold und Silber und großen Schätzen heim, und der Herzog
10 nahm sie zur Frau[13]. Er war nämlich von seiner ersten Gattin, Frau Clementia, wegen zu naher Verwandtschaft geschieden worden. Von ihr hatte er eine Tochter, die er mit dem Sohne König Konrads verheiratete; dieser lebte jedoch nur noch kurze Zeit, da ihn auf dem Italienzuge ein früher Tod ereilte, wie oben erzählt wurde.

15   **107. Die Übereinkunft zwischen Fürsten und Herzog**

Danach war noch keine lange Zeit verstrichen, als die Lombarden erkannten[1], daß die Säulen des Reiches hingesunken[1] und die Kräfte des Heeres geschwunden waren, und sich einhellig gegen den Kaiser verschworen mit dem Plane, ihn zu ermorden. Er aber merkte die Anschläge, ver-
20 ließ heimlich die Lombardei und kehrte nach Deutschland zurück, um einen Hoftag nach Bamberg zu berufen. Alle sächsischen Fürsten wurden vorgeladen, und er beschuldigte sie des Friedensbruchs; er sagte, der Aufstand in Sachsen habe den Lombarden Gelegenheit zum Abfall gegeben[2]. Nach mancherlei Vertagungen wurden (endlich) mit großer Umsicht und
25 Klugheit die Streitigkeiten zwischen dem Herzog und den Fürsten durch friedliche Übereinkunft geschlichtet. Alles aber ging nach dem Wunsch des Herzogs, der aus der Umklammerung durch die Fürsten befreit ward ohne jede eigene Einbuße.

Der Erzbischof von Hamburg wurde in seinen Sitz zurückgerufen, starb
30 aber, von Krankheit betroffen, binnen weniger Tage[3]; mit seinem Tode wurde der alte Streit getilgt, der um die Grafschaft Stade geherrscht hatte, und der Herzog hatte sie von nun an ohne allen Widerspruch inne. Auch Bischof Konrad von Lübeck durfte auf Verwendung des Kaisers in seinen Sprengel zurückkehren, und zwar unter der Bedingung, daß er seine
35 frühere Hartnäckigkeit ablegte und dem Herzog erwies, [4]was rechtens ist[4].

[1-1] Vgl. 2. Sam. 10, 15.

[2] Falls Helmold sich nicht im Ort irrt, muß der Bamberger Tag 1168, vor Juli, 1 datiert werden, denn damals verhandelt der Kaiser mit den streitenden Parteien in Frankfurt; Mitte Juli kommt in Würzburg die Einigung zustande.

[3] 1168, Okt. 11.

[4-4] = 1. Makk. 7, 12; 2. Makk. 11, 14.

[5]mutatus est in virum alterum[5], didicit enim in his quae ipse passus est compati fratribus suis et de cetero pronior esse in humanitatis officio. Clerum nichilominus defensavit a circumventione principum et potentum, precipue vero de manibus Heinrici comitis Thuringi[6], qui nec [7]Deum nec homines reverens[7] aspirabat in bona sacerdotum.   5

Cum[b] autem omnis bellorum motus auctore Deo rediret in serenam pacis quietem, Wedekindus de Dasenberg recusavit [8]pacem, quam locuti sunt[8] principes. Hic enim ab adolescentia sua ad malum strennuus semper militiae usum in rapinas detorserat, sed ne malum posset[c], quod voluit, ducis refrenatione acrius tenebatur. Captus enim aliquan- 10 do et in vincula con/iectus fidem dederat[9], ut de cetero temperaret a rapinis et staret ad mandatum ducis sincero obsequio. Sed ille ingruente tempore belli pollicitacionis inmemor [10]in ducem omnibus acrius desevit[10]. Ceteris igitur ad pacem reductis hunc [11]singularem ferum[11] dux obsedit in castro Dasenberg. Sed cum omnem obsidionis et machi- 15 narum violentiam mons altior eluderet, misit dux et vocavit viros industrios de Rammesberg[12], qui aggressi rem difficilem et inauditam perfoderunt radices montis Dasenberg et interiora montis collustrantes repererunt puteum, unde castellani hauriebant aquam. Quo obturato defecit aqua castellanis, et necessitate constrictus Wedekindus 20 dedit se et castrum in potestatem ducis, ceteri dimissi [13]dispersi sunt, unusquisque in terram suam[13].

De Zuantevit Ruianorum symulachro. Capitulum CVIII.

In tempore illo[1] congregavit Waldemarus rex Danorum exercitum grandem et naves multas, ut iret in terram Rugianorum ad subiugan- 25 dum eam sibi. Et adiuverunt eum Kazemarus et Buggezlavus, principes Pomeranorum, et Pribizlavus princeps Obotritorum, eo quod mandasset dux Slavis ferre auxilium regi Danorum, ubicumque forte manum admovisset subiugandis exteris nationibus. [2]Prosperatum est igitur opus in manibus[2] regis Danorum, et obtinuit terram Rugiano- 30 rum [3]in manu potenti[3], et dederunt ei pro sui redemptione quicquid

---

[b] *Rote Initiale in 2.*   [c] *SCHM. vermutet, hier sei „nihil" ausgefallen.*

5-5 Vgl. 1. Sam. 10, 6.   6 Vgl. Alb. Stad. zu 1183.
7-7 Vgl. Ev. Luk. 18, 4.   8-8 Vgl. Psalm 27, 3 und 84, 9.
9 Wohl 1157.

Als er bei der Rückkehr die Gnade des Herzogs gewann, [5]wurde er ein ganz
anderer Mann[5]; er hatte nämlich durch seine eigenen Leiden gelernt, mit
seinen Brüdern Mitleid zu haben und war von nun an mehr zur Barmherzigkeit geneigt. Die Geistlichkeit verteidigte er gleichwohl gegen An-
5 griffe von Fürsten und Mächtigen, besonders seitens des thüringischen
Grafen Heinrich[6], der [7]ohne Scheu vor Gott und den Menschen[7] nach den
Gütern der Priester trachtete.

Als sich aber der ganze Kriegslärm durch Gottes Fügung wieder in hei-
tere Friedensruhe gewandelt hatte, schlug allein Wedekind von Dasenburg
10 [8]den Frieden aus, den die Fürsten erklärt hatten[8]. Der war seit seiner Jugend ein arger Übeltäter, den Ritterdienst hatte er stets zum Räuberhand-
werk entwürdigt, doch hielt ihn der Herzog, damit er die beabsichtigten
Untaten nicht ausführen konnte, fest am Zügel. Er war nämlich einmal
gefangen und in Fesseln geworfen worden und hatte sein Wort gegeben[9],
15 daß er sich von nun an vom Raub fernhalten und aufrichtig gehorsam zu
den Weisungen des Herzogs stehen wollte. Doch als die Fehdezeit begann,
vergaß er sein Versprechen und [10]trieb es ärger als alle gegen[10] den Herzog. Nachdem nun die übrigen zur Ruhe gebracht waren, belagerte der
Herzog diesen wilden Eber[11] in seiner Feste Dasenburg. Doch da der hohe
20 Berg jeder Belagerung und Maschinenkraft spottete, schickte der Herzog
hin und ließ sachverständige Männer vom Rammelsberg holen[12]; diese
machten sich an die schwierige und unerhörte Arbeit, in den Fuß des
Dasenberges einen Stollen zu treiben, untersuchten das Innere des Berges
und fanden den Brunnen, aus dem die Burgleute Wasser schöpften. Er
25 wurde verstopft, der Besatzung ging das Wasser aus und Wedekind übergab notgedrungen sich und die Burg der Gewalt des Herzogs; der entließ
die übrigen und [13]sie zerstreuten sich, jeder in seine Heimat[13].

108. Von Swantewit, dem Götzenbilde der Rügener

In jener Zeit[1] sammelte König Waldemar von Dänemark ein großes
30 Heer und viele Schiffe, um in das Land der Rugianer zu ziehen und es sich
zu unterwerfen. Ihn unterstützten Kasimir und Bogislaw, die Fürsten der
Pommern, und der Obotritenfürst Pribislaw, weil der Herzog den Slawen
befohlen hatte, dem Dänenkönig überall zu helfen, wo er etwa seine Macht
heranführte, um fremde Völker zu unterjochen. Und [2]das Werk gedieh in
35 den Händen[2] Waldemars, er nahm das Land der Rugianer gewaltsam[3] ein,

[10-10] Vgl. 2. Makk. 7, 39.   [11-11] = Psalm 79, 14.
[12] Die seit dem späten 10. Jh. erschlossene Silbermine bei Goslar. Zu Helmolds
Detailkenntnis vgl. Kap. 105, Anm. 7.
[13-13] Vgl. 1. Makk. 6, 54.

[1] 1168, Sommer.   [2-2] = 1. Makk. 2, 47.
[3-3] = Psalm 135, 12.

rex / imposuisset. Et fecit produci simulachrum illud antiquissimum
Zuantevith, quod colebatur ab omni natione Slavorum, et iussit mitti
funem in collo eius et trahi per medium exercitum in oculis Slavorum
et frustatim concisum in ignem mitti. Et destruxit fanum cum omni
religione sua et erarium locuples diripuit. Et precepit, ut discederent 5
ab erroribus suis, in quibus nati fuerant, et assumerent cultum veri
Dei. Et dedit sumptus in edificia ecclesiarum, et erectae sunt duodecim ecclesiae in terra Rugianorum, et constituti sunt sacerdotes, qui
gererent populi curam in his quae Dei sunt. Et affuerunt illic pontifices Absalon de Roschilde[4] et Berno de Magnopoli. Hii adiuverunt 10
manus regis cum omni diligentia, ut fundaretur [5]cultus domus[5] Dei
nostri [6]in natione prava atque perversa[6]. [a]Erat autem tunc temporis
princeps Rugianorum vir nobilis Iaremarus[7], qui audita veri Dei cultura et fide catholica alacriter ad baptisma convolavit, precipiens omnibus suis etiam secum sacro baptismate renovari. Ipse vero factus 15
Christianus tam in fide[8] firmus quam in predicacione erat stabilis[8], ut
secundum Paulum iam a Christo vocatum videres. Qui fungens vice
apostoli gentem rudem et beluina rabie sevientem partim predicacione
assidua, partim minis ab innata sibi feritate ad novae conversacionis
religionem convertebat[a].   20

De omni enim natione Slavorum, quae dividitur in provincias et
principatus, sola Rugianorum gens durior ceteris in tenebris infidelitatis usque ad nostra tempora perduravit, omnibus inaccessibilis propter maris circumiacentia. Tenuis [9]autem fama[9] commemorat Lodewicum Karoli filium olim terram Rugianorum obtulisse / beato Vito in 25
Corbeia, eo quod ipse fundator extiterit cenobii illius. Inde egressi predicatores gentem Rugianorum sive Ranorum ad fidem convertisse
feruntur illicque oratorium fundasse in honore Viti martiris, cuius
veneracioni provincia consignata est. Postmodum vero, ubi Rani, qui
et Rugiani, mutatis rebus a luce veritatis aberrarunt, factus est [10]error 30
peior priore[10]; nam sanctum Vitum, quem nos servum Dei confitemur,
Rani pro deo colere ceperunt, fingentes ei simulachrum maximum, [11]et
servierunt creaturae pocius quam creatori[11]. Adeo autem haec super-

---

[a-a] erat...convertebat *fehlt 2.*

[4] Bf. Absalon, seit 1177 Ebf. von Lund, †1201; wichtigster Ratgeber Waldemars I. und Knuts IV.

[5-5] Vgl. 1. Chron. 23, 29; siehe Kap. 19, Anm. 3 u. ö.

und sie gaben ihm, um sich loszukaufen, was der König verlangt hatte. Er
ließ das uralte Götzenbild des Swantewit herbeibringen, das von allen
Slawenvölkern verehrt wurde, befahl, ihm einen Strick um den Hals zu
legen, es vor den Augen der Slawen mitten durch das Heer zu schleifen, es
5 in Stücke zu hauen und ins Feuer zu werfen. Er zerstörte auch das Heiligtum mit seinem ganzen Kult und plünderte den reichen Schatz. Dann befahl er, sie sollten von dem Irrglauben lassen, in dem sie geboren waren,
und den Dienst des wahren Gottes annehmen. Er stiftete Geld zum Bau
von Kirchen, und es wurden zwölf im Lande der Rugianer errichtet; Prie-
10 ster wurden eingesetzt, die für das Volk sorgen sollten, soweit es den
Gottesdienst anging, und dabei waren die Bischöfe Absalon von Roskilde[4]
und Berno von Mecklenburg anwesend. Sie stützten die Hand des Königs
mit großem Eifer, damit der [5]Dienst am Hause[5] unseres Herrn [6]unter dem
ungeschlachten und verkehrten Volk[6] begründet würde. Fürst der Rugia-
15 ner war zu dieser Zeit Jaromir[7], ein edler Mann; nachdem er die Verehrung
des wahren Gottes und den rechten Glauben kennen gelernt hatte, eilte er
sogleich zur Taufe und befahl den Seinen allen, sich mit ihm zugleich
durch das heilige Wasser erneuern zu lassen. Er selbst war, (einmal) Christ
geworden, so fest im Glauben[8] und beharrlich[8] in der Predigt, daß man ihn
20 geradezu als einen von Christus berufenen zweiten Paulus ansehen konnte.
Er wirkte anstelle eines Apostels und bekehrte das rohe und in tierischer
Wildheit zügellose Volk teils durch beständige Predigt, teils durch Dro-
hungen von seiner ursprünglichen Wildheit (innerlich) zum neuen Glauben.
25 Von der ganzen Völkerschaft der Slawen, die sich in Länder und Für-
stentümer untergliedert, ist nämlich allein der Stamm der Rugianer,
hartnäckiger als die übrigen, bis in unsere Zeiten im Dunkel des Unglau-
bens verblieben; vom Meere umgeben, war er für alle unzugänglich. Dunkel [9]geht freilich die Sage[9], daß Ludwig, Karls Sohn, einst das Land der
30 Rugianer dem heiligen Veit in Corvey übertragen habe, weil dieser selbst
das Kloster dort gegründet hatte. Von da ausgehend, sollen Prediger das
Volk der Rugianer oder Ranen zum Glauben bekehrt und dort zu Ehren
des Märtyrers Veit, zu dessen Anbetung das ganze Land bestimmt war,
ein Bethaus gegründet haben. Später aber, als die Ranen oder Rugianer
35 mit dem Wandel der Zeit vom Lichte der Wahrheit abwichen, wurde ihr
[10]Irrglaube schlimmer als zuvor[10], denn den heiligen Veit, den wir als einen
Knecht Gottes bekennen, begannen die Ranen selbst als Gott zu verehren,
indem sie ihm ein großmächtiges Standbild formten; [11]und sie dienten dem
Geschöpfe mehr als dem Schöpfer[11]. Dieser Aberglaube wurde bei den

6-6 = Phil. 2, 15.
7 Vgl. Ann. Magd. zu 1167; Ann. Ryenses zu 1170.
8-8 Vgl. Kol. 1, 23.
9 = Vergil, Aeneis, VII, 646 – Boetius, De cons. phil. II, 7. Zur Sache vgl. Kap.6.
10-10 = Ev. Matth. 27, 64.   11-11 = Römer 1, 25.

sticio apud Ranos invaluit, ut Zuantevith deus terrae Rugianorum
inter omnia numina Slavorum primatum obtinuerit, clarior in victoriis,
efficacior in responsis. Unde etiam nostra adhuc etate non solum Wagirensis terra, sed et omnes Slavorum provinciae illuc tributa annuatim
transmittebant, illum deum deorum esse profitentes. Rex apud eos 5
modicae estimacionis est comparacione flaminis. Ille enim responsa
perquirit et eventus sortium explorat. Ille ad nutum sortium, porro rex
et populus ad illius nutum pendent.

Inter varia autem libamenta sacerdos nonnunquam hominem Christianum litare[b] solebat, huiuscemodi cruore deos omnino delectari 10
iactitans[12]. Accidit ante paucos annos maximam institorum multitudinem eo convenisse piscacionis gratia. In Novembri enim flante
vehementius vento[c] multum illic allec capitur, et patet mercatoribus
liber accessus, si tamen ante deo terrae legitima sua persolverint.
Affuit tunc forte Godescalcus quidam sacerdos Domini de Bardewich 15
invitatus, ut in tanta populorum frequentia ageret ea quae Dei sunt.
Nec hoc latuit diu sacerdotem illum barbarum et accersitis rege et
populo nuntiat irata vehementius numina nec aliter posse placari, nisi
cruore sacerdotis, qui peregrinum inter eos sacrificium offerre presumpsisset. / Tunc barbara gens attonita convocat institorum cohortem ro- 20
gatque sibi dari sacerdotem, ut offerat deo suo [13]placabilem hostiam[13].
Renitentibus Christianis centum marcas offerunt in munere. Sed cum
nil proficerent, ceperunt intentare[d] vim et crastina bellum indicere.
Tunc institores onustis iam de captura navibus nocte illa iter aggressi
sunt et secundis ventis vela credentes tam se quam sacerdotem atro- 25
cibus ademere periculis.

Quamvis autem odium Christiani nominis et supersticionum fomes
plus omnibus Slavis apud Ranos invaluerit, pollebant tamen multis
naturalibus bonis. Erat enim apud eos hospitalitatis plenitudo, et parentibus debitum exhibent honorem. Nec enim aliquis egens aut 30
mendicus apud eos aliquando repertus est. Statim enim, ut aliquem
inter eos aut debilem fecerit infirmitas aut decrepitum etas, heredis
curae delegatur plena humanitate fovendus. Hospitalitatis enim gratia
et parentum cura primum apud Slavos virtutis locum optinent. Ceterum Rugianorum terra ferax frugum, piscium atque ferarum. Urbs 35
terrae illius principalis dicitur Archona.

b) libare *4.*   c) vento *fehlt 2.*   d) ructare *S.*

Ranen so stark, daß Swantewit, der Gott des Landes Rügen, unter allen Gottheiten der Slawen einen Vorrang erlangt hat, da man ihm glänzendere Siege und wirksamere Orakelsprüche zuschrieb. Daher schickten auch noch zu unserer Zeit nicht nur das Land Wagrien, sondern alle Länder der
5 Slawen dorthin jährliche Tribute und bezeichneten ihn als Gott der Götter. Der König steht bei ihnen in geringerem Ansehen, verglichen mit dem Priester, denn dieser erfragt die Orakel und erforscht den Fall der Lose. Hängt er vom Wink der Lose, so hängen König und Volk von seinem Wink ab.

10 Neben anderen geweihten Gaben pflegte der Priester zuweilen auch einen Christen zu opfern; er behauptete, am Blute eines solchen fänden die Götter besonderes Wohlgefallen[12]. Vor wenigen Jahren traf es sich, daß eine große Menge von Händlern wegen des Fischfangs dort zusammenge-kommen war. Wenn im November der Wind heftiger weht, wird dort näm-
15 lich der Hering massenhaft gefangen; dann steht den Kaufleuten der Zu-gang frei, sofern sie vor dem Gott des Landes ihren gebührenden Zins er-legen. Zufällig war ein gewisser Gottschalk anwesend, ein Priester des Herrn aus Bardowick, der aufgefordert wurde, unter dieser großen Volks-menge den Gottesdienst zu versehen. Das blieb dem heidnischen Priester
20 nicht lange verborgen; er holt König und Volk herbei und erklärt ihnen, die Götter seien heftig erzürnt und könnten nicht anders beruhigt werden als durch das Blut des Priesters, der es gewagt habe, einen fremden Gottes-dienst unter ihnen zu versehen. Darauf ruft das erschreckte Heidenvolk die Schar der Händler zusammen und verlangt die Auslieferung des Prie-
25 sters, damit es seinem Gott [13]das Sühneopfer[13] bringen könne. Als die Chri-sten sich weigern, bietet man ihnen 100 Mark zum Geschenk. Da die (Ranen) aber nichts ausrichteten, begannen sie mit Gewalt zu drohen und erklärten auf den folgenden Tag den Krieg. Da traten die Kaufleute, deren Schiffe bereits vom Fange vollgeladen waren, in der gleichen Nacht die Rückreise
30 an, vertrauten ihre Segel günstigen Winden und entzogen sich und den Priester der furchtbaren Gefahr.

Doch obgleich bei den Ranen der Haß auf die Christen und der Zünd-stoff des Aberglaubens größer war als bei den übrigen Slawen, zeichnen sie sich durch viele natürliche Vorzüge aus. Man ist bei ihnen außerordent-
35 lich gastfreundlich, und sie erweisen auch den Eltern die schuldige Ehre. Niemals findet man bei ihnen einen Bedürftigen oder Bettler; sobald näm-lich jemand unter ihnen krank oder altersschwach wird, übergibt man ihn seinem Erben zur Pflege, der ihn auf das barmherzigste versorgen muß. Denn Gastfreundschaft und Sorge für die Eltern gelten bei den Slawen als
40 die ersten Tugenden. Übrigens ist das Land der Rugianer reich an Früch-ten, Fischen und Wild. Die Hauptburg des Landes heißt Arkona.

[12] Vgl. Kap. 52.
[13-13] Vgl. 4. Mose 5, 8.

Transmutacio corporis et sanguinis. Capitulum CVIIII.

Anno igitur incarnati verbi M⁰C⁰LX⁰VIII⁰ fundatum est opus novae plantacionis in terra Rugianorum, et edificatae sunt ecclesiae et presentia sacerdotum illustratae. Servieruntque[1] regi Danorum sub tributo[1], [2]et accepit filios nobilium obsides[2] et abduxit eos secum in terram ⁵ suam. Haec autem acta sunt tempore, quo Saxones civilia bella gerebant. Postquam autem Dominus pacem reddidit, confestim dux misit legatos ad regem Danorum requirens obsides et medietatem tributorum, quae solvunt Rani, eo quod laudatum et iuramento firmatum esset, ut, quascumque gentes rex Danorum expugnare voluisset, dux ¹⁰ ferret auxilium et cum / participacione laboris fieret etiam particeps emolumenti. Cumque rennueret rex, et nuntii redissent inacti, dux ira permotus vocavit principes[a] Slavorum et mandavit, ut facerent ultionem de Danis. [3]Vocati sunt et dixerunt: ,Assumus'[3]. Et obaudierunt ei cum leticia qui misit illos. Et amoti sunt [4]vectes et ostia[4], quibus iam ¹⁵ pridem conclusum erat mare, et erumpebat vadens et inundans et intentans excidium multis Danorum insulis et regionibus maritimis. Et instauratae sunt predonum naves et occupaverunt in terra Danorum insulas[b] opulentas. Et saturati sunt Slavi post diutinam inediam diviciis Danorum, [5]incrassati, inquam, sunt, impinguati sunt, dilatati sunt[5]. Audivi a referentibus, quod Mekelenburg die fori de capti- ²⁰ vitate Danorum[c] septingentae numeratae sint animae, omnes venales, si suffecissent emptores.

Porro tanti excidii calamitatem ostenderant presagia quaedam. Sacerdos enim quidam in terra Danorum quae[d] dicitur Alfse assistens ²⁵ sacro altari, cum sublevasset calicem sumpturus hostiam, ecce visa est in calice species carnis et sanguinis. Ille de timore tandem [6]resumpto spiritu[6], non audens sumere insolitae visionis speciem, transiit ad pontificem[7], ibi in conventu cleri calicem videndum obtulit. Et cum multi dicerent id factum divinitus ad confirmandam plebis fidem, pontifex ³⁰ altiori sensu protestatus est gravem ecclesiae inminere tribulacionem et sanguinem Christiani populi multum fundendum. Quociens enim sanguis martirum effunditur, Christus denuo in membris suis cruci-

[a]) princeps 1.
[b]) civitates 4.
[c]) Danorum fehlt 1, 1a.
[d]) qui 1, 1a.

109. Die Verwandlung des Leibes und Blutes

Im Jahre 1168 der Fleischwerdung des Wortes wurde das christliche Bekehrungswerk im Lande der Rugianer begonnen, Kirchen wurden gebaut und durch Einsetzung von Priestern mit (geistlichem) Licht erfüllt. Man
5 war dem Dänenkönig zinspflichtig[1], er [2]nahm die Söhne der Edlen als Geiseln[2] und führte sie mit sich fort in sein Land. Dies geschah zu der Zeit, als die Sachsen innere Kriege führten. Sobald der Herr aber wieder Frieden gegeben hatte, schickte der Herzog sogleich Gesandte an den König der Dänen, verlangte Geiseln und die Hälfte des von den Ranen gezahlten
10 Tributs, weil es abgemacht und eidlich bekräftigt wäre, daß der Herzog, gleich welche Völker der Dänenkönig zu unterwerfen beabsichtigte, einerseits Hilfe leisten, andererseits als Mitstreiter auch Mitgewinner sein sollte. Da der König ablehnte und die Gesandten unverrichteter Dinge wiederkamen, berief der Herzog zornerfüllt die Fürsten der Slawen und forderte
15 sie zur Rache an den Dänen auf. Sie [3]kamen auf den Ruf und sagten: „Hier sind wir!"[3]; mit Freuden gehorchten sie ihm, der sie ausschickte. Da wurden [4]Riegel und Tore[4] geöffnet, die zuvor das Meer verschlossen hatten, und hervor brach eine gewaltige Überschwemmung, die den vielen Inseln der Dänen und den Küstenländern Verderben drohte. Die See-
20 räuberschiffe wurden gerüstet und setzten sich auf den reichen Inseln des Dänenlandes fest. Und nach langem Fasten sättigten sich die Slawen an den Schätzen der Dänen, sie [5]wurden dick und fett und stark[5]. Man hat mir erzählt, daß zu Mecklenburg an einem Markttage 700 gefangene Dänen gezählt wurden, alle verkäuflich, wenn Käufer genug da gewesen
25 wären.

Gewisse Vorzeichen hatten ein so außerordentliches Unglück angekündigt. Als beispielsweise ein Priester im dänischen Lande Alsen am heiligen Altar stand und den Kelch hob, um die Hostie zu nehmen, sah er plötzlich im Kelch wirklich Fleisch und Blut. Als er sich endlich [6]von dem Schrek-
30 ken erholt hatte[6], wagte er doch nicht, diese ungewöhnliche Erscheinung zu sich zu nehmen, ging zum Bischof[7] und reichte dort im Kreise der Geistlichkeit den Kelch zur Betrachtung dar. Während nun viele erklärten, das sei ein himmlisches Zeichen, das Volk im Glauben zu bestärken, sah der Bischof weiter und sagte voraus, der Kirche drohe eine schwere Heim-
35 suchung und es werde viel Christenblut fließen. Denn immer wenn ein Märtyrer sein Blut vergießt, wird der Leib Christi von neuem ans Kreuz

---

[1-1] Vgl. 5. Mose 20, 11.

[2-2] Vgl. 1. Makk. 9, 53; auch Kap. 106, Anm. 8.

[3-3] = Baruch 3, 35; vgl. Hiob 38, 35.

[4-4] Vgl. Hiob 38, 10.

[5-5] Vgl. 5. Mose 32, 15.

[6-6] = Judith 13, 30.

[7] Von Schleswig (Friedrich, 1167–79).

figitur. Nec prophetantis fefellere vaticinia. Vix enim preterierunt dies XIIII^cim, et superveniens exercitus Slavorum occupavit omnem terram illam, ecclesias subvertit et populum captivavit, [8]omnem vero resistentem percussit in ore gladii[8]. /

Diu ergo siluit rex Danorum dissimulans gentis suae ruinas. Reges 5 enim Danorum segnes et discincti et inter continuas epulas semper poti vix aliquando sentiunt [9]percussuras plagarum[9]. Tandem veluti sompno excitus rex Daniae^e congregavit exercitum et percussit partem modicam Circipanae regionis[10]. Filius quoque regis ex concubina natus Christoforus nomine cum mille, ut aiunt, loricis venit Aldenburg, quae 10 Danice dicitur Brandenhuse[11], et percusserunt maritima illius. Ecclesiam vero, cui deserviebat Bruno sacerdos, non leserunt nec attigerunt penitus bona sacerdotis. Recedentibus igitur Danis Slavi e vestigio prosecuti sunt et dampna sua ultione decupla compensaverunt. Dania enim maxima ex parte in insulas dispertita est, quas ambit mare cir- 15 cumfluum, nec facile caveri possunt insidiae piratarum, eo quod illic sint promunctoria latebris Slavorum aptissima, unde clam egredientes percutiunt de insidiis incautos; Slavi enim clandestinis incursibus^f maxime valent. Unde etiam recenti adhuc etate latrocinalis haec consuetudo adeo apud eos invaluit, ut omissis^g penitus agriculturae com- 20 modis ad navales excursus expeditas semper intenderint manus, unicam spem et diviciarum summam in navibus habentes sitam. Sed nec in construendis edificiis operosi sunt, quin pocius casas de virgultis contexunt, necessitati tantum consulentes adversus tempestates et pluvias. Quociens autem bellicus tumultus insonuerit, omnem anno- 25 nam paleis excussam, aurum quoque et argentum et preciosa quaeque fossis abdunt, uxores et parvulos municionibus vel certe silvis contutant. Nec quicquam hostili patet direptioni nisi tuguria tantum, quorum^h amissionem facillimam iudicant. Danorum inpugnaciones / pro nichilo ducunt, immo voluptuosum existimant manum cum eis 30 conserere. Solus eis dux est formidini, qui protrivit robur Slavorum [12]super omnes duces, qui fuerunt ante eum[12], plus multo quam ille nomi-

---

^e) Dacie *1, 1a, LAPP.*
^f) insidiis *edd.*
^g) *So edd.; 1 (verb. aus* emissis, *das auch 1a hat);* emessis *2.*
^h) quarum *1, 2.*

geschlagen. Und so ging die Ankündigung des weissagenden (Bischofs) nicht fehl: kaum waren vierzehn Tage vergangen, da besetzte das Heer der Slawen überraschend das ganze Land, zerstörte die Kirchen, nahm die Menschen gefangen und tötete [8]jeden, der Widerstand leistete, mit der
5 Schärfe des Schwertes[8].

Lange schwieg der Dänenkönig und achtete nicht auf die Niederlage seines Volks. Denn die Könige der Dänen sind schlaff und liederlich, bei ihren dauernden Gelagen ständig betrunken und empfinden Schicksals-schläge[9] (für ihr Land) selten einmal mit. Endlich erwachte der König von
10 Dänemark gleichsam aus dem Schlafe, sammelte ein Heer und plünderte einen kleinen Teil des Zirzipanenlandes[10]. Ferner kam ein Sohn des Kö-nigs, der von einer Nebenfrau geborene Christoph, mit tausend Har-nischen – wie man sagt –, nach Oldenburg, das dänisch Brandenhuse heißt[11], und plünderte dort an der Küste. Die Kirche, die der Priester
15 Bruno versah, beschädigten sie aber nicht und rührten auch die Habe des Geistlichen nicht an. Als die Dänen abzogen, folgten die Slawen ihnen auf dem Fuße und glichen ihre Schäden mit zehnfacher Vergeltung aus. Däne-mark besteht ja größtenteils aus versprengten Inseln, die rings das Meer umgibt; sie lassen sich schwer gegen Seeräuberüberfälle schützen, weil
20 dort Landspitzen sind, die sich ausgezeichnet als Schlupfwinkel für die Slawen eignen. Unbemerkt brechen sie daraus hervor und überfallen plün-dernd Nichtsahnende, denn in plötzlichen Raubzügen sind die Slawen be-sonders stark. Daher ist noch in jüngster Zeit diese räuberische Gewohn-heit so sehr bei ihnen aufgekommen, daß sie den segensreichen Ackerbau
25 ganz preisgegeben haben und dauernd zu bewaffneten Seeunternehmungen neigen, so daß ihre einzige Hoffnung und ihr ganzer Reichtum in ihren Schiffen liegt. Nicht einmal beim Häuserbau machen sie sich Mühe, viel-mehr flechten sie Hütten aus Gebüsch und sorgen (damit) nur notdürftig für Schutz gegen Sturm und Regen. Immer wenn jedoch Kriegslärm er-
30 dröhnt, verbergen sie das aus der Spreu gedroschene Getreide, das Gold und Silber samt allen Wertsachen in Gruben und bringen Weib und Kind zum Schutz in die Befestigungen oder wenigstens die Wälder. So bleibt dem Feind zur Plünderung nichts als die Hütten, deren Verlust sie sehr leicht nehmen. Die Angriffe der Dänen rechnen sie für nichts, halten es eher für
35 eine Lust, sich mit ihnen zu messen. Nur der Herzog ist ihnen furchtbar: [12]mehr als alle Herzöge vor ihm[12], mehr als selbst der gefeierte Otto, hat

---

[8-8] Vgl. Judith 2, 16.

[9-9] = Jes. 30, 26.

[10] Vgl. Saxo Gramm. XIV, 39; Knytlingasaga zu 1171. Eine dänische Flotte drang bereits 1170 bis Wollin vor; 1171 wurden Wagrien und Zirzipanien ver-wüstet.

[11] Saxo nennt die Wagrier ‚Brammesii‘.

[12-12] Vgl. 1. Kön. 14, 9; 16, 25 und 30.

natus Otto, et misit [13]frenum in maxillas eorum[13] et quo voluerit decli-
nat eos. Loquitur pacem, et obtemperant; mandat bellum, et dicunt:
,Assumus[14].

Reconciliacio regis Danorum et ducis. Capitulum CX.

Rex igitur Danorum perspecta calamitate gentis suae [1]vidit tandem,   5
quia bona est pax[1], et misit legatos ad fortissimum[a] ducem rogans preberi sibi locum familiaris colloquii ad Egederam[2]. Et venit dux ad ex-
petitum placiti locum in nativitate sancti Iohannis baptistae. Et
occurrit ei rex Danorum et exhibuit se pronum[b] ad omnem voluntatem
ducis. Et recognovit ei medietatem tributorum et obsidum, quae de-   10
derant Rani, et de erario fani equam portionem, et ad singula, quae
dux iudicavit exigenda, devote paruit rex. Et renovatae sunt inter eos
amiciciae, et inhibiti sunt Slavi, ne de cetero inpugnarent Daniam.
Et facti sunt vultus Slavorum[c] subtristes propter confederacionem
principum. Et misit dux nuntios suos cum nuntiis regis in terram Ra-   15
norum, et [3]servierunt ei sub tributo[3] Rani. Et rogavit rex Danorum
ducem, ut filiam suam, viduam Fretherici nobilissimi principis de
Rodenburg[d], daret filio suo, qui iam designatus erat rex, in uxorem[4].
Interventu itaque magnorum principum consensit dux et misit filiam
suam in regnum Danorum; [5]et facta est / leticia magna[5] omnibus po-   20
pulis borealium nationum, iocunditas et pax simul orta est. Et muta-
tum est gelidum illud frigus aquilonis in lenes austri flatus, et cessavit
maris vexacio, et detumuerunt procellae tempestatum. Et pacata est
via transeuntibus a Dania in Slaviam [et e converso][e], et ambulaverunt
mulieres et parvuli per eam, eo quod submota sint offendicula, et de-   25
fecerint predones in via.

Omnis enim Slavorum regio incipiens ab Egdora, qui[f] est limes
regni Danorum, et extenditur inter mare Balthicum et Albiam per

---

[a]) fortissimum *fehlt 1, 1a.*
[b]) primum *S.*
[c]) eorum *2.*
[d]) radenburg *1, 1a, edd.;* rodenborg *2.*
[e]) et e converso *nur 4.*
[f]) So Hss. und edd.

[13-13] Vgl. Jes. 30, 28; Hesek. 29, 4 und 38, 4.

er die Kraft der Slawen gebrochen und ihnen [13]den Zaum ins Gebiß[13] geschoben, nun lenkt er sie, wohin er will. Erklärt er Frieden – sie gehorchen, befiehlt er Krieg – sie rufen: ,,Hier sind wir!"[14].

110. Die Versöhnung des Dänenkönigs mit dem Herzog

5 Als der Dänenkönig das Unglück seines Volkes erkannt hatte, [1]sah er endlich ein, daß der Friede ein Segen ist[1], und schickte an den tapferen Herzog Gesandte mit der Bitte, ihm zu freundlicher Beratung eine Zusammenkunft an der Eider zu gewähren[2]. Der Herzog kam an den erbetenen Verhandlungsort am Geburtstage Johannes des Täufers. Der König 10 der Dänen eilte ihm entgegen und erwies sich in allem dem Willen des Herzogs gefügig. Er gestand ihm die Hälfte des Tributs und der Geiseln zu, welche die Ranen gegeben hatten, und den gleichen Anteil am Tempelschatz; bis aufs einzelne erfüllte der König ergeben, was der Herzog zu fordern für gut befand. Die Freundschaft zwischen ihnen wurde wieder 15 aufgerichtet und (der Herzog) verbot den Slawen, noch länger Dänemark anzugreifen. Da zogen die Slawen ein sehr saures Gesicht zu dem Bündnis der Herrscher. Der Herzog schickte seine Boten mit denen des Königs nach Rügen, und die Ranen [3]wurden ihm tributpflichtig[3]. Der Dänenkönig aber bat den Herzog, seine Tochter, die Witwe des edlen Fürsten Friedrich 20 von Rothenburg, seinem bereits zum König bestimmten Sohne zur Frau zu geben[4]. Auf Verwendung mächtiger Fürsten stimmte der Herzog zu und schickte seine Tochter ins Reich der Dänen. [5]Da herrschte große Freude[5] bei allen Völkern des Nordens, denn Fröhlichkeit und Friede stellten sich gleichzeitig ein. Und die eisige Kälte des Nordens wandelte 25 sich in einen milden Südwind, das Meer verlor seine Schrecken und die wütenden Stürme legten sich. Wer von Dänemark nach dem Slawenlande oder umgekehrt reisen wollte, zog jetzt auf friedlicher Straße; Frauen und Kinder konnten sie benutzen, weil die Hindernisse beseitigt und die Räuber aus dem Wege geräumt waren.

30 Das ganze Gebiet der Slawen, anfangend von der Eider, als der Grenze des dänischen Reichs, und wie es sich zwischen Ostsee und Elbe durch

---

[14] Vgl. Anm. 3.

[1-1] Vgl. 1. Mose 49, 15.

[2] 1171, Juni, 24; Saxo spricht von zwei Zusammenkünften. Die Verhandlungen waren zäh (Helmold schildert einseitig) und endeten mit einem Kompromiß, in dem wohl auch die Heirat von Gertrud und Knut bereits in Aussicht genommen wurde.   [3-3] Vgl. 5. Mose 20, 11; 2. Sam. 8, 2 und 6.

[4] Vgl. Alb. Stad. zu 1171, Chron. reg. Colon. zu 1172; gegen einen späteren Heiratstermin spricht nicht zuletzt die Erwähnung bei Helmold.

[5-5] = 1. Makk. 4, 58 und öfter in der Bibel.

longissimos tractus usque Zuerin, olim insidiis horrida et pene deserta,
nunc dante Deo tota redacta est veluti in unam Saxonum coloniam,
et instruuntur illic civitates et oppida, et multiplicantur ecclesiae et
numerus ministrorum Christi[6].

Pribizlavus quoque, deposita diuturnae rebellionis obstinacia, sciens, 5
quia non expedit sibi calcitrare [7]adversus stimulum[7], sedit quietus et
contentus funiculo portionis sibi permissae et edificavit urbes Mekelenburg, Ylowe et Rozstoc et collocavit in terminis eorum Slavorum populos. Et quia Slavorum latrones inquietabant Teutonicos, qui habitabant
Zuerin et in terminis eius, Guncelinus[8] prefectus castri, vir fortis et 10
satelles ducis, mandavit suis, ut, quoscumque Slavorum invenissent
incedentes per avia, quibus non esset evidens ratio, captos statim
suspendio necarent[g]. Et cohibiti sunt utcumque Slavi a furtis et a
latrociniis suis[h].

g) nece irent 2.

h) suis *fehlt 1, 1a, LAPP.* Hic est finis cronice Slavorum *Randvermerk des
15. Jhs. in 1;* finit hiistoria 2.

weite Landstriche bis nach Schwerin erstreckt, einst von Hinterhalt star-
rend und fast ganz verödet, ist nun durch Gottes Gnade vollständig ver-
wandelt worden gleichsam in ein einziges Siedlungsland der Sachsen; da
werden Städte und Dörfer angelegt, da vervielfältigt sich die Zahl der
Kirchen und der Diener Christi[6].

Auch Pribislaw hat seinen langen, hartnäckigen Widerstand aufgegeben; er erkannte, daß es ihm nichts nütze, weiter gegen [7]den Stachel (des
Treibers) auszuschlagen[7], und saß ruhig und zufrieden mit dem Los des
ihm belassenen Anteils. Er baute die Burgen Mecklenburg, Ilow und Rostock und siedelte in ihrem Raume die Slawen an. Weil aber slawische
Wegelagerer die Deutschen belästigten, die in Schwerin und dessen Gebiet
wohnten, so wies der Burggraf Gunzelin[8], der tapfere Mann und Vasall des
Herzogs, die Seinen an, alle Slawen, die sie ohne offenbaren Anlaß in ab-
gelegenen Gegenden anträfen, sofort zu ergreifen und aufzuhängen. So
wurden die Slawen halbwegs von Diebstahl und Räuberei abgebracht.

---

[6] Zustand Ende 1171; über die umstrittene Stelle vgl. Kap. 101, Anm. 3 und
Einleitung.

[7] Vgl. Ap. gesch. 9, 5 und 26, 14.

[8] Bei Helmold nie ‚comes‘, wie urkundlich seit 1167.

NAMENVERZEICHNIS

Die Seitenzahlen beziehen sich auf den lateinischen Text, soweit sie nicht auf Anmerkungen verweisen (mit angehängten Kleinbuchstaben bzw. Ziffern). Die lateinische Form folgt der alleinigen, der vorherrschenden oder der alphabetisch ersten Fassung im Text. Kursiv stehen die nicht im Text vorkommenden Namen und alle Ziffern, die sich nicht auf den Text nebst Varianten beziehen, oder deren Stichwort im Text nur indirekt vorkommt.